Das Buch

Die Bretagne im Pestjahr 1360. Ein führerloses Schiff mit lauter Toten an Bord scheitert an den Klippen – nur zwei Frauen und der Schiffsjunge, die bisher der Pest entgangen sind, retten sich. Die junge ehrgeizige Alheyd, Frau eines Bremer Ratsherrn, und die resolute Mechtild, Knochenhauerin aus Stade, treten eine abenteuerliche und lebensgefährliche Irrfahrt durch das kriegsgeschüttelte Land an, um Brügge mit seinen Niederlassungen von Hansekaufleuten zu erreichen. Eine alte keltische Ebermünze läßt sie zum Spielball undurchsichtiger Parteien im bretonischen Erbfolgekrieg zwischen Frankreich und England werden. Allmählich wird Mechtild klar, daß Alheyd von einem Geheimnis umgeben ist … Im Schutz einer Gauklertruppe, bei der Mechtild das Haarseilziehen gegen die Pest lernt, setzen die beiden Frauen ihre Reise fort. Mechtild wird zur gesuchten Pestärztin, indessen sich Alheyd ausgerechnet in ihren Verfolger verliebt.

Ein großer, mitreißend erzählter Roman über das 14. Jahrhundert, in dem sich aufwendig recherchierte historische Fakten, medizingeschichtliche Kenntnisse und profunde Einblicke in das mittelalterliche Gesellschaftsgefüge zu einem dramatisch bewegten Hintergrund vereinigen, vor dem die spannende Erzählung ihren Lauf nimmt.

Die Autorin

Kari Köster-Lösche, 1946 in Lübeck geboren, hat als Tierärztin eine Reihe wissenschaftlicher Arbeiten veröffentlicht, bevor sie sich als Autorin von Sachbüchern und Romanen einen Namen machte. 1994 erschien ihr Erfolgsroman *Die Hakima*, der bereits als Heyne Taschenbuch vorliegt (01/10301).
Kari Köster-Lösche lebt als freie Schriftstellerin seit 1980 in Nordfriesland.

KARI KÖSTER-LÖSCHE

DIE ERBIN DER GAUKLER

Roman

WILHELM HEYNE VERLAG
MÜNCHEN

HEYNE ALLGEMEINE REIHE
Nr. 01/10778

Besuchen Sie uns im Internet:
http://www.heyne.de

Umwelthinweis:
Dieses Buch wurde auf
chlor- und säurefreiem Papier gedruckt.

4. Auflage

Wilhelm Heyne Verlag GmbH & Co. KG, München
Printed in Germany 1999
Umschlaggestaltung: Atelier Ingrid Schütz, München,
unter Verwendung des Gemäldes »Sankt-Ursula-Schrein«
von Hans Memling, 1489
Satz: Buch-Werkstatt GmbH, Bad Aibling
Druck und Bindung: Elsnerdruck, Berlin

ISBN 3-453-14711-1

Inhalt

Personenverzeichnis 9
1. Enez Eussa, Insel der Frauen 11
2. Im Sumpf von Brest 25
3. Die Calimala 46
4. Die Truppe des Bramborough 63
5. Die heiligen Steine 80
6. Pestschmierer 95
7. Spuren der Flucht 109
8. Tod im Salzteich 126
9. Hervé Loaec 142
10. Die Wüstung 157
11. Der Theriakskrämer 172
12. Das Lager der Gaukler 187
13. Die Haarseilkunst 202
14. Die Monster des Peckmutz 217
15. Routiers 230
16. Die Gefeiten 246
17. Cosimo d'Albizzi 263
18. Die List 277
19. Roazhon 290
20. Das Wunder des Heiligen Yves 305
21. Das große Sterben 320
22. Der Überfall 334
23. Verrat 348
24. Dinan 362
25. Die Garnison 377
26. Bei den Beginen 392
Worterklärungen 403
Nachwort 407
Anmerkungen 409
Am bretonischen Erbfolgekrieg beteiligte Familien . . . 411

Enez Eussa
Ile d'Quessant
Montroulez
Morlaix
Landerne
Landerneau
Brest
Konk Leon
Le Conquet
Menez-C'hom
Ménez-Hom
Konk Kerne
Concarneau
Quimperlé
Breiz: bretonische Ortsnamen
Bretagne: französische Ortsnamen
Weg der beiden Frauen
Weg von Cord und John

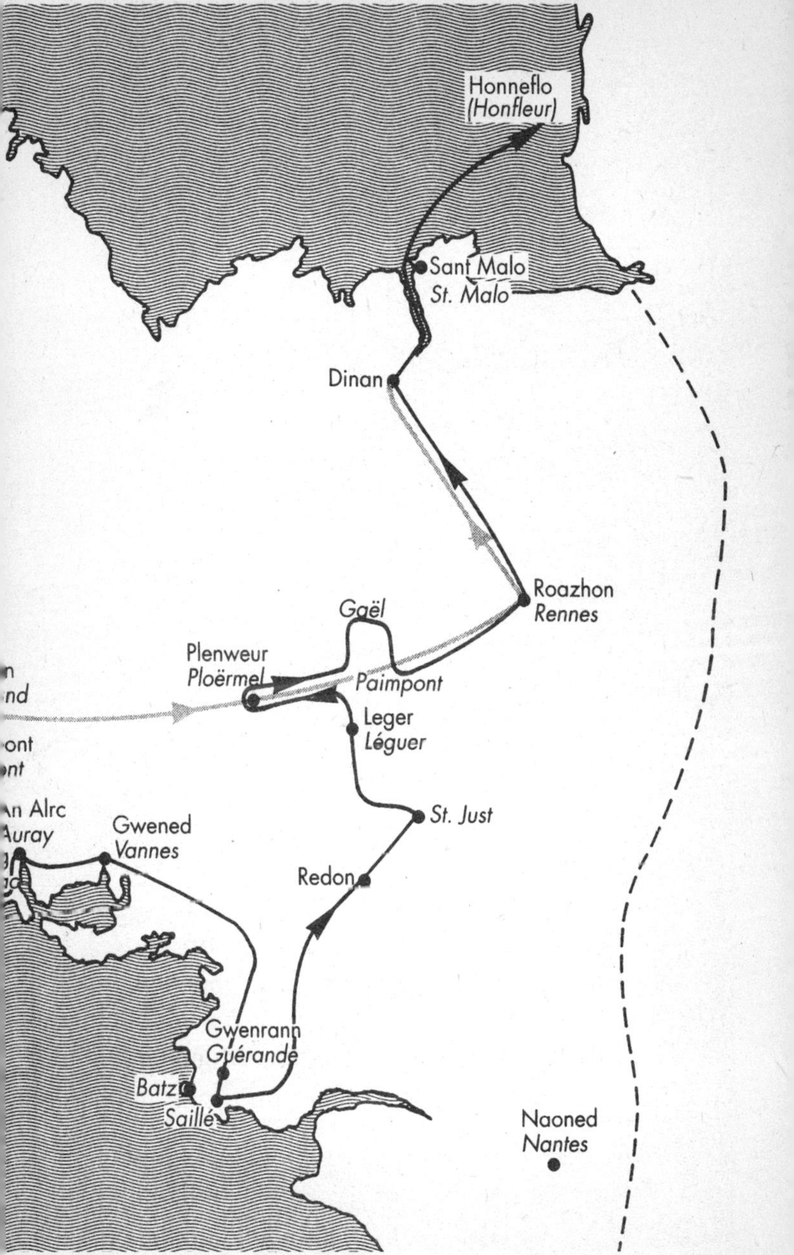
Honneflo
(Honfleur)
Sant Malo
St. Malo
Dinan
Roazhon
Rennes
Gaël
Plenweur
Ploërmel
Paimpont
Leger
Léguer
St. Just
Gwened
Vannes
Redon
Gwenrann
Guérande
Batz
Saillé
Naoned
Nantes

Personenverzeichnis

Hauptpersonen des Romans:

Alheyd von Bremen	Kauffrau, Ehefrau des Ratsherrn Hinrich Rucenberg, zeitweise Annette von Burgund genannt
Mechtild von Stade	Knochenhauerin
Cosimo d'Albizzi	Handelskonsul der Calimala zu Florenz, nennt sich kurzzeitig Conrad Lymbergh
Peckmutz der Meerkatz	Theriakskrämer, Pestheiler aus Köln
Philippe de Weston	Wahrsager
Cord	Flämischer Jungknecht auf einem Handelssegler; auch Cordig und Cordy genannt
John	englischer Bogenschütze
Ernaud de Baliol	Ritter, Chef bretonisch-französischer Routiers
Huarn Kergarec	Salzhändler aus Saillé bei Guérande
Hervé Loaec	Hervé »der Löffel«; Salzarbeiter

Nebenpersonen:

Costantino	Gehilfe der Calimala
Heinrich	Donzellus, Büttel der Calimala; zeitweise Herri ar Meud, Heinrich »der Daumen«
Michele Ricci	Konsul der Calimala mit Sitz in Paris
Giuseppe, Benedetto	Knechte der Calimala
Pater Stevan	Priester
Riwal an Dizalc'h	bretonischer Freiheitskämpfer

Fri Hir	Zwerg; »Langnase«: neugieriger Mensch
an Youdec	Sergeant, »der Haferbreiesser«: Dummkopf
an Boedec	»der Fleischer« aus Quimperlé
Barba, Henori, Gwenola	Frauen der Insel Ouessant
Bramborough	Konnetabel, Truppführer auf bretonisch-englischer Seite
Nicholas of Ingleby	Chef englischer Routiers
Godefelawe, Pasterheye	Soldaten
Jeanne	Frau im Troß von Bramborough
Gérard	ehemaliger Seemann
Elsgin Etzstein	Kupplerin, Wehmutter
Conan	bretonischer Adeliger
Triphyna Kergarec	Frau des Salzhändlers
Thébaud de La Couarde	Ratsherr in Redon

1. Enez Eussa, Insel der Frauen

Im nächsten Wellental wurde die Knochenhauerin gegen die Tür geschmettert und ersparte sich damit ein erneutes vergebliches Klopfen. Die Ratsfrau hatte sich im Kämmerchen des Achterkastells seit Tagen eingeschlossen.

»So kommt endlich heraus, Ratsfrau Alheyd!« schrie Mechtild, um das Rauschen des strömenden Wassers, das Ächzen der gequälten Planken, das Schlagen der losen Fallen und Blöcke und das Knattern der ungebändigten Segel zu übertönen. »Ihr werdet ertrinken wie eine Ratte im Wurstkessel, wenn Ihr nicht an Deck kommt! Der junge Cord will uns an Spieren festzurren. Sie werden uns an Land tragen, wenn das Schiff auseinanderbricht.« Barmherziger Gott, schicke Deine Heerscharen zu Hilfe, betete Mechtild, und laß den Jungen recht behalten.

Sie lauschte. Kein Ton kam aus dem Kämmerchen. Ihre Verzweiflung ging in Wut über. Gott sei dir gnädig, du hochnäsige Ringelgans, dachte sie. Sie hatte getan, was Christenpflicht war, und nun würde sie für sich selber sorgen. Mühsam kam sie in der Enge des wild schwankenden Ganges wieder auf die Beine und trat den Rückweg an. Aber an der Leiche des Steuermanns vor dem Kapitänsraum kam sie zu Fall. Ihre Finger sanken in eine Pestbeule ein wie in Kalbsbries. Im übrigen war der Mann starr, eisig und stank wie verfaultes Gekröse.

Mit einem Entsetzensschrei zog sie sich wieder hoch, rutschte auf dem Niedergang aus und landete endlich hart auf den Planken des Schiffes, das sich ihr in diesem Moment entgegenhob.

Im schwankenden, durchnäßten Kämmerchen klammerte sich die Ratsfrau mit den Beinen an der Bank fest und ließ die Augen nicht von dem Haus- und Einkaufsbüchlein, das sie mit glücklicheren Tagen verband. Schluchzend las sie ihre letzte Eintragung:

15. Juli anno Domini 1360, Florenz: Durch Vermittlung des Sensale sehr zufriedenstellender Abschluß mit Michele di Lando. Beginnend mit nächstem Jahr alljährliche Lieferung von 30 Ellen – gerechnet nach der Elle der Florentiner Calimala – schwersten Stoffes aus englischer Wolle, garantiert San Martino, gekennzeichnet durch breite Randborte; dazu 2 Ellen Scharlachtuch, gekennzeichnet wie vor; Haftung 7 Monate nach Löschen der Ladung in Bremen, zahlbar 2 Florentiner Goldgulden per Elle, frank und frei von Tara, Umsatzsteuer, Wiegegebühr und Stempelgebühr.

Liebster Hinrich, meine Nachforschungen in der zweiten Angelegenheit sind sehr zufriedenstellend ausgefallen.

Sie benetzte den Gänsekiel und schrieb unbeholfen, während das Schiff aus einem Wellental in die Höhe stürmte und einen Teil ihrer Tinte verschüttete, bevor sie den Behälter auffangen konnte:

Letzter Tag des Juli anno Domini 1360, auf hoher See: Gütiger Gott des Himmels, hab Erbarmen! In den frühen Morgenstunden verstarb der letzte Mann an Bord. Übrig sind außer mir nur noch die grobschlächtige Mechtild von Stade und der Jungknecht. Was aber sollen wir drei gegen die Gewalten dieses Meeres ausrichten, das keinem gleichkommt, das ich je gesehen habe? In rasender Fahrt wirft es uns einem unbekannten Ufer entgegen! Und ob am anderen Ende der Höllenschlund uns schluckt oder die Felsen uns zerschmettern – lebend gelangen wir nie und nimmer von Bord! Demütig schließe ich mit meinem Leben ab und lege es in Deine Hand. Nur Du kennst mein Soll und Haben; ich kenne es nicht, wage aber auf ein positives Saldo zu hoffen, unter dem ich für mich ein gnädiges Ende erbitte. Maria, Mutter Gottes, bitte auch Du für mich.

Die schwarzen Klippen waren in den wenigen Minuten, die Mechtild unter Deck gewesen war, merklich näher gerückt. Die Wellen brandeten schäumend gegen die Felsen. Aber das flache Land darüber war kahl, und nichts deutete auf menschliche Anwesenheit und Hilfe hin.

In der plötzlichen Windstille war nur das Rauschen des flutenden Wassers zu hören.

»Kommt, Frau Mechtild«, schrie Cord, der fünfzehnjährige, pickelübersäte Jungknecht. Er fuchtelte unbestimmt mit einem Tampen herum. Die Knochenhauerin entdeckte im Gewirr von Hölzern und Segeltuch einen dicken Balken, von dem er die Taue abgeschnitten hatte. »Es wird Zeit. Das Land Armor kommt schnell näher. Dies ist Euer. Wo bleibt die Ratsfrau?«

»Bei den Ratten«, antwortete ihm Mechtild nüchtern und stieg in die lose Schlinge, die ihren Leib an der Rah festhalten sollte.

»Die sind alle tot!« Cord fuhr hastig fort: »Der Steuermann sagte, wir sollten auf England zuhalten und uns hüten vor den äußeren Klippen des Landes Armor. Da wohnt ein unchristliches, wildes Volk, sie fressen Menschen ...« Seine Stimme versagte, und er warf sich Mechtild mit solcher Heftigkeit zu Füßen, daß sie zurückgetreten wäre, wären nicht ihre Beine bereits gefangen gewesen. Er umschlang ihre Knöchel. »Frau Mechtild! Ich hab' es Euch nie zu sagen gewagt. Ihr erinnert mich an jemanden, der mir lieb ist. Glaubt Ihr, daß wir lebend an Land kommen? Bitte, sagt, daß es gutgeht.«

Mechtild hatte keine Ahnung von Seefahrt. Knochen, Schnuten und Poten, Blut und Gedärm waren ihr vertraut. Das einzige Wasser, mit dem sie täglich zu tun hatte, kam in die Wurst oder diente zum Schrubben der Schlachtbank. Bis zu ihrer Pilgerfahrt hatte sie noch nie große Seeschiffe gesehen. Aber wie Todesangst in einem Jungengesicht aussah, wußte sie sehr wohl, die Witwe mit fünf lebenden und drei seligen Kindern.

»Wir werden es erreichen«, sagte sie zuversichtlich, obwohl das Lächeln ihr schwerfiel. »Was hätte es für einen Sinn, wenn Gott der Herr uns die Pest lebend überstehen und dann ertrinken ließe. Ganz abgesehen davon, daß er sich hüten wird, einen jungen Mann in sein Himmelreich zu lassen, der nichts als Unfug im Kopf hat. Ich könnte ihm ein Liedchen davon singen, was Lehrlinge im Haus des

Meisters anrichten! Ich bin ganz sicher, daß wir gerettet werden.«

Der Jungknecht sah getröstet zur Knochenhauerin auf und wollte antworten. Jedoch schoß das Schiff mit plötzlicher Gewalt vorwärts und drehte sich dabei wie ein Kreisel. Ein Sog schien sie zu erfassen. Cord kroch zum Mast und richtete sich daran auf. »Jesus Christus, hilf«, keuchte er, riß ein Schotende an sich und begann sich selbst mit wilder Hast festzuschnüren.

Mechtild spürte, wie sich tief unter ihren Füßen der Schiffsboden knirschend festfraß, wie sich die Cocha wieder freischüttelte und vorwärtsstürmte, um schon nach wenigen Schiffslängen auf ein neues Hindernis unter Wasser aufzuprallen. Die Wellen gischteten zischend über das hohe Vorderkastell, das in der See rollte und sich unendlich langsam wieder aufrichtete. Mechtild folgte mit den Augen den Wasserströmen, die gurgelnd aus den Speigatten drangen. Als sie aufsah, fiel ihr Blick auf die Ratsfrau. Reglos wie eine Statue stand sie im Niedergang, nicht anders als beim Betreten des Schiffes in Livorno. Und ihr schönes junges Gesicht war kühl wie eine italienische Maske. Die Empörung der Knochenhauerin wuchs ins Unermeßliche. Möglicherweise würden sie in wenigen Augenblicken Gottes Antlitz erschauen. Aber eine Ratsfrau bereitet sich nicht darauf vor, sondern berechnet ihre Aussichten. Und doch schoß Mechtild durch den Kopf, daß sie vielleicht nur zu unerfahren war, um vor einer Katastrophe Angst zu haben.

Mit einem Knirschen, das durch Mark und Bein ging, brachen tief unter Mechtild Hölzer auseinander. Als der Balken, an dem sie festgebunden war, von einer Riesenhand wie ein Kienspan in die Höhe gehoben wurde, wußte sie, daß das Handelsschiff an dieser Stelle sein Grab finden würde. Sie stimmte das Vaterunser an.

Eine rauhe Stimme sang. Oder war es kein Gesang, sondern das Heulen der Verdammten im Fegefeuer? Ein lauter Angstschrei ließ die Knochenhauerin in die Höhe fahren und um sich starren.

So ärmlich konnte es beim Höllenfürsten nicht zugehen. Dieses Fegefeuer hätte nicht einmal für ein Brühwürstchen gereicht. Es glomm matt innerhalb eines Rings aus Steinen.

Sonst sah sie nichts. Den Schrei hatte sie selbst ausgestoßen. Ein Rascheln ließ sie herumfahren.

Eine düster gekleidete Gestalt, unförmig wie ein Felsblock, schob sich über den Boden der winzigen Hütte.

Mechtild riß den Mund vor Entsetzen auf, schmeckte Salz auf den Lippen und spürte, wie ihre Mundwinkel schmerzhaft aufplatzten. Sie brachte keinen Ton heraus. Ein Gnom, ein Mann oder eine Frau? Oder doch ein höllisches Untier? Schlaff und wehrlos sank sie auf ihr Lager zurück, obwohl sie am liebsten davongekrochen wäre. Jemand rieb ihr grob das Gesicht mit einem nassen Lappen ab. Das Brennen des Salzes auf ihren Lippen verschwand, und Mechtild versuchte, die spärlichen Tropfen aufzulecken. Ein Schwall von Seewasser brach aus ihr heraus; das Spucken wollte nicht enden.

Das Fabelwesen murmelte Worte in einer unverständlichen Sprache, aber es klang sanft, und endlich begriff Mechtild, daß eine Frau ihr beistand wie einem unmündigen Kind, und sie hörte auf, so unvernünftig Widerstand zu leisten.

Resolut streifte die Frau ihr die tropfende Kleidung vom Körper, und Mechtild überließ sich ihr willenlos. Mit geschlossenen Augen roch sie Schafswolle, spürte das Kratzen einer schweren Wolldecke auf ihrer Haut, dann schlief sie ermattet ein.

»Es ist Zeit aufzustehen und die Weiterreise nach Bremen anzutreten, Knochenhauerin.« Wieder riß Mechtild die Augen auf und setzte sich auf. Die Ratsfrau, in trockener Kleidung, wartete auf sie mit allen Anzeichen von Ungeduld.

»Ich komme schon«, murmelte Mechtild gefügig und stemmte sich hoch. Einer Frau, die nach einem Schiffbruch selbst ihr künstliches Haarteil akkurat zu legen versteht, kann man nicht widersprechen. Unter dem dünnen, lockeren und fast schwebenden Schleier der Ratsfrau war in schamloser Weise jede Locke zu erkennen. Mechtild verkniff sich den Tadel, der ihr als älterer Frau zugestanden hätte. Gegenüber der Frau eines bremischen Ratsherrn allerdings nicht. Sie wickelte ihre feuchte, lappig gewordene Haube eng um den Kopf und befestigte das Gebände.

Hinter der Ratsfrau torkelte sie aus der Hütte. Im Vorübergehen fing sie ein boshaftes Lächeln der Besitzerin des Häuschens auf.

Im hellen Sonnenschein sah die Knochenhauerin einige ärmliche Hütten, geduckt und zusammengedrängt vor niedrigem, gelbblühendem Kraut. Auf einem Mäuerchen war eine Tangschicht ausgebreitet, und vor der Hütte trocknete flachgetretener Dung in der Morgensonne. Zwischen den Häusern gleißte die See, und wo immer die Knochenhauerin hinsah, überschlugen sich Wellen und schoben weiße Schaumkronen vor sich her. »Gnadenreiche Maria!« rief sie erschrocken angesichts der Felsennadeln in der brodelnden See. Aber der Wind trieb ihr die scharfkantigen Steinchen vom spärlich bewachsenen Grasboden ins Gesicht und blies ihr die Worte von den Lippen. Sie drehte sich um. »Heute wären wir nicht lebend an Land gekommen!«

»Nein, heute nicht«, bestätigte die Ratsfrau kühl und rümpfte ihre blasse Nase. Neben ihren Füßen lag ein sorgfältig in Leinwand verschnürtes Packstück, dessen glänzende Oberfläche bewies, daß es mit der Kauffrau im Wasser gewesen war.

»Wie habt Ihr es denn geschafft?« fragte Mechtild geradeheraus. »Nicht zu fassen, daß Ihr sogar Euer Bündel gerettet habt! Und wißt Ihr, wo Cord ist?«

»Ich habe mich an Euch festgehalten. Gottlob wart Ihr gut angebunden. Den Jungknecht hat man nicht gefunden, nur zwei der gestorbenen Seeleute an Land gezogen und ein paar Bretter.«

Mechtild traten die Tränen in die Augen. Cords Mutter würde nicht einmal seinen Leichnam im Grab beweinen können. »Dann wollen wir Gott für Cords Seele um Gnade bitten und für unsere eigene Rettung danken«, sagte sie inbrünstig und fiel auf die Knie. Alheyd faltete die Hände und murmelte stehend einige Worte, bevor sie das Kreuzzeichen schlug. Kaum hatte Mechtild ihr Gebet beendet, verkündete sie in entschiedenem Ton ihre Pläne. Die Bretonin spreizte abwehrend die Finger, und die Ratsfrau hob die Stimme. »Ich werde mich jetzt um die Überfahrt zum Festland kümmern. Auf dieser Insel sprechen die Wilden eine unverständliche Sprache, aber ich habe jemanden gefunden, mit dem ich mich leidlich verständigen kann.«

Mechtild sah ihr nach, wie sie im Surcot davonschritt wie unter ihresgleichen vor dem Rathaus. Die Ratsfrau hatte sogar Zeit gefunden, ihre Ärmel auszuwechseln. Wo hatte sie die denn versteckt? Etwa in dem Bündel, an dessen Gewicht sie selber mehr hatte tragen müssen als die Kauffrau?

Alheyd ging auf ein Haus mit Steinwänden und dickem Strohdach zu, vor dem einige Frauen die Köpfe zusammensteckten. Als sie es fast erreicht hatte, fuhren die Frauen auseinander wie in der Milch ertappte Mäuse und verschwanden. Die Ratsfrau war ratlos.

Mechtild lachte leise. Der mütterliche Felsbrocken neben ihr bebte ein wenig. Sie verstanden sich.

Die Knochenhauerin besann sich endlich auf eigene Pflichten, öffnete den Beutel an ihrem Gürtel und holte ihre größte Goldmünze heraus. Ein paar waren nach der langen Romfahrt noch übriggeblieben. »Ich möchte Euch danken für die Aufnahme«, sagte sie einfach.

Die Frau, deren Falten von der Feistheit und nicht vom Alter kamen, winkte Mechtild in die Hütte zurück und wies auf einen Haken an einem Sparren. Eine lange Kette mit großen und kleinen Goldmünzen hing dort

Die Knochenhauerin nagte an ihrer Unterlippe. Ihr Seelenheil war kostbar, und um es zu wahren, war sie nach Rom gefahren; aber ihr gegenwärtiges Leben war auch nicht mit einer Handbewegung abzutun. Schweigend knöpfte sie den Beutel ab und stellte ihn als Gabe auf den Boden.

Die Augen der Frau verschwanden beinahe in den Speckwülsten der Wangen. Es sah aus wie ein Lachen, und Mechtild war davon so fasziniert, daß sie kaum auf die Hände achtete, die Schicht um Schicht der Kleidung freilegten, bis der Oberkörper bloßlag.

Eine goldene Scheibe lag zwischen den prallen Brüsten wie die aufgehende Sonne zwischen den Hügeln Roms. Aber die Figuren darauf waren alles andere als christlich.

Mechtild beugte sich halb entsetzt, halb neugierig vor. Eine Mondsichel nahm den größten Teil der Scheibe ein. Wie unter dem Schutz des Mondes, dessen äußere Spitzen in zwei Kugeln endeten, standen ein Hirsch mit einem vielästigen, fast haardünnen Geweih und ein Eber. Die Beine des Ebers öffneten sich zu einem weiten Bauchraum, der ein Beil enthielt; getrennt wurden die beiden Tiere durch drei Kugeln.

Die Inselfrau klatschte mit der Hand auf ihre Brüste und legte den Fingernagel auf die Mondsichel. Danach erschlug sie mit einer unsichtbaren Axt ein Tier und speerte ein anderes; schließlich rammte sie einen von ihrem Schoß ausgehenden imaginären Stößel in nicht vorhandenes lebendes Fleisch.

Mechtild nickte in die fragenden braunen Augen hinein. »Frau und Mann«, sagte sie.

»Kernunnos, Teutates!« bestätigte die Dicke, reichte Mechtild den Beutel zurück und nahm ihr behutsam die kleine Münze aus der Hand. Während die Knochenhauerin der Ratsfrau mit keuchendem Atem hinterherlief, überlegte sie, warum die Inselfrau ihr erzählt hatte, daß hier die Männer im Schutz oder unter der Macht von Frauen standen. Und hübsche Namen gaben sie der Hirschfrau und dem Schweinemann: Kernunnos und Teutates. Es klang alles sehr, sehr heidnisch.

Mechtild schlug das Kreuz und dachte gleich darauf beschämt: Gott allein kann seine Schöpfung erklären. Hier hatte Er sich den Spaß erlaubt, anders zu schöpfen als gewöhnlich, und das war Sein gutes Recht.

Außer einigen kleinen Jungen und einem Hahn waren weit und breit keine männlichen Wesen zu sehen. »Habt Ihr schon gemerkt, daß sie hier die Männer unter Verschluß halten, Ratsfrau?« fragte sie heiter, als sie bei ihr angelangt war.

Alheyd hatte mit verdrießlichem Gesicht auf die Knochenhauerin gewartet. »Ich kann die Frau nicht finden, mit der ich gestern sprach.«

»Es ist schwer, jemanden einzufangen, der nicht mit einem reden will.« Mechtild erhielt für ihre bescheidene Bemerkung einen giftigen Blick.

Die Hausherrin war hinter ihnen hergeschlurft. Zwischen ihren schnaufenden Atemgeräuschen stieß sie einen scharfen Pfiff aus, und daraufhin kehrten einige der Frauen widerwillig um. »Henori«, befahl sie streng.

Alheyd zeigte mit dem Finger auf die junge Frau, die zögernd vorgetreten war. »Das ist sie. Ich brauche ein Boot, das uns auf das Festland übersetzen kann. Wir müssen ein Schiff der Hanse finden, das uns nach Bremen bringt. Oder nach Brügge.«

Henori nickte. »Konk«, schlug sie vor.

Die übrigen Frauen schüttelten die Köpfe und besprachen sich. »Barba«, rief endlich die lauteste von ihnen und ließ eine Flut von Worten auf die Dicke einstürzen.

Mechtild zog die Augenbrauen hoch und trat nervös auf der Stelle, aber die Ratsfrau dachte gar nicht daran, ihr etwas zu erklären. Ihr schmales Gesicht nahm einen verdrossenen Ausdruck an, je länger sie Henori zuhörte. »Wir kommen hier nicht fort. Die Männer sind tagelang draußen auf Fischfang, und die Frauen möchten nicht das Leben ihrer Halbwüchsigen für uns riskieren. Die Fahrt in den kleinen Booten zum Festland ist wegen der starken Strömung bei Ebbe und Flut lebensgefährlich, sagen sie.« Gedankenverloren zupfte Alheyd an ihren Ärmelspitzen, während sie hinzufügte: »Ich hatte sogar den Eindruck, daß sie glauben, sie müßten uns überhaupt nicht übersetzen.«

Mechtild schniefte und wischte sich die Nase. Frauen gab es hier genug. Nicht daß sie etwas dagegen gehabt hätte: Männer wollten immer nur das eine, und wenn sie genug davon hatten, starben sie ihren Frauen unter den Händen weg und ließen sie mit den großen Mäulern der kleinen Kinder allein. Aber an allem anderen war hier gewiß Mangel. Und Frau Alheyd trug silberdurchwirkte und seidenbesetzte

Kleidung; sie selbst hochwertigen Wollstoff, der die nächsten Jahre ohne weiteres überstehen würde.

Ganz im Gegensatz vielleicht zu seiner derzeitigen Besitzerin. Sie wechselte einen besorgten Blick mit der Ratsfrau.

Barba traf eine Entscheidung. »Ihr werdet bei mir schlafen«, übersetzte Henori gehorsam.

Mechtild sah sehr wohl, daß Barba unzufrieden war, obwohl die Frauen wie eine Gänseherde davonmarschierten. Dennoch einstweilen erleichtert, betrat sie hinter Barba wieder das kleine Häuschen. Geblendet von der Helligkeit draußen, konnte sie zunächst nichts sehen; aber die hölzerne Tür schlug zu, und es lauerte kein verborgener Mörder dahinter. Die Elster äugte neugierig aus dem Käfig.

Nachdenklich betrachtete die Knochenhauerin die sorgfältig gefügten Gitterstäbe.

Cord war in eine winzige Bucht zwischen scharfen Felskanten geworfen worden, und es war ein Wunder, daß sie ihn nicht zerschnitten hatten. Männer des Festlandes fanden ihn, die sich wie jedesmal, wenn ein Schiff zwischen den Felsnadeln umhertorkelte, um sich schließlich an den Unterwasserklippen aufzuspießen, hoffnungsvoll aufgemacht hatten, um nach verwendbaren Resten des Wrackes zu suchen.

»Er ist nicht tot«, stellte einer mürrisch fest. Brauchbares hatten sie bisher nicht gefunden, und ein lebender Schiffbrüchiger war nur Ballast für ihr karges Leben. Der Mann öffnete die Jacke des Jungen, aber das Untergewand war genauso zerrissen wie das obere.

»Er ist jung und braucht nicht viel«, sagte ein anderer. »Nehmen wir ihn mit.«

Sie wuchteten ihn in ihr kleines Fischerboot und schleppten ihn später über den Pfad ins Oberland hinauf, wo sie ihn der alten Mettik übergaben. Vielleicht konnte sie ihn gebrauchen. »Heiliger Trever«, murmelte die Frau, »was soll ich mit dieser Grille? Sie taugt nicht einmal, um Tanzmusik zu machen.«

Nach einigen Stunden fand sie Zeit, nach dem Jungen zu

sehen. Wach war er nicht geworden, obwohl seine Lippen Atemluft blubberten. Seine Stirn fühlte sich heiß an.

Am Abend glühte der Junge und atmete wie ein Blasebalg. Mettik durchsuchte seine Kleidung, fand aber nichts von Wert. Die Jacke und die Hose konnte man noch verwenden, wenn man den Stoff auftrennte.

Zwei Tage später zog Mettik den Jungen aus. Sie sah die blauroten Beulen auf seiner Haut, eine am Handgelenk, eine in der Achselhöhle. Mettik rief die Männer, die den Jungen gebracht hatten.

Auf dem Scheitelpunkt der Flut übergaben sie den mageren nackten Körper dem Wasser. Es würde ihn weit, weit wegtragen und für immer verschwinden lassen.

Auf der Insel der Frauen lehnte Alheyd am Rand eines Mäuerchens und kritzelte hastig in ihr Büchlein.

Anfang August a. D. 1360: Liebster Rucenberg, Eure Ratschläge fehlen mir sehr. Aber ein solches Schicksal konntet selbst Ihr nicht vorhersehen. Es ist mir unbegreiflich, warum sie uns hier festhalten. Von Lösegeld war bisher nicht die Rede. Barba, anscheinend Beherrscherin dieses Dorfes, umschleicht uns wie der Hofnarr seinen König und läßt uns dabei kaum einmal aus den Augen. Bewacht oder beschützt sie uns? Sie verweigert uns einen Boten zum Festland.

»Ich verstehe nicht, was sie mit uns vorhaben«, nörgelte die Ratsfrau, während sie die kurze Strecke von einer Hauswand zur anderen abschritt, als wäre sie zu Hause in ihrer Kemenate. Hier mußte sie den Kopf ducken und der Herdstelle in der Mitte des Lehmbodens ausweichen, aber selbst das konnte ihre nervöse Hast nicht bremsen.

Das Brausen des Sturms übertönte Alheyds Worte trotz der schützenden Wände. Mechtild hörte jedoch die echte Besorgnis hinter ihrer Beschwerde. »Ich fühle mich auch wie eine Weihnachtsgans im Holzkasten«, sagte sie friedfertig. »Steckt den Kopf durchs Loch und schaut Euch um, aber rüttelt nicht an den Wänden, Ratsfrau. Diese Menschen haben uns gerettet und füttern uns durch. Ihr solltet Gott danken, daß wir bei dem Sturm ein sicheres Nest gefunden haben.«

»Sicherlich«, stimmte Alheyd zu. »Aber gegenwärtig wäre mir lieber, ich könnte sicher sein, daß die Frauen nicht auf den Schlachttag von Gänsen warten.«

Barba hatte kein Schlachtfest im Sinn, soviel war sicher. Sie hatte sie unter ihren Schutz genommen, und das Weitere würde sich finden. Aber Mechtild antwortete nicht mehr. Sie war Knochenhauerin und Alheyd Ratsfrau in einer Hansestadt, und die Kluft zwischen ihnen war mit Worten nicht zu überbrücken.

Die Tür aus schweren Holzbohlen flog auf; die Lederbänder knarrten vernehmlich. Barba rauschte herein wie eine Flutwelle, und der Luftzug ließ die Flammen des Kochfeuers auflodern. Ihre fleischigen Lippen murmelten Worte, die sich in Mechtilds Ohren wie Verwünschungen anhörten. Sie wandte sich unvermittelt an Mechtild, wobei ihre Hände mehr sprachen als ihr Mund.

Mechtild hatte lange genug an der Knochenbank auf dem Marktplatz Ware verkauft, um sich auch ohne Worte mit Menschen verständigen zu können. »Sie sagt, der Sturm sei zu früh und zu stark gekommen. Die Frauen fürchten um das Leben der Männer draußen.« Die Ratsfrau seufzte hörbar.

Barba befestigte Webeplättchen an ihrem Gürtel und begann ein Band aus roten Fäden zu weben. Mechtild beobachtete sie nur verstohlen, weil sie das Gefühl hatte, bei einer Handlung zu stören, die nicht für ihre Augen bestimmt war. Vielleicht nicht einmal für Gott den Allmächtigen.

Als die Dämmerung sich über die Insel senkte und der Sturm um die Hausecken peitschte, kamen die Frauen. Nicht alle fanden Platz im Haus, aber ihre Stimmen drinnen und draußen waren gleich fordernd.

Barba weigerte sich. Sie umwickelte ihre Handgelenke mit dem fertigen roten Band und hielt sie in die Höhe. »Das heilige Band wird eure Männer beschützen.«

Henori, die ihr erstes Kind erwartete, ballte die Fäuste vor dem Mund: »Barba, das reicht nicht aus, um unsere Männer heimzuholen! Dieses Mal nicht!«

»Seit ich lebe, gab es zu dieser Jahreszeit keinen so starken Sturm«, bekräftigte eine uralte Frau mit heiserer Stimme. Das Schwatzen der Frauen verebbte. »Du mußt den Behelmten mit den Hörnern beschwören.«

Einen Augenblick lang hing die Stille zwischen den Frauen wie Nebel zwischen Bäumen. Mechtild hielt den Atem an.

»Die Ahnen überliefern seit Menschengedenken keine Tauchopfer an Teutates. Die fremden Frauen stehen unter meinem Schutz.« Barba sah Gwenola haßerfüllt an. Sie machte ihr nicht zum ersten Mal die Macht streitig.

»Denke an unseren Urahnen, Cichol Gri Cen-Chos, den Krieger aus dem Geschlecht der Fomori«, flüsterte die Frau und schob ihr hageres, schnurrbärtiges Gesicht vor wie ein alter Ziegenbock.

Mechtild spürte den Kampf zwischen den beiden Frauen. Vielleicht hatte die Alte einst die Macht auf der Insel gehabt, bis Barba sie ihr aus der Hand genommen hatte. Und obwohl von der jungen Gerte nur noch das spröde Holz übriggeblieben war, hatte sie die jungen Frauen bereits auf ihre Seite gezogen. Irgendwie hing das alles mit ihnen selbst zusammen.

»Cichol Gri Ohnefuß hat Tag für Tag gekämpft. Tapfer waren unsere Ahnen, Männer wie Frauen! Und eine der tapfersten die Frau des Tethra, des Königs der Fomori!« fauchte Gwenola und begann mit hoher Stimme einen uralten Gesang vorzutragen:

»Wonach verlangt es das Weib des Tethra?
Nach dem Feuer des Kampfes,
Nach Reihen von Kriegern, vom Schwerte zerrissen,
Nach Blut und nach Leichnamen unter Leichen,
Nach Augen in Todesstarre, nach Köpfen,
vom Rumpf abgetrennt.
Solcherlei Worte vernimmt sie mit Freude.«

»Wir werden nicht verweichlichen wie die Frauen vom Festland«, rief sie schließlich und sah jede einzelne Frau auffordernd an. »Beweise, daß wir die Kraft der Ahnen haben! Zeige, daß du Barba bist!«

Einige der Inselfrauen machten Gesichter wie Knochenhauer, die das Gewicht einer Sau abschätzen. Bedrohliches ging von ihnen aus. Aber wenn Mechtild sich umsah, um die Quelle der Drohung zu suchen, war sie schon wie Wasser im Sand versickert. Über die Köpfe hinweg versuchte sie, Alheyds Aufmerksamkeit einzufangen.

Doch die Ratsfrau stand an der Steinmauer und reckte ihr Kinn in die Höhe. Genauso gelassen würde ihr Ehemann den Beschluß zur Erhöhung von Fleischbankabgaben abwarten, dachte Mechtild verärgert.

Barba schüttelte den Kopf. »Ich werde es nicht tun«, sagte sie bestimmt. »Noch nicht. Das hieße, die Männer schon verlorenzugeben. Geht jetzt nach Hause. Ich werde den Kranichtanz tanzen.«

2. Im Sumpf von Brest

Die Inselfrauen redeten durcheinander, während sie zur Tür hinausdrängten.

Mechtild entspannte sich, für den Augenblick schien die Gefahr vorüber. Während Barba sich tief unter der Schräge des Reetdaches zu schaffen machte, tappte Mechtild leise zu Alheyd hinüber. In deren Augen las Mechtild zum ersten Mal, seit sie sie kannte, Ratlosigkeit. Während der Seereise hatte sie schweigsame Überheblichkeit zur Schau gestellt, und wenn sie einmal den Mund aufmachte, wußte sie alles besser.

Mechtild begann, ihr ins Ohr zu flüstern. Sie war der Meinung, daß die Frauen irgend etwas verlangt hatten, das im Zusammenhang mit ihnen beiden stand, und daß Barba es einstweilen abgeschlagen hatte. Aber die Stimmung der Inselfrauen konnte jederzeit wieder umschlagen.

Die Ratsfrau nickte.

Barba kam auf sie zu und schob sie, nicht anders als den dreibeinigen Hocker und einen Fischkorb, unter die Schräge. Dem Schaf warf sie ein Bündel Stechginster vor, und Mechtild sah ihr an, daß damit die gewöhnliche Haushaltstätigkeit ein Ende gefunden hatte.

Denn Barba griff mit geschlossenen Augen nach dem Amulett an ihrer Brust.

Und ausgerechnet jetzt beabsichtigte Alheyd, ihre Meinung vorzubringen. Mechtild legte warnend den Finger über ihre Lippen, und die Ratsfrau fügte sich verblüfft.

Im flackernden Licht zweier Kienspäne zog Barba ein seltsames Muster von Linien in den Lehmfußboden und füllte die Rillen mit hellem Seesand. Danach warf sie ihre Kleidung ab, nur das Medaillon blieb glänzend auf ihrer Brust liegen. Alheyd verzog ihr Gesicht und schloß die Augen.

Barba stimmte eine eintönige Melodie an, hob die Arme

und betrat mit wiegenden Hüften den Linienkreis, in dessen Mitte ein großer Kessel auf dem Feuer stand. Während sie der Schneckenzeichnung in immer engeren Windungen bis in den Mittelpunkt folgte, wurden die Töne höher, und ihre auf- und abschwingenden Arme berührten das Reet über ihrem Kopf.

Dicht am Feuer brach sie den Gesang und die Bewegung ab und schien auf einen weit entfernten Ruf zu lauschen. Ihr Gesicht wurde schmal und leer. Sie streckte den Kopf mehrmals ruckartig vor und machte einige hüpfende Schritte. Aus den emporgereckten Händen rieselten Samenkörner in das brodelnde Wasser.

Nach einem langen Zwiegespräch mit einem unsichtbaren anderen tanzte Barba leichtfüßig den gleichen Weg zurück zum Ausgangspunkt. Ihre Haut glänzte vor Schweiß.

Ohne Mechtild und Alheyd zu beachten, raffte sie ihre Kleider zusammen und verließ das Haus.

Mechtild drückte die Schultern ratlos und innerlich aufgewühlt an das Reet, bis ihr die Halme in den Nacken stachen und der Rücken von den herausragenden Felssteinen des Simses schmerzte. Sie hatte dergleichen noch nie gesehen. Aber Barba war vom selben heiligen Ernst erfaßt gewesen wie der Pfarrer bei der Wandlung. »Was war das?« fragte sie schließlich.

»Heidnischer Zauber«, antwortete die Ratsfrau mit schmalen Lippen. »Labyrinthe sind nicht im Sinn unserer Mutter Kirche, weil sie einer unchristlichen Zeit angehören. Es gibt sie nur noch im Verborgenen, sagt Rucenbergius. Daß man in ihnen auch opfert und tanzt, wußte ich allerdings nicht. Schon gar nicht wie ein Vogel.«

»Nicht *wie* ein Vogel. Sie *war* ein Vogel«, stellte Mechtild richtig. »Ein Kranich.« Ein Kranich, der mit dem Gott der Kraniche über die Welt, den Sturm und die Männer geredet hatte. Und über zwei fremde Frauen, deren Schicksal irgendwie von diesen Dingen abhing. Aber die Knochenhauerin gab sich keine Mühe, es Alheyd zu erklären, sie würde nur lachen.

Die Lippen der Ratsfrau kräuselten sich. Weniger denn je

verstand sie die Knochenhauerin. Beide kamen sie aus fortschrittlichen Städten des niederdeutschen Küstenlandes, deren Reichtum auf dem Handel der *gemeinen Kaufleute aus dem römischen Reich von Almanien* beruhte, sprachen dieselbe Sprache und gehörten der heiligen Mutter Kirche an. Ihr selber würde diese Insel fremd bleiben. Aber die Knochenhauerin sah offensichtlich nichts Unchristliches darin, daß sich Frauen in Vögel verwandelten.

»Wenn Barba ihr Federkleid geputzt hat, könnt Ihr sie ja nach der Bedeutung fragen«, schlug Alheyd in säuerlichem Ton vor.

Am nächsten Morgen schlief der Wind kurz nach dem Morgengrauen ein. Mechtild erwachte von der Stille. Barba war bereits auf und schürte das Feuer. Als sie bemerkte, daß ihr Gast wach war, griff sie zum imaginären Speer und zur Axt und deutete auf das Meer hinaus. Bevor sie vor den Augen der mittlerweile aufmerksam gewordenen Ratsfrau in heidnischer Weise deutlich wurde, nickte Mechtild kräftig. »Ratsfrau Alheyd, die Männer kommen, sagt Barba.«

Vor dem Haus jubelten Kinderstimmen, Frauen riefen, und nach einiger Zeit fielen tiefe Männerstimmen ein.

Mechtild bekreuzigte sich, dankbar für Gottes Gnade gegenüber den Inselfrauen und dankbar auch für Sein Eingreifen zugunsten ihres ungewissen Schicksals. Barbas Hände zuckten voll Abwehr, aber ihr erleichterter Blick kreuzte sich mit dem von Mechtild.

»Dann werden sie uns sicher heute noch übersetzen«, mutmaßte die Ratsfrau mit derselben Sicherheit, mit der sie die Prognose für das Geschäftsjahr abgeben würde. Sie wickelte ihren Schleier vom Kopf und strich ihn notdürftig glatt. »Meine Manicottoli sehen fürchterlich aus«, seufzte sie mit einem bekümmerten Blick auf die zerknitterten Ärmelstücke. »Was ich brauche, ist ein heißes Eisen.«

Als ob sie den Fischern imponieren müßte! »Wir brauchen ein Boot, kein Eisen«, knurrte Mechtild aufgebracht.

Barba mußte geahnt haben, daß die Ratsfrau von ihrer Abreise sprach. Sie schüttelte bedächtig den Kopf und deutete mit dem Zeigefinger in die Höhe. Ein fernes Rauschen war bereits zu hören, das sich in Minutenschnelle wieder zum Sturm steigern konnte, diesmal aus einer anderen Richtung.

»Nun, dann also nicht«, gab die Kauffrau resigniert nach.

Die Inselbewohner lärmten ausgelassen zwischen den Hütten. Ausnahmslos alle Boote hatten es geschafft, in der kurzen Pause des Sturms zu landen, und darüber hinaus war der Fang gut gewesen.

Um die beiden Frauen kümmerte sich niemand mehr. In allen Häusern wurden Vorbereitungen für ein Fest am Abend getroffen, Bretter für Tische und Hocker herbeigeschleppt, die gestampften Böden gefegt und Büschel von Kräutern in die Eingänge gehängt. Zu Barba kamen noch vor der Dunkelheit so viele Nachbarn, wie das Haus faßte.

Die Knochenhauerin und die Ratsfrau, eingezwängt zwischen anderen Frauen, waren geladen zu Seezunge, Steinbutt, Seebarsch, Makrelen, Muscheln und Riesenkrabben. Dazu gab es eingesalzenen Queller und gekochte Blätter, die wie Fußlappen aussahen, aber appetitlich rochen und ganz ausgezeichnet schmeckten. Mechtild griff beherzt zu und redete angeregt mit den Händen; Alheyd kostete mit spitzem Mund und war still, wofür Mechtild sehr dankbar war.

Nachdem die Schüsseln, Löffel und Bänke fortgeräumt waren, hockten sich die Frauen und Männer an den Wänden auf den Boden; die Kinder sprangen über die Absperrung zu den Gänsen und dem Schaf hinein und wurden leise, als ein Fischer neben dem Herdfeuer Platz genommen hatte.

Er erzählte. Seine Arme maßen einen Riesenfisch ab, und von den Zuhörern kamen bewundernde Rufe. Als er den Fangtag ausführlich beschrieben hatte, machte er einem anderen Platz. Danach kam Barba an die Reihe. Sie nickte zu Henori hinüber, die sich zwischen die Ratsfrau und Mechtild drängte.

»Es war vor langer Zeit, als die Hühner noch Zähne hatten«, begann Barba und erzählte die Legende vom einäugigen Riesen Balor, dessen Auge sieben Lider hatte, die er nacheinander öffnen mußte. »Und in dem Augenblick, in dem er auch das siebente aufmachte, entstand eine solche Glut in der Welt, daß alles ringsum vernichtet wurde.«

Die Zuhörer seufzten erschrocken, und die Kinder hinter dem Flechtwerk erwarteten mit geduckten Köpfen und den Fäusten vor den Augen das Ende der Welt.

Aber noch war die Welt nicht am Ende aller Dinge angelangt, und Barbas Pause gab Henori Zeit, für Alheyd zu übersetzen, und diese übersetzte für Mechtild. Und Mechtild fühlte sich in seltsamer Weise an eine Geschichte erinnert, die sie als Kind von einem Seemann aus dem fernen Norden gehört hatte und seitdem nicht wieder.

Obwohl Balor die Welt bedrohte, heulten die Kinder entsetzt auf, als der Gott Lug ihm mit einem Schleuderstein das Auge ausschlug. Die Welt war gerettet, aber hatte Balor den Tod verdient? Barba bat die Kinder, mit ihrem Urteil zu warten. Und dann erzählte sie, daß Balor sterbend Lug bat, ihm den Kopf abzuschneiden und auf den seinen zu legen, damit er, Balor, seine Weisheit auf Lug übertragen könne. »Der Gott mißtraute aber dem Riesen und legte den Kopf auf die Astgabel eines Haselnußstrauches. Und schon der erste Tropfen von Balors Blut spaltete den Baum und zerstörte ihn.«

»Das geschah Balor recht, das mit dem Auge«, riefen die Kinder, und Mechtild verstand es auch ohne Übersetzung. Die Erwachsenen klatschten in die Hände vor Freude. Danach verlangten sie etwas, das Mechtild nicht verstand und Henori nicht weitergab.

Barba nickte, erhob sich und deutete zuerst auf Mechtild, dann auf den Erzählhocker. Mechtild schüttelte den Kopf.

»Geht«, forderte Alheyd die Knochenhauerin mit ruhiger Stimme auf. »Wer Märchen erzählt, wird in aller Welt als Gast behandelt.« Mechtild wurde dunkelrot vor Ärger. Diese junge Gans erlaubte sich, sie zu belehren. Sie warf ihr einen giftigen Blick zu und setzte sich widerstrebend auf den Hocker. Und ohne darüber nachzudenken, verwarf sie alle

Märchen aus der Spinnstube und wählte die Geschichte des Seemanns.

»Dar is mal een Gott weest«, fing sie an, »de het Balder heten. Und er war von so schönem Aussehen und so hell, daß ein Leuchten von ihm ausging. Und er hatte das freundlichste Wesen von allen Asen – so hieß seine Familie – und war der Weiseste von ihnen allen. Seine Mutter aber hatte Angst, daß ihm jemand schaden könnte, und verlangte von allen Lebewesen einen Eid, daß sie Balder schützen würden. Alle leisteten den Eid außer der Mistel, die vergessen wurde. Der größte Feind der Asen aber war Luki, der einer anderen Götterfamilie entstammte.«

Mechtild gab das Wort an die Ratsfrau und Henori weiter, aber sie spürte, daß Barba der Übersetzung nicht lauschte. Die Herrin der Insel wußte, daß Mechtild von den Göttern ihrer eigenen Geschichte sprach.

»Luki«, fuhr Mechtild fort, »war falsch und böse. Als sich die Götter damit vergnügten, Gegenstände auf den unverwundbaren Balder zu werfen, gab Luki dem blinden Bruder von Balder einen Mistelzweig in die Hand. Und an ihm starb der Weiseste aller Götter.«

Nun trauerten die Kinder mit Mechtild um den schönen Balder, und alle fanden sein Ende schrecklich.

Barbas Gesicht, das seit der Ankunft der Männer soviel freundlicher geworden war, legte sich in nachdenkliche Falten. »Vielleicht wurden unsere Ahnen in uralten Zeiten getrennt, weil sie verschiedenen Göttern recht gaben.«

Die Frauen nickten, weil sie wußten, wozu Streit im eigenen Hause führen kann und daß es gut ist, ihn zu beenden, bevor es zum Blutvergießen kommt. Die Knochenhauerin sah sich unversehens wie eine lang vermißte Verwandte in ihren Kreis aufgenommen. Sie überlegte, ob sie sich zum Kranich geeignet hätte, während sie die abseits stehende Ratsfrau unauffällig heranwinkte. Aber natürlich kam sie nicht.

Die Männer schoben sich schon zur Tür hinaus und redeten längst wieder über Netze und Fänge, während sich die Frauen um Barba drängten. Diese verkündete laut: »Wir haben beschlossen, euch zu erlauben, unsere Insel zu verlassen. Daß ihr die gleichen alten Götter kennt wie wir, bestärkt uns in unserer Milde. Ihr sollt wissen, daß es Inseln in der Nähe gibt, auf denen alle Schiffbrüchigen erschlagen werden.«

Mechtild dachte bereits, daß alles entschieden sei, als Barba noch einmal ihre Stimme hob. »Ihr werdet bei einsetzender Ebbe zum Festland aufbrechen. Ein Rätsel müßt ihr vorher noch lösen. Es lautet: Was ist leichtfüßiger als der Wind und heißer als Feuer?«

Dieses Mal übersetzten Henori und Alheyd sorgfältig Wort für Wort. Mechtilds Gedanken bewegten sich voll Panik im Kreis. Die Ratsfrau aber antwortete ohne sonderliche Gemütsbewegung: »Der Gedanke einer Frau zwischen zwei Männern.«

Henori übersetzte kichernd, Barba lachte schallend und tätschelte Mechtild den Arm. »Frauen sind überall gleich.« Die Knochenhauerin wagte mitzulachen, weil sie nun endlich wirklich frei waren.

Viel später, als sich Mechtild schlaflos auf ihrem Sack mit knisterndem Tang umherwarf, fragte sie sich bang, was geschehen wäre, wenn die Ratsfrau die Frage nicht hätte beantworten können. Und woher in aller Welt hatte ausgerechnet sie die Antwort gewußt?

Zwei Tage später hatte sich der Sturm gelegt. Barba holte Mechtild und Alheyd, als die Männer mit dem Boot warteten.

Während die Ratsfrau, ungeduldig wie immer, schon hinausging, zog Barba Mechtild an die Herdsteine. Im Licht des niedrigen Feuers befestigte sie an Mechtilds Hals eine kleine goldene Münze. Die Knochenhauerin erkannte darauf einen Eber mit borstiger Rückenmähne und einem Beil unter dem Bauch. Barbas Gesten und Augen erzählten Mechtild mehr als ihre Worte: Enez Eussa war die Insel der Frauen. Hier hatten die Frauen die Macht. Auf Enez Eussa brauchten sie keine Götter von Männern und auch keinen Teutates. Aber auf dem Festland würde die Münze Mechtild nützlich sein. »Und Ratsfrau Alheyd?« fragte Mechtild verlegen.

Barba winkte ab. »Frau Alheyd ist wie ein Mann. Meinen Schutz braucht sie nicht.«

Mechtild nickte ratlos und erwiderte Barbas Kuß auf ihre Stirn schwesterlich. Danach schob Barba Mechtild energisch zur Tür hinaus.

Die Ratsfrau und die Knochenhauerin waren von Konk nach Brest weitergewandert. Anfangs hatte die Knochenhauerin kaum eines der Wegkreuze ausgelassen, um sich für die wunderbare Rettung zu bedanken, aber dann hatte sie zu ihrem gewohnten Gleichmut zurückgefunden. In Brest fanden sie glücklicherweise in einem Gasthof einen winzigen Raum für sich, einen der wenigen, die nicht von Soldaten beschlagnahmt worden waren. Zu ihrem Schrekken wimmelte die Stadt von Kriegsleuten und ihrem üblichen Gefolge. Und man sprach darüber, daß der Schiffsverkehr ruhe.

Es gab zwei Alkovenbetten in der Kammer, aber die war verkommen wie ein unbewohnter Hühnerstall. »Die Ratte hat den Uringestank nicht ausgehalten«, stellte Mechtild fest und schleuderte das tote Untier grimmig aus der Fensterluke. »Bretonische Ratten sind anscheinend etwas zart. Wir werden es uns trotzdem gemütlich machen.« Aber die Ratsfrau schien nicht dankbarer als die Ratte für das Dach über ihrem Kopf, und erst nachdem Mechtild sämtliches krabbelnde Ungeziefer totgeschlagen hatte, war sie bereit, den Raum zu betreten. Die Knochenhauerin überprüfte, wie sich die Tür nachts versperren ließ. »Wer weiß, wie lange wir hierbleiben müssen. Obwohl wir jetzt immerhin schon um zwei Wegstunden näher an Stade herangekommen sind.«

Alheyd rümpfte die Nase. Daß sie mit einer Knochenhauerin zusammengepfercht war, mochte vorübergehend akzeptiert werden: sie konnte sie immerhin als Schutz und zugleich als eine Art Dienerin betrachten. Das übrige hätte Rucenberg nicht geduldet. »Was mich betrifft, habe ich nicht vor, hier länger als einen Tag zu verbringen. Wir werden sofort zum Hafen gehen«, bestimmte sie.

Mechtild hatte nichts dagegen. Aber sie glaubte nicht an die Kraft der Gedanken, ein Schiff herbeizurufen, wenn da keines ist. Ratsfrauen dachten darüber vielleicht anders. Sie brachten es ja auch fertig, Rittergeschichten zu lesen, während andere auf sie warteten. Demonstrativ ließ sie sich auf die dünne Strohschüttung fallen, während sie Alheyd beobachtete. Ein christliches Traktat war das nicht, in dem die Ratsfrau blätterte, darum hätte sie ein Schweinsöhrchen gewettet.

Alheyd überlas in Ruhe ihre letzte Eintragung. Sie hatte nicht gedacht, daß es dazu noch kommen würde.

14. August a. D. 1360, Bretagne: Gottlob, wir sind nach fürchterlicher Fahrt heil auf dem Festland angelangt. Gottlob auch, wieder unter Christenmenschen zu sein. Einzig die Weiterreise macht jetzt Sorge. Derzeit laufen angeblich wenig Schiffe aus, jedenfalls keine, die durch den Kanal fahren, da die Bretonen in einen Krieg verwickelt sind, an dem auf verschiedenen Seiten Bretonen, aber auch Franzosen und Engländer teilnehmen.

Dann suchte sie nach der Stelle über die Kleidung. Dazu schrieb Rucenberg:

Wenn Du, liebe Schwester, hierzu meinen Rat annimmst, so sieh darauf, daß Du stets schicklich und unserem Stand entsprechend gekleidet bist. Bemühe Dich stets, Deine Haube, Dein Halstuch, Deine Kapuze und alles übrige sauber und unauffällig zu arrangieren. Sei anderen ein Vorbild an Ordnung und Schlichtheit.

Weitere Angaben fanden sich nicht. Alheyd schlug die Buchdeckel zu und stand auf. »Worauf wartet Ihr?« fragte sie und klemmte sich ihr Bündel unter den Arm.

»Ihr habt doch nicht etwa vor, ohne mich abzureisen?« fragte Mechtild aufgebracht.

Die Ratsfrau schüttelte den Kopf. »Ich lasse nur meine Besitztümer nicht aus den Augen.«

Kurz danach mußte Mechtild ihr widerwillig recht geben. Das Viertel war so verkommen wie das Wirtshaus. In den schmalen, düsteren Gassen zwischen den oben vorkragenden Häusern wimmelte es von Männern unter Waffen, von schmierigen alten Kerlen bis zu Dreikäsehochs, deren Händchen in fremden Taschen kaum zu spüren waren. Die Frauen mit Männerkleidung und Gugel waren gewiß keine ehrbaren Hausfrauen. Andere mit Kleiderausschnitten bis zum Bauchnabel dienten sich schamlos jedem Mann an, bei dem sie Geld im Beutel vermuteten.

»Wie schrecklich!« rief Mechtild spontan aus. »Wie in Hamburg nach der Pest. Gottes ganze Ordnung ist durcheinander, hier wie dort.«

An Alheyd prallte der Entsetzensruf der Knochenhauerin ab. Neugierig betrachtete sie eine junge Frau im Surcot und mit einer englischen Kappe statt eines Schleiers. »Bon et riche«, schwärmte sie mit sachkundigem Blick auf die feine Nadelarbeit. Die Trägerin lächelte geschmeichelt und hakte sich bei einem Ritter ein, der einen ganzen Satz kostbarer Perlenknöpfe am Hut zur Schau stellte. Sie sprachen Englisch miteinander.

»Was?« fragte Mechtild erbost und beziehungsvoll. Die Ratsfrau dachte gar nicht daran zu antworten. Aber den Neid konnte Mechtild ihr am Gesicht ablesen, während sie dem Paar nachsah, bis sie die beiden aus den Augen verloren hatte.

»Wer sich mit dem Althergebrachten bescheidet, wird die Welt nie verändern«, sagte Alheyd hochtrabend. »Guckt Euch die Mägde und Knechte in den langweiligen grauen Gewändern an. Sie werden ausgenutzte Kreaturen bleiben, und sie verdienen es. Da lob' ich mir die Engländer! Sie bewegen heute die Welt.«

»Was fragen die Leute nach Seide? Wenn sie nur genug zu essen haben!« murmelte Mechtild in ihren Kragen hinein. Eins wußte sie genau: Wenn ihr Verstorbener gesehen hätte, daß seine Frau mit Huren, Zuhältern, Dieben, Soldaten und Totschlägern schwatzte wie mit ihresgleichen, hätte er sie verstoßen. Und zu Recht.

Aber in Ratskreisen nahm man es wohl nicht so genau. Denn die Ratsfrau, die ihren Schleier nur sehr locker über die Haare geworfen hatte, wich nicht einmal den Männern aus, die ihr ganz eindeutig Anträge machten. Die Knochenhauerin bekreuzigte sich, als ihnen in all diesem Unrat ein Priester entgegeneilte. Gelobt sei der Herr, er wird sie ermahnen, dachte sie dankbar und beugte sich vor, um seinen Ärmel zu küssen, als er neben ihnen stehenblieb.

Der Priester entzog ihr den Arm mit einem Ruck, um die Ratsfrau zu segnen. Die Knochenhauerin sah genau, daß seine bleiche Hand dabei die Entfernung von einer Brustspitze zur anderen abmaß, ohne daß die Ratsfrau ihn zurückstieß.

»Was war denn das für ein Priester?« schnaubte sie, als er weiterlief. Seine Kutte trug er verkehrt herum, mit einem Ärmel auf dem Rücken und überdies am Saum gezaddelt. »Ratsfrau, laßt uns umkehren! Die Ruchlosigkeit und Schamlosigkeit in dieser Gegend der Stadt sind ja nicht mehr zu überbieten!«

»Meint Ihr, wir sollen zum Hafen fliegen wie die Möwen?« fragte die junge Frau amüsiert und drehte sich zu ihr um.

Mechtild verschlug es die Sprache. Die Ratsfrau erduldete dies nicht etwa, weil sie keinen anderen Weg sah. Es machte ihr Spaß! Sie suhlte sich im städtischen Schmutz wie ein Schwein in der Gosse.

Alheyd wollte gar keine Antwort. Sie liebte städtisches Getümmel, und nach dieser grauenvollen Seefahrt sog sie es ein wie ein Lebenselixier. An der nächsten Ecke stieß sie beinahe mit einem jungen Gecken in seidener Mi-parti-Hose zusammen, deren rosa-violette Farbkombination sie entzückte. Der Mann mißverstand ihre Aufmerksamkeit. Er führte ihre Hand an seine Schamkapsel und sah mit schmachtenden Augen zu dem schmalen Himmelsstreifen zwischen den Obergeschossen hinauf.

Mechtild folgte seinem Blick, aber der schrille Schrei des Mannes holte sie auf die Straße zurück, wo sich der Geck in diesem Augenblick mit gegrätschten Beinen davonmachte, so schnell er konnte. Schallend fiel sie in das schadenfrohe Gelächter anderer Passanten ein. Die vornehme Ratsfrau hatte es faustdick hinter den Ohren. Manchmal mußte man sich über sie wundern.

Als sie weitergingen, stieg Mechtild der Geruch von Hafenschlamm und faulenden Fischen in die Nase. Wie in Stade. Vielleicht würde es gar nicht mehr so lange dauern, bis der Hafengeruch von Brest Erinnerung war. Sie drängte sich entschlossen an Alheyds Seite. »Für eine edle Frau habt Ihr Euch wacker gegen dieses Gesindel geschlagen«, lobte sie großzügig.

Einen Augenblick schien die Ratsfrau verlegen, dann nickte sie. »Ich lerne schnell.«

Schneller als die meisten, dachte die Knochenhauerin zufrieden und wandte ihre Aufmerksamkeit auf das Ufer des Gewässers zu ihren Füßen. Hinter der Ratsfrau rutschte sie vorsichtig den steilen Pfad neben einer Mauer abwärts.

Weit unter ihnen lag ein mächtiger Holk, der aussah, als könnte er die Stürme der Nordsee leicht bewältigen. Vorder- und Achterkastell des größten Schiffs des Hafens schienen menschenleer. Nur ein Seemann lungerte in der Nähe der halb hochgezogenen Laufplanke herum.

Die Ratsfrau schritt geradewegs auf den Seemann zu. Er zog seine rote Wollmütze vom Kopf und gab bereitwillig Auskunft.

»Fragt ihn nur tüchtig aus, aber erzählt mir auch mal etwas. Auch eine Knochenhauerin will wissen, was die Zukunft bringt.«

Aber es war hoffnungslos. Die Ratsfrau übersetzte kein Sterbenswörtchen. Mürrisch folgte ihr die Knochenhauerin, als Alheyd sich endlich ohne Gruß und Dank von dem Holk entfernte. Und auch dann rang die Ratsfrau sich nur eine knappe Auskunft ab. »Das Schiff ist nach Spanien bestimmt, sagt er. Fracht für Spanien wird derzeit hier abgefertigt, damit die Schiffe nicht in den Kanal einsegeln müssen.«

»Und ein Schiff nach Norden?« fragte Mechtild hoffnungsvoll. »Weiß er von einem, das nach London, Brügge oder gar Bremen bestimmt ist?«

»Nein. Er hält es für ausgeschlossen, daß in nächster Zeit eines die Fahrt wagt. Zu gefährlich im Kanal. Er rät zu Paris und von dort nach Köln.«

»Ja, ein vernünftiger Mann!« rief Mechtild.

»Ausgeschlossen«, widersprach die Ratsfrau scharf. »Der Schiffsverkehr kann nicht eingestellt sein. Wir werden warten.«

Mechtild murrte leise. Sie fand den Vorschlag des Seemanns nicht übel. Köln, das war ja schon eine Hansestadt, und ein Fußmarsch konnte sie nicht schrecken. Jetzt nicht mehr. Aber sie schwieg, um den gemeinsamen Marktfrieden nicht zu stören. Alheyds Worte konnten verletzender sein als ihre Hand an einer Männerhose.

Gleichgültig ließ sie ihren Blick über die Küstensegler und Ruderboote schweifen, die hintereinander im Kanal aufgereiht waren. Der Kanal zog im Bogen um die Stadt. Dort, wo er hinter einem Hügel verschwand, lag der Holk. Der Wachmann hatte die Planke inzwischen heruntergelassen und lief den Uferpfad hinauf. Mechtild folgte mit den Augen der wippenden Bewegung seiner roten Mütze, bis sie sich auf dem Plateau mit einem feschen grün-gelb gestreiften Beinkleid zusammentat.

Während die Ratsfrau immer noch hoffnungsvoll auf dem Uferweg entlangeilte, dessen Ende von einem Fort beherrscht wurde, grübelte Mechtild darüber nach, warum der gelangweilte Seemann ausgerechnet nach der Unterhaltung mit ihnen die Beine in die Hand genommen hatte. Wenn ihre noch scharfen Augen sie nicht trogen, hatte er sogar etwas in Empfang genommen. Aber sie schwieg. Die Ratsfrau würde dazu allenfalls anmerken, daß es sich für eine vornehme Mi-parti-Hose nicht schicke, eine rote Mütze vom Hafen mit Geld in Versuchung zu führen.

Auf ihr Klopfen hin wurde den beiden Frauen das verschlossene Tor des Gasthauses geöffnet, und im selben Augenblick erhoben sich in der Ferne Gesang und das unbestimmte Summen einer größeren Menschenmenge. Irgendwo in der Nähe bimmelte dünn ein Glöckchen. Die

Magd, die mit dem Riegel in der Hand auf Ratsfrau Alheyds und Mechtilds Eintreten wartete, schlug ein Kreuz und spähte die Gasse entlang.

Mit erhobenem Kruzifix führte ein Priester einen düsteren Zug von ärmlich gekleideten Menschen an. Mechtild drückte sich eng an die Hauswand und zog die Ratsfrau neben sich. Die Trauernden klagten laut.

»Glücklich ist, wer vor der Blüte seiner Jahre stirbt und die Sünden des Alters noch nicht auf sich geladen hat«, sagte Mechtild leise, als sie den kleinen Sarg sah.

Die Ratsfrau verzog spöttisch den Mund. »Wolltet Ihr etwa nicht gelebt haben, Knochenhauerin?«

»Gott ließ mir keine Wahl«, entgegnete Mechtild fromm, »er brauchte meine Anwesenheit an der Knochenbank von Stade. Dieser verschiedenen Seele eines Kindes erläßt er solche Mühsal.«

»Die Verwandtschaft scheint anderer Meinung zu sein.« Alheyd trat kurzerhand einem der Trauernden in den Weg und sprach ihn an.

Mechtild schlug die Hände vor den Mund. Der himmlische Vater mußte solch unchristliches und rücksichtsloses Handeln doch auf der Stelle bestrafen. Und dann erschrak sie mächtig: ein steinernes Fratzengesicht drohte ihr von der Traufe des Hauses herunter. Das hatte sie nun von ihrer Überheblichkeit. Reuig sprach sie ein stilles Gebet.

Als sie die Augen wieder aufschlug, kehrte die Ratsfrau gerade zurück. Ihr Gesicht war aschfahl, und sie lehnte sich an die Mauer. Mechtild griff schnell nach ihrem Ellenbogen, damit sie nicht umsank. »La peste«, murmelte Alheyd.

Dem Zug folgten einige Bettler und Kranke. Die Knochenhauerin schob die Kauffrau behutsam in den Torweg, und die Magd schlug die Pforte zu, bevor ein Windbauch der Kranken sie erreichte.

Am nächsten Morgen schickte die Ratsfrau Mechtild vor die Tür, damit sie sich erkundige, ob die Bewohner der Gasse tot seien.

»Unsinn«, schnaubte Mechtild und ging.

Sie fragte im Schankraum nach, aber niemand wollte etwas von der Pest gehört haben. »Ein Wunder«, sagte die Knochenhauerin froh. »Ein Fingerzeig Gottes, um uns zur Demut zu ermahnen. Steht nun auf, Ratsfrau. Gott läßt uns in Seiner weiten Hand sitzen und trägt uns gütig nach Hause, da könnt Ihr ganz sicher sein. Aber nicht, wenn Ihr versucht, ihm in einen bretonischen Alkoven zu entschlüpfen, in dem Ihr Euch sicherer fühlt als bei Ihm.«

Die Ratsfrau blinzelte irritiert. »Ich bin in der Großen Pest nur gesund geblieben, weil ich mich versteckt hatte. Das ist die einzige Möglichkeit, ihr zu entkommen. Rucenbergius ist auch dieser Meinung.«

»Papperlapapp, Ihr seid entkommen, weil es Gottes Ratschluß war. Es war auch Sein Entschluß, mich von der Totenbahre zu stoßen, auf die mich die Pestknechte zum Abtransport in die Grube schon geworfen hatten. Die Knechte habe ich fast bis in den Tod erschreckt, und danach ging es mit mir aufwärts. Seine Gnade vermag alles, wir vermögen nichts. Also kommt jetzt. Je eher wir Brest verlassen, desto besser.«

Widerwillig kroch die Ratsfrau aus dem Alkovenbett und machte sich zum Ausgehen fertig.

Als sie im Gewirr schmaler Gassen nach der Kaschemme suchten, die der Seemann der Ratsfrau genannt hatte, fragte sich die Knochenhauerin, ob sie Alheyd nicht besser im Bett gelassen hätte. Sie schämte sich für die Ratsfrau in Grund und Boden.

Alheyd hatte einige Zeit gebraucht, um ihren Kleiderausschnitt zu präparieren, bis der Brustansatz freizügig zu sehen war. Das lange Kleid wies an der Seite einen tiefen Schlitz auf, den es vorher nicht gehabt hatte. Zudem war sie ohne Surcot.

»Ihr seid ja wagemutig, das muß ich schon sagen. Wie eine von den freien Töchtern«, platzte Mechtild endlich heraus.

Ein eiskalter Blick aus den blauen Augen traf sie.

»Glaubt Ihr etwa, Euer Ehemann, Ratsherr Hinricus Rucenbergius, wäre mit Eurer Kleidung einverstanden?«

»Nein, gewiß nicht. Wäre er hier, um mich zu schützen, wäre mein Aufzug nicht notwendig. Seine Anweisungen lauten anders. Aber er ist nicht hier.«

»Nein, gewiß ist er nicht hier«, stammelte die Knochenhauerin töricht. »Aber Ihr werdet nicht von mir verlangen, daß ich …«

»Keineswegs«, unterbrach Alheyd sie bestimmt. »Keine Frau von Ruf würde dulden, daß ihre Magd sich wie eine freie Tochter kleidet. Vor allem, weil sie das Gewerbe nicht ausübt.«

Die Knochenhauerin schaute verstört drein.

Lautes Grölen kündigte an, daß die Kneipe trotz der frühen Stunde gut besetzt war. Ohne zu zögern, fragte Alheyd sich zu Gérard dem Schiefmaul durch.

Der Mann hatte nicht nur einen schiefen Mund, sein ganzes Gesicht schien in der Jugend auf den Hackblock geraten zu sein. Die Ratsfrau zwängte sich auf die Bank gegenüber dem Mann, was er wohlwollend duldete. Aber seine verschlagenen Augen waren trotz seiner Trunkenheit wachsam wie die eines Pferdediebs, der dem Metzger ein gestohlenes Tier andrehen will. Die Knochenhauerin blieb mißtrauisch stehen.

»Ei, da fliegt mir aber ein hübsches Täubchen in den Schoß.« Gérard grinste häßlich. »Bewacht von einem alten Geier.«

»Kümmere dich nicht um sie. Meine Dienerin. Ich habe mit dir ein Geschäft abzuschließen.«

Irritiert nahm Mechtild Alheyds scharfen Ton zur Kenntnis.

»Ein Geschäft. So.« Der hagere Kerl überflog Alheyds Gesicht und versenkte dann die Augen eine Weile in ihren Ausschnitt, bevor er seine Hand folgen ließ.

Die Ratsfrau schob die Brüste entgegenkommend vor und schloß mit erhobenem Kinn für die Länge eines Atemzuges die Augen. Danach schlug sie dem Mann kurz und hart auf die Finger. »Als Anzahlung«, flüsterte sie.

Die Knochenhauerin hielt den Atem an. Um die Ratsfrau zu verstehen, brauchte sie ausnahmsweise keine Französischkenntnisse.

Gérard nickte beifällig und gab seinen Zechkumpanen einen Wink. Diese trollten sich gemächlich und verteilten sich auf die anderen Tische. Der Mann stützte die Ellenbogen auf und beugte sich vor. »Was gibt's?«

»Mach mir ein Schiff ausfindig, das durch den Kanal nach Norden geht, ganz gleich, von welchem bretonischen Hafen, sofern wir ihn nur rechtzeitig erreichen können.«

Der Franzose hörte ihr mit hochgezogenen Augenbrauen zu. »Flämisch oder niederländisch? Oder niederdeutsch?« fragte er lauernd. Alheyd überdachte bestürzt, ob sie etwas in ihrer Rechnung übersehen hatte. Der Mann war ihr geschildert worden als ehemaliger Seemann, dessen zerschmettertes Bein ihm keine Seefahrt mehr erlaubte, der aber über jedes Schiff an den bretonischen Küsten informiert war, als trugen die Möwen ihm täglich Fracht, Besatzung und Fahrtziel zu. »Wir kommen aus dem Königreich Dänemark«, belehrte sie ihn in aufrichtigem Ton. »Auf der Rückfahrt von einer Pilgerreise wurden wir hier an Land verschlagen. Du hast gewiß von dem Schiff gehört, das bei der Insel Enez Eussa gesunken ist. Wir sind die einzigen Überlebenden.«

»Dänemark«, wiederholte Gérard überrascht, der sich mit überflüssigem Mitleid nicht aufzuhalten pflegte, und hielt die Hand auf. »In Ordnung. Ich gebe dir Nachricht. Es kann einige Tage dauern.«

Alheyd gab ihm ein Geldstück. »Als Handgeld. Je schneller du ein Schiff für uns findest, desto mehr zahle ich. Wir haben es eilig wegen des Winterfahrverbots der Hanse, wie du verstehen wirst.«

Das laute Zuschlagen der Tür lenkte den Franzosen ab. Stirnrunzelnd sah er dem Mann entgegen, der sich schaukelnd wie ein Seemann auf festem Boden seinem Tisch näherte. Sein kurzer Seemannskittel war mit einem breiten Gürtel gerafft, in den er die Daumen eingehakt hatte, und ein freches Grinsen lag auf seinem Gesicht, das dem Franzosen galt. Gérard kannte ihn nicht, und er hatte sofort das Gefühl, daß es dabei bleiben sollte.

»Ich habe keine Lust, bis zum Frühjahr irgendwo festzuliegen«, fügte Alheyd hinzu, bevor sie merkte, daß Gérard ihr nicht mehr zuhörte.

»Wenn Euer Angebot auch für mich gilt«, sagte der Seemann an die Ratsfrau gerichtet, »so will ich mir das Geld verdienen.« Er sprach in einem flämischen Dialekt, den Mechtild gut verstehen konnte. »Der Holk *Mariä sieben Gnaden* legt ab, sobald seine Ladung vollständig an Bord ist. Er ist nach London ...«

Alheyd sah fassungslos, daß dem Mann plötzlich ein Messergriff aus der Kehle herausragte. Nur ein dünnes Rinnsal von Blut sickerte aus dem Kehlkopf, während er kraftlos versuchte, den tauumwickelten Griff herauszuziehen, und dann gurgelnd in sich zusammensank.

Gérard der Franzose donnerte mit der Faust auf den Tisch, um die Aufmerksamkeit aller auf sich zu ziehen. »Der heilige Yves mit den Bretonen! Wieder ein Flame weniger, der es mit den Engländern hält! Eine Runde Apfelwein, Wirt!«

Das Gelächter der Männer, die den Toten an den Beinen fortzerrten und die Eingangsstufen hinabrollten, nutzten Mechtild und Alheyd, um überstürzt aufzubrechen. Sie rannten die Gasse entlang, ohne sich um das Aufsehen zu kümmern, das sie erregten.

Allmählich wurde die Knochenhauerin langsamer und setzte sich schließlich keuchend auf einen Brunnenrand. Sie sah zu der Ratsfrau auf, die verärgert wirkte.

»Ausgerechnet heute legt ein Schiff an, das nach Norden segelt, und wir wissen es nicht, und ich verschwende mein Geld an einen Gauner!«

»Mehr fällt Euch dazu nicht ein, Ratsfrau?« schnaufte Mechtild, während sie darauf wartete, daß ihr Herz sich wieder beruhigte.

Alheyd ignorierte die Respektlosigkeit und zuckte mit den Schultern.

»Ich gehöre zwar nicht zu den Ratsleuten meiner Stadt,

aber lesen kann ich so gut wie jeder von ihnen. *Mariä sieben Gnaden* hieß der Holk, den wir selber im Hafen haben liegen sehen«, sagte Mechtild bestimmt. »Und dieser verschlagene Franzose warf das Messer genau in dem Moment, als der Seemann von London sprach. Ich glaube, der Franzose versteht soviel Flämisch wie ich Französisch, aber das reicht zum Überleben. Ihm jedenfalls.«

»Der Krieg ...«, warf die Ratsfrau unbestimmt ein, um nachdenklich hinzuzufügen: »Ich hatte nicht gesehen, von wem das Messer kam.« »Eben, eben. Der Franzmann wollte verhindern, daß wir auf den Holk gehen«, fuhr Mechtild in einem Ton fort, der keinen Widerspruch duldete. »Mit dem Krieg hat das nichts zu tun. Der bretonische Seemann, der uns in die Kneipe schickte, und der Franzose wurden bezahlt. Wollt Ihr wetten?«

»Was wißt Ihr darüber?« fragte die Ratsfrau so scharf, daß Mechtild ihr überstürzt den Rest erzählte. Danach sagte sie in einem fast drohenden Ton: »Verschweigt mir so etwas nie wieder!«

Die Knochenhauerin ließ sich nicht einschüchtern. Es hatte sich ja gerade erwiesen, daß Ratsfrauen durchaus nicht immer alles besser wissen. »Warum sorgt sich eine Mi-parti-Hose so sehr um uns, daß sie dafür Geld ausgibt?«

Aber die Ratsfrau gab der Knochenhauerin keine Antwort.

Im Gasthaus verkroch sich die Ratsfrau für längere Zeit in den Alkoven, ohne ein Wort zu sagen. Danach ging sie aus, um abends mit einem Packsack zurückzukehren, wie man ihn Pferden über die Kruppe schnallt.

»Ich denke, wir nehmen den Holk!« rief Mechtild aus. »Wo doch alle uns davon abhalten wollten. Einen Seesack hätten wir gebraucht!«

Alheyd schüttelte nur knapp den Kopf. »Auch das Schiff ist eine Falle, genau wie Paris. Wir gehen nach Süden. Noch heute nacht. Ihr könnt ja hierbleiben oder den Holk nehmen – wie Ihr wollt.«

Mechtild fiel wie ein Sack auf die Bank vor ihrem Alkoven. Sie sperrte Augen und Mund auf. Aber sie wagte weder, die Ratsfrau bei ihren Vorbereitungen zu unterbrechen, noch sie nach ihren Gründen zu befragen. Denn zurückgelassen wollte sie auf keinen Fall werden. Warum um alles in der Welt witterte Alheyd eine Falle?

Während die Knochenhauerin ratlos auf dem schäbigen Möbel kauerte, begann Alheyd, in der Tiefe ihres eigenen Alkovens umzupacken. Mechtild entdeckte in der Wand des Schrankbetts ein Astloch, durch das ein ungehinderter Einblick möglich war. Für sie reichte es.

Die Ratsfrau war dabei, mehrere Stoffbahnen in unterschiedlicher Größe übereinander zu legen; sie waren viereckig zugeschnitten und an den Kanten nicht umsäumt. Ei, ei, dachte Mechtild schadenfroh und wechselte das Auge am Loch, was macht sie denn mit Seide ohne Plomben?

Nicht einmal eine Knochenhauerin ist beschränkt genug, um unplombierten Brokat mit legaler Wolle zu verwechseln. Hatte sie etwa eine schwache Stelle an der Patrizierfrau entdeckt? Irgendwann hatte diese flüchtig von Wollhändlern gesprochen. Aber das Lächeln verging ihr, als ihr einfiel, daß Alheyd beinahe ein Menschenleben für die Stoffstücke in Zahlung gegeben hätte. Ihres.

Als sie mit dem Packen fertig war und Mechtild längst unbeteiligt auf der Bank saß, notierte die Ratsfrau einige Dinge, die sie nicht vergessen durfte:

15. August, 1360:

1 lübscher Pfennig für einen Informanten

10 Turnosgroschen für einen ledernen Packsack mit Riemen

Alles in allem 2 Pfennige für die Versiegelung verschiedener Mäuler im Goldenen Ankerkettchen zu Brest

2 Pfennige für den Altar von Sankt Antonius und ein Benediktuskreuz gegen die Pest

Liebster Rucenberg, diese Stadt wäre mir um ein Haar zum Verhängnis geworden, aber Gott in seiner Güte hat es anders verfügt. Wir werden nun Brügge nicht über See erreichen, sondern auf Umwegen über Land. In ihrer grenzenlosen Unbedarftheit erwähnte die Knochenhauerin glücklicherweise den Ju-

daslohn eines Seemanns. Mag sie ihr Staunen über die Absonderlichkeiten des Lebens beibehalten; für mich ist es eine ernstzunehmende Warnung, daß die Fäden der Florentiner Kaufleute bis in die Bretagne reichen. Ich werde sie verwirren oder abhacken müssen.

3. Die Calimala

Cosimo d'Albizzi, Handelskonsul der Calimala von Florenz, saß auf der Kante einer Truhe in der Schreibstube der Florentiner Tuchdetaillisten und Seidenindustriellen von Paris. Er schäumte vor Zorn. Der Donzellus der Niederlassung, Bannerträger, Büttel und Diener in einer Person, hatte die Karaffe und die Pokale abgesetzt und war dann in weiser Voraussicht schnell verschwunden.

Noch im Hochsommer waren d'Albizzi und sein Kollege durch den Depeschendienst der Calimala von Florenz darüber informiert worden, daß eine blonde Diebin irgendwo in Frankreich, in Flandern oder Brabant vermutet werde, derer sie habhaft werden müßten. Da sie eine vornehme Ratsfrau aus höchsten niederdeutschen Kreisen sei, seien Vorsicht und Höflichkeit angebracht, aber keine Nachsicht.

D'Albizzi, normalerweise zuständig für das Geleit der Handelskarawanen durch Frankreich, für die Überwachung der Zuverlässigkeit der von den Florentinern benutzten Wirtshäuser und für die reibungslosen Grenzübertritte, hatte selbst in Brügge nachgeforscht. In alle größeren Küstenstädte, bis tief in die Bretagne hinein, hatte er seine Boten ausgesandt. Bis zum heutigen Tag war die Suche erfolglos geblieben.

»Früher überwachten wir unsere Ware«, sagte er mürrisch, als der zweite Pokal mit unverdünntem Wein anfing, seine beruhigende Wirkung zu entfalten, »heute müssen wir die Käufer überwachen. Alles erst seit der Pest. Ich wünsch' sie dem Luxemburger an den Hals.«

Sein Kollege Michele Ricci, von ruhigerem Blut, was seiner seßhaften Tätigkeit in Paris als überwachender Handelskonsul entgegenkam, schwenkte gelassen seinen Becher. »Fälscher, Diebe und Verräter an der Zunft gab es schon immer: vor, während und nach der Großen Pest. Ich glaube nicht, daß dies neu ist, wirklich neu, meine ich.« Er zupfte gedankenvoll ein Gewürzkrümelchen von der Zunge und fuhr dann fort. »Aber die Frauen. Ihre Einmischung in Handelsangelegenheiten ist von großem Übel, weil sie keine Ehre kennen.« D'Albizzi war ein gestandenes Mitglied der Handelsgesellschaft von knapp dreißig Jahren mit Karriereplänen für weitere dreißig, sah aber weitaus jünger aus. Sein größter Vorzug im Amt war seine Fähigkeit, sich schnell auf neue Situationen einzustellen. Sein Zorn war längst verraucht. Er grinste erwartungsvoll. »Im Gegenteil. Daß es sich bei der Diebin um eine schöne Frau handelt, ist das einzig Erfreuliche an der ganzen Angelegenheit.«

»Also wollt Ihr Euch selber auf den Weg machen?«

Cosimo nickte mit vorgeschobenem Unterkiefer wie ein wachsamer Hund. »Sobald ich Nachricht bekomme. Irgendwo muß sie ja an Land gehen. Das Schiff war nach Brügge bestimmt; in diesen Zeiten verbietet es sich von selbst, daß der Eigner auf England zuhält. Und es gibt an der ganzen Festlandsküste keinen Tiefwasserhafen, in dem ich nicht meine Gewährsleute hätte.« Der junge Handelskonsul breitete siegesgewiß die Arme aus. »Also, was soll schon passieren. Ich brauche nur zu warten. Für alle Fälle habe ich Costantino dagelassen.«

Ricci schüttelte ein wenig den Kopf wegen Cosimos schnellen Stimmungswandels. Doch im allgemeinen brauchte er sich über die Qualitäten seines Mitarbeiters keine Gedanken zu machen. Er war hartnäckig wie ein abruzzischer Wolf, wenn es um die Interessen der florentinischen Calimala ging. »Ihr wißt, daß in Livorno einige Pestfälle gemeldet wurden, bevor das Schiff ablegte?« forschte er. »Sie könnte also auch verstorben sein.«

»Frauen dieser Art sterben nicht«, sagte d'Albizzi. »Gott sei gelobt.«

Der ältere Handelskonsul lächelte milde und begann sich mit den neusten Nachrichten aus Florenz zu beschäftigen.

D'Albizzi hielt es trotz seiner Zuversicht nicht auf seiner Truhenbank. Er sprang auf und blickte aus dem Fenster des kleinen Pariser Palais, in dem die Handelsgesellschaft ihre Niederlassung hatte. Im Hof wurden gerade zwei schweißnasse, kräftige Pferde trockengerieben. Gleichgültig wandte er sich ab.

Auf dem Treppenabsatz vor der Schreibstube wurde es laut. Der Donzellus Heinrich, ein vierschrötiger Deutscher, öffnete die Tür behutsam und hatte Mühe, den Besucher zurückzuhalten, bis er ihn angekündigt hatte.

»Schon gut, schon gut«, sagte Ricci, der mit einem Blick erkannte, daß der Besucher etwas mit ihren Nachforschungen zu tun hatte und d'Albizzi bereits ungeduldig wartete.

Der junge Faktor der Niederlassung wieselte unter dem Arm des Dieners hindurch in das Zimmer. »Wir haben sie«, sprudelte er heraus. Ricci ließ den unprotokollarischen Gesprächsbeginn von Costantino, dem Sohn des zufällig in dieser Woche amtierenden Prior consulum der Calimala, ungeahndet durchgehen und gab ihm ein Zeichen fortzufahren. »Jedenfalls vielleicht.« Der Handelsgehilfe sah seinen Vorgesetzten ein wenig verunsichert an.

D'Albizzi legte den Kopf schief und verschränkte die Arme. »Na, was denn nun, Costantino?«

Der junge Mann holte tief Atem. Er war stundenlang geritten und erschöpft, aber innerlich so erregt wie am Anfang. Seiner Meinung nach hatte er sich eine Stärkung verdient. Er griff nach einem der Pokale und nahm einen tiefen Zug.

»In Brest in der Bretagne gehen Gerüchte um, daß dort ein Schiff aus Italien untergegangen sei. Ein Seemann informierte mich darüber. Entkommen sind nur zwei Frauen, die aber nach Dänemark wollen, wie er meinte. Eine davon ist älter, sehr respektabel und kann die Gesuchte nicht sein. Die jüngere eigentlich auch nicht, denn sie ist eine gewöhnliche Person, ein Weib, das entweder minderwertige Ware oder sich selber verkauft.« Ein wenig verlegen fuhr er fort: »So war seine Aussage. Er glaubt nicht, daß man sich in vornehmen Kreisen benimmt wie sie. Allerdings sah er nicht so aus, als könnte er diese Kreise beurteilen.«

»Was also läßt dich anderes vermuten?«

»Sie hatte keine steife Haube auf dem Kopf, sondern einen Couvrechef fait à la broche. Welche gewöhnliche Frau aus dem Norden hätte Geschmack genug, einen dünnen

Schleier zu tragen, Messere?« fragte Costantino hitzig. »Dazu kommt noch, daß sie fort war, als ich im Gasthaus nach ihr forschte, obwohl mein Gewährsmann sich Mühe gegeben hatte, sie hinzuhalten, ob sie's nun war oder nicht. Ich habe übrigens Auslagen gehabt. Die Ausländerinnen hatten zuviel für das Schweigen bezahlt, und ich mußte sie überbieten.« Gewährt, besagte Riccis gleichgültige Handbewegung.

»Warum?« fragte d'Albizzi.

Der Handelsgehilfe sah ihn überrascht an. »Sonst hätten die Leute des Wirtshauses geschwiegen. Sie waren ja gut bezahlt worden.«

»Die Käufer des Schweigens waren doch weg. Da die Leute des Wirtes sich bereits als käuflich erwiesen hatten, brauchte man sie für den Verlust ihrer Ehrbarkeit nicht mehr zu bezahlen. Beim nächsten Mal fang mit dem Mindestbetrag an, nicht mit dem Höchstbetrag.« Der Faktor kratzte sich verblüfft am Kopf. »Das muß ich schon sagen, bei Euch kann man auch anderes lernen als das Geschäft.«

»Das ist das Geschäft«, sagte d'Albizzi und überlegte seine nächsten Schritte.

»Du hast es trotzdem gut gemacht, mein Sohn«, lobte Ricci väterlich, und Costantino strahlte. »Auch bei nüchterner Überlegung könnte eine dieser Frauen die Gesuchte sein. Ich hoffe, du hast sie dir beschreiben lassen.«

Der junge Gehilfe, begeistert von Erfolg und Lob, warf die Hände in die Höhe und schlug sie dann nach unten. »Alles! Vor allem die schöne blonde Frau.« Er rollte mit den Augen.

»Du bist zu jung für blonde Frauen aus dem Norden«, dämpfte Konsul Ricci seine Begeisterung. »Halte du dich an die Mädchen deiner Nachbarschaft.«

»Wie denn?« empörte sich Costantino. »Ich bin ja nie zu Hause.«

»Das wird sich in nächster Zeit auch nicht ändern. Wir reiten morgen in aller Frühe«, entschied d'Albizzi knapp, und Costantino wußte sich vor Glück nicht zu fassen. Er hatte zwar einen Teil seiner Kindheit in diesem Land verbracht, aber es gab viele unbekannte Winkel, in denen gewiß Abenteuer auf ihn warteten.

Ricci runzelte die Stirn. »Es gefällt mir nicht. Die Fronten werden immer unübersichtlicher, und ob die bretonischen Capitaines es mit den Franzosen oder den Engländern halten, wird immer abhängiger vom Geschick des örtlichen Steuereinnehmers und der Gier des Capitaine. Ich gebe euch außer Heinrich zwei Männer mit, und ihr werdet alle bewaffnet sein. Trotzdem, Costantino, wirst du vorsichtig sein, weil ich dich darum bitte. Dein Vater wäre nicht erfreut, wenn ich dich kopflos bei ihm ablieferte.«

»Das alles nur wegen einer einzigen Frau?« Costantino staunte.

»Sie ist raffiniert«, sagte d'Albizzi, als erkläre das alles. »Du hast es selber festgestellt.«

»Gegen eine raffinierte Frau kann die Truppe gar nicht groß genug sein«, fügte Michele Ricci weise hinzu. »Da hilft nur Umzingeln und Stopfen von Schlupflöchern.«

Costantino blickte verblüfft zwischen den beiden Konsuln hin und her. Er wagte nicht zu fragen, ob auch diese Lehre Teil des Geschäftsgeheimnisses der Calimala sei.

Aus dem Hausbuch des Hinrich Rucenbergius: Liebe Schwester, Du mußt wissen, daß es drei Arten von Gesinde gibt. Einige dingt man als Helfer für eine festgesetzte Zeit, manche werden auch für eine dringliche, schwierige oder mühsame Arbeit angeworben, und wieder andere werden für den Haushalt mit Jahresverträgen eingestellt. Bitte, liebe Schwester, verhandele stets mit ihnen, bevor sie mit der Arbeit beginnen, damit es keinen Zank und Streit gibt. Ich bitte Dich auch ernstlich, Erkundigungen einzuholen, wie sich diese Leute bei anderen geführt haben.

In später Nacht wurden Alheyd und Mechtild vom Hausknecht aus ihrer Kammer abgeholt. Der Hof lag im spärlichen Licht des schmalen Mondes, und gedämpftes Hufgeklapper hallte von den Wänden wider. Aus dem tiefen Schatten mehrerer Pferde und Maultiere löste sich ein kurzbeiniger Mann. Wortlos drückte er den Frauen Zügel in die

Hände und führte sein Pferd und zwei Maultiere durch das Tor auf die Straße.

Sein Tempo war zügig und ließ keine Fragen zu. Bis sie am Stadttor angelangt waren, hatte Mechtild mühsam im Sattel des Pferdes ihren Sitz gefunden. Glücklicherweise war die bretonische Stute sehr geduldig mit ihr. Sie hätte schwören können, daß das Pferd verstand, was sie ihm ins Ohr flüsterte, und ihr Herz beruhigte sich langsam.

Dann waren sie auf freiem Feld. Als die Stadt in ihrem Rücken mit der Dunkelheit verschmolz, drehte ihr Führer sich um. »Ich bin Huarn Kergarec«, sagte er halblaut, »Salzhändler auf dem Rückweg nach Gwenrann. Als Rückfracht nehme ich bezahlte Ware aller Art.«

Die Ratsfrau lachte erleichtert. Es war nicht einfach gewesen, einen vertrauenswürdigen Menschen zu finden. Der Preis auf ihren Kopf konnte höher sein als der, den sie selber bot. Aber Salzhändler war ein ehrenwerter Beruf, wie man ihr versichert hatte, und der kräftig gebaute Mann sah zuverlässig aus.

»Verhaltet Euch still«, knurrte der Salzhändler. »Die Nachtluft trägt weit. Schweigt vor allem, wenn jemand uns begegnet. Man weiß nie, wer der andere ist. Soldaten schwärmen in letzter Zeit überall herum, und ob englisch oder französisch, ihre Waffen sind alle gleich tödlich.« Er winkte Alheyd an seine Seite. »Kommt her zu mir.«

Der Salzhändler gab ihr einige vernünftige Anweisungen. Kurze Zeit später ließ sich die Ratsfrau wieder zurückfallen und ritt an die Seite der Knochenhauerin, die ungeduldig und nervös auf Erklärungen wartete.

»Ich habe ein Schweigegelübde abgelegt«, flüsterte die Ratsfrau, »und Ihr, Knochenhauerin, seid von jetzt an taub und stumm. Das sollte ausreichen, uns vor unliebsamen Gesprächen zu schützen, meint Huarn Kergarec.«

Schweigend ritten sie durch dichten Wald, der hoch über ihren Köpfen im Wind rauschte. Erst als der Weg bergab führte, sahen sie wieder die Sterne. Mechtild war müde und fror, als der Salzhändler endlich haltmachte. »Wir bleiben hier«, sagte er, »in den Bergen sind Wölfe, die nachts manchmal weit umherstreifen. Der heilige Thegonec bewahre meine Pferde und mich vor den heulenden Bestien!«

Die Knochenhauerin ließ sich ächzend von ihrem Pferdchen herab. Ihr war es sehr recht. Ihre Kehrseite hatte schon lange nach dem bequemen Alkoven gejammert. Als sie zu Alheyd hinüberhumpelte, erlaubte diese sich nicht einmal ein Stöhnen.

»Gelübde ist Gelübde«, flüsterte Mechtild in das Ratsfrauenohr, »aber könnt Ihr mir nicht sagen, ob das da Irrlichter sind? Geister von Toten, die näherkommen?«

Alheyd tippte dem Salzhändler auf die Schulter und deutete in die Ferne, wo Lichtpunkte durch die Schwärze schwankten.

Der Salzhändler winkte ab: nichts Beunruhigendes. Später wehten schrille Töne von Pfeifen zu ihnen herüber, die sich allmählich zu fröhlichen Liedern fügten, begleitet von vielstimmigem Gesang.

»Es ist einfach ein Fest«, sagte Mechtild erleichtert.

Der Salzhändler nickte. »Tro Sant Conogan.«

»Als ob der Mann das nicht vorher hätte sagen können!« fauchte die Knochenhauerin eigensinnig, und Huarn zischte erbost.

Erst am nächsten Morgen merkten die Frauen, daß sie im Schutz eines winzigen Städtchens übernachtet hatten, das wie ein Korken den Trichter eines Meeresarms verstopfte. Der Salzhändler trieb die Pferde ohne Aufenthalt durch die Straße bis hinunter zum Fluß, der breit war und rauschte, wo er sich an den hölzernen Pfeilern teilen mußte.

An beiden Enden der verfallenden Brücke standen Wachposten; als Huarn an der Südseite seinen Berechtigungsschein vorlegte und den Zoll bezahlte, trafen lediglich neugierige Blicke die Frauen. Angestrengt atmend stiegen sie jenseits wieder in die Höhe. »Der Zoll auf Salz wird von Tag zu Tag höher«, klagte Huarn aufgebracht, während sie oberhalb des Élorn einen Augenblick verschnauften. »Die Engländer saugen uns aus! Und wenn es die einmal nicht sind, dann sind es die Franzosen.«

Danach ritten sie Stunde um Stunde, unterbrochen nur

von kurzen Pausen, in denen die Pferde zur Tränke geführt wurden. In der dunstigen Ferne lagen schwarzbewaldete Hügel, die nie näherzurücken schienen.

Kaum einmal begegnete ihnen ein Ochsenkarren; öfter dagegen Männer und Frauen, die sich müde dahinschleppten. Nahe der Straße waren viele Häuser zerstört und leer. Schlimmer als zwischen Stade und Hamburg nach der Pest, dachte Mechtild und klopfte ein wenig mit den Unterschenkeln an die Seiten ihrer Stute, um sie wieder einmal daran zu erinnern, daß das Grasen nicht ihren Tagesablauf füllen sollte. Zu ihrem Glück schienen weit und breit keine Kämpfe stattzufinden. Sie konnten auch dankbar sein, daß sie einen Führer gefunden hatten, der anscheinend von der Armut dieser Gegend nicht betroffen war.

Auf einem freien und übersichtlichen Stück der Straße wartete der Salzhändler, bis die Frauen zu ihm aufgeschlossen hatten. Die angestrengte Aufmerksamkeit hatte er abgelegt, und Mechtild sah ihm an, daß er die Gefahr inzwischen geringer einschätzte. Sie wußte nicht, was die Ratsfrau ihm erzählt hatte, aber er war wohl des Glaubens gewesen, die Frauen würden verfolgt.

Der Salzhändler fing an, sich unbeschwert mit Alheyd zu unterhalten. »Salz wird nie so schnell gegessen, wie es geschaufelt wird«, sagte er gönnerhaft. »Die Flucht war wohl übereilt?«

»O nein«, widersprach die Ratsfrau leidenschaftlich. »Wer weiß, was ihn davon abhielt, mich zu verfolgen. Vielleicht eine andere Frau. Vielleicht ist er auch tot. Womöglich hat sie ihn sogar vergiftet?« Sie wischte verstohlen eine Träne ab.

»Ein Liebhaber also«, sagte Huarn und nickte, weil er sich so etwas längst gedacht hatte. Dann warf er einen bewundernden Seitenblick auf Alheyds Kopf, wo sich unter einem dunklen Schal eine blonde Haarsträhne hervorkräuselte. »Ich kann ihn verstehen.«

»Er war Engländer«, warf die Ratsfrau ein.

»Oh, dann kann ich Euch verstehen.«

Alheyd hoffte im stillen, daß ihre Flucht nun hinreichend

erklärt und ihr englischer Liebhaber hinreichend tot war. Als sie sich mit einem Seitenblick überzeugt hatte, daß der Salzhändler sich mit ihrer Erklärung zufriedengab, gelobte sie dankbar eine Kerze.

Damit er sie gehörig bewundern kann, läßt er sie gar nicht mehr von seiner Seite, dachte Mechtild aufsässig, die den Staub beider Pferde und der Maultiere schluckte. Männer!

Als sie am Nachmittag überraschend früh das Lager aufschlugen, begann Huarn mit geheimnisvollem Gesicht mit den Vorbereitungen zu einem festlichen Mahl. Hilfe wehrte er ab, aber er hatte nichts dagegen, daß Mechtild Holz sammelte. Die Ratsfrau durfte zusehen, wie er Feuer anzündete und über einem Dreibein eine Pfanne erhitzte, während er sorgfältig ein Stück Fleisch von Knochensplittern und Sehnenfädchen befreite.

»Der Fuchs hat einen Schwanz,
der Hase hat zwei Ohren,
das Dreibein hat drei Beine,
und noch gibt's nichts Neues,

pflegen wir zu sagen.« Huarn grinste hingerissen, als die Ratsfrau zum Dank den Schal ablegte und den Schleier zurückschlug.

»Das ist eine gute Nachricht, Salzhändler Huarn«, flötete sie entzückt.

Mechtild ärgerte sich maßlos, weil sich diese Vertraulichkeit einer Ratsfrau gegenüber einem Mann aus dem Volk nicht schickte. »Diesen Lammrücken haben wir nicht Euren Überredungskünsten zu verdanken, Frau Alheyd, sondern Eurer Schönheit. Gott gebe, daß sie uns nicht eines Tages zum Verhängnis wird.«

Alheyd hielt die Nase ein wenig höher als zuvor. Die Knochenhauerin hockte sich zwischen sie und den Salzhändler und starrte mit grimmigem Schweigen ins Feuer.

Huarn ließ sich von der Unstimmigkeit nicht stören. Er streute aus seinem Vorrat eine daumendicke Schicht Salz in die eiserne Pfanne. Den Lammrücken rieb er sanft mit Kräutern ein und legte ihn auf das Salz.

Alheyd versuchte, die Menge Salz zu überschlagen, die Huarn insgesamt benötigte, um den Braten darin einzuhüllen: Bis er die dicke Schicht festgeklopft hatte, waren es gewiß zwei Pfund geworden. Während der Salzhändler das brennende, bereits verkohlende Holz in die Pfanne und über den Braten häufte, ging sie daran, die Gewinnspanne zu berechnen. Aber sie mußte sich eingestehen, daß sie über den Salzhandel wenig wußte. »Gibt es viele Salzhändler wie Euch, Meister Huarn?«

»Salzhändler gibt es, aber nicht wie ich«, prahlte Huarn und warf sich in die Brust. »Ich bin ein Mann.«

Alheyd ließ ihren Blick vielsagend über seine breiten Schultern schweifen.

Huarn ballte kurz die Faust und ließ die Unterarmmuskeln und Adern spielen.

»Ahh, die schweren Salzsäcke.«

Unter Alheyds sachkundiger Anteilnahme blühte der Salzhändler auf. »Unser Salz ist in der ganzen Welt berühmt«, sagte er stolz. »Die Salzgärten sind meine Heimat. Ich könnte mir gut denken, daß die Heringe und die Butter, die Ihr in Eurer fernen Heimat eßt, in bretonischem Salz eingelegt sind.«

Alheyd hatte sich nie Gedanken darüber gemacht, wo das Baiensalz herkam. Man sprach in letzter Zeit unter Ratsmitgliedern öfter davon. Sollte es in Huarns Heimat verladen worden sein? Es gelang ihr, ihre Aufregung in Zaum zu halten, während sie fragte: »Wie wird das Salz denn verschickt? Ausschließlich auf dem Pferd?«

Der Händler setzte ein überlegenes Grinsen auf. »Man braucht für zehn Fässer Butter ein Faß Salz. Glaubt Ihr wirklich, daß ich mich mit sechs Fässern auf eine Wanderung nach Köln begeben würde? Nein, da braucht man schon größere Rücken als die von bretonischen Pferden. Ich will nicht prahlen. Bis nach Honneflo in der Normandie komme ich! Aber nicht weiter.«

»Und welche Rücken wären das wohl?«

»Genauer gesagt, handelt es sich um Bäuche«, verbesserte Huarn wortkarg. »Schiffsbäuche.«

»Was ist daran so verkehrt?« fragte Alheyd behutsam. Die gute Laune des Salzhändlers schien plötzlich wie weggewischt.

»Es sind Bäuche von fremden Schiffen. Die sind besonders gefräßig. Und das meiste Geld am bretonischen Salz verdienen die hansischen Befrachter, außer den Engländern, die es einfach stehlen«, antwortete er mürrisch. »Ich hoffe um Euretwillen, daß Ihr nichts mit der Hanse zu tun habt. Deren Kaufleuten gebe ich keinen Frachtraum auf meinen Pferden.«

»Nein, nein, gewiß nicht.« Vorsorglich erhöhte Alheyd ihr Gelöbnis auf zwei Kerzen. Dann modulierte sie ihre Stimme in einer Art, von der sie hoffte, daß sie auch im Französischen unsicher und unwissend klang. »Die Salzfracht wird dann wohl in Brügge umgeladen?«

»Ach was!« Der Salzhändler sprang auf und lief erregt um das Feuer. »Die laden direkt vor unserer Tür, stellt Euch vor! Haben wir nicht selber gute Schiffe und Seeleute? Sogar die besten der Welt! Aber die Vorherrschaft der Hanse kann keiner brechen.« Er schlug sich erbittert mit der Faust in die offene Handfläche.

Auch die Ratsfrau sprang auf. »Brechen wir gemeinsam die Vorherrschaften, Salzhändler Huarn! Nieder mit den Kaufleuten, die anderen den Weg versperren!«

»Ho, ho, ho!« rief Huarn Kergarec überrascht. »Ihr seid in Ordnung, Dame Alheyd! Mögt Ihr auch von weit her kommen, Ihr habt das Herz dort, wo wir Bretonen es haben.« Er klopfte sich auf die Brust, während Mechtilds zusammengekniffene Augen zwischen dem Salzhändler und der Ratsfrau hin- und hergingen und sie den Kopf darüber schüttelte, daß eine Bremerin derart ihre Würde verlor.

Die Knochenhauerin ertrug es kaum, daß die beiden wie alte Bekannte weiterschwatzten, die sich lange nicht gesehen hatten. Natürlich wußte sie genau, daß die Ratsfrau ihr kein bißchen von allem erzählen würde. Mechtild nahm sich fest vor, die dicke weiße Fleischmade ganz abscheulich zu finden, versalzen und ungenießbar. Es war ohnehin kaum anzunehmen, daß ein Mann eine vernünftige Mahlzeit zustande bringen konnte.

Dann kehrte Huarn die Holzkohle vom Braten ab und zerschlug die harte Salzkruste mit einem Stein.

Die Knochenhauerin kostete mit Leichenbittermiene. Aber sie hielt die Verstellung nur einige Bissen durch. »Zart wie ein Kinderpopo«, lobte sie überschwenglich, »und kein bißchen salzig. Ich glaube, das Salz könnte sogar einem alten Ziegenbock den Gestank aus dem Fleisch ziehen.«

Alheyd zog nur anerkennend die Augenbrauen in die Höhe. Allein die Neigung ihres Kopfes war Huarn mehr wert als das lange Loblied einer Knochenhauerin, und er machte kein Hehl daraus.

Am nächsten Abend beendete der Salzhändler den Tagesmarsch unterhalb der kahlen Kuppe des Berges Ménez-Hom. Wie bisher schlug er für sich selbst ein Lager auf und überließ es den Frauen, sich einen Unterstand zu bauen. Mechtild beklagte sich nicht, daß sie Zweige und trockene Grasbüschel von weit herholen mußte. »Wenn Ihr nicht im Stechginster schlafen wollt, Ratsfrau, müßtet Ihr Euer Scherflein dazu beitragen«, schlug sie höflich, aber bestimmt vor. Nach einer Weile trug Alheyd mit zerkratzten Händen und mürrischer Miene ein Ästchen herbei. Die Knochenhauerin ließ es für den Anfang gelten.

Es war warm und trocken; ganz in der Nähe raschelten Tiere in den dichten Stechginsterbüschen, und der Kauz stieß seinen Ruf aus, bevor er auf Jagd ging. Satt und durchglüht vom ungemischten Wein, rollten die Frauen sich in ihre Decken und schliefen rasch ein. Alheyd, die einen hochentwickelten Sinn für Gefahren hatte, erwachte im Morgengrauen. Ein schleifendes Geräusch in der Ferne wie von vielen Füßen beunruhigte sie, aber es dauerte eine Weile, bis sie begriff, daß es genau das war.

Flüsternd weckte sie den Salzhändler. Dieser fuhr mit einem Fluch hoch und warf eine Decke über das Feuer, das er wegen der Mücken und Bremsen am Glimmen gehalten hatte. In manchen Flußtälern kamen die Pferde nicht zur Ruhe, in Moor und Heide schlief er selber nicht.

Diesmal war die Ruhe vollkommen gewesen, aber das Ergebnis fatal. Die Vorhut eines Trupps von Soldaten hatte das Feuer schon entdeckt. Da Überraschung das Geheimnis vieler Siege ist, waren sie bei ihnen, bevor die verkohlende Pferdedecke zu stinken begann. Die Frauen kauerten zu Tode erschrocken auf ihrem Reisigbett.

Ein Soldat im leichten Lederwams, die nackten Füße in Holzschuhen, stieß dem Salzhändler seinen Streitkolben in die Zähne. Blut lief Huarn von den Lippen, während der Soldat sein Gesicht mit Hilfe der bohrenden Eisenstacheln gemächlich in die Höhe zwang. »Dein Name?«

»Huarn Kergarec«, krächzte er. Er war grau vor Furcht.

»Und die Frauen?«

»Pilgerinnen auf dem Weg von Brabant nach Compostela. Die Frau hat ein Schweigegelübde getan, ihre Dienerin spricht und hört seit der Geburt nicht«, gab der Salzhändler in panischer Angst Auskunft, während er verzweifelt versuchte, Zeit zu gewinnen. Aber die zwei Fußsoldaten und der Ritter sahen aus wie alles andere Kriegsvolk. Und die Kerle, die die Standarten oder Farben ihres Kriegsherrn trugen, marschierten unsichtbar im Dunklen auf der Straße vorüber. »Sie sind sehr fromm.«

»Die frommen Frauen haben Glück heute«, sagte der Anführer des Spähtrupps, als einziger auf einem Pferd, im Kettenhemd und mit einem Waffenrock, der sich auf seinem Rücken bauschte. »Mit Brabant haben wir keinen Streit.« Er hatte ein waches Gesicht mit einer hellroten Narbe, die sich quer über die Nase und eine Wange zog. Die bewundernswert schöne junge Frau ließ er nicht aus den Augen. Die ältere interessierte ihn nicht.

»Charles oder Yann?« Wie Losungsworte bellte der mit der Streitkeule die Namen der Adeligen, die um die bretonische Herzogswürde kämpften.

Huarn war der Hals wie zugeschnürt. Der falsche Name, und er war ein toter Mann.

»Mispeln sind hart wie Kiesel, wenn man sie pflückt«,

stieß der Wortkarge unter den dreien hervor, »und werden doch mit ein wenig Stroh und viel Geduld weich.«

»Stroh hat er im Kopf genug«, murrte der Anführer, »aber ich keine Geduld.«

Der Dorn der Streitkeule bohrte sich tiefer ins Zahnfleisch zwischen Huarns Vorderzähnen. Immer noch konnte er nicht erkennen, welcher Seite die Männer angehörten, die Bretonisch sprachen wie jedermann. Er bekreuzigte sich, während er dem Ritter starr ins Gesicht blickte. »Der heilige Koledok von den Salzfeldern stehe mir bei«, gurgelte er. »Yann«.

Der Ritter ließ ein hohes weibisches Lachen hören. »Einen Koledok haben wir nicht. Mit uns ist der heilige Trever. Du mußt selber zugeben, daß seine Macht größer ist.«

Alheyd erschrak. Sie schloß die Augen, um ihre Verwirrung zu verbergen. Welch ein Widersinn: ein Mann wie ein Recke, der kein Mann war und sich als Ritter verkleidet hatte. Der unerwartete Kastratenton ersparte ihr zuzusehen, wie der Ritter dem Fußsoldaten zunickte und dieser dem Salzhändler mit der Keule den Schädel einschlug. Ein Fußtritt beförderte ihn in den Überrest des Feuers.

»Falsch geraten«, knurrte der Mann mit der Keule und grinste hämisch. »Warum versucht ihr es immer wieder mit der verkehrten Seite? Man könnte meinen, wir hätten es euch vor zehn Jahren nicht gezeigt, wer der Sieger ist.« Er sah zu seinem Ritter auf einem gewaltigen Rappen auf, der seinen Herrn auch schwer gerüstet in den Kampf tragen konnte. »Stimmt's, Herr?«

Der nickte knapp. »Du sollst Chef sagen! Tod dem Montfort«, schwor er dann. »Es lebe Charles de Blois, der rechtmäßige Thronfolger.« Er sprang vom Pferd und ließ seinen Rappen laufen, wohin er wollte.

Die Ratsfrau rührte sich nicht.

Der Ritter machte sich über sie her. Sein Kettenhemd, das er nicht ablegte, rieb auf ihrer entblößten Haut und tat ihr weh. Trotzdem entlockte auch das überhitzte Stoßen seines Gemächts ihr keinen Laut und keinen Widerstand. Schlaff lag sie auf der Erde.

Vergebens mühte sich der Ritter ab.

Als er endlich von ihr abließ, hatten die beiden Knechte sich schon an Mechtild befriedigt und waren dabei, die Wämser zu ordnen und die Gürtel zuzuschnallen. Der eine Mann durchsuchte sie und fand nichts von Wert. Das Amulett ließ er neben sie fallen, als hätte er sich daran verbrannt. Der Ritter folgte dem glänzenden Ding mit den Augen, und dann bleckte er die Zähne wie ein in die Enge getriebener Wolf.

Alheyd kroch in sich zusammen und hoffte, seiner Wut zu entgehen. Aber als hätte der Ritter sie aus seinem Gedächtnis gestrichen, drehte er ihr den Rücken zu und lockte seinen Hengst heran.

Auch als der Klang der Pferdehufe sich entfernte und von den mitlaufenden Fußsoldaten nichts mehr zu hören war, schwieg die Ratsfrau. Selten hatte sie sich in einem Mann so geirrt wie bei diesem Ritter. Die Stimme paßte einfach nicht zu einem Berserker mit einem solchen Streitroß. Sein Handgriff hätte ihr fast die Oberarmknochen gebrochen. Das Wappen seines Rockes mit der goldenen Lilie auf dem rot-weißen Rautengrund, das sie erst gesehen hatte, als er fortritt, brannte sich tief in ihr Gedächtnis ein.

Mechtild säuberte sich energisch. »Ich hatte Todesangst, Ihr würdet Euch wehren, weil Ihr noch keinen Umgang mit Männern im Kriegsdienst hattet«, bekannte sie nach einer Weile. »Dann hätte es niemanden gegeben, der unseren Salzhändler unter die Erde bringen könnte. Aber Ihr habt Euch klug verhalten, Ratsfrau. Zuweilen verstehe ich, daß solche wie Ihr die Welt regieren.«

»Meine Mutter hat mir nützliche Ratschläge gegeben«, murmelte Alheyd und kroch zur Feuerstelle. »Ich weiß nicht, warum er mich nicht erschlagen hat. Schließlich bin ich Zeugin seiner Schmach.«

Der Salzhändler war tot. Alheyd fing an, seine Kleidung zu durchsuchen.

Der Knochenhauerin blieb angesichts dieses Frevels die Frage nach der Schmach im Halse stecken. Bestürzt schleppte sie sich zu Huarns Reitpferd und zerrte eine Schaufel aus den Riemen. Sie war vermutlich zum Umschaufeln von Salz benutzt worden und würde auch für Erde taugen.

Als sie mit viel Mühe ein flaches Grab ausgehoben hatte, kehrte sie zu Alheyd ans erloschene Feuer zurück. Was sie sah, war nicht geeignet, ihr das Zutrauen zur Ratsfrau zurückzugeben.

Die junge Frau hatte weder Huarns zerschlagenen Kopf bedeckt noch ihm die Hände zusammengelegt oder wenigstens das Blut abgewischt. Statt dessen betrachtete sie mit gerunzelter Stirn einen Gegenstand.

»Ich habe ein Amulett und ein seltsam verziertes Messer gefunden«, berichtete Alheyd nachdenklich. »Seine Frau wird beides gewiß erkennen. Die Pferde zwar auch, allerdings glaube ich kaum, daß es uns gelingt, sie alle heil hinzubringen.«

»Ihr wollt zu den Salzfeldern!« Die Knochenhauerin schlug die Hände vor das Gesicht und ließ sich ins Gras sinken. Tränen der Erleichterung rannen über ihre beschmutzte Haut und zogen Spuren bis zum Kragen.

»Eine Bremer Kauffrau als Leichenfledderin?« Alheyd schüttelte müde ihren Kopf. »War das Euer Verdacht? Da denkt Ihr weiß Gott genau wie die Bierverleger und Pelzhändler des Bremer Senats. Die würden das Ausplündern einer Leiche auch härter bestrafen als die Vergewaltigung einer Frau. Vor allem, wenn sie vergessen hätte, den Tascheninhalt zu verzollen.«

Zum ersten Mal fühlte sich Mechtild von der Ratsfrau beschämt. »Es tut mir leid«, murmelte sie. Ihr Interesse für die beiden Gegenstände aus Huarns Besitz war nicht überwältigend groß, bis die Ratsfrau sie ihr vor die Augen hielt.

Dann erkannte sie das Amulett. Eine Münze mit einem Eber und einem Beil. Sie war das Ebenbild von Barbas Münze. Mechtild starrte sie stumm an. Ja, die Münze, dachte sie enttäuscht. Bisher hat sie ihre Schutzwirkung gegen Männer nicht entfaltet. Einen Augenblick war sie versucht, sie ins Gestrüpp zu schleudern, doch sie gab sie der Ratsfrau zurück. Alheyd zuckte mit den Achseln und verwahrte sie gleichgültig.

Sie legten Huarn Kergarec in das Grab. Als Mechtild genug Stechginster abgeschnitten hatte, um seinen Körper gegen räuberisches Viehzeug zu schützen, stand die Sonne bereits hoch am Himmel.

Die Frauen beschlossen, auch die nächste Nacht an dem Lagerplatz zu bleiben, den Huarn ausgesucht hatte. Trotz allen Unglücks fühlten sie sich im Schutz der winzigen Kapelle vom Ménez-Hom geborgener als in den tiefen Wäldern, und das Gebet vor dem Bildstock des ihnen unbekannten Heiligen gab Trost.

Abends gab die Ratsfrau in ihrem Büchlein sorgfältig Rechenschaft über alle Ausgaben. Rucenberg würde nach Soll und Haben suchen, wenn sie es ihm vorlegte.

22. August, 1360:

1 Turnosgroschen für einen Führer (davon etwa 8 Pfennig Verlust)

Soll: 2 Kerzen für den heiligen Thegonec

Haben: 3 Kerzen für ausgestandenes Unglück; Schuldner: bretonische Heilige

Schuldsumme: 1 Kerze; zahlbar vom heiligen Thegonec an die Hanse von Bremen, zu Händen der Alheyd von Bremen

Die Knochenhauerin machte große Augen. Zu gerne hätte sie gewußt, was es da zu schreiben gab. Aber ihr stand es nicht zu, eine Ratsfrau nach ihren Angelegenheiten zu fragen.

4. Die Truppe des Bramborough

Cord war mehr tot als lebendig aufgewacht, diesmal aber war er vom vielen Wasser geschwächt. Als er wahre Seen von Wasser in einer winzigen Bucht zwischen Felsen ausgespien hatte, fühlte er sich eigentlich ganz wohl, wenn auch sehr matt. Allerdings fror er, und seine Achselhöhle schmerzte von einem aufgeplatztzten Geschwür.

Er fing an, den Abhang hinaufzukriechen, hartnäckig seinen wunden Körper ignorierend. Erinnern konnte er sich lediglich, daß er sich vor einiger Zeit auf seinem untergehenden Schiff befunden hatte. Danach kam nichts als Schwärze.

Endlich war er auf einem Pfad angelangt, der sich über dem zerklüfteten Ufer dahinschlängelte. Er folgte ihm stolpernd, aber nach wenigen Schiffslängen gaben seine Knie unter ihm nach. Als er zufällig aufs Meer hinausblickte, erschrak er mächtig. Durch die Felsnadeln da draußen mußten ihn die Engel der Muttergottes selbst hindurchgetragen haben. Aus eigener Kraft konnte niemand das schaffen.

Als Cord einige Zeit später Männerstimmen hörte, war er so matt, daß er sich nicht einmal verstecken konnte.

Die drei Bretonen, bewaffnet mit Spießen und Knüppeln, unterwegs nach Konk, wohin sie der Aufruf des Konnetabels Bramborough befahl, betrachteten ihn mißtrauisch. Einen nackten Jungen, wie von Zauberinnen ins Kraut gelegt, fand man nicht alle Tage.

»Der kommt aus der Anderwelt«, flüsterte der eine und faßte seinen Spieß fester.

»Ein Korandon ...?«

Der dritte, der schon weit herumgekommen war, schüttelte den Kopf. »Ein so Schmächtiger kann kein Korandon sein. Seht ihn euch doch an! Heruntergekommen ist er, und von der Sorte gibt es in diesen Jahren eine Menge.« Als Cord sie der Reihe nach angestarrt hatte, wußte der Mann die Erklärung »Er ist ein Einfältiger. Laßt uns ihn mitnehmen.«

Cord war es recht. Er versuchte aufzustehen. Aber auch das schaffte er nicht mehr. Da die Männer schon eine stundenlange Wanderung hinter sich hatten, setzten sie sich und teilten Brot, Apfelwein und Käse mit ihm. Während Cord langsam auflebte, gelang es ihm, ihnen seine Geschichte mit Hilfe von zurechtgelegten Krautbüscheln und Felsbrocken im dürren Mutterboden zu erzählen.

Die Männer staunten. Wer an dieser Küste schiffbrüchig wurde, war in der Regel so gut wie tot. »Einer, der so zäh ist wie er, läßt sich schnell herausfüttern«, meinte der kräftigste von ihnen, der andere nach ihrem Umfang abzuschätzen pflegte, und befühlte Cords Armmuskeln. »Wir geben ihn beim Konnetabel ab. Der ist froh um jeden Mann.«

So wurde es beschlossen. Cord erhielt von jedem ein Kleidungsstück. Mühsam humpelte er hinter den Männern her, aber seine Kräfte nahmen mit jedem Schritt wieder zu.

Im kleinen Seeräuberstädtchen Konk sammelten sich die Männer, die bereit waren, unter Bramborough für die bretonische Sache zu kämpfen. Wenn der jetzige Konnetabel auch nicht der Held war, der einst in der berühmten Schlacht der Dreißig gerufen hatte: »Trink dein Blut, Beaumanoir, und dein Durst wird vergehen!«, so war er doch sein leibhaftiger Neffe.

An diesem Namen haftete die Aura des Helden von vor zehn Jahren, und so kamen die Männer dem Aufruf mehr oder weniger freiwillig nach.

Die Bretonen meldeten sich in der Capitainerie, einem Steingebäude mit dicken Mauern oberhalb des Hafens, an dessen Sockel die Sperrketten gegen Feinde von See tiefe Furchen gegraben hatten. Hier trampelten Männer mit energischen Gesichtern aus und ein, es war ein Kommen und Gehen, daß dem halbnackten Cord ganz schwindelig wurde.

Einer der Soldaten nahm sich der Neuzugänge an. Die Bretonen winkten Cord fröhlich zum Abschied zu und verschwanden in einer Gasse, die zwischen niedrigen Hütten steil nach oben führte.

Cord wartete trübselig. Der Hafen war ein schmales Gewässer, aber hinter einer Halbinsel blitzte das offene Meer. Dort sollte er jetzt eigentlich sein oder vielmehr schon längst im Kanal.

Dann kam ein Soldat, der sein flämisch-französisch-englisches Sprachengemisch verstand. Kurze Zeit später war Cord schon einem lustigen Grüppchen Engländer zugeteilt. Ihr Lager befand sich außerhalb der Stadt in einem schmalen Tal, in dem dichter Efeu sich an Pappeln hochrankte, und dessen Hänge mit Kastanienbäumen bedeckt und dessen Sohle grün vom Farn war. Ein Flüßchen gurgelte lebhaft dem von den täglichen Fluten in einer Meeresbucht abgelagerten Schlick entgegen.

Als die Männer abends an den Lagerfeuern saßen, den Apfelwein tranken, den die Bauern und Fischer hatten herausgeben müssen, genau wie die Hühner, die Schafe und das Feuermaterial, wühlte Cord sich satt und angetrunken in trockenen Tang hinein. Es ging ihm besser als seit langer Zeit.

Angeleitet von seinen neuen Freunden, röstete Cord am nächsten Tag Kastanien, die noch nicht ganz reif waren, und kochte Miesmuscheln, während die Truppe des Bramborough wuchs. Am dritten Morgen bliesen die Pfeifen zu scharfem Getrommel zum Sammeln. Als Cord auf der Anhöhe oberhalb von Konk eintraf, warteten schon viele Dutzende aufbruchbereiter Männer mit Dolchen, Äxten, Knüppeln und Bärenspießen.

Cord, den seine Engländer nicht hatten nackt laufen lassen wollen, war wie jedermann bekleidet, hatte dabei aber besonderes Glück gehabt. »Sollen die Bretonen glauben, die Engländer und ihre Verwandtschaft von der anderen Kanalseite trügen hier ihre Haut zu Markte?« fragte einer der Männer, der John genannt wurde, und überließ Cord dann sein wattiertes Wams, das ihm zu klein geworden war, seitdem es triefend naß geworden und in der bretonischen Sommerglut getrocknet war. Cord paßte es wie angegossen. »Nun bist du nicht schlechter ausgestattet als die Damsel von Brittany durch unseren König«, sagte John zufrieden.

»Wer ist das denn?« fragte Cord, der zwar keinen Bogen

besaß, aber am oberen Teil seines Leibes immerhin wie ein englischer Schütze aussah. Inzwischen begann sich seine Gesichtshaut zu glätten; sein frisch gewaschenes blondes Haar hing ihm zusammengebunden im Nacken, und seine Füße steckten in bretonischen Holzschuhen.

»Die Schwester von eurem John de Montfort, für den wir alle kämpfen«, erklärte John erstaunt.

»Ich bin doch kein Bretone«, murmelte Cord und wunderte sich selber, daß sein Schicksal ihn plötzlich in einen Krieg geworfen hatte, der ihn gar nichts anging.

Cord fiel zwischen den zwölf stämmigen, großen Engländern nur durch seine Jugend auf. »Wie ein Sohn von dir, John«, sagten sie und wollten sich ausschütten vor Lachen. »Solltest du ihm nicht das Kriegshandwerk beibringen?«

William, der Anführer, schnaubte. Er war durch sein Kettenhemd, das Schwert und den Faustschild aus den anderen Bogenschützen herausgehoben. Seine Kappe, die er wie die meisten Engländer trug, war mit feinem Faden im Blau und Weiß des Hosenbandordens bestickt. Das Milchgesicht Cord paßte William nicht, womit er auch nicht hinterm Berg hielt. Es würde sich zwischen ihn und seine Männer drängen. Vor allem zwischen ihn und John.

Cord beschloß, ihm aus dem Weg zu gehen.

Der lange, hellhaarige John lächelte schüchtern und nahm dann den zugelaufenen Flamen als Lehrling in seine Obhut. Das gefiel Cord nicht schlechter als die Seefahrt.

Der Konnetabel ließ das Heer nach Osten marschieren. Die erste Gefahr auf dem Weg würde nicht der Krieg, sondern die Stadt Brest sein. Bramborough hatte nicht die Absicht, seine Truppe über Nacht inmitten der englischen Garnison zu lassen, wo seine Männer sich mit den Engländern in der Wolle liegen würden. Der friedliche Rest würde in die Schwitzstuben verschwinden und am nächsten Morgen den Abmarsch in den Armen geldgieriger Frauen verschlafen.

Aber die Straße nach Osten führte durch Brest.

Unerwarteterweise wurden sie schon in der Vorstadt mit ihren verfallenden Behausungen und armseligen Kneipen dadurch behindert, daß Sieche, Bettler und anderes Gesindel sich zum Konker Tor aufmachten. Binnen kurzem erfuhr man, daß auch die Straße durch Brest bis zum Osttor verstopft sei.

»Was ist denn da los?« fragte Cord unruhig, reckte den Hals und versuchte im Gewimmel von Äxten, Knüppeln und Stecken vor sich etwas zu erkennen. »Gibt's schon den ersten Kampf?«

»Wenn, dann unter den Röcken von Weibern!« Williams meckerndes Lachen steckte die anderen Engländer an, und Cord bekam einen roten Kopf, weil er sich blamiert hatte.

»Du wirst es schon noch lernen«, sagte John ruhig.

»Verdammt«, schrie der Konnetabel Bramborough. »Warum müssen die Leute uns ausgerechnet heute vor den Füßen herumlaufen?« Er schickte eine Ordonnanz aus, die Leute auszufragen.

Nach einer Weile kam der Sergeant zurück. »Nein, wir sind es nicht, die denen angst machen«, berichtete er. »Sie hatten hier in den letzten Tagen die Pest und das Heilige Feuer, und jetzt haben sie Angst, daß es so schlimm wird wie damals in Naoned.«

Bramborough der Jüngere schäumte. »Wir marschieren durch«, brüllte er, »wer nicht aus dem Weg geht, soll sehen, wo er bleibt! Es geht um unseren Herzog!« Etwas ruhiger geworden, weil er sah, wie die ersten Weiber und Kinder in den Nebengassen verschwanden, gab er den Befehl aus, jedes einzelne Fähnlein solle sich strengstens nach der Anweisung seines Führers richten.

Aber die Straße war schmal, und die Reihe der Soldaten zog sich hin. Und in manchen Gassen gab es zu viele Frauen, denen nach all den Kriegsjahren der Ernährer abhanden gekommen war. Sie forderten ihren Anteil an der Kriegsbeute ein, selbst wenn es ein Wechsel auf die Zukunft war, und sie schickten kleine Jungen, um den Soldaten den rechten Weg zu zeigen.

Endlich hatten die Truppen Brest durchquert. Ihre Verluste ließen sich verschmerzen. Damit die Nachzügler aufholen konnten, befahl Bramborough, das Lager für die Nacht in der Nähe der Stadt aufzuschlagen.

Bramborough war kein schlechterer Führer als sein Oheim. Jeden Abend ließ er sich berichten, was in seinem kleinen Heer Alltägliches vorgekommen war: Diebstahl, Schlägereien oder Totschlag. Und entweder strich er das Delikt mit einer Handbewegung aus der Welt, oder der Mann endete am Galgen.

Zwei Tage nach dem Durchmarsch durch Brest sprach bei Bramborough der Priester vor. Pater Stevan, der dem Heiligen, dessen Namen er trug, keine besondere Ehre machte, beugte sich, wegen seines dicken Leibes unter Schwierigkeiten, zum Heerführer hinunter. Er stank, aber nicht mehr als gewöhnlich, und so ertrug Bramborough sein zischelndes Flüstern direkt in sein Ohr. »Mit Verlaub«, flüsterte er, »Krankheiten, wenn nicht teuflische Kräfte, gewinnen Macht über das Heer ...«

»Weiter«, gebot Bramborough, auf einem dreibeinigen Hocker sitzend, vor sich eine Strichzeichnung auf dem Lehmboden, umringt von den Anführern.

Der Priester schüttelte den Kopf.

Daß Pater Stevan im Kreis der beratenden Sergeanten nicht reden wollte, war ungewöhnlich. Über nichts verbreitete er sich so gern wie über die venerischen Krankheiten der lasterhaften Soldaten. Bramborough beendete die Zusammenkunft und schickte die Soldaten fort.

»Setzt Euch, Pater. Wie viele Pimmel tropfen?«

»Ich wäre froh, wenn es tropfen würde.« Pater Stevan sprach dem vor ihn hingestellten Apfelwein ausgiebig zu. Der Wein war so sauer wie das ganze Handwerk, und er verzog das Gesicht. »Aber es tropft nicht. Einer der Kranken ist so überhitzt, daß man ihn mit Kübeln von Tropfen laben muß. Die Tropfen werden zu Seen, wenn man sie über den Tag zusammenzählt.«

»Und? Fieberkranke haben wir doch öfter!«

»Nicht bei zwei Männern, die zusammen im gleichen Frauenhaus, aber bei unterschiedlichen Frauen waren. Da haben wir nun Trippâniersen genug, aber die müssen in den

Puff!« knurrte der Pater und beruhigte sich nur allmählich. »Der eine hat eine Beule am Bein.«

»Es ist nicht möglich …?« fragte Bramborough und holte tief Luft. »Verdammt!«

»Gelobt sei Jesus Christus«, sagte Pater Stevan und bekreuzigte sich. »Kennt Ihr etwa eine Übung, bei der das Leiden der Venus ans Bein schlägt statt an den Schwanz? Ich nicht. Das ist die Pest, da wette ich mit Euch.«

»Wettet nicht«, sagte Bramborough düster, »ich bin ein frommer Mann.«

»O ja«, stimmte der Pater bereitwillig zu. »Einen halben Schilling?« »Heute nicht.« Bramborough schüttelte trübe den Kopf, so daß sein Stiernacken sich in dicke, schwartige Falten legte. »Wenn es die Lippen wären, aber das Bein …«

»Man könnte meinen«, sinnierte der Priester, »Ihr verstündet mehr davon als ich. Da Ihr das aber nicht tut, sage ich Euch: Ein lebender Hund ist besser als ein toter Löwe.«

Bramborough grinste. »Vor Euch hat das schon Salomo gesagt. Er wußte auch, was er damit meinte. Ich weiß es nicht.«

Pater Stevan schob unauffällig die Kutte über dem Bauch zusammen, die seinen Wanst freigegeben hatte, und richtete sich auf, um seine Würde besser ins Licht zu setzen. »Salomo und ich meinen, daß es nicht gut für einfache Soldaten ist zu wissen, daß sich Pestkranke in unmittelbarer Nähe befinden.«

»Was wollt Ihr damit sagen?«

Der Priester näherte sein Gesicht dem des Konnetabels und begann zu flüstern. »Führe uns nicht in Versuchung, spricht der Herr. Die Versuchung könnte sein, die Kranken zu beseitigen. In Pestzeiten werden die Menschen unberechenbar. Aber Ihr seid noch zu jung, um Euch an die Große Pest zu erinnern. Dabei wollt Ihr doch Eure Soldaten behalten? Besonders, da es sich um die teuren englischen Söldner handelt.«

Bramborough erstarrte. »Die Bogenschützen?«

Pater Stevan nickte.

»Was schlagt Ihr vor, Vater?«

»Laßt die Kranken in einen Karren legen und von dem kleinen Flamen betreuen. Er wird gestärkt an seiner Seele aus dem Kampf mit dem Tod hervorgehen. Fahren kann er den Karren hinten beim Troß – solange die Geißel Gottes ihn nicht erfaßt.«

Der Konnetabel Bramborough schnalzte mit der Zunge. »Und wir verlieren nur einen unnützen Fresser, wenn das flämische Bürschchen auch die Pest bekommen sollte, wollt Ihr sagen. Pater Stevan, Ihr hättet Soldat werden sollen. Eure Strategie ist eines Soldaten würdig und Euer Zynismus ebenso.«

»Der Unterschied ist nicht so groß, wie Ihr meint«, entgegnete der Priester. »Unser beider Handwerk ist auf den Tod ausgerichtet.«

»Nur wollen die einen den Menschen in die Hölle schikken, die anderen in den Himmel.«

»Ihr irrt Euch, Konnetabel.« Pater Stevan grinste schief. »Beide wollen den Menschen in der Hölle wissen, zur Läuterung vor der gnadenvollen Auferstehung. Es müssen ja nicht alle sein, zugegeben. Und ohne einsitzenden Feind könnte selbst die Hölle langweilig werden.«

»Ich weiß, Ihr tut Euer Bestes, um unsere Seite bei Kräften zu halten«, sagte Bramborough und deckte seinen Becher mit der Hand ab, bevor er erneut gefüllt werden konnte. Erfahrungsgemäß war dies ein höflicher Hinweis an den Gast, daß das Gespräch beendet sei.

»Nun, ich tue, was ich kann, um Euch zu Diensten zu sein, neben Gott, unserem Herrn, natürlich«, erwiderte der Priester bescheiden und leerte seinen Becher bis auf den Grund, bevor er sich erhob. »Es wäre besser, die Pest nicht zu erwähnen.«

»Natürlich nicht«, sagte Bramborough und sah ihm nach.

Schon war es wieder aus mit dem Kriegshandwerk. Cord wurde von seinem Lehrmeister John getrennt. Die Kranken waren William, dem er die Krankheit von Herzen gönnte, und einer, den sie wegen seiner roten Haare Fuchs nannten. Mürrisch lenkte Cord den zweirädrigen Karren, auf dem die beiden auf Stroh gebettet waren.

Immerhin ging es ihm selber hier im Troß gut, und er hatte nicht viel zu tun. Morgens übergoß er beide Männer mit einem Eimer Wasser, um sie abzukühlen und die Mäuse aus dem Stroh zu verjagen. Wenn sie zu trinken verlangten, hielt er an. Der Fuchs schrie vor Schmerz, wenn er ihn hochstemmte und ihm die Flasche an die Lippen drückte. Cord wurde ganz unbehaglich zumute, wenn der Kranke ihn aus rotgeränderten Augen anstarrte wie ein verhextes Kaninchen und anschließend mehr erbrach als den Fingerhut voll, den er geschluckt hatte. Als Cord ihm am nächsten Abend einen gelben Schleimfaden vom Kinn gewischt hatte, keuchte der Fuchs: »Mit mir wird es nichts mehr. John soll nach meinem Tod mein Wams haben.«

Da wußte Cord, daß es zu Ende ging, und rannte, um Pater Stevan zu holen.

Der Priester sah den Jungen wie ein gehetztes Wiesel durch die Lagergasse kommen. Er schlüpfte in sein Zelt, das wie wenigen anderen auch ihm zustand, und warf sich auf die Knie. »Himmlischer Vater, von welchem alle guten und vollkommenen Gaben von oben kommen, Vater des Lichts«, betete er mit tragender Stimme, »der Du in uns wirkest beides, das Wollen und Vollbringen nach Deinem Wohlgefallen: O Herr Jesus Christ …«

Sein Gebet war so inbrünstig, daß Cord im Zelteingang ihn nicht zu stören wagte. Vielleicht war dem Herrn das Gebet von Pater Stevan ja wichtiger als die Seele eines rauhbeinigen Engländers, der es mit dem Glauben sowieso nicht so genau nahm. Langsam stakste er fort vom Zelt, und der Singsang des Priesters schwang sich aufwärts in himmlische Höhen zu Gottvater selbst. Da wußte Cord, daß er recht getan hatte.

Als der Junge zurück war und in den Karren blickte, war der Fuchs tot.

William bleckte hämisch die Zähne. Der Anführer der Engländer klagte ohnehin nur darüber, daß er sich bei den Weibern etwas geholt habe. »Meine Lenden brennen wie Feuer«, murmelte er jedesmal, wenn Cord mit dem Eimer kam, »und der verdammte Schmerz zieht bis in die Zehen.«

Mit William hatte Cord kein Mitleid und versuchte ein freches Grinsen als Antwort. Aber es mißlang, als er dem toten Mann mit den grausig entstellten Zügen ins Gesicht blickte.

Aber wie er versprochen hatte, zog er dem Toten das dicke Wams aus, ließ sich von den Frauen unbrauchbare Lumpen geben und hüllte ihn darin ein.

Nach Anbruch der Dunkelheit holte er zwei Engländer. Sie gaben sich viel Mühe mit dem Grab, und ihre gezückten Messer sorgten dafür, daß Pater Stevans Gebet angemessen lang ausfiel.

Als ihr leise gebrummtes Kirchenlied zum Geleit des toten Fuchs an seinen künftigen Platz in der Nacht verklungen war, drückte Cord John das geerbte Wams in den Arm. Er sah den Engländern nach, die ungewohnt diszipliniert zu ihrem Feuer zurückgingen, und wünschte sich brennend, er könnte mitgehen.

Aber auf ihn wartete der Karren und mit ihm seine Pflicht, und widerwillig kehrte er dorthin zurück. William schlief ruhig, Schwert, Kettenhemd, Schild und Lederstiefel zu seinen Häupten. Nur sein Bogen war bei John, denn der mußte täglich gespannt werden, damit er die Form behielt.

Vielleicht durfte Cord ja den Bogen vom Fuchs übernehmen. Hoffnungsvoll kroch er unter den Wagen, wo er die Nacht zu verbringen pflegte.

Seine Hoffnung mußte auch in den nächsten Tagen Traum bleiben, denn mit William ging es keineswegs aufwärts, so daß er im Heer hätte mitmarschieren können. Statt dessen fiel er wie ein Maikäfer in eine Starre, aus der Cord ihn auch mit Wasser nicht wecken konnte. Aber er starb nicht, er war zäh wie der Bogen, mit dem Cord einstweilen nicht einmal üben durfte.

Aber Cord hatte sich inzwischen an das bequeme Fahren gewöhnt, er scherzte oft mit den Frauen im Wagen vor ihm, die ihn gut leiden konnten, weil ihm die Brutalität der kriegsgewohnten Männer fehlte. Hinter ihm war das Ende des Trosses, nur zuweilen humpelten einige Bettler und Sieche auf Krücken hinterher und wühlten nach dem Aufbruch der Soldaten in den Abfällen.

Die schönste der Frauen war Jeanne, und Cords Augen blieben immer öfter an ihr hängen, vor allem, wenn sie an ihm vorbeischwebte, um Wasser oder Feuerholz zu holen. Für die Sergeanten ließ sie schon einmal ihren Busen aus der Bluse tanzen; bei Cord fächelte sie höchstens mit dem Rocksaum durch sein Gesicht, wenn er abends an die Radnabe gelehnt neben dem Karren saß. Hingerissen starrte er ihr nach, und im nächsten Moment war er schon wütend. Wußte er doch genau, warum sie zwischen ihm und den Sergeanten einen großen Unterschied machte. Dennoch wurde sein Hunger nach ihr stündlich größer.

Eines Abends brachte sie ihm ein Stück Kaninchenbraten vom Spieß. Cord hatte die Nüstern gebläht und dann das trockene Brot hinuntergewürgt, mit dem er von den Engländern täglich versorgt wurde. Angesichts des Fleisches vor seiner Nase lief ihm das Wasser im Mund zusammen, und er verschluckte sich beinahe.

»Magst du, Cordig?« fragte Jeanne mit samtener Stimme und neigte den Kopf, wie nur sie es konnte.

Und plötzlich war es Cord so, als wäre er wieder auf dem Schiff. Eine Frau ganz nahe bei ihm, er konnte ihren Duft in sich einsaugen, und am liebsten hätte er sein Gesicht in ihren Schoß versenkt. Wortlos zog er Jeanne neben sich. Die Aufregung schnürte ihm die Kehle zu. Tollpatschig küßte er sie neben den Mund.

Jeanne sah ihn belustigt an. »Nicht so hastig«, sagte sie, und es blieb in der Schwebe, was sie meinte. »Iß erst, dann reden wir, und dann werden wir sehen …«

Cord kam es vor wie eine Aufforderung, das Paradies zu betreten. Hatte sie ihm nicht so gut wie versprochen …? Gierig und ohne Genuß schlang er das Fleisch hinunter.

»Hast du denn überhaupt Geld, Cordig?« erkundigte sich Jeanne, als er mit dem Ablecken der Finger fertig war.

Cord bohrte sein Messer umständlich in die Erde. Er hatte noch nie eine Frau gehabt, weil es auf See keine gab. Zu Hause bewachte ihn seine ältere Schwester, im Zielhafen kontraktgemäß der Schiffer. Sowohl die eine als auch der andere befürchteten Komplikationen – unterschiedlicher Art. Natürlich hatte er kein Geld.

»So gut wie«, sagte er entschlossen und zog Jeanne in den Wagen und neben dem Halbtoten auf das Stroh.

»Ein Gotteswunder ist geschehen«, berichtete Pater Stevan fromm dem Bramborough, als sie das Lager für eine dreitägige Ruhepause aufgeschlagen hatten und es deshalb in allen Lagergassen ungewöhnlich ruhig zuging. »Der englische Anführer ist wieder auf den Beinen und zu seinem Trupp zurückgekehrt.«

Der Konnetabel hatte anderes zu bedenken als Krankheiten einzelner. Dennoch war er dankbar für die Mitteilung, denn William kostete ihn soviel wie ein bretonischer Truppenteil. »Und der Junge? Hat es ihn erwischt?«

Der Priester schüttelte den Kopf. »Nein.«

Wegen der ungewohnten priesterlichen Schweigsamkeit blickte der Konnetabel Bramborough auf. »Warum also kein Lob Gottes, der auch einen Jungen schützt?«

»Weil ich nicht weiß, ob nicht der Teufel uns diesen Bengel geschickt hat«, sagte Pater Stevan geradeheraus und bekreuzigte sich. »Zum einen: Wer hat ihn vor der Pestilenz beschützt? Erinnert Euch daran, daß alle Bewohner eines befallenen Hauses zu sterben pflegen. Zum anderen: William klagt über den Verlust von Kettenhemd, Schwert, Faustschild und Lederstiefeln. Sie lagen in dem Karren, der fast zu seinem Totenbett geworden wäre.«

»Das ist eine ernste Sache«, gab der Heerführer zu, »wenn es auch neu ist, daß der Teufel sich militärisch rüstet. Da ich trotz allem mit den höllischen Mächten nicht wie Ihr auf du und du stehe, glaube ich eher an einen gewöhnlichen Diebstahl.«

Pater Stevan neigte, heute lustlos zur Diskussion, sein Haupt, so daß Bramborough die grauen Stoppeln inmitten der Tonsur erkennen konnte, und ging. Der Heerführer rief einen Sergeanten und befahl, den Scharfschützenlehrling Cord im englischen Fähnlein festzunehmen.

John blinzelte Cord zu, wortkarg, wie es seine Art war, und freute sich, daß alles zum Besten stand. Der Junge hatte Pferd mit Wagen seiner Besitzerin zurückgegeben, die für beides eine ordentliche Bezahlung aus der Kriegsschatulle erhalten hatte, und vorher hatte er William herbeigefahren und an einem Baum abgeladen. Und jetzt war er wieder da.

Mochte der Kampfgeist des englischen Führers noch geschwächt sein, seine Streitlust war es nicht. »Der Kleine ist es gewesen, der mich beraubt hat«, schimpfte er. »Wer soll es sonst gewesen sein, he? Wer betritt schon freiwillig einen Wagen, in dem Pestkranke liegen?«

John, der damit beschäftigt war, den ledernen Armschutz um seinen wattierten Jackenärmel zu binden, ließ die Lederriemen aus den Zähnen gleiten und sah auf. Er schüttelte den Kopf. »Niemand weiß, daß ihr beide die Pest hattet. Wir haben zu niemandem darüber gesprochen.«

»Und wir tun auch weiterhin gut daran zu schweigen«, mahnte ein stämmiger Schütze, neben den sich Cord gehockt hatte und interessiert zusah, als er einen Faden wie einen Takling um das Ende der Gänsefeder wickelte und abbiß. »Es gibt hier ein paar Männer, die ihre Nasen in alles stecken. Gerüchte gab es auch.«

John streckte Cord seinen Arm hin und ließ sich von ihm die Manschette zubinden, denn er benötigte seinen Mund für wichtigere Aufgaben. »Ich mache dir einen Vorschlag, William. Die Waffen befinden sich wahrscheinlich noch im Lager. Der Dieb muß ja einen Hehler haben, aber er wird nicht mit jedem Stück zu ihm laufen. Ich denke, er sammelt sie. Und ich glaube auch nicht, daß jeder Diebstahl sofort dem Konnetabel gemeldet wird, denn Hängen bringt das gestohlene Stück nicht wieder. Ich erbiete mich deshalb, mich unauffällig umzuhorchen, wo noch andere gute Stücke abhanden gekommen sind. Wir werden den Gauner auftreiben, das verspreche ich dir. Wir Engländer bereinigen unsere Angelegenheiten selber, dazu brauchen wir keinen bretonischen Heerführer.«

Die Bogenschützen hatten sich mittlerweile um John gesammelt. Noch nie hatte einer von ihnen ihn so lange reden hören. Das allein war schon die Aufmerksamkeit wert. Außerdem war es verdammt vernünftig, was er sagte. Keiner wäre auf die Idee gekommen, ausgerechnet den Jungen zu verdächtigen, der William gesundgepflegt hatte.

William grinste zwar süffisant, wie er es vor seiner Krankheit zu tun pflegte, und daran erkannten die Bogenschützen, daß er wieder ganz hergestellt war. Da er aber nichts erwiderte, war die Angelegenheit für sie abgeschlossen.

John rief Cord zu sich und gab ihm die Übungsscheibe zum Tragen, hängte sich den Köcher über die Schulter und griff nach zwei Bogen.

William sah dem Langen mit verkniffenem Mund nach. Für ihn waren die Chancen, den schönen Bogenschützen für sich zu gewinnen, seit dem Auftauchen des Jungen vertan. John entwickelte plötzlich väterliche Gefühle, die Gott weiß woher kommen mochten. Oder sollten seine Gefühle von anderer Art sein? William grübelte vergeblich. Dann faßte er einen Entschluß und rappelte sich auf. Er müsse sich endlich die Beine vertreten, brummte er und ging.

Jeanne beaufsichtigte allein das Kochfeuer, als der Engländer, den sie vor einigen Tagen schon tot geglaubt hatte, sich neben sie hockte. Allmächtiger Herrgott, dachte sie und legte ihr berufliches Lächeln wie Tünche auf das Gesicht. »Was kann ich für dich tun?« fragte sie vorsichtig. Sie spürte, daß er nicht kam, um seine fleischlichen Gelüste zu befriedigen. Mit ihm würde es schwieriger werden.

William ließ seine braungelben Zähne sehen und griff gemächlich an ihre Brust. Jeanne schmiegte sich gefügig in seine Hand, als sie ihren schrecklichen Irrtum bemerkte. Sie spürte jeden einzelnen seiner Finger, die sich um den festen Kern in ihrer Brust krallten und sie grausam verdrehten. Sie wollte zu schreien anfangen, aber er schlug ihr in die Zähne. Jeanne folgte seiner schraubenden Hand, bis ihr Kopf vor ihm auf der Erde lag, die langen Haare ausgebreitet vor seinen Knien.

»Was willst du?«

Er verstärkte den Druck, und Jeanne krümmte sich. »Den

kleinen Cordy kannst du ausquetschen bis zum Sankt Nimmerleinstag«, fauchte er ihr ins Ohr. »In jeder Beziehung übrigens. Saug ihm das Mark aus den Eiern, bis er zu nichts mehr taugt.« Er lachte rauh. »Aber meine Waffen laß in Ruhe, verstanden? Ich gebe dir bis heute abend Zeit, sie in mein Lager zurückzuschaffen.«

Jeannes Nacken wurde naß vom Angstschweiß. Sie hatte die Sachen längst gegen Schmuck und Münzen eingetauscht. Das Lagerleben war teuer. Aber sie hätte die Finger davon gelassen, wenn sie nicht fest geglaubt hätte, daß er an der Pest sterben würde.

»Denk dran, heute abend«, wiederholte der Engländer und drückte ihr mit der Hand den Nacken hart auf den Boden. Um dem Schmerz zu entgehen, preßte sie sich in die Erde, bis ihr fast die Nase brach.

»Ja, ja«, keuchte sie und erschlaffte, als der Druck endlich nachließ und sie mit der Stirn spürte, wie unter den Füßen des sich entfernenden Mannes der Boden erbebte.

Endlich war Jeanne in der Lage, sich aufzusetzen und nachzudenken, während die Wellen von Schmerz langsam verebbten. Es war unmöglich, dem Hehler die Waffen wieder abzukaufen, das mußte auch William wissen. Und warum hatte er sie nicht beim Konnetabel angezeigt, statt sie zu bedrohen? Vorsichtig betastete sie das mißhandelte Fleisch, auf dem sich blaue Flecken abzeichneten. Die Wut gegen den Mann packte sie, weil er ihren Wert für einige Tage gemindert hatte. Und dann ging ihr plötzlich auf, daß die Sache noch nicht ausgestanden war. Anscheinend war sie ein Steinchen in einem Spiel, das der Engländer spielte. Jeanne biß sich auf die Unterlippe und sah ihm nach. Aber er war längst verschwunden.

John und Cord fanden außerhalb des Lagers ein flaches Gelände, das Übersichtlich genug war, um auch den Flug eines verirrten Pfeils zu verfolgen. »Obwohl du erst einmal mit stumpfen Holzpfeilen üben wirst«, entschied John, während er die Scheibe an einem Baum aufhängte. Dann maß er hundert lange Schritte ab und setzte seine Lederhaube auf.

»Wenn lange Haare in den Zug des losschnellenden Pfeiles geraten, bist du deinen Kopf los. Außerdem mußt du auf deine Hände aufpassen. Die Hände sind das wichtigste Werkzeug des Bogenschützen. Trocken und warm müssen sie sein, sonst taugen sie nichts. Für die Wärme hast du deine Achselhöhlen, für die Trockenheit das Pulver.« In Johns Gürteltasche befand sich ein weißes, körniges Pulver, mit dem er sich die Hände einrieb.

Nachdem er gemächlich etliche Pfeile in den Gürtel gesteckt hatte, zeigte er Cord, in welcher Geschwindigkeit ein guter Bogenschütze Pfeile abschießt. Im Nu war sein Gürtel leer; von zwölf Pfeilen steckten zehn in der Scheibe. »Mach's nach«, sagte er lächelnd.

Cord griff mit Feuereifer nach dem Bogen des Fuchs und versuchte ihn zu spannen. Als er nicht einmal das schaffte, wurde ihm allmählich klar, welch hohe Kunst das Schießen mit dem Langbogen war.

Es dämmerte, als Cord zum ersten Mal einen Pfeil abschoß, der federnd in der Scheibe steckenblieb. Seine Oberarme zitterten, und er widersprach nicht, als John »genug« sagte und die Pfeile im Köcher verwahrte.

Schweigend wanderten sie ins Lager zurück. Cord war mit sich zufrieden, und John war es auch.

Neben William hatten sich zwei Soldaten aufgepflanzt, deren Armbinden sie als Männer des Konnetabel Bramborough kennzeichneten. Sie überwältigten Cord, der sich in seiner Überraschung gar nicht wehrte, und drehten ihm die Arme auf den Rücken.

John blickte auf William hinunter, der immer noch am Fuß eines Baums saß. »So hältst du unsere Absprachen?«

»Außer dir hat niemand gesprochen«, sagte William.

John entspannte schweigend seinen Bogen. Er gab sich keine Mühe, seine Verachtung zu verbergen. Dann verließ er das englische Feuer.

»Und vom Bramborough hatte ich schon lange vorher meine Waffen eingefordert«, rief William hinter ihm her. »Woher er sie nimmt, ist mir scheißegal. Wenn er glaubt, der Junge hat sie, ist das seine Sache.«

Alle Bogenschützen mit Ausnahme von William sahen Cord im festen Griff der beiden Männer Bramboroughs nach. »Den sehen wir nicht wieder«, mutmaßte einer.

»Den anderen auch nicht.« Williams grollender Feststellung wagte niemand zu widersprechen. Aber recht wär es ihnen nicht, denn John mochte jeder gern.

5. Die heiligen Steine

Alheyd und Mechtild waren auch ohne Führer nach Süden vorangekommen, aber immer in großer Angst vor Soldaten und Plündererbanden, die nicht immer auseinanderzuhalten waren. Um nicht allzusehr aufzufallen, hatten sie ein Maultier und ein Pferd verkauft. »Denkt an Huarn und haltet den Mund, Ratsfrau, ich bekomme schon, was wir brauchen. Auch ohne französisches Gesäusele.«

»Und denkt Ihr an Compostela und Flandern«, versetzte Alheyd griesgrämig. Auf dem Markt führte die Knochenhauerin das große Wort: als flandrische Bäuerin ließ sie ihr Plattdeutsch auf die Bretonen niederprasseln. Zu Alheyds Mißvergnügen funktionierte die Verständigung auch ohne sie. Wenigstens aber gab sich die Knochenhauerin nur als Begleiterin der vornehmen Pilgerin Alheyd aus, und für diese Idee lobte sich Alheyd insgeheim täglich. Jedenfalls war ihr die Bewunderung in den Augen der Frauen auf dem Markt sicher. Denn nur eine sehr fromme Frau durfte wagen, mitten durch ein Kriegsgebiet zu reisen, um ein Wallfahrtsgelübde einzulösen. »Und redet nicht zuviel«, fügte sie spitz hinzu. »Ein echter Flame entlarvt Euch auf der Stelle.« Zufrieden mit sich selbst stieß die Ratsfrau dem Pferd die Hacken in die Seite und ließ Mechtild mit dem Handpferd hinter sich.

Mechtild machte hinter ihr eine abfällige Bewegung.

Mittlerweile waren die Frauen um viele Erfahrungen reicher geworden, unter anderem, daß es nicht genügte, sich vor marodierenden Soldaten in acht zu nehmen. Die Bäuerinnen hatten sie besonders vor den Garnisonen gewarnt: Die englischen Besatzungen seien grob und pflegten nicht zimperlich mit zweifelhaften Fremden ohne Schutzbrief umzugehen. So hatten sie um die Hafenstadt Konk Kerne einen weiten Umweg durch das Hinterland machen müssen, auf den von Kirschlorbeer eingerahmten Heckenwegen durch

Wälder mit hohen grünen Farnwedeln und von Weiler zu Weiler, die aus verstreuten Hütten neben einsamen Feldern bestanden.

»Überall abgebrannte Häuser und Wüstungen«, seufzte die Ratsfrau sachkundig, als sie sich endlich wieder auf der Straße nach Alre befanden, die sie nehmen mußten, um die Brücke über den Fluß Loch zu erreichen.

Die Knochenhauerin richtete den Blick stur geradeaus. »Ich sehe nur die Spuren von Schaf- und Rindertrift.«

Aber die Ratsfrau gab angesichts der Tatsache, daß das Ende der gemeinsamen Reise nun allmählich näher rückte, nicht viel auf das mürrische Geschwätz einer Krämerin mit der Weitsicht einer Henne. »Mehr als ein paar Tagesritte können es gar nicht sein bis zu den Salzfeldern. Und dann, stellt Euch vor, Knochenhauerin, sehen wir von weitem schon die Schiffe liegen, Koggen oder Holks mit dem Wappen von Hamburg, Lübeck oder Danzig. Mein Gott, wie habe ich die einen Sommer lang vermißt! Und wir brauchen nur zu wählen.« Sie schwelgte geradezu in der Vorfreude.

»Und dann«, stichelte Mechtild, »müßt Ihr nur noch einen der Salzschiffer überreden, Euch mitzunehmen. Was aber, wenn er nicht will? Frauen bringen Schiffen Unglück, wißt Ihr das nicht?« »Selbstverständlich will er. Bedenkt, wer ich bin, Mechtild Knochenhauerin! Ratsfrauen können gar kein Unglück bringen. Ich werde allerdings nur bis Brügge mitfahren. Ich habe dort etwas zu erledigen.«

Mechtild war höchst erstaunt und nicht wenig beleidigt. »Davon hattet Ihr mir bisher nichts erzählt. Ihr seid ohnehin mit Euren Angelegenheiten verschwiegener als eine Äbtissin. Von mir wißt Ihr sogar, welche Schnurfarbe meine Senf- und meine Schmalztöpfe im Vorratskeller unterscheidet, ganz abgesehen von dem entsetzlichen Kindbett mit Burghard, meinem Jüngsten. Von Euch weiß ich so gut wie nichts. Was treibt Euch denn nach Brügge, Ratsfrau Alheyd?«

»Handelsgeschäfte.«

»Einmal Ratsfrau, einmal Kauffrau, ganz wie es beliebt?« schnaubte Mechtild. »Damit speist Ihr mich nicht ab!« Sie ließ es an Deutlichkeit nicht fehlen, und ihre Gedanken waren geradezu aufsässig. Ihr werdet mir noch Rede und Antwort stehen lernen! Kauffrau! Was nicht noch!

Alheyd lächelte matt und ein wenig unschlüssig. Die Knochenhauerin ahnte, daß sie jetzt nachgeben würde.

»Ich bin Frau des Ratsherrn Hinrich Rucenberg, gewiß. Daneben führe ich mein eigenes Geschäft. In Brügge werde ich Absprachen über die Wollieferungen des nächsten Jahres treffen.«

»Ihr wart doch den ganzen Sommer unterwegs, denke ich«, wandte Mechtild unbeeindruckt ein.

Die Ratsfrau wog die Kürze der verbleibenden Reise gegen die Tatsache ab, daß Mechtilds Nützlichkeit der eines guten Wachhundes nicht nachstand. Auch diesem muß man von Zeit zu Zeit den Kopf tätscheln, damit er willig bleibt. »Ja«, sagte sie aufrichtig, »aber im Sommer hatte ich in Florenz zu tun. Dort habe ich mit verschiedenen Handelsgesellschaften um den günstigsten Preis verhandelt und mit einer von ihnen das Geschäft abgeschlossen. Nach Brügge muß ich, weil ich meinem Faktor alle Details erklären will, es handelt sich ja um umfangreiche Lieferungen von verschiedenen Fabrikanten. Wie soll mein Handelsgehilfe Einwände erheben, wenn er nicht weiß, worauf es mir ankommt? Versteht Ihr?«

»O ja«, sagte Mechtild, gegen ihren Vorsatz beeindruckt. »Ich muß meinen Gesellen auch sagen, daß ich zwar Kutteln auf der Bank sehen möchte, aber keine eitrigen oder verwachsenen. Das kann Gift für die Leber des Käufers sein, und tot käme er nie wieder. So kurz springe ich nicht.«

»Nein, so kurz springen wir Kauffrauen nicht, sofern wir in die Zukunft planen.«

Mechtild nickte überaus zufrieden, weil die Rats- und Kauffrau Alheyd einen großzügigen Bogen über alle Händlerinnen gespannt hatte, war es doch nach allgemeiner Ansicht ein gewaltiger Unterschied zwischen Händlern im großen und Händlern im kleinen. »Und die Stoffmuster wollt Ihr dann gewiß dem Faktor vorlegen?« Alheyd biß sich auf die Lippen. Die Knochenhauerin hatte, trotz ihrer Vorsichtsmaßnahmen, die Muster zu Gesicht bekommen. Sie war neugierig wie eine Ratte im Warenstapel. »So ist es«, bestätigte sie betont geduldig.

Mechtild beugte sich vor und klopfte ihrer Stute auf den Hals. Brennend gern hätte sie gewußt, warum der Faktor Seidenmuster sehen sollte, um über Wollstoffe Bescheid zu wissen.

Scheinbar unbeschwert sah die Ratsfrau sich um. Kein Wort mehr würde sie sich entlocken lassen. Diese unstandesgemäße Ausfragerei hatte sie nur dulden können, weil sie sich weitab jeder Person von Stand befanden. Mistelbehängte Pappeln hatten die Eichen abgelöst, und zwischen den Bäumen schimmerte ein Teich. Am Horizont gleißte ein heller Streifen Wasser. »Sollten wir wirklich auf das Meer zureiten?«

Mechtild suchte die Sonne. Die Ratsfrau mochte sich mit Stoffen auskennen, mit der Natur jedenfalls nicht. Sogar die Furcht davor fehlte ihr. »Nein, davon war nicht die Rede. Und die Sonne sollten wir auf jeden Fall zu dieser Tageszeit im Rücken haben.« Dann machte sie die ärgerliche Entdeckung, daß sie selber an irgendeiner Stelle nicht aufgepaßt hatte. »Ich habe die Abzweigung nach Alre verpaßt. Ich glaube, wir müssen umkehren. Diese Brücke soll die einzige sein. Wer weiß, ob wir anderswo einen Fährmann finden.« Alheyd gähnte verstohlen. »Gut, aber heute nicht mehr, Knochenhauerin. Wir suchen einen Platz abseits vom Weg zum Übernachten. Morgen werdet Ihr besser aufpassen.«

Mechtild zuckte verstimmt die Achseln.

Vor sich sahen sie einige Rinder und eine Ziege, die von einem alten Mann gehütet wurden. Gelassen blickte er ihnen entgegen, das Kinn auf einen Stab gestützt, und rührte sich auch nicht, als Mechtild vom Pferd geklettert war und ihn mit den Brocken Bretonisch, die sie sich mittlerweile angeeignet hatte, nach einem guten Platz zum Übernachten und frischem Wasser fragte.

Der schwarzhaarige Mann mit Wollweste und Pluderhose lauschte und schwenkte dann herrisch seinen Stock in Richtung des Weges, den sie gekommen waren. Als er merkte, daß Mechtild ihn nicht verstand, kniete er sich auf den Boden und malte den Weg nach Alre neben Mechtilds Zeichnung eines Pferdekopfs und einiger Wellen. Sie schüttelte den Kopf und legte hartnäckig den Zeigefinger auf die Wellen.

Der Hirte wiegte voll Bedenken den Kopf. Mechtild begriff, daß er aus Höflichkeit die Antwort nicht verweigern wollte. Aber gerne gab er sie nicht, obwohl er jetzt auch einige französische Worte unter seine Erklärung mischte. »Sankt Cornely, der meine Rinder beschützt, schützt auch die Quelle, die ihm heilig ist. Daran dürft ihr die Pferde tränken, aber nicht an den Teichen. Und lagert nicht dort! Nicht über Nacht bleiben!«

»Warum denn? Ist das Teichwasser giftig?« Die Ratsfrau musterte den Hirten mißtrauisch.

Mechtild blickte ihm in die dunklen Augen und hatte das Gefühl, daß seine Vorsicht mehr mit ihnen zu tun hatte als mit dem Wasser. »Wir sollen weiterziehen, sagt er. Es ist ihm nicht recht, daß wir hierbleiben. Sonderbare Gastfreundschaft.« Sie gab ihm trotzdem einen Apfel zum Dank.

Als sie schon aufgestiegen war, trat der Hirte an ihr Pferd. »Kerioned«, flüsterte er, kauerte sich auf dem Boden zusammen, ballte die Fäuste und ließ die Armmuskeln spielen.

»Er ist jetzt bärenstark«, erkannte Mechtild staunend. »Er spricht von Zwergen oder Elfen, glaube ich.«

Der Hirte runzelte die Stirn. Flüsternd sprach er weiter, während er sich umsah. »Kern, Karn! Nicht nachts an Kernen bleiben!« Und er deutete verschiedene Höhen von Felsen oder Steinen an. »Kern, Vorsicht!«

»Der Mann hat Angst«, erkannte Mechtild erstaunt, während sie die Pferde wendeten und ihm zuwinkten.

»Grundgütiger Gott, ist dieses Land gefährlich«, spottete die Ratsfrau, als sie außer Hörweite waren. »Das Wasser, die Elfen, die Steine und sogar die Kerne könnten uns nachstellen, wenn wir nicht aufpassen. Vom Krieg hat er anscheinend noch nie gehört.«

Die Knochenhauerin mußte wider Willen lachen. »Macht

Euch nicht darüber lustig, Frau Alheyd. Die Alten wissen, wovon sie reden. Laßt uns lieber weiterreiten.«

»Schauermärchen des Volkes«, entschied Alheyd kurzerhand. »Dem armen Mann ist nur der Mund übergelaufen, weil er so lange mit sich allein ist.«

Da ist sie wieder, die angeborene Überheblichkeit, dachte die Knochenhauerin. Haltet den Mund, Frau Mechtild: eine Knochenhauerin aus Stade überredet keine Ratsfrau von Bremen, wozu auch immer.

Es dämmerte, als sie die in Bruchgestein gefaßte Quelle fanden, die einen düsteren Teich unter hohen Bäumen speiste. Sie schöpften für sich selber frisches Wasser und ließen auch die Pferde ausgiebig trinken.

»Hier bleiben wir«, sagte die Ratsfrau zufrieden und zerrte dem Packtier eigenhändig das hölzerne Gerüst vom Rücken.

Mechtild rührte sich nicht von der Stelle.

Alheyd hatte geahnt, daß sie sich weigern würde. Jetzt wußte sie, welche Steine der Hirte gemeint hatte, und die Knochenhauerin auch. Die Steine standen nicht weit von ihnen aufrecht im Kreis, wie eine Versammlung von Riesen, die mit Zwergen schwatzen. »Nur Kerne«, schnaubte sie und fügte hinzu, ohne mit ihrer geschäftigen Tätigkeit aufzuhören: »Übrigens, Knochenhauerin, wenn die Leute sich vor den Elfen so fürchten, werden wir hier sicher sein wie in Abrahams Schoß.«

Mechtild gab wider besseres Wissen nach. Die Hitze des Tages brütete noch über dem Land, aber der plätschernde Bach fächelte ihnen und den Maultieren ein wenig kohlende Luft zu. Im Schutz von Eichen bot diese Raststelle die Gastlichkeit, die sie erhofft hatten. Und was die Elfen betraf, so würden diese verstehen müssen, daß zwei durchreisende Frauen nichts von ihrem Reich wissen konnten und überdies harmlos waren. »Bleiben wir also«, seufzte sie und packte beim Entladen mit an.

Die Ratsfrau hatte recht gehabt. Dank dem gurgelnden Wasser blieben sie sogar von Mücken und Bremsen verschont. Ein Feuer über Nacht kam nicht mehr in Frage.

Das Singen, anfangs nur wie ein Hauch im Eichenwipfel, schwoll zu lautstarkem Gesang aus Männerkehlen an, ohne daß Alheyd erwachte. Nach den ungewohnten täglichen Anstrengungen schlief sie neuerdings wie ein Stein.

Aber Mechtild, die wegen der Warnung des Alten kaum ein Auge zugetan hatte, fuhr hoch und rüttelte Alheyd wach. An den Boden gepreßt, lauschten sie gemeinsam. Die Knochenhauerin hielt den Arm der Ratsfrau fest, damit sie nicht durchging wie ein scheuendes Pferd. »Soldaten?« fragte sie und verbarg ihre Panik nur mühsam.

Mechtild schnaubte. »Soldaten! Klingt eher nach Kirchengesang.«

»Dann sind es Klosterleute oder Priester! Gottlob!« Die Ratsfrau befreite sich aus dem festen Griff.

»Was heißt gottlob?« fragte Mechtild aufgebracht. »Die Kirchenmänner, die Ihr bei Festbanketten trefft, sind vielleicht harmlos. Aber nicht die für das gemeine Volk. Die lassen brennen, stechen, vierteilen und strafen auf Arten, die man in Euren Kreisen gar nicht in den Mund nimmt. Und welche Sorte das ist, kann man ja schon hören, so falsch wie die singen! Ich habe jedenfalls vor Mönchen der Inquisition nicht weniger Angst als vor Soldaten. Gebt es zu, Ratsfrau, Ihr auch!«

»Haltet den Mund, sie kommen«, fauchte Alheyd.

»Was machen wir, wenn die zur heiligen Quelle wollen?« wisperte Mechtild trotz ihrer Warnung. »Und finden Euch statt des Heiligen Geistes!«

»Mich werde ich schon herausreden. Und Euch erkläre ich einfach für nicht vorhanden«, flüsterte die Ratsfrau boshaft zurück.

Der Gesang brach ab. Wenige Augenblicke später wurden Fackeln angezündet, in deren Schein sich Gestalten zwischen den Steinen bewegten. Alle trugen die gleichen dunklen Umhänge, die in einer Kapuze mit langen Zipfeln endeten.

Alheyd spähte konzentriert zu ihnen hinüber. »Eure Angst war überflüssig, Mechtild. Die wollen gar nicht her. Es scheint eine Versammlung bei den Steinen stattzufinden.«

»Sind es wirklich Christenmenschen?« hauchte Mechtild. »Kein Elfenvolk oder Kerioned?«

»Sowenig Elfen wie Ihr und ich«, antwortete die Ratsfrau grimmig. »Aber ich möchte gern wissen, was sie treiben. Es sieht nicht gerade wie ein christliches Werk aus. Nur daß hier nicht Kraniche, sondern anscheinend Kälber tanzen sollen.«

Mechtild, die oft schon für die Sünde der Neugier eine Buße hatte auf sich nehmen müssen, blickte widerwillig unter dem Rand ihres Gebändes hervor. Inmitten der blakenden Fackeln war ein Kalb angepflockt, das abwechselnd nach vorn und hinten ausschlug. Die Leute zogen den Kreis um das Tier immer enger, und es blökte jämmerlich.

»Das will ich mir näher ansehen«, flüsterte die Ratsfrau entschlossen. Sie huschte fort.

Typisch, dachte Mechtild erbost, für Ratsfrauen ist Neugier anscheinend läßlich. Wohl oder übel entschloß sie sich, ihr zu folgen, als sie nur noch als Schatten erkennbar war. Nicht wegen der Neugier – aber nichts war der Knochenhauerin verhaßter, als in der unbelebten Natur allein zu sein, womöglich mit unsichtbaren Elfen und Kernen zusammen. Unter den unruhig scharrenden Maultieren knackten die Äste. Niemals würde eine Ratsfrau sich geräuschlos wie ein Fuchs anschleichen können. Aber sie hatte mehr Glück als Verstand. Die Männer fingen wieder an zu singen.

Die Ratsfrau kroch so dicht an den Steinkreis heran, daß Mechtild angst und bange wurde. Immer noch krabbelte sie blindlings hinterher. Die Schwärze der Nacht hinter ihr wurde immer bedrohlicher.

Die vermummten Gestalten in dunkelblauen Umhängen waren Männer. Nur unterhalb des größten Steins stand eine Frau mit ausgebreiteten Armen, das Gesicht den wenigen erkennbaren Sternen zugewandt. Ein weißes langes Kleid und eine hohe weiße Haube gaben ihr ein unwirkliches Aussehen.

Jemand reichte ihr eine Schale, die sie mit geschlossenen Augen leerte. Nicht lange danach begann sie leise zu sprechen.

Die Knochenhauerin duckte sich entsetzt. Eine Zauberin. Aus dem Zaubertrank sog sie Allwissen. Und hier lagen sie wie die Schlachthammel, eine dumme Knochenhauerin und eine neugierige Kauffrau, und warteten auf ihr Schicksal. Ein Entkommen war ausgeschlossen.

Einer der Männer mit einem Greisengesicht trat zu der Zauberin und hielt ihr sein Ohr vor den Mund. Als ihre Verwünschungen und Prophezeiungen stockten, kniete er nieder, bis zwei andere sie aus dem Kreis geleiteten.

Kaum war die Zauberin außer Sicht, sprangen zwei Knaben in braunen Jacken und Hosen zu einem mannshohen Stein, einen Korb mit Reisig zwischen sich. Mit dem Holz umflochten sie den Stein bis dicht unter die Kuppe. Als das Kalb wie närrisch ausschlug, griff Mechtild erregt nach Alheyds Arm. Die Zauberei war vorbei; jetzt kam die Schlachtung. Was Tiere vor dem Tod warnt, wußte sie nicht, aber sie konnte ihn wie sie voraussehen.

Die Schlächter bändigten mit geübten Griffen das Rind und zerrten es auf den Stein. Das Blöken brach abrupt ab, als das Messer des Opferpriesters dem Kälbchen durch die Kehle fuhr und das Blut über den Stein strömte.

Die Stille zwischen den Steinen hatte etwas Bedrohliches. Mechtild preßte sich noch tiefer ins Gras und zog die Ratsfrau verzweifelt am Ärmel. Nur fort!

Alheyd schüttelte den Kopf. Mechtild biß sich auf die Fingerknöchel.

Der Priester empfing den Kälberkopf aus den Händen der Helfer und steckte ihn mit ihrer Unterstützung auf einen angespitzten Pfahl; die Zunge hing dem Tier wie ein alter Lappen aus dem Maul. Er hielt seine blutigen Hände in die Höhe und wandte sich dem nächststehenden Mann zu, flüsterte mit ihm und sprengte endlich Blut vom Messer über ihn und in einen Kessel, den einer der Knaben herbeigetragen hatte.

Am Fuß des Steins flackerten Flammen auf, erfaßten das Reisig und schlugen wie eine lodernde Säule in den dunklen Himmel, während der Priester langsam von einem Vermummten zum anderen schritt. Ein Schwall von weißem

Rauch kroch über den dürren Boden und verbreitete einen eigenartigen Duft. Die Knochenhauerin rümpfte die Nase, aber dem Geruch konnte sie nicht entgehen.

Als Mechtild einen Seitenblick auf die Ratsfrau warf, kniete diese hinter einem Stein und preßte die Lippen zusammen. Plötzlich kam ihr die ganze Angelegenheit furchtbar komisch vor. Und jetzt wußte sie auch, was der Ratsfrau durch den Kopf ging: Ratsherr Rucenberg würde »dieses unchristliche Tun« nicht gutheißen.

Die Ratsfrau offensichtlich auch nicht. Mechtild hätte beinahe gekichert, weil Alheyd Männchen machte wie ein aufgebrachter Hase.

In der Zwischenzeit hatten die beiden Jungen den Kessel auf das Feuer gehoben; sie bewachten ihn, bis es darin zu brodeln anfing. Der Priester trat hinzu und reichte jedem Mann einen Becher mit der Flüssigkeit. In Mechtilds Ohren klangen die Worte, die jeder sprach, während er einige Tropfen davon in das Feuer sprengte und den Rest austrank, wie ein Schwur.

Die Knochenhauerin atmete auf, als das Ende der Zeremonie erreicht war – wie die Gläubigen nach der Messe aus der Kirche drängen, verließen die Männer leise schwatzend den Steinkreis auf der gegenüberliegenden Seite. Mechtild zupfte den Hasen am Schwänzchen. Oder ist es der ehrenwerteste Ratsfrauenbürzel, sinnierte sie albern und preßte in einem Rest von Vorsicht die Hand auf die Lippen.

Doch der Mann in der Mitte hob die Arme, und die Männer verstummten und drehten sich verwundert zu ihm um.

»Unsere heilige Handlung ist heute gestört worden«, sagte der alte Mann mit klarer Stimme, ließ sich von einem Jungen eine frisch entzündete Fackel reichen und schritt durch die Gasse der Männer, die sich vor ihm öffnete. »Das weiße, rotohrige Kalb wurde nicht angenommen.«

Mechtild sah die Glut seiner zornigen Augen über der wie ein Adlerschnabel gebogenen Nase, und sie fühlte sich wehrlos und in der Macht des Alten.

Sie waren entdeckt worden.

Doch für den Priester hatte die unscheinbare, ängstliche

Frau keine Bedeutung. Die Störung, die er mit allen Sinnen aufgenommen hatte, war von einer Ungläubigen ausgegangen, von widerspenstigen Gedanken, die seine Hand hatten zittern lassen. Nicht viel hatte gefehlt, und das Fest zu Ehren von Kernunnos und Taranis wäre zur Maskerade geworden. Für ein solches Vergehen kannte der Wettergott nur eine einzige Sühne: das Leben des Frevlers.

Das flackernde Licht der Fackel, die einer der Jungen herbeitrug, fiel auf Alheyds Haar, als der Priester vor ihr stehenblieb. Die Ratsfrau erhob sich und sah ihn abweisend an.

Der Zorn des alten Priesters schwand und ging in Freude über. Noch nie hatte er Taranis ein Opfer zugeführt, das würdiger war als diese wunderschöne, blonde junge Frau.

Die Kaufleute der Calimala hatten mit ihren drei Knechten die Briganten in Frankreich und die französisch-bretonischen Truppen in der Bretagne glücklich umgangen und Brest ohne größere Zwischenfälle erreicht.

Das Osttor war nicht besetzt, und sie konnten ungehindert hindurchreiten. Auf den Straßen waren viele Menschen unterwegs, und doch kam d'Albizzi die Stadt verändert vor, anders als bei seinen früheren Besuchen. »Fällt dir etwas auf, Costantino?«

Der Faktor sah sich um. »Nein, Meister, was denn? Höchstens, daß die Leute jetzt wie die wandelnden Regenbogen herumstolzieren. Es scheint, als ob modische Kleidung auch das finsterste Hinterland erreicht hätte, sogar die Bretagne.« Mit erhobener Nase fuhr er so weltmännisch fort, daß d'Albizzi sich ein Lachen verkneifen mußte »Meint Ihr nicht, daß die Hochzeit von John de Montfort diesen Wandel zur Vernunft auslöst? Man spricht davon, daß König Eduard ihm einen Umhang aus vierundfünfzig Hermelinfellen zu Weihnachten schenken will. Und seine Mary soll ja soviel Sinn für erlesene Kleidung haben wie ihr Vater. Das kann unsereinem nur zu Gute kommen. Da wäre ich ganz ruhig, Messere.«

Cosimo d'Albizzi warf einen belustigten Seitenblick auf den Lehrling. »Danke, ich bin ruhig. Und du? Hast du denn noch gar nichts gelernt? Wo bleibt dein Blick für Mode, Costantinello? Diese bunten Farben sind neuerdings unmodern, folgt man dem Geschmack des englischen Königs. Weißt du nicht, daß unsere florentinischen Weber in Tag- und Nachtarbeit Stoffe mit sanften Grün-, Blau- und Rottönen herstellen? Nichts Grelles, lauten Edwards Anweisungen, und wir Italiener beeilen uns, die hellen Farben scheußlich zu finden!« Für einen Moment wünschte er, daß sein Mitkonsul Ricci sein erfahrenes Urteil ausgesprochen hätte. Irgend etwas stimmte hier in der Tat nicht.

Costantino schob beleidigt die Unterlippe vor. »Vielleicht haben die Adeligen ja ihre unmoderne Kleidung an ihre Knechte verkauft.«

D'Albizzi, der die Entgegenkommenden genau in Augenschein genommen hatte, fuhr herum. »Sag das noch mal.« Doch bevor Costantino gehorchen konnte, winkte er ab. »Du hast recht«, sagte er, und der Faktor strahlte. »Diese Leute passen nicht in ihre Kleider. Sie sehen nicht einmal aus, als ob sie jemals dafür bezahlt hätten. Siehst du, was ich meine?«

Eine Gruppe von Männern und Frauen wälzte sich ihnen entgegen, betrunken vom Apfelwein in den Krügen, den sie sich von Zeit zu Zeit über Gesicht und Hals schütteten. Er lief den Männern über die seidenen Einsätze der wattierten Jacken, und die langen Ärmel klebten an ihren schmutzigen Pranken, deren abgebrochene Fingernägel gut zu Schauerleuten am Hafen gepaßt hätten. Bei anderen waren die empfindlichen Stoffe bis zu den Ellenbogen aufgerollt.

D'Albizzi rümpfte die Nase, und Costantino grinste. Die Reise lohnte sich für ihn jetzt schon. Hafenarbeiter und Dirnen in Kleidern von Höflingen waren sehenswert. »Um so besser, Messere. Die, denen sie die Kleider gestohlen haben, werden neue brauchen. Und diese Straßenratten werden sich an weiche Stoffe gewöhnen und sich auch nicht mehr mit den zusammengeknoteten Nesseln und Disteln begnügen, die sie gewöhnt sind. Wir sollten ihnen Beifall klatschen.«

»Nichts dergleichen wirst du tun«, fauchte d'Albizzi zwischen geschlossenen Zähnen und lenkte sein Pferd gleichmütig unter das vorkragende Obergeschoß eines Hauses, um den Pöbel vorüberzulassen. Der Konsul war ein stolzes Mitglied seiner Adelssippe und ließ sich selten sein Wegerecht streitig machen; aber die Calimala zog kluge Männer den stolzen vor. Er befahl die drei Knechte mit einer Kopfbewegung an seine Seite. »Wir warten hier.«

Einer der betrunkenen Hafenarbeiter hatte das spöttische Lachen von Costantino bemerkt. »Der Kerl beleidigt uns«, lallte er, und im Nu waren die breiten Fischmesser gezogen. Die Bretonen umringten die Wollhändler.

»Entschuldigt euch«, schrie ein Zwerg, mutig im Kreis derer, die ihn anerkannten, seitdem er eine ausgestopfte zweifarbige Hose und ein reichgefälteltes Wams trug, das seinen Brustkorb rechteckig und den Buckel verschwinden machte. Die Glöckchen der dreizipfeligen Aumuce, in der gleichen Farbkombination wie die Hose, klingelten leise zu seinen Bewegungen. Er erfreute sich großen Ansehens, wie der Italiener erkannte.

»Schon gut, schon gut, kein Grund, sich aufzuregen«, versuchte d'Albizzi die Situation zu retten. Betrunkene, die sich überschätzen, können leicht gefährlich werden.

»Ach, er spricht nur Französisch! Das hat er sich aber gut ausgedacht, um uns zu erinnern, wer wir sind«, brüllte der Kleine mit überschnappender Stimme, um sich gleich darauf in Bretonisch zu wiederholen.

Die Gruppe von Männern und Frauen schob sich schwankend, aber entschlossen Arm in Arm um die Italiener zusammen. Die letzten in diesem Haufen zusammengewürfelter Einwohner der Stadt hatten den Ärger der vorderen Reihen noch gar nicht wahrgenommen; sie schwatzten und lachten und versperrten mittlerweile die Straße vor und hinter den Kaufleuten.

Heinrich, der Büttel, zog wutentbrannt sein Schwert. »Aus dem Wege, ihr Jacques!« brüllte er und holte aus. D'Albizzi rief ihm eine scharfe Warnung zu, doch im selben Augenblick fuhr die Schneide in den Balken über seinem Kopf und blieb stecken. Verlegen zerrte der Knecht an der

Waffe, bis sie freikam, während der Zwerg interessiert zusah.

D'Albizzi brach in Gelächter aus. Er lachte so herzhaft, daß der Zwerg einstimmte und allmählich die ganze Gesellschaft mit ihm, die gar nicht bemerkt hatte, worum es ging. Heinrich wurde rot wie eine Kardinalsrobe.

Der Zwerg stolzierte breitbeinig zu d'Albizzis Pferd hinüber. Er packte es am Zügel und zog gewaltsam, bis d'Albizzi nichts anderes übrigblieb, als sich zu dem Gesicht mit den bläulich umränderten, fast durchscheinenden Augen und der unangenehm spitzen Nase herunterzubeugen. »Hör mir gut zu«, fauchte der Zwerg. »Dich und deine Leute lassen wir heute laufen, weil du mich zum Lachen gebracht hast. Aber denk dran: deinesgleichen braucht die Bauern und Fischer, deswegen verlangen wir Respekt. Bauern und Fischer brauchen nur einen König, aber keine Adelssippschaft, königliche Räte und andere königliche Verschwender, ob in der Bretagne oder in Frankreich. Hier ist nur einer willkommen, und der heißt Yann. Und jetzt scher dich davon.«

D'Albizzi blieb keine Wahl. Steinernen Gesichts nahm er die Zügel auf. In diesem Augenblick brüllte Heinrich auf wie ein Stier auf der Schlachtbank. Sein Schwert fiel klirrend auf den Boden, und ein Blutstrahl schoß im Bogen aus der Hand des Knechts. Heinrich blickte der Waffe mit stumpfen Augen nach. Auch d'Albizzis Blick folgte ihr, wo im blutgeröteten feuchten Schmutz neben der Klinge Heinrichs Daumen lag.

Der Zwerg winkte mit weit ausholender Gebärde, und die Gesellschaft setzte sich gemächlich in Bewegung. Sie ließen einige leere Krüge und einen auf dem Rücken liegenden Mann zurück. Costantino brauchte seinen Herrn nicht erst darauf aufmerksam zu machen, daß der Mann tot war. D'Albizzi nickte und versuchte, den Atem anzuhalten. Es gibt keinen Wein auf der Welt, der die Haut eines Menschen so blauschwarz färbt wie das Gift der Pest.

Als die ausgelassenen Leute vorüber waren, gab d'Albizzi einem der Knechte ein Zeichen. Der Mann nahm sich der Hand von Heinrich an, umwickelte sie mit einem Tuch und knotete es über der Wunde fest. Dann steckte er dem regungslosen Knecht das Schwert in die Scheide und gab ihm den Zügel in die unverletzte Hand.

»Wir reiten«, befahl d'Albizzi knapp.

Gefolgt von seinen vier Männern, schlug er einen weiten Bogen um den Toten; dann zogen sie die Gasse entlang, die auch vor dem Durchzug der betrunkenen Gesellschaft ein Bild der Verwüstung geboten haben mußte. In manchen Hauseingängen häufte sich wertloses Zeug, oftmals durchwühlt und bis auf das letzte Brauchbare ausgeplündert.

»Frischfleisch, junger Herr?« kreischte eine Frauenstimme über d'Albizzis Kopf, gefolgt von vielstimmigem Gelächter.

Der Florentiner kniff ein Auge zu und zog übertrieben höfisch seinen Hut vor der Reihe der über das Gesims quellenden nackten Busen. Dann erst sah er zwischen zwei Brüsten im Aufwind der Häuserschlucht eine scharlachrote Liripipis, einen seidenen Schal, flattern. Beste Qualität, mit der Lilie von Florenz. Der Handelskonsul senkte angewidert die Augen. Daß kostbare Florentiner Tücher bei diesen billigen Frauen der Badia endeten, war ein fatales Zeichen für die Zukunft der Welt. Möglicherweise würde ihm diesmal sogar sein Kollege in Paris zustimmen, daß es in der einen oder andern Weise bereits das Ende der Calimala andeutete.

Heinrich bemerkte nichts von d'Albizzis trüben Überlegungen. Er schwor einem Herrn Rache, dem er treu gedient und der ihn trotzdem vor dem Straßengesindel der Lächerlichkeit preisgegeben hatte. Auch den Verlust des Daumens seiner Schwerthand lastete er d'Albizzi an. Und was taugte ein Büttel und Kämpfer ohne Schwert? Die Qual der Wut und der Schmerzen tobte mit unverminderter Kraft in ihm, als sie nach langem Suchen eine Herberge gefunden hatten, die bereit war, Gäste aufzunehmen.

6. Pestschmierer

Die Taverne war nicht von der Art, die der florentinische Handelskonsul für die Tuchhändler seiner Karawanen auszuwählen pflegte. Ein von Alter und Regen angenagtes Krugschild baumelte nur noch an einem Haken, und die Ochsenhäute vor den Fenstern fehlten, obwohl ein früher Herbststurm durch die Straße fegte. Aber die Herberge, die d'Albizzi von einem früheren Aufenthalt in guter Erinnerung hatte, war mit kräftigen Holzbohlen verbarrikadiert und offensichtlich verlassen gewesen.

»Was geht in dieser Stadt vor sich?« D'Albizzi verlangte vom Wirt Auskunft, nachdem er Costantino und die Knechte nach oben geschickt hatte. Da er die Landbewohner kannte, die in allen Ländern gleich verschwiegen gegenüber Fremden sind, hatte er sich einen guten Loire-Wein bestellt und den Wirt zu einem Becher eingeladen.

Aber der Wein war nicht gut, der Schankraum stank penetrant nach Abtritt, und in einer Ecke würfelten verkommene Männer, um die d'Albizzi sonst einen weiten Bogen gemacht hätte.

»Ihr habt die Verwüstungen gesehen?« murmelte der Wirt, und d'Albizzi nickte teilnahmsvoll.

»Es ist nicht mehr das Brest, das ich einmal kannte«, pflichtete er bei.

»Die Strafe Gottes ist nun auch über uns gekommen. Hochmütig waren wir geworden, weil wir der Großen Pest kaum Blutzoll haben zahlen müssen.« Der Wirt stieß einen tiefen Seufzer aus und trank den Becher in einem Zug leer. Sein rundes Gesicht und sein Wanst sprachen dafür, daß er seinen Wein auch in pestfreien Zeiten in vollen Zügen zu genießen pflegte. Der Anlässe waren früher auch genug, als seine Kneipe täglich zum Bersten voll gewesen war. Heutzutage war sie meistens leer bis auf unwillkommene Gäste, die sich neuerdings wie ehrenhafte Männer aufführten. Ausgenommen auch verirrte Reisende, deren standesgemäße Häuser jetzt geschlossen waren. Der Wirt deutete anklagend auf eine Bank am Kamin. »Bis zur vorigen Woche saßen dort jeden Tag, an dem Gott ihnen morgens Hummer und Austern ins Netz schickte, Ifig und Alanig. Jetzt sind sie tot. Gestorben an der Pest, alle beide. Auch Annaig, meine Magd, verschwand eines Tages. Niemand weiß, wo sie geblieben ist. Vermutlich wurde sie auf den Pestkarren geladen und verscharrt. Sogar die verfluchten Engländer der Garnison sind fort.«

Der Florentiner sah den Mann bestürzt an. »Daß es so schlimm ist, wußte ich nicht.«

»Ja, jede Woche fünf, sechs Pesttote. Diesmal sind besonders Kinder und junge Leute dabei. Ihr tut gut daran, Brest zu verlassen, wenn ich Euch raten darf.« Der Bretone wollte gerne Anteilnahme mit Freundlichkeit vergelten. »Jeder, der kann, geht.«

»Dank für den Rat«, sagte d'Albizzi und verneigte sich ein wenig. »Aber ich habe hier etwas zu erledigen. Warum geht Ihr selber nicht?«

Der Wirt schüttelte trübe den Kopf. »Wenn ich nicht alles verlieren will, was ich besitze, muß ich bleiben. Ich und mein Essensträger wachen abwechselnd, Tag und Nacht. Die Banden legen jetzt Hand an alles, was nicht bewacht wird. Sie besetzen die Häuser, die ihnen in die Nase stechen, ganz gleich, ob sie den alteingesessenen vornehmen Bürgern gehören oder den neureichen Kollaborateuren. Wenn da etwa noch jemand als Wache zurückgelassen wurde, schlagen sie ihn kurzerhand tot. Man weiß auch nie, ob sie darin leben oder nur plündern wollen.« Er seufzte. »Meistens legen sie irgendwann Feuer.« Dann deutete er mit dem Kinn auf die Fensteröffnung, durch die zischend der Wind hereinfegte. »Meine Frau hätte mir früher deswegen Beine gemacht. Ich selber hätt's auch nie geduldet. Aber augenblicklich ist ein gewisser Grad von Verlotterung der beste Schutz.« »Und die?« fragte der Florentiner, und nur seine Augen deuteten darauf hin, daß er die Würfelspieler meinte.

»Die gehören zur Verlotterung«, flüsterte der Wirt widerwillig. »Ein Schinder, ein Fischhändler und ein Goldgräber, will sagen, Abtrittreiniger.«

Cosimo d'Albizzi atmete tief ein. Er hatte diese Stadt betreten, ohne die Gefahr zu ahnen. Ohnehin ließen weder er noch die Calimala Pest und bewaffnete Horden als Ausrede gelten, um gestellte Aufgaben zu vernachlässigen. Sie erschwerten sie lediglich. »Ich suche zwei Frauen aus niederdeutschen Hansestädten«, erklärte er. »Die eine ist jung, blond und wunderschön.«

Der Bretone verzog die Lippen spöttisch. »Nicht mehr, wenn sie Fri Hir in die Hände gefallen ist, der Langnase.«

»Noch einen Krug«, orderte d'Albizzi, der wußte, wie man Wirte am Reden hält. Bis der Bretone am Schanktisch den Krug gefüllt und ihre Becher vollgeschenkt hatte, schwieg er nachdenklich. »Wer ist das?«

»Ein Zwerg, dessen Messer spitzer als seine Nase sind. Er ist der Anführer der schlimmsten Bande. Seine Spezialitäten sind Neugier und Grausamkeit.«

»Ich bin ihm begegnet«, erkannte d'Albizzi düster. »Wir haben einen Daumen als Wegezoll bezahlt.«

»Das war preiswert. Ihr müßt etwas getan haben, das ihm gefallen hat.«

D'Albizzi starrte in seinen Becher. Die Situation, in die Heinrich sie gebracht hatte, war brisant gewesen. Und nur auf Kosten des Dieners war es ihm gelungen, sie einigermaßen heil herauszuholen. Aber stolz war er darauf nicht: der Preis war hoch gewesen. »Sind dir die Frauen bekannt? Möglicherweise gaben sie sich als dänische Bürgerinnen aus. Ich denke, sie suchten nach einem Schiff.«

Erstmals beantwortete der Wirt eine Frage nicht bereitwillig. Der Kaufmann betrachtete ihn aufmerksam. Der Mann wußte etwas, aber er war vorsichtig. »Ich würde mich demjenigen erkenntlich zeigen, der mir einen Hinweis gibt«, sagte er behutsam.

Der Wirt kniff die Lippen zusammen und schüttelte den Kopf. »Zu viele Messerkünstler in dieser Stadt«, knurrte er endlich und stemmte sich hoch. Ungebeten holte er einen dritten Krug mit Wein, setzte ihn hart vor seinem Gast auf die Holzplatte und verließ den Schankraum.

Cosimo d'Albizzi hatte zusammen mit seinem Faktor einen kleinen Raum im oberen Stockwerk des Hauses belegt, die Knechte teilten sich einen größeren. Die Deutschen hatten kaum Spuren hinterlassen; aber ein einzelnes Fädchen, das ihn vielleicht zu ihnen leiten konnte, schien durch dieses Haus zu führen, er spürte es. D'Albizzi lehnte sich aus der Fensteröffnung und überblickte den Hof. Im Stall waren ihre Pferde untergebracht, und daneben war ein Verschlag, in dem er Heuvorräte vermutet hatte. Aber jetzt hingen an der Brettertür eine Männerhose und ein grauer Arbeitskittel. »Ich werde nach den Pferden sehen«, sagte er zu Costantino. »Bleib unter allen Umständen hier und bewache unsere Sachen.«

Der Faktor warf sich auf sein Alkovenbett und verschränkte die Arme im Nacken. Ihm war die Ruhepause recht.

D'Albizzi schlich nach unten, vorbei am Schankraum, in dem mittlerweile wieder der Wirt rumorte, und auf den Hof. Aus dem Verschlag kam ein vernehmliches Schnarchen. Er huschte in den Stall, räumte jedes Hälmchen Heu aus der Krippe eines seiner Pferde und verteilte es auf die anderen.

Und dann stand er im Verschlag, die Arme in den Seiten, und weckte den Knecht grob mit seiner Stiefelspitze. »He, du, steh auf«, polterte er. »Die Pferde hungern und verdursten!«

Der Hausdiener rappelte sich mit schuldbewußtem Gesicht auf. D'Albizzi winkte ihn in den Stall und zeigte anklagend auf die leere Krippe.

Mürrisch machte sich der Knecht daran, sie erneut aufzufüllen. Unter den strengen Augen des Italieners schleppte er für jedes Reittier einen Bottich Wasser herein. Die Worte für Striegeln und Putzen kannte d'Albizzi in bretonischer Sprache nicht, aber der Knecht verstand ihn auch so. Wortlos verfluchte er den anspruchsvollen Gast und war höchst überrascht, als der ihn großzügig bezahlte, statt sich bei seinem Herrn zu beschweren. Der Essensträger war so erleichtert, daß er sich besondere Mühe gab, die Fragen des Gastes zu beantworten.

Endlich erfuhr der Florentiner, was er wissen wollte. Die Frauen hatten hier gewohnt. Anscheinend hatten sie von einem gewissen Gérard Schiefmaul eine Auskunft erhalten, die ihnen Angst eingejagt hatte, denn danach waren sie spurlos verschwunden. Gérard pflege sich in einer besonders berüchtigten Hafenkaschemme aufzuhalten, fügte der Mann hinzu.

D'Albizzi ließ sich nicht abschrecken. Er beschloß, nur einen seiner Männer mitzunehmen. Mit einer Hausmacht als Gefolge erhielte er niemals Auskunft, und ohne Begleitung käme er aus der Taverne wahrscheinlich nicht lebend heraus.

Heinrich war derzeit unbrauchbar. Halb sitzend im Alkoven, wälzte er sich im Schlaf unruhig hin und her, die verletzte Hand mit dem durchgebluteten Verband auf den Schenkeln.

Also machte sich d'Albizzi mit Giuseppe auf den Weg, der klein, aber wehrhaft wie ein Skorpion war. In einer Hintergasse fanden sie die Kneipe, deren Lärmpegel auf eine Menge Besucher hindeutete, die sich nicht gerade durch übertriebene Kultiviertheit auszeichneten. Der Knecht lockerte das Messer, bevor sie eintraten.

Gérard war leicht zu erkennen. Er hielt an einem langen Tisch hof. Dicht neben ihm hockte der Zwerg auf einem Berg von Kissen und flüsterte ihm ins Ohr. Als er den Luftzug von der Tür spürte, sah er mißtrauisch auf.

Der Zwerg sperrte den Mund auf. Dann erkannte er den Italiener und trommelte vor Vergnügen so heftig auf den Tisch, daß seine Glöckchen klingelten. »Komm her, mein großer Fürst«, schrie er. »Du wirst uns jetzt unterhalten wie ein Narr seinen König in Paris. Bei uns in der Bretagne halten wir Narren uns Adelige zur Belustigung, wußtest du das?«

Während der Zwerg seine Aufforderung auf bretonisch wiederholte und ihm ein brüllendes Gelächter aus vielen

Kehlen antwortete, setzte sich d'Albizzi auf die Bank, die ihm zugewiesen wurde. Fieberhaft dachte er nach, wie er vorgehen sollte.

Der Konnetabel ließ sich Zeit mit Cords Hinrichtung; keiner wußte, ob es das Mitleid mit dessen Jugend war, oder weil er durch andere Dinge in Anspruch genommen wurde. Man munkelte, der fromme Heerführer wolle zwischen die nach Gottes Ratschluß verschiedenen Pesttoten keinen auf eigenen Beschluß hin gehängten Dieb schmuggeln.

Pater Stevan schärfte im Namen von Bramborough den Sergeanten ein, nur von hitzigem Fieber zu sprechen. Wer von den Mannschaften die Pest erwähne, bekomme wegen Verleumdung die Peitsche zu spüren.

»Aber am Fieber allein stirbt man nicht«, wiederholte Jeanne hartnäckig inmitten der angeheiterten Männer. Weil viele zusammengelegt hatten, war das Feuer größer als sonst, ein Krug mit saurem bretonischem Wein kreiste, es gab Brot, Käse und unzählige Hühnerbeine.

Da Jeanne trotz ihrer Jugend wie alle Frauen mit Kopfschmerzen und Herzweh Bescheid wußte, glaubten ihr die Soldaten mehr als dem Priester, der nur für das Seelenheil zuständig war. Sie sperrten die Augen auf, kauten und nickten. »Die Engländer haben uns die Seuche eingeschleppt«, behauptete Jeanne mit großer Bestimmtheit.

»Das kann wohl angehen«, murmelte einer.

»Den langen John haben sie heute früh in den Karren gelegt. Ich hab's gesehen, obwohl der Pater mich weggejagt hat.« Die Stimme der alten Frau mit dem sehnigen Hals und den braungefleckten Händen zitterte. Durch jahrelanges Abtrittausheben und Holzmachen für die Soldaten war sie früh gealtert. Ihre Haut war faltig, und ihren Busen streichelte keiner mehr.

»Erzähle«, forderte Jeanne begierig. »War er sehr krank?« Schließlich wurde sie mehrmals täglich von den wichtigen Dingen des Lebens in Anspruch genommen und hatte keine Zeit, wie die Alten das Flimmern der Luft oder das Rinnen der Regentropfen zu verfolgen.

Die alte Frau lebte auf. Sie war es nicht gewohnt, beachtet zu werden. Kaum jemals sonst sprach Jeanne mit ihr. »Sterben wird er. Die Steinschleuderer brachten ihn«, sagte sie und kicherte. »Bei denen soll er jetzt hausen. Ein Bogenschütze bei den Steinschleuderern!« »Hast du Beulen gesehen? War seine Haut blau oder schwarz?«

Die alte Frau schüttelte verzagt den Kopf, und ihre Hoffnung auf Aufmerksamkeit versickerte im Sand unter ihren Füßen. Aber Jeanne legte so viel Nachdruck in ihr Nicken, daß die Alte wußte, was von ihr verlangt wurde. »Jaa, ganz deutlich«, sagte sie. »Beulen.«

»Die Pest«, stellte Jeanne mit großer Befriedigung fest. »Und die Engländer haben sie gebracht. Wir wären besser dran ohne sie.«

Der Soldat neben ihr holte sie mit seiner Pranke zu sich heran und küßte sie mit feuchten Lippen. Jeanne wehrte sich nicht, als er seine Hand zwischen ihren Schenkeln versenkte, aber ihre Aufmerksamkeit ließ keinen Augenblick nach. Nicht jede brisante Situation ließ sich durch Liebesdienste aus der Welt schaffen. Manchmal war der Kopf wichtiger. Immer noch wußte sie nicht, was William vorhatte, nachdem die Frist verstrichen war, die er ihr gesetzt hatte. Der Gedanke daran jagte ihr genausoviel Angst ein, als hätte er vor ihr gestanden, um das Diebesgut einzufordern.

Ein blutjunger Bretone, dessen breites Kreuz und niedrige Stirn ihn regelrecht dazu bestimmten, Gräben auszuheben und den Rammbock zu schleppen, machte ein neidisches Gesicht. »Sie sind die einzigen im ganzen Heer, die Sold erhalten. Mehr als ein Sergeant. Und dazu sechs Pfund Fleisch die Woche. Während wir für die Ehre kämpfen.«

»Und für Yann und uns selbst«, stellte ein anderer richtig. »Einem Bretonen reicht das, das solltest du wissen.«

Jeanne riß sich von ihrem Soldaten los, der brünstig wie ein junger Stier war und einen starken Geruch verströmte. Um ihn nicht zu erzürnen, streifte sie flüchtig über seine Schamkapsel, die übergroße Maße angenommen hatte. »Es sind auch unsere Sous, die Bramborough auszahlt«, klagte sie laut. »Abgeschöpft von unseren Feldern, unseren Flüssen und unserem Meer; ausgesaugt aus Früchten, Gemüse, Vieh und Fischen, die jeden Tag mit Müh und Not heimgebracht werden; aufgebracht durch Lösegelder und erzwungene Arbeitsdienste. Aber was haben wir davon, wenn die Bogenschützen ins Gras beißen, noch bevor sie einen einzigen Franzosen erledigt haben? Das ist Betrug.«

Aus diesem Blickwinkel hatten die Männer es noch nicht betrachtet. Aber wie man es drehte und wendete: es stimmte. Einer, der sich bezahlen läßt, ohne dafür zu arbeiten, betrügt.

»Ehre haben die Engländer sowieso nicht.«

Jeanne gab sich zufrieden. Sie hatte erreicht, was sie wollte. »Komm, mein bretonisches Stierchen«, schnurrte sie. Eng umschlungen gingen sie zu ihrem Wagen, und am Ende trug der Soldat sie beinahe, so eilig hatte er es.

John sah manchmal, soweit er bei Sinnen war, wie jemand ihm unter der gelockerten Zeltverspannung einen Krug Wasser hinschob. Zwischen den Fieberschauern wußte er, daß Cord tot war, aber manchmal vergaß er, was gewesen war, und glaubte deutlich, daß es Cords Hand sei.

Cord war nicht tot. Auf Anraten von Pater Stevan war er an einem Pfahl hinter Bramboroughs Zelt angekettet. Niemand kümmerte sich um ihn.

Der Konnetabel Bramborough, der soeben eine neue Schreckensbotschaft erhalten hatte, schüttete sich zwei Gläser Wein hintereinander in die Kehle. Der starke Rotwein war Beutegut, und er vertrug ihn nicht. Mehrere Tage hatte der Priester ihm gemeldet, wie viele Männer neu erkrankt seien. Es war von zwei oder drei die Rede; insgesamt waren es zweiundzwanzig Kranke, von denen bisher neun gestorben waren. Pater Stevan hatte dafür gesorgt, daß sie begraben wurden und ein Gebet auf den letzten Weg erhielten. Daran hatte Bramborough sich nun gewöhnt.

Abrupt hob er den Kopf und suchte mit unsteten Augen den Priester, der hin- und herwanderte. »Beschreibt es noch einmal«, forderte er.

»Der Mann war gestern abend noch völlig gesund. In der

Nacht, meinten seine Kameraden, habe er schlecht geträumt, er warf sich viel hin und her und stöhnte. Heute früh entdeckten sie, daß er tot war. Gelobt sei Jesus Christus«, fügte Pater Stevan gedankenlos hinzu, während er seine nächsten Schritte plante.

Am anderen Ende des Heerlagers war Lärm zu hören, aber er verebbte rasch wieder und konnte den Konnetabel nur vorübergehend von seinen großen Sorgen ablenken. »Und die anderen beiden?«

Der Priester konnte nur mit Mühe seine Ungeduld verbergen. Das Gedächtnis des Heerführers war ein Sieb. »Das teuflische Gift muß auch schon auf die anderen übergegriffen haben. Seit der hora prima ist der eine ohne Bewußtsein. Aber Gott hat seine höchste Weisheit dazu verwendet, daß er uns durch seinen Sohn heile, lebendig und selig mache.«

»So glaubt Ihr, daß sie es überstehen?« fragte Bramborough überrascht.

»Gewiß nicht«, antwortete Pater Stevan mit Würde. »Beide werden bald zu ihrem Herrn eingehen.«

Bramborough seufzte. Der Glaube eines Klerikers war nur selten mit der Logik eines Soldaten in Einklang zu bringen. Allein wenn es um den Nutzen ging, waren sie sich einig.

Der Priester räusperte sich, um den Heerführer aus seinen Gedanken zu holen. »Die beiden bedürfen meiner jetzt.«

Bramborough erlaubte ihm zu gehen. So, wie er Pater Stevan kannte, würde der am allerwenigsten zu den Kranken gehen. Der trug die Frömmigkeit nur auf der Zunge, im Gegensatz zu den Bauern und Fischern, die seine Soldaten waren.

In den Lagergassen erhob sich erneut Lärm, diesmal lauter. Bramborough meinte sogar, Waffen zu hören. Er trat in den Zelteingang.

Der Lärm wälzte sich wie Staub durch die Zeltgassen, und Cord reckte den Hals. Aber sehen konnte er nichts, denn seine Sicht war durch die Zelte und die in einer Reihe angebundenen Pferde der Sergeanten versperrt.

Gestern hatte er sich schon aufgegeben gehabt. Verkommen wie eine Schiffsratte hatte er sich gefühlt, weil ihn niemand zu den Latrinen geführt hatte. Sein Bootsmann hätte ihn für den Gestank nach Kot und Urin den Tampen spüren lassen.

Cord schloß die Augen und lehnte sich wieder an den Pfahl. Trotz allem hatte er heute wieder Hoffnung. Warum, wußte er nicht, vielleicht weil ihm über Nacht Frau Mechtild wie eine Erscheinung der Jungfrau Maria eingefallen war, aber viel lebendiger. Hätte er die Hände frei gehabt, hätte er nach ihr greifen können.

Hinter dem Waffenklirren hörte Cord ein schleifendes Geräusch und öffnete die Augen. Neben dem Zelt eines Sergeanten kauerte einer der Bauern, ein Fußsoldat ohne Ausrüstung. Cord grinste. Der Mann war so betrunken, daß er nicht mehr stehen konnte. Er schaffte es knapp, sich an einem der Taue hochzuziehen und dann weiterzuwanken.

Cord sah sich um. Niemand war in der Nähe. Das war die Gelegenheit, auf die er gewartet hatte. »He, du«, rief er verhalten, »kannst du mich losbinden?«

Der Kopf des Betrunkenen fiel von einer Seite auf die andere, aber er bemühte sich, Cord mit seinen aufgerissenen glasigen Augen zu fixieren.

Seine Augen waren blutunterlaufen. Aus einem Mundwinkel zog sich ein rotes Blutfädchen das Kinn entlang bis zum Wams hinunter. Cord sah erst jetzt, daß der Mann mit einem breiten Messer bewaffnet war, dessen Schneide er zwischen den Fingern quetschte. Er schien gar nicht zu bemerken, daß auch von seiner Hand Blut tropfte. Er torkelte auf Cord zu.

Der Junge wünschte plötzlich, er hätte sich nicht bemerkbar gemacht. Der Mann war vom Teufel besessen. Und er suchte nach einer Christenseele, die er verderben konnte.

Als der Soldat nur noch eine Pferdelänge von Cord entfernt war, blieb er entkräftet stehen. »Du Engländer!« keuchte er voll Haß und Mordgier.

Cord riß so verzweifelt an seiner Kette, daß der Pfahl sich bog. Es ging nicht um seine Seele, es ging um sein Leben. Aber die Kette hielt.

Der Soldat hob die Faust mit dem Messer. Cord spannte die Schultern und machte sich auf den Hieb gefaßt.

Und dann packte den Mann ein Hustenanfall, und er krümmte sich vor Schmerzen. Das Messer fiel ihm aus der Hand. Unendlich langsam sackte er auf den Boden, während ein Schwall blutiger, schaumiger Flüssigkeit aus seinem Mund quoll.

Cord zitterten noch die Knie, als der Mann längst tot war.

Die Bretonen folgten ihrem Heerführer durch dick und dünn. Es gab keine Härten der Schlacht, die sie nicht für ihn ertrugen. Aber sie erwarteten von ihm dafür Gerechtigkeit, mochte sie zuweilen auch grausam sein.

Im Lager hatte sich inzwischen herumgesprochen, daß die Kranken die Pest und die Engländer die Bretonen absichtlich vergiftet hatten, um die Kampfkraft des Heeres zu schwächen.

Bramborough blickte den wütenden Bauern mit verschränkten Armen entgegen. Der samtige Geschmack des Weins hatte ihn ruhig werden lassen, und er verspürte eine väterliche Zuneigung zu all diesen Leuten, die kamen, um ihm ihre Bekümmernisse vorzutragen.

Seine Sergeanten würde er sich später vorknöpfen. Statt den kleinen Tumult aus eigener Entscheidung heraus zu beenden, begleiteten sie die Männer wie eine Eskorte an beiden Seiten der Lagergasse. Die Bretonen schleppten zu zweit je einen gefangenen Engländer zwischen sich, die nicht einmal Zeit gefunden hatten, ihre wattierten Kampfjacken anzuziehen.

Nachdenklich betrachtete Bramborough die englische Truppe. Für den Nahkampf unter Rittern war sie ungeeignet, für den Fernkampf gegen die unbewaffnete Meute von Bauern zu teuer. Wenn er ehrlich war, wußte er mit ihnen wenig anzufangen, obwohl sie bei allen kriegführenden Königen Europas hoch gelobt wurden.

»Konnetabel«, sagte einer der Bauern ehrerbietig und erzwang des Heerführers Aufmerksamkeit durch sein Vortreten. »Konnetabel Bramborough, wir wollen, daß Ihr die walisischen Bogenschützen bestraft, wie es das Gesetz befiehlt.«

»Jawohl, das verlangen wir«, riefen die Männer, die sich im Kreis aufgestellt hatten und die Lagergasse füllten, so weit man sehen konnte.

»Wessen beschuldigt ihr sie?« fragte Bramborough freundlich.

»Sie haben uns die Seuche gebracht, so wie sie es vor mehr als zehn Jahren in Narbonne in Frankreich getan haben.«

Ein anderer trat vor. »Sie sind in Wahrheit die Feinde unseres Herzogs Yann und seines Schwiegervaters König Edward! Heißt es nicht auch, daß die Waliser eine alte Erbfeindschaft zum englischen Königshaus hegen?«

Bramborough sah sich nach Pater Stevan um. Schließlich entdeckte er ihn abseits der Soldaten zwischen zwei Zelten und winkte ihn zu sich. »Wißt Ihr über Narbonne Bescheid?« fragte er. »Was war da?«

Der Priester nickte. »Damals haben einige Engländer vor dem Landrichter gestanden, sie hätten die Pest durch giftige Getränke erzeugt. Man fand verdächtige Pulver bei ihnen. Einige gaben es freiwillig zu, die anderen in der peinlichen Tortur.« Er für seinen Teil glaubte eher an die Geißel Gottes als an die der Engländer, aber er hütete sich, dies laut zu sagen. Soldaten neigten dazu, sich selbst zu überschätzen.

Die lässige Stimmung des Konnetabels Bramborough zerstob. Er hatte die Situation falsch eingeschätzt, das war ihm nun klar.

»Zur Strafe wurden sie mit Zangen gezwickt, zerstückelt und verbrannt«, rief der eine, der so gut über Narbonne Bescheid wußte.

Der Konnetabel sah den Priester an, und der stimmte zu.

»Ich verurteile keinen Mann ohne Beweis«, sagte Bramborough hart, »und wer eine falsche Beschuldigung erhebt, wird selbst bestraft.«

»Niemand will hier Kameraden fälschlich beschuldigen«, sagte ein gedrungener Bauer in ruhigem Ton.

Bramborough wußte, daß der Mann bei den übrigen Ansehen genoß, weil er maßvoll und durchdacht zu handeln pflegte. Aufmerksam verfolgte der Heerführer, wie der Bauer in einem Sack grub, den er vor sich abgestellt hatte.

»Wir haben den Beweis mitgebracht.« Der Mann zog einen Lederbeutel hervor und öffnete ihn vor dem Konnetabel.

Das weiße Pulver, an dem Bramborough vorsichtig schnupperte und das er befühlte, sagte ihm nichts.

»Ich würde nicht so sorglos damit umgehen«, warnte der Bauer und zog das Säckchen aus der Reichweite des Heerführers. »Wir wissen nicht, wie sie es anstellen, andere damit zu vergiften. Aber jeder von ihnen trägt das Pulver bei sich.«

Bramborough wußte, daß der Bauer die Wahrheit sagte. Und das Gerichtsurteil von Südfrankreich machte es ihm leicht. Worüber klügere Leute als er bereits entschieden hatten, brauchte er sich keine Gedanken zu machen. Er entschloß sich, den Engländern die Folter zu ersparen, er neigte nicht zu unnötiger Grausamkeit. »Ich löse mich von dem Vertrag mit ihnen. Die Männer werden ohne viel Federlesens erhängt«, entschied er.

Pater Stevan nickte und zog sich unauffällig zurück, als der Heerführer sich seinen Sergeanten zuwandte.

Cord hörte an den Stimmen, daß vor dem Zelt des Heerführers etwas vor sich ging, das mit dem Alltagsgeschäft nichts zu tun hatte. Allmählich begriff er, worum es ging; aber es interessierte ihn nicht; je länger es andauerte, desto besser. Konzentriert angelte er mit dem Fuß nach dem Messer, das dem Toten aus der Hand gerutscht war.

Vor Anstrengung lief ihm der Schweiß über das Gesicht, und in dem verzweifelten Bemühen, sich zu strecken, renkte er sich fast den Arm aus. Eine Fußlänge fehlte.

Vor dem Zelt schien die Verhandlung ihrem Ende zuzugehen. Kurzerhand streifte sich Cord mit den Füßen die knielange Hose aus, warf sie über das Messer und zog sie mit nackten Zehen zu sich. Das Messer hinterließ eine Schleifspur im Sand. Endlich konnte er es mit dem Fuß erreichen.

In fieberhafter Hast bog er mit der Messerklinge ein Kettenglied auseinander. Jeden Moment mußte er damit rechnen, daß jemand um die Ecke kam und ihn entdeckte. Dann war er frei. Als er sich bückte und nach seiner Hose griff, stand ein Fuß darauf.

Pater Stevan grinste, aber priesterliche Demut las Cord nicht in seinen blauen Augen. »Du wolltest dich doch nicht deiner gerechten Strafe entziehen?« fragte er höhnisch.

Cord hustete hohl und krümmte sich gequält. »Nehmt Euch in acht, Pater«, keuchte er und wies auf den Toten. »Auch der Mann hatte die Pest. Sein Fleisch ist noch warm.«

Der Priester fuhr herum und rannte blitzschnell mit geschürztem Kleid zwischen den Zelten davon.

Cord grinste ihm triumphierend nach. Dann griff er abermals nach seiner Hose und schlich durch das fast leere Lager bis zum Troß, dessen Wagen durch Büsche vom übrigen Lager abgeschirmt waren. Als er die Stute an seinen ehemaligen Krankenwagen angeschirrt hatte, entdeckte er zu seiner Verblüffung, daß John auf dem Stroh lag und sich nicht rührte – tot oder lebendig. Cord sprang auf die Deichsel.

Die Stute zog an, und der Bogenschütze schlug die Augen auf. Wie ein Trugbild erkannte er seinen jungen Lehrling und faltete mühsam die Hände. Er wußte, daß er nun dem Tode nahe sein mußte.

Mitten im Tedeum sah John, daß Cords Hinterteil nackt war. Er unterbrach sein letztes Gebet und schloß die Augen. Fast schon wieder schlafend, überließ er sich zufrieden dem Rumpeln des alten Fahrzeugs. Solchen Schabernack treibt Gott nicht mit einem Sterbenden. Der kann nur einem Jungen einfallen.

7. Spuren der Flucht

Die Haare bauschten sich hinter dem Kopf des Hirsches wie ein Flammenbusch, und das Auge in ihrer Mitte warf so drohende Blicke auf Mechtild, daß ihre Seele bis ins Innerste erschauerte. Sie war versucht, um Gnade zu bitten vor diesem Todesernst einer wiedergekehrten Gottheit; aber statt dessen brach sie in Gelächter aus.

Es war so ungeheuer komisch: die Wut des Tieres auf sie, die den Hirsch doch gar nicht kannte, ihr Unvermögen, ihn mit den Händen zu greifen und zu liebkosen, weil diese Hände vor ihren Augen davontanzen wollten, sobald sie sie bewegte; und das alles inmitten eines sich wiegenden, schaukelnden Raums, der das ganze Universum einschloß.

Als der Haarbusch verwehte, blieb das Auge bestehen, es wuchs und wuchs an allen Rändern, bis es Mechtild von allen Seiten einschloß, wie ein übermächtiger Riese. Über seinen gewölbten Innenraum jagten Herden vielfüßiger Tiere, die, in Wolkenfetzen eingehüllt, schließlich spurlos verschwanden. Und dennoch sprachen sie mit ihr, in sinnlosen Worten aller Sprachen Babylons, und Mechtild hörte ihnen zu und merkte endlich, daß ihr Fuß antwortete, genauso sinnlos, aber sie verstand alles, oder doch einiges, und schämte sich für den Unsinn, den er ungebeten von sich gab.

Endlich gelang es ihr, den Kopf zu befreien, und er erhob sich und entschwebte mit ihr, während der Körper sich gemächlich in eine andere Richtung davonmachte, und glücklicherweise nahm er diesen geschwätzigen Fuß mit sich.

Zufrieden sah sie ihnen allen nach. Ein ungeheures Glücksgefühl hob sie in die Höhe, sie wurde leicht wie eine Feder, schwebte empor und sah dem Universum entgegen, das man auch Gott nennt.

Die Knochenhauerin erwachte. Ihr war übel, und ein schaler, fremder Geschmack füllte ihren Mund. Sie drehte vorsichtig ihren Kopf, aber der Schmerz, der darin tobte, erlaubte ihr nicht, sich umzusehen.

Nach einer langen Zeit, in der ihre Gedanken auf dem schmalen Grat zwischen Traum und Wachen dahinwirbelten, gelang es Mechtild, die Spukgestalten abzuschütteln und sich aufzurichten. Sie erkannte ringsumher den Steinkreis und neben sich die erloschene Feuerstelle. Die Blätter der Eichen rauschten, und die Vögel zwischerten.

Hinter ihr stöhnte Alheyd.

Mechtild kam schwankend auf die Beine. Bis die Ratsfrau wieder bei Verstand war, hatte Mechtild längst Wasser aus der Quelle geholt und die Pferde versorgt. Unaufgefordert brachte sie Alheyd reichlich Wasser; ihr eigener Durst war quälend gewesen. Die Ratsfrau hatte sich noch nicht gerührt: den Kopf an einen Stein gelehnt, betrachtete sie staunend das Amulett des Salzhändlers, das in ihrer offenen Hand lag. »Man hat es mir in die Hand gelegt«, krächzte sie. »Was hat es zu bedeuten?«

Während die Knochenhauerin Alheyd aufstützte und ihr die Holzschale an die Lippen hielt, sagte sie: »Ich war ganz sicher, daß sie uns umbringen würden. Ich konnte es fühlen wie das Kalb.«

Die Ratsfrau nickte ermattet. Vor einigen Wochen noch hätte sie dergleichen als Hirngespinste verspottet. Inzwischen wußte sie, daß es zwischen der Heiligen Dreifaltigkeit und der Hölle nicht nur die Welt der Christenmenschen und Hansekaufleute gibt. Die Erlebnisse der letzten Stunden jagten ihr noch Schauder über den Rücken. »Ob wir es dem Medaillon zu verdanken haben, daß wir nicht getötet wurden?« fragte sie zweifelnd. »Haben die Dinger uns das Leben gerettet?«

Die Knochenhauerin griff an ihre Brust und ließ die Hand beruhigt sinken. Barbas Münze war da. »Sagt nicht Dinger«, verlangte sie entsetzt, um etwas verlegen fortzufahren: »Vielleicht fordern die Kerne Respekt, Ratsfrau Alheyd. Jedenfalls dürfen wir uns über den Glauben anderer nicht lustig machen.«

»Glauben nennt Ihr diese Zaubereien? Allein dafür würdet Ihr anderswo als Ketzerin brennen.«

Mechtild antwortete nicht. Der Ratsfrau ging es schon wieder besser, wie sie merkte.

»Aber ich stimme mit Euch überein, daß zwischen dieser nächtlichen Feier, den Kernen und den Medaillons ein Zusammenhang besteht. Ich gebe auch zu, daß Ihr im Recht wart, reicht Euch das? Ich hätte den Ratschlag des Hirten nicht verwerfen sollen. Wahrscheinlich war es sogar eine gutgemeinte Warnung. Und ich habe immer noch schrecklichen Durst.«

Mechtild lächelte versöhnt und stellte den gefüllten Ledereimer neben die Ratsfrau. »Gottlob, daß die Menschen nicht öfter fliegen! Das gäbe ja eine gräßliche Trinkerei am Tag danach. An allen Quellen würden sie sich drängeln.«

»Fliegen?«

»Ja, fliegen. In der Luft.«

»Oh.« Die Ratsfrau preßte die Lippen zusammen. Dann nahm ihre Neugier überhand. »Seid Ihr sicher, daß Ihr kein Wildschwein wart?«

»Ganz sicher«, beteuerte Mechtild vorwurfsvoll, »noch nie in meinem ganzen Leben!«

»Ich war eines«, bekannte Alheyd. »Mit schwarzen Hauern. Und ich hätte schwören können, daß Ihr die Sau an meiner Seite gewesen seid, Knochenhauerin.«

»Das sieht Ratsleuten ähnlich, unbescholtenen Menschen derlei zu unterstellen, Ratsfrau Alheyd!« Mit finsterem Gesicht brachte Mechtild ihren Packsack auf die andere Seite des Steinkreises und schnallte ihn ihrem Pferd auf die Kruppe. Als sie zurückkam, hatte sich ihre Laune schon wieder gebessert.

»Sie haben nichts mitgenommen und alles fortgeräumt, sogar den schrecklichen Kalbskopf. Obwohl Kalbsköpfe mein täglich Brot sind, habe ich mich zum ersten Mal davor gefürchtet. Man sollte es kaum glauben! Ich und mich vor einem Kalbskopf fürchten«, schwatzte sie. »Übrigens haben sie die Pferde eingefangen und im Steinkreis angepflockt. Ich war es nicht.«

Alheyd schüttelte erstaunt den Kopf und machte sich fertig.

Gerade als sie die Zügel aufnahmen, tauchte einer der Jungen vom Vorabend zwischen den Steinen auf. Er nickte ihnen zu.

»Da ist wieder einer«, zischte Mechtild. »Die beobachten uns die ganze Zeit.«

Die Ratsfrau sah sich um. »Der Kleinknecht mit der Fakkel. Aber er will bestimmt nichts Böses. Für die großen Dinge haben sie ihren Oberzauberer. Sie müssen ihn mit Absicht zu uns geschickt haben. Vielleicht soll er sich vergewissern, daß wir abreisen.«

Der Junge trabte locker heran. Dann faßte er entschlossen den Zügel von Alheyds Reittier und führte es aus dem Steinkreis. Nach einer Weile erkannte Mechtild, daß sie sich auf dem Weg befanden, auf dem sie gekommen waren.

Irgendwo verließen sie ihn; der Weg stieg an und senkte sich wieder. Plötzlich sahen sie ein Städtchen tief unter sich liegen. Der schmutzige Finger des Jungen wäre gar nicht nötig gewesen, um ihnen klarzumachen, daß der Ort An Alre war, zu dem sie den Weg verfehlt hatten.

Dort, wo der Fluß in den Meeresarm überging, spannte sich eine hölzerne Brücke über das Wasser. Der Junge blieb stehen, als sie auf der Ostseite angekommen waren. Während Mechtild sich sofort zwischen die Buden des kleinen Marktes zwischen dem Hafenbecken und den Häusern stürzte, blieb die Ratsfrau mit den Pferden neben dem Brückenwächter stehen. Als sie sich nach einer Weile umsah, war der Junge fort.

Aber zwischen den Buden ruderte die Knochenhauerin wie eine beschränkte Magd mit den Armen, um die Ratsfrau herbeizuwinken. Im Gegensatz zu ihr selber war sie nicht größer als das übrige Marktvolk. Aber abgesehen von ihrer biederen deutschen Aufmachung, unterschied sie sich auch durch ihren kantigen Kopf von den rundgesichtigen Bretoninnen. Es war peinlich, wie sie die Aufmerksamkeit aller auf sich zog. Und noch bevor die Ratsfrau Gelegenheit fand, sie in angemessener Weise auf ihr unpassendes Benehmen aufmerksam zu machen, war Mechtild schon wieder etwas eingefallen, um sie zu demütigen: »Habt Ihr die Pferde angebunden?«

Die Ratsfrau schnappte nach Luft vor Empörung. Der Brückenwärter würde doch wohl auf sie aufpassen.

»So behaltet unsere Tiere wenigstens im Auge, Ratsfrau!« Mechtild war ärgerlich, hatte sie doch die ganze Zeit auf die Finger der neugierigen Buben zu achten, die ihr ganz wie Beutelschneider aussahen, sich aber notfalls auch mit Eiern und Speck begnügen würden. Die Galette-Bäckerin mit dem tragbaren Öfchen hatte ihren Speck und zwei Eier bereits entgegengenommen und briet sie am Rand der Pfanne. Jetzt konnte sie nicht fortlaufen.

Alheyd hatte keine Lust, auf Pferde zu achten. Das Städtchen interessierte sie. Der Krieg hatte es bisher anscheinend übergangen: Not schien hier nicht zu herrschen. Besondere Bedeutung mußte dem Fluß zukommen. Jede Stadt an einem breiten Fluß war eine Handelsstadt. Womit sie hier wohl handelten? Mit Pfannkuchen sicher nicht, obwohl deren Herstellung sehr kurzweilig anzusehen war. Alheyd wandte sich der Galette-Bäckerin zu, die in einem großen Grapen, einem dreifüßigen Kessel, Teig knetete, mit beiden Händen gegen die Kesselwand schleuderte und sich zuweilen Wasser zugießen ließ. Als der Teig Blasen warf, war die Bäckerin mit ihm zufrieden. Sie schöpfte einen Löffel Buchweizenteig in die Mitte der Pfanne und briet ihn zügig. Schließlich wickelte sie Speck und Ei in den Pfannkuchen. Die Ratsfrau nahm ihn mit ausgestreckten Händen in Empfang.

Alheyd leckte sich schon genüßlich die Finger ab, während Mechtild noch ungeduldig auf ihren ersten Pfannkuchen wartete. Auf der ganzen Reise hatten sie nur wenige sorgenfreie Augenblicke gehabt. Dieser war einer davon.

Cosimo d'Albizzi musterte die beiden ungleichen Männer auf der anderen Tischseite. Gérard war von der plumpen Schlauheit, die leicht zu durchschauen ist, der man dennoch mit Vorsicht begegnen muß, damit die Schlauheit nicht unversehens in Gewalttätigkeit umschlägt. Der Zwerg würde eine härtere Nuß sein. In seinem großen Kopf konnten eine Menge Gedanken und noch mehr Ränke Platz finden. »Ich suche Fri Hir und Gérard«, sagte er.

Der Zwerg kicherte. »Wen solltest du auch sonst hier suchen? Die Stadt gehört jetzt uns.«

D'Albizzi nahm gleichgültig zur Kenntnis, daß der Zwerg sich inzwischen – ohne seinen Hofstaat – entschlossen hatte, wie ein gewöhnlicher Sterblicher zu sprechen. »So hörte ich«, sagte er sarkastisch. »Was hörtest du sonst?« fragte der Zwerg.

Der Handelskonsul zögerte die Antwort bewußt hinaus. Er sah die Gier nach Schmeicheleien in den Augen der Langnase. »Möchtest du die Antwort des Volkes oder die Antwort des Narren?«

»Die des Volkes natürlich. Was kann ein Narr anderes sagen als Närrisches?«

»Glaubst du nicht, daß die Leute närrischer sind als der kluge Narr?«

»Doch, gewiß«, stimmte der Zwerg zu. »Deswegen ist von ihnen die Wahrheit zu erwarten. Der Narr wird sie nie aussprechen, sonst wäre er keiner.«

»Eben«, sagte d'Albizzi. »Und du glaubst, diese Wahrheit des Volkes würde dir gefallen?«

»In französischer Sprache: natürlich. Gérard hält das Maul. Er weiß um den Wert seiner Zunge.«

Der Adamsapfel des Franzosen bewegte sich heftig. Er hatte offensichtlich keinen Zweifel daran, daß der Zwerg seine Drohung wahrmachen würde.

D'Albizzi musterte ihn kühl. »Bei den ehrbaren Bürgern scheinst du ebenso beliebt zu sein wie die Pest.«

Die blauen Augen des Zwerges verdunkelten sich. »Ich glaube, du bist doch kein Narr, sondern nur dumm. Der Narr hätte mit der Stimme des Volkes meine Entschlossenheit gepriesen, das adelige Pack aus der Stadt zu werfen und den Reichtum gerecht auf alle zu verteilen.«

»Nicht zu vergessen die zwanzigtausend geschlachteten Bauern, womit die Jacquerien dieser Welt ihr Ende zu finden pflegen«, setzte der Italiener höhnisch fort. »Glaubst du wirklich, daß niemand sieht, an wen du und deine Bande das Geld der begüterten und auch weniger begüterten Bürger verteilen? Du bist kein Etienne Marcel, der ein Anliegen an den König hat. Dein Anliegen ist deine eigene kleine Gier.«

Der Zwerg schnellte von seinen Kissen hoch und kauerte plötzlich auf dem schmalen Tisch vor d'Albizzi. Der Florentiner sah regungslos zu, wie die abgeschnittene goldene Quaste seines seidenen Becchetto plötzlich vor seinen Augen hin und her schwang.

Seinem schnellen Knecht, dessen unterdrückter Laut hinter seinem Rücken bewies, daß er die Beleidigung und die Gefahr verstanden hatte, griff er in den Arm und hielt ihn fest. Auf dem Hinweg hatte er ihm eingeschärft, sich nicht provozieren zu lassen. Ein Daumen war genug; einen Arm konnten sie nicht entbehren.

Die Männer klatschten Beifall, und der Zwerg sah sich beifällig um. »Wir wollen vergessen, was du gesagt hast. Nicht wahr?« wandte er sich an den Florentiner, der gleichgültig nickte. »Denn wenn ich dich jetzt getötet hätte, würde ich nicht erfahren, was du von mir willst«, sagte der Zwerg süffisant, ließ die Quaste in seinem Wams verschwinden und schwang sich wie ein Affe zurück auf seinen Kissenberg.

»Richtig«, gab der Italiener unbeeindruckt zu. »Und da du klug bist, weißt du auch, daß das schärfste Messer Worte nicht zerstören kann, die einmal gesagt sind. So hättest du also nur den Männern hier einmal mehr bewiesen, daß du mit dem Messer umgehen kannst, woran gewiß niemand zweifelt. Dein Messer beeindruckt sie, aber dein Kopf gibt ihnen Vertrauen in ihre eigene Stärke unter deiner Führung. Ich halte es ähnlich.«

Der Zwerg schwankte zwischen Empörung und Bewunderung über die Frechheit des Italieners.

Aber d'Albizzi ließ ihm keine Zeit. Er stieß seinen Nachbarn mit dem Ellenbogen von der Bank, hievte dieselbe mit Schwung auf die Tischplatte, nahm Maß und hieb sie mit der Handkante in der Mitte durch. Es war ein Trick, den er auf seinen Reisen gelernt hatte, und er verfehlte selten seine Wirkung.

Während der Zwerg ungläubig auf die Trümmer der schweren Holzbohle starrte, kam der Wirt wie ein Wiesel herbeigerannt. Seine Empörung schmolz wie Schnee in der Sonne, als der Italiener demonstrativ seine Handkante rieb. D'Albizzi warf ihm ein Geldstück zu. »Setz den Schaden auf die Rechnung«, sagte er, und der Wirt entfernte sich unter Bücklingen.

»Nicht schlecht«, murmelte der Zwerg. »Nicht schlecht.«

D'Albizzi setzte sich gemächlich auf eine brauchbare Bank, die jemand in Windeseile besorgt hatte und ihm unterschob. »Reden wir von Mann zu Mann, Maistre Fri Hir le Fol«, schlug er vor, »von Kopf zu Kopf, besser gesagt.«

Der Zwerg grinste geschmeichelt und nickte. »Von Kopf zu Kopf, Florentiner.«

Der Italiener legte die Arme breit auf den Tisch und beugte sich vertraulich zu dem Zwerg. Der Franzose bekam nur einen kleinen Teil des Vertrauens ab, und der mußte ihm genügen. »Ich suche eine Frau, an der mir viel liegt, deutsch, blond und schön.«

»Oho, dir ist deine Frau durchgebrannt. Such dir eine bessere.«

D'Albizzi kniff ein Auge zu. »Du könntest mir gewiß eine vermitteln«, sagte er scherzhaft. »Aber hier geht es ums Geschäft. Diese Frau hat einen Anschlag auf die Kleiderordnung aller christlichen Länder begangen. Du verstehst? Mich hat die Calimala von Florenz beauftragt, ihr das Handwerk zu legen.«

Der Zwerg kroch fast über den Tisch, um d'Albizzis Ohr zu erreichen, obwohl er keineswegs vertraulich leise sprach. »Wenn du mich fragst, Florentiner, so sind die Frauen überflüssig wie ein Kropf, mit dem ich glücklicherweise nicht auch noch gesegnet wurde. Bedien dich an einem Esel, und du bist auch zufrieden.«

»Nicht übertreiben. Für dich reicht ein Kaninchen.« Ein

tiefes Gelächter aus einem mächtigen Brustkorb füllte den Raum.

Niemand sonst lachte.

Der Handelskonsul sah auf. Ein stiernackiger Seemann, den er bisher noch nicht bemerkt hatte, war wie aus dem Nichts über dem Zwerg aufgetaucht. Seine Pranken stützten sich auf den Tisch, und der Kleine hockte unter ihm wie in einer Höhle.

D'Albizzi merkte kaum, daß der Zwerg sich rührte. Aber der Seemann brüllte auf, legte seine Hände vor das Gemächt und wankte leichenblaß davon. Ein Blutstropfen quoll zwischen seinen Fingern hindurch.

»Du brauchst in Zukunft weder Esel noch Kaninchen.« Zufrieden wischte Fri Hir ein dünnes Stilett, schmal wie eine Ahle, sorgfältig am Gewand des Franzosen ab. Der rührte sich nicht. Als der Zwerg seine Waffe im Beinkleid verwahrt hatte, schlug er vor: »Frag Gérard. Der weiß am besten, wer ankommt und abfährt.«

Während Gérard geschmeichelt näherrückte, sah d'Albizzi ihn an und schüttelte bedächtig den Kopf. »An ihn war mein gutes Geld verschwendet. Er hat sich täuschen lassen, in einer Weise, die selbst mein junger Lehrling durchschaute. Deine Hilfe, Meister, brauche ich.«

Den Franzosen packte die Wut, aber er ließ sich nichts anmerken. Zum Glück konnte seine Hausmacht, die Männer vom Hafen, dem Gespräch nicht folgen. Sie sahen nur, daß er gleichberechtigt am Tisch des Zwerges und eines mächtigen italienischen Handelsherrn saß. Dieses Bild wollte er nicht zerstören. »Ich wurde bezahlt, um über ein- und ausgehenden Schiffsverkehr Auskunft zu geben«, sagte er heiser. »Die Tore gehen mich nichts an. Nach ihnen wurde ich nicht gefragt und für sie auch nicht bezahlt.«

D'Albizzi lag nichts daran, den Mann zu verärgern. Aus seiner Sicht hatte er sogar recht. »Mein Mittelsmann hat wohl versäumt, die Straßen ebenfalls zu überwachen«, sagte er versöhnlich. »Läßt sich der Schaden wiedergutmachen?«

Der Zwerg warf die Hörner seiner Aumuce nach hinten

und sah den Italiener stolz an. »Du sollst dich nicht über Brest beklagen können, Florentiner. Ich gebe dir Bescheid.«

D'Albizzi lächelte und gab seinem Knecht einen Wink. Dieser holte ein zusammengefaltetes Tuch bester Florentiner Qualität aus seiner Tasche hervor und entfaltete es behutsam. Als es ausgebreitet auf dem Tisch lag, sah der Zwerg mit begehrlichen Augen einen grellgrün gefärbten Umhang, gefüttert mit gelber Seide und mit einem Besatz aus weißem Lammfell.

»Maistre Fri Hir le Fol«, sagte der Florentiner feierlich, »im vergangenen Jahr hat König Edward von England dem königlichen Narren von Johann dem Guten eine ähnliche Housse verliehen. Der oberste Narr der Bretagne soll dem von Frankreich nicht nachstehen. Nimm also von mir das Zeichen deines hohen Rangs an.«

Ohne zu zögern, legte Fri Hir sich den fürstlichen Umhang über die Schultern und ließ sich anschließend wie ein König beklatschen. D'Albizzi verzog keine Miene. Der Umhang war die Auskunft wert. Zumal er durch den überhitzten Modewechsel, den König Edward aus England vorgegeben hatte, unmodern geworden war.

Alheyd und Mechtild gelangten in eine Gegend, die weitab vom Krieg schien. Die gastfreundlichen Bauern luden die Frauen gern in ihre reetgedeckten Hütten zu einem kühlen Schluck Wasser oder einer Mahlzeit aus Fladen und Käse oder Hirsebrei ein.

Wenige Wegstunden nachdem sie von der großen Straße abgebogen waren, sahen sie im immer flacher werdenden grünen Land weiße Tupfen. Alheyd glaubte mit ihren jungen Augen sogar Schiffe weit draußen auf der Reede liegen zu sehen. »Gott sei Dank«, sagte sie inbrünstig und sah sich bereits in Bremen. »Wenn mich nicht alles täuscht, leuchtet dort auch die rote Schiffsflagge von Hamburg.«

»Gottlob«, stimmte Mechtild zu. »Aber man soll den Braten nicht loben, bevor man das Schwein im Hof hat. Zuerst müssen wir die Frau von Huarn finden.« Zu der Bemerkung über die Flagge kräuselte sie nur die Oberlippe.

Nichts war da zu sehen, gar nichts; nicht einmal ein Schiff. Aber eine Ratsfrau erkennt nicht nur ein Schiff, sondern auch den Möwendreck auf der Flagge, wenn sie dazu entschlossen ist.

Nach dem Aufstieg auf eine kleine Anhöhe breitete sich unter ihnen die Stadt Gwenrann mit ihren Kirchtürmen und Wehrmauern aus. Und dahinter erstreckten sich ohne erkennbares Ende die Salzfelder.

Auf der Höhe hatte ein Müller eine Mühle errichtet und für sein weitläufiges Anwesen mit Wohnhaus, Vorratshaus und Brunnen die Eichen ringsherum abgeholzt. Die angepflockten Schafe hoben die Köpfe, als Mechtild sich von einer jungen Frau Wasser erbat. Das Mädchen schenkte ihr eine Handvoll Nüsse dazu.

Die Ratsfrau und die Knochenhauerin stellten noch vor der Sext ihre Tiere in einem Stall in der Vorstadt ein und kämpften sich dann durch ein Gewimmel von Bauarbeitern und Maurern hindurch, die an der Stadtmauer und an Erdwällen arbeiteten. Niemand hielt sie auf, als sie der Straße vom Nordtor mit den zwei runden Türmen bis zur städtischen Markthalle folgten.

»Ein sehr angenehmer Ort«, stellte Alheyd fest und blieb stehen. Für geldwechselnde Lombarden und kleine Wuchergeschäfte hatte sie ein feines Gespür. »Klein, aber reich. Hier haben die Kaufleute die Freiheiten, die ihnen zustehen.«

»Ihnen steht alles zu, was sie sich nehmen, wie überall. Seht Euch lieber die Kirchen an und übt Euch in Demut, Frau Alheyd. Hier war der Krieg auch, jedenfalls in den Hütten. Kommt weiter.« Mechtild zog die Ratsfrau respektlos hinter sich her.

Im Gerichtssaal neben den Hallen bekamen sie die Auskunft, daß Huarn Kergarec, Salzhändler und Salzteichbewirtschafter, während der Erntezeit in seinem Haus in Saillé lebe, sofern er nicht auf Reisen sei, im Winter aber in seinem städtischen Haus in der Nähe der Sankt-Michaels-Pforte.

»Die Ernte ist voll im Gange«, sagte Mechtild bestimmt. »Ich werde wohl eine Ernte von einer Winterruhe unterscheiden können!«

Das Haus von Huarn Kergarec lag am Ortseingang des Dorfes, das von Salzwiesen umgeben war. Die Beschreibung war so genau, daß die Frauen nicht fehlgehen konnten. Als sie ihre Pferde an den Ringen in der Steinmauer befestigten, ertönten Schreie, die jedem Christenmenschen durch Mark und Bein gehen mußten.

»Die schlachten nur ein Schaf«, sagte Mechtild und klopfte ihrem Pferd auf den Hals, weil es mit den Augen rollte.

»Nur«, wiederholte Alheyd und versuchte, ihr einziges gutes Kleid vor dem spritzenden Blut des Schafbocks in Sicherheit zu bringen. Die Knochenhauerin hatte die Pforte schon wieder geschlossen. Das Schaf kehrte blindlings um und jagte in hohen Sprüngen zwischen den Hofmauern umher, den Kopf gesenkt. »Mein Gott«, rief sie entsetzt. »Hier hat jemand versucht, einen Zweikampf mit einem Bock auszutragen. Und ihn verloren.«

»Die Hausherrin.« Alheyd folgte der Knochenhauerin zu der Mauer, neben der das Schaf umgesunken war.

Mechtild stieß das Tier mit dem Fuß an und betrachtete kopfschüttelnd die Bescherung. Wie ein Ritter mit dem Beidhänder mußte die Frau auf das Tier losgegangen sein. Dann war das Beil am Schulterblatt abgeprallt und ihr selber ins Bein gefahren. Jetzt lag sie mit schmerzverzerrtem Gesicht keuchend am Boden.

»Nehmt Euch der Frau an«, befahl Mechtild, als hätte sie ihren Altknecht bei sich, und riß einen der Stricke vom Haken in der Wand.

Ausnahmsweise reagierte Alheyd sofort und schleppte die Hausfrau in den Hauseingang. Mechtild legte eine Schlinge um das Gehörn des Bockes, warf das freie Ende des Stricks über einen Haken in der Mauer und zog.

Als die Nase des Schafs die Steine berührte, gab es zitternd auf. Die Knochenhauerin setzte sich keuchend auf den Boden. In Stade war das Bändigen und Töten der Schlachttiere die Arbeit von Gesellen. Diese Frau mußte sich völlig überschätzt – oder niemanden zur Hand haben, der ihr helfen konnte, nicht einmal einen Nachbarn.

»Könnt Ihr die Frau verbinden, Ratsfrau? Damit ich hier

meine Arbeit machen kann. Es wäre schade um das Fleisch. Ein paar Stunden später ist es nur noch ein Kadaver.« Das Schaf war vorn in die Knie gegangen und blutete in Strömen. Es war nicht sicher, wie lange es noch leben würde.

Alheyd erschien gebückt in der niedrigen Tür. »Ich kann keine Tücher finden. Wasser auch nicht. Ich weiß auch nicht, wie man eine so schwere Wunde verbindet. Vielleicht hat Rucenbergius ...«

»Rucenbergius hat gewiß nicht«, murmelte Mechtild böse und rappelte sich auf, um das Salzsiederhaus zu durchsuchen.

Huarns Frau rief mit ängstlicher Stimme, aber Mechtild ließ sich dadurch nicht aus der Ruhe bringen. So rief niemand, der im Sterben lag. Jedoch sah sie, daß die Hausfrau nachdrücklich auf den Kamin an der Seitenwand deutete. Mechtild folgte ihr, damit sie Ruhe gab. Der Stein des Gesimses, auf den die Frau wies, fiel ihr beinahe von selbst in die Hand. Dahinter lag ein Beutel mit klingenden Münzen. »Was denkt Ihr denn von uns!« knurrte Mechtild und setzte sich auf den Boden. Das Geräusch, mit dem sie ihr Unterkleid zerriß, holte die Hausfrau aus ihrer beginnenden Ohnmacht. Mit großen Augen sah sie zu.

Die Frauen verbanden gemeinsam das Bein, an dem das Beil fast die Muskeln vom Knochen abgetrennt hatte. Als sie die Verletzte blaß und mit geschlossenen Augen in ein Schrankbett gelegt hatten, ging Mechtild in den Hof.

Das Schaf lag auf der Seite, aber unter Mechtilds Hand raste sein Herz. Sie holte das lange Messer, das schon auf der Bank bereitgelegen hatte, und einen weiteren Strick, betäubte den Bock durch einen Schlag mit einem Holzscheit und öffnete die Halsader, um ihn zu entbluten. Er trat um sich, aber die Knochenhauerin schaffte es, eine Schlinge um ein Hinterbein zu legen und ihn am Haken emporzuziehen.

Mit stiller Zufriedenheit sah sie zu, wie das Blut in den Bottich lief. Wer hätte gedacht, daß sie hier so plötzlich ihr Gewerbe ausüben würde? »Was mag sie denn mit dem Tier vorgehabt haben?« fragte Mechtild die Ratsfrau, die sich hinter dem Haus umgesehen hatte und auf der anderen Seite wieder erschienen war. »Es ist doch nicht Winter! Ein Fest für das Dorf oder was? Aber dann hätte jemand ihr zur Hand gehen müssen.«

»Einsalzen«, antwortete Alheyd sofort. »Zwei sauber geschrubbte Fässer stehen hinter dem Haus und das Salz daneben.«

Mechtild nickte bedächtig. »Tatsächlich. Salz ist hier wohl preiswerter als bei uns. Und bestimmt gewöhnt man sich auch an eingesalzene Fliegen.«

Während Alheyd in Abständen nach der Verletzten sah, zerlegte Mechtild das Tier und füllte sein Fleisch in die Fässer. Es war längst dunkel, als sie die Knochen der Fußgelenke auslöste, die Füßchen spaltete und zu Gelatine auskochte. Die Röhrenknochen mit den mageren Sehnen kamen in den größten Topf, den sie im Haushalt finden konnte, Möhren, Zwiebeln und Knoblauch ebenfalls.

Dann ging sie in den Garten, um Sellerie zu holen, den Alheyd natürlich nicht kannte. Als sie mit dem Gemüse zurückkam, saß Alheyd neben der Verletzten und las in ihrem Büchlein.

Liebste Schwester, gegen jeden Öl- oder anderen Fettfleck ist dies das Mittel: Nimm Urin und erhitze ihn, bis er warm ist. Dann weiche den Fleck darin ein. Drücke dann das Teil des Kleides mit dem Fleck aus, ohne dabei auszuwinden.

Alheyd sah auf. »Kann man Blutflecken auch mit Urin beseitigen?«

»Nein. Mit einfachem Wasser«, antwortete Mechtild mürrisch. »Und laßt Euch nicht einfallen, warmes zu nehmen. Am besten Ihr geht an den Brunnen, zieht einen vollen Eimer herauf und bringt den Rest herein. Auch wenn Ihr nur einen Fingerhut voll benötigt. Man kann gar nicht genug Wasser vorrätig halten für einen Fleck.« Aus den Augenwinkeln beobachtete sie mit Genugtuung, daß die Ratsfrau tatsächlich einen ganzen Eimer Wasser herbeischleppte.

Über dem Dorf zog bereits der Tag herauf, als Mechtild die Brühe endlich durch ein Sieb passieren konnte. Erschöpft wankte sie ins Haus zurück, wo Alheyd frischen Tang und Heu zu einem Lager aufgehäuft hatte. Die Gerüche von Fleischbrühe und Meer mischten sich in ihrem Schlaf zu einem Traum, an dessen Ende sie in Stade aus dem Schiff stieg und morgens glücklich aufwachte.

Die Frau von Huarn hieß Triphyna. Obwohl sie allmählich begriff, daß die fremden Frauen nicht gekommen waren, um sie auszurauben, blieb sie mißtrauisch.

Die Knochenhauerin brachte der Kranken zur Stärkung aufgewärmte Brühe in einer Schüssel. Und sie hätte geschworen, daß Triphyna darüber in Aufregung geriet. Immerhin fiel sie danach in einen tiefen, heilsamen Schlaf, wie Mechtild an ihrer kühlen Stirn feststellte.

»Dabei habe ich es nur gut gemeint«, klagte die Knochenhauerin gegenüber der Ratsfrau. »Eine gute Mahlzeit ist für einfaches Volk hilfreicher als der geschickteste königliche Arzt.«

»Besser hätte sie es kaum treffen können«, bestätigte Alheyd wohlwollend. Sie hatte sich ausgiebig genug umgesehen, um festzustellen, daß hier niemand Not litt. Offensichtlich warf Salz einen sehr ordentlichen Gewinn ab. Sie zog ihr Büchlein aus der Tiefe ihres Gewandes und schlug eine markierte Stelle auf. »Und hört nur, welchen Ratschlag mein Ehemann Hinrich Rucenberg gibt:

Liebste Schwester. Bei Kranken tut Flämische Bouillon Wunder. Koche einen Topf Wasser, dann schlage für jede Schale fünf Eigelb mit Weißwein. Gieße sie in das Wasser und füge Salz hinzu. Wenn es gut durchgekocht ist, nimm es vom Feuer.«

»Ja, ja«, sagte Mechtild verdrossen. »In Euren Kreisen hat man gewiß immer fünf Eier vorrätig. In meinen müssen fünf Gebete ausreichen.«

Die Ratsfrau schlug mit strenger Miene ihr Büchlein zu.

Am zweiten Morgen nach ihrer Verletzung humpelte Triphyna, gestützt auf einen knorrigen Ast, bereits in den Hof hinaus. Mechtild, die ihr folgte, sah jetzt, daß die Frau kaum höher als der Widerrist eines Kälbchens war. Und neugierig. Sie spähte in die Ecken ihres Hofes, als sei er ihr fremd geworden. Die Pferde erkannte sie sofort. Noch bevor die Ratsfrau ihr erklärt hatte, was geschehen war, stöberte sie bereits in den Packtaschen, die noch draußen standen.

Triphyna nahm den Bericht vom Tod ihres Mannes gefaßt entgegen; Botschaften, die er sonst zu senden pflegte, waren in letzter Zeit nicht angekommen, und so wußte sie längst Bescheid. Das Leben war hart und besonders gefährlich für Händler auf Wanderschaft. Größeres Interesse brachte sie für die Wertgegenstände von Huarn auf: den Erlös aus dem Pferdeverkauf strich die Hausfrau mit leuchtenden Augen ein. Das Amulett ließ sie fallen.

»Hat es eine Bedeutung?« fragte Mechtild harmlos.

Triphyna erklärte knapp, von dem Teufelsding nichts zu wissen, aber Mechtild glaubte ihr nicht. Alheyd nahm das Amulett kurzerhand wieder an sich, ohne daß Triphyna etwas dagegen einzuwenden hatte. Als alles übergeben, gezeigt und erklärt war, erkundigte sich Alheyd nach den Schiffen.

Endlich verschwand der Argwohn aus Triphynas Gesicht. »Ja, ja. Schiffe«, sagte sie eifrig. »Die fahren von hier überallhin.« Sie stülpte sich eine Haube auf den Kopf und machte der Ratsfrau ein Zeichen mitzukommen.

Auf den Salzfeldern arbeite ihr Knecht, erzählte sie, in dieser Jahreszeit komme er nachts nicht ins Haus, und das werde sie ihm als ehrbare Witwe auch weiterhin nicht erlauben.

»Und was ist mit ihm?« fragte die Ratsfrau.

»Er sieht die Schiffe kommen und gehen.«

Vor allem gehen wäre wichtig, dachte die Knochenhauerin und sah ihnen nach. Ihr Magen knurrte; er war immer so pünktlich, daß bei ihr die Glocke nicht zur Terz schlagen mußte. Die beiden Frauen hatten die Pforte schon erreicht, als Mechtild sich zögernd entschloß mitzukommen. Triphyna wollte sie aus dem Haus haben, das war ganz offensichtlich. »Aber das haben wir nicht verdient«, sagte sie aufsässig zu sich selber.

Der Weg schlängelte sich auf dem sanft abfallenden Gelände zu den Salzseen hinunter. Der Knochenhauerin kam ein frecher kleiner Gassenhauer auf die Lippen. Den Blick fest auf Alheyds Rücken geheftet, schmetterte sie ihn hinaus. Was die Ratsfrau davon hielt, war ihr völlig gleichgültig.

8. Tod im Salzteich

Die Männer arbeiteten fleißig auf ihren Salzfeldern, jeder auf einem, und jeder vom anderen und vom Weg getrennt durch Gräben, niedrige Deiche und umgrenzte Wasserflächen. Die Frauen waren zu weit entfernt, um sich mit den Arbeitern zu unterhalten, und Triphyna winkte nur hinüber.

Während sie einen Kanal, breit wie ein Flüßchen, auf einer Brücke überquerten, deutete Triphyna an, daß es sich um ihre Felder handelte, die hier wie durch einen Burggraben eingerahmt wurden. An der gegenüberliegenden Seite des Gevierts aus rechteckigen Feldern gurgelte Wasser in ein Speicherbecken. Ein weißer Reiher tauchte seinen Schnabel wie einen Löffel in die Brühe und ging dann gemächlich seines Weges.

In der Mitte vieler kleiner Felder holte ein Mann mit einem Rechen an einem meterlangen Stiel weißes Salz zu sich heran. Immer wieder warf er den wippenden Stab hinaus auf die Wasserfläche und schob und zog. Zu seinen nackten Füßen häufte sich weißes Salz zu einem Hügel, dessen Ränder immer wieder abstürzten.

Am Nachbarfeld schaufelte ein junges Mädchen Salz in einen Korb, trug ihn zu einem größeren schmutziggrauen Haufen und schüttete ihn dort aus.

Die Ratsfrau betrachtete fasziniert die raffinierte Einrichtung. Menschen mußten Jahrhunderte gebraucht haben, um sich ein solches System auszudenken.

Mechtild kniff die Augen zusammen. Wenn man nicht genau hinblickte, sah es aus wie Roggen nach dem Worfeln, und Triphynas Knecht und Magd waren mitten in der Erntearbeit.

Triphyna winkte den Mann zu sich. Er warf den Rechen hin und lief mit sicheren, federnden Schritten über die schmalen Lehmwälle, bis er den breiteren erreichte, der die Felder vom Kanal abgrenzte. Er strotzte vor Kraft.

»Das ist Hervé Loaec, Hervé der Löffel«, stellte Triphyna ihn vor. Der junge Mann starrte auf den Boden, während sie mit ihm sprach. Mechtild fand, er sah stumpfsinnig aus mit seinen weit auseinanderstehenden haselnußbraunen Augen. Aber vielleicht mag er sie nur nicht, dachte sie.

Schließlich hob Hervé den Kopf. Seine Augen wanderten bewundernd über Alheyds Haar und tasteten sich an ihrem Körper entlang. Nach Hamburg, Kopenhagen und noch weiter bis nach Schonen müßten sie, erklärte die Ratsfrau lebhaft und sonnte sich in seinen Blicken.

Der Knecht schüttelte bedauernd den Kopf und deutete hinaus auf die See. »Espagna.«

»Nach Hamburg?« fragte Alheyd direkt.

Der Mann zuckte unbestimmt die Achseln, kauerte sich nieder und begann stumm auf den Boden zu malen.

Er roch nach Schweiß und unbekannten Gerüchen, und seine herbe Duftmischung kitzelte Alheyds Nase. Während sie den Linien folgte, wanderten ihre Gedanken flüchtig zu Hinricus Rucenbergius in Bremen hinüber. Er würde jetzt in seiner Kanzlei stehen, nach Staub riechen und weiterhin wie eine Dörrpflaume im Backofen schrumpfen. Dreißig Jahre Altersunterschied konnte niemand verschwinden lassen. Ihre Ehe war eine durchaus zufriedenstellende Verbindung von altem Patriziat und junger Tatkraft, und das gemeinsame Kind war ein florierendes Geschäft. Die Ratsfrau achtete ihren Ehemann und liebte das Kind. Aber manchmal war es schwer, im Alter von zwanzig Jahren die Nacht mit einer Dörrpflaume zu verbringen, besonders, wenn sie die Glatze mit einem weißleinernen Schal wärmte und an den Füßen Nocturnalschuhe trug, was den wächsernen Leib kaum begehrenswerter machte.

Alheyd seufzte unhörbar und kehrte mit ihren Gedanken in die Gegenwart zurück, wo Hervé saß und so springlebendig war, daß es sie schmerzte. Dann versuchte sie, ihre unruhig gewordenen Gefühle zu zügeln und seiner Erklärung zu folgen.

Hervé zerschlug mit seiner Salzspur auf dem ausgetrockneten Boden die Hoffnungen der Frauen in kürzester Zeit, obwohl die Unterhaltung umständlich war. Hier legten deutsche Schiffe an, das sei schon richtig. Aber jetzt noch nicht, sie kämen erst zu Beginn des Winters. Geladen würde, wenn man die Salzfelder wegen des Regens und des Windes nicht bewirtschaften könne und noch bevor sie für die nächste Saison in Ordnung gebracht würden. »Wenn die Apfelbäume blühen, sind sie wieder zu Hause.«

»Das kann nicht sein«, stammelte Alheyd entsetzt. Von Apfelbäumen hatte der Salzhändler kein Wort gesagt.

Hervé klopfte gemächlich die Spuren der Zeichnung platt. Das nasse Salz und der Sand mischten sich miteinander zu einem grauen Schlamm. »Manchmal kommen auch Schiffe außerhalb der gewöhnlichen Zeit«, murmelte er.

Mechtild seufzte. »Versteift Euch nicht auf ein Salzschiff, Ratsfrau. Was nicht ist, ist nicht. So lange können wir nicht warten.«

Alheyd sah die Knochenhauerin abweisend an. Sie dachte gar nicht daran, schon aufzugeben. Sie benötigte Zeit, um Erkundigungen bei Leuten einzuholen, die über mehr als das Spatzenhirn der Hausfrau verfügten. Aber sie hütete sich, das laut zu sagen.

Triphyna sprach mit dürren Worten die Einladung aus, in ihrem Haus zu bleiben, bis sie sich entschieden hätten. Hervé grinste breit, als Alheyd annahm, und Mechtild machte sich Sorgen. Es war unter der Würde der Ratsfrau, sich von einem Knecht angrinsen zu lassen.

Alheyd sah Hervés muskelbepacktem Rücken nach, als er springend zu seinem Salzhaufen zurückkehrte und ihm seine weitgeschnittene, ausgebleichte Kniehose um die Oberschenkel flatterte. Während die Ratsfrau am Abend wieder eine dringend gewordene Eintragung in ihr Büchlein machte, bedauerte Mechtild aufs heftigste den weiten Umweg in die Salzgegend. Da hatte sie sich solche Mühe mit dem Schafbock gegeben, und trotzdem gab es, seitdem Triphyna die Mahlzeiten selber zubereitete, nur Brei oder Grütze, dazu ein saures Apfelgetränk. Und das Brot schien hauptsächlich aus Eicheln zu bestehen. Aber Hunger macht immer wütend und ungerecht, das wußte sie, und deswegen hielt sie ihre Lehrlinge nie knapp. Um sich Luft zu machen, griff sie zur Handspindel und begann sie zu wirbeln.

Die Ratsfrau achtete nicht auf sie. Im Schein einer Kerze schrieb sie:

2. September, 1360. Liebster Hinricus, Ihr müßt unbedingt feststellen, ob die Salzimporteure wirklich oft nur mit Ballast zu den Salzfeldern fahren. Es wäre eine glänzende Gelegenheit, bei niedrigsten Transportkosten die Salzbauern mit Rucenberger Bier zu versorgen. Der Salzhandel wirft viel Geld ab, sogar hier am Ort der Erzeugung. Was müßte dann erst Euch zukommen!

Mechtilds energisches Zupfen an der gekardeten Wolle und das ausholende Schwingen des Spindelgewichts störten Alheyds Gedanken immer mehr. Sie hörte auf zu schreiben und suchte nach einer bestimmten Stelle im Hausbüchlein. »Hört einmal, Knochenhauerin«, sagte sie boshaft, »was Hinricus schreibt:

Liebste Schwester. Ob ein Kaninchen fett ist, kannst Du feststellen, indem Du eine Sehne oder den Hals zwischen den Schultern fühlst. Willst Du herausfinden, ob es zart ist, mußt Du einen seiner Hinterläufe brechen.

Wußtet Ihr das?«

Die Knochenhauerin biß die Zähne zusammen und wickelte den Faden trotz einiger Unregelmäßigkeiten auf.

Der Zwerg war ein geldverschlingender, aber verläßlicher Geschäftspartner. Nach einigen Tagen hatte d'Albizzi die Auskunft, die er brauchte: der Mann, der die Ratsfrauen aus der Stadt geschleust hatte, hieß Huarn Kergarec und war ein in Guérande ansässiger Salinenbesitzer und Salzhändler. Er kannte alle sicheren Straßen bis weit in die Normandie hinein, und die gesuchten Frauen waren sehr wahrscheinlich seinem Rat gefolgt und inzwischen längst auf dem Weg nach Brügge.

Fri Hir gab den Italienern den guten Rat, den Salzhändler

in seinem Heimatort zu befragen: für berittene Männer lohne der Umweg sich allemal.

Ihre Wahl, den Weg nach Süden zu nehmen, war nicht die schlechteste, wie sie merkten. Wo das Heer des Bramborough auf dem Weg nach Morlaix vorübergezogen war, breitete sich die Pest aus. Die Leute flohen in alle Richtungen. Anfangs begegneten sie vielen Flüchtlingen, die wenigen Besitztümer auf einem Esel und die Kinder an der Hand.

Erst als sie weit nach Süden vorgedrungen waren, war d'Albizzi bereit, sich wieder in Dörfer und Ansiedlungen zu wagen. »Vor Wölfen können wir uns leichter schützen als vor der Pest«, unterwies er Costantino mit leisem Spott, »ein alter Wolfsrüde ist harmloser als ein schnoddernasiges Kind mit Pest. Nur die Ärzte des Papstes wissen Seine Heiligkeit der Strafe des Allmächtigen zu entziehen.«

Der junge Mann kratzte sich verblüfft an den sprießenden Bartstoppeln. »Wollt Ihr damit sagen, daß die Ratschläge der Ärzte die Pest vom Heiligen Vater ferngehalten haben? Und seine frommen Gebete?«

D'Albizzi blinzelte Costantino zu. »Ich denke, das ist so ähnlich wie in unserem Gewerbe. Die Calimala verläßt sich auch lieber auf unsere Spürnasen, als um die Vernichtung der Diebin zu beten.«

Costantino grinste und wich einem Holzschuhmacher aus, der mit halbfertiger Ware zum nächsten Dorf wanderte. Überall fragten sie nach dem Salzhändler Huarn Kergarec.

In letzter Zeit hatte ihn niemand gesehen, obwohl er nicht unbekannt war. Doch eines Mittags sprengte Costantino mit einer Mitteilung zu d'Albizzi zurück: »Man hat die Pferde des Salzhändlers erkannt, Meister. Zwei Frauen haben sie geritten.«

D'Albizzi verzog sein Gesicht: »Laß mich raten: die eine war wunderschön, die andere ältlich und häßlich.«

»Genauso war es, Meister. Und als sie gefragt wurden, wohin des Wegs und was man so Fremden gegenüber spricht, antworteten sie gar nicht. Die Leute hielten sie für Pilgerinnen mit Schweigegelübde, denen Huarn die Pferde vermietet hat.«

Der Italiener strahlte. »Bald haben wir sie.«

»Nun verstehe ich Euch nicht, Messere«, wandte der junge Mann ein. »Ich denke, es geht ums Geschäft. Ihr aber benehmt Euch wie ein Liebhaber.«

»Das Geschäft ist meine Geliebte.« D'Albizzi gab seinem Pferd die Sporen. Prickelnde Vorfreude erfüllte ihn, während er an eine kultivierte Ratsfrau dachte, die genug Mut hatte, anders zu sein als Hunderte anderer langweiliger Ratsfrauen. Eine Ratsfrau, die der Calimala die Stirn bot und sich ohne männlichen Schutz durch die unzivilisierte Bretagne schlug, mußte mutig sein wie Helena im alten Troja. Es fehlte nicht viel, und er hätte sich als Menelaos gefühlt.

»Warum grinst Ihr so, Meister?« fragte Costantino, der in diesem Moment aufgeholt und die drei Knechte auf ihren schweren Pferden weit hinter sich gelassen hatte.

»Ich mußte an eine traurige Geschichte aus dem alten Griechenland denken«, antwortete d'Albizzi heiter, und Costantino schwieg verstimmt den Rest des Weges.

Die Knochenhauerin ging der verwundeten Hausfrau ungefragt zur Hand. Alheyd beteiligte sich nicht. Zuweilen saß sie im Schatten eines Baumes und blickte auf die Bucht mit den Salzfeldern hinaus, wo in weiter Ferne gelegentlich ein Schiff zu sehen war.

Dann schlenderte sie in der milden Sonne durch die Gassen mit den niedrigen und schmalen Häuschen. Die Frauen nickten scheu, aber nicht unfreundlich, und Alheyd wußte, daß sie dieses zurückhaltende Entgegenkommen Mechtilds Kunst zu verdanken hatte, ihrer Geschicklichkeit beim Zerlegen des Schafes und beim Heilen der Frau. Die Ratsfrau beschlich das Gefühl, daß sie selber in einer Gesellschaft wie dieser keinen Platz hatte. Sie hätte sich auch nicht wohl gefühlt. Das Leben hier war sehr karg. Die Männer, die größeren Jungen und viele Frauen kamen erst spätabends von der Salzernte zurück, müde vom Kratzen, Rechen, Schieben, Schleppen und Aufladen.

Auch Hervé der Löffel kam abends.

Im Haus strich er um Alheyd herum wie ein Kater im Spätwinter, und Triphyna versuchte ihn vergeblich mit ihrem bohrenden Blick an den Herd zu verbannen. Alheyd unternahm nichts, um ihn zurückzuweisen, und gelegentlich schenkte sie ihm ein flüchtiges Lächeln.

Sie ermutigt ihn nicht, sagte sich die Knochenhauerin und konnte sich trotzdem des Gefühls nicht erwehren, daß dies nicht genug war. Sie und Triphyna waren sich mit Blicken einig, wie ältere Frauen sich einig zu sein pflegen, wenn sie wissen, daß eine Verbindung nicht schicklich ist. Mechtild nickte beifällig, als sie merkte, daß Triphynas Schwall von Arbeitsaufträgen für Hervé mit jedem Morgen länger wurde.

Alheyd schien von all den besorgten Gedanken in ihrer Umgebung nichts zu bemerken. Sie traf vor allem keine Entscheidung hinsichtlich der Abreise. Eines Morgens teilte sie der Knochenhauerin mit, daß sie nach Gwenrann gehen werde.

Mechtild war erleichtert. »Im Gerichtssaal wissen sie bestimmt Rat. Viel Glück, Ratsfrau.«

Alheyd nickte unbestimmt und ging. Eine Stadt, die durch den Salzhandel reich geworden war, mußte einem gerissenen Kaufmann wie Rucenberg viele Möglichkeiten bieten. Sie sah sich sorgfältig in den Lagerhäusern um. Salz lagerte überall. Die Schwierigkeit lag darin, den richtigen Partner auszuwählen, aber finden mußte ihn Rucenberg selber.

Nach diesem Beschluß konnte Alheyd sich endlich ihrem eigenen Vergnügen widmen. Seit Florenz liebte sie die lauten Gassen mit den Tuchhändlern, den Färbern, den Gold- und Silberschmieden, aber nicht minder die leiseren, wo die lombardischen Geldverleiher durch ihre luxuriösen Mi-Parti-Hosen und hohen Zipfelmützen in Gold auf silbernem Grund weltumspannende Geschäfte verkündeten.

In der Geschäftsstraße zum Sankt-Michaels-Tor spähte die Ratsfrau in jeden Laden. Sie hörte Hufschlag und wurde auf einige Männer aufmerksam, die sich trotz der Fülle von Käufern und Händlern in ungewöhnlich scharfem Tempo ihren Weg bahnten. Vor den Markthallen und dem Gerichtssaal hielten sie an.

Während ein blutjunger Mann in der Tracht eines gebildeten Südländers vom Pferd sprang und hineinging, blieben drei müde schwerbewaffnete Knechte auf ihren Gäulen sitzen.

Alheyd näherte sich gemächlich, immer noch den Reiz fremder Handelsware auskostend. Sie begegnete den forschenden Augen des Anführers der Gruppe, der erlesen gekleidet war wie der Fernkaufmann einer Großstadt. Seine waidgefärbte Guarnacca war eindeutig italienischer Herkunft, sehr verschieden von der französischen Housse. Alheyd blieb fasziniert stehen. Sie hatte selten einen so männlichen und schönen Mann gesehen.

Auf einmal war sie wieder umgeben von den Gerüchen und dem Lärm von San Martino, und sie dachte an den schwierigen, erfolgreichen und unendlich aufregenden Sommer in Florenz. Sie blähte die Nüstern und versuchte, die einzigartige Mischung der Florentiner Gerüche nach ungewaschener Wolle und Damaszener Rosen, menschlichem Urin und Sandelholz heraufzubeschwören. Aber die Luft von Gwenrann war nur salzig.

Endlich merkte sie, daß sie den Kaufmann ungehörig anstarrte, und senkte den Blick. Rucenberg hätte gewiß den Tadel ausgesprochen, der Mechtild so oft auf der Zunge lag. Daß ihr ausgerechnet jetzt die starrsinnige, anmaßende Knochenhauerin in den Sinn kam, ließ Alheyd unwillkürlich über sich selber lächeln.

Der Fremde lächelte zurück und hob die Hand zum Gruß. Die Ärmelstücke an seiner Reisetunika waren kurz, aber elegant mit scharlachfarbener Seide gefüttert, und mit demselben Stoff waren auch die Knöpfe an seinen Ärmeln überzogen.

Sie neigte den Kopf, damit er Gelegenheit fand, ihr Profil zu betrachten. Ihm mußte klar sein, daß sie dieser Stadt des Salzhandels einen Besuch abstattete, genau wie er selber, der gewiß eine Verbindung zu den Salzhändlern aufzubauen suchte.

Der junge Mann kehrte aus dem Haus zurück. Sein Kopfschütteln und die ausgebreiteten Hände waren deutlich genug, auch ohne daß Alheyd seine Worte hörte. Der Anführer gab das Zeichen, weiterzureiten. Als er sich nach seinen Knechten umdrehte, hätte Alheyd geschworen, daß ein beträchtlicher Teil seines Interesses ihr galt. Atemlos sah sie ihm nach.

Mit ihrer Ruhe war es vorbei.

Am Abend bemühte sich Hervé vergeblich, Alheyds Aufmerksamkeit einzufangen. Während er auf dem abkühlenden Herdstein saß und lustlos an einer Löffellaffe schnitzte, knarrte vor dem Haus die Pforte.

Triphyna hielt ihr Spinnrad an, und Hervé sprang an die Wand, wo ein Sauspieß hing.

Ein junges Mädchen, das Mechtild und Alheyd noch nicht gesehen hatten, schlüpfte zur Tür herein. Ohne die beiden Gäste zu beachten, sprach sie aufgeregt auf Triphyna ein. Hervé setzte sich und hörte aufmerksam zu.

»Florentiner suchen Euch«, dolmetschte Triphyna. »Sie sehen aus wie Kaufleute, aber sie sind Männer. Die meisten Männer sind Räuber.«

Alheyd wechselte die Farbe. Wie hatte sie sich nur so einlullen lassen können!

Mechtild blickte verständnislos von der Hausfrau zur Ratsfrau: Alheyd schien äußerst beunruhigt zu sein. Mit gerunzelter Stirn wartete sie auf eine Erklärung.

Alheyd erhob sich kurzentschlossen. »Wir müssen fort! Man sucht mich.«

Hervé war im Nu auf den Beinen und versperrte mit ausgebreiteten Armen den Eingang.

»Er hat recht«, sagte Triphyna ruhig. »Es hat keinen Sinn, daß Ihr in der Dunkelheit durch die Salzfelder flieht. Ihr werdet Euch verirren und umkommen. Die Küstenstraße zwischen Brest und Spanien könnt Ihr nicht benutzen, weil die Italiener umkehren werden, wenn sie von Euch keine Spur finden. Einstweilen hat man sie nach Batz in die Irre geschickt, aber das ist nicht weit. Hervé wird euch morgen nach Osten über das Moor führen, damit sie eure Spur verlieren.«

Die Nachbarin verließ leise das Haus und mit ihr Hervé.

Mechtild stopfte mit finsterer Miene die Wolle, die sie zerzupft hatte und von Gras und Ästchen reinigen wollte, in den Korb zurück. Sie hatte geahnt, daß etwas schiefgehen würde. Die Ratsfrau war immer für unangenehme Überraschungen gut. »Jetzt erzählt«, verlangte sie. »Wenn ich schon von italienischen Kaufleuten erschlagen werde, will ich wissen, warum.«

Die Ratsfrau wurde ärgerlich, weil Mechtild glaubte, sie demütigen zu können, eine Knochenhauerin, deren Weltbild nur vom schleimigen Flotzmaul bis zur kotverschmierten Schwanzquaste eines Rindes reichte. »Dem deutschen Küstenland fehlt alles, was das Leben lebenswert macht! Seht Euch doch Eure eigene Haube an: bretthart. Darauf könnt Ihr Kutteln zerstückeln«, sagte sie in schroffem Ton.

Mechtild griff empört an ihren Kopf. Sie konnte an ihrem Kopfputz nichts Tadelnswertes finden. Er saß, wie er sollte.

»Dabei gibt es Stoffe, die sich sanft wie ein Liebhaber an die Haut schmiegen …« Alheyd brach ab, erstaunt über sich selber. Ihre Lippen hatten sich selbständig gemacht. Sie hatte etwas ganz anderes sagen wollen.

Mechtild sah für einen flüchtigen Augenblick in Alheyds Seele. Irgend etwas hatte die junge Frau aus der Bahn geworfen, wie ein Stern, der von einer Sternschnuppe getroffen wird. Wer war die Sternschnuppe? Etwa Hervé? »Ihr wolltet mir eigentlich von den Florentinern erzählen«, erinnerte sie Alheyd unerwartet sanft.

Alheyd errötete und sah aus wie die junge Frau, die sie war, wenn sie sich nicht hinter der Maske der Ratsfrau aus Bremen verbarg. »Ich will Bremen zum Mittelpunkt einer Stoffproduktion für den ganzen Norden machen.«

Die Ratsfrau prahlte nicht. Aus ihr sprach Trotz. Mechtild glaubte ihr aufs Wort.

»Ich habe mir Stoffmuster besorgt. Natürlich wurden sie nicht für den Handel freigegeben, vor allem nicht die Proben der Zwischenschritte innerhalb der Fertigung. Die Florentiner wachen eifersüchtig darüber, daß niemand erfährt, wie sie weben.«

»Aber sie haben gemerkt, daß Ihr sie ausspioniert und diese Proben habt verschwinden lassen. Und jetzt sind sie hinter Euch her«, erkannte Mechtild atemlos. »Was werden sie mit Euch machen, Ratsfrau?«

Alheyd seufzte. »Erschlagen. Ihr müßt versuchen, wenigstens einige von den Stoffen für meinen Ehemann zu retten. Und mein Büchlein. Ich bin ihm dankbar für einiges, das allein ihn angeht, und er soll es wissen. Ich fürchte nur, sie werden Euch ebenfalls erschlagen.«

»Na, das sind ja liebliche Aussichten«, sagte Mechtild erbost. »Ich halte nicht viel vom Erschlagen, schon gar nicht wegen ein paar Stückchen Stoff.«

»Die Händler von Florenz sind um ihre Vormachtstellung besorgt. Wenn mir gelingt, was ich vorhabe, wird der Welthandel eines Tages anders aussehen. Könnt Ihr Euch das vorstellen?« Alheyds junges Gesicht leuchtete beim Gedanken an das künftige Handelshaus Rucenbergius, das man in einem Atemzug mit der florentinischen Stoffindustrie nennen würde.

Mechtild fand es nicht beruhigender, ihr Leben für ein großes Ziel zu riskieren als für eine Kleinigkeit. Und draußen lauerten die Mörder. Aber insgeheim mußte sie die Ratsfrau bewundern. Ideen hatten diese jungen Leute! »Wir werden uns morgen in aller Frühe Hervé anvertrauen«, sagte sie zuversichtlich. »Wir sind Euren Jägern ja bereits in Brest entwischt, und das wird uns auch hier gelingen.«

Alheyd schlang die Arme um ihren Körper und antwortete nicht. In Gedanken war sie weit fort.

Die Jäger kamen vor Tagesanbruch, als Mechtild soeben die Maultiere bepackt hatte. Hervé, dessen Gehör durch die feine Sprache des Salzes geschärft war, das vom dumpfen Plumpsen der nassen Salzberge bis zum feinen Rieseln der staubtrockenen Prise viele Töne von sich geben konnte, vernahm den Hufschlag schon von weitem.

Er zog die Tür auf und flüsterte: »Sie kommen von Gwenrann. Ich werde Euch bei den Teichen verstecken.«

Mit dem zu frühen Auftauchen der Verfolger waren alle

Pläne vereitelt. Triphyna humpelte hinaus, um wieder abzusatteln und Alheyds verräterisches Bündel zu holen. Hervé lauschte und drängte zum Aufbruch.

Lautlos liefen die beiden jungen Leute auf dem grasbewachsenen Weg ins Vorland, die Knochenhauerin schnaufend hinterdrein. In den Salzwiesen herrschte tiefe Finsternis, aber hinter ihnen schimmerten über den Bergen die ersten Lichtstrahlen des Tages.

Noch war nichts von den Italienern zu sehen, wie Mechtild zu ihrer eigenen Beruhigung feststellte. Den Hufschlag aber hörte sie, vor allem hörte sie ihn verstummen. Jetzt waren sie an Triphynas Haus angekommen und hielten an. Hoffentlich waren die Italiener keine Mordbuben! Die Hausfrau hatte niemanden zu ihrem Schutz. Mechtild stieß ein Stoßgebet hervor, das Triphyna galt und zugleich ihr selber, als Hervé sie um die Mitte faßte, durch die Luft schwenkte und irgendwo wieder abstellte. Verblüfft stellte sie fest, daß sie sich auf einem schwankenden Floß befand, das der Knecht durch einen Wassergraben stieß.

Das Knarren der Balken, das Plätschern des Wassers, wenn der Staken eintauchte, und das Tropfen, wenn das Wasser vom Holz ablief, waren für einige Zeit die einzigen Geräusche in der stillen, feuchten Nachtluft. Eine Eule glitt über sie hinweg.

Auf einmal vernahmen sie Männerstimmen von einer Lautstärke, als befänden sich die Verfolger in unmittelbarer Nähe. Hervé beschleunigte sein Staken. Noch bot die Dunkelheit Schutz.

Die Verfolger schwärmten zwischen den Salzteichen aus. »Die suchen bei den Salzhäufchen, glaube ich«, flüsterte Mechtild der Ratsfrau ins Ohr, die sich niedergekauert und die Fingerspitzen zwischen die Bohlen geschoben hatte, um Halt zu finden. Hinter den Salzhäufchen, die zwischen den Feldern als Depot angelegt wurden, konnte ein liegender Mensch sich wohl verbergen. Aber was für ein gräßlicher Ort, um Zuflucht zu suchen! Im Schlick, der auch nach dem Abrechen noch von den weißen Salzkrusten überzogen war. Wer wäre da nicht in kurzer Zeit eingesalzen wie ein Hering in der Tonne? Mechtild schüttelte sich. Hoffentlich war es nicht das, was Hervé im Sinn hatte.

Hervé hielt das Floß an und machte sich am Ufer zu schaffen. Die Knochenhauerin beobachtete, wie er Pflöcke aus einer Absperrung zog und das Wasser im Graben gurgelnd ablief. Das Floß schwankte. Alheyd schrak zusammen, als Hervé mit einem Satz auf dem Floß landete. Seine Aufmerksamkeit galt immer noch den Stimmen der Verfolger. Sie lächelte dankbar, als er sich bückte, ihre vom Salz brennenden Finger von den Bohlen löste und sie ableckte. Alheyd biß sich auf die Lippen. Ihre Augen begegneten denen von Mechtild.

»Attenzione! L'acqua!« schrie eine Stimme irgendwo in den Salzfeldern.

Hervé grinste, stieg gemächlich auf die Deichkrone und sah sich um. Sein Handzeichen bedeutete den Frauen, daß sie bleiben sollten, wo sie waren. Danach verschwand er in der Dunkelheit. Außer den Warnrufen der Italiener und dem Rauschen des einströmenden Wassers war nichts zu hören.

»Was hat er nur vor?« flüsterte Mechtild beunruhigt.

Alheyd betrachtete mit abwesendem Gesicht ihre Fingerspitzen und zuckte mit den Schultern.

Mechtild hielt es nicht auf dem Floß. Sie legte sich ins dürre Gras des Abhangs und spähte über die Kuppe. Die Rufe der Italiener kamen immer noch aus verschiedenen Richtungen. Ein Fremder mußte sich wie in einem Irrgarten vorkommen. Sie preßte die Hände auf die Ohren, aber der unheimliche Schrei eines Totenvogels ließ sich dadurch nicht zum Verstummen bringen. Verängstigt rutschte sie hangabwärts zum Wasser zurück. »Habt Ihr das gehört, Ratsfrau?« wisperte sie.

Alheyds bleiches Gesicht schimmerte im ersten Licht des frühen Morgens. Sie nickte mit zusammengebissenen Zähnen.

Die feuchte Luft ballte sich zu Nebelschwaden über den Salzfeldern. Mechtild kroch wieder auf das Floß. Erschrocken zog sie den Kopf ein, als inmitten der Nebelfetzen nackte Beine auf einem niedrigen Damm vorüberrannten und wieder verschwanden. War das Hervé gewesen?

Die Stimmen ihrer Verfolger hatten sich endlich gefunden. »Giuseppe!« riefen sie gemeinsam. Giuseppe kam nicht und antwortete nicht.

Statt dessen kam Hervé. Kniend stakte er auf einem kleinen Floß herbei, das mit dem der Frauen rumpelnd zusammenstieß. Alheyd stieß einen Schreckenslaut aus, weil sich ihre Aufmerksamkeit auf die entgegengesetzte Richtung konzentriert hatte. Der Knecht zerrte Alheyd grob auf den Deich, zwang sie ins Gras und deutete mit seinem schrundigen Zeigefinger in den Dunst.

Die Ratsfrau erkannte die große Gestalt des italienischen Kaufmanns, dahinter die des jungen Gehilfen. Der kräftige Kerl, an dessen Bulldoggengesicht sie sich erinnerte, hatte sich eine schmächtige Gestalt über die Schulter geworfen wie der Schäfer das Schaf. Ihm folgte der dritte Knecht.

Hervé tippte Alheyd auf den Arm, dann hielt er ihr vier Finger vor die Augen. Deutlicher hätte er ihr gar nicht mitteilen können, daß der Mann tot war. Als er sie Dankbarkeit heischend angrinste, wurde ihr fast übel vor Abscheu und Angst.

Hervé schien sich der Wirkung seines Totschlags auf die Verfolgungslust der Italiener völlig sicher zu sein. Er brachte die Frauen ohne Zwischenfälle zu Triphynas Haus zurück und belud danach das Maultier erneut.

Heinrich war mit Giuseppe kaum befreundet gewesen, aber diesen Tod hatte der Junge nicht verdient. Während er ihm das körnige Salz aus dem Mund wischte, das ihm die Zunge gepökelt und den Rachen verstopft hatte, dachte er darüber nach, welches Ende er seinem italienischen Herrn bereiten würde. Jedenfalls nicht mit Salz. Er spuckte auf seine Hand, an der die Wunde höllisch brannte, und verfluchte leidenschaftlich die Bretagne, Frankreich und Italien dazu.

All das Aufheben um feine und unfeine Tücher paßte ihm nicht mehr, und schon längst hatte er bereut, daß er sich durch das Angebot der Florentiner aus seiner fränkischen Heimatstadt hatte fortlocken lassen.

Während er den Toten auf seiner Schulter zurechtschob, überlegte er, daß er sich für die Hand einen Kasten schmieden lassen müßte, in den man Waffen verschiedener Art einhängen konnte. Gewiß gab es Männer, die solche Künste beherrschten. Und dann wollte er sich ein Heer suchen, in dem er einem tapferen Mann dienen konnte. Das paßte besser zu ihm als ein Herr, dessen einzige Sorge es war, mit welchen Kleidern er sich am nächsten Tag schmücken würde.

Heinrich sank bis zu den Knien in den Matsch aus Lehm und Salz, aber er stapfte mitten durch das überflutete Salzfeld, ohne sich etwas daraus zu machen.

Auf festem Boden wartete bereits d'Albizzi. Heinrich ließ sich seine Last nicht abnehmen. »Hättet Ihr bei Tage gekämpft wie ein Soldat«, sagte er mürrisch, »müßten wir heute nicht Giuseppe wie ein Stück Pökelfleisch in die Erde legen.«

»Ich habe Giuseppe vor den Strudeln gewarnt«, sagte d'Albizzi ruhig, aber mit unüberhörbarer Drohung. »Ich rate auch jedem anderen zum Gehorsam.«

»Es war kein Strudel. Wo er starb, stand das Wasser eine Spanne hoch. Eure Diebin teilt mit harter Hand aus.«

Der Konsul lächelte überrascht. »Die Deutsche? Niemals.« Die junge Ratsfrau gehörte zur Oberschicht einer Stadt, selbst wenn es nur eine deutsche Stadt war. Solche Leute pflegten sich die Hände nicht schmutzig zu machen, das war dort nicht anders als in Florenz. Vermutlich hatte die Deutsche einen schlauen Bretonen in ihre Dienste genommen.

»Sie ist eine Deutsche?« vergewisserte sich Heinrich verunsichert.

»Was geht dich das überhaupt an?« fragte d'Albizzi mit plötzlich schlechter Laune und wandte sich um. Die erste Runde des Turniers hatte die Ratsfrau gewonnen. Er fragte sich, nach welchen Regeln sie spielte. Nach denen der Mühle, bei der es darauf ankommt, Gewinne anzuhäufen? Oder nach denen des Schach, wo die Vernichtung des Gegners das Ziel ist?

Er dachte immer noch über die schöne Unbekannte nach, während er am nächsten Morgen an der Kapelle von Saillé saß und auf Heinrich wartete, den er zum Priester geschickt hatte.

Heinrich verständigte sich recht und schlecht mit dem Mann, aber es glückte ihm zu seiner Genugtuung, die Suche seines Herrn nach der Deutschen zu verzögern. »Mein Herr möchte seinen Knecht gerne erst in zwei Tagen beerdigt sehen. Dieser Tag hat für ihn eine besondere Bedeutung.«

Pater Matelinn war alles recht. Je gefügiger er auf die Wünsche eines reichen Fremden einging, desto größer würde die Spende für die Kirche sein.

Heinrich pfiff tonlos ein Landsknechtslied, während er nach seiner Unterredung an der Kapelle vorübertrabte. Glücklicherweise fiel ihm rechtzeitig ein, daß sich Unbekümmertheit wenig schickt, wenn man Gott eine Seele übergeben will. Mit gesenktem Kopf trat er dem Handelskonsul vor die Augen.

»Pater Matelinn wird unseren Guiseppe zur hora nona am dritten Tag von jetzt an unter die Erde bringen«, verkündete Heinrich mit gebotenem Ernst.

D'Albizzi mußte seinen Zorn gewaltsam hinunterschlucken. »Du hast ihm doch gewiß gesagt, daß wir es eilig haben?«

»Oh, ja«, beteuerte Heinrich aufrichtig. »Pater Matelinn bedauerte zutiefst, sagte jedoch, daß Gottes Werke keine Eile kennen.«

D'Albizzi erhob sich und klopfte graues Moos von seinem Beinkleid. Zwei, fast drei Tage Verlust. Aber ihre Pferde waren die besseren; sie würden die Mähren der Flüchtigen leicht einholen.

9. Hervé Loaec

Hervé stapfte auf kaum erkennbaren Pfaden dem Moor entgegen, den Zügel des Maultiers in der Faust.

Den Frauen hatte er kein Wort über das Ziel gesagt. Er würde ihnen den Weg weisen, hatte Triphyna versprochen, aber damit hatte sie gewiß nicht gemeint, daß er sich mitsamt Bündel und Wildschweinspieß auf ein längeres Zusammensein mit ihnen einrichten sollte. Hervé hatte zweifellos Triphynas Salzfelder für immer verlassen.

»Gelohnt hat es sich nicht.« Alheyd, die hinter Mechtild ging, schien eher verärgert als bekümmert. »Wir haben ein Schiff verfehlt, zwei gute Pferde und ein Maultier verloren, ein Maultier behalten und einen Führer bekommen.«

»Der Knollfink, der Ackertrapp!« Mehr sagte Mechtild nicht, damit niemand ihrer Stimme die Besorgnis entnehmen konnte. Was hatte dieses unchristliche Salzwiesenungeheuer, das sich mit seinen behaarten Beinen nicht von einem wilden Köhler unterschied, mit ihnen vor? Sie hatte die Blicke nicht vergessen, mit denen er die Ratsfrau gemustert hatte. Aber Alheyd hatte anscheinend kein Gespür für solche Dinge. Statt dessen hatte sie eine Summe gezogen. Summen jedoch machten das Lehen nicht aus. In Knochenhauerkreisen hielt man den Rest für entscheidender.

Die Salzwiesen gingen in sumpfiges, nasses Grasland über, je weiter sie nach Osten kamen. Die kleinen bretonischen Pferde, die Rinder, die Eichen verschwanden, die Büsche wurden niedriger und die Bäche breiter. Als sie auf einen Kanal stießen, den sie nicht mehr durchwaten konnten, folgten sie dem schilfbestandenen Ufersaum, bis sie mehrere flachbödige Kähne fanden. Hervé löste die Leinen von den Pfosten und schob alle Boote bis auf eines in die Mitte des Wasserlaufs. Sie drehten sich gemächlich und trieben dann mit der Ebbströmung fort. Das letzte Boot belud er mit dem

Gepäck des Maultiers, sprang selbst hinein und befahl die Frauen ebenfalls ins Boot.

Hervé ruderte gegen die Strömung davon, das am Boot angebundene Maultier schwamm schnaubend mit. Stundenlang wurden sie vom Quaken der Frösche und den Schreien jagender Nachtvögel begleitet.

Im Morgengrauen sah Mechtild in der Ferne ein Dorf. Die Reetdächer dichtgedrängter Hütten stachen wie gespenstische Erscheinungen aus dem Bodennebel heraus. Sie lächelte trübe: wie zu Hause in Stade. Sie zog ihr Tuch dichter um ihre zitternden Schultern. In den Nebelschwaden war es kalt, und ein Schleier von Feuchtigkeit näßte ihr Gesicht.

Gottlob sahen sie keinen Menschen. Mechtild versuchte, mutig dreinzublicken und hoffte, daß die Moorgespenster, die es hier wie überall geben mußte, sie nicht verraten würden.

Mit unzähligen Mückenstichen auf der Haut, kletterten sie endlich am frühen Vormittag aus dem Kahn. Hervé zog das erschöpfte Maultier aus dem Wasser und belud es. Sie machten sich auf den Weg nach Norden.

Unauffällig behielt Mechtild das Dickicht zu beiden Seiten des Pfads im Auge. Sie machte sich keine Illusionen über ihre Kräfte, aber sie wollte die Räuber lieber kommen sehen, als beiläufig von ihnen erschlagen werden. Am Nachmittag stellte sie am Sonnenstand fest, daß ihr Weg sie immer noch nach Norden führte. Hervé hatte nicht gelogen.

Bei beginnender Dunkelheit erreichten sie einen Fluß. Die Frauen waren so erschöpft, daß sie ins Gras sanken. Hervé machte sich auf die Suche nach Holz. Als er das Feuer angezündet hatte, stellte er die Körbe mit den Vorräten nachdrücklich vor Mechtilds Füße, nahm seinen Jagdspieß und verschwand im Wald.

»Wir wollen lieber tun, was er will«, murmelte Mechtild und kramte im Korb. Sie hatte keine Ahnung, was Triphyna für die Flucht eingepackt hatte, denn die Hausfrau war in solchen Dingen sehr eigen gewesen. Außer zwei Säckchen, das eine mit grobem Gerstenschrot, das andere mit Salz, fand sie nichts. Keine Spur von Speck, gesäuertem Kraut, Zwiebeln oder gedörrten Äpfeln, wie Triphyna sie in Hülle und Fülle vorrätig hatte. »Nein, gelohnt hat es sich wahrlich nicht«, stimmte sie der Bemerkung zu, die vor Stunden gefallen war.

Die Knochenhauerin rappelte sich stöhnend auf und wankte zum Flußufer hinunter, um Wasser zu holen. Vielleicht hatte Hervé nur die günstige Gelegenheit genutzt, seiner geizigen Herrin zu entkommen. Vielleicht war nicht er, sondern sie das Monstrum.

Im Kastanienwald hinter ihr raschelte der Abendwind, und vereinzelte Vögel schrien. Während Mechtild das Schrot in einem großen Topf spülte, kehrte Hervé mit einem Igel und einem Häher zurück. Im Handumdrehen hatte er seine Beute ausgeweidet und in einen Klumpen rötliche Erde eingepackt. Noch bevor das Schrot für die Grütze ausreichend lange eingeweicht war, hatte er eine Grube ausgehoben, das Feuer angezündet und das Fleisch zum Garen zwischen die glühenden Scheite gelegt. Dann setzte der Knecht sich ins Gras und beobachtete Mechtild bei ihren Vorbereitungen.

Die Grütze und das Fleisch waren gleichzeitig fertig. Hervé riß die Schenkel des Igels auseinander, daß die Lehmklümpchen mit den Stacheln flogen, und biß hinein. Mit einem großen Löffel schaufelte er Grütze in sich hinein.

Mechtild nahm sich bescheiden des Hähers an, klopfte die Lehmhülle auseinander und zupfte die restlichen Federhülsen von der Haut. Dann teilte sie den mageren Vogel für Alheyd und sich auf. Hervé schlug ihr mit dem Löffel scharf auf die Knöchel und nahm ihr das Fleisch aus der Hand.

Mechtilds und Alheyds Blicke trafen sich. In stillem Einverständnis ließen sie die Sache auf sich beruhen. Den Magen konnten sie sich mit der Grütze füllen.

Als wäre sie zu Hause, ging die Knochenhauerin später hinunter an den Fluß, um den Topf zu spülen. Alheyd kam mit ihr und setzte sich auf einen Baumstamm. Ihre Hände zerbrachen nervös ein Stöckchen nach dem anderen. »Sobald wir in bewohnte Gegenden gekommen sind, trennen wir uns von ihm. Ich wüßte gerne, welche Strafe Rucenberg für diese Unhöflichkeit vorsähe.«

Mechtild warf klirrend Flußkies in den Topf. »Den werden wir nicht los«, antwortete sie bestimmt, ohne aufzusehen. »Der gehört zu der Sorte des blutsaugenden Ungeziefers. Schenk ihm aus Mitleid ein Kalbsauge, und er hört nicht eher auf, dir beim Zerlegen zu helfen, bis auch die Knochen in seinem Sack sind. Das Fleisch gehört zu den Knochen, wird er sagen, und wenn er dann geht, bist du froh, daß er wenigstens dein zweites Kalb in Ruhe läßt. Ratsherr Rucenberg kann uns hier nicht helfen, leider.«

»Ich habe ihn angelächelt«, bekannte Alheyd.

Mechtild scheuerte so kräftig, daß der Topf mißtönende Laute von sich gab, die ganz und gar ihrer Stimmung entsprachen. Unnachsichtig begann sie die Ratsfrau zu tadeln. »Als Lächeln würde Euer Ehemann es nicht bezeichnen und ich auch nicht. Was immer es war, der Salzsieder wird den Rest des Versprechens wollen.«

Alheyd sah sie bestürzt an.

»Na ja«, brummte Mechtild, gegen ihren Willen besänftigt. »Grämt Euch nicht. Nur das Schiff hätte uns vor diesem Mann retten können. Wir haben ja auch sonst noch einiges, was ihn erfreuen kann.«

»Eine Seelenmesse ließe ich lesen für einen Ausweg!« Die Ratsfrau richtete ihre Augen inbrünstig zum Blätterdach.

Mechtild schüttelte den Kopf. »Gott läßt nicht mit sich handeln. Diese Vorhölle ist Seine Prüfung unseres Glaubens. Ich könnte mir auch denken, daß Er Euch noch nie auf die Probe gestellt hat.«

Alheyd hätte dazu manches einwenden können. Aber dieses Kapitel ihres Lebens hatte sie in ihrem Herzen eingeschlossen, mit dem festen Vorsatz, niemals davon zu sprechen.

Mit dem sauberen Topf stiegen die Frauen wieder zum Lagerplatz hinauf. Während Mechtild das Reisig für die Nacht zusammensuchte, wich Alheyd ihr nicht von der Seite. Wortlos knöpfte sie ihre Ärmel ab und schleppte ohne zu klagen einen Haufen Zweige.

Die Frauen gönnten Hervé, der abseits saß, keinen Blick. Als das Doppellager fertig war, schlüpften sie gemeinsam unter die Wolldecke. Alheyd versuchte, ihre Gedanken auf verschiedene Tuchsorten zu konzentrieren. Erst mit dieser Decke aus Brest hatte sie die schwere Qualität schätzen gelernt, die nicht Mode, sondern Mittel zum Überleben war. Sie war so lange gewalkt worden, daß sie Regenwasser an sich abperlen ließ. Aber die Beschäftigung mit Tuchen konnte sie heute nicht zerstreuen, sie zitterte vor Angst. Auch von Frau Mechtild kam kein Trost.

Im Kopf spürte Alheyd schon Hervés Schritte, bevor sie ihn hörte. Der Salzsieder zog die Decke von den Frauen und warf Mechtild mit einem einzigen Stoß vom Lager. Sie flüchtete wenige Schritte, dann stolperte sie über eine Baumwurzel. Mit schmerzendem Knie blieb sie sitzen und lauschte den Geräuschen, die den Menschen und den Tieren bei der Paarung gemeinsam sind. Sie wartete, bis der Salzsieder sich seinem Höhepunkt entgegengrunzte, und zog dann behutsam den Sauspieß an sich.

Hervé besaß den Instinkt eines Wolfes. Das unmenschliche Stöhnen, mit dem er sich von Alheyd herabwälzte, ließ Mechtild mit erhobener Waffe erstarren. Mit einem Satz war er bei ihr, riß ihr den Spieß aus der Hand und schmetterte ihn mit tierischem Gebrüll in einen Baumstamm. Mechtild stieß er in einen Busch und warf sich wieder auf die junge Frau.

Mechtild wachte bis zum Morgengrauen. Erst da hatte Hervé seine fleischliche Lust ausgetobt und sank in einen traumlosen Schlaf. Sie blickte zu dem Spieß hinauf, der unerreichbar für sie bis zum Schaft im Stamm einer Buche steckte. Es war aussichtslos. Und wie hätten sie allein den Weg aus dieser Wildnis finden sollen? Ihr fielen vor Erschöpfung die Augen zu.

Am späten Vormittag packte Hervé das Gepäck auf ihr Maultier. Er grinste Mechtild unverschämt an, und sie haßte ihn dafür. Es erinnerte sie daran, daß er sie vor der Sünde des Totschlags bewahrt hatte. Dafür mußte sie ihm dankbar sein.

Alheyd war so zerschlagen, daß sie vor Schmerz keuchte. Grimmig half Mechtild ihr über Baumwurzeln und Bäche.

Am Abend machten sie wieder in unwirtlicher Gegend halt. Das Land schien völlig unbewohnt. Als Hervé den Spieß in eine Eiche stieß, räumte Mechtild ihren Platz freiwillig.

Am dritten Tag öffnete sich zu ihren Füßen ein breites Tal mit abgeernteten Feldern zu beiden Seiten des Flusses, über den eine Brücke zu dem Städtchen auf der anderen Seite hinüberführte.

Wie zur Mahnung der Reisenden waren vor der Brücke zwei Stangen mit Wagenrädern aufgestellt. Die zwei viergeteilten Leichen waren in Verwesung übergegangen und stanken entsetzlich. Raben flatterten auf, als Mechtild am steinernen Kreuz stehenblieb und ein stilles Gebet für das Seelenheil der Verurteilten sprach. Davon wagte Hervé sie nicht abzuhalten. Kurz darauf betraten sie das Landstädtchen durch das Stadttor. Niemand kümmerte sich um sie. Sie waren unauffällig wie irgendein bescheidenes Ehepaar mit einer Schwägerin, unterwegs wie so viele in diesen Tagen.

Hervé bahnte sich mit munteren Worten nach rechts und links seinen Weg über den Markt, während die Frauen ihm bedrückt folgten. Nur zu gut wußten sie, was die Faust bedeutete, die er ihnen am Schindanger vor die Augen gehalten hatte.

Der Salzarbeiter war seiner Sache so sicher, daß er an einem Stand Ziegenkäse kaufte. Als er zum Gemüseverkäufer hinüberging, sah Mechtild ihre Chance.

»Hilfe!« schrie sie. Sie packte die überraschte Ratsfrau bei der Hand und schlüpfte zwischen den Bauern, Mauleseln und Ständen hindurch wie eine Maus durch das Getreidefeld. Alheyd stimmte in ihren Hilferuf ein.

Hervés Stimme hinter ihnen blieb erstaunlich gelassen. Die Bauern in Mechtilds Fluchtbahn sperrten die Augen auf und grinsten verständnisvoll, doch dann trat ihr einer in den Weg. Seine Hand schloß sich wie ein Schraubstock um Mechtilds Oberarm.

Der Mann gluckste vor Freude über seinen Fang und stieß sie vorwärts. Über die Köpfe der Marktbesucher hinweg verständigte er sich mit Hervé. Der drängte sich kopfschüttelnd durch die Menge und nahm seine beiden Frauen in Empfang wie unartige Kinder, die entlaufen waren. Die Leute umringten sie neugierig, gaben aber nach einer Weile die Hoffnung auf, daß der Fremde seine verrückten Frauen vor ihren Augen strafen würde, und gingen auseinander. Kurz vor Marktschluß hatte man es eilig.

Als er sich wieder unbeobachtet wußte, sprach Hervés finstere Miene von Mordabsichten. Er schob Alheyd und Mechtild dicht vor sich her. Gehetzt spähte Mechtild nach einer Fluchtmöglichkeit. Am Ende der Straße sah sie ein gedrungenes Stadttor, dahinter war vermutlich wieder Einöde. Die Einöde mit einem brutalen Mann, dem sie als Spielzeug und Köchinnen dienen, bis er sie erschlagen und ausgeraubt irgendwo im Wald liegenlassen würde. Sie machte sich keine Illusionen.

Der Ratsfrau mußten ähnliche Gedanken durch den Kopf gehen. Mechtild bemerkte, wie ihre Schritte zögernder wurden. Alheyd hielt den Kopf gesenkt, aber Mechtild spürte ihre gespannte Wachsamkeit.

Hausfrauen, Mägde und Knechte kamen ihnen entgegen; zwischen ihnen schritt gemächlich ein Herr in prunkvoller Kleidung. Mechtild witterte sofort den Ratsherrn in ihm, weil die einfachen Leute respektvoll um ihn einen Bogen machten. Alheyd aber trat ihm in den Weg. »Vive Charles de Blois«, flüsterte sie und ließ ihn einen Blick in ihre gewölbte Handfläche tun.

Mechtild starrte die Ratsfrau fassungslos an. Sie hatte daran gedacht, in einem Haus Zuflucht zu suchen oder ein Messer zu entwenden und Hervé zu erstechen. Und nun dies. Lebensfremd, wie so vieles, was Leute aus solchen Kreisen taten. Ihre letzte Chance war vertan.

Mit deutlicher Mißbilligung entfernte der Edelmann Alheyds Hand von der prachtvollen Knopfreihe seines Ärmels. Mechtild glaubte für einen Moment, in seinen Augen etwas zu lesen, das seinem Gesichtsausdruck widersprach, aber es war ein Irrtum. Denn was er zu Hervé sagte, war so deutlich, als hätte er Plattdeutsch gesprochen. »Gehören die Frauen zu dir? Dann paß nächstens besser auf, daß sie nicht die Bürger von Redon belästigen.« Die Hände auf dem Rücken, setzte er ungestört seinen Weg fort, den Kopf höflich geneigt, wo der Kratzfuß eines bessergestellten Mannes besonders beachtet werden mußte.

Hervé grinste triumphierend und stieß Alheyd grob in den Rücken, um nicht über sie zu stolpern.

»Das war's«, sagte Mechtild verzweifelt. »Barmherzige Mutter, hilf uns in unserer Not!«

Alheyd schwieg. Sie hatte gewagt und verloren.

Der Tordurchgang, der aus der Stadt hinausführte, war kalt und feucht, und Mechtild war beklommen zumute. Sie zog ihren Umhang fester um sich, als die Tore unerwartet vor ihr zugeschoben wurden. Die Bauern neben ihr hämmerten wütend gegen die eisenbeschlagene Pforte und schrien die Wächter auf der anderen Seite an. Das Klirren von Waffen ließ sie verstummen.

Während die drei Knechte im Kettenhemd und mit den Farben eines Fürsten auf der Brust heranmarschierten, drückten sich die Menschen an die Mauern, ohne entkommen zu können. Die Knechte machten unter dem mächtigen Bogen halt und sahen sich um. Sie wußten, wen sie suchten. Ohne Schwierigkeiten fanden sie Hervé heraus und führten ihn zusammen mit den beiden deutschen Frauen ab.

Mechtild hörte hinter sich die erleichterten Stimmen der Bauern, die aus dem wieder geöffneten Torweg ins Freie hinausstürzten wie ein Tangpfropf, der von der Flut fortgeschwemmt wird.

»Was in aller Welt brachte Euch dazu, ohne jede Vorsichtsmaßnahme die Losung auszusprechen?« fragte der Mann mit finsterer Miene Alheyd, an die er sich instinktiv gewandt hatte. Er sprach Französisch.

Sie befanden sich anscheinend in einem Zunfthaus von Handwerkern. Die Symbole an der Stirnwand oberhalb des

Tisches bezeugten Handelstätigkeit und Gerechtigkeit gegenüber den Mitgliedern der Vereinigung.

Die Ratsfrau, die dem Inquisitor gegenübersaß, straffte betont langsam ihren schmerzenden Rücken und faltete die Hände vor sich auf dem Tisch. Fieberhaft versuchte sie, sich darüber klarzuwerden, was passiert war.

Hervé starrte den Mann am Tisch mit offenem Mund an; Aufregung und Furcht standen in seinem Gesicht. Mechtild war zu verwirrt, um zu wissen, ob alles Zufall war oder etwa einem Plan der Ratsfrau entsprach.

Alheyd beschritt entschlossen den Grat. »Wir sind einem Mordbuben in die Hände gefallen«, erklärte sie. »Statt seinen Auftrag zu erfüllen, wollte er uns im Wald verscharren. Aber meine Begleiterin und ich müssen unbedingt Dinan mit einer Botschaft erreichen.«

Der Handwerker fixierte über seine gebogene Nase hinweg Hervé wie ein Adler, der abschätzt, ob der Bissen lohnt. »Gehört er nicht dazu?«

Hervés männliche Ausstrahlung war mittlerweile geschwunden. Unter seiner Schaffellweste stank er nach Angst. Die Ratsfrau befahl ihre Seele in Gottes Hände. »Nein, er gehört zu unseren Feinden.«

»Dann war Eure eigene Dummheit oder Arroganz schuld«, tadelte der Mann kühl. »Ihr mögt meine Offenheit verzeihen.«

»Wir wagten uns nicht zu offenbaren«, bekannte Alheyd zunehmend sicher. »Wir konnten uns in dem Gebiet, in dem wir uns befanden, nicht gut verständigen. Man sagte uns, es sei unauffälliger, einen bezahlten Führer zu nehmen.«

»Ihr habt den Ehrenwerten Thébaud de La Couarde angesprochen. Wißt Ihr nicht, in welche Gefahr Ihr ihn gebracht habt? Eine Bemerkung, und die Engländer lassen ihn hängen.«

»Es tut mir furchtbar leid«, murmelte die Ratsfrau, »ich hoffe, der Ehrenwerte Thébaud de La Couarde wird in der Lage sein, sich den Engländern gegenüber zu verteidigen. Bitte, richtet ihm meine Bewunderung für seine Geistesgegenwart und meinen Dank aus. Euch danke ich auch, und mir wäre lieb, wenn ich wüßte, wem.«

»Dem Schatzmeister der Börsenmacher.« Mit einem Seitenblick auf den Salzarbeiter fuhr er fort: »Wenn es so ist: ein Toter mehr, den Christus zu richten haben wird. Euch werden wir morgen abend in der Dämmerung abholen. Bis dahin bitte ich Euch, das Haus nicht zu verlassen. Ihr seid ohnehin in aller Munde, und wir werden Mühe haben, Euer Verschwinden glaubhaft zu begründen.« Er klopfte auf die Tischplatte, und zwei Hausknechte stampften herein. Auf seinen Wink hin fesselten sie Hervé, der in eine dumpfe Hoffnungslosigkeit fiel. Als sie ihn abgeführt hatten, kam eine junge Magd, die sich der beiden Frauen annahm und sie ins obere Stockwerk führte.

In dem Kämmerchen warf Mechtild sich auf die Bank unterhalb des Fensters. Sie schnaufte vor Aufregung. »Was bedeutet das alles, Ratsfrau?«

»Wenn ich das wüßte! Mir zittern jetzt noch die Knie, wenn ich daran denke, daß ich auch an den Falschen hätte geraten können. Irgendwelche Leute verständigten sich mit dem Ding, und es hat etwas mit den Franzosen zu tun!«

Die Knochenhauerin rang die Hände. »Mit Ding meint Ihr gewiß wieder die Münze. Wagt Euch ja nicht zu weit vor, Ratsfrau! Wenn Ihr etwas falsch macht, werden sie mit dem Vierteilen nicht lange warten. Ich warne Euch. Wir werden unschön aussehen. Und was würde Rucenberg dazu sagen!«

»Alles besser als Hervé«, zischte Alheyd. »Dieser Spitzbube! Mir tut nur leid, daß er seine gerechte Strafe nicht bekommen wird.«

»Die Hälfte davon hättet Ihr selbst verdient!« rief Mechtild hitzig, um sich erschrocken mit der Hand vor den Mund zu schlagen.

Alheyd preßte beleidigt die Lippen zusammen, während die dralle Magd vor ihnen gepökeltes Wildschweinfleisch, Käse, Apfelwein, Äpfel und Nüsse appetitlich auf einem Brett anrichtete.

»Tut mir leid«, murmelte Mechtild und griff herzhaft zu,

kaum hatte die Magd den Raum verlassen. Sie goß beide Holzbecher mit der goldgelben Flüssigkeit voll und nahm einen tiefen Schluck. »Ich hatte den Geschmack von richtigem Fleisch schon fast vergessen. Wißt Ihr noch? Der arme Huarn …«

»Er wurde erschlagen, weil er im entscheidenden Augenblick Yann sagte statt Charles.«

»Wie gräßlich!« Mechtild schenkte sich den Becher wieder voll Apfelwein. »Diese Kriege, die Männer anzetteln, bringen nichts als Unglück! Und nur, weil einer Yann sagt. Yann! Yann! Yann! Obwohl er es jetzt vielleicht besser hat als vorher.« Sie kicherte.

Alheyd schnaubte leise.

Auf einmal erbleichte Mechtild und schob den Käse von sich. »Woher wollt Ihr das alles so genau wissen? Vielleicht stimmt es ja gar nicht, und es ist unsere Henkersmahlzeit!«

Die Ratsfrau aber aß mit frischem Appetit und ließ sich nicht stören. »Behaltet Ihr nur Euren Glauben an Kraniche und Elfen; ich glaube an die Ordnung meiner Gedanken«, sagte sie zufrieden.

»Man kann das Leben nicht berechnen, und Ihr werdet es auch noch merken.« Die Knochenhauerin faltete ihre Hände demonstrativ. »Aber laßt Euch nicht stören, wenn ich unserem Herrgott für die vorläufige Errettung danke.«

»Meines Wissens ist diese Errettung mir zu verdanken«, entgegnete Alheyd spitz und knackte laut eine Nuß zum Abschluß eines köstlichen Essens.

Das Warten wurde ihnen lang, denn den ganzen nächsten Tag bekamen sie nur die Magd zu Gesicht, die sie allerdings reichlich mit Essen versorgte. Im Haus waren Geräusche zu hören, die sie nicht deuten konnten. Die junge Frau, die das Zimmer fegte, wußte nur »an Hollsent« zu sagen, und das konnte selbst die allwissende Ratsfrau nicht übersetzen. Mechtild nahm es mit Befriedigung zur Kenntnis.

Nach Anbruch der Dunkelheit wurde die Tür von einem Mann aufgerissen, dessen Gesicht beinahe gänzlich in einem üppig gefältelten Tuch verborgen war. Schweigend bedeutete er ihnen, ihm zu folgen.

Mechtilds Herz klopfte laut. Diese vielen Aufregungen würde sie auf Dauer nicht aushalten. »War das gute Essen etwa doch unsere Henkersmahlzeit?« jammerte sie leise.

Alheyd antwortete nicht. Beherzt folgte sie ihrem Führer über die dunkle Treppe in den Hof. Dort schloß sich ihnen ein weiterer Mann mit ihrem eigenen Maultier an. Mechtild faßte wieder Zutrauen, als sie erkannte, daß nicht Hervé das Tier am Zügel führte. Durch schmale Gassen wurden sie aus der Stadt gebracht. Endlich ging das harte Hufgeklapper in ein grasgedämpftes leises Trappeln über, und die wenigen Lichter in den Häusern hinter ihnen wurden von der Dunkelheit verschluckt.

Es ging bergauf und bergab. Mechtilds Knie gaben beinahe unter ihr nach, als sie die Gestalten in den unförmigen Kutten bemerkte, die sie hinter einem Wäldchen plötzlich umgaben. Über ihnen zogen rasch die Wolken dahin. Als Mechtild zum Himmel blickte, gab eine schwarze Wolke den Vollmond frei. Sie atmete erschrocken ein und suchte Halt in den stacheligen Büschen ringsum. Im fahlen Licht ragten aus dem Feld von Stechginster höhere und niedrigere spitze Steine, gelb schimmernd dort, wohin ein Lichtschein fiel. Die Knochenhauerin machte Alheyd verstohlen auf eine rote Spirale aufmerksam.

Eine Flöte begann zu spielen, die quäkende Melodie eines Dudelsackes und ein tiefer, anhaltender Ton kamen hinzu. Die Menschen stimmten ein Lied an. Mechtild fühlte sich auf seltsame Art in den Bann dieser Musik gezogen. Ihre Angst war wie fortgeblasen. Huarn hatte damals sofort gewußt, daß solche Musik ein fröhliches nächtliches Fest bedeutete. Aufmunternd stieß sie die Ratsfrau an, die steif neben ihr stand.

Alheyd war sehr unbehaglich zumute. Sie hatte gerechnet, hatte eine vernünftige Summe herausbekommen – und die Summe war falsch! Die Münze paßte nicht zu diesen sonderbaren nächtlichen Zeremonien. Ihr graute jetzt schon bei dem Gedanken, daß sie womöglich das Blut eines Kalbes würde trinken müssen.

Mit gesenktem Kopf ließ sie alles über sich ergehen. Die Knochenhauerin schob sie vorwärts. Plötzlich fand Alheyd sich so nahe bei der weißen Priesterin, daß ihr der Duft des Getränks in die Nase stieg. Nach einer Weile hörte sie an den unregelmäßig schleifenden Schritten, daß die Frau fortgeführt wurde.

Der Priester, der die Prophezeiungen der weisen Frau entgegengenommen hatte, erhob seine Stimme. Alheyd ließ ihre Augen vorsichtig umherwandern. Etwas war anders als dort unten an der Küste, aber sie wußte nicht, was.

Der Name Charles fiel. Soweit hatte sie richtig gerechnet. Charles und Yann waren die Namen, an denen sich alles entschied. Die Ratsfrau schüttelte die Reste ihres anfänglichen Entsetzens ab. Diese Versammlung hatte mehr mit einer Ratssitzung gemein, als Ort und Zeit vermuten ließen.

Mechtild hingegen war wie verzaubert. Gemeinsam mit allen anderen seufzte sie, und wie alle anderen hob sie die Hand.

Auch Alheyd tat es, aber nur aus dem Kalkül heraus, daß sie es sich nicht leisten konnten aufzufallen. Ihr verstohlen umherschweifender Blick war an einer stattlichen Gestalt hängengeblieben. Ob das Thébaud de La Couarde war, der sie gerettet hatte?

Währenddessen umflochten zwei junge Männer den Stein für das Opfer mit Reisig. Als die Opferpriester das Opfer hereinzerrten, gab Mechtild ein Keuchen von sich.

»Seid still«, fauchte die Ratsfrau in Mechtilds Ohr. Sie hatte die Weste des Knechts sofort erkannt. Und die Gefahr, die jetzt von der Knochenhauerin ausging.

Mechtild rang die Hände, bis Alheyd sie packte und festhielt. »Wollt Ihr wirklich …? Um der Barmherzigkeit Gottes willen!«

»Mit Gott unterhalte ich mich später darüber«, flüsterte die Ratsfrau.

Mechtild zog das Tuch, das ihre grauen Haare verhüllte, über die Augen. Ihr versündigt Euch, dachte sie und wagte nicht, sich zu rühren.

Erregung bemächtigte sich der Versammlung, als das Blut Hervés aus einem klaffenden Schnitt von Ohr zu Ohr über den Stein strömte.

Der Ratsfrau gelang es, die fast ohnmächtige Mechtild unauffällig aufrecht zu halten und den ihr dargereichten Becher am Mund vorbeizuschmuggeln und dem Opferpriester zu reichen, ohne daß eine von ihnen getrunken hatte. Sie beherrschte sich eisern, und doch war sie einen Augenblick versucht, den Inhalt des Bechers vor aller Augen auf den Boden zu schütten. Sie haßte alles, was mit diesem Hervé zusammenhing.

Das Feuer brannte nieder und wurde mit einem Schwall Wasser gelöscht. Der Priester zog sich zurück, und die Versammelten verschwanden lautlos in alle Himmelsrichtungen.

Alheyd lauschte beunruhigt, als der verhaltene Lärm der vielen Menschen in der nächtlichen Heide verklang und es so schien, als wären sie nun sich selbst überlassen. Endlich hörte sie das sanfte Tappen der Maultierhufe und erkannte erleichtert den Mann, der sie hergebracht hatte.

Viele Stunden führte er sie auf einem Pfad durch die Wälder, vorbei an Steinbrüchen und an murmelnden Bächen. Gegen Morgen gelangten sie auf eine breitere Straße.

»Wenn Ihr dieser Straße nach Norden folgt, kommt Ihr nach Rennes. Das ist sicheres Gebiet«, sagte ihr Führer. »Ich rate Euch, ein wenig auszuruhen und Euch dann anderen Wanderern anzuschließen.«

Trotz ihrer Erschöpfung ließ die Ratsfrau es sich nicht nehmen, im ersten Morgenlicht mit zitternder Hand eine Eintragung für Rucenberg zu machen.

Liebster Hinrich, dieses ist ein Land, in dem man für seine Ziele Menschen opfert. Es ist zu entsetzlich, um es zu beschreiben. Aber mir selber hat es die Kosten für einen Mörder erspart, Gott sei gelobt.

Eingespart: Kosten für einen Mörder und eine Sühnewallfahrt

Haben: 1000 Kerzen für ausgestandenes Leid; Schuldner: der heilige Thegonec

Schuldsumme insgesamt: 1001 Kerzen, zahlbar vom heiligen Thegonec an die Hanse von Bremen, zu Händen der Alheyd von Bremen

Der Florentiner d'Albizzi war sich ganz sicher gewesen, daß die Frauen sich nach Süden wenden würden. Zum ersten hielt er die Frau für klug, zum zweiten war sie gewiß nicht in der Lage, sich wochenlang durch die Wälder der Bretagne zu schlagen. Sie würde unter allen Umständen nach einem Schiff suchen.

Erst als sie mehrere Tage an allen Reeden und in den Ansiedlungen vergeblich nach den zwei Frauen gefragt hatten, gestand er sich ein, daß er die Spur verloren hatte.

Sie jagten im Galopp nach Gwenrann zurück.

Heinrich war nicht wohl in seiner Haut, als d'Albizzi unverzüglich den Priester aufsuchte, aber seine Begleitung ablehnte. Verstohlen beobachtete er seinen Herrn, als der zurückkam und grimmig lächelnd die Börse am Gürtel anknüpfte. »Wir haben sie bald wieder gefunden«, sagte er, »sie sind nach Norden unterwegs.«

Heinrich neigte den Kopf und übernahm gewissenhaft die Führung. Noch war seine Stunde nicht gekommen. Er war froh, daß er sich nicht durch seine Unbedachtsamkeit selber verraten hatte.

10. Die Wüstung

Cord war so viele Tage mit seinem zweiräderigen Karren auf so vielen Wegen unterwegs gewesen, daß er selber nicht wußte, wo er sich befand. Er hoffte jedoch, daß es ihm gelungen war, die möglichen Verfolger mindestens genauso zu verwirren wie sich selber.

Anfangs war er nach Norden und sogar nach Westen gezogen, dann aber versuchte er, der Morgensonne entgegenzufahren. Er wollte in die Normandie, fort von der Bretagne mit ihrer Pest. Jedoch war er aufgrund verschiedener Umstände, hauptsächlich der für Karren tauglichen Wege wegen, nach Süden geraten.

Eines hatte er mittlerweile erkannt: die Pest wütete überall. Zuweilen warnte ihn bereits der Gestank, der über einem Wald lag, daß sich in der Lichtung eine verpestete Ansiedlung befinden mußte, manchmal waren es auch die Möwen, die sich am Fleisch der Toten gütlich taten. Seit vielen Tagen sah er nur Krähen. Er mußte sich tief im Binnenland befinden.

John war wie durch ein Wunder nicht gestorben, aber er war noch äußerst schwach. »Du hast mir mit dem Karren die Pest aus dem Leib vertrieben«, hatte John gekrächzt, nachdem er zu sich gekommen war. »Das verfluchte Schütteln hält nicht einmal die Pest aus.« Cord hielt die Mähre sofort an und rannte nach hinten. Der Bogenschütze war so abgemagert und von blauen und schwarzen Flecken übersät, daß er ein Bild des Jammers war. Cord grinste und tippte ihm gegen die Rippen. »Vielleicht könnten wir mit der Schüttelbehandlung gegen Pest viel Geld verdienen. An Kunden wäre kein Mangel.« John nahm einen tiefen Schluck aus dem Becher, den Cord ihm vor den Mund hielt, und wischte sich dann die Tropfen vom Kinn. »Wieso?«

Der Junge wedelte großzügig mit dem Arm von einem

Ende des Karrens zum anderen. Die Bedrückung vieler Tage war wie ein Spuk verschwunden. »Überall geht sie um. Gott hat sein schreckliches Strafgericht über das ganze Land ausgeschüttet.«

John betrachtete ihn ungläubig. »Und du fährst hier herum und glaubst, es erwischt dich nicht?«

»Jaa«, sagte Cord. »Ich bin doch kein Bretone.« Zum ersten Mal seit langem war er wieder froh, und die Pest fürchtete er nicht. Nur die Menschen in den Weilern hatte er zu fürchten gelernt, die in diesen Pestzeiten nicht viel Federlesens machten und Fremde erschlugen. Deshalb hatte er bei Nacht stehlen müssen, was er brauchte. Jetzt würde es noch schwieriger werden, denn John brauchte kräftigende Nahrung. Aber lieber für einen lebenden John Essen stehlen als einen toten John im Wagen fahren.

Johns Gedanken fanden allmählich wie die Bogenschützen in der Schlacht zu einer übersichtlichen Ordnung. »Warum sind wir hier und nicht beim Heer?«

»Tja«, sagte Cord und fuhr sich über den Flaum am Kinn, »man gab nicht mehr viel auf unsereinen. Du wärst inzwischen gehenkt, und auch mir gegenüber nahm die Gastfreundschaft beträchtlich ab. Man hielt dich für einen Pestvergifter und mich für einen Dieb und Hehler.«

John verschlug es für eine Weile die Sprache. »Und was ist mit unseren Kameraden?«

»So gut wie aufgeknüpft, als ich fuhr. Ich konnte nicht warten, ich war vor ihnen dran.«

»Tod und Teufel!« fluchte John und ließ sich zurücksinken. »Wenn man dich unbeaufsichtigt läßt!«

Cord lachte von einem Ohr zum anderen, als er sich wieder auf die Deichsel schwang. Nicht viele entkommen der Pestgeißel, aber er hatte es geschafft und jetzt auch John.

Johns unerwartete Genesung gab Cord Zutrauen. Er würde offen in die Weiler hineinfahren und nach Lebensmitteln fragen können, denn John konnte ihr Leben mit eingelegtem Pfeil sichern. Am Anfang nur scheinbar, aber in einigen Tagen schon mit gespanntem Bogen.

Er pfiff ein Liedchen und lenkte das Pferd auf einen grasbewachsenen schmalen Waldweg. Irgendwohin würde er führen.

In der Tat: er führte immer höher und höher in eine bergige Gegend. Kastanien lösten die Eichen ab, und zuweilen sah er Wildschweine im Unterholz verschwinden. Endlich war der Weg von Steinmauern eingefaßt. Cord zögerte. Er erwartete jeden Augenblick einen Pfeilhagel von einem befestigten Turm.

Die Bruchsteinmauern waren von Stechginster überwuchert, und einige Schritte weiter waren Palisaden darauf errichtet worden. Noch flogen keine Pfeile. Aber Cord sah sich wachsam nach allen Seiten um: der Tod konnte überall lauern.

Das offene Tor des umfriedeten Dorfes knarrte leise im Wind. Cord sprang ab und führte das Maultier am Zügel ins Dorf. Als er sich umdrehte, schüttelte er sich vor Entsetzen. Vor einer Hütte lag ein Mann, dessen Gesicht abgefressen war von Füchsen oder Krähen. Schmeißfliegen hatten sich in dichtem Schwarm auf ihm niedergelassen.

Hinter ihm sah Cord auf die fast bis zum Boden reichenden Strohdächer der Häuser, deren Bohlentüren im tief eingeschnittenen Dach zugezogen waren. Im Eingang der einzigen offenen Tür, unterhalb eines schwungvollen Spitzgiebels, breitete sich braunes Haar neben den Bruchsteinen der niedrigen Mauer aus, und kleine Hände krallten sich in den Boden.

Cord rief laut, um sich als friedlich erkennen zu geben. Der einzige, den er herauslockte, war John.

»Das kann eine Falle sein«, warnte er. »Wüstungen sind oft besetzt durch räuberisches Gesindel.«

»Aber die Türen sind geschlossen«, wandte Cord ein und ließ den Blick nicht von den Häusern. Er fand nirgends eine verräterische Spur von Menschen. Irgendwo blökten Kühe.

»Dann versuch's«, sagte John und angelte stöhnend nach seinem Bogen. Er stemmte ihn auf den Wagenboden und legte einen Pfeil ein. »Geh mit Gott.«

Cord machte sich auf den Weg. Er glaubte nicht an eine

Gefahr, denn er sah Spatzen im Gras vor den Hütten hüpfen, und die Hühner wanderten gemächlich auf einem Laufsteg vom Hühnerhaus in ihr Gehege hinunter.

Vielleicht wäre er angesichts eines handfesten Pfeils weniger erschrocken als über das, was er hinter den Haustüren fand. In jedem Haus lagen Leichen, und hinter den geflochtenen Abtrennungen in den Hütten tote Ferkel und Lämmer.

Cord bekreuzigte sich, für die Ansiedlung und für sich selber. Dann brach er von einem Kastanienbaum zwei gerade Zweige ab, die er kürzte und zu einem Totenkreuz zusammenband, während John ihm zusah. »Ein einziges frisches Grab sah ich«, berichtete Cord. »Wer nicht sofort starb, ist geflohen. Sie haben alles so liegengelassen, wie es war. Ich bin ganz sicher, daß es hier Vorräte gibt. Den Kräutergarten habe ich schon gefunden, mit Beten und Sellerie. Ich gehe nachher auf die Suche nach Fleischvorräten.«

»Hier liegt Unheil in der Luft.« John runzelte die Stirn. »Beeil dich.«

Cord nickte. Ihm gefiel die Grabesstille dieses Totenplatzes aus ungeweihter Erde genausowenig. Er hoffte, daß sein Kreuz den Teufel fernhalten würde.

Als Cord das Symbol Christi aufgestellt hatte und zum Karren zurückkehrte, war John nicht mehr zu sehen. Aber einer von seinen Pfeilen war dorthin gerichtet, von wo sie gekommen waren. Cord tauchte kopfüber in das hohe Gras neben dem Weg und stach sich dabei an den Schalen der Kastanien, die in großen Mengen herumlagen.

»Gebenedeite Jungfrau Maria«, sagte eine klägliche Stimme im Singsang des Priesters, »wenn es hier irgendwo Christenmenschen gibt, so bitte ich um Hilfe. Eure Seele wird als Lohn geradewegs in den Himmel und vor Gottes goldenen Thron fliegen.«

»So eilig haben wir es nicht, Pater Stevan«, rief Cord und tauchte aus seiner Deckung auf.

Zu seinem Erstaunen wankte nicht nur der fette Priester heran. Die Hure Jeanne, wesentlich besser zu Fuß, überholte ihn bei den letzten Schritten. Sie kreischte auf, als sie Cord sah, warf sich ihm jubelnd an den Hals und liebkoste ihn, ohne daß er sich wehrte. Als sie endlich von ihm abließ, fiel er vor dem Priester auf die Knie und küßte ihm die Hand.

»Mein Sohn, Gottes Wohlwollen ruht offensichtlich auf dir«, sagte Pater Stevan mit unverkennbarem Neid in der Stimme. »Du hast sicher nichts dagegen, wenn ich bei dir bleibe.«

Cord drehte sich um und deutete auf den Bogenschützen, der aus dem Gebüsch auftauchte. »Wenn Ihr bleiben wollt, müßt Ihr um seinen Schutz bitten, Pater.«

John nickte widerwillig. Die Hure mit ihrer käuflichen Leidenschaft paßte ihm nicht, der Priester, den er als verlogen einschätzte, aus anderen Gründen nicht; aber je zahlreicher sie waren, desto weniger gefährlich würde es für alle sein.

Der Priester ließ sich neben der Mauer auf die Erde sinken, daß seinem Leib hörbar die Luft entwich. »Ich bin ganz vom Fleisch gefallen«, klagte er. »Bringt mir Wein, Käse und Brot, dann will ich schon zufrieden sein.«

»Wenn Euer Heiliger Schlauch sich selber bemühen wollen«, schlug John spöttisch vor, »in den Hütten ist zur Mahlzeit gerichtet, die Toten laden zu Tisch.«

Der Priester erbleichte. »Was?«

»Der Weiler ist von der Pest ausgelöscht worden«, erklärte Cord mit hörbar mehr Respekt vor dem geistlichen Amt als der Bogenschütze. »Pater, Ihr kommt gerade recht, um die Toten einzusegnen. Es sind bestimmt acht oder neun Leichen. Ich zeige sie Euch.«

Der Priester hatte sich bereits auf schlotternden Knien aufgerichtet. »Nein, nein«, wehrte er mit beinahe panischer Angst ab, »mein Segen ist nutzlos ohne die Beichte des Sterbenden. Gott wird sich ihrer ohne mich annehmen müssen.« Er schürzte sein schwarzes Kleid, drehte sich um und rannte schwerfällig durch das Tor, den Weg ins Tal hinunter.

Cord sah ihm entsetzt nach. »Ich habe ein Kreuz aufgestellt«, rief er, »wenigstens das braucht Euren Segen.«

Pater Stevan winkte ab, ohne sich umzudrehen, als schlüge er alle Einwände gegen seine Flucht zu Boden. »Macht es selber!«

John sah dem Priester mit Genugtuung nach, der auf nassen Blättern rutschend hinter der Wegbiegung verschwand. »Wir Engländer halten nicht sehr viel von Priestern. Jetzt weißt du, warum.«

Noch bevor Cord ihm darauf antworten konnte, richtete sich John mit angespanntem Gesicht auf und griff langsam hinter sich.

»Laß es sein, mein Freund«, befahl eine Stimme, und John erstarrte. Die scharfe Spitze eines Pfeils bedrohte aus dem Schutz des Mäuerchens heraus seine Halsschlagader. Während er aus den Augenwinkeln nach dem Urheber schielte, torkelte auch der Priester wieder durchs Tor, festgehalten von einem zerlumpten Mann, totenbleich und mit Angstschweiß im Gesicht. Er glitt aus und stürzte schwer zu Boden. Bei seinen Schmerzensschreien ertönte hinter John ein schallendes Gelächter.

Die Stimme entfernte sich, und in Johns Blickfeld erschien ein Mann mit einem Pfeil im Anschlag. Er musterte die Männer unerschrocken. Sie waren Buschräuber schlimmster Sorte. Ein geschwächter Scharfschütze, ein Seemann ohne Waffenerfahrung und ein feiger Priester hatten gegen sie nicht die geringste Chance. Die größte hatte noch die Hure. »Was wollt ihr von uns?« fragte er. »Wir sind genauso arm wie ihr. Nur nicht so verkommen.«

»Wir wollen einen Bruder und eine Schwester brüderlich mit euch teilen.« Der Lumpsack mit dem Ziegenfell über der Schulter und der Ziegenhose an den Beinen schob den Bogen auf den Rücken und schlang seinen Arm um Jeannes Mitte. Gierig wie ein Wildschwein nach Eicheln an ihrem Gesicht entlangschnüffelnd, sog er ihren Duft ein. »Ihr werdet nichts dagegen haben, wenn ich die Schwester für mich behalte. Schließlich folge ich ihr schon eine Weile, und das will belohnt sein.« Er faßte nacheinander den Wagen und die Hütten ins Auge. »Aber inzwischen haben sich die Möglichkeiten, den Nachmittag kurzweilig zu verbringen, ja beträchtlich erhöht.«

»Ich geh' mal nachsehen, was da hinten ist«, sagte der zweite Räuber, dem die Beschränktheit ins Gesicht geschrieben stand.

»Ja, tu das.« Der Schütze strich mit seiner abgearbeiteten Pranke über Jeannes Busen, und sie drehte sich kokett unter seinem zu' dringlichen Griff. Cord sah ihr angewidert zu, dann zog er es vor, den Mann bei den Hütten zu beobachten.

»Zwei schwarzgefleckte Schweine sind im Pferch. Sie lecken meine Zehen ab. Verdammt!« kreischte der Mann und kicherte. Nach einer Weile berichtete er klagend: »Und lauter Tote in den Häusern.«

»Um so besser, dann sammle die Wertsachen und Vorräte ein.«

»Zu den Toten schickst du mich nicht«, schrie der Einfältige böse, »die sind schwarz wie der Teufel! Ich leere nur die Vorratskammer.« Der andere bleckte die Zähne vor Zorn, während sein Kamerad hinüberging zu einer Steinhütte. Kurz nachdem er auf den augenscheinlich glitschigen Stufen einer Treppe nach unten verschwunden war, hörten die anderen seinen überraschten Ruf. Gleich danach tauchte er auf, einen alten Mann am Ohrläppchen hinter sich herziehend. »Zum Glück ist er allein, sonst hätte er uns alles weggefressen«, knurrte er und schleppte den Alten vor seinen Kameraden.

Der alte Mann fiel auf die Knie und stützte sich ächzend mit den Händen ab. Der Buschräuber bohrte seinen Hacken in den blaugeäderten Handrücken. »Wo ist euer Gold?« fragte er mit harter Stimme.

Ein Seufzer war die Antwort.

Der Räuber zog ihm grimmig den Bogen durchs Gesicht, aber auch das bewirkte nichts.

»Mann!« rief Jeanne ungeduldig, weil sie die Quälerei nicht ansehen mochte, »so antworte doch, es hilft dir nichts zu schweigen!«

»Ach, wir werden ihm den Mund schon öffnen.« Der Räuber grinste freudlos und sah sich um. »Ihr habt euren Herrn ganz sicher nicht gefragt, ob er euch erlaubt, Kastanien zu fällen und Brennholz zu sammeln. Deswegen sollst du seine Strafe aus meiner Hand erhalten. Ich verurteile dich zur Strafe des Ausdärmens.«

Der Einfältige kicherte kindisch. Er rannte auf eine der Hütten zu, aus der er mit einem langen Nagel zurückkehrte. Gleich darauf stürzte er zu einer Linde. Geschwind wie ein Biber schälte er in Hüfthöhe die Rinde ab.

»Komm zu mir, Cord«, befahl John leise, und der Strauchdieb hatte nichts dagegen.

Der Räuber war in seinem Schlachterhandwerk ein erfahrener Mann. Der Alte begriff sowenig wie ein Kälbchen, was ihm geschah. Als er an sich hinunterblickte, fiel ein gelbes Geschlinge aus seinem Bauch, und der Schlachter schwenkte sein Messer. Der Schmerz kam erst später, er brandete gegen das Herz des Alten und schlug dann wie eine Flutwelle über seinem Kopf zusammen.

Während John mit der Kraft seiner bogengestählten Hand Cord an der Schulter festhielt, damit der nicht im Zorn in seinen Tod stürmte, schob der Einfältige den Alten zum Baum hinüber und nagelte eine Darmschlinge fest.

»Hast du mir noch etwas zu sagen?« fragte er mit dem guten Gewissen des Scharfrichters, dessen Stelle er hier vertrat.

Pater Stevan senkte die Augen auf seine gefalteten Hände und murmelte ein Gebet.

Der alte Mann hörte nichts mehr, und die Strauchdiebe trieben ihn um den Baum. Runde für Runde wickelte sich der Darm um die Linde, bis er den rindenlosen Bereich abdeckte. Der Geschändete sank tot zu Boden.

Jeannes hysterisches Kichern ging aus Grauen vor der Tat und Angst um sich selber in ein heftiges Schluchzen über. Endlich brachte sie heraus: »Vielleicht verstand er kein Französisch.«

Der Räuber sah sie einen Moment erstaunt an, dann zuckte er gleichgültig mit den Schultern. Er wandte sich um und sah, daß ein Pfeil auf seine Stirn gerichtet war, und riß Pater Stevan wie einen Schild vor sich.

John hatte den Bogen unter großer Anstrengung gespannt. Als er schußbereit war, zielte sein Geschoß auf die Stirn des Paters. John fluchte innerlich über seine Schwäche, und es flimmerte ihm vor den Augen, während er sich sein zweites Ziel suchte. Keuchend schoß er den Pfeil ab. Der zweite Strauchdieb wurde am Baum aufgespießt und blieb dort mit blödem Gesichtsausdruck hängen.

»Schieß nicht!« rief der Priester in höchster Not, während der Mann hinter ihm sich langsam zurückzog und dabei keine Mühe hatte, hinter dem fülligen schwarzen Leib in Dekkung zu bleiben.

John legte den Pfeil an, aber der Räuber war zu erfahren, um sich eine Blöße zu geben. Das schrille Kreischen des Priesters im Hohlweg war der letzte Gruß des Räubers.

»Pater Stevan ist jetzt auch tot«, sagte Cord bestürzt.

John war völlig ermattet in sich zusammengesunken. Seine Augen waren geschlossen. »Sieh nach.«

Cord hätte sich lieber davon überzeugt, daß es John gutging, doch er rannte gehorsam den Berg hinunter. Nach einer Weile erschien er wieder und schob den verstörten Priester vor sich her.

Alheyd und Mechtild wanderten nordwärts auf einer Straße, die ihnen Vertrauen einflößte. Zwar waren der Wald nicht weniger dicht als anderswo und die Ansiedlungen nicht häufiger, aber hier waren Bauern und Händler unterwegs, trieben rauhwollige Ziegen, krummhornige Schafe und hochbeinige Schweine mit langen Hängeohren vor sich her, und der Krieg mit seinen Schrecken schien weit weg.

Offensichtlich waren zwei Frauen wie sie mit einem Maultier keine ungewöhnliche Erscheinung, auch wenn sie durch ihre fremdländische Kleidung auffielen. Man winkte ihnen zu und freute sich, wenn Mechtild in bretonischer Sprache etwas zu sagen wußte. Die vornehme Frau wurde mit Scheu betrachtet, und besonders ihr Schleier, den sie zuweilen zurückschlug, um die frische Morgenluft einzuatmen, erregte Bewunderung bei den Landfrauen.

Der sonnige Morgen war so friedlich nach dem nächtlichen Schrecken, daß Alheyds unterkühltes Inneres aufzutauen begann wie ein zugefrorener Fluß im Frühling. Sie hörte sich selber sagen: »Ich habe beschlossen, eine Seelenmesse für den Altar des heiligen Laurenz zu stiften«, und verwunderte sich über ihren plötzlichen Entschluß. Rucenberg mußte ihr den Gedanken eingegeben haben.

Die munter ausschreitende Mechtild lächelte, und Alheyd nahm mit noch größerer Verwunderung zur Kenntnis, daß die Knochenhauerin fast erleichtert wirkte. »So seid Ihr dem Herrn doch dankbar, daß wir entkommen sind. Ich hatte schon gedacht, daß Ihr mit dem Herrn jeden Abend abrechnet. So wie ich Euch kennengelernt habe, wäre Er nicht immer gut dabei gefahren. Womöglich hätte Er sich gar rechtfertigen müssen.«

»So unrecht habt Ihr nicht«, gab Alheyd zu und ermunterte das müde Maultier durch einen Klaps auf die Kruppe, um eine ihr selber unverständliche Verlegenheit zu überspielen. »Aber im Umgang mit Priestern bleibt es nicht aus, daß man sein Seelenheil in Silbermark ermessen lernt. Und Ihr könnt mir glauben, daß in den bremischen Gesellschaften auf einen Kaufmann mindestens ein Priester kommt. Wo Geld ist, sammeln sie sich wie Schmeißfliegen auf dem Mist.«

»Das glaube ich Euch«, versetzte Mechtild mit einiger Bitterkeit und dachte an die armseligen Gestalten, die sich hinter den Fleischschragen einzufinden pflegten, um stundenlang auf ein Stückchen verwachsenes Gekröse oder nach Urin stinkendes Nierenfett zu warten, das die Knochenhauer ihnen zuweilen aus Mitleid hinwarfen. »Selten sind sie dort, wo die Not am größten ist. Vor allem in der Pestzeit. Mich wundert nur, daß Ihr das so klar erkennt …«

Alheyd warf einen erstaunten Blick auf Mechtild. »Selbstverständlich erkenne ich das. Warum denn nicht? Sie haben alle ihren Nutzen davon. Sagt selber: welchen Nutzen könnte ein Priester aus einem Armen ziehen? Nur die Seele, und die bekommt Gott.«

Mechtild schüttelte verstört den Kopf. »Zwischen Verkaufsschragen und Bänken glaubt man noch an Jesus Christus und an die Heilige Mutter Kirche. In Euren Kreisen glaubt man anscheinend an gar nichts mehr außer an den Geldbeutel. Soviel ist mir inzwischen klar. Aber nun wollt Ihr mir wohl noch erzählen, daß die Kirche und die städtische Obrigkeit gemeinsame Sache machen? Das werde ich nie und nimmer glauben!«

Die Ratsfrau berührte scheu Mechtilds Arm. »Nehmt es nicht so schwer, Knochenhauerin«, sagte sie freundlich. »Die Mächtigen sagen, es sei Gottes Wille, daß es Ratsleute und Priester und Arme gibt. Nach Seinem Plan erfüllen sie ihre Aufgaben. Daß die Priester Geld brauchen, um die armen Seelen zu retten, ist selbstverständlich. Und daß die Kaufleute sich ihr Geld von den Priestern durch versprochenes Seelenheil vergüten lassen, auch. Reden wir nicht mehr davon, wenn es Euch betrübt.«

Mechtild nickte erleichtert. Sie würde später über alles nachdenken. »Eine Seelenmesse ist teuer«, setzte sie das Gespräch nach einer Weile fort, um der Ratsfrau an Versöhnlichkeit nicht nachzustehen.

Alheyd lächelte. »Ich bin unabhängig. Rucenberg handelt mit Renten und hat nach der Pest vor neun Jahren gute Geschäfte gemacht. Seitdem Bremen wieder in die Hanse aufgenommen wurde, ist der Handel erneut in Schwung gekommen. Da werden viele Grundstücke gebraucht …«

Mechtild zog so heftig am Zügel, daß das Maultier stehenblieb. Über seinen gesenkten Kopf hinweg sagte sie empört: »Und die Renten hat er natürlich nicht alle ausbezahlen müssen, weil viele Familien durch die Pest ausgelöscht wurden und kein Erbe sich meldete.«

»So ist es.«

»Schon immer wollte ich die Bekanntschaft von jemandem machen, der an der Pest reich geworden ist. Ich hatte auf dem Markt immer diejenigen am Hals, die betteln mußten, weil sie unehelich waren und nicht erben konnten oder weil sie ihren Erbanspruch gegen den Advokaten des Großkaufmanns nicht glaubhaft machen konnten.«

Alheyd seufzte. »Ich sehe, ich mache Euch heute böse. Es ist viel Elend in der Welt. Aber zieht mich für Rucenberg nicht zur Rechenschaft. Welcher Mann ließe sich schon von seiner Ehefrau beeinflussen? Im Gegenteil, ich bekomme viele gute Ratschläge von ihm und bin dankbar dafür.«

»Das ist wahr«, murmelte Mechtild, reuig wegen ihres unberechtigten Zorns gegen die Ratsfrau. Sie selber konnte froh sein, daß ihr verstorbener Ehemann ihr die Knochenhauerei vermacht hatte, so daß ihr Sohn als Geselle hatte bleiben müssen. Als Erbe und Meister hätte er sie leicht bei Gnadenbrot aufs Altenteil abschieben können.

Um sich und Alheyd ein für allemal von den unerfreulichen Gedanken abzulenken, schenkte sie einem etwas kurz geratenen Mann auf einem vornehm gezäumten Pferd ein besonders freundliches Lächeln und grüßte nach Landesart.

Der Mann zog die Zügel an, lüftete seinen spitzen Hut und entbot auf französisch: »Frieden sei mit Euch, weitgereiste edle Frauen.«

Alheyd, die angesichts nahender Männer den Schleier herunterzuziehen pflegte und jeglichen Wortwechsel mit ihnen vermied, überlegte es sich anders. Er sah im Gegensatz zu seinem bewaffneten Knecht ungefährlich aus; sein Gesicht war eher bräunlich als hellhäutig, wirkte aber sanftmütig. Da das Packtier mit Kräuterbüscheln beladen war, konnte sein Gewerbe nicht der Raub sein. »Herr, würdet Ihr so freundlich sein, uns zu sagen, ob Ihr aus Rennes kommt und wie es dort aussieht? Kann man gefahrlos dorthin reisen?«

Der Mann überlegte eine Weile, und Alheyd dachte bereits, daß er sie gar nicht verstanden habe, als er bedächtig antwortete. »Juden und Frauen reisen niemals gefahrlos. Bei beiden ist die Gefahr ein wenig gemindert, wenn sie einen offensichtlichen Nutzen haben. Ich, beispielsweise, bin Medicus, und Ihr, beispielsweise, seid jung und schön, soweit ich es beurteilen kann. Eure Gefährtin aber ist in Gefahr, erschlagen zu werden. In Rennes gehen die Pest und die Angst um, so hört man.«

Die Ratsfrau sah ihn verwirrt an. Mechtild lenkte sie ab, weil sie seine Rede dringend übersetzt haben wollte, und ausnahmsweise entsprach Alheyd ihrer Bitte.

»Es stimmt, daß er Jude ist«, sagte die Knochenhauerin und musterte den Mann besorgt, »seht das Abzeichen an seinem Gewand. Laßt uns lieber weitergehen. Diese Leute sind mit Luzifer verbündet und eine Gefahr für jede christliche Seele.«

Der Arzt sah Mechtild bekümmert an, obwohl er sie bestimmt nicht verstanden hatte.

»Wer sagt Euch das denn?« forschte Alheyd.

»Mein Beichtvater.« Die Knochenhauerin zog heftig am Halfter. »Eurer auch, Ratsfrau, so gewiß wie das Amen in der Kirche!«

»Ich beichte beim Bischof, gute Mechtild. Dem Bischof, den man ausschließlich unter Ratsherren sieht. Von Juden spricht er in unserem Hause nicht, das wäre nicht schicklich.«

Mechtild hörte auf, sich mit dem Maultier zu streiten. »Manchmal habt Ihr es faustdick hinter den Ohren«, fauchte sie, ohne auf den interessiert lauschenden Fremden zu achten. »Und wenn Ihr so guckt wie jetzt, weiß ich, daß Ihr mich übertölpeln wollt. Ihr wollt, daß ich mit dem Juden rede. Und nur, weil ich mich über den Bischof ärgere. Was haben schon Bischof und Jude miteinander zu tun?«

Der Mann in der braunen Housse blinzelte der überraschten Ratsfrau zu. »Ohne Bischof gäbe es keinen Juden«, sagte er in fremdartigem Deutsch, »ohne Bischof wären wir alle einfach nur Menschen aus unterschiedlichen Ländern und mit verschiedenen Sprachen. Aber die kann man lernen. Wie Ihr, Frau Mechtild.«

Alheyd lachte amüsiert und schlug ihren Schleier zurück.

»Heiliges Klauengeschwür«, fluchte Mechtild fassungslos. Sie führte das widerstrebende Maultier zu dem Juden hinüber und gab ihm ohne Verlegenheit die Hand. »Ihr seid doch nicht gar ein Mensch wie andere? Priester schließen die Möglichkeit aus. Ich bitte Euch um Entschuldigung.«

»Ich nehme die Entschuldigung an. Der Gott, der uns alle schuf, gebe den Bischöfen soviel Verstand wie Euch.« Der Arzt stieg vom Pferd. An die Ratsfrau gewandt, meinte er: »Ich kann Euch nicht zu Rennes raten. Abgesehen von der Gefährlichkeit der Erkrankung, sind die Menschen dort sehr unruhig. Sie suchen nach Erklärungen für die Pest. Weiter im Norden sollen schon wieder Geißler unterwegs sein. Für Juden ein guter Grund, das Weite zu suchen. Für Euch natürlich nicht. Aber diese Leute sind auch in anderer Weise gefährlich. Sie ziehen Menschen in ihren Bann und veranlassen sie zu Taten, die sie später bereuen. Sie sind wie im Rausch.«

»So meint Ihr, daß wir ihnen ausweichen sollten?«

»Unbedingt. Und Euch einer Reisegesellschaft anschließen, wenn Ihr eine finden könnt. Pest und Soldaten sind eine gefährliche Mischung. Routiers sollen in der Gegend sein. Man weiß leider nie, wo sie sich gerade aufhalten. Und wenn nicht gekämpft wird, beschaffen die Soldaten sich in kleinen Gruppen, was sie brauchen: streunende Hühner und Juden, fette Ferkel und weniger fette Frauen. Ich will Euch keinesfalls zu nahe treten: aber Ihr wärt ein Leckerbissen, Feind oder nicht.«

»Ich weiß Bescheid.« In Alheyd flammte wieder die Wut auf. »Ferkel und Hühner fehlten bei unserer letzten Begegnung mit Soldaten. Wir haben Glück gehabt, daß dieses Monstrum in Ritterrüstung uns hinterher nicht schlachtete. Vielleicht vergaß er es nur.« Sie atmete tief ein. »Ich danke Euch für den Rat. Etwas anderes habe ich noch auf dem Herzen. Führt Ihr Vitriol mit Euch? Könntet Ihr mir davon etwas verkaufen? Meine Tinte geht zu Ende …«

Der Arzt nickte und gab seinem Knecht ein Zeichen. Während dieser in einem Korb suchte, verbeugte sich der Jude höflich vor den Frauen und schob seinen spitzen Schuh in den Steigbügel.

»Medicus, erlaubt Ihr noch eine Frage …?«

Der Jude drehte sich zu Mechtild um und wartete geduldig.

»Kennt Ihr ein Kraut, mit dessen Hilfe sich der Kopf vom Rumpf trennt und in die Lüfte erhebt? Hinterher bleibt Durst zurück und die Frage, wer Körperteile und Seele wieder zusammensetzt.«

»Da habt Ihr Bekanntschaft mit dem Bilsenkraut gemacht«, sagte der Medicus ernst. »Eine gefährliche Pflanze, die Sinnestäuschungen und in hohen Dosen den Tod hervorruft. Segensreich nur in der Hand des Arztes, denn der Schmerz verschwindet unter ihrer Wirkung. Hütet Euch davor, sie anzuwenden, Frau Mechtild.«

Sie sahen ihm und seinem Knecht noch eine ganze Weile nach, bis er endgültig um eine Wegbiegung verschwunden war.

11. Der Theriakskrämer

»Riet der Medicus nicht, wir sollten uns einer Reisegesellschaft anschließen?« fragte Mechtild und beschirmte ihre Augen mit der Hand. »Ich glaube, wir haben eine gefunden.«

Die Ratsfrau gab einen abfälligen Laut von sich, aber die Knochenhauerin war hingerissen. Flöte und Trommel wurden lauter und die Menschen bunter, je näher sie ihnen kamen.

Einen gewaltigen Schrecken bekam Mechtild, als sich ein vielfüßiges Tier aus der Gruppe löste und auf sie zustürmte. Es wurde langsamer und landete mit einer letzten Drehung des Oberkörpers auf beiden Füßen vor Alheyd. Mechtild schlug die Hände vor die Brust und keuchte erleichtert, als sie erkannte, daß nur ein übermütiger halbnackter Junge sie narrte, der genausogut auf den Händen wie auf seinen Fußsohlen laufen konnte.

Er lachte Frau Alheyd an, zog einen nicht vorhandenen Hut und verbeugte sich tief.

»Schon wieder einer!«

»Was meint Ihr, Knochenhauerin?«

»Den Jungen. Gottlob werden Eure Verehrer immer jünger. Aber beruhigt bin ich erst, wenn der nächste noch im Krabbelalter ist.« Alheyd sah dem Jungen nach, der radschlagend davonschoß, und atmete tief ein. »Nehmt Euch nicht zuviel heraus, Knochenhauerin!«

»Irgend jemand muß ja auf Euch aufpassen«, versetzte Mechtild eigensinnig. »Und was schmeckt Euch an der Gesellschaft nicht? Wenn Ihr ein Gesicht macht wie der Ochse auf der Altartafel von Sankt Laurenz, merke ich schon, daß Ihr wieder nicht wollt. Ich für meinen Teil beabsichtige nicht, mein Leben unnötig aufs Spiel zu setzen. Unter solchen Leuten wären wir sicher wie in Abrahams Schoß.«

»Könnt Ihr Purzelbäume schlagen? Oder weissagen?

Kennt Ihr Taschenspielertricks?« Während Mechtild zusehends ihre Zuversicht verlor, gab Alheyd ihr zurück, was sie hatte einstecken müssen. »Was glaubt Ihr, Knochenhauerin, was das für Leute sind? Gauner, Diebe, Gaukler, Huren. Und weshalb sollten sie uns ihren Schutz geben? Wir könnten sie anzeigen wollen wegen Betrugs, wir könnten sie mit unserem Hunger belasten oder mit anderen Nöten ... Es gibt viele Gründe, uns abzuweisen.«

Mechtild warf der Ratsfrau einen giftigen Blick zu. »Wenn Ihr glaubt, Ihr könntet etwas berechnen, kommt bei Euch immer ein Verlustgeschäft heraus. Warum glaubt Ihr nicht endlich einmal, daß es auch freundliche Menschen gibt?«

»Weil das Leben auf Erden ein Geschäft ist«, antwortete die Ratsfrau steif, »ein Verlust für diejenigen, die nicht aufpassen, und das sind die meisten. Nur wenige sind Gewinner.«

»Dann kauft Euch doch einen kräftigen Kerl, der Euch verteidigt«, versetzte Mechtild grob. »Ich glaube jedenfalls, daß der Allmächtige uns in seiner Güte hilfsbereite Menschen zu unserem Schutz gesandt hat. Ich werde es versuchen.« Sie beschleunigte ihren Schritt und ließ die Ratsfrau mit dem Maultier hinter sich.

Die Gesellschaft war aus der Nähe betrachtet noch größer und bunter als aus der Ferne, aber auch armseliger. Die Knochenhauerin bahnte sich den Weg zwischen alten Frauen, deren Lumpen nur notdürftig wunde Haut und Geschwüre bedeckten, und kleinen Kindern mit mageren Gesichtern und aufgetriebenen Bäuchen. Aber die stellten eher die Nachhut dar. An der Spitze des Zugs gingen die Athleten und die Künstler, die Gaukler mit einem langen und einem kurzen Hosenbein und die geschmeidigen jungen Frauen, die Mechtild für Tänzerinnen, Jongleurinnen oder Sängerinnen hielt.

Bei einem stämmigen Mann, dessen wachsame Augen ihr sagten, daß er sie verstand, erkundigte sich Mechtild, ob sie sich ihnen anschließen dürften. Beredt erklärte sie, daß sie nichts außer dem Schutz der Menge brauchten.

Er schüttelte stumm den Kopf.

Es war, wie die Ratsfrau vorhergesagt hatte. Als die Knochenhauerin allzu hartnäckig blieb, gab der Mann zwei Kerlen einen Wink, die sie an den Wegrand drängten. Der eine hielt ihr die Faust unter die Nase, und sie blieb zurück.

Niedergeschlagen wartete die Knochenhauerin auf die Ratsfrau und übernahm wortlos wieder die Zügel des Maultiers. Während sie schweigend dahintrotteten, flogen Mechtilds Gedanken zwischen den Gauklern und dem Mord auf dem Stein hin und her. »Wenigstens wären wir bei den Gauklern nie wieder diesen Mordbuben in die Hände gefallen«, überlegte sie laut. »Meint Ihr nicht auch, Ratsfrau?«

Alheyd schrak aus ihren grübelnden Überlegungen auf. Zweifelnd schüttelte sie den Kopf. »Das kann man nicht wissen. Diese Leute, die in dem Amulett ein bestimmtes Signal sehen, sind überall. Wenn ich nur wüßte, was das für Leute sind!«

Mechtild keuchte vor Aufregung und blieb stehen. »Glaubt Ihr, daß es sich um eine Verschwörung handelt? Womöglich gegen unseren Herrn Jesus Christus und Kaiser Karl, den Luxemburger?«

Die Ratsfrau lächelte überlegen, aber Mechtild war zu aufgeregt, um sich darüber zu ärgern. »Nein, nein, das glaube ich nicht. Eine solche Verschwörung käme mir zu altmodisch vor … Versteht mich recht: wir beide reisen quer durch die christliche Welt; der Warenverkehr geht sogar durch alle Länder, christliche, muslimische und tatarische. Große Geschäfte werden mit Kredit getätigt und mit Wechseln bezahlt. Brief und Unterschrift mit Siegel genügen, um eine Kamelladung Seide im fernsten China zu bestellen. Dies ist das Zeitalter des Kaufmanns. Und trotzdem gibt es Leute, die Bruderschaften und Geheimgesellschaften gründen, vor allem, seitdem die Templer vernichtet wurden.«

»So denkt Ihr, daß die Templer Hervé …?«

»Nein, ich denke, daß es lächerlich ist, sich solcher Amulette zu bedienen. Deshalb glaube ich nicht an ihre Macht.« Die Ratsfrau sah unschlüssig drein. »Und was die Templer betrifft, so waren sie für Philipp von Frankreich vielleicht dasselbe wie der Florentiner Tuchhandel für den Bremer Tuchhandel: ein Hindernis. Vielleicht wollte Philipp auch gern Kaufmann sein.«

»Nun verstehe ich Euch überhaupt nicht mehr«, bekannte Mechtild treuherzig. »Wie könnt Ihr einen König von Gottes Gnaden mit einem Kaufmann in einem Atemzug nennen? Er ist der König!« Alheyds Augen funkelten plötzlich. »Eins merkt Euch, Knochenhauerin: Wer Geld hat, besitzt die Macht, es einzusetzen, wie er will. Wer keins hat, ist schlecht dran. Sogar die Mächtigen dieser Welt müssen ihre Macht verkaufen, wenn ihnen Geld fehlt: so wie König Eduard von England sich an die Kaufleute von Köln verpfändet hat. Macht ohne Geld kann ganz leicht verlorengehen. Geld aber läßt sich über kurz oder lang in Macht umsetzen, wenn man nur will.«

»Ratsfrau! Es ist eine Todsünde, mehr zu begehren, als einem zusteht. Sagt Euch Euer Beichtvater das etwa auch nicht? Mir will scheinen, daß er ziemlich maulfaul ist.«

Die Ratsfrau lächelte spöttisch.

Mechtild zitterten die Lippen. »Wenigstens sehe ich jetzt, weshalb Geld Euch soviel bedeutet.«

»Nein, das seht Ihr nicht«, widersprach die Ratsfrau heftig. »In unserer Gesellschaft sind die Männer im Besitz des Geldes. Deswegen sind sie frei. Und sie benutzen das Geld, um andere unfrei zu machen. Ich brauche Geld, damit ich mich selber frei fühlen kann. Meine Mutter … Nun, die tut nichts zur Sache.«

Die Knochenhauerin schnaubte wie ein Pferd, das Fliegen abwehrt.

Die Frauen versuchten die Gaukler am frühen Morgen ungesehen zu überholen, solange sie noch im Schlaf lagen, aber die Fahrenden waren bereits unterwegs. Sie mußten auf eine andere günstige Gelegenheit warten.

Aber bevor sie die nächste Ansiedlung erreichten, sahen sie vor sich am Wegesrand den Wagen eines der Gaukler stehen. Das noch angespannte verwahrloste Maultier rupfte hier und da Gras, und keine Hand am Zügel hinderte es, in den Graben zu treten.

»So kümmert Euch doch nicht darum«, stieß Alheyd verärgert aus, als die Knochenhauerin mit neugierigen Augen und langem Hals schon von weitem versuchte, die Ursache für den einsamen Halt zu ergründen. »Diese Leute wollten sich nicht mit uns belasten. Ich sage Euch: Wir können es uns noch viel weniger leisten, uns um deren Nöte zu kümmern, Frau Mechtild.«

Die Knochenhauerin dachte gar nicht daran, ihr zu gehorchen. Energisch zog sie das Maultier auf den Weg zurück, bevor der Karren auf die Seite kippen konnte. Der daran angebundene Ziegenbock rupfte mit langem Hals ein letztes Grasbüschel aus und stieß dann böse nach dem Wagenkasten. Mechtild hob vorsichtig einen Zipfel einer groben Decke an, die eine Gestalt bedeckte.

Ein alter Mann lag im Wagenkasten. Er riß die Augen auf und schien Mechtild anzublicken, während schaumiger, blutiger Speichel ihm übers Kinn rann. Mechtild fuhr zurück, weil seine Arme und Beine anfingen zu zucken und dann an die hölzernen Wände traten. Der Kasten schepperte.

»Er ist vom Teufel besessen«, flüsterte die Knochenhauerin. Aber auf einmal ging ihr durch den Kopf, was ihr Alheyd vor einiger Zeit erzählt hatte. Wer weiß, am Ende ist auch der Teufel nur eine Erfindung von Ratsleuten, dachte sie trotzig, eilte zum Waldrand und kehrte mit einem fingerdicken Zweig zurück. Den zwängte sie dem Mann mit Gewalt zwischen die Zähne und stemmte ihn an den Schultern in die Höhe.

Mechtild spürte, daß die Verkrampfung seines Rückens langsam nachließ und der Atem des Mannes sich beruhigte. Ihrer Meinung nach fehlte ihm nichts als Luft, und jetzt bekam er mit jedem Atemzug wieder mehr davon. Wenn er erst einmal wieder bei Sinnen war, konnte er sich vermutlich selber helfen. Sie sah sich in seinem Wagen um, während sie wartete.

Dann fing sie den Geruch auf, der aus absonderlich geformten Behältern an der vorderen Wand des Wagenkastens aufstieg. Sie beugte sich darüber und schrak zurück. Eingetrocknete Schlangen, Krötenköpfe, getrocknete Würste, die aussahen wie Hundekot, lagen in gräßlichem Durcheinander in den Töpfen. Aus der Nähe stank das Gemisch wie Gekröse am Abend eines heißen Markttages.

Ihr Blick fuhr zurück zu dem Mann, den sie stützte. Am liebsten hätte sie ihn fallen lassen und wäre auf und davongerannt. Schwarze Kunst! Solche Dinge benutzte einer, der Malefizien gegen Personen beging. »Ratsfrau Alheyd«, flüsterte sie in panischer Angst, ohne zu wagen, sich umzuwenden. »Was mache ich nur? Er ist der Teufel in Gestalt eines Menschen.«

»Ach, Knochenhauerin!« Alheyd verzog das Gesicht. »Laßt Euch doch nicht von einem alten Mann mit Falten und Bartstoppeln ins Bockshorn jagen. Der Teufel wäre Euch als Versucher erschienen, als junger schöner Mann, der Euch das Wasser im Munde hätte zusammenfließen lassen vor Lust. Guckt her!« Während sie sprach, schlug sie das Kreuzzeichen über dem Mann, und statt heulend und stinkend in einer Gaswolke zu entschwinden, schlug er die Augen auf und blickte sie mit soviel Verstand an wie jeder andere.

»Ihr habt ja recht«, bekannte Mechtild beschämt, »jetzt sehe ich es auch. Dieser höllische Gestank muß einen ja auf verkehrte Gedanken bringen.« Sie befreite ihre Knie vom Gewicht des Mannes und lehnte ihn an die hölzerne Wand.

»Peckmutz der Meerkatz«, stellte der Alte sich mit einer den Umständen entsprechend höflichen Neigung des Kopfes vor. »Kann es sein, daß ich eben eine – wenn auch verwerfliche – Rede in meiner Muttersprache hörte? Mir war so. Oder war es ein Fieberwahn?«

Mechtild starrte ihn wütend aus schmalen Augen an. Weil die Ratsfrau anscheinend nicht die Absicht hatte, mit einem Fahrenden zu reden, entschloß sie sich, ihm gehörig zu antworten. »Was fällt Euch ein, wie der Höllenfürst persönlich hier zu erscheinen und harmlose Frauensleute zu Tode zu erschrecken. Macht das nicht nochmal!«

»Gewiß nicht, edle Frauen«, säuselte der Alte und fuhr

geschwind mit dem Ärmel über seine Wangen und den schwarzen Talar, bis alle Speichelspuren beseitigt waren. Es schien, als könne er mit seinen Zuckungen umgehen, denn in seine eingefallenen Gesichtszüge kehrten langsam Blut und Leben zurück. Mechtild sah nun, daß er gar kein Greis war, wie sie gedacht hatte. »Wenn Ihr jetzt Eure Furcht besiegt habt, so laßt Euch erklären, daß ich auch als Peckmutz der Theriakskrämer aus Köln bekannt bin. Zuweilen geschieht es, daß ich die Zusammensetzung meiner Spezereien verkehrt berechne und mich beim Erproben in Gefahr bringe.« Er lachte laut und falsch, bevor er fortfuhr: »Aber niemals in echte Gefahr, niemals in echte.«

»Darum hat man Euch wohl hier zurückgelassen, im Vertrauen darauf, daß Ihr die anderen Fahrenden schon wieder einholen werdet?« Alheyd ließ keinen Zweifel daran, daß sie seiner Begründung mißtraute.

»Ganz recht, im Vertrauen. Im großen Vertrauen. Die Ehrlichkeit von Peckmutz ist bekannt.« Der Theriakskrämer war wieder so weit bei Kräften, daß er sich zum Wagenrand schieben und mit den Füßen nach dem Boden tasten konnte, bevor er sich vorsichtig vom Wagen gleiten ließ. Mit weichen Knien klammerte er sich an der Kante fest. »Vertrauen«, murmelte er, während sein Blick den hellen Himmel zwischen den Wipfeln der Buchen suchte.

Mechtild dachte mitleidig bei sich, daß Peckmutz wohl nicht mehr erwartet hatte, noch einmal den Himmel zu sehen, aber sie sagte nichts.

»Dann steht Euch nichts mehr im Wege, sie jetzt einzuholen«, schlug die Ratsfrau munter vor und gab dem Maultier einen Klaps auf die Kruppe.

Peckmutz kaute auf seiner Unterlippe herum. Seine Augen wanderten zum Maultier der Frauen und dann zu Mechtilds kräftigen Händen hinüber. »Würdet Ihr mich wohl um Gottes Lohn fahren können? Meine Hände zittern noch. Heute war das Medikament besonders stark. Ich werde es nicht wieder verwenden, denke ich.« Mechtild nickte entschlossen, bevor Alheyd ablehnen konnte. Nichts ersehnte sie gegenwärtig so sehr wie eine Nacht inmitten vieler anderer Menschen, die Sicherheit vor Überfällen und einen ungestörten Schlaf garantieren würden. »Um Gottes Lohn werden wir das gerne tun«, betonte sie und war sich sicher, daß nun ganz bestimmt jeder Teufel aus dem Krämer hätte herausfahren müssen. Wie die Rechtschaffenheit in Person stakste sie zum Kopf des armen Maultiers, und Alheyd bemerkte ihre Entschlossenheit. Sie seufzte und nahm den Zügel ihres eigenen Maultiers auf, das gemächlich graste. Peckmutz sank in sich zusammen, als er sicher war, daß die Frauen alles Notwendige in die Hand nahmen, und schlief trotz allen Rumpelns ein. Am späten Abend erreichten sie die Gesellschaft der Fahrenden. Niemand störte sich mehr an Alheyd und Mechtild, da sie nun in Begleitung des Theriakskrämers gekommen waren.

Die Ratsfrau mischte im flackernden Licht des Lagerfeuers ihre Tinte, und obwohl diese noch nicht ausgereift war, machte sie ihre nächste Eintragung.

Liebster Rucenberg, ich bin an eine sonderbare Gesellschaft geraten. Immerhin spart sie mir die Kosten für zwei bewaffnete Knechte (in unbekannter Höhe) ein.

Am nächsten Morgen war Peckmutz wieder wohlauf, als sei nichts gewesen. Zum Morgenmahl lud Mechtild ihn ein, und er setzte sich zu ihnen. Als die Gaukler aufbrachen und sich zu einem längeren Zug formierten, hielt der Theriakskrämer sich am Ende. Wie selbstverständlich blieben die Frauen in seiner Nähe. Die Ratsfrau hatte zu Mechtilds Erstaunen ihren Widerstand gegen die Gauklergruppe aufgegeben.

Mechtild war heilfroh, endlich einmal reden zu können, wie ihr der Schnabel gewachsen war; und selbst wenn der Mann aus Köln war, so sprach er doch wie ein Mensch, im Gegensatz zur Ratsfrau, die der Inbegriff des ersten bürgerlichen Standes war, solange sie bei Sinnen war. Und Gott sei's geklagt, das war sie ja meistens.

Peckmutz der Meerkatz saß auf einer Kiste, seinem Kutschbock, die Zügel wieder fest in den Händen, und

Mechtild schwatzte mit ihm, während sie neben ihm einherwanderte. Alheyd hatte offensichtlich nichts dagegen, mit dem Maultier hinter ihnen herzuspazieren, als letzte des langen Zuges.

»Ihr habt wohl nicht zufällig vor, nach Köln zurückzukehren?« fragte Mechtild mit leiser Hoffnung.

Der Krämer lachte. »Im Gegenteil, liebe Frau Mechtild, im Gegenteil. Ich bin unterwegs zum Geschäft meines Lebens. In zwei, drei Jahren vielleicht; da könnt Ihr getrost um meine Begleitung ansuchen. Aber jetzt nicht.«

»Was treibt Euch denn um?«

Peckmutz beugte sich von seinem Kutschbock zu Mechtild hinunter und sagte geheimnisvoll: »Die Pest, Frau Mechtild. Ich bin nicht nur Theriakskrämer mit allerlei Mitteln gegen die Pest, ich bin auch Pestarzt, Medicus pestis cum sotira et metridato et tiriaca magna, welch letztere Saladin von Ascoli die Domina medicinarum genannt hat. Darüber hinaus beherrsche ich eine hervorragende Protektion cum cultello. Mit dem Messerchen, versteht Ihr?«

Mechtild nickte beeindruckt. »Ich verstehe«, murmelte sie und blickte scheu auf den Krämer, der der Pest entgegenzufiebern schien. Seine Augen leuchteten, seine Gesichtshaut war wieder glatt und der Rücken gerade. Mit seinen lateinischen Worten war er plötzlich zu einem Medicus geworden.

»Meister Peckmutz«, begann sie nach einer Weile leise, um nicht unverschämt zu scheinen, »die Gaukler. Die Gaukler können wohl nicht zu den Pestkranken wollen?«

»Ach nein, gewiß nicht, liebe Frau Mechtild.« Peckmutz schlug einen gönnerhaften Ton an. »Aber zuweilen sind Gottes Wege seltsam. Ich erlaube den Gauklern, mich zu begleiten, bis wir uns an dem Punkt, wo ihnen Gefahr für Leib und Leben droht, trennen müssen. Im Gegensatz zu mir lieben sie das eitle, oberflächliche und turbulente Treiben, das den Ernst des irdischen Lebens nicht kennt. Sie wollen zu den Truppen des Karl von Blois, der Anspruch auf den Thron der Bretagne erhebt. Er ist der Neffe des französischen Königs Johann, was Ihr sicher auch nicht wißt, und ich sage Euch nur so viel, daß sie dort ein wenig vom Abglanz des Hofes von Johann dem Guten suchen. Und finden werden, ja, gewiß.«

»So welterfahren wie Ihr bin ich nicht«, gab Mechtild zu. Aber eines wußte sie mit Sicherheit: daß sie nicht zu irgendwelchen Truppen und die Ratsfrau nicht in ein Pestgebiet gehen würden. Aber bis sie sich entscheiden mußten, würde noch einige Zeit vergehen. Am frühen Nachmittag erreichten sie ein stattliches Dorf an einem Fluß. Peckmutz, der aus seiner Position mehr sehen konnte als andere, ließ ein zufriedenes Schmatzen hören.

»Was ist, Meister Peckmutz?« fragte Mechtild aufmerksam, die den ganzen Tag nicht von seiner Seite gewichen war, um begierig seinen Ansichten über ferne Länder, tödliche Krankheiten und törichte Sitten zu lauschen.

»Wimpel auf den Wachttürmen. Das bedeutet Gäste. Gäste bedeutet Kunden. Kunden bringen Geld, liebe Frau Mechtild. Das ist nicht anders als an den Knochenhauerbänken.«

»Es werden doch keine Soldaten sein?« Mechtild hielt mißtrauisch zwischen den Köpfen der Gaukler Ausschau.

»Das glaube ich nicht. Ich sehe keine Zelte vor dem Tor. Und was würden ein paar Kerle Euch schon ausmachen, Frau Mechtild? Ihr seht aus, als ob Ihr es mit dreien auf einmal aufnehmen könntet. Stimmt's?«

»Meister Peckmutz!« sagte Mechtild entrüstet. »Was denkt Ihr denn von mir? Ich bin eine ehrbare Kauffrau und Knochenhauerin, ich verkaufe Fleisch en gros und en détail.«

»Eben, eben.« Peckmutz lachte leise.

Mechtild errötete und sah sich nach der Ratsfrau um. Diese ging immer noch, in Gedanken versunken, hinter ihnen her und achtete nicht auf den Weg. Es war richtig gewesen, sich dieser großen Gruppe Menschen anzuschließen, davon war Mechtild überzeugt, als sie bemerkte, daß Alheyd fast im Gehen schlief. Die Anstrengungen und Aufregungen der letzten Wochen hatten an ihr gezehrt. Ratsfrauen waren für dergleichen nicht geschaffen.

»Nun«, fuhr Peckmutz fort, als es ihm zu seiner Zufriedenheit gelungen war, Mechtild verlegen zu machen, »wir werden's für heute genug sein lassen, denke ich, und einen fröhlichen und geldgesegneten Abend verleben. Und Ihr, was werdet Ihr uns zum Abendessen kochen, Frau Mechtild?«

Die Knochenhauerin lächelte geschmeichelt. Meister Peckmutz hatte sie mit diesem einen Satz seinem Haushalt einverleibt und ihr sein leibliches Wohl anvertraut. »Habt Ihr gehört, Ratsfrau Alheyd?« fragte sie über ihre Schulter. »Meister Peckmutz möchte unser haushälterisches Geschick kennenlernen.«

»Wenn er Vorräte hat«, antwortete Alheyd eisig und ließ ihre Augen prüfend über den Wagenkasten schweifen, der außer den stinkenden Holzkästen und strohumwickelten Glasflaschen wenig Nahrhaftes zu enthalten schien.

»Die werden sich ja beschaffen lassen«, fiel Mechtild ihr ins Wort, als wollte sie zu verstehen geben, daß man bei einem Medicus und Künstler Nachsicht üben müsse.

»Ratsfrau Alheyd mag mich nicht. Aber das wird sich ändern, sobald die ersten Pestfälle auftauchen.« Peckmutz kratzte sich selbstzufrieden an den Stoppeln auf dem Kinn.

Alheyd ignorierte sein Reden, was ihr kaum Selbstbeherrschung abverlangte. Wer in einem fleckigen Schoppen herumlief, der aussah, als hätte er ihn einem Toten unter dem Harnisch hervorgezerrt, und in Bundschuhen aus ungegerbtem Leder, der hatte ganz gewiß kein Mittel gegen die Pest im Sack. Seinen Mantel aus billigstem Grobgran hatte er sich unter das knochige Hinterteil geschoben. Die Knochenhauerin ließ sich von diesem Mann an der Nase herumführen.

In diesem Moment zogen die ersten Wagen einen weiten Bogen unterhalb des Dorfes und blieben in einer langen Reihe stehen. Das übrige Volk rückte in die Mitte ein, an den Fluß, oder eben dahin, wo bei Nacht gewohnheitsgemäß ihre Nachbarschaft zu sein pflegte. Meister Peckmutz, obwohl unterwegs ganz hinten, fuhr nach vorn, um seinen Stand zwischen dem Lager der Fahrenden und dem Dorf aufzuschlagen. In aller Hast machte er sich für Publikum und Ratsuchende bereit. Seine Bühne war eine Seitenwange des Wagenkastens, die er mit zwei Handgriffen abbaute und dann mit Mechtilds Hilfe auf zwei Steinen aufbockte. Einem Kasten entnahm er ein Stück purpurfarbenen Stoffes, das er sorgsam auf dem Wagenboden glattstrich; dann stellte er eine seltsam geformte Flasche darauf. »Dies, Frau Mechtild, ist ein Alanbik«, sagte er feierlich. »Wenn Euch Euer Leben lieb ist, hütet Ihr Euch, ihn anzufassen. Er ist mir kostbarer als Euer Leben.«

Mechtild stierte auf den Schnabel des Gefäßes, der, von einer gewölbten Kappe ausgehend, nach unten wies, und nickte mißtrauisch. Für ihren Geschmack sah der allzusehr nach dem Herrn der Unterwelt aus. Dem Ding würde sie auf jeden Fall aus dem Wege gehen.

»Habt Ihr den Purpur-Phellerin aus einer Kirche mitgehen lassen?« Alheyds spöttischer Ton und ihre auf dem Rücken verschränkten Hände machten deutlich genug, daß sie sich nur als Beobachterin fühlte.

Peckmutz würdigte sie keines Blickes. »Die Klistierblase brauche ich nachher als erstes, Frau Mechtild.« Geschäftig eilte er vom Wagen zum Brett und zurück. »Wenn Ihr doch jünger wärt und Purzelbäume schlagen könntet! Das würde für gebührende Aufmerksamkeit sorgen. Aber wenigstens für die Trompete werdet Ihr noch genug Luft haben.«

»So alt bin ich nicht, Meister. Nicht einmal vierzig Jahre. Und ich kann blasen, wie Ihr möchtet«, sagte Mechtild entschlossen und begegnete seinem erfreuten Blick. Sie würde alles tun, damit Peckmutz sie nicht aus seinen Diensten entließ.

»Gut! Luzifer wird Euch helfen.«

Mechtild ließ augenblicklich die Klistierblase fallen und rang die Hände. »Meister, Ihr macht mir angst, wenn Ihr so frivol vom Teufel sprecht. Ich lasse mir von Luzifer nicht helfen.«

»Es wird, wie ich sage«, befahl Peckmutz barsch. »Die Leute zahlen doppelt, wenn sie sich über ihn amüsieren. Er muß nur vorher sein Futter haben, sonst stößt er.«

Die Knochenhauerin war den Tränen nah, bis der Meister den schwarzen Ziegenbock an einer langen Leine anpflockte und ihm die Stirnlocke kraulte. »Meinen Luzifer liebe ich über alles«, erklärte er und fuhr streng fort, an Mechtild gewandt: »Nicht weniger als den Alanbik!«

Mechtild nickte erleichtert.

Kinder rannten bereits den Abhang hinunter zum Lager der Fahrenden. Auch die ersten jungen Mädchen kamen, Arm in Arm zu dritt und zu viert, kichernd und neugierig und kokette Blicke werfend.

Der Theriakskrämer war an diesem Tage dank der tatkräftigen Hilfe früher fertig als sonst. Auf sein Zeichen hin stieß Mechtild Luft in die Trompete, die gequälte Töne von sich gab, aber ihre Wirkung tat. Die Leute sammelten sich vor seiner Bühne.

»Herbei, ihr Leute, herbei!« rief er, und sein fremdartiges Bretonisch in Kölner Aussprache fachte die Neugier der Leute an. »Wer von euch leidet nicht unter den zahlreichen Heimsuchungen des Teufels? Ob Bauchgrimmen oder Zahnweh, ob Pest oder nächtliches Kindergeschrei? Magister Peckmutzius apothecarius hat für alles eine Hilfe, für alles einen Rat!« Unter den Augen der Neugierigen griff er in einen der schrecklichen Töpfe und holte eine lebende Schlange heraus. Die Menschen seufzten wie aus einem Mund, als er wagte, ihren Kopf an seinen Arm zu lassen, und die Schlange sich im Ärmel des Talars verbiß. Geschickt öffnete er ihr Maul, zeigte die langen Giftzähne in die Runde und beruhigte dann sein Publikum mit großer Geste. »Gewiß müßte ich ohne Gegenmittel jetzt sterben«, schrie er, während seine Stimme merklich leiser wurde, seine Knie anfingen zu zittern, der ganze Mann schwankte, und er sich mit einem karierten Tuch Schweiß von der Stirn wischte. »Schnell, edle Frau Mechtild«, keuchte er und deutete, zunehmend schwächer werdend, auf eine hölzerne Dose neben dem Alanbik. »Davon ein Gran auf meine Zunge!«

Mechtild tastete zitternd vor Aufregung nach der Dose und bekam den Deckel nur unter großer Mühe auf. Der Meister hatte sich schon wieder zuviel des Gifts zugemutet.

Was, wenn sie nicht schnell genug war? Peckmutz würde auf der Bühne sterben und sie auf dem Rad. Die Dose rutschte ihr aus der Hand und verstreute ihren körnigen Inhalt auf den Boden.

Ein kleines Mädchen rannte herbei und pickte mit ihr die Körner vom Boden, während das Publikum in einem Durcheinander von Entsetzensrufen und gutgemeinten Ratschlägen an der Hilfsaktion teilnahm. Der gierigen Mitarbeit von Luzifer konnte die Knochenhauerin sich nicht erwehren.

Meister Peckmutz lag inzwischen ausgestreckt im Gras, die Augen geschlossen und die Brust eingefallen.

Endlich hatte Mechtild so viele Körner beisammen, daß sie vielleicht zu einem ganzen Gran zusammengezählt werden konnten. Sie warf sich neben ihm zu Boden, während die Zuschauer sie so sehr bedrängten, daß sie kaum mehr Platz für ihre Arme hatte, und zog an seinem Unterkiefer. Der klappte auf, und die Zunge fuhr heraus wie bei einem Nußknacker. Behutsam streute Mechtild die Kugeln hinein, die auf dem bräunlichen Schleim der Zunge nicht schlechter hafteten als Mücken in fleischfressenden Blumen.

Kurze Zeit später schlug der Meister die Augen auf und blickte verwirrt um sich.

»Gott sei gelobt«, sagte Mechtild dankbar.

Die Zuschauer umringten den Meister und zogen ihn wie einen Helden auf die Füße. »Vorsicht! Das Gegengift!« schrie er, schon wieder ganz kräftig, und fiel auf die Knie, um die restlichen Körner aufzusammeln.

Peckmutz scheuchte Mechtild zum Karren, damit sie auf die Kostbarkeiten aufpaßte, während er das Geschäftliche erledigte. Keiner wollte sich die Gelegenheit entgehen lassen, ein so wirksames Gegengift gegen allerlei Bisse, Stiche und Verletzungen zu kaufen.

An diesem Tag war Peckmutz der Theriakskrämer sehr zufrieden. Frau Mechtild hatte ihm Glück gebracht.

Mechtild schwitzte vor Besorgnis, weil sie gleich in der ersten Stunde alles falsch gemacht hatte. »Luzifer wird am Gegengift sterben«, bekannte sie gepeinigt.

Peckmutz klopfte ihr mit großer Geste auf die Schulter und sagte gönnerhaft: »Ihr werdet es noch lernen, auf ihn aufzupassen, Frau Mechtild. Das einzige Laster von Luzifer sind Mohnsamen. Seine Gier ist groß und seine Zunge lang.«

12. Das Lager der Gaukler

Alheyd hatte sich unbeachtet vom Stand des Theriakskrämers entfernt. Der Nutzen seines Gewerbes war ihr zuwenig berechenbar, um vor ihren Augen Anerkennung zu finden. Sie hielt ihn für einen gewöhnlichen Marktschreier und Scharlatan.

Während sie ihr eigenes Maultier und das des Krämers von ihren Lasten befreite und zum Fluß führte, beobachtete Alheyd die rastlose Geschäftigkeit der anderen Leute. Manche machten sich für ihren Auftritt fertig, indem sie wunderliche Kostüme anzogen – oder sich auszogen; andere stellten Tafeln mit Malereien auf, die Geschichten erzählten; Zelte wurden durch Fähnchen kenntlich gemacht, die Geheimnisvolles versprachen.

Manches Mal war sie in Bremen zwischen ähnlichen Buden und Zelten einhergeschlendert und hatte die Vorzugsbehandlung einer Kauffrau aus bekanntem Geschlecht genossen. Wenn die Ratsfrau sich nicht ihrem Geschäft widmete, war eine ihrer wesentlichen Aufgaben die Überwachung des Gesindes. Rucenberg war sehr darauf bedacht, daß die Leute seiner Hausfrau hohe Achtung entgegenbrachten. Auswendig wußte sie, was er dazu schrieb:

Liebste Schwester. Die einfachen Leute sagen: »Wenn ein Diener am Tisch predigt und ein Pferd in der Furt weidet, ist es Zeit, sie zu entfernen, denn sie sind lange genug geblieben.«

Das Gesinde wußte nur zu gut, daß Rucenberg ein strenger Hausherr war. Wer bei der Arbeit schwatzte, mußte seine Sachen packen und konnte am nächsten Tag an anderem Ort müßiggehen.

Die Oberlippen der Maultiere spielten nur noch mit den Wellen. Alheyd zerrte sie an Land.

Als sie mit der Hand Wasser schöpfte und über die wunden Stellen des Maultiers vom Theriakskrämer rinnen ließ, wie die Knochenhauerin es getan hatte, zupfte eine Hand an ihrem Rock. Ein kleines Mädchen forderte sie auf mitzukommen.

Neugierig folgte Alheyd dem Kind, nachdem sie die Lasttiere am Karren des Peckmutz festgebunden hatte, zu einem auffallend aufgeputzten Zelt. In seinem Eingang hielt ein Mann schon nach ihnen Ausschau.

Weder Kleidung noch Haartracht unterschied den Mann von einem Bürger aus besseren Kreisen. Er war so scharf barbiert, daß seine Gesichtshaut am Kinn gerötet war, obwohl er von südlichem, bräunlichem Typ war. Seine Augen unter den pechschwarzen Haaren waren halb geschlossen, als wollte er ihren Ausdruck verbergen. Der Mann sah gut aus; aber trotz ihrer Müdigkeit wurde Alheyd hellwach, und ihr Herz schlug schnell. Er gehörte nicht hierher, sowenig wie sie. Ohne zu zögern, sprach er sie auf französisch an. »Ich möchte Euch ein Geschäft vorschlagen«, sagte er unverblümt und ohne sich mit Höflichkeiten aufzuhalten. »Ihr habt ein Interesse daran, dieses Land ungestört zu durchqueren. Es könnte jedoch sein, daß jemand Euch daran hindern möchte.«

Die Ratsfrau starrte ihn an. »Wer seid Ihr?« fragte sie.

Der Mann lächelte mit sehr schmalen Lippen. »Wer ich bin, tut nichts zur Sache. Im übrigen will ich offen zu Euch sein. Auch mich zwingen meine Geschäfte, unerkannt die Nordküste zu erreichen. Das Geschäft zu gegenseitigem Nutzen soll darin bestehen, daß ich Eure Person schütze; ich erwarte von Euch dasselbe für mich.«

»Wie wäre ich dazu wohl in der Lage?« fragte Alheyd überrascht.

Der Fremde schüttelte den Kopf. »Das seid Ihr durchaus«, sagte er. »Es geht natürlich nicht um Kämpfe. Was ich benötige, ist eine neue Identität, beispielsweise die eines Wahrsagers mit einer burgundischen Ehefrau und Helferin. Unser Ziel wird das Schloß des Grafen von Eu sein. Das ist glaubhaft und unverfänglich.«

»Warum sucht man Euch?« fragte Alheyd argwöhnisch.

»Mich sucht man nicht«, sagte er nach kurzer Überlegung. »Im übrigen gehen Euch meine Gründe nichts an.«

»Was ist, wenn ich ablehne?« Die Ratsfrau erwog die Vorteile des Geschäfts. Nachteile konnte sie nicht entdecken. Allein die Tatsache, daß er ihr keine Wahl ließ, erregte ihren Widerstand. Rucenberg machte immer nur Vorschläge, die sie dann befolgte.

»Ihr werdet nicht ablehnen. Ich könnte Euch bei jedem Priester wegen Aussatz anzeigen. Eure blasse Haut rechtfertigt jeden Verdacht. Ihr werdet zu einer Cacous, einer Aussätzigen mit weißem Stab, und werdet in einer Seilerei eingesperrt. Für den Rest Eures Lebens.«

»Aussatz!« keuchte Alheyd und erbleichte. Unwillkürlich fuhren ihre Hände über ihr glattes, kühles Gesicht. »Ich habe keinen Aussatz!«

»Woher wollt Ihr das wissen? Auf jeden Fall wird man Euch in Gewahrsam nehmen und Euren Fall überprüfen. Eine Kommission wird sich Eures Körpers annehmen, jedes Fleckchen Eurer vielleicht nicht überall makellosen Haut studieren und betasten, auch an Euren geheimsten Orten. Ihr werdet Blut für die Lepraschau opfern, und Ihr werdet auf die Bibel schwören müssen, daß Ihr nicht in einem Land gewesen seid, in dem Aussatz alltäglich ist. Könnt und wollt Ihr das alles?«

Ihr war, als hätte ihr jemand den Boden unter den Füßen weggezogen. Nicht einmal sie selbst wußte mit Sicherheit, ob sie frei von Aussatz war. In Florenz konnte man alles bekommen, was die Welt bot. An diese Gefahr hatte niemand gedacht, auch nicht Rucenberg. Aber sie blickte dem Mann ins Gesicht, ohne die Miene zu verziehen: sie hatte begriffen, daß er seinen Willen durchsetzen würde. »Ich würde dann auch beschwören, daß ich mich Euch auf die verruchtesten Arten hingegeben habe. Auch unter Zuhilfenahme von Tieren …«

Der Mann lächelte verhalten. »Innerhalb kirchlicher Gemäuer schmunzelt man über solche Anwürfe. Aber ich sehe, wir verstehen uns. Um so besser.«

»Wann bin ich frei?«

»Sobald wir die Küste erreicht haben«, sagte er kühl. »Ich pflege keine Frauen gewaltsam festzuhalten.«

Das merke ich, dachte Alheyd zornig. »Wie wollt Ihr genannt werden?«

»Philippe de Weston, Maître Philippe de Weston.«

»Von mir aus.« Alheyd wandte sich zum Gehen. »Einen Augenblick!« Die Ratsfrau drehte sich noch einmal um. De Weston betrachtete ihr Haar mit gerunzelter Stirn, während sie seine Prüfung schweigend über sich ergehen ließ. »Wenn ich Euch einen Vorschlag machen dürfte, solltet Ihr Euer Haar färben. Es ist zu ungewöhnlich, auch für eine Burgunderin. Ich werde Euch Walnußsud und Henna besorgen. Und Schminkstoff für die Haut. Damit niemand auf die Idee kommt, Ihr könntet Aussatz haben ...«

Alheyd hätte ihm am liebsten ihre Wut ins Gesicht geschrien. Farben für Haut und Haar wie eine Hure! Sie haßte rotgeschminkte Lippen bei Frauen. Sie eilte davon.

»Meister Peckmutz hat versprochen, mir zwei Gran von seinem Gegenmittel zu schenken, das er Theriak nennt«, erzählte Mechtild der Ratsfrau aufgeregt, als diese zurückkam. »Damit sind wir so gefeit gegen das Gift der Pest wie er selber!«

»Wo ist er?« fragte Alheyd und sah sich um. Als Mechtild unbestimmt ans andere Ende des Lagers deutete, zog sie die Knochenhauerin in den Schutz des Wagens. »Jetzt hört mir zu, Frau Mechtild«, sagte sie bestimmt. »Wenn Peckmutz der Meerkatz wirklich Menschen unempfindlich gegen die Pest machen könnte – glaubt Ihr, er wäre dann hier? Der Heilige Vater, Könige und Herzöge würden sich um seine Gunst bemühen. Er wäre der reichste Mann auf Erden, würde sich im grauwerkgefütterten Mantel wärmen und mit den Schnäbeln seiner Schuhe die Nase kitzeln. Eines wäre er gewiß nicht: ein armer Narr unter Gauklern.«

Mechtilds gute Laune war mit einem Schlag wie weggeblasen. »Ihr verkennt ihn«, sagte sie betrübt. »Er glaubt an seinen Theriak. Ich auch, ich habe mit eigenen Augen die Kraft des Theriaks gesehen.«

»Ein Scharlatan ist er. Verlaßt Euch nur nicht auf diesen

Theriak! Aber genug davon! Ich muß Euch selber etwas erzählen.« In aller Hast berichtete sie, daß sie von einem sehr fragwürdigen Mann erpreßt wurde. »Aber die Regelung bietet mir die gleichen Vorteile wie ihm«, schloß sie nüchtern. »Alheyd von Bremen wird es für eine Weile nicht geben. Wer weiß, wozu es gut ist.«

»Ja, wer weiß«, stimmte Mechtild zu, die froh war, daß ihr Verbleiben in der Gauklergesellschaft nun beschlossen war. Sie sah der Ratsfrau nach, die zum Zelt des merkwürdigen Philippe zurückging, um sich dort in die Gehilfin und Ehefrau eines Wahrsagers zu verwandeln.

Am frühen Abend war aus der stolzen Ratsfrau Alheyd von Bremen die unscheinbare Annette von Burgund geworden. Ein biederes Obergewand aus braunem englischen Kirsei und ein schmales weißes Gebände, das ihre braunen Haare augenfällig machte, ließen sie so verändert aussehen, daß Mechtild die Augen aufriß. »Seid Ihr das, Alheyd?« fragte sie verunsichert.

Die Ratsfrau preßte die Lippen aufeinander und dachte bei sich, daß die Verkleidung in der Tat gelungen sein mußte, wenn eine Knochenhauerin schon beim ersten Anblick jeden Respekt vermissen ließ.

Bis zum späten Abend war sie ungewohnt schweigsam, aber Mechtild bemerkte es nicht einmal. Sie wirbelte aufgeregt um den Meister herum, um kein Bröckchen seiner Weisheit zu verlieren.

Alheyd zog sich still zurück, um ihre Notizen zu machen.

20. September 1360: Wie wenig ist doch nötig, um aus einer Ratsfrau eine Frau des gemeinen Volkes zu machen! Sollte etwa nur die Ehrfurcht anderer das Geheimnis der höheren Stände sein? Ist auch der Kaiser nur Kaiser, weil ihn andere als solchen anerkennen? Ist die Standeszugehörigkeit gar nicht Gottes Wille, sondern der Wille von Niederen? Dann helfe uns Gott, wenn sie dies einmal bemerken!

Liebster Rucenberg, seht, wie sehr ich Eure Frau geworden bin! Ihr mögt mich deshalb bitte nicht fragen, warum ausgerechnet ich solche Entdeckungen mache! Ich wüßte keine Antwort.

Am nächsten Tag begann Frau Annettes Lehrzeit bei Maître Philippe, jedoch erwies es sich, daß sie nicht allzuviel zu tun haben würde. Das allerwichtigste war nicht ihre Tätigkeit, sondern ihre Anwesenheit. »Nicht Euer Tun, sondern Euer Sein brauche ich«, dozierte er mit aneinandergelegten Fingerspitzen und abwesendem Blick. Alheyd nickte ratlos und zog sich, von ihm unbemerkt, zurück. Als sie zum ersten Mal sein Zelt betrat, war Alheyd wider Willen beeindruckt. Ein kleines Kabinett war mit schwarzem Seidensamt ausgeschlagen. Sie tat beim Anblick der eingewebten goldenen Schwerter einen so lauten Atemzug, daß Philippe de Weston sich zu ihr umdrehte.

»Akkon oder Florenz?« fragte sie unbedacht und fuhr mit dem Finger über den schweren, atlasartig glatten Stoff.

Über de Westons Gesichtszüge legte sich für einen Augenblick Spott, bevor er sich weiter seinen Karten auf einem Tischchen widmete. »Das wißt Ihr vermutlich besser als ich«, antwortete er, und Alheyd wurde klar, daß sie mehr über sich verraten hatte, als vernünftig war. Sie biß sich auf die Lippen, und er weidete sich an ihrer Verlegenheit.

Als am frühen Nachmittag die ernsthafte Tätigkeit des Meisters begann und Alheyd von ihm in Anspruch genommen wurde, spürte sie seine innere Unruhe. Jedoch verging die Anspannung, sobald er die Wünsche des Ratsuchenden gehört hatte.

De Weston gewöhnte sich an, seinen Besuchern Annette von Burgunds Anwesenheit zu erklären, meistens in bretonischer Sprache, gelegentlich auch auf Französisch. Danach hielt sie sich unauffällig im Hintergrund, paßte auf die brennenden Kerzen auf, schneuzte sie bei Bedarf und wechselte sie aus, wenn sie durch zu heftiges Flackern die Ruhe der Zeremonie störten. Sie hatte dafür zu sorgen, daß niemals weniger als sieben Kerzen zugleich brannten.

Schon nach wenigen Tagen entwickelte Alheyd ein Gespür dafür, welche Gesten der Meister von ihr erwartete und wann er bestimmte Symbole im Verlaufe des Gesprächs mit dem Ratsuchenden benötigte. Da sie besser mit ihm auskam, je mehr sie auf ihn einging, gab sie sich Mühe.

Doch er blieb ein Rätsel für sie, denn der Wahrsager de Weston war von einem Geheimnis umgeben, und der Mann Philippe löste sogar Widerwillen in ihr aus. Die Ratsfrau fieberte der Küste entgegen, um diesen Menschen loszuwerden, an den der Zufall sie gekettet hatte. Während ihrer Lehrzeit kam der Gauklerzug nur langsam nach Norden voran. Erstmals empfand Alheyd die Gesellschaft der Knochenhauerin als das geringere Übel und suchte sie auf, sobald ihre Zeit es zuließ.

»Manchmal kommen Männer zu ihm, die ich für Franzosen halte«, flüsterte sie, während Mechtild geschäftig werkelte, um es Meister Peckmutz bequem zu machen.

»Sind junge Männer dabei? Belästigen sie Euch?« fragte Mechtild halb neugierig, halb besorgt.

»Ach, wo denkt Ihr hin, Knochenhauerin!«

»Da, wo Ihr immer hindenkt, Ratsfrau, wenn es auch Sünde ist.« Mechtild machte ein tugendhaftes Gesicht, während ihr ein wohliger Schauer über den Rücken lief. Peckmutz war alles in allem ein sehr umgänglicher Mann und fast ein Gelehrter dazu. Zärtlich strich sie mit dem Handrücken über des Meisters Wahrzeichen.

»Ich glaube, daß sie zu den Soldaten gehören, die hier überall unterwegs sind«, setzte die Ratsfrau ihre Überlegungen fort. »Aber warum wollen die Männer mit einem Wahrsager sprechen? Wäre es nicht gescheiter, sich mit ihren Anführern über den Ausgang der Kämpfe zu unterhalten?«

Die Knochenhauerin zuckte mit den Achseln. Viel mehr interessierte sie, bei welcher Frau der Meister seine Abende verbrachte.

D'Albizzi und seine Männer suchten mehrere Straßen ab, vor allem jene, die nach Osten führten.

»Das geht einem ja ans Gekröse«, stellte Costantino unbekümmert fest, als sie ein und dieselbe Straße bereits das dritte Mal entlangritten, ohne irgend etwas zu erfahren. Ihm antwortete niemand, aber dem jungen Faktor machte es nichts aus, daß die Stimmung des Konsuls gedrückt war.

Für ihn war alles ein Abenteuer, und er war wie immer optimistisch.

»Sie können sich nicht in Luft aufgelöst haben«, knurrte d'Albizzi nach einer Weile; die anhaltende Erfolglosigkeit quälte ihn, sie nagte an seinem Ruf. »Aber genau das scheint in Redon passiert zu sein. Wir müssen uns dort genauer umhören.«

»Das haben wir doch längst, Messere.« Costantino wäre viel lieber schneller und weiter geritten, um ein größeres Gebiet abzusuchen, und versuchte, d'Albizzi von seiner Strategie zu überzeugen. »Niemand weiß besser als der Rat, was in einer Stadt vor sich geht, Messere, das ist hier nicht anders als in Florenz. Bei uns zählt die Calimala jeden Stein, der für einen Kirchenbau verwendet wird. Ich bin sicher, in diesen wilden Wäldern werden alle Fremden gezählt, sonst gibt es ja nichts zu tun. Mehr als drei Männer oder fünf Hühner waren bestimmt den lieben langen Tag nicht auf dem Marktplatz von Redon. Daß die Torwächter keine fremden Frauen gesehen haben, bedeutet, daß keine da waren. Und ...«

»Erzähl noch mehr Unsinn, Costantino«, murmelte d'Albizzi und lauschte angespannt in sich hinein. Wie schon manches Mal zuvor wußte er, daß ihm das Entscheidende gleich einfallen würde. Das ungehemmte Schwatzen des jungen Mannes half ihm.

»Aber Messere!«

D'Albizzi kümmerte sich nicht um Costantinos Empörung. »Jetzt weiß ich es«, rief er triumphierend aus. »Wir haben den Markttag außer acht gelassen. Wir haben die falschen Zeugen befragt und die falschen Fragen gestellt!«

Costantino stürzte sich mit Begeisterung auf die neue Möglichkeit. »Ihr meint, der Rat hat die Frauen kassiert?«

D'Albizzi grinste. »Das wohl nicht. Aber möglicherweise ist es ihnen gelungen, sich unter den Schutz eines Ratsherrn zu stellen. Wenn das der Fall wäre, gäbe es weder Vorkommnisse noch Beobachtungen. Keine Zeugen, nichts. Wie bei der Calimala von Florenz.«

»Da würde selbst Bestechung nicht fruchten. Seht Ihr,

Messere«, fuhr Costantino mit sich und der Welt zufrieden fort, »gut, daß Ihr mich zu Eurer Begleitung habt.«

»Die Calimala würde nicht ohne deine Hilfe auskommen, Costantino.« D'Albizzi gab seinem Pferd die Sporen. »Wir werden die Bauern befragen. Könnte sein, daß ihre Meinung sich von denen der Bürger unterscheidet.«

Frau Annette trug das Schwert der Wahrheit auf ihren ausgestreckten Handflächen in das schwarze Zelt und legte es mit gesenktem Kopf vor dem Meister nieder. Was nach außen wie Ehrfurcht aussah, bot ihr den Vorteil, den Ratsuchenden ungestört betrachten zu können; sie empfand sogar eine gewisse Genugtuung, in fremden Gesichtern lesen zu können.

»Was begehrst du von mir?« fragte Philippe de Weston. Er ließ seine Fingerspitzen auf der Blutrinne hin und her gleiten, und der Ring an seiner Hand sandte im Kerzenschein funkelnde Blitze aus. Der Mann, der sich ohne die sonst üblichen Zeichen von Nervosität auf den Hocker ihm gegenüber gesetzt hatte, war kein Bretone und auch kein Nordfranzose. Sein Begehren war zweifellos nicht der übliche Blick in die Zukunft. Nach vielen unsicheren Kriegsjahren und wechselnden Tätigkeiten konnte Philippe de Weston Menschen gut einschätzen. Trotzdem fragte er wie immer: »Das Wissen um deine Vergangenheit, deine Gegenwart oder deine Zukunft?«

Aus dem Schutz der Dunkelheit über dem Tisch musterte Alheyd neugierig den Fremden, dessen Gesicht vom Licht der geschickt aufgestellten Kerzen beleuchtet wurde und dessen Augen zwanghaft dem Daumen mit dem seltsamen Schmuckstück folgten. Nur mit äußerster Anstrengung gelang es ihr, die Ruhe zu bewahren, als sie auf einmal den italienischen Kaufmann aus Gwenrann erkannte.

»Was möchtest du wissen?« mahnte der Wahrsager irritiert. »Meine Frau kann dich nicht stören. Im Gegenteil: Annette von Burgund ist das Medium, durch das mir das Wissen zuteil wird, das dir verborgen ist.«

Alheyd senkte den Kopf, um dem Kaufmann nur ihr Gebände auf den rotbraunen Haarsträhnen als Anblick zu bieten, aber ihre Hände zitterten vor Aufregung. Angst bemächtigte sich ihrer, daß der Kaufmann sie trotz ihrer Verkleidung wiedererkennen könnte. Und doch hätte sie brennend gerne einen Blick in seine Seele getan. Niemals würde sich ihr die Möglichkeit bieten, mehr über ihn zu erfahren als jetzt.

Philippe de Weston spürte das Beben seiner Gehilfin. Es entfachte seine Neugier. »Sprich Annette nicht an. Sie ist bereits jenseits gewöhnlicher Wahrnehmung angelangt. Nur mir ist es erlaubt, die Schichten ihres Bewußtseins zu durchdringen und mit ihrer Seele Kontakt aufzunehmen.«

D'Albizzi nickte unbeeindruckt, während er mit zusammengekniffenen Augen die Frau hinter dem flackernden Licht beobachtete. Ihr Anblick löste eine Erinnerung in ihm aus, der er wegen der Dringlichkeit seines Anliegens jetzt nicht auf den Grund gehen wollte. Er wandte sich dem Wahrsager zu. »Kannst du Verlorenes auffinden, Meister?«

»Sprichst du von einem einfachen Gegenstand oder einer Erfahrung?«

»Von beidem«, antwortete d'Albizzi zu seiner eigenen Überraschung, denn die Frau, die er suchte, war weder das eine noch das andere. »Allerdings ist der Gegenstand nicht einfach, und die Erfahrung habe ich noch nicht gemacht.«

De Weston war wie berauscht. In den graugrünen Pupillen des Fremden sah er Neugier, ohne zu erkennen, worauf sie sich richtete, und er sah die Lust zum Spiel. Er entschloß sich, das Angebot anzunehmen. »Ich kann die Eihäute von deiner ungemachten Erfahrung herunterreißen, ich kann ein Wissen vor dir ausbreiten, das dich staunen lassen wird«, flüsterte er. »Es sind Wege, die du nicht kennst und die du ohne mich nicht betreten kannst. Du mußt schwören, auf ewig darüber zu schweigen.«

D'Albizzi legte die Hand auf die schwarze Samtwand und fragte verwundert: »Schwören? Hier? Nein.« Er schüttelte bedächtig den Kopf. »Schwören werde ich vor meinem Herzog und vor dem Heiligen Vater, aber nicht in einer Höhle eines Wahrsagers, die der Hölle gleichen muß. Dem Höllenfürsten gebührt kein christlicher Schwur.«

»Muß der Teufel nicht fliehen vor der Anrufung Gottes? Ist sie nicht mächtiger als er?« fragte de Weston lauernd.

Der Florentiner schob die Unterlippe vor, bevor er sich entschloß zu antworten, wie es einem gehorsamen Sohn der Kirche zukam. Es war ein seltsames Gespräch, und auch inmitten der bretonischen Wälder konnte man wahrscheinlich für ketzerische Ansichten zur Rechenschaft gezogen werden. »Doch«, bekannte er.

»Du glaubst es, weil die Kirche es sagt«, stellte de Weston spöttisch fest. »Aber deine Erfahrung sagt dir, daß die Anrufung Gottes den Teufel nicht vertreiben wird. Du machst diese Erfahrung nach jeder heiligen Messe: du trittst aus der Kirche, und die Welt ist voll von seinen Dienern. Ihre Hände gleiten dir auf der Kirchentreppe in die Tasche, um das Gold zu stibitzen, das du eigentlich in die Kollekte geben wolltest; ihre eitrigen, schwärigen Hände greifen dir an deinen gezaddelten Saum und halten dich an den Knöcheln fest, während sie aus ihren abgefressenen Nasen und eitrigen Mündern um eine Spende winseln. Du bringst es nicht fertig, diese Menschen zu lieben, wie die Kirche es befiehlt. Gib zu, daß du noch nicht einmal den Teufel in dir selbst vertreiben kannst!«

»Ich gebe es zu.«

»Es gibt«, fuhr der Magier fort, »größere Kräfte als den Teufel und Gott. Teufel und Gott sind nur Metaphern für Kräfte, die der Mensch ermessen und benennen kann. Du wirst erfahren, was hinter ihnen liegt, wenn du willst. Ich kann dich lehren, mit dem eins zu werden, was du bist und was du sein möchtest. Ich kann dich lehren, zu einer Welle im Ozean oder zu einem Licht im Universum zu werden. Willst du das?«

Der Florentiner sah den Magier aufmerksam an. Der Mann war schwer einzuschätzen, aber seine Neugier war entfacht. Die bretonischen Wälder verbargen erstaunliche Schätze. »Das ist zuwenig.«

»Das ist mehr als genug! Es ist mehr als die Antwort auf die Frage, warum die Erde schwebt oder was mit dem Feuer geschieht, wenn es verlischt. Es ist fast alles. Ich biete dir die

Pfade der Erkenntnis. Sie führen ins Universum jenseits von Gott.«

D'Albizzi schüttelte den Kopf. »Es gibt kein Jenseits von Gott. Gott ist das Größte, so lehrt die Kirche.«

Die Augen des Wahrsagers glitzerten. »Obwohl Gott die Teufel nicht besiegen kann? Folge mir zu einem anderen Ende des Universums: Was ist größer als das Nichts?«

»Alles«, antwortete d'Albizzi kurz und bündig. »Und Gott ist das Größte«, fügte er vorsichtshalber hinzu, weil er nicht wußte, ob der Schatz sich nicht unversehens als Falle entpuppte. Obwohl er eigentlich eher den Eindruck hatte, daß der Wahrsager sein eigenes Spiel spielte. Aber zu welchem Zweck?

»Gott ist größer als alles? Obwohl alles auch Gott umfaßt? Nein, nein, Suchender, Gott ist größer als nichts, aber kleiner als alles. Gott ist ein kleiner Teil des unermeßlich großen Ganzen. Die meisten Menschen müssen sich mit Ihm begnügen. Nur wenige Menschen wagen den Weg dahinter zu beschreiten.«

D'Albizzi kreuzte Zeigefinger und Mittelfinger. Er war an der Grenze dessen angelangt, was die Calimala gutheißen konnte. »Sollte ich jemals zu der Erkenntnis kommen, daß du recht hast, werde ich dich suchen und finden. Dann kannst du mich auf den Pfad ins Universum führen. Ich bin ein neugieriger Mann. Einstweilen aber bin ich der Meinung, daß deine Suche dich wegen Ketzerei auf den Scheiterhaufen führen wird. Darum suche ich mir besser meine eigenen Pfade, wobei du mir anscheinend nicht helfen kannst. Ich bin Cosimo d'Albizzi, Handelskonsul der Calimala von Florenz, zu finden irgendwo zwischen Florenz, Brügge und Köln. Ich suche eine Frau, die mir verlorengegangen ist, die ich aber nicht kenne. Ich glaube, ihre und meine Seele sind verwandt.« Er legte eine Münze neben das Schwert. »Für deine Bemühungen.« Cosimo d'Albizzi verließ das Zelt, während der Wahrsager gegen seine Gewohnheit sitzenblieb und ihm nachstarrte.

Philippe de Weston atmete einige Male ein und aus, um sich zu beruhigen. Nur selten machte er jemandem das Angebot, ihm die Pfade der Erkenntnis zu zeigen. Und alle waren begierig auf dieses letzte Geheimnis. Warum hatte der Fremde das Angebot ausgeschlagen? Wer war er? Und wenn er das Geheimnis nicht suchte, warum hatte er dann auf den Ring nicht reagiert?

Als er sich nach Annette von Burgund umsah, war auch sie fort. Er war sicher, daß sie den Florentiner kannte.

Während Costantino zusammen mit dem Knecht schläfrig bei den grasenden Pferden saß, schlenderte der Donzellus Heinrich durch das Lager. Er suchte nach Männern, mit denen er schwatzen konnte, deftig und auf Deutsch. Die Gaukler zeigten ihm bereitwillig den Weg zum Wagen von Peckmutz dem Meerkatz; daß einer Sehnsucht nach seiner eigenen Zunge hatte, verstand man hier sehr gut. Als Heinrich am Karren anlangte, fand er nur eine ältere Frau inmitten von Essensvorbereitungen vor.

»Ach«, schwärmte er und ließ sich ungebeten auf des Meisters Kiste nieder, »einmal kein Öl, sondern Speck im Topf! Herrliche Gerüche sind das, wenn man sie so lange entbehren muß.«

Mechtild wurde neugierig. »In welchen Ländern treibt Ihr Euch denn herum, wenn man so fragen darf, ohne despektierlich zu sein? Aussehen tut Ihr ja wie einer der Dummköpfe vor dem Papstpalast, die einer ehrlichen Frau den Eintritt verwehren. So etwas Schlechtes will ich von Euch nun nicht gleich annehmen, ich kenn' Euch ja nicht.«

»Als wenn Ihr mit mir in Italien gewesen wärt, gute Frau!« polterte Heinrich verdutzt. »Genau so ist es! Nur werft mir nicht vor, was die Italiener machen. Ich leide selbst am meisten darunter. Weder backen noch wursten können sie in Italien, und all die ungewohnten Gewürze, abgesehen vom Öl! Wenn Ihr mich fragt, gehört Öl in die Kirche, nicht ins Essen, aber die Italiener sind so fromm, daß sie alles salben müssen.«

»Ihr Ärmster«, sagte Mechtild mitleidig. »Eurer Sprache nach könnte ich mir gut vorstellen, daß Ihr früher gerne vor einer Schüssel Bauchfleisch gesessen habt, mit gutem deutschem Dost gewürzt, kroß durchgebraten, dazu Brei und Sauerkraut und einen großen Humpen Bier.«

Heinrich leckte sich ungeniert die Lippen.

»Wenn Ihr wollt, könnt Ihr mithalten«, bot die Knochenhauerin an. »Es gibt gespicktes Kaninchen, und Meister Peckmutz ist großzügig, solange genug da ist. Für uns vier wird es schon reichen.«

»Wer ist denn der vierte?« fragte Heinrich in harmlosem Ton.

»Das ist die Ratsfrau Alheyd von Bremen«, plauderte Mechtild, während sie gelbliches Nierenfett vom Lendchen abschälte und in den Topf gab, wo es zischend zerschmolz. »Laßt Euch aber nicht beim Rülpsen während des Essens erwischen, das hat sie nicht gerne, Schmatzen und Schnauben auch nicht. Es wird auch nicht gespuckt während des Essens oder in ihrer Gegenwart gepinkelt. Sie hat es sogar dem Meister abgewöhnt.«

»Dann ist sie wohl eine sehr vornehme Dame?«

»Das ist sie«, bestätigte Mechtild. Seitdem die Ratsfrau sich zur Annette von Burgund gewandelt hatte, war sie eine ganz angenehme Reisegefährtin geworden. »Sehr vornehm und sehr christlich, Gott sei gelobt.«

»Amen.« Heinrich erhob sich gemächlich. »Dann tut es mir wirklich leid, daß ich sie nicht kennenlernen werde. Ich denke, mein Herr erwartet mich bereits und will weiter. Er ist ein ungeduldiger Mann.« Er lüpfte seine Mütze und ging, überaus zufrieden mit dem, was er erfahren hatte. Um seinen gesunden Daumen hätte er gewettet, daß die vornehme Bremerin die Frau war, die sein Herr suchte. Mechtild sah ihm nach und dann in den Topf. Beim Anblick des geschrumpften Kaninchens war sie ganz froh, daß der Deutsche ihre Einladung nicht angenommen hatte.

Kurze Zeit später kam Meister Peckmutz in Begleitung einer alten Frau zurück. Mechtild hatte sie flüchtig mehrmals gesehen; sie zog mit einem Gewichtheber.

Aus der Nähe gefiel sie der Knochenhauerin wenig; mit der feuerroten linken Gesichtsseite sah sie aus, als gehörte sie zur Hälfte dem Teufel. Solchen Leuten würde Mechtild zu Hause nur widerwillig Kredit einräumen.

Das Weib grüßte nicht und schien die Knochenhauerin nicht einmal zu bemerken, aber mit dem Meister sprach sie deutsch. Während Peckmutz der Meerkatz in seinen Kräutern suchte und kramte und dabei mit einem Ohr der Frau lauschte, machte diese kreisende Bewegungen mit dem Unterkörper und kicherte gellend. Mechtild erstarrte und beobachtete sie vor lauter Empörung ungeniert. Der Meister würde sich doch von dieser abgewrackten Hure nicht einfangen lassen! Schließlich war sie selber ja da und zu allem bereit, wenn er nur wollte.

Und diese Stampfbewegungen mit den Füßen! So lockte man doch keinen Mann auf ein Lager. Die Knochenhauerin schüttelte den Kopf. Aber der Meister sah nicht einmal zu ihr hin. Mechtild schäumte.

Als das Weib sich auf Peckmutz' Kiste warf und vorgab, sich selber ins Kreuz zu schlagen, verstand Mechtild endlich. Sie führte aus irgendeinem Grund dem Meister unterschiedliche Methoden vor, mit denen sich Frauen einer unerwünschten Leibesfrucht entledigen konnten.

Das Weib war Abtreiberin und Wehmutter.

Mechtild schauderte zusammen. Es gab solche Personen. Die Kirche warnte jede christliche Ehefrau vor solcher Sünde, aber gegen die Abtreiberinnen war kein Kraut gewachsen. Sie sah ihr nach, als sie sich schließlich mit einem Bund Kräutern unter dem Arm davonmachte. Mißtrauisch betrachtete Mechtild das unappetitliche und feuchte Bündel, das die Abtreiberin dem Meister zugesteckt hatte und das jetzt auf seiner Kiste lag.

13. Die Haarseilkunst

Der Peckmutz wurde mit jedem Tag jünger und lustiger.

»Das kommt, weil er sich über die Pest so freut«, erläuterte Mechtild, die sich inzwischen in allen Belangen des Meisters gut auskannte. Die Ratsfrau nickte zweifelnd, obwohl es stimmte, daß die Gerüchte über die Pest von Dorf zu Dorf lebhafter wurden.

An dem Tag, als auch die Gaukler anfingen, sich vorsorglich Theriak bei Peckmutz zu besorgen, betrachtete der Meister die Knochenhauerin mit einem verheißungsvollen Blick, der sie erzittern ließ.

»Beulen, Frau Mechtild«, sagte er frohgestimmt und deutete irgendwo hinter die nahegelegenen Wälder. »Endlich.«

»Pestgeschwüre auch«, säuselte sie beglückt.

»Zu Füßen wird man mir liegen.«

»Alles, Meister, alles!« rief Mechtild und hätte sich selbst zu Boden geworfen, hätte sie nicht die zwei Hühnereier in Sicherheit bringen müssen, die soeben gezahlt worden waren.

»Welch ein Geschenk des Himmels, daß ich Euch begegnet bin«, schwärmte Peckmutz, »der wahre Künstler kann erst zu sich selber finden, wenn man ihn von der nackten Sorge um die irdischen Bedürfnisse befreit«.

»Ich könnte Euch sogar die himmlischen bieten«, bot Mechtild errötend an. »Auch nackt.«

»Oh, Frau Mechtild«, flötete Peckmutz und kraulte ihr zärtlich das Kinn, »erst die Beulen, dann die Hügel und Buchten …«

Die Knochenhauerin schwebte mit den Eiern davon.

Als sie nach den vielen Vorbereitungen für die erwartete Flut von Kranken abends erschöpft schlafen gingen, legte sich Mechtild zu Alheyd. »Gebe Gott, daß nicht noch mehr Pestkranke auftauchen«, murmelte sie ihr ins Ohr, »der Meister würde dann womöglich zu sehr ermüden. Er merkt gar nicht, daß er kein ganz junger Mann mehr ist. Dabei habe ich doch den langen Wurm zwischen seinen Beinen längst gesehen.«

»Er überschätzt sich«, bestätigte die Ratsfrau. »Das wird ihm nicht bekommen.«

»Meint Ihr etwa, ich würde ihn totlaufen lassen wie einen Aal im Salz?« fragte Mechtild erschrocken. »Nein, das tu' ich nicht, Ratsfrau Alheyd, wie könnt Ihr das von mir denken!«

Alheyd wäre in Gelächter ausgebrochen, aber sie wollte Mechtild nicht beleidigen. Und womöglich wäre Peckmutz davon erwacht. »Ich meine nicht, daß er den Wurm überschätzt, sondern seine Fähigkeiten als Pestheiler. Irgendwann wird er sehen, daß die Pest stärker ist als sein Theriak.«

Das Schnarchen in der gegenüberliegenden Ecke des Karrens hörte abrupt auf. »Mein Theriak ist der allerstärkste«, brummelte der Meister verdrossen. »Er vertreibt sehr wohl auch Würmer, Annette von Burgund.«

Alheyd kicherte, und Mechtild ließ sich davon trotz ihrer Ehrfurcht vor dem Meister anstecken. »Dann ist es ja gut«, sagte Alheyd und wischte sich die Lachtränen aus den Augen. »Frau Mechtild, merkt es Euch.«

Solche Respektlosigkeit ging Mechtild zu weit. Sie drehte der Ratsfrau den Rücken zu. »Ich werde es mir keinesfalls merken«, murrte sie.

Und darüber hätte Alheyd am liebsten wieder gelacht. Statt dessen legte sie den Arm unter den Kopf und rief sich das Bild von Cosimo d'Albizzi vor Augen. Endlich wußte sie, wer ihr Verfolger war: der schöne, intelligente Florentiner, dem sie leidenschaftlich gerne unter anderen Umständen begegnet wäre. Ach, warum mußte ausgerechnet er den Auftrag haben, ihr die Stoffe abzujagen. Allerdings – ohne diesen Auftrag wäre sie ihm nie begegnet. Während Mechtild mit heißem Blut den Atemzügen des Meisters lauschte, glitt Alheyd in den Schlaf und träumte von einem Leben mit Cosimo d'Albizzi, irgendwo zwischen Florenz, Brügge und Köln.

Als man statt bloßer Gerüchte über Pestkranke nun von den ersten wirklich Kranken hörte, konnte die Gauklertruppe keinen anderen Weg einschlagen, denn es gab nicht beliebig viele Wege, schon gar nicht für Karren, die mit Bühnen und anderem unhandlichen Gerät beladen waren. Auf allgemeinen Beschluß hin wurde Peckmutz vorangeschickt, um zu erkunden, wie es im nächsten Dorf stand.

Als der Troß sich am Spätnachmittag den Hügel hinunterwälzte, stand Peckmutz schon bereit, wies mit ausladenden Gesten die Wagen ein und teilte großzügig beruhigende Worte und Anweisungen aus.

Jetzt muß Mechtild dran glauben, dachte Alheyd, die mit Philippe kam. Jetzt schlägt der Peckmutz über die Stränge. Merkwürdigerweise hatte ihre Angst vor der Pest ein wenig abgenommen. Dennoch hörte sie aufmerksam an, was die Knochenhauerin ihr zu erzählen hatte, die mit Peckmutz gefahren war.

»Es gibt hier nur zwei Pestkranke, beide nicht besonders lebendig, aber auch nicht tot. Meister Peckmutz hat ihnen ein halbes Gran eingeflößt, und so werden sie wohl bald gesund werden. Aber was viel wichtiger ist: Der Dorfvorsteher ist entschlossen, sich gegen die Pest feien zu lassen, und zwar nicht cum tiriaca, sed cum cultello, wenn Ihr wißt, was ich meine!«

Alheyd zog ihre Augenbrauen mißbilligend nach oben. »Nein, ich weiß es nicht. Wißt Ihr denn, was Ihr meint?«

Mechtild sah sie empört an. »Peckmutz erklärt mir alles. Schließlich werde ich dabei sein, wenn er seine Protektion mit dem Messer ausführt. Der Meister sagt, auch mir traue er das Geschick zu, diese Kunst weiser Männer zu lernen. Er kann es an meinen Händen erkennen.« Alheyd warf einen Blick auf Mechtilds Hände. Ihre knochigen Finger hatten sich unter der wohltuenden Wirkung von Wildschweinspeck und Rebhühnchen tatsächlich wieder ein wenig gerundet. Auch ihr Gesicht war weicher geworden, es schien, als bekäme ihr die Nähe des Peckmutz. »Aber erst müßt Ihr sie ja mal zu sehen bekommen, nicht wahr? Wartet ab, ob es Euch danach überhaupt gelüstet, die Kunst zu lernen, Frau Mechtild.«

»Mich gelüstet es nach allem, was der Meister mir bietet!« Die Knochenhauerin eilte beschwingt davon. Um zum Meister aufzuschauen, dachte Alheyd und wußte auch nicht, warum sie sich ärgerte.

Als Annette von Burgund wenig später beim Karren des Peckmutz ankam, hatte sich dort schon eine dicke Traube von Kunden gebildet. Der Meister stand breitbeinig auf seiner Kiste, erklärte die Wirksamkeit seiner Mittel, reichte sie Mechtild hinab, die sie an die Käufer weitergab, beaufsichtigte die Bezahlung und beantwortete zwischendurch die Fragen der Dörfler, alles auf einmal. Dabei wurde er von Minute zu Minute lebhafter.

»So abscheulich die Pest«, schrie er gellend und hielt ein zappelndes Tier am Bein in die Höhe, »so abscheulich diese Kröte: *Bubo* das eine, *Bufo* das andere, woraus jeder die Verwandtschaft von Pestbeule und Kröte leicht ersehen kann. Schon bei den weisen alten Griechen war die Kröte als Gegengift gebräuchlich und beliebt, lebendig oder getrocknet, gepulvert oder pastös. Dioskur schrieb es auf, und Kaiser und Könige wurden damit vor der Pest bewahrt.« Während seiner Rede schweiften seine Augen in steter Wachsamkeit über die Menge zu seinen Füßen. »Frau Mechtild«, sagte er leiser, »dahinten, die Frau mit dem Hähnchen. Macht Euch auf und fangt beide ein.« Und schon ging es wieder weiter, und die Leute drängten noch näher, während Mechtild sich durch die Menge schob und mit der schüchternen Frau Krötengift gegen Hähnchen tauschte. »Wer besonders sichergehen will, kaufe das Zenkston aus dem wilden Irland, wo die Mönche und die Menschenfresser hausen: diese Trochisi wurden aus dem Erbrochenen einer menschenhassenden Kröte gefertigt und sind das mächtigste Schutzmittel wider die Pest, wenn man sie auf der linken Brust trägt.«

Die Dörfler verstanden nicht alle seine Worte, aber die Gesten waren deutlich, und den Rest übernahm Mechtild: sie schlug die Wämser auf und legte die schwarzen Peststäbchen auf die Brustwarze; sie hängte den Kunden das seidene Säckchen mit dem gepulverten Krötengift oder Gewürznägelein oder Lavendel um den Hals oder auch die lebendige Kröte, wenn jemand sich lieber darauf verlassen wollte. Mechtild wußte inzwischen gut Bescheid. An den vergangenen Abenden hatte sie emsig Arsenikpaste in Säckchen aus Hundeleder eingenäht und für die weniger zahlungskräftigen Kunden quirlige Quecksilberkügelchen in ausgehöhlte Haselnüsse mit Wachs eingegossen. Die ganz Armen wurden auch nicht im Stich gelassen, obwohl Peckmutz ehrlicherweise darauf aufmerksam machte, daß jede Arznei eben entsprechend ihrer Erschwinglichkeit zu wirken pflege.

»Ein Hollerbüchschen hält gesünder als ein Almosen aus der Armenbüchse, das von euch sowieso niemand bekommt«, brüllte er und winkte mit den zugestöpselten Holunderröhrchen, in deren Höhlung eine einzelne Wacholderkugel eingeschlossen war.

Alheyd beobachtete aus sicherem Abstand die Leute, deren ganze Hoffnung sich auf einen Scharlatan und eine Knochenhauerin konzentrierte. Wenn die wüßten, wie dieser Dreck hergestellt wurde, dachte sie grimmig. Niemand würde sie je davon überzeugen können, daß aus ekligen Tieren eine lebensrettende Arznei werden konnte, sowenig wie man aus minderwertiger Wolle gutes Tuch fabrizierte.

In dieser Nacht blieb Alheyd allein mit sich und ihren Träumen von d'Albizzi, den sie in Gedanken nur noch zärtlich Cosimo nannte. Es war ihr recht. Und Mechtild konnte von Glück sagen, daß die Nacht mild und trocken war und der Meister seinen Wurm nicht mitten durch das Lager spazierenführen mußte.

Erst gegen Morgen schlüpfte Mechtild erschöpft unter die gemeinsame Decke, und ihr Leib war warm und verschwitzt wie noch nie.

Die Gaukler wußten, daß ihnen der strahlende Ruf eines erfolgreichen Pestarztes helfen würde, unruhige Gebiete zu durchqueren. Sie schlugen deshalb geduldig ihre Stände auf und unterhielten diejenigen, denen der Mut fehlte, der Kunst des Peckmutz mit dem Messer zuzusehen.

Die meisten aber waren neugierig und hatten sich an der

Hütte versammelt, vor der der Pestarzt sein stärkstes Gegengift unter Beweis stellen wollte. Es war so voll, daß sich die Leute auf Baumstümpfe und auf Steine gestellt hatten, um genügend sehen zu können, und ein paar zerlumpte Kinder saßen rittlings auf einem Esel, die Augen unverwandt auf des Meisters Kiste gerichtet.

Dort hatte Mechtild auf Anweisung von Peckmutz alles so hergerichtet, wie es ein weltberühmter Pestbezwinger verlangen konnte. Auf das Leinentuch, das die schäbige Kiste bedeckte, die sonst als Kutschbock diente, war am Vortag sehr sorgfältig und augenfällig Kaninchenblut geträufelt worden. Ein unscheinbares Messerchen und eine Sacknadel steckten der besseren Sichtbarkeit wegen in einem großen Schwamm; die Holztiegelchen mit Seidelbast, abgekochten Rotkohlblättern und Mangold, mit getrockneter schwarzer Nieswurz und in Rosenöl weichgeriebenen Efeublättern waren noch verschlossen, damit nicht neugierige Kinderfinger sich hineinstahlen und die kostbaren Essenzen womöglich auf ihren Zungen endeten.

Meister Peckmutz trat aus der Hütte und sah sich beifällig um, während er seine langen schwarzen Ärmel zurückschlug und energisch bis über die Ellenbogen aufkrempelte. Dann winkte er seinen zwei Helfern, die sonst Gewichte stemmten. Die bärenstarken Gaukler geleiteten einen dicklichen Mann zur Kiste, dem die Notzeiten bisher kaum Fett und Fleisch abgefordert hatten.

Während der Dorfvorsteher sein Beinkleid abstreifte und sich auf ein Lager aus dicken Fichtenbohlen legte, verstummte das Geschwatze. Stille breitete sich auf dem offenen Platz zwischen den Eichen aus.

Frau Mechtild setzte ein mütterliches Lächeln auf, stellte sich neben den Mann und ergriff seine Hand, die Gaukler hielten seine Arme und Beine fest. Bevor der Dorfvorsteher womöglich seine Reue hätte hinausbrüllen können, träufelte ihm der Meister mit geübter Bewegung aus dem Schwamm eine Essenz in den Mund und schob ihm ein Beißholz zwischen die Zähne. Mit der Schnelligkeit von Schlangenzähnen ritzte sein Messer zwei kurze Schnitte in den fetten

Oberschenkel, und gleichzeitig stemmten sich die Kraftmänner auf die Beine des Mannes.

Aber der wirkliche Schmerz überfiel den Dorfvorsteher erst mit der dicken Nadel, die sich von Schnitt zu Schnitt unter der Haut hindurchbohrte und einen Zopf aus geflochtenen Frauenhaaren hinter sich herzog. Alheyd, die mit sich selbst haderte, weil ihre Neugier mit ihrem Entsetzen im Streit lag, sah den Hohlraum zwischen den Schultern und den Brettern beim Aufbäumen des Mannes deutlicher als die blutige Handlung selbst.

Danach ließ der Meister den Dorfvorsteher sich aufrichten und träufelte auf das heraushängende obere Ende des Haarseils eine Mischung aus allen Essenzen, die er in seinen Töpfchen verwahrte.

Schließlich stellte man den Dorfvorsteher wieder auf die Beine und zog ihm den Knebel aus dem Mund. Benommen wankte er an der Seite seiner Frau in das Haus zurück. Ein Blutstropfen rann sein Bein entlang und rötete einen Stein.

Meister Peckmutz blickte dem Vorsteher und seiner Frau nach. »Er ist jetzt gefeit gegen die Pest, la peste. Sich nicht zu schützen heißt, den Zorn Gottes heraufzubeschwören«, schrie er. »Wer sich selber schützt, den schützt Gott! Also nehmt Platz auf dem Bett, das euch das Leben retten wird!« Die Daumen in Brusthöhe in das Gewand geschoben, wartete er auf weitere Kunden, die zweifellos kommen mußten, wenn sie erst ihre Beklemmung überwunden hatten. Peckmutz kannte das. Aber er hatte keine Sorge, mutige Männer fanden sich immer.

»Habt ihr Angst?« rief er provozierend.

Zwei Bauern in der vordersten Reihe schüttelten die Köpfe, und man sah ihnen an, daß sie lieber in den Krieg gezogen wären als auf diese Streckbank, aber unter den Augen ihrer Frauen hatten sie keine Wahl.

»So ist es recht«, sagte Peckmutz der Meerkatz und rieb sich zufrieden die Hände. »Dreimal Haarkunst in einem kleinen Dorf wird euch vor dem Aussterben retten, wenn die Gefeiten für die Gestorbenen mitreiten.«

»Und die Frauen?« rief eine hakennasige Alte barsch, die

aussah, als wollte sie ihren Mann beizeiten durch Gram ins Grab bringen; vielleicht wäre er froh, wenn die Pest ihn erlöste.

»Dräng du dich nicht zwischen meine Kunden und mich«, verlangte der Meister in nörgelnstem Ton. »Weißt du nicht, daß nach der Großen Pest zu viele Mädchen geboren wurden? Die werden jetzt mannbar. Es wird kein Mangel an Frauen eintreten.«

»Aber Meister«, sagte Mechtild entrüstet; sie hatte die bretonisch-französisch-kölnische Antwort genausogut verstanden wie die Frau. Peckmutz, der dabei war, den Schwamm in einem Krug mit frischem Sud zu tränken, erklärte unwirsch: »Nichts für ungut, Frau Mechtild. Die Frauen bezahlen einfach nicht genug, das ist alles.«

»Sind sie geiziger als Männer?« flüsterte Mechtild.

»Nein, nein, ihre Ehemänner erlauben es ihnen nicht«, antwortete Peckmutz gleichgültig, »und sie haben ja auch recht. Wer ernährt denn die Familie?« Frauen und weibliche Kinder behandelte er schon lange nicht mehr.

Während Mechtild das lederbezogene Beißholz mit einem Tuch wienerte, um die Speichelspuren des Dorfvorstands zu entfernen, dachte sie darüber nach, wie das Geschäft des Peckmutz mit Hilfe der abgelehnten Frauen zu beleben sei. Dann fiel ihr die Lösung ein. »Wenn ich nun die Kunst cum cultello bei den Frauen übernähme, Meister?«

Peckmutz der Meerkatz wartete ungeduldig, bis die Gaukler den ängstlichen Bauern auf dem Holztisch gebändigt hatten. »Unsinn!« fuhr er sie an. »Es setzt meine Kunst herab, wenn eine Frau sie ausübt.«

»Meister, Ihr habt doch gesagt …«

Mit einer energischen Handbewegung beendete Peckmutz das respektlose Lamentieren von Frau Mechtild. Sie war seine Gehilfin und sollte es auch bleiben, nicht weniger und vor allem nicht mehr. Dann nahm er den Schnitt vor, der dieses Mal ein wenig zu groß und zu tief ausfiel, und daran war die Knochenhauerin schuld. »Da seht Ihr, was Frauen anrichten, die sich das Messer anmaßen«, fauchte er.

Mechtild warf einen Lappen über das Bein, damit die Zuschauer nicht zuviel Blut zu sehen bekamen; niemand wußte besser als sie, wie manche Menschen auf Blut reagierten. Sie blickte in die Runde und sagte laut: »Er hat heißeres Blut als Euer Dorfvorsteher; bei ihm schlägt es großartig an. Wie viele Kinder hat er denn?«

Irgend jemand verstand Frau Mechtilds Frage und übersetzte sie, und als die Männer schallend lachten, wußte sie, daß sie ins Schwarze getroffen hatte. Vierzehn Kinder hatte er selbst, gezeugt hatte er möglicherweise zwanzig, soviel stand endlich fest, nachdem der Meister seine Kunst beendet und der Bauer den Mund wieder zum Sprechen frei hatte.

Peckmutz blieb knurrig, obwohl der Mann in besserem Zustand davonhinkte als der Dorfvorsteher, ja, er lief fast. Und mürrisch machte er sich über den dritten her, der die Prozedur stoisch über sich ergehen ließ.

Am späten Abend verschwand der Meister wortlos und ließ Mechtild überrascht inmitten der Essensreste und des schmutzigen Topfes und der Pfanne zurück. Sie hatten fürstlich gespeist, aber dankbar war Peckmutz nicht. »Was hat er nur?« fragte sie die Ratsfrau empört. »Habe ich nicht alles getan, was er von mir verlangt hat? Und mir scheint, sogar mit einigem Geschick. Wer könnte wohl besser mit lebendem oder totem Fleisch umgehen als ich?«

»Vielleicht ist es das«, sagte Alheyd und säuberte mit gespitzter Zunge ihre Fingerspitzen. »Der Wein des Dorfvorstehers ist gut, nicht so sauer wie die Bremer Bärentraube.«

»Was: das?«

»Vielleicht fürchtet er, daß Ihr besser als er mit lebendem Fleisch umgehen könnt«, wiederholte sie geduldig.

Mechtild machte vor Überraschung große Augen und blieb in sich gekehrt, bis sie sich in ihre Schlafdecke rollte, obwohl der Wein eigentlich auch sie hätte lustig machen sollen. Alheyd sah keine Ursache, sich zu erkundigen, warum sie so ungewohnt schweigsam war. Mit einem zufriedenen Seufzer ließ sie ihre Gedanken wieder auf Wanderschaft gehen. Wo er jetzt wohl sein mochte?

Halb im Schlaf, halb im Wachen merkte Alheyd am Schaukeln des Karrens, daß Peckmutz schon wieder zurückkehrte, obwohl man am gedämpften Lärm im Lager hören konnte, daß Mitternacht noch nicht vorüber war. Sie hörte auch, wie er unbeholfen auf sein Lager kroch. Bestimmt ist er betrunken, dachte sie schläfrig.

Später wachte sie durch ein gräßliches Stöhnen auf und entschloß sich endgültig, ein Licht anzuzünden.

Peckmutz lag mit durchgebogenem Rücken und blauem Gesicht auf dem Wagenboden, die Fäuste geballt. Mechtild schnarchte neben ihm. Alheyd rüttelte an ihrer Schulter. »Wacht auf,« sagte sie müde. »Der Peckmutz braucht Eure Hilfe.«

Gemeinsam zwängten sie Peckmutz das Beißholz zwischen die Zähne. »Ich glaube, es ist die Fallsucht«, sagte Mechtild leise, während sie dem Kranken die Wangen streichelte, was einen beruhigenden Einfluß zu haben schien. »Gebe Gott, daß er nicht daran stirbt. Was würde aus uns werden?«

Die Ratsfrau begnügte sich damit, die Augenbrauen hochzuziehen. Mechtild ärgerte sich immer wieder über Alheyds kühle Distanz. »Aber Ihr müßt doch jetzt zugeben, daß die Haarseilkunst beweist, daß Meister Peckmutz ein wahrer Künstler in der Pestabwehr ist«, sagte sie eigensinnig, als sie das Licht längst wieder gelöscht hatten.

Aber sie bekam keine Antwort. Die Ratsfrau hatte sich schon träumend davongestohlen.

Am nächsten Morgen war der Meister noch so schwach, daß er keinesfalls seine Protektion mit dem Messer hätte durchführen können. Es fiel niemandem auf, weil das Lager ohnehin abgebrochen wurde. Mechtild nutzte Peckmutz' Dämmerzustand, um ein kleines Sortiment Schutzmittel abzuzweigen und es den Frauen des Dorfes zu bringen. Jedes einzelne Stück brachte weniger Erlös als bei einem Mann, aber zu ihrer Genugtuung verkaufte sie viele. Die Frauen ließen sich leicht davon überzeugen, daß das Pestmittel am Hals des Hausherrn nicht die Kinder vor der

Pestkrankheit schützen konnte. So gab Mechtild ein ganzes Dutzend Holunderkapseln zusammen mit guten Ratschlägen ab.

Zufrieden verstaute sie Zwiebeln, Äpfel, Knoblauch, Ziegenkäse und drei schon ausgenommene Fische, bevor sie das Maultier anspannte und auf die Kiste stieg.

Im nächsten Dorf, das die Gaukler nach drei Tagen erreichten, hatte man von der Pest noch nichts gehört. Um so begieriger waren die Leute auf die Unterhaltung durch die Gaukler. Peckmutz wurde wie alle anderen, die eine Bühne zur Verfügung hatten, umringt und bestaunt, aber niemand wollte für ein Amulett Geld ausgeben, dessen Wirkung sich nicht erproben ließ. Da war die Lebenshilfe eines Wahrsagers viel nutzbringender. Philippe de Weston befahl Annette von Burgund mit energischem Winken an die Arbeit, denn die Ratsuchenden standen bereits Schlange vor dem Zelt. Mechtild begab sich in den Auwald am Bach, um Holunder zu schneiden.

Holunder gab es reichlich. In den spärlichen Sonnenstrahlen des Herbstes waren die Blätter schon gelblich geworden und die jungen Zweige reif. Mechtild schnitt mehrere daumendicke Zweige und setzte sich damit auf einen Stein. Während sie in langen Streifen die Rinde abzog, fiel ihr Blick auf einen roten Fleck im Gebüsch, der sich bei näherem Hinsehen als ein Mensch erwies. Wie ein Gebirgsriese stand der Mann verborgen hinter dichtem Buchenlaub und beobachtete sie.

Mechtild schrie wie am Spieß.

Sie wollte vor dem entsetzlichen Wilden fliehen, aber er trat ihr in den Weg. Während sie mit den Fäusten ihr klopfendes Herz festzuhalten versuchte und dabei ihre Augen nicht von ihm abzuwenden vermochte, betrachtete sie der Mann aus einem einzigen Auge. Er hatte eine seltsame rote Kappe auf dem Kopf und trug ein rotes Wams, an dem die Beinlinge aus Ziegenfell mit Holzpflöcken befestigt waren.

Dann versuchte er ihr seine Friedlichkeit zu erkennen zu geben, und Mechtild blieb stehen, weil sie wußte, daß ihre

Beine sie ohnehin nicht trugen. Der Mann war ein Zyklop, und ihr Argwohn blieb.

Seine Flut von Worten verwirrte sie.

»Philippe de Weston!« rief der Berserker endlich.

Mechtild nickte: wenn es nur das war, konnte sie ihm helfen. Sie drehte sich um. »Philippe de Weston«, sagte sie, formte mit den Händen ein kleines Zelt und deutete hinüber zum Gauklerlager. »Rot ist es wie dein Wams.«

Erleichtert sah sie, daß der Mann an seine Mütze tippte und zu einem winzigen Esel hinüberging, den er an einen Baum gebunden hatte. Mit weichen Knien sank sie auf den Stein und sah ihm nach. Während die Knochenhauerin mit unsicheren Fingern die Holunderhölzer zu daumenlangen Stücken kürzte und das Mark auskratzte, fiel ihr ein, daß sie der Ratsfrau noch nichts von dem Deutschen mit der verbundenen Hand erzählt hatte, der unter zuviel Öl litt und trotzdem ihre Speckmahlzeit ausgeschlagen hatte.

De Weston hatte viel zu tun. Im Unterschied zu den jungen Frauen, die sich meistens nach der Zahl ihrer künftigen Kinder erkundigten, wollten die Männer häufig mehr über die Ernte der nächsten Jahre wissen, wo die Soldaten stünden, und ob es stimme, daß das Land ringsum durch die Pest verwüstet sei.

Für die Sorgen dieser Bauern und Fischer hätte de Weston weder seine schwarze Kammer noch Schwert oder Lilien gebraucht. Aber es war eine bequeme Art, seinen Unterhalt mit Kenntnissen zu verdienen, die er sich aneignete, indem er einfach die Augen offenhielt. Die Menschen in diesem abgeschiedenen Weiler aber schläferten den Wahrsager ein mit ihrer offenkundigen Unkenntnis von allem, was sich in der Welt tat. Wahrscheinlich verlief das Leben hier seit Jahrhunderten in der gleichen Bahn. De Weston gähnte laut, während er gelangweilt darauf wartete, daß die elffache Mutter sein Zelt verließ. Da ihre Augen ihn sehr feurig angeblickt hatten, was er gar nicht mochte, hatte er ihr zur Strafe weitere neun Kinder prophezeit. Sie würden bestimmt nicht alle vom Ehemann sein.

Er schaffte es gerade noch, die Pose des in jede Seele schauenden Gelehrten anzunehmen, als der nächste Bittsteller forsch in das innere Gemach stürmte.

Philippe öffnete den Mund zum Protest, aber der rotgekleidete Mann schnitt ihm das Wort ab wie eine Henkersschlinge den Atem. »Ich habe es eilig, nun wo ich dich endlich gefunden habe«, sagte er. »Es sind noch mehr Gaukler unterwegs, vor allem in der Nähe von Karl.«

Der Wahrsager sagte nichts, sondern legte seine offenen Handflächen vor sich auf das Tischchen. Der Besucher grinste und nestelte sich einen Anhänger vom Hals, den er de Weston so hart in die Handmitte drückte, daß dieser in der Überraschung aufschrie.

Annette von Burgund, die in diesem Augenblick das Schwert hereinbrachte, stockte der Atem, als sie das Ungeheuer und die Münze sah. Aber sie faßte sich wieder, bevor der empfindsame Wahrsager etwas bemerkt hatte, und das war gut so. Denn mit einem seiner üblichen Tricks zauberte er seinen Ring vom Finger und hielt ihn dem Mann vor sein Auge.

Leider war der Ring gleich danach verschwunden. Alheyd hatte sich schon gefragt, welche Bedeutung er für ihn hatte. Er trug ihn selten, und noch nie hatte sie Gelegenheit gehabt, ihn zu betrachten.

»Sprich jetzt«, forderte de Weston mit der schwebenden Stimme, die Teil seiner Prophezeiungen war. »Teutates, der Gott der Wahrsagerei, wird uns leiten.«

Der Rotbemützte nickte und grinste; schwärzliche Stummelzähne wurden sichtbar. Den Wahrsager ließ er zappeln, obwohl der mit sichtlicher Nervosität wartete. Annette machte sich leise wie üblich zu schaffen und spitzte die Ohren.

»Yann selber kann noch nicht kommen, seine künftige Frau hält ihn am Bande«, polterte der Bote und lachte dröhnend. »Was ist?« fragte er ungehalten, als de Weston die Hände hob und die Augen empört auf seinen schwarzen Himmel richtete.

»Willst du bitte beachten, daß ich dank meiner Kunst in

der Lage bin, ein Zipfelchen des großen Tuches zu lüften, das die Zukunft jedes Menschen verdeckt. Daß ich hier ein Wahrsager von großem Ruhm bin. Daß jedermann von Verstand mich um meine Hilfe ersucht. Daß Worte, die zwischen uns fallen, nicht anderen zu Ohren kommen dürfen!« Der Tonfall de Westons ging von schneidender Schärfe allmählich zu seiner berufsmäßigen Sanftheit über. »Du bist ein Rüpel«, sagte er, »ich seh dir's an. Mir gegenüber hast du Ehrfurcht an den Tag zu legen. Das ist so üblich. Und hier wird leise gesprochen.«

»Meinetwegen«, sagte der rote Wilde besänftigt. »Kein Mensch hat mich darauf aufmerksam gemacht. Und was ist mit der Frau?«

»Die ist meine Tarnkappe. Sie versteht unsere Sprache nicht«, erklärte de Weston knapp, während er die Tarotkarten mit Umsicht vor sich auslegte. »Berichte weiter.«

»Aha«, sagte der Besucher gleichgültig, »du mußt es wissen. Wichtig also ist, daß der Bramborough sich auf keinen Fall zur Schlacht stellen wird, solange er nicht ein neues Kontingent Bogenschützen erhalten hat. Die sind noch nicht eingetroffen. Schärf de Baliol ein, daß er nicht losschlagen darf, bevor sie da sind.«

»Die kommenden Wochen sehen nicht gut aus«, sagte de Weston düster auf Französisch, während er die Karten studierte, und ging dann, als bemerke er sein Versehen, wieder zum Bretonischen über. »Ich habe gehört, der Bramborough hätte den Feind nicht benötigt, um seine Bogenschützen zu erledigen. Stimmt das?«

»Ja, das ist so«, bekannte der Rotbemützte. »Lebend hätten sie ihm geschadet.«

»Tot schaden sie ihm noch mehr«, tadelte de Weston. »Wer sagt euch denn, daß Bramborough jetzt überhaupt noch englische Söldner bekommt? Deren Hirne sind ganz gewiß nicht so wattiert wie ihre Westen. Und wie lange soll de Baliol denn warten?«

Der Rote zog die Schultern hoch. »Man hat es mir nicht gesagt. Wahrscheinlich, bis eine neue Nachricht kommt.«

»Bis eine neue Nachricht kommt«, wiederholte de Weston voller Verachtung. Dann hob er die Hände wie zum Segen, um die Sitzung abzuschließen. »Der Erzengel Uriel, das Licht Gottes, komme über Euch und erleuchte Euch mit seinem Wissen und seiner Erfahrung.« Annette, für die der Wahrsager hauptsächlich seinen Segen gesprochen hatte, begriff gut, daß Philippe de Weston mit irgend etwas unzufrieden war und deshalb den roten Mann mit dieser Botschaft zurückschickte. Die Münze war nicht mehr da, als sie das Schwert abholte und zu den übrigen Requisiten brachte.

Der Mann war für diesen Tag der letzte gewesen, der den Wahrsager aufgesucht hatte. Der Platz vor dem Zelt war leer, während es bei den Jongleuren und Gewichtstemmern hoch herging. Die schrillen Stimmen der Sängerinnen an der Außenkante des Lagers durchdrangen sogar die Anfeuerungsrufe der Zuschauer bei den Wettringern.

Alheyd ging zum Karren des Peckmutz hinüber, der in tiefem Schlaf lag wie ein zu Tode Erschöpfter. Mit Mechtild traf sie zusammen, als diese mit einem Bund frisch geschnittener und gewässerter Lederschnüre zurückkam.

»Ich habe Euch einiges zu erzählen, Ratsfrau«, sagte Mechtild angespannt.

»Oh«, sagte Alheyd überrascht, »ich Euch auch, Knochenhauerin.«

Sie setzten sich auf einen Baumstamm am Bach und legten Stück für Stück ihre Erlebnisse zusammen. Am Ende waren sie um einige Kenntnisse reicher und wußten nun auch, daß sie in ein Netz geraten waren, in dem sie selber unwissentlich an einzelnen Fäden gezogen hatten. Aber wer sich darin fangen sollte und zu welchem Zweck, war völlig unklar.

14. Die Monster des Peckmutz

John schlang die Zügel um die Stange vor dem Kutschbock und beugte sich vor, um das Stadttor zu beobachten. Am Kloster war keine Bewegung zu sehen, ebensowenig wie auf der Brücke über den Fluß. Das Maultier senkte den Kopf, zu müde, um die spärlichen Grashalme vor seinen Lippen zu rupfen. »Das gefällt mir nicht«, murmelte er.

»Es ist doch alles still«, sagte Cord. Dann ging er nach hinten, um nachzusehen, ob Jeanne noch lebte.

»Zu still. So still ist es nicht einmal nach einer Schlacht, bei der alle Einwohner erschlagen wurden.«

Cord stieg wieder auf den Bock. Er deutete mit dem Daumen nach hinten. »Sie macht's auch nicht mehr lange, John.«

Der Scharfschütze bekreuzigte sich und fuhr wieder an, den steilen Abhang im Auge behaltend, ohne in seiner Wachsamkeit für die festungsartige Stadtmauer nachzulassen. Wo Schlachten gewütet hatten, waren die umgebenden Wälder abgeholzt oder verbrannt, zeugte Asche von den Feuern der belagernden Soldaten, lagen Rammböcke unter heruntergebrochenen Mauersteinen und stanken die Kadaver nicht begrabener Pferde. Das alles war hier nicht der Fall, und doch wirkte das Städtchen wie tot.

»Eine Flöte«, sagte Cord und lauschte gespannt. Er hatte sich von Johns Unruhe anstecken lassen.

Das alles ergab keinen Sinn. John schüttelte den Kopf, dann hieb er mit der Gerte auf das Maultier ein, das sich auf der weiten freien Fläche vor der Brücke in einen mühsamen Galopp setzte. Aber weder hagelte es gutgezielte walisische Pfeile aus der Ferne, noch tröpfelten in Mauernähe müde französische herunter.

Die eisenbeschlagenen Pforten des Stadttores auf der anderen Seite des Flüßchens waren weit geöffnet, dahinter lag eine schmale, gewundene Gasse. John fuhr mit mißtrauischem Gesicht durch das Tor, während Cord entsetzt auf eine Tür deutete. »Das Siegel«, flüsterte er, »die haben hier die Pest!«

»Aber die schwarze Fahne konnten sie nicht aufziehen«, knurrte John böse und schlug wieder auf das Maultier ein. »Schlamperei!« Die Straße war zu schmal zum Wenden, absteigen wollte er erst recht nicht.

In diesem Augenblick setzte der dünne Klang eines Sterbeglöckchens ein, das lauter wurde, je tiefer sie in die Stadt hineinfuhren, und nach einer Weile endete. Sie begegneten keinem lebenden Menschen.

Die Straße endete vor einer gedrungenen Kirche, die umfriedet war. Über den kniehohen Schwellenstein der Mauer stieg ein Mönch in einer armseligen, zerrissenen Kutte. Verwundert starrte er die Fremden an. »Es gibt kaum noch Christenmenschen in dieser Stadt«, sagte er langsam, »Gott hat sie mit harter Hand für ihre Hoffart gestraft. Kehrt auch Ihr auf Eurem Wege der Hoffart um, tut Buße und bereut Eure Sünden.«

»Er hat recht«, sagte Cord dem Bogenschützen ins Ohr, »laß uns auf der Stelle umkehren!«

Aber John sprang bereits vom Wagen. Mit langen Schritten eilte er den niedrigen Wall hinauf, deutete einen Kniefall vor dem Mönch an und küßte ihm die Hand. »Bruder, ich werde vor dem Altar für die armen Seelen beten«, versprach er.

»Sie werden es dir in diesem Leben nicht mehr vergelten können«, erwiderte der Mönch bedrückt. »Die Priester dieser Stadt sind tot, alle Mönche der Kartäuserabtei außer mir und fast alle Einwohner, soweit sie nicht bei den ersten unheilvollen Anzeichen geflohen sind. Unsere Bittprozessionen haben das Unheil nicht abzuwenden vermocht.« Mit einer matten Bewegung zog er die Kapuze seiner Kutte über den rasierten Schädel. »So fromm wie in Tournai, wo die Muttergottes die Menschen weinend zur Buße mahnte, sind die Leute hier nie gewesen. Sie liebten die leichte Beute.« Er seufzte und wandte sich zum Gehen.

»Wer begräbt und segnet denn die Toten ein? Wer läutet?« fragte John hinter ihm her.

Der Mönch wandte sich schwerfällig um. »Ich, mein Sohn. Ich begrabe und segne und läute. Aber mit jedem Tag werden es weniger, die begraben sein wollen. Dafür kann ich mehr Ausdruck in mein Läuten legen. Und jetzt werde ich selber meinen letzten Gang antreten, und für mich wird niemand läuten.«

Cord hatte sich bereits zum Karren zurückgezogen. Ihm graute vor dieser entsetzlichen Stadt. Stumm sah er mit an, wie John mit gebeugtem Kopf um den Segen des pestkranken Mönchs bat. Vergebens versuchte er, sein Zähneklappern zu unterdrücken, als ihm einfiel, daß der Mönch noch an diesem Tag vor den Thron Gottes treten würde.

Energisch wirbelte er die Zügel, bis das Maultier anzog. John schwang sich auf den fahrenden Karren. Als sie den Mönch aus den Augen verloren hatten, sagte er: »Ich habe schon von vielen Priestern gehört, die einen Sterbenden auf dem Totenbett ausgeplündert haben, aber noch nie von einem Mönch. Sie sind die wahrhaft Frommen, was man von einem Pater Stevan wahrhaftig nicht sagen konnte.«

»Ja, ja.« Cord konzentrierte sich darauf, das übermüdete Maultier im Bogen um eine Ecke zu lenken. »Zum Glück sind wir ihn los. Aber was machen wir jetzt mit Jeanne?«

»Wir legen sie neben die nächste Pestleiche, wo sie hingehört.«

Cord schwieg ungläubig. Das Maultier wankte wie der Mönch, und der Wagenkasten schabte an einer Hauswand. Es kann doch nicht auch die Pest haben, dachte Cord und sprang ab, um den Wagen zu entlasten. Oder doch?

Dann sah er, wie John den Bogen anlegte. Zwei Männer huschten in ein Haus. Johns Augen wanderten wachsam von Haus zu Haus. »Plünderer. Zum Glück haben die Toten mehr zu bieten als die Lebenden. Auf uns sind sie nicht aus.«

Während Cord sich bemühte, das abgearbeitete Tier am Zügel vorwärts zu zerren, hob die Flöte wieder an, die sie schon vor der Stadt gehört hatten. Sie wurde allmählich lauter und schriller, ohne eigentlich eine Melodie von sich zu geben. Cord grinste und wollte sich über die bemerkenswerte Flötenkunst lustig machen, als der Flötenspieler selbst um die Ecke bog. Er war nicht mehr Kind, aber auch noch nicht in wehrtüchtigem Alter, verwachsen am Rücken und mit Händen, die geradewegs der Schulter entsprangen. Ihm folgten einige Kinder, und sie alle hatten übergroße Köpfe, sabberten und waren kaum bekleidet. Sie begleiteten die Flötentöne mit monotonem Gebrumm.

»Die Narrenstube«, sagte Cord angeekelt.

»Narren stehen unter Gottes Schutz.« John sprang vom Wagen, holte seinen Bogen und die zwei wattierten Westen heraus. Dann nahm er dem verdutzten Cord den Zügel aus der Hand und lenkte den Karren zum Flötenspieler. »Willst du Pferd und Wagen geschenkt haben?« fragte er.

Der Flötenspieler war bei besserem Verstand als die Kinderschar. Zögernd kraulte er die Mähne des Maultiers und nickte, als er merkte, daß die Frage ernst gemeint war. John drückte ihm das Hanfseil in die Finger und hob den Allerkleinsten auf den Bock.

Der Schütze schulterte seinen Bogen und machte sich mit Cord auf den Fersen zum Stadttor auf. Noch bevor das begeisterte Kreischen der Kinder verklungen war, hatte er das mit dem Siegel gekennzeichnete Hoftor eines stattlichen Hauses aufgebrochen und war im Inneren des Anwesens verschwunden. »Los, Cord«, rief er von drinnen. Cord folgte ihm mit schlechtem Gewissen und fand den Scharfschützen im Stall. Er warf den Pferden Heu vor und tränkte sie. John schickte ihn nach Sätteln und Zaumzeug, während er selber sich im Haus umsah.

Obwohl im ganzen Haus kein Mensch mehr lebte, wie John versicherte, war Cord froh, als sie das Anwesen endlich verließen. Ausgestattet mit zwei ordentlichen Pferden, die nach ausgiebiger Mahlzeit gut bei Kräften waren, und einem Handpferd, das mit allem beladen war, was die Küche des Hauses hatte bieten können, hatte ihnen diese Peststadt mehr Glück gebracht als den Einwohnern.

Während sie in schnellem Trab hintereinander das Tor durchritten, fragte Cord: »Woher hast du gewußt, daß dort alle Leute tot waren, die Pferde aber noch lebten?«

Aber John tat, als hörte er nichts. Als Cord viel später auffiel, daß John sein gutes englisches Messer nicht mehr besaß, wußte dieser nicht, wo er es verloren hatte.

Peckmutz der Meerkatz war viele Tage krank gewesen. Wenn er Mechtild auch sonst nicht viel Pflege abverlangte, sah sie doch am Inhalt des Kochtopfes, der zu ihrem Kummer immer dürftiger wurde, wie sehr seine Handfertigkeit fehlte. Vorbei waren die Zeiten von Rehbraten und Wildschwein; während Annette dem Wahrsager zur Hand ging, war sie selbst jetzt unterwegs, um Schnecken zu sammeln, Pilze zu pflücken und Nüsse, Bucheckern und Kastanien aufzulesen. Grüne Pflanzen zum Kochen gab es noch genug, aber was würde im Winter werden?

Dann ging es Peckmutz endlich wieder besser, und er schwang das Messer wie früher.

»Jetzt weiß man erst so richtig, was ein Theriakskrämer und Pestarzt wert ist«, bemerkte Mechtild zufrieden, als sie zum ersten Mal nach so vielen Tagen eingetauschte fette Bärentatze ausgeben konnte. Sie warf Peckmutz einen verheißungsvollen Blick zu, damit er wußte, daß ihn in der kommenden Nacht wieder die himmlischen Heerscharen mit Harfenklängen und Düften von Manna erwarteten.

Der Theriakskrämer schmatzte vor Aufregung. Im Feuerschein glänzte ein wenig Fett an seinem Kinn, das Mechtild zärtlich abwischte. »Immer diese winzigen Würmchen in den Bärentatzen«, sagte sie. »Dabei hat der Bär vor zwei Tagen noch gelebt, das weiß ich genau. Bärenfleisch altert einfach früher als anderes Fleisch, obwohl die Würmer den Geschmack nie verändern, das muß ich schon sagen.«

Peckmutz schob sich ein großes Stück in den Mund und kaute langsam und gründlich. »Ihr wißt wahrhaft mit Fleisch gut Bescheid«, sagte er und spülte mit frischem Quellwasser nach. »Wenn ich in meinen alten Tagen je heiraten sollte, dann nur eine Metzgerin.«

Die Knochenhauerin schlug verlegen die Augen nieder.

Am nächsten Tag geschah das Unglück.

Peckmutz erlitt einen Anfall, während er den Schnitt in

die Haut machte. Der wütende Aufschrei des mageren Bauern, der sich betrogen fühlte, weil er an der verkrampften Hand und den aufgerissenen Augen des Peckmutz merkte, daß dieser nicht bei Sinnen war, ließ Frau Mechtild besorgt an seine Seite eilen.

»Meister«, rief sie klagend und wand ihm das Messerchen aus der Hand, »Ihr hättet Euch die Anstrengung noch nicht zumuten dürfen!« Und während sie den beiden Kraftmenschen ein Zeichen gab, daß sie den Meister unverzüglich fortschaffen sollten, sprach sie auf die Zuschauer ein, die interessiert blickten und kaum etwas verstanden. Mechtild schwitzte vor Angst, daß sie davonliefen, um geschäftsschädigende Gerüchte zu verbreiten, etwa daß der Teufel die Macht über den Meister gewonnen hätte. »Ach, ihr guten Leute! Mein Meister opfert sich auf, um euch vor der Pest zu retten, und dieser Kampf saugt ihm alles Mark aus den Knochen!«

Nur die Ratsfrau unter den Zuschauern dachte bei sich, daß es jemand anders war, der Peckmutz das Mark aus den Knochen gesaugt hatte. Und dann sah sie, wie Mechtild die Nadel mit dem Haarseil so geschickt und unauffällig unter der Haut durchfädelte, daß der Bauer es kaum merkte und, ehe er sich versah, mit einem sauberen Verband aus Bast wieder auf den Beinen stand. Der Bauer sah kein Blut und verspürte keinen Schmerz. Er grinste stolz, weil er der erste in seinem Dorf mit dem einzigen und wahren Pestschutzmittel war, und bezahlte Frau Mechtild großzügig.

Diesmal konnten es die Leute kaum erwarten, an die Reihe zu kommen, sogar Kinder wurden zu Mechtild gebracht. Sie machte bei ihnen genauso große Schnitte wie bei den Erwachsenen, denn sie dachte, das Hantieren durch kleine Schnitte müsse viel schmerzhafter sein als durch große. Aber weil ein einziger Kraftmensch zum Halten ausreichte, ließ sie den anderen vor den Augen des Kindes Steine stemmen und dicke Holzknüppel wie Spanhölzer brechen, und das lenkte es so sehr ab, daß es überhaupt nicht weinte.

Staunend beobachtete Alheyd, wie die Knochenhauerin

über sich selbst hinauswuchs. Den nächsten Erwachsenen hielt auf ihre Anordnung hin ebenfalls nur ein Gaukler fest, während der andere den Patienten ablenkte. So bekamen die Zuschauer zum schauerlichen und blutigen Genuß noch kostenfreie Gauklerkunst obendrein.

Nachdem Mechtild sieben Leute gegen die Pest geschützt hatte, schlenderten die meisten der Dorfbewohner weiter. Es war genug.

Die Ratsfrau half der Knochenhauerin schweigend, aufzuräumen, zu putzen und Vorräte zu ergänzen. Mechtild trug eine gleichmütige Miene zur Schau, in der nur manchmal die Besorgnis wegen des Anfalls ihres Lehrherrn zu erkennen war. Das Versagen des Peckmutz hätte leicht als Fehler und Betrug ausgelegt werden, hätte zu Streit und Totschlag führen können. Alheyd fragte sich, ob Mechtild sich der Gefahr bewußt war.

Nachdem die Ratsfrau den Alanbik in Stroh eingepackt hatte, womit der lebensgefährliche Teil des Geschäftes erledigt war, setzte sie sich auf den Wagenrand. »Frau Mechtild«, sagte sie zögernd, »habt Ihr gar keine Angst gehabt, es könnte schiefgehen? Ist es nicht ein ungeheurer Hochmut, Gottes Schöpfung mit der Nadel verbessern zu wollen? Und wie könnt Ihr sicher sein, daß beim Anstechen mit der Nadel nicht unversehens das Leben aus dem Menschen fließt? Gnade uns Gott, wenn das einmal passiert!«

Mechtild verwahrte die Nähnadel zwischen anderen in einer Stopfbüchse mit Fett und schwang sich danach neben die Ratsfrau. Sie wischte sich den Schweiß aus dem Gesicht. »Ja, unser Leben liegt in Seiner Hand. Erklären kann ich es Euch auch nicht. Ich weiß aber, daß Er meine Hand führte.« Sie schaute verlegen auf ihre offenen Handflächen und atmete tief ein. »Um ehrlich zu sein, so habe ich einfach nachgemacht, was ich gesehen habe. Und um noch ehrlicher zu sein, fühlt sich die ganze Pestkunst nicht anders an als das Durchstechen einer Schweineschwarte.«

»Frau Mechtild!« sagte Alheyd entsetzt. »Ihr versündigt Euch! Der Mensch ist das höchste Lebewesen Gottes. Vergleicht ihn doch nicht mit einem Schwein!«

Mechtild lächelte bitter. »Habt Ihr mir nicht selbst erklärt, wie die Ratsherren und die Priester sich zusammentun, um uns einfaches Volk zu betrügen? Warum also erstaunt es Euch, daß dieser Betrug nicht der einzige ist? Wie Ihr wißt, kenne ich mich mit Fleisch aller Art gut aus. Seit eben weiß ich, daß jeder, der einen Schweinebraten zusammennähen kann, auch Menschenfleisch nähen kann. Vielleicht gibt es noch mehr Betrügereien auf dieser Welt! Vielleicht werden wir beide betrogen?«

Alheyd erkannte trotz der Dämmerung, daß die Knochenhauerin an ihrem Erfolg litt. Und noch mehr wunderte sie sich, daß eine Knochenhauerin vom Markt über solche Dinge nachdachte. Eigentlich stand es ihr nicht zu. Aber Alheyd war wegen des ausgestandenen Schreckens versöhnlich gestimmt. »Dann war das Gelingen der Pestkunst kein Triumph für Euch?« fragte sie leise.

»Ich glaube nicht«, bekannte Mechtild. »Die Pestkunst wird uns vielleicht am Leben erhalten, wenn es not tut. Aber mir wäre jetzt lieber, der Peckmutz hätte sie für sich behalten.«

»Das sagt Ihr nur, weil der Meister jetzt in Euren Augen geschrumpft ist.« Alheyd legte ihre Hand auf Mechtilds Arm und drückte ihn scheu.

Mechtild warf ihr einen Blick zu und mußte dann wider Willen lachen. »Mich bekümmert mehr, daß noch etwas anderes an Peckmutz geschrumpft ist. Ich hatte mich so an ihn gewöhnt.«

Alheyd kicherte hinter vorgehaltener Hand. Dann wurde sie wieder ernst. »Ist er sehr krank?«

»Auch sein Leben liegt in Gottes Hand«, antwortete Mechtild bedächtig. Sie wollte Alheyd nichts von ihrem fürchterlichen Verdacht erzählen: es schien ein Zusammenhang zwischen der Beanspruchung des Peckmutz und seiner Fallsucht zu bestehen. Aber das hätte bedeutet, daß des Herrn lenkende Hand am Peckmutz vorbeigriff. Warum ausgerechnet er? Er war ein guter Christ wie andere auch. »Und ich befürchte, daß Er sie täglich mehr nach ihm ausstreckt«, fügte sie hinzu.

»Hoffentlich nicht. Unter seinem Schutz zu reisen ist vorteilhafter, als ich anfangs dachte.«

Mechtild nickte und ließ sich auf den Boden gleiten. Manches war anders gekommen als geplant. Vor und nach dem Abendessen sah sie noch nach dem Kranken. Er lag entspannt auf seinem Heusack und atmete langsam wie jeder Gesunde im Schlaf. Es würde eine ruhige Nacht werden.

Aber am nächsten Morgen hatte Peckmutz der Meerkatz ein blaues Gesicht und eine aufgequollene Zunge und atmete gar nicht mehr.

Die Beerdigung fand in aller Hast unter Teilnahme der ganzen Gauklergesellschaft statt. Nachdem Peckmutz ein schmales Grab an der Kirchhofsmauer gefunden hatte, strömten die Männer und Frauen zu den Wagen zurück, um sich für die Vorführungen fertig zu machen. Trauer verspürte niemand, die Menschen kamen und gingen, so war das Leben. Peckmutz war gegangen, Frau Mechtild war gekommen.

Niemand machte Mechtild den Karren und die Kräuter des Theriakskrämers streitig. Da sie an diesem Ort keine Pestschutzsuchenden mehr vorfinden würde, ging sie daran, so gründlich aufzuräumen und sauberzumachen wie zu Hause. Der Gestank in der Kutschbockkiste hatte ihr vom ersten Augenblick an mißfallen. Aber Peckmutz war mit seinen geheimnisvollen Kostbarkeiten immer sehr eigen gewesen und hatte nie dulden wollen, daß sie sich daran zu schaffen machte.

Hinten fing sie an, dort war die Ladefläche erfreulich leer. Nach der ersten Hälfte hielt Mechtild einen Augenblick inne und streckte ihren krummen Rücken. Zu Hause. Ach, was gäbe sie darum, endlich wieder in Stade zu sein, in ihrer dampfenden, bluttriefenden, warmen Schlachthalle, wo sie gleich den jüngsten Lehrling scheuchen würde, damit der den Dung mit Besen, Wurzelbürste und Wasser zur Tür hinaustrieb. Wo sie sich danach mit dem Meister beraten würde, ob er für die Weihnachtszeit fette Ochsen aus Tondern hereinnehmen sollte oder wegen der neuerdings schlapp gewordenen bürgerlichen Geldkatzen die weniger fetten und billigeren von den Stader Bauern. Was tat sie hier, sie, die gläubig eine Pilgerfahrt nach Rom angetreten hatte? Ohne ihr Zutun war sie zur Pestheilerin geworden, einigermaßen sicher nur, solange die Menschen vor der Pest Angst hatten. Sollte die Geißel Gottes vorübergehen wie die Große Pest ein Jahrzehnt zuvor, wären Sicherheit und Ansehen verschwunden wie ein Spuk.

Mechtild seufzte und tauchte das Reisigbündel in das Wasser. Gott sei ihr gnädig! Jetzt kniete sie hier und hätte sich ums Haar gewünscht, die Pest möge anhalten. Ein Mensch kann sich versündigen ohne wirkliche Schuld, dachte sie und scheuerte verbissen.

Neben dem Wagen unterhielt sie ein Feuerchen, das vor sich hin glomm, bis sie es fütterte. Männer wie Peckmutz pflegten Abfall, Unnützes und Schädliches ohne Unterschied aufzuheben. Sie warf abblätternde, uralte Sträuße von Thymian, Lavendel und Ysop hinunter und andere Kräuter, die sie nicht kannte. Ausgedörrt, wie sie waren, fehlten ihnen die Heilkräfte. Zumindest brannten sie gut. Auf einmal stach ihr der eigenartige Geruch in die Nase, den sie von der Nacht an den Steinen noch gut in Erinnerung hatte. Das Bilsenkraut ..., sie hatte es ins Feuer geworfen.

Sie schaffte es, noch einen Rest des Pulvers zu retten und in einem Holunderbüchschen zu verwahren.

Dann kam der schlimmere Teil, die Flaschen und Gefäße, die in Stroh verpackt waren. Peckmutz hatte sich hin und wieder daran zu schaffen gemacht, aber sie hatte die Kröten und Schlangen nie genau sehen wollen. Beherzt griff sie nach einem großen Kübel. Wozu in aller Welt hatte Peckmutz einen Totenschädel gebraucht?

Lustlos wuchtete sie den Kübel aus dem Wagen und spähte, auf alles gefaßt, in den nächsten Behälter. Er enthielt ein eingewickeltes Bündel, und als sie es herausnahm und öffnete, biß sich Mechtild auf die Lippen, um nicht um Hilfe zu schreien. Ein Kopf, der einen Menschen aufgefressen hatte, lag vor ihr. Flachnasig und behaart und ohne Augen war das Monster, und die wohlgeformten Füßchen eines Ungetauften hingen ihm aus dem schrecklichen Maul.

Mechtild schlug die Hände vors Gesicht und wünschte sich die Ratsfrau herbei: sie würde wissen, ob ein solches Monstrum in geweihte Erde gehörte.

Als sie die Augen wieder öffnete, hinkte gerade die alte Kupplerin heran und sah sich suchend um. Auf ihrem Feuermal glänzte der Schweiß, und sie atmete heftig wie nach schnellem Lauf. Aber ihre Augen funkelten, und sie hob triumphierend ein schmieriges, blutiges Bündel hoch. »Hier«, keuchte sie heiser, »ich habe es endlich: die Krönung des Scheußlichen, wie von Satan persönlich ausgedacht.«

Während Mechtild vor Schrecken stumm blieb, wickelte die Kupplerin einen ellenlang verformten frischen Kinderkopf aus dem Tuch, der statt in einem Körper in einer Nabelschnur und blaurötlichem Schleim endete. »Zwei Tage hat das Kreißen gedauert. Aber es hat sich gelohnt«, sagte sie zufrieden. »Und jetzt hol mir den alten Gauner her. Dafür wird er tüchtig zahlen müssen.«

Mechtild strömten vor Entsetzen und Abscheu die Tränen aus den Augen, und die Worte blieben ihr im Hals stecken, selbst ihre Hände waren wie gelähmt.

Die Alte riß den zahnlosen Mund auf. Ihr Blick wanderte alarmiert umher und blieb endlich an den Bottichen hängen. »Du Reiberin«, kreischte sie außer sich, »du Hahnentänzerin, du Judenläuferin, du Scheißhausfegerin! Du hast mich betrogen!«

Die Knochenhauerin wich vor der rasenden Kupplerin zurück. Deren Haube hatte sich gelöst, und die spärlichen grauen Haare ragten wie Schweineborsten in die Höhe, während sie sich bückte, um den Feuerhaken aufzuheben. Die harte Kante des Karrens im Kreuz, schützte Mechtild mit erhobenen Händen ihren Kopf vor dem Schlag.

Plötzlich stand Alheyd zwischen den Frauen: Schleier, Manicottoli und hochmütiges Gesicht stammten aus einer früheren Welt. Die Kupplerin riß ungläubig die Augen auf, duckte sich erst wie vor dem Büttel und sank schließlich auf den Boden.

Die Knochenhauerin wischte sich das Gesicht, während ihre Angst in Bewunderung und dann Dankbarkeit für Alheyd umschlug. Eine Ratsfrau von Bremen kam einer einfachen Knochenhauerin in höchster Not zu Hilfe.

»Bist du vom Teufel besessen, daß du so außer dich gerätst?« fragte die Ratsfrau mit schneidender Verachtung. »Weißt du, was eine Stria ist? Willst du als Stria in Gewahrsam genommen werden? Und vielleicht nicht nur du, sondern alle hier? Diese ganze Gesellschaft von Fahrenden gerät durch dein unchristliches Lärmen in Gefahr! Am besten wäre es, sie sorgten für deine Bestrafung, bevor die Obrigkeit es tut. Und am Ende ergeht es dir noch wie der Ketterlin Monchin!«

Die Kupplerin duckte sich unter den scharfen Worten und wurde so zahm, daß man sich an den Nachbarfeuern wieder setzte. Sie wischte die braunen Speichelblasen an ihren Mundwinkeln mit dem Ärmel fort. »Wie erging es der Ketterlin Monchin?« murmelte sie fügsam.

»Die wurde zur Strafe im Kessel gesotten, bis ihr das Fleisch von den Knochen fiel«, antwortete die Ratsfrau streng.

Die Alte legte die Eisenstange auf den Boden, den Blick unverwandt auf die vornehme Frau gerichtet, und tastete nach ihrer Haube, während sie versuchte, die Dame einzuschätzen. »Ich weiß, was eine Stria ist. Ich bin keine Stria. Es war der Zorn«, sagte sie unterwürfig. »Wegen der Vergeudung, nur wegen der Vergeudung kostbarer Dinge.«

Die Ratsfrau hatte die Gegenstände der Schwarzen Kunst längst gesehen. Als Kauffrau wußte sie, daß alles seinen Wert hatte: den Wert, den der Käufer ihm beimaß. Wenn die scheußlichen Dinge kostbar waren, dann deshalb, weil andere Menschen bereit waren, einen hohen Preis dafür zu bezahlen. »Nimm dir, was du brauchst, und dann mach dich fort.«

Die Kupplerin winselte leise, während sie ihre nächsten Schritte überdachte. Diese Stolze würde sie noch auswringen wie ein Spültuch. »Gut, ich befreie Euch davon. Was zahlt Ihr für meine Hilfe?« Die Ratsfrau lachte. »So nicht«, sagte sie. »Und nicht mit der Ehefrau des Ratsherrn Hinrich Rucenberg in Bremen. Du kannst froh sein, wenn ich nicht den Bischof in Rennes benachrichtigen lasse.« Mechtild preßte die Lippen zusammen. Alheyd ging zu hart mit der Frau um. Es wäre besser gewesen, ihr ein winziges Almosen als Ausgleich für den Schrecken zu geben. Aber sie wagte nicht, sich einzumischen.

Die Kupplerin betrachtete die Vornehme aus halb geschlossenen Augen. Oh, sie würde zahlen, und sie würde merken, wann Zahltag war. Die Alte bückte sich und sammelte ihr schleimiges Monster und den kleinen Menschenfresser des Peckmutz in ihrem großen Schürzentuch ein. »Das übrige wird abgeholt«, fauchte sie.

Alheyd sah die zwielichtige Person zwischen den benachbarten Lagerfeuern verschwinden. So hätte auch Rucenberg sich verhalten, dachte sie mit Genugtuung. Respekt abverlangen und dann Gnade walten lassen. Selbst solche Kreaturen haben ein Recht auf ihr erbärmliches Leben, wenn es auch nur eins zwischen ungeborenen Leichen ist.

Frau Mechtild rieb sich ihr schmerzendes Kreuz. Sie wußte selbst nicht, was ihr solches Unbehagen verschaffte.

15. Routiers

Philippe de Weston beachtete Annette von Burgund kaum, es sei denn, um auf sie zu verweisen, wenn er dies während einer seiner Beratungen für notwendig hielt. Alheyd fand die Regelung weiterhin sehr praktisch, weil sie am eigenen Leibe feststellen konnte, wie unsichtbar sie in Gebände und schlichtem Kleid war: die alte Kupplerin erkannte sie selbst dann nicht wieder, wenn sie beim Wasserholen nebeneinander standen.

Wenn sie ihrer langweiligen Hilfstätigkeit in seinem Dienst nachging, fragte sie sich immer wieder, was in de Weston vorgehen mochte. Kalt und leblos wie eine Qualle trieb er mit den Gauklern von Ort zu Ort, ohne Ehefrau, ohne Kinder, selbst ohne Freunde unter den Fahrenden. Auch Boten mit Münzen waren nicht mehr gekommen. Das konnte doch nicht de Westons ganzes Leben sein. Einen Einblick in seine undurchschaubare Seele erhielt die Ratsfrau erst, als eine absonderliche Person eines Tages das schwarze Zelt betrat. Angesichts des Bartes, der auf dem geschabten Kinn schon wieder sproß, handelte es sich zweifelsohne um einen Mann, aber sein Haar war kunstvoll mit Affenschmalz in Locken gelegt, und darüber trug er eine schmale Frauenhaube. Seine Lippen und Wangen waren rot gefärbt.

Annette von Burgund konnte ihren Abscheu vor einem so widernatürlichen Wesen nicht verbergen. Alle Obrigkeiten verboten Männern das Tragen von Frauenkleidern, aber sie hatte noch nie einen von dieser Art gesehen. De Weston, der ihre Grimasse bemerkte, wies sie wortlos mit ausgestrecktem Finger aus dem Zelt, damit sie seine feinen Empfindungen nicht störte.

Sie war neugierig und lauschte schamlos, das Ohr an den schwarzen Samt gedrückt. Aber das Murmeln der beiden Männer war zu leise, als daß sie etwas verstehen konnte. Wie ein Bote hatte der selbstgefällige Affenmann nicht gewirkt. Vielleicht wollte er nur erfahren, ob er einen Mann oder eine Frau heiraten sollte. Alheyd rümpfte die Nase, als er das Zelt verließ, und ging zu de Weston hinein, um aufzuräumen.

Der Wahrsager schien erregt. Seine Hände lagen zitternd auf dem Schwert, und seine Augen zeigten endlich einmal Leben. Alheyd erschrak vor der Zärtlichkeit, mit der er den Besucherhocker betrachtete. Aber noch unangenehmer war ihr, daß sein Blick ihr im Dämmerlicht des Zeltes folgte wie ein Schatten seinem Herrn. Erleichtert atmete sie auf, als der Vorhang hinter ihr wieder zufiel.

Sie verstaute die Insignien des Wahrsagers ordentlich, wie sie es als ihre Aufgabe akzeptiert hatte, aber ohne jeden Respekt. Der Wahrsager unter dem sternenübersäten Zelthimmel gab angeblich das Wissen von Geistern weiter – dabei hockte da nur ein selbstgefälliger Mann unter florentinischem Tuch und sprach aus eigenem Ermessen. Versehen mit einigen geheimnisvollen Gegenständen, behauptete er, die Zukunft zu lesen. In Wirklichkeit las er nur in den Gesichtern der abgearbeiteten Frauen, daß sie Söhne begehrten, damit der Mann sie nicht verließ. Alheyd schnaubte verächtlich.

»Annette von Burgund.«

Die Ratsfrau erhob sich widerwillig von der Truhe und schlug den Samt zum inneren Gemach auf. »Ja, Meister. Was wollt Ihr?«

»Ich habe Euch vor dem Florentiner bewahrt. Ihr wißt das.«

Alheyd stieg tiefe Röte ins Gesicht. Sie war dankbar, daß er sie nicht sehen konnte. »Ja.«

»Wer ist er? Ihr seid mir die Antwort schuldig geblieben.«

»Ihr habt mich nie gefragt. Ich bin Euch keine Antwort schuldig. Höchstens einen Gefallen.«

Der Wahrsager nickte. »Den werde ich einfordern, wenn es soweit ist. Was verbindet Euch mit Ihm? Warum habt Ihr Euch nicht zu erkennen gegeben?«

»Warum beantwortet Ihr Eure Fragen nicht selbst? Die

Sterne werden gewiß die Wahrheit sagen.« Alheyds Verachtung für diesen Mann schlug in Sekundenschnelle um. Er war ein Scharlatan, aber nicht dumm. Sie zitterte vor Sorge, er könnte erraten, um was es ging. Die Calimala würde keine ungefährlichere Drohung sein als die Leprakommission.

De Weston lehnte sich zurück und betrachtete das goldflitterbestäubte Tuch über seinem Kopf. »Die Sterne, liebe Annette von Burgund, antworten mir, wenn ich es möchte. Zu anderen Zeiten möchte ich die Antworten der Menschen, und gegenwärtig befrage ich Alheyd von Bremen.«

Alheyd umklammerte eine Vorhangfalte. Sie spürte das Kitzeln des Schweißtropfens, der zwischen ihren Schulterblättern hinunterrann. »Nein«, sagte sie eigensinnig.

»Ihr seid störrisch, wo ich Fügsamkeit erwarte. Ihr habt mir bereits einmal Widerstand geleistet, Alheyd von Bremen!« Seine letzten Worte brachten die Kerze zum Flackern, denn er hatte sich erhoben und beugte sich über den Tisch. »Auch der Italiener war störrisch. Er suchte eine verwandte Seele. Ihr seid es, die er sucht, gebt es zu! Und er ist es, vor dem Ihr davonlauft.«

»Was habt Ihr davon, daß Ihr es wißt?«

»Es ist meine Profession, viel zu wissen. Was Euren Fall betrifft, so ist Eure Abwesenheit für mich vielleicht wertvoller als Eure Anwesenheit.« De Weston liebte es, andere seine Macht spüren zu lassen, besonders Frauen. Es war sein einziges Gefühl ihnen gegenüber, und das war sein kleines, wohlgehütetes Geheimnis, das niemanden etwas anging. Er entblößte seine breiten, blütenweißen Schneidezähne zu einem Wolfslächeln und weidete sich an ihrer Angst. »Man könnte den Florentiner benachrichtigen. Man könnte sich das Festhalten der gesuchten Person vergüten lassen. Man könnte auch eine bewaffnete Begleitung durch die feindlichen Linien aushandeln. Ach, es gibt so viele Möglichkeiten des Kaufens und Verkaufens. Wissen ist eine Ware wie andere auch. Seid Ihr üblicherweise nicht Kauffrau, sagtet Ihr, Alheyd?«

»Nein, das sagte ich nicht.« Alheyd war innerlich gespannt wie eine Armbrust. Woher wußte er das nun wieder? Und was wußte er noch?

Er lächelte. »Ich weiß vieles.«

»Ich auch«, entgegnete die Ratsfrau mit zusammengebissenen Zähnen und atmete tief ein. »Der Florentiner liebt mich, wenn er mich auch nicht haben kann. Und er liebt mich genug, um mich vom Anblick zweier Männer zu befreien, die jedem Christenmenschen zuwider sein müßten ...«

De Westons Mund zog sich zusammen, bis er wie der After eines Hundes aussah. Das hat gesessen, dachte Alheyd und richtete sich innerlich wieder auf.

Dann flogen ihre Gedanken zu Cosimo d'Albizzi. Ihm würde ihre aus Zweckmäßigkeit geborene Lüge nicht weh tun. Während sie ungehindert davonging, fühlte sie sich befreit vom Gauklerlager, befreit von allem ... Irgendwo draußen auf der Landstraße war Cosimo.

Philippe de Weston kam auf das Gespräch nicht mehr zurück.

Sei deinem Gegner an Härte voraus, hatte ihr Rucenberg am Tage ihrer Hochzeit eingeschärft. Wie brauchbar seine Ratschläge waren und wie gut sie es unter seiner Munt hatte, sah sie immer wieder. Die Ratsfrau sandte in Gedanken einen zärtlichen Gruß nach Bremen.

»Sagt, Frau Mechtild, habt Ihr mein Bündel beim Aufräumen irgendwo anders hingelegt, Ihr wißt schon ...« Alheyd war ein wenig verlegen.

»Wenn Ihr Euer Diebesgut meint, nein«, erklärte Mechtild, nicht bereit, der Beute eine beschönigende Bezeichnung zu geben. An ihrem Schragen war ein Dieb immer ein Dieb, auch wenn er nur hungrig war. »Ich fasse das Zeug nicht an, also beschwert Euch nicht über den Dreck unter dem Sack. Es hat gar keinen Zweck.«

»Das meine ich nicht.« In Alheyds Stimme war die Angst unüberhörbar. »Mein Sack ist fort!«

»Ich war es nicht«, beharrte Mechtild eigensinnig und fuhr fort, wie die Rechtschaffenheit in Person auszusehen.

Alheyd ließ sich neben ihr auf die Knie fallen und hielt Mechtilds unermüdlich rührenden Arm krampfhaft fest. »So versteht doch endlich!« rief sie. »Er ist gestohlen! Die Arbeit des vergangenen Sommers. Und die meines künftigen Lebens! Dann war alles vergebens …« Ihre Stirn senkte sich auf Mechtilds Ärmel. Tränen tropften auf ihr Handgelenk.

»Unrecht Gut gedeiht nicht«, sagte die Knochenhauerin leise und streichelte mitleidig Alheyds Haare, die offen und weich herunterfielen, schon freigegeben für die Nacht. »Aber ich verstehe Euch, Ratsfrau.«

»Aber wer kann ihn mir fortgenommen haben? Und zu welchem Zweck?«

»Es muß jemand sein«, antwortete Mechtild bedächtig, »der darin einen Wert erkennt. Vielleicht war es die Stria …«

»Das würde sie nicht wagen«, sagte Alheyd überzeugt.

Mechtild lächelte trübe. »Habt Ihr noch nicht genug? Habt Ihr noch immer nicht gemerkt, was Menschen alles wagen, wenn jemand schutzlos ist? Hinricos Rucenbergius zählt in diesem Wald nicht. Seid vielmehr froh, daß Ihr hier Annette seid, eine gewöhnliche Frau wie ich, wegen Eures gegenwärtigen Gewerbes nur ein wenig besser herausgeputzt.«

Alheyd wollte gerade energisch protestieren, als im Wald Waffengeklirr und das Wiehern von Pferden zu hören waren.

»Gnadenreiche Maria«, sagte Mechtild beunruhigt. »Zieht Euch wieder an. Soldaten!«

Alheyds Hände flogen, als sie ihre schlichtesten Manschetten anknöpfte und ihre dunkle Hautfarbe erneuerte. Die Truppen würden die Abtei nicht verschonen, nicht einmal die alte berühmte von Paimpont. Zu viele zerstörte Benediktinerklöster hatte sie unterwegs gesehen, um sich über die Schutzwirkung von Heiligen gegen Plünderung und Mord Illusionen zu machen.

Unbekannte Männerstimmen wurden innerhalb der Wagengruppe laut, die sich sorglos zwischen dem See und der Abtei verteilt hatte. »Vielleicht hilft uns Artus hier in seinem eigenen Wald«, flüsterte Mechtild, die in die Dunkelheit hinausspähte. In der festen Meinung, daß die Mönche sich im Schutz berühmter Heiliger wußten und gewiß keine Mittel gegen die Pest kaufen würden, hatte sie den Wagen weit abseits der Straße und fern vom Zugang zur Abtei unter dem lichten Dach einer hohen Eiche abgestellt. Aber Mechtild sah nichts. Das gelegentliche Plumpsen der Eicheln auf der Wagenbespannung erinnerte sie eindringlich an die nahende Winterkälte. »Aber mehr noch vertraue ich auf Morgane«, fügte sie hinzu. »Man sagt, sie wohnt in einem Tal nicht weit von hier und verzaubert Ritter. Ich wünschte, wir wären dort. Vielleicht könnte sie die Verzauberung auf gewöhnliche Soldaten ausdehnen …«

»Ach, Mechtild«, sagte Annette von Burgund, die mittlerweile fertig war. »Vor diesen Mordbuben rettet uns nichts, wenn sie uns finden, Ihr wißt es doch selber.«

»Dieser Wald ist kein gewöhnlicher Wald«, beharrte die Knochenhauerin eigensinnig. »Ihr werdet es sehen. Die Fahrenden wissen, warum sie hier Schutz gesucht haben. Und die Mönche auch.«

»Ich verstehe Euch nicht«, murmelte Alheyd, »Ihr seid fromm und dann doch wieder so heidnisch, daß die Kirche versucht sein könnte, Euch als Ketzerin zu verbrennen …«

Die gewöhnlichen Geräusche von Soldaten, die ihr Lager aufschlugen, wichen allmählich dem Tumult beim unerwarteten Wiedersehen alter Freunde. Mechtild gluckste leise. »Ich glaube, Morgane weiß, was den Soldaten fehlt. Wenn der Trupp nicht allzu groß ist, werden die Fensterhennen die Männer bei Laune halten. Daß in der Abtei mehr zu holen ist als bei Gauklern, wissen die auch.«

Alheyd beruhigte sich allmählich. Mechtild hatte recht gehabt: die Soldaten waren gegenwärtig anscheinend zu anderem als Mord und Plünderung aufgelegt. Bald mischte sich trunkenes Grölen unter das Gelächter von Männern und Frauen.

Aber dann wurde sie steif vor Angst. Die helle Stimme des Ritters vom Ménez-Hom würde sie überall wiedererkennen. »Hört, Mechtild«, wisperte sie, »er ist es. Wir sind verloren.«

»Jetzt sättigen sie erst einmal ihren fleischlichen Hunger und danach ihren Durst. Bis morgen früh sind sie außer Gefecht gesetzt, und dann sehen wir weiter«, sagte die Knochenhauerin streng. »Außerdem erkennt er Euch gar nicht. Ihr seid nicht die einzige, die er in diesem Krieg vergewaltigt hat, glaubt mir. Übrigens wart Ihr damals noch blond.«

»Aber mich vergaß er zu töten. Er wird sich erinnern.«

»Was ist denn an Euch so Besonderes?« Mechtild wurde allmählich ungnädig, aber Alheyd merkte es gar nicht.

»Nicht an mir. An ihm.«

»Das verstehe ich nicht«, sagte die Knochenhauerin verblüfft. »Er war doch ein Kerl von einem Mann. Also nichts Bemerkenswertes.« Alheyd lauschte in die Dunkelheit. In das Gelächter der Männer mischte sich jetzt tiefes Brummen.

»Sie haben den Bären herausgeholt«, stellte Mechtild in ihrer gewöhnlichen Lautstärke fest. »Das will ich mir ansehen. Er hat anscheinend gute Laune.« Der Tanzbär pflegte den ganzen Tag über mitzulaufen – wie ein vierfüßiger Gaukler. Die Kinder neckten ihn, aber da sie ihm gleichzeitig Eicheln, Nüsse und Grünzeug vorwarfen, wurde er ihnen nie gefährlich.

»Tut es nicht, bitte«, flehte Alheyd, von Sorge gequält. »Der Ritter könnte auch Euch erkennen.«

»Ach, wo denkt Ihr hin, Ratsherrin! Ein junger Ritter bemerkt eine alte Frau sowenig wie den Kienspan an der Wand.« Mechtild entschwand im Dunkeln. Vor ihr flackerte schon das Licht der Lagerfeuer, die Fahrenden kannte sie mittlerweile alle, und der Bär war gezähmt im Unterschied zu ihrer Neugierde.

Alheyd sah ihr mißmutig hinterher. Die Knochenhauerin wußte doch von ihrer Angst. Warum mußte sie trotzdem gehen?

An einen Wagen gelehnt, beobachtete Mechtild die Soldaten am Feuer, neben ihnen die Frauen und diejenigen unter den Gauklern, die zu Geselligkeit aufgelegt waren. Es waren bei weitem nicht alle; de Weston fehlte und auch die Alte, die ungeborene Abnormitäten liebte.

Der Bär Petit-Jean begann auf sein gewohntes Signal hin zu tanzen: ein Mädchen von drei oder vier Jahren hielt ihn an einem Strick und sang mit dünner Stimme ein Liedchen für ihn. Schwerfällig trat er im Takt des Liedes von einem

Fuß auf den anderen. Das Mädchen streute Maronen vor ihn hin.

Petit-Jean fiel auf die Vordertatzen und begann durch den weitmaschigen Maulkorb hindurch zu essen. Das gab der Kleinen Gelegenheit, ihm das schäbig gewordene Fell am Hals zu klopfen, und sie bedankte sich mit einer tiefen Verneigung für den Beifall.

Plötzlich ging das Schmatzen des Bären in ein böses Brummen über. Die Kleine ließ sofort den Strick fallen und rannte davon.

Gut gemacht, dachte Mechtild, aber dann fiel ihr Blick auf zwei große Doggen, die sich geduckt anschlichen und Jean in einer immer engeren Spirale umkreisten. Die Doggen gehörten nicht zu den Gauklern, aber keiner wagte zu murren.

Petit-Jean drehte sich wie ein Kreisel und schlug mit seinen scharfen Krallen zu. Die Doggen geiferten und bellten, und ab und zu mischte sich Jaulen in den Lärm.

Endlich gelang es der Hündin, hochzuspringen und die spitzen Eckzähne in den abgeschabten Nacken von Petit-Jean zu schlagen. Von ihren Lefzen herunter troff Blut, und der Bär schleuderte sie gefährlich umher.

»Es reicht!« sagte de Baliol. »Ever!«

Einer seiner Männer sprang auf, warf sich auf die Dogge und biß sich in ihrem Schwanz fest. Jaulend ließ sie sich fallen. De Baliol packte sie am Nacken und schleifte sie davon. Der Rüde kroch fast auf dem Bauch hinterher.

Ein Gaukler riß Petit-Jeans Tau an sich und zog ihn so lange um das Feuer, bis er sich erschöpft auf die Erde hockte. Er leckte sich die Tatzen, strich sich das Fell glatt und beruhigte sich allmählich.

Mechtild atmete auf, weil nun die Vorführung zu Ende und nichts Schlimmes geschehen war.

Aber einer der Soldaten war noch nicht zufriedengestellt. Er schob sich auf den Bären zu und ließ spielerisch die Fackel kreisen, die blakte und die Luft mit stinkendem schwarzem Rauch erfüllte; die Augen des Soldaten glommen im flackernden Lichtschein.

Mechtild drückte sich tiefer in den Wagenschatten, als die feuerrote Narbe des Ritters vom Ménez-Hom jäh aufglänzte. Petit Jean warf seinen Kopf hin und her, und Mechtild spürte, daß er Todesangst vor dem Feuer hatte, wie alle Lebewesen, die auf zwei Beinen gehen. Der Ritter rückte mit tänzelnden Schritten näher, während Petit-Jean sich erhob und verstört den Platz wechselte. Der Gaukler, der seine Leine hielt, versuchte vergebens, ihn mit einer Marone fortzulocken. Petit-Jean ließ seine kleinen Augen nicht von der Fackel, und seine Mattigkeit wich verzweifelter Wut.

Die Knochenhauerin grub ihre Zähne in die Fingerknöchel, während der Ritter den Bären narrte und ihm die Flammen um die Nase züngeln ließ. Petit-Jean holte mit den Tatzen aus. Nach einer letzten Finte stieß der Ritter ihm die Fackel in den Maulkorb, wo sie hängenblieb. Das Fell fing Feuer und brannte bald lichterloh, während der Bär sich losriß und brüllend vor Schmerz davongaloppierte.

Der Ritter schaute ihm lachend nach. Als der Bär den See fast erreicht hatte, nickte er einem Mann mit aufgelegtem Pfeil neben ihm zu. Der Pfeil tötete Petit-Jean, noch bevor der Körper zischend in das Wasser fiel. Die Soldaten fielen in das Gelächter ihres Führers ein. Die Gaukler waren still.

»Hat es euch nicht gefallen, wie wir Bestien erlegen?« fragte der Ritter provozierend.

Mechtild stahl sich davon.

Sie traf Alheyd immer noch wach und unruhig an. Zum Glück war diese zu sehr mit sich selbst beschäftigt, um zu bemerken, wie bleich die Knochenhauerin zurückgekehrt war. Auch Mechtild wälzte sich auf ihrem Lager, bis der Lärm endlich verebbte und die Stille des Waldes die Abtei und den See umfing.

Die Abtei schimmerte rötlich im Morgenlicht, als zwei Mönche in ziegenledernen Kutten und mit Fischreusen auf dem Rücken an der übermüdeten Alheyd vorbeigingen. Einer von ihnen erhob stumm eine segnende Hand über sie, und sie dankte ehrerbietig. Sie sah ihnen nach, als sie in ein kleines Boot stiegen und auf die schimmernde Wasserfläche hinausruderten. Was mochte dieser Tag für sie bereithalten, für die Mönche und für die Frauen?

Entgegen ihrem Vorsatz mußte sie eingeschlafen sein. Die Ratsfrau erwachte mit schmerzender Stirn; während sie sich den Kopf rieb, der auf der Kante des Wagens gelegen hatte, hörte sie unmittelbar vor sich die helle Stimme, die sie so haßte.

»Seid ihr die Frauen, die Männer gegen die Pest schützen können?« fragte der Ritter, und Mechtild brummte zustimmend, weil sie ihn ungefähr verstanden hatte. »Man sagt, ihr wüßtet eine geheime und unfehlbare Methode ...«

»So ist es«, bestätigte Alheyd mit angemessenem Hochmut in der Stimme.

»Ich werde Euch hoch entlohnen, wenn Ihr mich schützt«, versprach der Ritter, dem die Doggen um die Füße sprangen. Trotz seiner Kinderstimme ließ er keinen Zweifel, daß es sich um einen Befehl handelte.

Alheyd befahl sich in Gottes Hand und dachte an Rucenbergs Büchlein. »Was nützt das, wenn Ihr der Meisterin Mechtild und mir hinterher den Lohn und das Leben abnehmt?« fragte sie kühl. »Da überlassen wir Euch lieber der Pest.«

Ihre kühnen Worte machten Eindruck auf den Ritter. »Ich schwöre Euch, daß ich und meine Leute Euch nichts antun. Darüber hinaus bekommt Ihr einen Freibrief für unsere Linien. Reicht Euch das?«

»Ich nehme an, daß ich Euch vertrauen kann, Ritter ...?« Die Ratsfrau zögerte ihre Zusage hinaus, und der Ritter wurde immer drängender.

»Ritter Ernaud de Baliol, Chef meiner Routiers unter dem Kommando von Charles de Blois. Ich will die stärkste Schutzkraft, die Ihr mir für Geld, Schwur und Brief geben könnt.«

»Nun gut«, stimmte die Ratsfrau zu. »Ihr sollt sie haben.«

»Kommt wieder, wenn die Sonne den halben Morgen anzeigt«, ordnete Mechtild an. »Die Kraft des Haarseils ist am stärksten, wenn es warm ist.«

Der Ritter nickte. Schon im Fortgehen, drehte er sich nochmals um. »Ach ja: keine Zeugen.«

»Ich brauche Männer, die Euch halten«, wandte die Knochenhauerin ungläubig ein, nachdem Alheyd das ungewohnte Wort übersetzt hatte. »Und meine Helferin mit dem Instrumentarium und dem Alanbik.«

»Die Frau mag dabeisein«, gestattete Ritter de Baliol hochfahrend, »aber keine Männer. Die Schmerzen werde ich aushalten, Ihr werdet nicht zu klagen haben.«

Mechtild nickte wenig überzeugt, während sie ihm nachsah. Die Ratsfrau zog ein Tuch dicht über ihre Schultern, so erbärmlich verfroren und übernächtigt, daß Mechtild darauf verzichtete, die Sache mit ihr durchzusprechen. Statt dessen erhitzte sie Wein aus dem Vorrat und ließ darin Jungfer im Grünen und Ysop ziehen, gut gegen die Melancholie, die von der Leber kommt. Sie selber war zwar nicht melancholisch, aber eine Stärkung konnte auch sie gebrauchen.

Erst danach ließ sie von zwei starken Gauklern einen mächtigen Baumstamm herbeischleppen, den ein einzelner Mann nicht bewegen konnte, auch wenn er von Berserkerkräften getrieben wurde.

»Zum eigenen Schutz muß ich Euch festbinden«, beharrte Mechtild, als der Ritter sich weigerte, sich die Knöchel mit Lederriemen am Baumstamm befestigen zu lassen. Sie stemmte die Fäuste in die Seiten und musterte ihn unnachgiebig. »Wenn Ihr mir nicht traut, laßt doch Euren ganzen Trupp hier im Kreis aufmarschieren und mich bewachen. Aber Ihr könnt fragen, wen Ihr wollt, Ihr werdet überall hören, daß ich mich geziemend zu benehmen weiß.«

De Baliols Narbe wurde dunkelrot, und sein Unterkiefer mahlte. Er blickte abwechselnd auf Mechtild und die andere Frau hinunter. Endlich entschloß er sich, ihnen zu trauen. Seine Soldaten kamen nicht in Frage.

Alheyd hatte das unbestimmte Gefühl, daß die Protektion diesmal anders verlaufen würde. Mechtild hatte noch nie jemanden festgebunden, und ein Soldat konnte zweifellos

Schmerz aushalten. Aber gewohnheitsmäßig bereitete sie alles wie sonst vor.

»Das Beinkleid müßt Ihr ausziehen«, verlangte Mechtild.

Die Ratsfrau nickte verlegen, als der Ritter sie fragend ansah.

»Vergeßt nicht, Ihr wolltet die stärkste Protektion, die möglich ist«, warf Mechtild ein, »und die erfordert besondere Vorkehrungen. Aber ich kann Euch auch schützen wie jedermann.«

Der Ritter schüttelte gefaßt den Kopf, streckte sich nackt bis zum Gürtel auf einer Wolldecke aus und ließ sich die Beine am Holzstamm festbinden.

Als Mechtild ihr Arbeitsfeld in Augenschein nahm, stockte ihr für einen Moment der Atem. Jetzt wußte sie, was Alheyd ihr nicht hatte mitteilen wollen: der Hodensack des Ritters war ein leerer Schlauch. Es kostete sie Mühe, die Ratsfrau jetzt nicht anzublicken. Die Knochenhauerin ging an die Arbeit wie immer. Der Ritter krallte seine Hände in den Boden und knirschte mit den Zähnen. Als er sich nach dem Durchziehen des Haarseils durch den Hodensack wieder aufrichten wollte, schwankte er.

Mechtild stützte ihn und sagte: »Der Schutz nimmt ab, wenn Ihr Frauen beiliegt. Ihr werdet Euch der Frauen völlig enthalten, solange Ihr Schmerzen verspürt.«

De Baliol nickte mit verkrampftem Kiefer und händigte Annette von Burgund die verabredete Summe, Schwur und Brief aus. »Sollte mein Geheimnis irgendwann die Runde machen«, krächzte er, »wüßte ich, wem ich das zu verdanken habe. Keine von Euch hätte dann noch lange zu leben. Noch nie habe ich danach eine Frau leben lassen. Bis auf eine …« Breitbeinig wankte er davon.

Als er zwischen den nächsten Wagen verschwunden war, sank Alheyd auf den Baumstamm. »Mein Gott, Mechtild«, sagte sie atemlos, »woher nehmt Ihr nur soviel Zutrauen zu Euch selbst? Oder seid Ihr jetzt übergeschnappt? Was ist, wenn er stirbt?«

»Er stirbt nicht«, sagte Mechtild und sah in die Wipfel der Eichen. »Morgane … Sie wollte es so. Spürt Ihr es nicht?«

»Ich spüre nichts außer Angst. Ich werde ins Kloster gehen und für Euren Erfolg beten. Und für mich«, fügte Alheyd hinzu. »Gnade mir Gott, wenn er entdeckt, daß ich die Frau bin, die er nicht erschlug …«

»Tut das, wenn Ihr keine Angst vor den Soldaten habt. Es wäre allerdings vernünftiger, wenn Ihr mir erst beim Aufräumen helfen würdet. Ich denke, sie werden gleich losschlagen. Ritter de Baliol ist zwar etwas schwach, aber er wird sich unverwundbar fühlen.«

Alheyd schrak zusammen und erkannte erst jetzt, daß die ganze Gesellschaft dabei war, Hab und Gut zusammenzupacken. Mechtild hatte recht. Während sich die Fahrenden in der gewohnten Reihenfolge ordneten, nahmen die Soldaten mit dem Rammbock Anlauf und berannten die Klosterpforte. Brandpfeile wurden über die Mauern in den Innenhof geschossen. Als letztes vernahmen die Frauen das Splittern von Holz und das Triumphgeschrei der Soldaten, bevor der Troß im Wald verschwunden war.

Der Wald war dicht und groß, und der Weg wurde zuweilen zum Hohlweg. Das bretonische Pferd mit den unauffällig kleinen Huf spuren dampfte. Aber es war schnell und so ausdauernd wie sein Reiter. Trotzdem kam er erschöpft in Roazhon an.

In der Stadt, die in der Sprache der Franzosen Rennes genannt wurde, war ein Turnier angesetzt; Ritter in allen Farben aus den Geschlechtern der Bretagne und Frankreichs zogen zum Turnierplatz in der Mitte der Stadt. Der Bote folgte ihnen. Wenn man jemanden aus vornehmem Geschlecht finden wollte, dann dort. Turniertage waren Glücksfälle für einen Boten.

D'Albizzi hatte auf der Tribüne Platz genommen, weitab von der adeligen Gesellschaft dieses Landes, zu der er nicht gehörte. Der Grund für seine Bescheidenheit lag jedoch eher darin, daß er nur von dort aus die Menschen unbemerkt beobachten konnte. Das Turnier interessierte ihn nicht. Es fand ohnehin vermutlich nur statt, um das Volk von der Pest abzulenken. Ob Florenz oder Rennes, die Methoden waren die gleichen.

Charles von Blois und seine Frau waren nicht anwesend, was das gemeine Volk auf den Stehplätzen mit enttäuschten Pfiffen quittierte. Aber d'Albizzi zweifelte nicht, daß der asketische Karl den Adeligen in ihren prachtvollen Gewändern insgeheim weniger lieb war als seine kämpferische Frau Jeanne de Penthièvre. Er selber mochte ihn auch nicht besonders. Welch ein Vorbild für den niedrigen Adel! Und welch ein Verlust für die Calimala, wenn jeder Adelige eine ganze Saison lang ungewaschene Kleider voller Läuse trüge. Angewidert rümpfte er die Nase, während seine Augen einem Mann folgten, der viel zu fragen hatte. Der müde aussehende Bretone in schlichter grauer Kleidung suchte jemanden.

Nach einer Weile wurde der Bretone auf d'Albizzis forschenden Blick aufmerksam und kam zögernd näher. »Kennt Ihr einen Mann, der landauf, landab eine Frau aus dem Norden sucht, Herr?«

Der Italiener erhob sich mit heiterem Gesicht. »Den Mann hast du gefunden. Komm, laß uns in eine Taverne gehen. Dort erzählst du mir, was es Neues zwischen Florenz, Brügge und Köln gibt. Vor allem in der Bretagne.« Sie entfernten sich, während Heinrich seinem Herrn in einigem Abstand folgte.

D'Albizzi betrachtete den Mann an seiner Seite neugierig. Er sah aus wie viele Bretonen, nichts sprach dafür, daß er mehr über die gesuchte Frau wußte als andere.

Sie kehrten in der nächstgelegenen Taverne ein. Der kleine verkommene Schankraum war voller trinkender Bauern. Auch sie interessierte das Turnier wenig. Ob die Rohans gewannen oder die Quintins, was für eine Rolle spielte das? Aber wann sah man schon so viele Wappen und Farben, Herolde, Hörner und Wimpel? Die Pracht und der Prunk, die auch Leben bedeuteten, entschädigten ein paar Stunden lang für das Sterben zu Hause, für die hungrigen Kinder, den unbrauchbaren Roggen. Sie waren der lebende Beweis dafür, daß es Gott gab, der mit vollen Händen an diejenigen austeilte, denen er seine Gunst schenken wollte.

D'Albizzi wurde mit neugierigen Augen betrachtet: auch

er war eine Variante des angenehmen Lebens auf der Erde, aber sichtlich weder Bretone noch Franzose.

Der Wein war annehmbar. Der Italiener wartete, bis der durstige Bretone seinen Becher geleert hatte.

»Was hast du mir zu sagen?«

Der Bote wühlte mit zwei Fingern in einem Fellbeutel, den er um den Hals hängen hatte. »Zu zeigen, Herr, zu zeigen. Zwei Stücke Stoff.«

D'Albizzi atmete tief ein, während er bedächtig nach den Stoffmustern griff, die er sofort als Arbeit aus Florenz erkannte. Wer die hatte, wußte bestimmt, wo die deutsche Spionin war. »Wo hast du sie her?«

Der Bretone blinzelte und sprach dem Wein weiter zu. »Nicht so hastig, Herr«, warnte er. »Wo ich die herhabe, sind noch andere Stoffe. Und auf der Ware sitzt die Frau, die Ihr sucht.«

»Wo ist sie?«

Der Bretone hielt dem Florentiner seine offene Hand vor die Augen. »Zehn dicke Flamen.«

D'Albizzi schnaubte empört.

»Kaufmann und Dieb ist kein großer Unterschied, so sagen wir hier, Herr. Deswegen hat ein ehrlicher Bretone kein schlechtes Gewissen, wenn er einen Kaufmann schröpft.«

»Du bist besonders ehrlich, scheint mir«, brummte der Florentiner. Er zog seine Geldkatze heraus und zählte dem Mann die Münzen neben den Becher.

»Philippe de Weston erwartet Euch. Er ist im Wald von Paimpont, einen Tagesritt von hier. Er wird Euch zu der Frau bringen.«

»Und noch einmal Bezahlung verlangen«, murrte d'Albizzi verärgert. Er zweifelte keinen Augenblick daran, daß Philippe de Weston wußte, wo die Deutsche war. Der Mann war zwar bei Gauklern untergeschlüpft, aber die Gaukelei war sowenig seine Profession, wie er selbst sich mit der Verarbeitung von Schafwolle befaßte.

Der Bretone schüttelte den Kopf. »Ihr sollt ihn sicher durch das Kriegsgebiet bringen, als italienischen Kaufmann, Herr.«

D'Albizzi war verblüfft. »Durch welches Kriegsgebiet von den vielen, und wohin? Meines Wissens ist das ganze Herzogtum ein Kriegsgebiet und Frankreich auch nur vorübergehend ruhig.«

»Das weiß ich nicht«, sagte der Bretone. »Ich danke Euch für den Wein.«

Die Stoffmuster blieben auf dem Tisch liegen, als er ging. Der Florentiner schenkte sich Wein ein und trank nachdenklich. Heinrich starrte auf den Stoff und befühlte mit der Zunge seinen Gaumen, der vor Durst klebte.

16. Die Gefeiten

Der Kampf war kurz, unterschiedslos wurden fliehende und betende Mönche erschlagen. Erschlagen wurden sie, weil die Soldaten erbittert und zornig waren, als sie entdeckten, daß das Kloster bereits von Engländern geplündert worden war und nichts mehr von Wert enthielt – außer dem Meßwein, und den hatten sie sofort trinken müssen, weil die beschädigten Schläuche tropften.

Der Trupp von dreißig Mann zog schon nach kurzer Zeit ab. Der einzige Verlust auf ihrer Seite war ein Sergeant, der an der Pest starb; die Beulen hatte er schon seit mehreren Wochen, und nun war er tot. De Baliol beriet sich mit seinem verbliebenen Unterführer, gegen wen sie sich unter den neuen Umständen wenden sollten. Geplant war gewesen, mit reicher Beute nach Roazhon zurückzukehren.

Der Chef hatte eine fürchterliche Laune, aber es ging ihm wider Erwarten gut. Außer einem stechenden Ziehen in den Oberschenkeln und dem Druck des Haarseils spürte er wenig. »Gnade euch Gott, wenn ihr euch jetzt auch noch die Pest holt«, knurrte er. »Der Spott ehrlicher Bretonen nach diesem Kampf reicht mir schon.«

Der Sergeant, der neben ihm gierig an einem Wildschweinknochen nagte, schrak auf. Die Vorratshaltung der Mönche ließ nichts zu wünschen übrig, aber der Zorn des Chefs mußte besänftigt werden. Er war in jeder Hinsicht unberechenbar. »*Die Gefeiten!* Wie wäre das, Herr?«

De Baliol hob jäh den Kopf. »Du sollst Chef sagen, Dummkopf. Du meinst ...!«

»Ja«, sagte an Youdec, der gegen seinen Spitznamen längst nicht mehr rebellierte, obwohl er es war, der seinem Herrn die Ideen lieferte. »Machen wir uns fest gegen Pest, die ganze Truppe! Wir werden die Engländer allein dadurch das Fürchten lehren, daß dieser Ruf uns vorauseilt.«

Der Ritter zog sich mit tückischem Grinsen an einem tiefhängenden Ast hoch. »Weck die stinkenden Söhne läufiger Hündinnen! Die Pestweiber müssen her. Und dann auf nach Ploërmel. Mal sehen, was die verfluchten Engländer dazu sagen.«

Die Gaukler waren noch nicht weit gekommen. Als sie merkten, daß die Soldaten sie verfolgten, ließen sie alles liegen und stehen und flohen in die Büsche. Die Knochenhauerin und die Ratsfrau, die wie üblich am Schluß fuhren, ersparten sich die Flucht und befahlen ihre Seelen in Gottes Hand. Die Soldaten würden ohnehin jeden aus dem Farn holen, von dem sie sich Nutzen versprachen.

Die Männer zogen die Frauen unter Gelächter wegen der wilden Flucht der Gauklergesellschaft vom Wagen. Den Ärmsten der Armen stellten sie nicht nach, und die Flüchtigen kehrten nach und nach auf den Grasweg zurück.

Nur Philippe de Weston blieb, wo er war, hinter der mächtigen Wurzel einer umgestürzten Buche. Mit Bestürzung erkannte er den Mann, den die anderen immer nur Chef genannt hatten. Offenbar war er nur an den deutschen Frauen interessiert. Und zweifellos würde Annette von Burgund dem Soldatenanführer auch von einem gewissen de Weston berichten. Nervös bohrte er mit den Fingern in der rötlichen Erde zwischen den Wurzeln, während er nachdachte.

Alheyd und Mechtild standen wie versteinert inmitten des turbulenten Gerennes. Die Knochenhauerin begann hemmungslos zu schimpfen.

»Ruhig, Frau Mechtild«, versuchte Alheyd sie zu beschwichtigen. »Die wollen uns lebend. Aber fordert sie nicht heraus. Vielleicht wollen sie Lösegeld von uns erpressen. Nur: bis Rucenberg davon erfährt, kann es lange dauern …«

Die Knochenhauerin brach abrupt ihr Lamentieren ab und drehte sich um. Auf seinem Pferd saß im Hintergrund de Baliol. Der Mann grinste höhnisch zu dem Durcheinander, das seine Leute unter den Fahrenden angerichtet hatten. »Ein schlimmer Kerl! Er freut sich, wenn's anderen schlechtgeht.«

»Bei ihm gibt's wohl keine Hoffnung, daß das Seil ihm den Garaus …?«

»Aber Ratsfrau«, sagte Mechtild entrüstet. »Ihm geht's gut. Sein Gesicht ist rosig wie das Flotzmaul eines Kalbes.« Und plötzlich hatte sie eine Eingebung. »Die verfluchte Protektion«, sagte sie erbittert. »Ihr werdet Rucenberg nicht benachrichtigen müssen, Ratsfrau. Sie wollen meine Kunst, nicht Euer Geld. Ist es nicht so, Herr Ritter?«

Der Ritter war hinter den Ersatzpferden hergeritten, die zwei Soldaten für die Frauen herbeigeholt hatten. Er mußte den Sinn ihrer Frage verstanden haben. Seine kalten Fischaugen glänzten, und er nickte.

Mit wütend vorgeschobenem Kinn bahnte sich die Knochenhauerin den Weg zurück zum Wagen des Peckmutz. Während einige Mutige und Neugierige aus der Gauklertruppe ihr über die Schulter sahen, verstaute sie ihr Handwerkszeug in einen Sack. Den Karren vertraute sie einem der Gaukler an. »Wir kommen zurück«, versprach sie grimmig. »Paß auf, daß du kein Kräutchen verlierst!«

Die Soldaten nahmen die Frauen in die Mitte und setzten sich in Trab. Schweigend sahen ihnen die Fahrenden nach.

Weit ritten sie nicht. Ernaud de Baliol wollte so schnell wie möglich den Schreckensruf der Feinde »Die Gefeiten!« hören. Ohne lange Erklärungen wurden die Frauen in einer Lichtung ihren Vorbereitungen überlassen. Die meist jungen Männer, Bretonen aus den Wäldern und abenteuerlustige Franzosen aus den grenznahen Gebieten, umringten die Frauen und sahen neugierig zu, während sie ihre zotigen Bemerkungen machten. De Baliol lehnte an einem Baum und kaute gemächlich auf einem Grashalm.

Mechtild dachte an das grausame Spiel mit Petit-Jean zurück. So wie jetzt hatte de Baliol auch damals ausgesehen. Und der Bär hatte dran glauben müssen. Sie winkte dem unterwürfigen Kerl, der stets um seinen Chef herumscharwenzelte. »Der Sergeant zuerst«, befahl sie mit der Genugtuung, daß ihr wenigstens bei der Reihenfolge niemand widersprechen konnte. »Er will sicher beweisen, wie tapfer er ist.«

De Baliol hatte befohlen, daß der Sergeant an der Sackhaut geschützt werden sollte. An Youdec verwünschte erstmals in diesem Krieg seine herausragende Stellung und hatte seine Idee längst bereut. Mit aschfahlem Gesicht schlich er heran. »Was wird meine Frau sagen, wenn ich solch einen Haarzopf mit mir herumschleppe? Wie soll ich ihr klarmachen, daß es nicht die Haare einer Geliebten sind, Herr?« klagte er.

De Baliol grinste hämisch. »Ich werde es ihr versichern. Und auch, daß sie dich nun lange behalten wird, pestgeschützt und zeugungsunfähig. Vielleicht bringst du es ja ohne hungrige Bälger zum reichsten Mann. Wolltest du nicht immer schon Dorfhahn werden?«

Der jungverheiratete Youdec erschrak bis ins Innerste. Er brauchte einen Sohn, der die Felder bestellte, wenn er alt war. Ohne Sohn würde der Ritter sie ihm gnadenlos wegnehmen. Heiliger Vuga, bitte für mich, flehte er, ohne die Lippen zu bewegen. Er hielt die Hände schützend vor sein Beinkleid und konnte die Augen nicht von Frau Mechtilds Händen lassen.

Die Knochenhauerin winkte ihm mit dem Messer, und zwei Soldaten schlangen ihm die Lederriemen um die Fesseln wie einem Feind. »Sie wird nichts sagen«, stichelte sie. »Vielleicht ist sie mir sogar dankbar.« Die Ratsfrau preßte die Lippen zusammen und übersetzte nichts mehr.

An Youdec schrie wie ein Schwein, das abgestochen wird. Die anderen verzogen angewidert die Gesichter, und einer hielt dem Mann schließlich den Mund zu. Die Knochenhauerin schnitt langsam und stach mehrmals, bis sie mit dem Tunnel für den Zopf zufrieden war.

Danach gab es unter den Franzosen und Bretonen einen heftigen Streit. De Baliol löste sich vom Baum und schlenderte wie der Hirte zwischen Schafen unter die Männer. »Chef«, sagte einer von ihnen bittend und lag gleich darauf mit blutender, gebrochener Nase auf dem Boden. Die anderen wichen bis an die Büsche zurück.

»Vorwärts, ihr schmieriges Ungeziefer!« schrie er unbeherrscht.

Mechtild schwenkte zwei Haarstränge zwischen den Fingern. »Es sind die allerletzten, die ich habe. Ich werde danach Schluß machen, Herr Ritter.«

De Baliol ließ seinen Willen weder von Männern noch von Frauen unterlaufen. Während die Knochenhauerin überlegte, ob er sie überhaupt verstanden hatte, stand er schon neben der Ratsfrau und riß ihr Gebände herunter. Er zerrte die rotbraunen, zum Hinterkopf hin mit hellblonden Strähnen durchsetzten Haare zurück, säbelte sie rücksichtslos ab und hielt sie wie eine Trophäe in die Höhe. »Hier haben wir genug«, rief er und setzte leise hinzu: »Mit dir befasse ich mich noch. Du wirst mir sagen, warum deine Haare gescheckt sind wie bei einem gefleckten Ochsen.«

Alheyd liefen vor Schmerz und Scham Tränen über die Wangen. Mit zitternden Händen zog sie den Schleier wieder über ihr Gesicht und haßte plötzlich die Knochenhauerin wegen ihrer Erbarmungslosigkeit. Ohne ein Zeichen von Anteilnahme hatte diese sich auf den Boden gekauert, die Erde kahl gefegt und das Flechten der Haarsträhnen in Angriff genommen. »Nehmt es mir nicht übel, Frau Annette«, murmelte sie. »Haare wachsen nach.«

Die Soldaten waren versöhnt. Die Haare der Pestärztin würden wirksam sein wie eine Reliquie. Mutig sahen sie jetzt ihrer Protektion entgegen.

Mechtild hatte mehrere Stunden zu tun. De Baliol umkreiste sie und den letzten in der Reihe wie ein Hund die Schafherde. Aber es dämmerte schon, als sie fertig war. Wohl oder übel entschloß sich de Baliol, das Nachtlager gleich hier an Ort und Stelle aufzuschlagen. »Die Mütter der Truppe in die Mitte«, röhrte er lachend und schickte seine Leute, ein dürftiges Reisigbett für Alheyd und Mechtild herzurichten.

Mechtild sank auf die Sitzgelegenheit und streckte ihre Beine erleichtert aus, aber die Ratsfrau hatte andere Pläne. »Wir danken für Eure Gastfreundschaft«, sagte sie abweisend, »wenn Frau Mechtild verschnauft hat, werden wir unserer Wege gehen. Ihr habt bereits gestern bezahlt, geschworen und einen Freibrief ausgeschrieben. Eure Truppe war in die Protektion nicht eingeschlossen.«

»Eben«, stimmte de Baliol mit Behagen zu. »Gestern war gestern, und heute ist heute.«

Alheyd erbleichte unter dem Schleier. »Was soll das heißen?«

De Baliol bemerkte ihre verkrampften Hände: die Frau war gespannt wie eine Bogensehne, und dahinter steckte mehr als die Angst vor vorübergehender Gefangenschaft; er würde es herausbekommen. »Ihr werdet weiterhin unsere Gastfreundschaft genießen«, sagte er in schmeichelndem Ton, aber Alheyd hörte nur seinen Hohn. »Eine berühmte Truppe vergrößert sich schnell. Besonders eine mit eigenem Pestarzt. Und nun gar zwei Pestärztinnen! Und alle, die dazustoßen, wollen geschützt werden. Die Gefeiten werden die ruhmreichste Truppe in der Bretagne werden, glaubt Ihr nicht auch, Frau Annette?«

D'Albizzi und seine Männer trafen auf die Gaukler, die trotz der späten Stunde erst jetzt ihr Lager aufschlugen – gewiß nicht für eine Vorstellung, sondern nur für einen notwendigen Zwischenhalt. Wahrscheinlich ist die Kunde vom Turnier in Rennes jetzt zu ihnen gedrungen, dachte der Kaufmann, während er nach dem Wahrsager Ausschau hielt. Er fragte sich zu ihm durch, während Heinrich, Costantino und sein Knecht außerhalb des Lagers auf ihn warteten. Philippe de Weston war in ein faltenreiches schwarzes Gewand gehüllt, und das Feuerchen vor seinen Füßen brannte so schwach, daß der Florentiner ihn kaum erkennen konnte. Er setzte sich zu ihm. »Du hast also noch mehr außer Zukunft, Hoffnung und Weisheiten feilzubieten: Informationen und Frauen gehören auch zu deinem Warenlager. Habe ich noch etwas vergessen?«

Der Wahrsager blickte nicht auf. »Suchst du die Frau oder die Stoffe?«

»Beides. Die Frau hat die Stoffe. Wo sind sie?«

»Nicht so schnell, Kaufmann.« De Weston starrte mit aufgerissenen Augen in das glimmende Feuer, als müßte er sich darin Rat holen. »Du wirst verstehen, daß ich sie dir nicht schenken kann. Ich verkaufe sie, einen Stoff nach dem anderen, zuletzt die Frau.«

D'Albizzi lachte leise. »Für die Frau habe ich eine saftige

Anzahlung geleistet. Andernorts bekommt man dafür zwei. Und die Stoffe, die du mir schicktest, sind nichts wert. Man hat sie zerschnitten. Ich suche drei Ballen Seide.«

Der Wahrsager biß sich ärgerlich auf die Lippen. Die Ballen hatte er nicht gefunden. Aber an der Frau hatte dem Florentiner viel gelegen. »Dann wird die Frau um so teurer.«

»Wieviel?« fragte d'Albizzi verärgert.

»Zehn Dicke mit dem Löwen.«

»Die zehn gab ich deinem Boten. Er sprach von einer Begleitung durch das Kriegsgebiet.«

»Das hat sich erledigt«, sagte de Weston hastig. »Du kannst deinen Schutz in Geld abbezahlen. Ich bleibe nun bei den Gauklern.«

»Das ist deine Sache.« D'Albizzi beugte sich zu ihm hinüber. Der Wahrsager fühlte die Spitze eines Dolches drohend in seiner Seite, und er hatte nicht den geringsten Zweifel, daß der Florentiner es ernst meinte. »Dein Geld kannst du bei deinem Boten abholen. Und jetzt die Information! Ich könnte sonst versucht sein, dich durch das Kriegsgebiet zu begleiten. Und dort abzuliefern, wo ich es für richtig halte.«

»Sie ist vom Ritter de Baliol gefangengenommen worden ...«, gab Philippe de Weston kleinlaut preis. Auf seiner Oberlippe sammelte sich Schweiß. »Nachdem ich dir die Botschaft gesandt hatte. Die Nachbarn werden es dir bestätigen ...«

»Nicht nötig«, flüsterte d'Albizzi. »Männer, die Nachrichten verkaufen, sind zu klein, um sie zu erfinden.«

De Weston erschauerte unter seinem Umhang, und der Kaufmann sah es mit grimmiger Genugtuung. »Du bleibst also hier, weil du de Baliol gesehen hast«, vermutete der Florentiner, und die Reaktion des Wahrsagers bestätigte ihm, daß er ins Schwarze getroffen hatte. »Obwohl du auch Angst vor ihm hast, stimmt's?«

De Weston sah sich vorsichtig nach allen Seiten um und nickte.

»Ich habe keinen Grund, dich zu verraten. Mich gehen die Nachrichten zwischen euren Fronten nichts an. Verstehst du, mir ist der eine Herzog so recht wie der andere, und wenn es die Bretonen gelüstet, die Bretagne zu einem Königreich zu machen, so geht auch das einen florentinischen Kaufmann nichts an.«

Philippe de Weston entspannte sich.

»Als Dank für mein Stillschweigen verlange ich von dir einen Gefallen, einen, den ich dir bezahle, natürlich.« De Weston nickte geschäftsmäßig und beugte sich zu ihm hinüber. Manches von dem, was er zu hören bekam, war geheimer als die Bekenntnisse im Beichtstuhl und viel gefährlicher. D'Albizzi flüsterte ihm eine Weile ins Ohr.

Silbermünzen wechselten ihren Besitzer, dann schlich d'Albizzi in der Dunkelheit davon und ließ de Weston mit einem Gefühl nagender Unsicherheit zurück.

Die Florentiner schlugen ihr Lager in der Nähe der Gaukler auf. Lange vor dem Morgengrauen robbte Heinrich unhörbar hinaus in die Nacht und lief zum Gauklerlager. Es fing an zu dämmern, als er mit einem Paket zurückkehrte, das er in der Tiefe seines Mantelsacks verbarg.

Die Pestärztinnen Mechtild und Annette von Burgund konnten sich nicht beklagen: die Soldaten behandelten sie nicht als Kriegsbeute und hatten ihnen sogar zwei erbeutete Stuten überlassen.

Auf schmalen Waldpfaden kam die Truppe nur langsam voran, bis sie auf die Straße von Sant-Meven nach Ploërmel stieß und eine freie, abschüssige Strecke begann.

Vor ihnen im Kreuzungspunkt zweier Täler lag Ploërmel, die Stadt, die von einer mächtigen Burg auf der Höhe geschützt wurde, in der jetzt die Engländer lagen.

»Diese Männer müssen entweder verrückt sein oder sich für unsterblich halten«, spottete Mechtild. »Drei Dutzend Mann gegen eine Festung! Wie ein Zweijähriger, der einen Bullen schlachten will! Oder eine Triphyna, die einen Hammel in ein Faß befördern möchte.«

»Ich glaube nicht, daß Ihr vom Kriegshandwerk soviel versteht wie ein Ritter, Mechtild«, bemerkte die Ratsfrau. »Es kommt auf die Methode an. Auch ein Zweijähriger kann Arsen streuen.«

Die Knochenhauerin beschloß, fortan den Mund zu halten. Mit Alheyd war heute nicht gut Kirschen essen.

Kurz vor der Stadt schlugen sich die Soldaten ins Gebüsch und gelangten endlich an einer Brücke wieder ins Freie. Sie war gut instand gehalten, aber unbewacht. De Baliol ließ absitzen und schickte vier Kundschafter aus.

Von ihrem Standort aus war die Festung kaum noch zu erkennen. Sie hatten die Stadt im Halbkreis umrundet. Die Knochenhauerin wies auf die Felder ringsum. »Hier weidet keine Kuh mehr. Die Engländer haben die Gegend kahlgefressen und die Bauern totgeschlagen«, sagte sie, aber Alheyd gab keine Antwort.

Nach einiger Zeit trafen die Melder wieder ein. Mit zuversichtlichen Mienen sprangen sie von den Pferden ab. »Die Straße schlängelt sich ohne Seitenwege durch das Tal. Die Hänge sind voll von Kastanienbäumen. Keine Ausweichmöglichkeiten.«

Hektische Flecken röteten de Baliols Gesicht, und er rieb sich die Hände.

»Vielleicht solltet Ihr ihm vorsorglich die Sache mit dem Arsen erklären«, schlug Mechtild spitz vor.

Die Ratsfrau schüttelte ernsthaft den Kopf und lauschte dem Gespräch der zurückgekehrten Soldaten. Die Männer begannen, auf einer Lichtung ein Lager aufzuschlagen, während der Sergeant zu den Frauen hinüberging. »Wir warten hier auf die Proviantwagen für die englische Garnison. Macht es Euch bequem, länger als eine Woche kann es nicht dauern.«

»Puh«, fauchte Mechtild widerspenstig, obwohl dieses Feldlager nicht schlechter sein würde als andere. Alheyd äußerte sich nicht – aber sie hatte freilich allen Grund, sich unauffällig zu verhalten.

In den nächsten zwei Tagen vertrieben sich die Soldaten die Zeit mit Würfelspiel, Kaninchenfang und Fischen. Die Knochenhauerin lief mit den Händen auf dem Rücken rastlos zwischen den Bäumen umher; die aufgezwungene Untätigkeit bekam ihr nicht. Irgendwann würde sie bersten, dachte sie zornig. Erleichtert stimmte sie zu, als an Youdec sie bat, den Erfolg der Pestfeiung zu überprüfen.

Sie ging forsch ans Werk, von einem aufgerollten Ärmel zum anderen, tupfte hier und drückte dort. Die Wunden waren an der schulterseitigen Kante blutig verkrustet; nach unten floß durch die Zöpfe der Eiter ab. Genauso hatte der selige Peckmutz es beschrieben. »Es ist alles in Ordnung.« Mechtild sah einem stöhnenden Soldaten zufrieden ins Gesicht. »Ihr seid gegen die Pest gefeit, solange der Eiter fließt. Er zieht alles Böse aus dem Körper mit sich, und davon habt Ihr genug.«

De Baliol, der an ihrer Seite gewesen war, zog eine Grimasse.

»Soll ich bei Euch …? Ihr habt es besonders nötig, das Böse herauszulassen, und man soll die Hoffnung nie aufgeben«, sagte Mechtild dem Ritter ins Gesicht und blinzelte der Ratsfrau zu, als er sich raschen Schrittes davonmachte. »Männer sind manchmal große Feiglinge, vor allem die, die so stark tun.«

Am dritten Tag wurden die Soldaten auf ihre vorher festgelegten Plätze gerufen. Von der Brücke her tönte leises Pferdegetrappel. »Die Vorhut«, meinte einer, und dann war über den unbefangen sich nähernden Geräuschen nur noch das Zwitschern von Vögeln zu hören.

Augenblicke später brachten die Soldaten drei Männer auf die Lichtung, die ihre Gegenwehr aufgegeben hatten, jedoch nicht entwaffnet waren. Zwei von ihnen waren wie englische Bogenschützen mit wattierten Jacken gepanzert, der dritte war ein Bretone im Lederwams.

Die Frauen sahen den Gefangenen neugierig entgegen, bis Mechtild aufsprang und die geschälten Maronen ins Gras rollten. »Cord!« rief sie. »Du lebst!« Sie rannte zu ihm, stieß tollkühn die überrumpelten Wächter zur Seite und umarmte den Jungen.

Alheyd erkannte den Schiffsknecht mit Mühe, er war in die Höhe geschossen und männlicher geworden. Sie erinnerte sich, daß er sie hatte festbinden wollen. Statt der Pickel hatte er nun einen Bart im Gesicht.

»Frau Mechtild«, schrie Cord begeistert und schwenkte sie durch die Luft. »Und Ratsfrau Alheyd! Wie freue ich mich, daß es Euch gutgeht. Ich hatte geglaubt, Ihr und die anderen Leichen wärt längst von den Fischen gefressen.«

Mechtild klopfte ihm zärtlich auf die Wangen. Er war ordentlich ernährt, das sah sie, und gut gekleidet war er auch, auf eine englische Art. Das hatte er gewiß dem stattlichen Bogenschützen zu verdanken. Die Ratsfrau drehte sich sofort zu de Baliol um. Obwohl Cord Flämisch gesprochen hatte, grinste der Chef süffisant. Heilige Muttergottes, laß ihn meinen Namen nicht verstanden haben, dachte sie entsetzt.

Aber de Baliol interessierte sich nur für die Männer, deren Waffen blank und scharf geschliffen und deren Bogen länger waren als die in ihrem eigenen Gebrauch. »Ich lasse euch euer Leben, wenn ihr mir Gefolgschaft schwört«, bot er an.

John stützte sich reglos auf seinen Bogen, den ihm niemand hatte abnehmen können. »Wir sind auf der Suche nach den französisch-bretonischen Truppen«, sagte er unbeeindruckt. »Wenn Ihr dazugehört, Chef, schwören wir Euch auch ohne Drohung. Nur ohne Drohung, sollte ich wohl sagen. Ich habe gute Gründe, mich von der englischen Seite fernzuhalten, und das gilt auch für meinen jungen Begleiter hier. Ich bin ein englischer Scharfschütze mit Erfahrung im Kampf, der Junge ist ein gut ausgebildeter flämischer Scharfschütze ohne Kampferfahrung. Ich habe ihn selbst ausgebildet, und er wird mir keine Schande machen. Nun sagt, welcher Seite Ihr angehört, sonst ziehen wir weiter.«

De Baliols Narbe rötete sich. Aber die Männer wollte er haben, englische Scharfschützen mit Langbogen fand man nicht alle Tage auf der Straße. »Da könnt ihr aber von Glück sagen, daß wir euch aufgehalten haben«, sagte er mit noch hellerer Stimme als sonst. »Ein paar Schritte weiter, und ihr hättet inmitten der englischen Garnison gestanden.«

John runzelte die Stirn. Er hatte das Gefühl, daß er mit diesem Chef nicht besonders gut auskommen würde. »Ich glaube kaum, daß sie uns gedroht hätten. Das scheint eher die französische Art der Begrüßung zu sein. Ich mag sie nicht besonders.«

»Dann hoffe ich, daß du den Ruhm magst, der den französisch-bretonischen Truppen zufallen wird. Besonders mir und meinen tapferen Kerlen. Wir nennen uns die Gefeiten. Laß mich gelegentlich wissen, wie du dich entscheidest.« De Baliol warf ärgerlich das Ästchen fort, auf dem er gekaut hatte, und schlenderte davon.

Der lange John sah irritiert in die Runde. Noch hatten die Männer die Hände argwöhnisch an den Waffen. Er fragte einen von ihnen, der ein wenig schlauer als die anderen aussah: »Soll das etwas Bestimmtes bedeuten: die Gefeiten? Seid ihr etwa unbesiegbar?«

An Youdec verzog sein Gesicht zu einer überlegenen Grimasse. »Man sagt so. Uns treffen weder Pestpfeile noch andere. Wir besiegen die Pest und die Engländer, die Pfaffen und die Bauern! Wirf uns die Korsaren vor, und wir werden auch sie das Fürchten lehren!« John grinste und lehnte seinen Bogen an einen Baum. »Gut gesprochen. Das hört sich besser an als das Zungenklappern deines Chefs. Wir bleiben. Wie steht es mit dem Handgeld? Und wie groß ist die wöchentliche Fleischration?«

»Fleisch bekommen wir alle Tage und messen es nicht zu. Aber bevor ihr an den Fleischtopf kommt, müßt ihr euch der Protektion gegen die Pest unterziehen.« »Das ist so üblich bei uns. Unsere Pestärztinnen werden sich darum kümmern.«

Cords Unterkiefer fiel herunter, und er starrte Mechtild an. »Seit wann seid Ihr denn Pestärztin, Frau Mechtild? Ich dachte, Ihr wärt Knochenhauerin.«

»In Notzeiten dasselbe, Cord«, antwortete sie bitter.

Während Cord die Wandlung der Frau Mechtild verarbeitete, erklang aus der Ferne ein später Kuckucksruf. Der Sergeant schlängelte sich sofort geräuschlos durch das Gebüsch davon, gefolgt von de Baliol, der mit seinen Hunden aus dem Hintergrund auftauchte. Er winkte John mitzukommen.

Auch Cord und der fremde Bretone verschwanden.

Plötzlich waren die Frauen allein. »Beste Gelegenheit zu fliehen«, stellte Mechtild fest und ließ sich behäbig auf einen umgefallenen Baumstamm sinken. »Aber erst will ich wissen, wie es unserem Cord ergangen ist.«

»Und die Protektion an diesem gutaussehenden Mannsbild vornehmen«, ergänzte Alheyd in einem Ton, der viel tugendhafter war als ihre Gedanken.

Die Soldaten kauerten im Gebüsch. Der Chef erreichte seine Stellung in dem Moment, als die zwei Wagen mit Verpflegung, Waffen, Ersatzmaterial und allem, was sonst noch in der Garnison benötigt wurde, um die Ecke bogen.

Die Wachmannschaft der Wagen pflegte meistens aus zwanzig Soldaten zu bestehen, und de Baliol versuchte schon von weitem, sie zu zählen. Die Wagen waren tagelang von Vannes aus unterwegs und mußten ständig mit Überfällen der französischen Seite rechnen, mit kleinen schmerzhaften Attacken, die die Zahl kampffähiger Männer beträchtlich senken konnten. Aber schon lange hatten die Versorgungswagen nicht mehr gekapert werden können, weil die Engländer gut ausgebildet waren und intelligent kämpften. De Baliol aber war von seinem Sieg überzeugt.

Mir gerunzelter Stirn konzentrierte er sich auf die vier Mann der Vorhut, die diszipliniert vor dem ersten Wagen marschierten.

Kaum waren die Wagen um die Ecke, löste sich die Ordnung der Engländer auf: beim Anblick ihrer Garnison brachen sie in Jubelgeschrei aus.

Es war soweit. De Baliol schnellte empor und gab das Zeichen zum Angriff. Die Pfeile flogen surrend durch die Luft und landeten den Soldaten zu Füßen oder hakten sich wie Mückenrüssel in der äußeren Schicht der Lederwämser ein.

Die Engländer verschanzten sich hinter den Wagen und eröffneten ihr Gegenfeuer, während die vordersten in de Baliols Linie mit den erhobenen Langspießen vorwärts stürzten. Mit des heiligen Trever Hilfe kamen drei von ihnen an, zwei fielen. Hellrotes Blut strömte über das Gras.

Die Wagen zogen plötzlich wieder an, die Fußsoldaten rannten in ihrer Deckung mit.

De Baliol brüllte Befehle und schickte sich an, auf die Straße hinunterzustürmen. Neben ihm tauchte John auf, zog ihn aus seiner Schußbahn zwischen den Bäumen und zielte.

Der erste Wagen blieb stehen, als der Lenker kopfüber in die Deichsel fiel; die Pferde des folgenden rannten in ihn hinein, und der Wagen kippte um. Dessen Wagenlenker erledigte Cords Pfeil.

»Gut gemacht, Cord«, lobte John und schoß mit der Gleichmäßigkeit der neuen Uhrpendel, und jeder einzelne Schuß traf.

Die englischen Soldaten rannten ziellos durcheinander, nachdem ihr Sergeant und sein Vertreter gefallen waren. Einige versuchten, über die Brücke zur Garnison zu entkommen, aber dort wachte der bretonische Sergeant mit seinen Männern, die ihre Spieße nur zu gern in die englischen Leiber stießen. Nach wenigen Augenblicken waren alle Engländer tot.

Anschließend besichtigten de Baliol und sein Sergeant die Ladung der Wagen. »Den Engländern geht's ja nicht schlecht«, sagte der Ritter absichtlich laut, nachdem er seine Nase überall hineingesteckt und alles berochen und befühlt hatte. Guten Loirewein, Roggen, Buchweizen, englischen Käse und Salzfleisch hatte er nun seit langem zum ersten Mal wieder unter seinen Vorräten. Genauer gesagt, er hatte zum ersten Mal seit langem Vorräte. »Diese verdammten Saubohnen, Kohl und Zwiebeln sollen doch die Bauern selbst fressen. Mir hängen sie zum Hals heraus. Heute abend feiern wir!« Die Männer in Hörweite brüllten Zustimmung.

»Ums Haar hätte es nichts zum Feiern gegeben. Als die Engländer auf mich zufuhren, dachte ich schon, bald düngst du hier den Boden«, erzählte an Youdec geschwätzig. »Wenn der lange John nicht gewesen wäre …«

»Halt's Maul, du Ochsenschwanz!« fuhr ihm de Baliol scharf über den Mund. »Deine Meinung ist nicht gefragt.«

John stand mit bedenklicher Miene abseits und entspannte seinen Bogen. »Schlecht vorbereitet, schlecht durchgeführt«, knurrte er, nur für Cords Ohren bestimmt. »Wir werden denen eine Menge beibringen müssen. Gefeit! Daß ich nicht lache!«

Mit der Eroberung des Nachschubes der englischen Garnison beabsichtigte de Baliol seinen künftigen Ruhm zu begründen. Am Tag danach war der Name »die Gefeiten« schon in aller Munde. Zwei Mann waren gefallen und ein Mann ernstlich verwundet worden. Um ihn kümmerte sich Frau Mechtild, und es ging ihm schon besser. Sie zogen sich wieder in den weitläufigen Wald von Paimpont zurück, in den kein Engländer ihnen folgen würde. Die Soldaten hatten außerdem Glück: ein mächtiger Hirsch lief ihnen über den Weg, und die Überraschung auf beiden Seiten endete zum Nachteil des Hirsches.

»Es ist doch gutgegangen«, flüsterte Mechtild der Ratsfrau zu. »Warum sind sie denn alle so gereizt?« Sie ließ sich von der gedämpften Stimmung der Männer anstecken, die sich jeder für sich beschäftigten, maulfaul und lustlos.

Der Hirsch drehte sich bereits seit Stunden am Spieß und duftete appetitlich, aber trotzdem kam kein Gespräch zwischen den Leuten auf.

Cord, der vorbeikam, schnappte die Frage der Knochenhauerin auf. »Soll ich Euch das erklären, Frau Mechtild? Wenn Master John dem Chef hier nicht rechtzeitig vor die Füße geflattert wäre, lägen sie jetzt mausetot und ausgeplündert an der Brücke von Ploërmel. Das wissen die Leute.« Er plusterte sich ein wenig auf. »Und ich habe auch meinen Teil beigetragen.«

Mechtild schlug erschrocken die Hände zusammen. »Habt Ihr das gehört, Ratsfrau? Ich könnte mir gut vorstellen, daß wir zwei nicht nur mausetot, sondern auch geschändet herumliegen würden. Was für ein Glück, daß wir jetzt Master John haben.«

»Und mich«, erinnerte Cord.

»Und dich, Cord, selbstverständlich.«

Als der Soldat, der an diesem Tag für das Essen sorgte, das Fleisch für genießbar erklärte und alle zusammenrief, besserte sich die Stimmung ein wenig und steigerte sich zur Zufriedenheit, weil der Chef sich bereit erklärte, Wein auszugeben.

»Ich muß euch etwas erzählen«, rief an Ever, der Trinker, und blickte bedeutungsvoll in die Runde; vor Aufregung überschlug sich seine Stimme. »Da seh' ich also auf, und was seh' ich? Zwei besonders scheußliche schwarze Dämonen mit Hörnern auf dem Kopf wie schwarze Ziegen tragen einen englischen Pfeil geradewegs auf mich zu. Sie hätten ihn mir ins Herz gestoßen, aber ich schreie ›Böcke und Diebe‹ und danach ›Heiliger Trever und heiliger Yves, helft mir, bei meiner unsterblichen Seele!‹ Und was meint ihr, passiert? Saint Yves schnappt sich den Pfeil, und er sinkt mir vor die Füße, gerade dort, wo jetzt der Knochen liegt.«

Die anderen schauten auf ihren Kameraden und dann auf den Knochen.

»Ein Wunder«, flüsterte einer.

»Das Wunder des heiligen Yves«, ein anderer.

De Baliol riß geräuschvoll mit den Zähnen Fleischfasern von einem Schulterstück. »Na, hab' ich euch zuviel versprochen?« fragte er plötzlich mit vollem Mund. »Haben wir nicht zwei Heilige an unserer Seite, seitdem wir uns von Frau Mechtild und Frau Annette von Burgund schützen lassen? Saint Trever mit de Baliol und seinen Männern, aber Saint Yves mit den Gefeiten!« Er warf den Knochen hinter sich, wo ihn die Doggen zu fassen bekamen und darum rauften, und zählte an den Fingern auf: »Erstens haben wir zwei ausgezeichnete Scharfschützen aufgesammelt, dazu noch einen wackeren Landsmann, zweitens einen Kampf heldenhaft gewonnen, drittens reiche Beute gemacht, viertens einen tadellosen Braten eingefangen.«

An Youdec spülte stumm seine Wut mit Wein hinunter. Ein Kommando bekam man als einfacher bretonischer Pächter nicht übertragen; da mußte man seinem Junker schon mehrere Jahre die Erfolge in den Schoß legen, bevor man ein paar Mann befehligen durfte. Aber jetzt schöpften zwei Frauen und ein Heiliger die Sahne des Ruhms vom Milchtopf der Plackerei.

Die Männer blickten einander verstohlen an und tranken ihrem Anführer dann zögernd zu. »Auf Chef Ernaud de Baliol und die Gefeiten!« schrien sie. »Und Saint Yves mit uns!«

Die Doggen, die inzwischen sämtliche Knochen gefressen hatten, blickten ihren Herrn mit erhobenen Köpfen und gebleckten Zähnen an. »Und ihr«, sagte de Baliol, »nehmt die drei Neuen auf, wie sich's gehört.« Mit seiner fettigen Hand deutete er auf John, Cord und den Bretonen. Die Hunde tänzelten auf John zu, der ruhig sitzen blieb und ihnen furchtlos entgegensah.

17. Cosimo d'Albizzi

D'Albizzi und seine Männer waren hinter de Baliols Trupp hergeritten und hatten ihn verfehlt. Einer der wenigen Bauern, die nicht geflohen waren, brachte sie auf die Spur, und so kehrten sie in den endlosen Wald zurück, den sie vor vielen Stunden erst durchquert hatten.

»Capitaine de Baliol!« schrie Heinrich im Auftrag seines Herrn von Zeit zu Zeit.

Da sie zu wenige waren, um so viele Soldaten zu überfallen, mußten sie mit List vorgehen. »In aller Offenheit«, sagte d'Albizzi. Der Florentiner hatte Costantino und den Knecht am Rand des Waldgebietes zurückgelassen. Für den Fall, daß er und Heinrich nicht zurückkehren sollten, hatte der Faktor seine Order.

Die Gefeiten saßen in Gruppen um mehrere Feuer. Es eilte ihnen nicht mit dem Weiterziehen. Der Chef schien unschlüssig zu sein, was er als nächstes tun sollte, aber nach seinen Plänen wagte niemand fragen. Vor allem die Tagelöhner und Pächter aus des Junkers eigener Seigneurie wußten, warum sie den Mund hielten.

»Ich meine«, wiederholte an Youdec tollkühn, »daß alle gleich behandelt werden müssen: Feiung für alle, je nachdem, wie hoch sie ihren Wert einschätzen; für höhere Grade auf jeden Fall am Sack.« Er kratzte sich. Es juckte mittlerweile wie ein Dutzend Flöhe.

De Baliol grinste hämisch. Das Jucken hatte er hinter sich.

»Wir sind gefeit«, widersprach John ruhig. »Ich hatte die Pest, Cord hatte die Pest. Niemand hat je davon gehört, daß der Pestpfeil ein zweites Mal getroffen hätte. Nichts gegen Frau Mechtild, aber ich wähle die Frau lieber selber aus, die ich an meinen Sack lasse.«

Einige Männer kicherten leise und schielten zu an Youdec hinüber. Sein feiges Geschrei hatte niemand vergessen. Der Sergeant ballte die Fäuste zwischen seinen Knien.

John hob seine Stimme. »Außerdem kann ich es nicht leiden, wenn jemand seine Hunde auf mich hetzt.«

»Eine Mutprobe«, sagte der Ritter gleichgültig. »Wer zu uns will, muß auch zu uns passen. Du hast wählen dürfen. Ich habe auch gewählt.«

»Es ruft jemand«, warf Mechtild ein, während sie weiter Haarseile flocht. Sie hatte inzwischen den ganzen Trupp zur Haarschur befohlen und außer de Baliol, dem Sergeanten und John allen die Haare geschnitten. Sie war – mit Ausnahme ihres Lieblings Cord – nicht weniger ruppig als der Chef bei der Ratsfrau vorgegangen, aber zu ihrem Ärger hatte niemand sich beschwert. Die Frisuren erinnerten an Stoppeläcker und gaben den Männern ein seltsam ähnliches Aussehen.

Die Soldaten griffen zu ihren Waffen, blieben auf einen Wink von de Baliol hin aber sitzen, auch als d'Albizzi das Gebüsch teilte und auf die Lichtung trat.

»Ich glaube, Ihr seid der, den ich suche«, erklärte der Florentiner und ging auf de Baliol zu.

Der Chef war für einen Moment versucht zu glauben, daß sein Ruhm sich bereits verbreitet hatte, aber dann gewann sein Sinn für die Realität die Oberhand. D'Albizzi konnte ihm das Mißtrauen vom Gesicht ablesen. »Was wollt Ihr von mir?« fragte er. »Doch wohl nicht meine Dienste? Ich kämpfe für Charles de Blois.«

»Euer Kampf für Charles de Blois in allen Ehren. Ich wünsche ihm und Euch den Sieg«, sagte der Florentiner mit der weltläufigen Sicherheit eines Mannes, der sich unter seinesgleichen befindet. »Mein Anliegen ist von geringerer Bedeutung. Ich bin gekommen, eine geliebte Frau auszulösen.« Er hoffte inständig, die Deutsche wäre klug genug, seiner Überraschungstaktik zu folgen. Immerhin war sie eine gerissene Diebin und hatte sich seit ihrer Abreise aus Florenz darauf vorbereiten können, vor der Calimala Rechenschaft abzulegen. Die Gefangenschaft bei den Routiers mußte für sie schlimmer sein als das.

De Baliol zog belustigt die Augenbrauen nach oben. »Euer Land ist nicht mein Land, wie ich höre. Deshalb verstehe ich, daß Ihr nicht wie jeder bretonische Edelmann an unserem Kampf teilnehmt. Was die Frauen betrifft, nun …«

Alheyds Herz schlug heftig, als er sich zu ihr umdrehte. Er sah bösartiger aus denn je. Das anerzogene Gehabe des Junkers war von ihm abgefallen, übriggeblieben war der Raubritter. »Mutter Gottes von Sankt Laurenz, zwei armdicke Kerzen, wenn du mir hilfst«, betete sie still und senkte die Augen.

»Annette von Burgund könntet Ihr auslösen, sie hat keinen Wert für mich …«

»Für wieviel?« fragte d'Albizzi und übersah vor lauter Überraschung über seinen schnellen Sieg de Baliols vieldeutige Miene.

Der Ritter ließ seine Fingerspitzen über die feuerrote Narbe gleiten. Auch sie hatte ihre Geschichte. »Annette von Burgund, sagte ich. Nicht aber die Frau, die sich Ratsfrau Alheyd nennt. Mit ihr muß ich noch abrechnen, bevor ich sie freigebe. Wenn es sich dann noch lohnt.«

Alheyd erstickte mit den Händen ihren Entsetzensschrei.

Der Florentiner drehte sich langsam zu ihr um, während er fieberhaft überlegte. Er hatte einen Fehler gemacht. Die Geldgier der Chefs war bekannt, und mit ihr hatte er gerechnet, nicht aber damit, daß die Deutsche für einen einfachen Routierführer noch eine andere Bedeutung haben könnte. »Läßt sich Eure Rache mit Geld aufwiegen? Es gäbe Mittel und Wege …«, bot er behutsam an.

Der Chef hörte mit glitzernden Augen zu. Er wußte genug. »Eure Mittel und Wege sind mir recht. Für die nächste Nacht soll sie Euch gehören, dann wieder mir.«

Er hatte kaum geendet, als d'Albizzis Messerschneide seinen Kehlkopf ritzte und sein langes Haar um dessen Hand gewickelt war. De Baliol ging stöhnend in die Knie.

»Nicht so hastig, du Condottiere der Liebe«, sagte eine ruhige Stimme, und d'Albizzi blickte über eine Pfeilspitze hinweg in das entschlossene Gesicht eines blonden langen Mannes mit englischem Bogen.

Der Florentiner wußte, wann er verloren hatte. Gleichmütig warf er sein Messer auf den Boden. Die Madonna von

San Giovanni hatte seine Unternehmung nicht mit Glück gesegnet; vielleicht wollte sie die Verfolgungsjagd im Namen der Calimala nicht. Heinrich hatte nicht einmal andeutungsweise zur Waffe gegriffen. Stand nur da mit hängenden Schultern und bot ein Bild des Jammers. Oh, er hätte sich ohrfeigen können. Lauter Fehler. Eigene.

De Baliol erhob sich mit zitternden Knien, während er dem Fremden mit dem Handrücken ins Gesicht schlug. »Dies nur als Anzahlung«, fauchte er, zornig, daß er sich so übertölpeln und dazu noch von einem Engländer hatte helfen lassen müssen.

Auch Cord war wütend auf John. Er hatte das dumme Gefühl, daß John Frau Mechtild einen Schaden zugefügt hatte. Er beschloß, unauffällig zu erkunden, was der Fremde für ein Kerl war.

»Deine Mittel und Wege solltest du jetzt in Anspruch nehmen«, höhnte de Baliol, »die Lösegelder für fremdländische Kaufleute und ihre Trippâniersen sind hoch in diesem Jahr, hört man ... Du kannst deinen daumenlosen Feigling als Boten schicken.«

»Wo ist hier ein Feigling?« begehrte Heinrich in dumpfer Wut auf, die Brust geschwellt. »Ich bin Heinrich der Deutsche, Donzellus der Calimala von Florenz. Aber ich sage mich hiermit in aller Form von meiner Herrin los, der Calimala zu Florenz, desgleichen von meinem gegenwärtigen Dienstherrn, dem Handelskonsul der Calimala zu Florenz, Cosimo d'Albizzi. Ich möchte mich Euch anschließen, Capitaine.«

Der Ritter hatte ihm verblüfft zugehört. Dann brach er in ein schallendes Lachen aus und schlug sich vor Vergnügen auf die Oberschenkel. »Das ist gut!« keuchte er.

Die Männer, die jetzt begriffen, welch außerordentlichen Fang sie gemacht hatten, fielen in donnernder Lautstärke ein und trommelten mit Fäusten und Messern auf alles, was widerhallte. Das dumpfe Dröhnen von Holz und das blecherne Scheppern von Metall mischten sich zu einem infernalischen Krawall, in den kreischende Elstern einfielen.

»Ein Hoch auf unseren Herrn, Chef de Baliol«, brüllte einer der Tagelöhner.

»Schon gut.« De Baliol war sehr zufrieden mit sich und seinem steigenden Ansehen. »Sorgt dafür, daß die Gefangenen bewacht werden. Heinrich der Daumen soll die Protektion erhalten; willkommen in unserer Mitte, Herri ar Meud. Danach sind auch die Frauen zu bewachen.«

Mechtild wühlte wütend in der Sammlung von Haarseilen, die sie auf dem Boden ausgebreitet hatte. Von Cords blonden Locken sollte dieser Verräter Heinrich gewiß nicht geschützt werden. Sie versuchte sich seine Sätze im Gauklerlager in Erinnerung zu rufen. »Olivenöl!« schnaubte sie. »Alles Lüge!« Wahrscheinlich liebte dieser Heinrich Olivenöl sogar über alles.

Die Ratsfrau half von Zeit zu Zeit und fiel dann wieder in Untätigkeit. Mechtild betrachtete sie kopfschüttelnd. Wie ein Kaninchen vor dem Schlangenrachen sah die Ratsfrau aus. Dabei war der Rachen der florentinischen Organisation, die Alheyd nachstellte, wohl kaum gefräßiger als der eines brennend ehrgeizigen Truppenführers. Aber erst jetzt schien sie richtig verängstigt zu sein.

Unauffällig hielt sie nach dem Florentiner Ausschau. Er saß in ihrer Nähe, und sein Blick begegnete dem ihren. Wenn sie nicht alles trog, wirkte er besorgt. Da hat er recht, dachte sie, er ist in größerer Gefahr als wir. Wir werden gebraucht, während er nur einen Wert hat, solange er als Pfand für Lösegeld dient. Oder wußte er mehr als sie? Seine Sorge schien auch Alheyd zu umfassen. Und sie selbst.

Man würde sehen. Die Knochenhauerin beschloß, vorsorglich weder Interesse noch Anteilnahme an dem gefangenen Italiener zu zeigen.

Nachdem Heinrich klaglos Mechtilds Prozedur über sich hatte ergehen lassen, klopften ihm die Soldaten anerkennend auf den Rücken und verschwanden in den Wald. Fallen mußten überprüft und Fische geangelt werden. Zurück blieben außer John und Cord nur drei dösende Wachen bei den Gefangenen und ein schlafender Mann bei den Pferden. Nach der durchfeierten Nacht hatte jeder Schlaf nachzuholen.

Endlich wagte Mechtild, den Italiener anzusehen. Er winkte sie unauffällig zu sich.

Die Knochenhauerin, die nach jeder Protektion eine Menge zu tun hatte – die Haarseile mußten verwahrt, das Messer an saftigen Eichenblättern gesäubert, die ätzende Flüssigkeit wieder sorgfältig in ihren Transportbehälter gefüllt werden –, eilte hin und her. Die Routiers, die sich längst an die vielfältigen Handgriffe im Zusammenhang mit Mechtilds Tätigkeit gewöhnt hatten, beachteten sie nicht.

Mechtild zerbrach sich den Kopf, wie sie sich mit ihm verständigen sollte. Alheyd war gegenwärtig untauglich zur Dolmetscherin.

»Ich brauche einen Boten«, flüsterte d'Albizzi. »Könnt Ihr einen beschaffen?«

Mechtild schüttelte den Kopf, dann fiel ihr Cord ein. »Vielleicht«, gab sie zurück, und erst auf dem Rückweg zu ihrem Packsack wurde ihr bewußt, daß der Florentiner reden konnte wie ein Mensch. Das sprach zu seinen Gunsten.

Die Knochenhauerin erkundigte sich laut, ob auch Cord die Protektion erhalten wolle, dann setzte sie sich zu ihm und plauderte mit ihm darüber. Sie sah wohl, daß John den Jungen im Auge behielt und gelegentlich einen wachsamen Blick zu den Wächtern hinübersandte.

Später schlenderte Cord gutgelaunt und pausenlos schwatzend mit dem Bretonen davon. Sie hatten ihre Bogen auf dem Rücken.

Mechtild trocknete das Hirschfleisch, das sie am Vortag in Beize eingelegt hatte, und brummelte zufrieden hinter ihnen her. »Weißt du, wo das Mehl der Engländer geblieben ist?« fragte sie ihren Wächter und stand hartnäckig neben ihm, während dieser ratlos unter den Vorratssäcken kramte.

Als Cord und der Bretone zurückkamen, war längst Ruhe im Lager eingekehrt. Mechtild schnitt Salzfleisch in Würfel.

Der Bretone ließ sich müde neben d'Albizzi ins Gras fallen und schloß die Augen. »Ich bin an Boedec, der Fleischer, aus der Gegend von Quimperlé«, flüsterte er. »Ich gehöre nicht zu dieser Truppe, habe dem Chef auch keine Gefolgschaft geschworen. Vielleicht bin ich der Mann, der dir einen Gefallen tut. Vielleicht kannst auch du mir einen Gefallen tun.«

D'Albizzi nickte und erklärte ihm leise, wo er Costantino zurückgelassen hatte. »Du bekommst Botenlohn. Mein Gehilfe wird ihn dir aushändigen. Er hat seine Anweisungen«, setzte er hinzu.

An Boedec war einverstanden. »Hast du jemals von einem Philippe de Weston gehört? Mir bei der Suche nach ihm zu helfen, wäre der Gefallen, den du mir tun könntest. Ich muß den Mann finden.«

Sieh an, dachte d'Albizzi, trotz seiner mißlichen Lage stets an Nachrichten interessiert, die ihn nichts angingen. »Damit die wechselseitigen Gefallen in der richtigen Reihenfolge ablaufen«, sagte er, »holst du dir diese Antwort bei Costantino ab. Nur die wenigsten Menschen könnten dir Bescheid geben. Aber Costantino wird dir sogar beschreiben können, wie dein Mann aussieht und wo er ist. Spätestens morgen hast du ihn gefunden.«

»Gesprochen wie ein Bretone«, sagte an Boedec und rollte sich schläfrig auf den Bauch.

Alheyd befand sich in einem wilden Strudel von Gefühlen. Sie hatte Todesangst vor de Baliol: als Pestärztin eine hohle Nußschale zu sehen war etwas völlig anderes, denn als Frau das Versagen des Mannes zu erleben.

Und dann war da der Florentiner. Er konnte nur von den Gauklern gehört haben, wo sie sich befand. Warum hatte er sich in diesen aussichtslosen Kampf Davids gegen Goliath geworfen? Nur für die Calimala? Oder auch für sie? Und wußte er, daß die Frau von Gwenrann und die Gehilfin des Wahrsagers ein und dieselbe Person waren? Sie zweifelte und hoffte. Wenn sie sich unbeobachtet glaubte, betrachtete sie zärtlich sein herbes Gesicht.

D'Albizzi starrte mit mürrischer Miene ins Gras und wartete ab, was geschehen würde. Noch war alles ruhig. In der Ferne des Waldes waren leise Rufe zu hören, aber sie verzogen sich anderswohin und verstummten dann. Im Gebüsch flatterte ein Vogel. Die Wächter, die mit ihrem Leben für die Gefangenen hafteten, rührten sich nicht.

An Boedeç schnarchte lebhaft.

Alheyd schlug den Schleier zurück. »Cosimo d'Albizzi«, flüsterte sie. »Warum versuchtet Ihr, mir zu helfen?«

D'Albizzi zog die Augenbrauen in die Höhe und lächelte sie an. »Glaubt Ihr, ich überlasse einen Geschäftsfreund der Calimala einem Wegelagerer? Wie könnt Ihr so schlecht von einem Florentiner denken! Ich kann mir schon fast nicht verzeihen, daß ich nicht daran gedacht habe, Euch neue Lunghi infino a terra mitzubringen. Die Euren sehen erbarmungswürdig aus.« Er seufzte und ließ seinen Blick voll Bedauern auf Alheyds Ärmeln ruhen.

»Ach, hättet Ihr doch!« sagte Alheyd leichthin und meinte es ehrlicher, als es sich anhörte. Sie zupfte spielerisch an den flatternden, ausgefransten Zipfeln am unteren Saum und hob die Hände in Verzweiflung. »Ich mache den Seidenkünstlern von Florenz Schande, ich bin tief beschämt.«

»Obwohl sie sicherlich zum Abwischen von Blut ihren Dienst besser tun als fest gesäumte«, fügte d'Albizzi hinzu. Er lachte laut und unbekümmert, und Alheyd fiel überrascht ein.

Einer der Wächter öffnete träge die Augen. Die Gefangenen waren da, alles war in Ordnung. Niemand hatte von Maulhalten gesprochen. Erwartungsvoll sog er den Duft des Hirschragouts ein, der dem Kochtopf entströmte, als die Knochenhauerin den Deckel öffnete und umrührte.

Alheyd überfiel für einen Augenblick die Furcht, daß das Geplänkel schon vorbei sein könnte, aber der Wachmann kümmerte sich nicht um ihr Gespräch. Vermutlich sprach er diese seltsam altertümliche Sprache dieser Gegend, die weder Französisch noch Bretonisch war. Wahrscheinlich verstand er sie, aber es war ihr gleichgültig. Ihre Seele hatte sich längst auf Schwingen in luftige Höhen gehoben, in denen sie nie gewesen war.

»Ihr solltet die Haare nicht mehr färben«, schlug der Florentiner aufmerksam vor. »Henna steht Euch nicht. Das Rot mag für Maurinnen gut sein, für Euch nicht. Blond seid Ihr wunderschön.«

Alheyds Gesicht überzog sich mit einem feinen Rot. Rucenbergius, hilf, dachte sie und stürzte sich dann kopfüber in ein ungewisses Abenteuer. Sie sah ihn spitzbübisch an. »Ihr müßt wissen, ich floh vor einem gewissen Florentiner. Ein englischer Wahrsager riet mir zu dieser Farbe. Als rote Bete im Rübenbeet fällt man nicht auf, dachte ich.«

»Ts, ts«, machte d'Albizzi. »Engländer haben, wie man weiß, keinen Geschmack! Diese gedämpften Farben neuerdings in black and tan erinnern mich an Pestleichen und Pockenkrusten! Übrigens: auch in Florenz gibt es schlimme Kerle, wie ich zugeben muß. Besonders in der Calimala. Kein Wunder, daß Ihr Angst habt.«

»Ich habe in Florenz nur die hilfsbereiten kennengelernt.«

»Oh, wie gräßlich!« rief d'Albizzi mit dem Ausdruck heftigsten Abscheus aus. »Ausgerechnet einem Gauner von Barattiere seid Ihr in die Hände gefallen! Die machen sich an jeden heran, der tauschen will oder auch nicht. Dann sind Euch die wahren Kaufleute und Edelleute ja gar nicht begegnet. Wie bedauerlich.« Er legte die Fingerspitzen aneinander, und Alheyd wußte nicht, ob er die Edelleute im allgemeinen meinte, oder ... »Solche wie ich«, setzte er knapp hinzu.

Alheyd lachte. Er war hinreißend. »Ihr entschädigt mich dafür jetzt.«

D'Albizzi wurde ernst. »Dann werde ich mich beeilen müssen. Ich fürchte, ich habe nicht allzu lange Gelegenheit dazu.«

»Ihr meint, Ihr seid bald frei?«

»Nein, ich meine, ich bin bald tot.«

Alheyd schwieg verstört. Seine Gegenwart hatte sie für kurze Zeit die Bedrohung vergessen lassen. Jetzt war sie wieder da, stärker als vorher, weil sie nun wußte, wie gering er die Möglichkeit freizukommen einschätzte. »Warum?« fragte sie beklommen. »Ich meine, ich dachte, er würde Lösegeld von Euch fordern ...«

»Das wird er, aber er wird keins erhalten. Die Calimala

findet leicht Ersatz für mich. Hinter mir warten bereits zehn andere, die schon lange hoffen, daß ich mein Amt endlich aufgebe. Mein Ableben käme ihnen sehr entgegen.« Er kratzte sich den sichtbar schwarz sprießenden Bart. »Ich hoffe, ich habe in Euch nicht zu viele Hoffnungen geweckt und Euch jetzt nicht zu brutal enttäuscht. Macht de Baliol klar, daß Frau Mechtild Euch für die Protektion braucht, dann läßt er Euch am Leben. Warum will er eigentlich mit Euch abrechnen? Kennt Ihr ihn länger als diese wenigen Tage?«

Alheyd seufzte. »Leider ja. Er hat uns im Vorbeireiten aufgestöbert, unseren Führer erschlagen und dann seine Gier an uns Frauen gesättigt. Durch Zufall hörten wir ihn sagen, daß er alle Frauen tötet, denen er Gewalt angetan hat. Nur bei einer Frau hat er es versäumt, und das bereut er …« Ihre Schultern krampften sich vor Widerwillen zusammen. »Ich war einigermaßen sicher, solange er nicht wußte, daß ich diese Frau bin. Zu meinem Unglück erinnerte er sich.«

D'Albizzi schnaubte verächtlich. »Pure Mordlust? Oder hat er einen Grund?«

»Er hat einen, jedenfalls hält er ihn für ausreichend«, bekannte Alheyd grimmig. »Er ist kein Mann.«

Der Florentiner stieß einen unhörbaren Pfiff aus. »Deshalb die Flötentöne! Das ist ernst. Dann kann es kein Zufall sein, daß er Euch zunächst verschont hat.« Er beugte sich zu Alheyd hinüber und sah sie eindringlich an. »Weshalb tat er das? Wißt Ihr es?«

Alheyd biß sich auf die Unterlippe. So, wie er es zusammenfaßte, schien es wirklich einen handfesten Grund zu geben. Sie hatte de Baliol einfach für unberechenbar gehalten. »Ich weiß es nicht. Aber vielleicht spielte das Amulett eine Rolle – er hat es gesehen. Es wäre möglich, daß es für ihn eine Bedeutung hat.«

»Habt Ihr es? Zeigt es her«, befahl d'Albizzi und sah sich um. Noch war der herbstliche Nachmittagsfrieden nicht gestört, aber es konnte nicht mehr lange dauern, bis die Soldaten zurückkamen.

Alheyd nestelte die Münze vom Hals und reichte sie ihm.

Als ihre Fingerspitzen sich berührten, durchfloß ein unbekanntes Gefühl ihren Körper, aber d'Albizzis Gesicht zeigte nichts als angespannte Neugier. Eindringlich betrachtete er die runde Scheibe von beiden Seiten. Die Figuren kannte er nicht.

»Wir haben sie als Signal bei anderer Gelegenheit gebraucht«, berichtete Alheyd leise. Einerseits dünkte sie ihr damaliger Notbehelf lächerlich, andererseits hatte er Erfolg gebracht. »Ich vermute heute, daß wir damals nicht durch Zufall gerettet wurden, sondern weil wir die Münze in unserem Besitz hatten. Sofern das stimmt ...«

»... muß de Baliol sie kennen und respektieren«, ergänzte d'Albizzi und schloß seine Faust darum. Er sah wieder so willensstark und siegesgewiß wie vorher aus. Die kurzfristige Verzagtheit war vergessen. »Aus irgendeinem Grund hat sie ihre Macht verloren, was Euch betrifft. Wenn es Euch recht ist, werde ich damit mein Glück versuchen – in unser aller Sinne.«

Alheyd nickte zweifelnd.

Dann sprachen sie noch über dieses und jenes, das der Florentiner wissen mußte. Es war das Warten auf die Entscheidung.

Die Männer kamen erst nach Einbruch der Dunkelheit zurück. Sie brachten mehrere Fasane und ein Wildschwein mit, ungeachtet des gegenwärtigen Überflusses. Die Knochenhauerin bekam anerkennende Worte für ihre Kochkunst und von de Baliol zahllose Vorschläge, wie sie die Sau zubereiten solle.

Mechtild erklärte sich bereit dazu. »Aber nicht ohne Hilfe«, sagte sie entschieden. »In Stade würde ich zwei Lehrlinge an die Sau stellen. Aber ein Meister ist natürlich noch besser. Ich denke, an Boedec und ich sollten uns gemeinsam um das Schwein kümmern.« Der Fleischer zog bereits das Messer und prüfte seine Schärfe. Niemand hatte etwas gegen seinen freiwilligen Arbeitseinsatz einzuwenden.

Während die übrigen Männer tranken und Geschichten erzählten, zerlegten Knochenhauerin und Knochenhauer abseits in einer Lichtung das Schwein.

»Wo ist dieser erbärmliche Mottier?« brüllte de Baliol am nächsten Morgen, noch bevor er seine Kehle von Wein und Rauch freigeräuspert hatte.

Mechtild, die mit Alheyd am Bach war, um sich den Mund zu spülen und sich zu erfrischen, hob den Kopf und ließ die Hände abtropfen. »Hört. Er ist wütend.«

»Ein wilder, ungezügelter Mann.«

»Er sucht den Bretonen, der mit Cord kam, an Boedec.«

»Woher wißt Ihr das, Knochenhauerin?«

Mechtild seufzte tief auf. »D'Albizzi hat ihn als Boten fortgeschickt. Die Sau kam uns wie gerufen, um die Aufmerksamkeit von ihm abzulenken.«

Die Ratsfrau machte ein besorgtes Gesicht.

Mechtild stieg wie ein Reiher durch die Farne und kauerte sich hinter einen hohen Wedel. »Ich hoffe, er kommt durch. Diesem Ritter ist kein Mensch zu gering, um sich an ihm zu rächen.«

»Wem sagt Ihr das«, stimmte Alheyd düster zu und versuchte, sich im still fließenden Wasser zu spiegeln.

»Tut mir leid«, erklärte Mechtild wenig reuig und arbeitete energisch mit einem Blätterbündel. Sie fand es dreist, daß die Ratsfrau sich schon wieder für einen Mann schön machte, kaum war sie einem anderen entronnen. Aber so sind sie, dachte sie, während unsereins Schweine zerlegen muß, putzen sie sich. Dafür bekommen sie Lob und wir Püffe.

»Schon gut. Ich glaube, Ihr habt recht, Mechtild, daß dieser Wald verwunschen ist. Er ist so unchristlich und bedrohlich wie der Ritter selbst.« Alheyd gab es auf, im schwarzen Wasser nach ihrem Spiegelbild zu suchen. Vertrocknete braune Buchenblätter schwammen darin, und ab und zu rührte sich ein Fisch; aber sie hütete sich, dem glitschigen Ufer zu nahe zu kommen, aus Angst, die Fee würde sie mit bleicher Hand in die Tiefe ziehen. »Ob es die Fee Morgane wirklich gibt?«

»Oh, ganz gewiß«, antwortete Mechtild überzeugt. Sie ordnete ihren Rock und kehrte dann auf den farnfreien Boden zurück. »Es gibt so vieles, was wir nicht sehen. Ich glaube, von all den Wesen, die den Wald bevölkern, sind wir nur geduldet, solange wir uns als Gäste benehmen. Aber Morgane kümmert sich um uns.«

»Laßt uns lieber unter Christenmenschen zurückkehren.« Alheyd sah sich beklommen um.

»Ich verstehe Euch nicht«, sagte Mechtild ärgerlich. »Bisher hat uns noch keine Fee auch nur ein einziges Härchen gekrümmt. Und doch zieht es Euch zu den blutrünstigen Männern. Ihr werdet noch lernen, daß auch solche schönen, ritterlichen Männer wie der Florentiner Euch Schmerzen zufügen. Bisher wissen wir von ihm sowieso nur, daß er gekommen war, um Euch wie ein Täubchen auf dem Markt zu kaufen. Und scheiterte, weil auch der Umgang mit Spitzbuben gelernt sein will. Aber davon haben Leute aus vornehmen Kreisen wie er keine Ahnung. Und eine einfache Knochenhauerin muß ihm dann aus der Patsche helfen!«

Alheyd war nicht umzustimmen. »Ihr versteht mich wirklich nicht«, gab sie leise zu. »Ihr habt auch Rucenberg nicht gesehen. Wenn Ihr wüßtet …«

»Ach ja, Ratsherr Rucenberg«, unterbrach Mechtild sie mit funkensprühenden Augen und zorniger Stimme. »Er kann sich glücklich schätzen, daß Ihr mich habt, wenn ich auch nur Knochenhauerin bin! Aber ich kann nicht Tag und Nacht über Euch wachen. Ich sehe ja schon kommen, daß ich den Kampf gegen Euren Cosimo verliere. Und nun kommt, wenn's beliebt.«

Mechtild stapfte los, ein Bündel unter dem Arm. Die Ratsfrau folgte ihr mit einem träumerischen Blick und hatte ihre Angst vor dem Wald und seinen Feen fast vergessen.

Als sie zurückkamen, sattelten zwei Männer ihre Pferde mit dem Befehl, nicht ohne an Boedec zurückzukommen. Die Doggen bellten zur Hatz, aber die Knechte machten mürrische Gesichter. Wer beim Beutemachen fehlte, bekam auch keine.

Das Geräusch der trabenden Hufe wurde bald vom weichen Boden geschluckt. Das Gebell in der Ferne schien eine fröhliche Jagdgesellschaft aus besseren Tagen anzukündigen. D'Albizzi ahnte, daß dem Chef ein toter Fleischer genauso recht war wie ein lebender. Er wußte auch, daß der Zeitpunkt für die Unterredung mit ihm nicht günstig war – aber später würde er noch ungünstiger werden. Forsch trat er auf ihn zu.

18. Die List

Weindunst umwaberte den Chef der Routiers; er blinzelte und spuckte auf den Boden. »Was willst du? Die Verhandlungen sind beendet.«

»Die Verhandlungen werden wiederaufgenommen.« Cosimo d'Albizzi setzte sich selbstsicher zu de Baliol auf den Boden. »Ich glaube nicht, daß ich Eure Gastfreundschaft länger in Anspruch nehmen möchte. Laßt zum Vicomte de Rohan nach Josselin senden, am besten meinen ehemaligen Donzellus Heinrich. Man kennt ihn im Schloß und wird meinem Siegel aus seiner Hand glauben.«

De Baliol gewann durch ausgiebiges Räuspern Zeit. Der Florentiner ließ sie ihm: um so mehr Respekt würde er bekommen.

»Warum habt Ihr das nicht schon gestern gesagt?« fragte der Ritter scharf. Seine Benommenheit von Wein und zu wenig Schlaf schwand schneller, als er gewohnt war. Jetzt war er auf der Hut.

»Wir erwähnten die Calimala. Alles übrige mußte Euch doch klar sein. Als mein Stichwort Euch unbekannt schien, hielt ich Euch für einen Verräter und heimlich der englischen Seite zugehörig.«

Dem Chef stieg das Blut in den Kopf. Eine gefährliche Drohung, besonders wenn sie in bestimmte Ohren geriet. »Es wäre ein leichtes, Euch spurlos verschwinden zu lassen«, sagte er erbost. »Nehmt den Mund also nicht so voll.« Und trotz seiner Drohung begann er sich zu fragen, was er übersehen haben könnte. Seine Narbe juckte. D'Albizzi musterte ihn kühl. »Meine Männer sind bereits benachrichtigt.«

Der Chef ließ die Hand sinken. »Ihr habt nur zwei. Sie warten am Waldrand bei den Köhlern von Rennes. Haltet Ihr mich für beschränkt?«

D'Albizzi wurde jetzt erst gewahr, daß er die Möglichkeit, der Ritter könnte sich bereits um die beiden gekümmert haben, nicht bedacht hatte. Jetzt konnte er nur noch hoffen, daß er den Bretonen rechtzeitig losgeschickt hatte. »Darauf wollt Ihr wohl keine Antwort«, versetzte er höhnisch, um seine Besorgnis zu überdecken. »Im übrigen reichen zwei Münder an den richtigen Ohren aus, um Euch aus diesem Wald zu zerren.«

»Sicher, sicher.«

Die unerwartete Nachgiebigkeit von de Baliol ließ den Florentiner aufmerksam werden. Irgend etwas lag in der Luft. Die Augenbrauen des Chefs hoben sich erwartungsvoll, als er den Kopf drehte. D'Albizzi folgte seinem Blick.

Einer von de Baliols erfahrenen Kämpfern schob Costantino vor sich her auf die Lichtung; er hielt ihn am Nacken gepackt wie der Herr, der seinen Hund straft. Der junge Mann sah völlig zerzaust, aber nicht eingeschüchtert aus, der Knecht hingegen war in schlimmerem Zustand: er blutete aus einer Wunde an der Schulter.

»Sollte es sich dabei um Eure Kampfgruppe handeln?« fragte de Baliol spöttisch. »Bei einem Jungen, der vor noch nicht langer Zeit mit nacktem Arsch im Matsch spielte? Und einem Knecht, der dem Schwein ähnelt, mit dem er in der Eichelmast war?«

D'Albizzi kümmerte sich nicht um den Hohn. Es gab etwas, das er wissen mußte. Äußerlich gelassen, sah er seinen Männern entgegen. »Ihr habt euch erwischen lassen wie die Kaninchen vom Habicht«, tadelte er.

Costantino wurde endlich losgelassen und konnte sich aufrichten. Er drehte sich um und trat dem Mann mit aller Kraft gegen das Schienbein. »Ja, aber der Pfeil des Jägers ist trotzdem von der Sehne.« Behende sprang er beiseite, als die Faust des Mannes wieder auf ihn losfuhr.

D'Albizzi ließ sich seine Erleichterung nicht anmerken.

»Sprecht so, daß ich es verstehe«, grollte de Baliol. »Oder haltet den Mund, wenn Ihr nicht die Zungen durchstochen haben wollt.«

»Ich wußte nicht, daß bretonische Ritter so ungebildet sind«, versetzte Costantino frech. »Aber da es nun mal so ist, werde ich künftig Französisch sprechen, ganz nach deinem Wunsch.«

Der Chef schnaubte vor Wut. »Du welsche Wanderratte! Sobald unseren Söhnen nicht mehr das Schwert neben die Breischüssel gelegt werden muß, werden sie wieder Latein lernen und auch euer Kauderwelsch verstehen. Gott sei gelobt, daß wir Bretonen alle miteinander unser Herzogtum mehr lieben als das Geld. Wir halten nicht viel von Raffzähnen wie euch.«

Es war an der Zeit, den Streit zu beenden. D'Albizzi sprang auf und schob seinen Lehrling beiseite. »Schickt alle diese Leute endlich fort, Chef. Wir haben miteinander zu reden. Ihr haltet es mit Charles, ich glaub' es jetzt. Und es eilt.«

De Baliol sah ihn sonderbar an, hob den Arm, ließ ihn einen Augenblick verharren, und scheuchte dann mit entschlossener Geste alle anderen außer Hörweite. »Was also?«

»Ich gehe davon aus«, sagte d'Albizzi und zog das Amulett aus dem Wams, »daß Ihr als wichtiger Führer dieses Krieges diesen Gegenstand kennt. Wenn nicht, vergeßt ihn. Dann habe ich einen Irrtum begangen, der mich vielleicht das Leben kosten wird. Aber ich habe keine Wahl.«

De Baliol schnaufte überrascht. »Es stimmt«, gab er heiser zu. »Ich sage immer, man soll die Gefangenen durchsuchen, damit so etwas nicht geschieht. Ich werde die Schuldigen bestrafen, seid ohne Sorge.«

»Ihnen gilt meine Sorge nicht«, erklärte der Florentiner. »Darum kümmert Euch selber. Meine Sorge ist die der Frau Jeanne de Penthièvre, die Messere Ricci von der Calimala zu Paris dringlichst um Hilfe bat, genauer gesagt: um die Erlaubnis, ausnahmsweise das schnelle Nachrichtensystem der Calimala zu benutzen. Es geht um eine Nachricht, die am Bestimmungsort nicht ankam. Befördert wird sie von Ratsfrau Alheyd, Euch bekannt als Annette von Burgund. Ich habe den Auftrag, ihr von jetzt an Schutz zu geben.«

»Wenn ich Euch einen guten Rat geben darf, Nachrichtenübermittler d'Albizzi«, fauchte de Baliol, »so solltet Ihr Eure Ratsfrau beim nächsten Mal wenigstens küssen! Ich habe Euch keinen Augenblick geglaubt.«

»Ich bin ein schlechter Komödiant«, bekannte der Florentiner bescheiden, »und ich danke für den Rat. Haltet mir zugute, daß diese Tätigkeit mir fremd ist. Und jetzt etwas anderes: Da wir sofort nach Dinan aufbrechen müssen, bitte ich um etwas Wegzehrung vom Hirsch, Wein und Hafer für die Pferde. Ich werde mich für Euch verwenden, damit Ihr nicht wegen mangelnder Sorgfalt bestraft werdet.«

»Ich bin froh, wenn ich Euch los bin«, murrte de Baliol und konnte nicht ganz verhehlen, daß d'Albizzi auf ihn Eindruck gemacht und ihm außerdem Angst eingejagt hatte. »Nehmt, was Ihr braucht.«

»Die Bretagne wird es Euch danken«, erklärte d'Albizzi lächelnd und befahl dann seine Leute mit großen Gesten zu den Pferden.

Nur Heinrich lehnte abseits an einem Baum. Er kannte den Florentiner besser als der Chef und wußte, daß alles Schwindel sein konnte. Aber weil er ihn kannte, konnte es auch wahr sein. Die Calimala übernahm viele Aufgaben, sofern sie Geld oder Einfluß brachten. Ohne einen Funken von Bedauern schied er von seinem ehemaligen Herrn, ganz im Gegensatz zu Cord, der am liebsten mit Mechtild mitgeritten wäre.

Heinrich paßte einen günstigen Augenblick ab, um ein Paket zwischen die übrigen Dinge zu schmuggeln, mit denen die Pferde beladen wurden.

D'Albizzi führte seine kleine Gruppe auf den Weg nach Norden, immer weiter durch den dichten Wald. Es ging bergab. An einer kleinen Kapelle baten die Frauen, kurz Rast zu machen: sie wollten der Jungfrau Maria für ihre Rettung danken.

»Es wäre gut, wenn Ihr den Dank auf das erste und das letzte Wort beschränken könntet«, schlug d'Albizzi nervös vor und sah sich nach allen Seiten um.

Er atmete auf, als die Frauen bald wieder herauskamen. Im winzigen Weiler Gaël bogen sie nach Osten ab, um angeblich über Montfort nach Dinan zu reiten. Der Florentiner hatte die Absicht, jeden Verfolger über ihr Ziel und ihre

Frontenzugehörigkeit so weit wie möglich zu verwirren. Den Führer, den er gedungen hatte, klärte er erst jenseits der letzten Hütten über ihr Ziel auf.

»Müssen wir damit rechnen, verfolgt zu werden?« fragte Alheyd bestürzt, die zeitweise an der Seite von d'Albizzi ritt. Den mittlerweile unansehnlichen Schleier hatte sie zurückgeschlagen, so daß er nur die Haare bedeckte.

»Natürlich«, sagte d'Albizzi schonungslos. »De Baliol ist nicht dumm. Wegen seiner Gier nach Aufstieg hat er sich vorübergehend beeindrucken lassen. Die Frage ist, wann er aufwacht. Wenn es nicht um des Stoffes willen wäre, hätte ich Euch zu einem anderen Weg geraten. Leider zwingt dieser Umstand Euch meine Begleitung auf.«

»Ich bin dankbar dafür«, sagte Alheyd so leise, daß ihre Antwort beinahe von den Geräuschen der Hufe überdeckt wurde. »Seit Eurem Erscheinen im Lager weiß ich wieder, daß die kultivierte Welt, der ich einmal anzugehören meinte, kein Traum war.«

»Ich kann es fast nicht glauben.« D'Albizzi lächelte und betrachtete sie ungeniert. Er hatte nichts dagegen, sich von seinen Sorgen ablenken zu lassen. Die Frau an seiner Seite hatte die frische Hautfarbe einer florentinischen Gänsemagd, und doch waren ihre Gesten und ihre Sprache unzweifelhaft die einer vornehmen Frau. Ohne die Bedrohung durch die Routiers hätte er die Begegnung mit ihr genossen. »Immerhin habt Ihr gestohlen.«

Alheyd schwieg und suchte nach den richtigen Worten. »Ihr tut mir unrecht«, sagte sie endlich. »Ich habe weder Woll- noch Seidenbahnen gestohlen, sondern Muster mitgenommen. Euer Vorwurf hört sich an, als wollte ich mich bereichern. Ihr wißt am besten, daß die Stoffe nicht verkäuflich sind. Ich will mit ihnen lediglich eine Ungerechtigkeit aus der Welt schaffen.«

»Gewiß. Ihr wollt nicht das Tuch, sondern gleich die ganze Fertigungstechnik.«

Die Ratsfrau hörte sehr wohl seinen leisen Hohn. »Warum auch nicht?« fragte sie heftig. »Die Technik haben sich die Florentiner auf die gleiche Art besorgt wie ich. Die Wolle wird importiert, weil die ganze Lombardei nicht genügend Wolle herbeischaffen kann; dazu ist sie von niedrigster Qualität. Euren Webern geht es erbärmlich; und trotzdem lockt Ihr deutsche Weber nach Florenz, weil die noch dürftiger bezahlt werden können. Ihnen gebt ihr so wenig Entlohnung wie den florentinischen Frauen und Kindern, aber ihr fordert ihnen die Leistung florentinischer Männer ab. Womit wollt Ihr begründen, daß nur Florenz weben darf?«

Der Florentiner machte ein verblüfftes Gesicht. Dann reichte er ihr die Hand, die sie lächelnd ergriff, und zog sie an seine Seite. Die Pferde setzten sich wieder in Bewegung.

»Es gibt nicht viel über die Calimala, Konsul Cosimo d'Albizzi, das ich nicht wüßte!«

»Einer Eurer Vorzüge muß Eure Beharrlichkeit sein, Ratsfrau. Deswegen will ich freiwillig zugeben, daß mir das Tuch vermutlich weniger am Herzen liegt als Euch. Die Familie d'Albizzi trägt ihren Kampf mit anderen Adelsgeschlechtern um die Macht in Florenz mit Hilfe der Calimala aus; in Wahrheit geht es um den uralten Machtkampf der Guelfi, die bei euch Welfen heißen. Dort liegt meine eigentliche Aufgabe.«

»Ihr seid also gar kein Tuchhändler?« fragte Alheyd erstaunt.

»Doch, ich bin es aus Neigung und ganz gern. Aber Handelskonsul bin ich nicht deswegen geworden, sondern weil meiner Familie die Position zusteht. Darum bin ich auch bereit zu sehen, was Ihr seht. Aber dafür seid Ihr mir schuldig zu erzählen, was Ihr überhaupt vorhabt.«

»Oh, gern«, stimmte Alheyd eifrig zu. »Ich will die Tuchproduktion für den Norden entwickeln. Seht, die Genossenschaft der Kaufleute der deutschen Hanse wird im Ost- und Nordseegebiet immer mächtiger, seitdem es viel Hering gibt. Alles dreht sich um den Hering. Er muß weit ins Binnenland verfrachtet werden; dafür holen die Kaufleute Wein, Tuch und Metallwaren in den Norden, seit einiger Zeit sogar Salz, weil das friesische nicht ausreicht. Angelpunkt für die Unternehmungen zur See sind die norddeutschen Städte. Und jetzt stellt Euch vor, Gott nimmt sein größtes Geschenk an den Norden, den Hering, wieder zurück – und der Hering verschwindet. Was dann?«

Der Florentiner hatte fasziniert zugehört. Er wollte ihr antworten, aber die Ratsfrau sprach schon weiter.

»Dann stehen die Kaufleute der deutschen Hanse mit leeren Händen da. Das wird jedoch nicht der Fall sein, wenn inzwischen die norddeutsche Tuchproduktion berühmt geworden ist. Englands Wolle ist bei weitem schneller in Bremen als über Brügge in Florenz; wir könnten einen eigenen Wollstapel eröffnen. Und gute Tuche werden in Zukunft immer mehr auch im Norden benötigt, je mächtiger die Kirche wird. Wie viele Altäre und Priester müssen zu Ehren Gottes geschmückt werden! Abgesehen von denjenigen, die durch den Fischfang auch in die Lage versetzt werden, sich in bessere Stoffe zu kleiden.«

»Eure Überlegungen sind es wert, im Stadtparlament von Florenz vorgetragen zu werden«, sagte d'Albizzi hingerissen. »Am liebsten würde ich Euch dort den verdorrten alten Männern vorstellen. Ihr habt weitreichende Zukunftspläne – sie zählen Fäden.«

»Ihr lacht mich aus. Ich hätte es Euch nicht erzählen sollen.« Die Ratsfrau zog sich den Schleier ins Gesicht.

»Denkt das nicht, Ratsfrau. Ihr habt meine grenzenlose Bewunderung. Von Lachen kann gar nicht die Rede sein. Ich bedauere zutiefst, daß ich es bin, der Euch die Stoffmuster abnehmen muß.«

»Ich glaube, auch dadurch wird sich mein Plan nicht verhindern lassen«, bekannte Alheyd ehrlich.

»Ihr werdet sie Euch anderswo besorgen, davon bin ich überzeugt.«

»So gesehen, könnt Ihr sie mir auch lassen.«

D'Albizzi zwinkerte ihr zu und schüttelte den Kopf. »Worauf sollten sich die Welfen stützen, wenn sie keine Weber mehr haben, weil die Weber lieber für die Rats- und Kauffrau Alheyd von Bremen arbeiten wollen? Reich bezahlt und in Seide gekleidet – wie sie dann sein werden.«

»Ja, da habt Ihr recht«, seufzte Alheyd. »Die Bezahlung der Weber wird vielleicht nicht viel besser sein können als in

Florenz. Höchstens um den Teil, den die Frachtkosten niedriger sind. Möglicherweise reicht das aber aus, sie zufriedener zu machen als die Florentiner und die flandrischen Weber.«

»Warum wollt Ihr sie denn zufrieden machen?« wollte der Florentiner erstaunt wissen. »Jeder hat den Platz, auf den ihn die göttliche Ordnung gestellt hat. Das Los der Weber ist nun mal nicht das günstigste.«

»Was das betrifft«, entgegnete Alheyd, »so glaube ich nicht, daß unser himmlischer Vater sich um das Verlegerwesen der Tuchhändler kümmert. Das werden sie wohl selber ersonnen haben. Zu ihren Gunsten. Ich bin der festen Überzeugung, daß jeder seine Situation verbessern kann.«

»Seltsame Gedanken habt Ihr, Tuchhändlerin von Bremen. Weber waren schon immer unzufriedene und unfriedliche Menschen. Auch unter den Ketzern tun sie sich hervor. In Florenz haben wir ständig Angst vor den Arbeitern. Man muß sich vor ihnen in acht nehmen.«

»Ich werde es bedenken, wenn es soweit ist«, versprach Alheyd und träumte sich nach Bremen, wo sie sich bereits als Verlegerin sah.

Kurze Zeit später bogen sie vom Pfad ab. Zur Erleichterung aller konnten sie es sich jetzt erlauben, für die Nacht zu rasten.

In einer nahen Kirche schlugen die Glocken, als sie am nächsten Tag auf die Straße nach Roazhon gelangten, die Straße, über die Alheyd und Mechtild schon einmal gereist waren. Die Gaukler seien hier durchgekommen, erzählten ihnen die Leute. Sie folgten ihnen in schnellem Tempo.

»Für einen Reiter ist es nur noch eine Wegstunde bis nach Rennes«, bemerkte d'Albizzi, als sie zwischen Non und Vesper die Gaukler vor sich im Tal erkennen konnten. »Zu früh, um zu halten, wenn man es eilig hat. Sie haben es nicht mehr eilig. Warum?«

Die Knochenhauerin hielt ihr Pferd neben dem Florentiner an. »Da stimmt etwas nicht, Handelskonsul. Die Wagenordnung ist nicht eingehalten, sie taugt nicht einmal gegen diebische Elstern. Die Maultiere sind nicht abgeschirrt, aber die Ziegen rennen frei herum. Seht Ihr?« Sie zeigte auf zwei braune Flecken, die der Florentiner für versprengte Rehe gehalten hatte.

D'Albizzi warf einen Blick auf die aufgeregte Frau. »Dann wollen wir mal sehen, was los ist.«

Die Männer galoppierten voraus. Als die Frauen bei ihnen anlangten, standen sie neben de Westons Wagen, umringt von vielen Gauklern. Die Frauen klagten laut, die Männer ballten stumm die Fäuste.

Der Wahrsager lag der Länge nach im Gras, mit offenem Mund und blutverschmiertem Gesicht. Seine bestickte Brokatweste war schwer von Nässe. Er keuchte.

Neben ihm hockte die Frau, die dem Peckmutz die Monster zugetragen hatte, preßte einen schmierigen Lappen auf die Weste und versuchte, die gerinnende Masse in einen Holzbecher auszuwringen. »Heiliger Jacques, laß ihn nicht so schnell sterben«, murmelte sie, »rot wie das Blut der Märtyrer, ein Fingerhoch reicht mir schon, es darf auch etwas weniger ...«

Mechtild bahnte sich den Weg durch die bereitwillig zurücktretenden Schausteller. »Mach dich fort«, herrschte sie das schreckliche Weib an und kniete neben dem Wahrsager nieder. Entsetzt starrte sie ihm ins Gesicht. Statt der Zunge füllten schwärzliche Blutbrocken seinen Mund.

Die Alte verbarg den Becher im Gewand, legte die Wange wie einen Deckel darauf und humpelte murmelnd davon, so grau und unscheinbar, daß sie sofort vergessen war.

Der Riß in Philippe de Westons Haut unter der Weste war größer als der im Gewand und endete in einem breiten Stich oberhalb des Bauchnabels. Die Knochenhauerin deckte schnell die Wunde wieder zu, damit ihn nicht fror. Diesen Mann konnte nur Gottes Barmherzigkeit retten. Wenn der Wahrsager ein Schwein gewesen wäre, hätte sie ihn gnädig abgestochen.

»Was ist geschehen?« fragte d'Albizzi.

»Soldaten, Herr«, erklärte ein Gaukler bedrückt, »Soldaten zerrten den Wahrsager von seinem Wagen herunter und fielen über ihn her. Reden wollte der Chef der Routiers nicht mit ihm: als erstes schnitt er ihm die Zunge heraus. Dann stach er ihm in den Bauch. Barmherziger Saint Yves, bitte für ihn!«

»Strafen wollten sie ihn«, ergänzte ein anderer, »das hörte ich selber. Dem Mann aus Quimperlé, der gestern abend kam, verstopften sie den Rachen mit der Zunge von Philippe de Weston und nahmen ihn dann mit. Vielleicht hatten sie beide Anteil an einer Lüge.« Er bekreuzigte sich, und die ratlosen Fahrenden sahen den Italiener an, als könnte er die Ereignisse ungeschehen machen.

»Hatte der Anführer eine rote Narbe?«

»So ist es, Herr. Quer über das Gesicht!«

»Wo sind sie jetzt?« fragte d'Albizzi.

Einer der Männer zeigte in Richtung Rennes. »In die Stadt wollten sie, Herr.«

»Ich habe die Frauen hergeleitet. Ihr werdet erlauben, daß ich mein Nachtlager in eurer Nähe aufschlage«, bestimmte der Florentiner.

Mechtild hörte die Kinder der Fahrenden am Rand des Lagers lachen und Fangen spielen. Die Gaukler zerstreuten sich, und allmählich flackerten Lagerfeuer auf.

»Sucht unter de Westons Habseligkeiten nach den Florentiner Stoffproben«, wies d'Albizzi die Ratsfrau an.

Sie sah ihn überrascht an. De Weston war es also gewesen. Bisher hatte Cosimo d'Albizzi ihr nicht verraten, wie er erfahren hatte, wo sie zu finden war. Und auch nicht, warum er darauf bestanden hatte, sie zu den Gauklern zurückzubringen.

Alheyd fand nichts. »Macht jetzt keine Sperenzien mehr, Ratsfrau. Wir kommen mit diesen verwünschten Stoffproben nie heil nach Hause. Also gebt sie schon heraus«, beschwor Mechtild sie besorgt. Sie glaubte nicht an einen Diebstahl und kümmerte sich auch nicht um die Proteste von Alheyd. Sorgfältig suchte sie selbst de Westons Wagen ab. Sein Stoffhimmel, das Schwert und anderes waren da. Aber die Muster blieben verschwunden.

Mechtild ging hinüber zu Philippe de Weston, den jemand barmherzig in seinen schwarzen Mantel eingehüllt hatte. Sein Gesicht war kalkweiß, und er nahm seine Umgebung nicht mehr wahr. An seiner Seite saß einer der wandernden Priester, die sich für eine Mahlzeit bereitwillig dingen ließen. Der fromme Mann betete still und konzentriert für den Sterbenden.

Alheyd setzte sich niedergeschlagen an das Feuer, das d'Albizzis Knecht angezündet hatte. Der Florentiner stocherte stumm mit einem glühenden Ast im Feuer herum. In seinem Gesicht sah sie Zorn: er glaubte ihr nicht, daß die Muster gestohlen worden waren, genausowenig wie die Knochenhauerin.

Das Wasser im Kessel war noch nicht heiß, als Mechtild mit dem Paket im Arm ans Feuer kam. »Ich glaube, das ist es«, sagte sie mit verkniffenem Mund und übergab d'Albizzi das Bündel, ohne Alheyd eines Blickes zu würdigen.

Der Florentiner nahm es fast ungläubig entgegen, schlug das geölte Leinen auf und überprüfte die Stoffe einzeln. »Wie ich sehe, habt Ihr nur Ware aus Florenz gestohlen«, sagte er mit schmalen Lippen angesichts der städtischen Randborte. »Das ehrt die Calimala sehr, aber unsere Wege trennen sich jetzt.« Auf seinen knappen Wink hin sprangen Costantino und der Knecht auf und ließen die Frauen am Feuer allein.

Alheyd sah ihnen mit einer Mischung aus Erbitterung und Verzweiflung nach. Die Knochenhauerin kräuselte die Lippen aus Verärgerung über die Unbelehrbarkeit der Ratsfrau. Überdies kamen ihre Tränen zu spät; der Florentiner hatte sie nicht mehr gesehen.

Am nächsten Morgen war der Priester verschwunden, und Philippe de Weston lebte immer noch. Niemand kümmerte sich um ihn, soweit die Knochenhauerin erkennen konnte. »Kommt mit, Ratsfrau«, befahl sie, »jeder Sterbende hat Anspruch auf Trost in einer Sprache, die er versteht.«

Mechtild nahm de Westons Hände und versuchte sie zu wärmen. Sie lagen wie ein Eisblock in den ihren, aber er schien ihre Wärme zu spüren und aus seinem Dämmerzustand zu erwachen. »Redet jetzt, Ratsfrau!«

»Maître de Weston«, sagte Alheyd widerwillig, »können wir etwas für Euch tun?« Mechtild nahm ihr übel, daß sie stehenblieb, denn der Wahrsager drehte den Kopf, und seine Augen suchten in einem Chaos von Schmerz nach der Stimme. Als er sie weit über sich gefunden hatte, gab er ein Gurgeln von sich.

Erzürnt half Mechtild nach, weil die Ratsfrau anscheinend nicht verstehen wollte. »Er will etwas von Euch, merkt Ihr das denn nicht?«

Alheyd kniete bedrückt nieder und lauschte. De Weston röchelte; seine Hand bewegte sich zur Brust: den Ring hatten die Routiers ihm gelassen. Die blutgefüllten Rillen zeigten zwei Masken mit prächtigen Schnurrbärten. Plötzlich ging ihr auf, was er meinte, und sie schrak zurück. »Er fordert den Gefallen ein, den ich ihm schulde.« Alheyd war atemlos vor Entsetzen. »Warum jetzt noch? Er ist so gut wie tot. Wie kann er so rachsüchtig sein?«

»Er will, daß Ihr ihn tötet?« fragte Mechtild ohne Erstaunen.

»Ich versündige mich nicht gegen Gottes Gebot«, wimmerte Alheyd, die Hände vor dem Gesicht. »Töten ist eine Todsünde, für die mir nie Absolution erteilt würde.«

»Es stünde Euch gut an, an seine Qualen zu denken, nicht an Eure, die Ihr nicht habt«, zischte Mechtild. »Barmherzigkeit kann keine Todsünde sein. Bleibt wenigstens bei ihm! Ich komme gleich wieder.«

Die Knochenhauerin ging zum Wagen des Peckmutz hinüber und grub in der Ecke, in der sie das Holunderröhrchen mit dem Pulver versteckt hatte. Es war noch vorhanden und fest verschlossen. Niemand hatte die scheußliche Sammlung angerührt.

Sie entschloß sich, das Pulver mit heißem Wasser aufzulösen. Dann säuberte sie die Mundhöhle des verstümmelten Mannes von verklumptem Blut. Während sie ihm mit mehreren Ave Maria das Arzneimittel einflößte, kauerte Alheyd mit gesenktem Kopf neben den Beinen des Wahrsagers und rührte keine Hand.

An de Westons Atemzügen, die schneller wurden und

dann aussetzten, merkten die Frauen, daß er nun friedlicher hinübergegangen war, als de Baliol beabsichtigt hatte.

Alheyd nahm seinen Tod mit geschlossenen Augen hin. Mechtild war bereits zum Feuer zurückgekehrt, als der Ratsfrau der Ring einfiel. Sie zog ihn dem Wahrsager sanft vom Finger.

Aus dem Schatten ihres Wagens löste sich die vermummte Gestalt der alten Frau und humpelte davon. Mechtild sah sie verschwinden. Die neugierige alte Vettel, dachte sie verächtlich.

Philippe de Weston wurde an der Biegung des Flusses beigesetzt. Danach teilten die Fahrenden seine kostbaren Seidenstoffe untereinander auf.

D'Albizzi und seine Gefolgsleute brachen früh am nächsten Morgen nach Rennes auf. Der Handelskonsul war schlecht gelaunt. Er verwünschte die ganze Angelegenheit von Herzen und fragte sich mehrmals, was er falsch gemacht hatte. Natürlich nichts, sagte er sich. Aber das ärgerliche Gefühl blieb.

»Seht, Meister!« rief Costantino aufgeregt und jagte im Galopp davon.

In Pfeilschußweite hing an einer Eiche eine nackte Gestalt an einem Bein, schaukelnd im Wind.

Noch bevor d'Albizzi nahe genug war, um das Gesicht zu erkennen, wußte er, daß der Mann an Boedec sein mußte. Sie hatten ihn bis auf die Haut ausgeplündert.

Ohne sich um ihn zu kümmern, ritten sie weiter und kamen am späten Nachmittag in Rennes an. Die Straßen waren seltsam leer im Vergleich zu den Turniertagen. Genauso leer und ausgehöhlt fühlte sich Cosimo d'Albizzi.

Als er in einer Taverne den ersten Becher Wein geleert hatte, entdeckte er, daß er sich in Alheyd von Bremen verliebt hatte.

19. Roazhon

An Boedec versuchte noch zu entkommen, als er die Routiers in das Lager stürmen sah. Er kroch unter einem Wagen hindurch und landete im Wasser, doch bevor er untertauchen konnte, packte ihn jemand am Bein und zog ihn an Land.

Er mußte zusehen, wie de Baliol dem Wahrsager die Zunge herausschnitt. Als man ihn selber dem Chef vorführte, der mit dem Rücken an einen Baum gelehnt saß, hing die blutverklumpte Zunge aufgespießt an einem Ast über ihm. Der Fleischer starrte sie an und wagte nicht, den Blick abzuwenden.

Er sagte alles, was er wußte: daß Konnetabel Bramborough sich jetzt auf Dinan zubewege, daß er dort die Front wechseln werde, wann das sein sollte und wie das Signal lauten werde. De Baliol lachte schallend, weil an Boedec der Bote war, auf den er lange gewartet hatte, nur hatten weder er noch der Fleischer es gewußt. Dann verstopfte er ihm den redseligen Mund mit der Zunge des anderen Schwätzers und gab den Befehl, ihn aufzuhängen.

Nachdem die Männer wieder aufgesessen waren, ritten sie gemächlich weiter, Cord und John schweigsam am Schluß.

»Auch das ist Krieg, Junge«, sagte John leise.

Cord hörte darin eine Warnung und nickte mit krampfhaft zusammengebissenen Zähnen, daß ihm die Wangen schmerzten.

Roazhon ließen sie rechter Hand liegen, obwohl mancher Soldat einen sehnsüchtigen Blick auf die Stadt im Tal warf. Zwei Flüsse vereinten sich dort, ebenso wie Straßen aus mehreren Richtungen, die Adeligen der gallischen Bretagne hatten dort ihren städtischen Sitz, auch der Bischof und der Herzog.

Aber de Baliol brauchte mehr Erfolge, bevor er sich wieder in Roazhon zeigen konnte. Ein kleiner Weiler an der Straße nach Dinan paßte ihm gut: das Dorf an einer Brücke über den Fluß konnte nicht verteidigt werden. Gegründet von frommen Menschen um eine Kapelle, fehlten ihm die sichere Bergeshöhe der Dörfer im Landesinneren und die undurchdringliche Stechginsterhecke des Westens. Die steinerne Umfriedung mit den Flechtzäunen darüber konnte höchstens die Wölfe für einige Zeit fernhalten.

De Baliol verteilte seine Männer im Kreis um die Hütten und ließ einen Brandpfeil auf ein Strohdach abfeuern, um den Einwohnern klarzumachen, daß er es ernst meinte.

Sie schickten den zitternden Dorfvorsteher vor de Baliol. Mit ihm kam ein Mann, dessen Beine und Füße so gekrümmt waren, daß sie wie am Hintern befestigt schienen; er schleifte sich mühevoll am Boden entlang. »Was befehlt Ihr, Herr?« fragte der Dorfvorsteher furchtsam. In gewöhnlichen Zeiten hatte er hier das Sagen, aber dies waren keine gewöhnlichen Zeiten.

»Sammele ein, was ihr an Reichtümern habt, du Hühnerschänder«, befahl de Baliol barsch, »Münzen, Gold und Silber. Dann verschonen wir eure Häuser. Und schaff mir diesen Krüppel aus den Augen!«

»Wir haben keine Reichtümer, Herr«, entgegnete der Bauer demütig. »Für den Herzog haben wir alles gegeben, was wir hatten. Die meisten von uns sind hungrig und krank. So wie dieser da.«

Der abgemagerte Krüppel wälzte sich seitwärts und blickte zum Chef hinauf. Sein Kopf war nicht gelähmt, und in seinen Augen stand Widerspenstigkeit. »Es ist genug!« sagte er mit Nachdruck. »In der Stadt richten sie Turniere aus und verprassen, was sie uns gestohlen haben. Das Land ist ausgeplündert. Wir können nichts mehr geben.«

»Bei den Wunden Christi«, jammerte der Dorfvorsteher, »du hast versprochen, keine unziemlichen Reden von dir zu geben! Du bringst uns alle in Gefahr. Hört nicht auf ihn, edler Herr. Morvan ist toll, seitdem es seine Beine gekrümmt hat. Laßt uns nicht für seine Rede büßen, Herr!«

De Baliol stierte erstaunt auf den Mann hinunter. »Seit

wann urteilen Würmer über Löwen?« fragte er und sprang dem Krüppel mit beiden Füßen auf den Nacken. Die Halsknochen knirschten und brachen, dem toten Mann öffnete sich der Mund, und die Zunge fiel heraus. Der Ritter trat angewidert beiseite. »Und du lauf, bevor ich auch dich als Wurm unter die Erde schicke!«

Dem Dorfvorsteher entfuhr ein lauter Wind, und bräunliche Streifen rannen unter dem Kittel an seinen Beinen entlang. Während sich de Baliol feixend die Nase zuhielt, schlich der Mann unter dem johlenden Gelächter der Soldaten zwischen die Hütten zurück.

»Sie haben noch genug zum Fressen! Wer scheißt, ißt auch. Diese Leute sind Lügner und Wortverdreher.« Die Hände auf dem Rücken, spazierte der Sergeant gemächlich wie ein gern gesehener Gast durch das Dorf. Aber seine Augen spähten über die Hausweiden wie ein Habicht, der Beute sucht.

Die übrigen Soldaten schwatzten miteinander, während sie auf den Fortgang der Dinge warteten. Weisungsgemäß behielten sie flußabwärts den Steig zum Teich der Wäscherinnen und zur Flachsweiche im Auge; einige bewachten einen Schweinekoben am Waldrand, neben dem viele Herbst- und Wintermonate lang der Pfad zur Eichenmast von Klauen und Fußsohlen zertrampelt worden war.

Währenddessen zählte an Youdec die Rinder und die Flachsteiche, schätzte die Größe des Backofens und des Kräutergartens und überschlug im Kopf den jährlichen Ertrag des Dorfes.

Im Weiler huschten Männer von Hütte zu Hütte, bemüht, Pfeilen von außen kein Ziel zu bieten. Die Soldaten amüsierten sich über den Anblick: dies war leichte Tagesarbeit. Was sie eingebracht hatte, würde ihnen der Chef bald mitteilen.

Einer hatte eine Katze eingefangen und durch den Oberschenkel an einen Baum gespießt. Er und sein Freund versuchten, die Katze durch Stöße mit dem Kopf zu töten. »Feste, Henri!« schrie ein Zuschauer und sprang vor Aufregung auf der Stelle.

Der andere Mann schied aus, weil Blut aus einem tiefen

Riß unterhalb seines Augenlids strömte. Die Katze fauchte wie ein Luchs und wand sich wie ein Aal.

»Ein Sou, Henri!«

Und Henri rammte seinen Schädel mit solcher Wucht gegen den Baum, daß die Umstehenden die Rippen der Katze brechen hörten. Wie ein Sack fiel er hin.

Nach der Zeit, die ein guter Priester braucht, um eine Messe zu lesen, kam der Dorfvorsteher zurück. Die Zuschauer beim Katzenkampf ließen Henri mit der Katze allein und rannten zu de Baliol, um zu sehen, was es gab. Der Mann hatte drei magere Hühner im Korb, ein Dutzend Eier und zwei Silbermünzen mitgebracht. Ein Junge trieb mit einer Gerte ein nicht ausgemästetes Schwein hinter ihm her.

»Mehr haben wir nicht, Herr«, bekannte der Dorfvorsteher weinerlich. »Nehmt es und geht mit Gott. Wir wünschen Euch alles Gute beim Kampf gegen die verfluchten Engländer.«

De Baliols Narbe schwoll wie der Kropf einer Taube. »Du dreckiger Erdklumpen, soll das alles sein? Für Männer, die für deinen Herzog kämpfen?«

Der Sergeant hatte inzwischen seinen Rundgang beendet. Sein Finger fuhr unter der Nase des Dorfvorstehers vorbei, während er ihm mit der anderen Hand in den Nacken griff und seinen Blick zur Hühnerhütte auf Stelzen zwang. »Da sitzt unter den Reetbüscheln ein forscher Hahn mit acht fetten Hennen. Wer hat denn hinter ihnen zugeriegelt und die Leiter versteckt? Weißt du, wie viele Kühe auf der Weide laufen? Wie viele Sauen knietief in den Eicheln stehen? Und wer sich Ringelblume im Eintopf leisten kann, Hopfen gegen Schlaflosigkeit und Tricktrack bei Faulheit, der ist nicht arm. Verstehst du? Versuch nicht, unserem Chef einen solchen Unsinn weiszumachen!« Der Ritter verschränkte die Arme. »Wer vor den Soldaten des Herzogs die ihnen zustehenden Nahrungsmittel versteckt, versteckt natürlich auch anderes. Oder ...« Er holte den Mann mit einem Griff seines langen Arms zu sich heran und fauchte ihm ins Gesicht: »... solltet ihr etwa heimlich auf seiten der Engländer stehen, den Feinden von Charles de Blois?«

Dem Dorfvorsteher blieben die Worte im Halse stecken. Als de Baliol ihn endlich losließ, stotterte er Unverständliches und hastete zurück zu den Hütten.

Der Ritter fragte mürrisch: »Was sie jetzt wohl aushecken?«

An Youdec grinste schief. »Jetzt hecken sie nicht. Jetzt graben sie nach dem Gold. Sie sind reif wie geröstete Maronen.«

Nach einer Weile schlurfte der Dorfvorsteher mit einer Holzschale herbei, in der er Münzen eingesammelt hatte. De Baliol rührte mißmutig mit dem Finger zwischen einigen Ecus, zwei Deniers, einem französischen und einem florentinischen Florin herum, bevor er das Geld einstrich. Dann stieß er den Dorfvorsteher zu Boden und winkte.

Die Männer ließen ihre Brandpfeile steigen.

Noch war es nicht Weihnachten, und bisher war das Wetter trocken gewesen. Die lehmgefachten Holzwände und die Reetdächer fingen sofort Feuer. Während der Sergeant das leichte Flechtwerk des Hühnerhauses eintrat und die Klappe zum Hüttchen aufriß, trieben zwei Soldaten die Schweine an der Außenmauer entlang zu den Pferden.

Die Einwohner stürzten aus den Hütten, die Kleinsten auf den Armen; die größeren Kinder rannten neben ihnen her zum Wald. Ältere Jungen versuchten, Ziegen am Horn mit sich zu zerren, aber die närrischen Viecher bockten und sprangen und suchten sich selbst einen Weg aus dem brennenden Inferno. Cord beobachtete durch den Rauch hindurch ein junges Mädchen, das eine Schnur um den Hals eines Schafes gebunden hatte. Einer der Soldaten fing das Mädchen ein, die Hand bereits am Hosenlatz.

John stand am Dorfrand und rührte keine Hand. Das Knattern der Flammen übertönend, fragte er Cord: »Sehnst du dich vielleicht nach Frau Mechtild, oder warum siehst du so komisch aus?«

»Merkwürdige Frage jetzt«, knurrte Cord und spürte nichts als Ekel. »Sie ist jedenfalls ein ziemlich friedlicher Mensch, solange sie nicht nach dem Messer greift.«

»Mm. Ich konnte sie mir leicht vom Leib halten.« John

klang schlechtgelaunt wie nach einer durchzechten Nacht. »Vor einem richtigen Mann hat sie Respekt.«

»Man könnte sie begleiten, um ihr Schutz zu geben«, schlug Cord listig vor. »Ihr Messer ist ein bißchen kurz, wenn sie es gegen ein Schwert benutzen soll. Und wo sie doch auch nach Dinan will.«

»Ganz recht«, stimmte John zu. »Es ist in diesen Zeiten ein frommes Werk, Frauen zu schützen. Schließlich gibt es noch weitere Truppführer wie unseren tapferen Chef.«

»Dinan, wo bald die Engländer stehen werden«, sinnierte Cord und wischte sich die tränenden Augen. Dicker weißer Qualm quoll über den Zaun.

»Und denen einige englische Bogen fehlen werden, wenn Bramborough wirklich überläuft. Vielleicht läßt er noch mit sich reden. Wenn ich es recht überlege, war es bei ihm gar nicht so schlimm. Abgesehen vom Hängen natürlich.«

»Natürlich«, sagte Cord. »Übrigens wäre es ungerecht, das mit den Bogen, meine ich.«

»Genau. Und wir Engländer sind immer fair. Gegenüber dem Gegner, gegenüber Frauen ...«

»Womöglich bezahlen sie sogar für den Schutz. Die Ratsfrau war manchmal großzügig.«

»Dann sollten wir uns jetzt beeilen, nach Dinan zu reiten.« John sah sich nach de Baliol und den übrigen Männern um.

Wer nicht an der Kapelle war, um sie auszuplündern, durchkämmte die noch nicht brennenden Hütten nach Brauchbarem. Schafe, deren Fell Feuer gefangen hatte, galoppierten blökend umher, Gänse suchten kreischend in niedrigem Flug das Weite.

»Komm!« John rannte geduckt los, mitten in den Rauch.

»Ich komme.« Cord war ihm auf den Fersen. »Aber nicht nach Dinan, sondern nach Rennes müssen wir.«

»Woher weißt du?«

»Frag lieber, woher Frau Mechtild das geahnt hat. Sie hat es mir im letzten Augenblick zugeflüstert.«

Die Gaukler hatten das Turnier in Roazhon verpaßt. Die meisten Adeligen waren nach Hause zurückgekehrt, mit

Ausnahme einiger, die es sich leisten konnten, ihren Dörfern fernzubleiben, oder die ihr Kommando vorübergehend einem abhängigen Junker übertragen hatten.

Einige blieben aus Neugier. Es hieß, zwei Pestärztinnen seien in der Nähe, die eine unfehlbare Protektion gegen den Tod böten. Sie zögen im Schutz von Gauklern. Und in der Tat hatte man schon seit einiger Zeit nichts mehr von neuen Pestfällen gehört.

Die ganze Gauklertruppe nahm Quartier im Westen des Städtchens, wo behelfsmäßig errichtete und schon baufällige Strohhütten zwischen Schlachtereien und Gerbereien standen.

»Seitdem die Häuser abgebrannt wurden, um den Truppen gegen den Herzog von Lancaster freies Schußfeld zu verschaffen, ist hier Platz genug«, berichtete der Wirt der Taverne, der die Gaukler mit Wohlgefallen aufnahm. »Nur herein, nur herein!« Aber niemand hatte Zeit, ihm zuzuhören, jeder wollte seinen Wagen an einer günstigen Stelle unterbringen.

Die Gaukler schoben den Wagen des Peckmutz kurzerhand in die entfernteste Ecke, in der Hoffnung, daß die Neugierigen auf dem Weg zu den Pestfrauen sich erst einmal anderswo unterhalten lassen würden. Mechtild war es recht. Die Ratsfrau kümmerte sich um nichts, sie machte ein so trauriges Gesicht, daß die Knochenhauerin erschrak. War sie zu hart mit Alheyd umgegangen? Auf der ganzen Reise hatte sie ihre Gefährtin so noch nicht erlebt.

Am nächsten Morgen schickte sie Alheyd auf den Weg, damit sich in der frischen Luft ihre Wangen wieder röteten. »So kann das mit Euch nicht weitergehen«, sagte sie bestimmt. »Guckt Euch die Kleider der Leute an. Rennes ist eine große Stadt, bestimmt findet Ihr eine frei herumlaufende Mi-parti-Hose oder gar eine nächtliche Liripipis, an denen Ihr Euer Gemüt wieder aufrichten könnt.«

Alheyd lächelte wehmütig und schüttelte den Kopf. Wenn unter der Liripipis der Mann gesteckt hätte, nach dem sie sich sehnte … Aber ein Cosimo d'Albizzi war nicht der Mann für Nachtmützen. Sie stellte sich so lebhaft vor, wie er sich nackt im langen Zipfel seiner Liripipis verhedderte, daß sie lächeln mußte.

»So ist es schon besser.« Zufrieden mit ihrem Heilerfolg bei einer kranken Seele, schob Mechtild die Ratsfrau zum Tor hinaus.

Alheyd kam erst kurz vor dem Einbruch der Dunkelheit zurück, so gut aufgelegt wie seit Tagen nicht. »Ich habe ihn gesehen«, sagte sie mit funkelnden Augen. »Er ist hier.«

Mechtild, die von der Arbeit einen krummen Rücken und blutverkrustete Hände hatte, strich sich über die Augen. »Wer?« fragte sie müde. »Um eine Liripipis handelt es sich wohl nicht.«

»Ganz im Gegenteil, Knochenhauerin«, antwortete Alheyd. »Ich habe den Handelskonsul Cosimo d'Albizzi gesehen. Meint Ihr nicht auch, ich könnte ihn aufsuchen? Er hat die Stoffmuster wieder – und ich habe gebüßt. Nicht wahr, jetzt ist doch alles in Ordnung?« Mechtild starrte die Kauffrau entgeistert an. »Ihr hättet gebüßt? Womit denn? Damit, daß er Euch bei heiler Haut verließ? Nein, Ratsfrau Alheyd, ich will Euch sagen, womit jede andere Frau gebüßt hätte: mit ihrem Leben. Euch hat er geschont. Und das ist mehr, als er vor der florentinischen Calimala verantworten kann – vermute ich. An Eurer Stelle würde ich ihm nicht mehr unter die Augen kommen. Was ist, wenn er seine Milde bereut?«

»Ich habe es bereits getan«, bekannte die Ratsfrau. »Er weiß, daß ich in der Stadt bin.«

»Vielleicht solltet Ihr einmal bei Rucenbergius nachlesen, was er für den Umgang mit Liebhabern vorschlägt.«

Alheyd sah die Knochenhauerin verblüfft und ein wenig beleidigt an.

Es ging in dieser Nacht heiter zu im Gauklerlager, denn die Einwohner von Roazhon wollten vom Krieg nichts mehr wissen, den meisten hatte er Elend, Hunger und andere Not gebracht. Es gab Erwachsene, die in Kriegswirren geboren, aufgewachsen und gestorben waren: so lange währte er schon. Man hatte genug.

Mechtild und Alheyd schliefen ungestört in ihrer abgeschiedenen Ecke. Ihr Gewerbe war ans Tageslicht gebunden.

Am nächsten Morgen war Alheyd noch in einem Traum gefangen und lächelte im Schlaf; brummend ließ Mechtild sie liegen und besorgte ihre kleine Wirtschaft. Am Kochfeuer beobachtete sie aus dem Augenwinkel einen jungen Mann, der über die Wiese auf sie zukam.

Er stellte sich als Diener des Seigneur von Plessis vor. Sehr entschieden verlangte er von ihr, zwischen Non und Vesper die Protektion bei seinem Herrn Sylvestre durchzuführen. Die Residenz sei in der Straße Saint-Yves. Mechtild wiederholte sorgfältig alle Angaben, und der Diener versicherte nach ihrer Zusage sehr höflich, man sei überaus bekannt in Rennes, wenn sie nur den Namen wisse, würde jeder es sich zur Ehre gereichen lassen, die Pestheilerin zum Haus der de Plessis de la Chapelle-des-Fougerets zu geleiten.

Wie betäubt ob der Ehre blieb die Knochenhauerin am Feuer sitzen, bis der Mann verschwunden war, dann stürzte sie zum Wagen und rüttelte Alheyd wach.

»Ihr müßt mich unterweisen, Ratsfrau! Wie benimmt man sich denn in einem Schloß? Ich glaube, er hat Schloß gesagt – oder gemeint. Bestimmt hat er es gemeint. So sagt doch etwas! Und welche Haare soll ich nehmen? Sind die Haare eines Soldaten überhaupt vornehm genug? Eure sind ja leider immer noch nicht nachgewachsen.«

Alheyd bewahrte kühles Blut. »Ob Baron oder Graf oder Ritter«, sagte sie, »es kann kein Unterschied sein. Sagtet Ihr nicht selber, das Durchstechen der Haut fühle sich an wie das Nähen einer Schweineschwarte mit Füllung?«

»Aber doch nicht die eines Barons oder Grafen! Ratsfrau Alheyd, wie könnt Ihr nur so despektierlich reden! Außerdem sprach ich nie von Füllung.«

Alheyd kicherte in sich hinein. »Stimmt, in Euren Kreisen hat man keine Füllung. Im Gegensatz zu Prälaten und anderen adeligen Stadtgeistlichen. Manche von ihnen bestehen überhaupt nur aus ihrem dicken Wanst. Mein Rucenberg hat im kleinsten Finger mehr Adel als eine ganze sogenannte alte Familie. Ihr werdet es selbst sehen, sperrt die Augen nur auf!«

Mechtild schüttelte ungläubig den Kopf, sagte aber nichts mehr. Was war nur in die Ratsfrau gefahren? Ob da nicht der edle Cosimo seine Hand …?

Als sie alle Zutaten bis zum Theriak für das Gesinde beisammen hatten, hatte es noch längst nicht zur Non geschlagen. Mechtild kauerte sich nervös ans Feuer.

Alheyd, die bemerkte, daß die Knochenhauerin derzeit keine Laune für ein Schwätzchen hatte, zog sich in den Wagen zurück. Zum ersten Mal seit langem schlug sie ihr Büchlein auf.

Da war ein bedeutender, kluger Mann, dessen eheliches Weib ihn verließ, um mit einem anderen, einem jungen Mann, nach Avignon zu gehen. Dieser junge Mann verließ sie, als er genug von ihr hatte, wie junge Männer das oft zu tun pflegen.

Alheyd klappte das Büchlein zu. Rucenberg wußte also auch um diese Gefahr; die Zeilen bekamen erst jetzt für sie eine Bedeutung. Trotzdem hatte er sie auf eine lange Reise geschickt. Er vertraute ihr, so, wie sie ihm vertraute.

Bei den Gauklern sprach sich herum, welche Ehre Frau Mechtild und Ratsfrau Alheyd widerfahren war. Ein wenig von dieser Ehre fiel auch auf sie ab. Sie bestimmten einen ansehnlichen Halbwüchsigen, der den Frauen die Geräte tragen sollte.

Das Stadtpalais der de Plessis war ein großes zweistöckiges Gebäude mit vielen Fenstern in den oberen Geschossen und mehreren Eingängen. Unschlüssig überlegten sie, welcher der richtige sein mochte, als bereits der Diener herauseilte. An der Treppe stand eine Zofe, die ihnen die Umhänge abnahm.

Mechtild blickte zaghaft an der Treppe nach oben. Alheyd ergriff ihren Arm und zog sie mit. »Nun kommt schon, Frau Mechtild«, sagte sie energisch, »seht Euch das Gesicht des Grafen an und denkt an Schweineschwarten.«

»Wenn Ihr meint«, seufzte die Knochenhauerin und stieg

zögernd die Treppe hinauf. »Aber nie hätte ich gedacht, daß eine Ratsfrau jemals einen Grafen mit einem Schwein vergleichen würde!«

»Pst!« zischte Alheyd.

Sie wurden in einen Empfangsraum geführt, der gleichzeitig Speisesaal und Schlafzimmer zu sein schien. Der Graf saß auf einer Liege, die man an den Kamin gerückt hatte, die Hände und die nackten Füße behaglich zum Feuer gestreckt, auf dem Rücken ein Bärenfell. Es waren noch allerlei Leute im Raum, aber Alheyd schritt forsch auf den Grafen zu. Sehr alt konnte er nicht sein; seine Haare waren noch schwarz, ohne eine Spur von Grau. Hinter ihr stieß Mechtild einen Schrei aus, und ein Hund bellte. »Kommt weiter«, befahl die Ratsfrau und drehte sich um. »Keine Angst.«

Die Knochenhauerin ertrug regungslos das Schnüffeln eines Windspiels mit grünem Samthalsband an Kleidung und Händen. Niemand schien ihre Furcht zu bemerken; wahrscheinlich hatte von den Herrschaften niemand je mit einem bulligen Metzgerhund Bekanntschaft gemacht.

Ein lilienweißer Arm schob sich unter einem dicken Federbett in einem Alkoven hervor. Beringte Finger tasteten in einem hölzernen Kasten vor dem Bett herum. »Hier, Süßer«, lockte eine Frauenstimme. Die Hand fand ein Roggenküchlein und kratzte mit ihm auf der Truhe.

»Nun kommt schon, Mechtild«, sagte die Ratsfrau in beruhigendem Ton, als das Windspiel das Interesse an der Knochenhauerin verlor und sich mit einem anderen Hund um den Kuchen balgte. Die Frauensperson mußte die Gräfin sein. Hinter der Hand, die beiden Hunden endlich einen Kuchen zwischen die spitzen Zähne schob, breiteten sich rotbraune Haare über einer Schlummerrolle aus.

Das Reden und das Gelächter im Raum waren während der ganzen Zeit nicht verstummt, aber inzwischen hatte man die Fremden bemerkt. Man drehte sich um, nahm einen Schluck aus einem Weinpokal und beobachtete die Frauen mit sichtlichem Vergnügen.

»Die Pestfrauen sind da, Herr.«

Der Graf drehte sich um. Sein scharfer Blick unter den

buschigen dunklen Augenbrauen ruhte mit Entzücken auf Alheyd, während er Mechtild kaum beachtete.

Die Ratsfrau sank in die Knie und brachte es dabei fertig, ihr zerschlissenes Kleid mit solcher Würde um sich zu breiten, daß der Graf ihr die Hand zum Kuß reichte und ihr danach freundlich wieder aufhalf. »Ihr seid also die berühmte Pestärztin«, sagte er entgegenkommend.

»Wir beide werden Pestärztinnen genannt, Graf de Plessis«, verbesserte Alheyd diplomatisch. »Ich bin Alheyd von Bremen. In meiner Heimat Bremen gehört mein Ehemann dem Rat der Stadt an.«

»Um so besser. Bei mir werdet Ihr den Schutz anwenden«, bestimmte der Graf. »Die anderen mögen es halten, wie sie wollen. Sagt mir nur, was ich tun muß. Wir werden uns köstlich dabei amüsieren. Für das leibliche Wohl ist gesorgt, Ihr dürft zwischen Wein aus dem Rancetal, aus Chinon und aus Beaune wählen.«

Überwältigt folgte Alheyds Blick seinem gebieterischen Finger zu einem schweren Eichentisch, der beladen war mit Keulen von Hirsch und Reh, mit Reiher und Fasan in eigenem Federkleid, mit Pasteten in Pilzform, mit Schweinsfüßchen in blauem Aspik und Bergen von weißem Brot, dazu Käse, Äpfeln und Nüssen.

»Nehmt Euch, dann fangen wir an.« Während der Graf das Fell auf den Boden gleiten ließ und sich auf den Rücken warf, hob ein unverzüglich herbeigeeilter Diener seine Füße auf die Liege und begann ihm die langen Strümpfe von der gebauschten Hose abzuknöpfen. Herr von Plessis winkte Alheyd so nachdrücklich mit seinem behandschuhten Handrücken zur Tafel hin, daß sie nicht zu widersprechen wagte.

»Frau Mechtild, anscheinend hat sich Eure Methode herumgesprochen«, sagte Alheyd im vollen Vertrauen darauf, daß Plattdeutsch hier unbekannt war, und schritt heiter lächelnd durch den Raum. »Er weiß alles, nur nicht, daß ich die Protektion weder beherrsche noch durchführen will.« Sie neigte den Kopf, um sich für den Pokal zu bedanken, den einer von den männlichen Gästen ihr entgegentrug. »Aber er erwartet, daß ich sie mache.«

Mechtild schien begeistert. »Dann werdet Ihr sie jetzt lernen, meine liebe Frau Alheyd. Ich werde Euch Nadel und Haarseil reichen und mit ganzem Herzen für Euer Gelingen beten.«

»Ja, liebe Mechtild«, flötete die Ratsfrau und versuchte, nicht mit den Zähnen zu knirschen. »Nein, danke, essen möchte ich jetzt nichts«, wehrte sie einen Diener ab, der für sie ein Holzbrett beladen hatte. »Essen macht die Finger schwerfällig«, erklärte sie dem Junker, dem das Fett eines Gänseschlegels vom Kinn troff und dessen vorstehende Augen sich ohne Unterlaß bemühten, eine Lücke in ihrem Kleid über dem Busen zu erspähen.

Die Damen und Herren bildeten einen engen Kreis um die Liege, die mitsamt dem Grafen ein wenig vom Kamin abgerückt wurde. Sein Gemächt war schon bloßgelegt; unter den forschenden Blicken der Zuschauer begann es sich zu rühren. Verständnisvolles Gelächter kam auf, und der Graf deckte neckisch seine Hand darüber, bis Alheyd sie ergriff und mit strenger Miene auf den nackten Bauch legte.

Mechtild blieb fast das Herz stehen wegen der Respektlosigkeit, aber dann empfand sie Bewunderung für die Ratsfrau. Sie ging mit den adeligen Gemütern um, als sei sie eine von ihnen, und mit Messer und Nadel, als hätte sie das Knochenhauerhandwerk erlernt.

Mechtild sah sehr wohl, daß Schweißtropfen von Alheyds Schläfe in den ausnahmsweise eng gewickelten Schleier sickerten. Auch ihr selbst zitterten vor Aufregung die Hände, als sie das ätzende Gemisch auf das hellblonde Haarseil goß und der Graf zusammenzuckte. Dann sagte sie aus vollem Herzen: »Gut!«, so daß die Damen und Herren Zuschauer spontan in die Hände klatschten und anfingen, den Grafen zu beglückwünschen.

Dieser war etwas blaß geworden, und die Ratsfrau war heilfroh, daß die Prozedur so glimpflich verlaufen war. »Ihr habt Euch gehalten, wie es einem Baron anstünde, Graf de Plessis«, lobte sie und half ihm zum Sitzen hoch.

Mit hocherhobenem Pokal bat der Graf seine Gäste, mit ihm zusammen das bescheidene Mahl zu genießen. Alheyd zupfte Fleischfasern von einem Schwanenhals und sprach sachkundig und ernst zu einem interessierten Publikum über die Vorzüge und Nachteile verschiedener Methoden des Pestschutzes.

»Euer jugendlicher Liebreiz«, hauchte der bartlose Jüngling mit dem fettigen Kinn verschämt in ihren Nacken, »macht es mir fast unmöglich zu glauben, daß Ihr Euch mit derartig schwierigen und – wie soll ich sagen – männlichen Angelegenheiten abgebt, Madame Alaïde de Bremen. Ich bewundere Euch dafür unendlich.«

Um seinem triefenden Charme zu entgehen, entwand sich ihm die Ratsfrau geschickt und schob ihn ein wenig von sich weg. »Oh, sagt das nicht, Junker«, widersprach sie. »Gelten wir Frauen nicht als Lebensspenderinnen? Und ich wüßte keine nützlichere und lebenserhaltendere Tätigkeit als den Pestschutz an dem Ort, an dem die Seele des Mannes zu finden ist, sein Herz gewissermaßen …«

»Oh, wie poetisch Ihr das sagt«, schwärmte der Jüngling, die Hand auf dem Herzen, und Alheyd erwartete, daß diese sich im Überschwang seiner Gefühle gleich dem Sitz seiner Seele nähern werde. Währenddessen drängten die Damen und Herren im Raum immer näher heran, um den Worten der Pestschützerin in ihrem fremdartigen Französisch zu lauschen.

»Madame Alaïde de Bremen«, fragte eine hagere junge Frau von unansehnlichem Äußeren, und eine flammende Röte stieg in ihre Wangen, als sich unvermittelt die Augen aller auf sie richteten, »da Ihr auf diesem Gebiet so erfahren seid … Stimmt es, daß sich die Seele zum Knochen verhärten kann? Man sagt es.«

»Oh, es kommt gelegentlich vor«, antwortete Alheyd bedächtig, während sie fieberhaft darüber nachsann, was die Knochenhauerin ihr über Lustknochen von Hunden und Schweinen erzählt hatte, und konnte sich nicht mehr darauf besinnen, ob sie Männer damit beschimpft oder wirkliche Hunde und Schweine gemeint hatte. »Aber nie während meiner Tätigkeit hier«, fuhr sie feurig fort, »habe ich den Beweis dafür gefunden, daß dies auch für bretonische Seelen zutrifft.«

Während sich manche Hand verstohlen an die Schamkapsel herantastete, warf eine tiefe Stimme ein: »So wahr ich hier stehe: das gibt es nur bei Mauren.«

»O nein«, widersprach die Ratsfrau, aber sie blieb ungehört, denn die Diskussion löste sich in Einzelgespräche über die schwarzen Seelen von Mauren und Juden auf. Sie kam erst wieder zu Wort, als die Frage nach der künftigen Zeugungsfähigkeit des Grafen auftauchte. »Der Herr Graf ist selbstverständlich in keiner Weise in seinen Gewohnheiten eingeschränkt«, beeilte sich Alheyd taktvoll zu versichern.

Der Graf kicherte geschmeichelt. »Wen trage ich denn nun im Sack, Madame Alaïde de Bremen?«

»Mich selber, Graf de Plessis«, antwortete die Ratsfrau verschämt und schlug die Augen nieder.

Da johlten die Junker und Ritter und schlugen einander vor Vergnügen auf den Rücken. Am lautesten lachte der Graf, während er zärtlich seine Hand über dem blonden Haarseil wölbte.

Innerlich und äußerlich gewärmt, verließen die Pestärztinnen kurz danach reich beschenkt das Palais, nicht ohne schon mehrere Zusagen für die Protektionen der kommenden Tage gemacht zu haben. Auf der Treppe mußte die Ratsfrau Mechtild stützen, damit sie nicht ausglitt.

»Ich hab' mal von der Füllung probiert, liebe Frau Alaïde de Bremen«, murmelte die Knochenhauerin vage und schwankte erneut. »Und reichlich vom Wein, will mir scheinen.« Aber die Ratsfrau war so selig über die Entwicklung der Dinge, daß sie es nicht über sich brachte, die Knochenhauerin dafür zu tadeln.

20. Das Wunder des heiligen Yves

Fünf Tage später lud der Wirt der Taverne Alheyd und Mechtild ein, sein einziges Gastzimmer zu beziehen. Er suchte sie zwischen den Gauklern auf und verbeugte sich, bevor er umständliche Erklärungen abgab.

Alheyd hatte inzwischen schon mehrere Protektionen durchgeführt; in der besseren Gesellschaft von Rennes wurde der Pestschutz nur aus ihrer Hand gewünscht. »Wir werden Euch gerne die Ehre erweisen«, meinte sie, nachdem sie ihn verstanden hatte. »Es ziemt sich ohnehin, die Ratsuchenden oder ihre Diener in einem festen Haus zu empfangen.«

Die Knochenhauerin schwieg dazu; es war unübersehbar, daß Alheyds Protektion höhere Einnahmen brachte als ihre eigene. Und nur darauf kam es an.

Der Tavernenwirt war es zufrieden, zögerte aber noch. »Wenn ich einen Rat geben dürfte. Es ist nicht klug, dem Einfältigen, den der Priester mit Hasenschmalz getauft hat, die gleiche Protektion gegen die Pest wie dem Grafen zu geben. Vielleicht solltet Ihr weiterhin das einfache Volk in Eurem Wagen abfertigen und die Gesellschaft in meinem Hause?«

Die Ratsfrau zog die Augenbrauen nach oben und dankte ihm. Sie wußte, was er meinte. Sie erklärte es der Knochenhauerin.

»Ich verstehe«, sagte Mechtild grimmig. Fortan verbrachte sie, wie schon früher in den Wäldern, einen Teil des Tages damit, Pestamulette herzustellen und Theriak an die einfachen Leute zu verkaufen. Ein großer Triumph war es für Alheyd, als auch der Bischof nach ihr verlangte und nach ihm Diakone und Kapläne. »Gräßlich«, sagte sie und betrachtete am Abend bekümmert ihre Hände, »wie soll ich nur jemals wieder an feine Stoffe denken können?«

Mechtild zuckte die Schultern und lauschte zum ochsenhautbespannten Fenster hinaus. »Es hört sich schon wieder nach einem dieser merkwürdigen Umzüge an. Wenigstens werden sie hier in der Stadt weder Kälber noch Männer opfern, hoffe ich.«

»Sorgt Euch nicht, Knochenhauerin. Der Bischof lud mich selbst zur Prozession ein. Sie findet statt als Dank für das Ende der Pest. In diesem Teil der Bretagne duldet Mutter Kirche gottlob keine Bräuche aus unchristlicher Zeit.«

»Laßt uns daran teilnehmen«, bat Mechtild. »Wie lange habe ich die Frömmigkeit reiner christlicher Herzen entbehren müssen!«

Die Ratsfrau nickte und legte im Aufstehen ihren Schleier um. »Ja, wir hatten alle Hände voll zu tun, um uns am Leben zu halten. Gottlob auch, daß die Pest nie dort war, wo Ihr Euer Handwerk ausübtet!«

»Wollt Ihr damit etwa sagen, daß die Pestschützerei unchristlich ist?« fragte Mechtild mißtrauisch, während sie ungeduldig auf das Ende von Alheyds Vorbereitungen wartete, denn das Kirchenlied erscholl inzwischen ganz in der Nähe aus den Kehlen vieler Gläubiger.

»Ganz gewiß«, sagte Alheyd fest, »das glaube ich mehr denn je. Gott der Herr schickt die Pest als Strafe für die Sünden der Menschen. Ich werde als Buße mehrere Messen stiften, denn ich habe mehr gesündigt als Ihr. Meine Schuld wiegt sehr schwer.«

»Warum denn?« fragte Mechtild betroffen.

»Im Unterschied zu Euch weiß ich, daß allein der Versuch, Gottes Willen zu umgehen, eine Sünde ist. Ihr glaubt es nicht – das ist allein Eure Angelegenheit, für die Ihr dereinst vor Gottes Thron Rechenschaft ablegen müßt. Und darüber hinaus weiß ich, daß niemand sich auf diese Art gegen die Pest schützen kann. Die ganze Pestschützerei ist Betrug.«

»Aber Peckmutz hat es gesagt!« rief Mechtild empört. »Und wenn Ihr so ungläubig seid, daß Ihr einen Beweis braucht: niemand ist krank geworden, den ich geschützt habe!«

»Gott hat es so gefügt. Aber wehe Euch, wenn Gott eines Tages anderes mit Euch vorhat. Und nun kommt! Vielleicht können wir ein wenig von unserer Schuld abtragen.« Alheyd eilte voraus und die Knochenhauerin mit verkniffenen Lippen hinterher.

»Könnt Ihr mir dann erklären, warum Ihr Euch bei der Pest verstecken wolltet? Gott weiß Euch auch im Versteck zu finden!« Aber die Ratsfrau dachte gar nicht daran, sich für irgend etwas, das sie tat, zu rechtfertigen. Mechtild gab auf.

Sie kamen rechtzeitig, um sich einer großen Menschenmenge anzuschließen, die auf den freien Platz neben der Taverne strömte und sich dort verteilte. Nachdem Kirchenbanner und Reliquien, Kreuze und Heiligenstatuen unter hörbarem Füßescharren der still gewordenen Frommen versammelt worden waren, zelebrierte der Bischof selber die heilige Messe.

Er sprach dasselbe Latein, das die Ratsfrau in Bremen während der Messe hörte, und mit geschlossenen Augen fühlte sie sich behütet und getröstet und konnte aus vollem Herzen in das Amen einstimmen. Die heilige Kommunion nahm sie mit größerer Andacht entgegen als jemals in Bremen, und die Knochenhauerin an ihrer Seite schien dasselbe Glück zu verspüren.

Am nächsten Morgen wirkte die Besinnlichkeit noch nach. Beide Frauen wußten sich endlich zurückgekehrt in den Schoß der Mutter Kirche, aus der sie höchst unfreiwillig herausgerissen worden waren und deren Trost sie so lange hatten entbehren müssen.

Mechtild flocht mit Widerwillen neue Haarseile; die Haare hatte sie in aller Stille besorgt. Um nichts in der Welt hätte sie gerade jetzt Alheyd gegenüber zugegeben, daß sie die Haare vom Schinder hatte kaufen müssen, weil die Vorräte erschöpft waren. Die Hübschlerinnen unter den Gauklerfrauen benötigten ihre Haarpracht selbst. Wehmütig dachte sie an den letzten Strang von Cords Haaren, den jetzt der Graf trug.

Die Tür wurde ohne vorheriges Klopfen aufgerissen, über die Schwelle stapften zwei Knechte in den Farben des örtlichen Capitaine. Unter gewaltigem Lärmen mit Stiefeln und Spießen traten sie zur Seite und ließen einen Sergeanten an sich vorbei ins Zimmer. »Seid ihr die zwei fremden Frauen, die sich seit geraumer Zeit in der Bretagne aufhalten?« schnarrte er und ließ Alheyd keine Zeit für eine Antwort, sondern gab den Knechten ein Zeichen.

Der eine packte Mechtilds Arm. »Soll ich den Pestschutz einpacken?« flüsterte sie verwirrt.

»Ich glaube nicht«, antwortete Alheyd grimmig. »Nein, ich glaube es ganz und gar nicht.«

Die drei Männer schoben sie zur Tür hinaus und auf den Hof. Die Ratsfrau herrschte den Sergeanten wegen der groben Behandlung an, aber der lachte nur. Die Knechte stießen mit den Spitzen ihrer Sauspieße in die Umhänge der Frauen.

»Wir sind augenscheinlich Gefangene«, stellte Alheyd kaltblütig fest und versuchte, den scharfen Klingen durch große Schritte zu entgehen.

Durchnäßtes Brot und schmutziges Wasser war alles, was man ihnen in den nächsten Tagen anbot. Sie saßen auf dem gestampften Erdboden eines düsteren Verlieses, und außer dem Platschen von Wassertropfen, dem Scharren von Rattenfüßen und gelegentlichen Männerstimmen in weiter Ferne war nichts zu hören. Andere Gefangene gab es nicht und Wachpersonal, bei dem sie sich hätten beschweren können, ebensowenig.

Als sie schon dachten, man hätte sie hier vergessen, kam ein tonsurierter Mann in schlichter grauer Kleidung. Begleitet wurde er von dem Sergeanten, den sie schon kannten.

»Man wirft Euch Zauberei, Ketzerei und andere Verbrechen vor«, sagte er, ohne zu erklären, wer er war oder wer ihn beauftragt hatte. Er blickte auf eine Wachstafel, die er aufschlug. »Dies ist gegen Mechtild von Stade und Annette von Burgund, die sich auch Ratsfrau Alheyd von Bremen nennen soll, von einer gewissen Elsgin Etzstein, nach eigener Angabe Gauklerin aus lothringischem Land, vorgebracht worden. Seid Ihr die genannten Frauen, und bestätigt Ihr diese Vorwürfe? Bedenkt, daß reuige Sünderinnen oft mit einer Gefängnisstrafe davonkommen!«

»Die genannten Frauen sind wir. Wir bestreiten alle Vorwürfe wegen Zauberei, Ketzerei und irgendwelcher Verbrechen«, erklärte die Ratsfrau mit lauter Stimme, obwohl ihr die Angst fast die Kehle zuschnürte. Im Sommer waren Gerüchte durch die lombardischen Städte gegangen, daß erneut mehrere Frauen wegen Ketzerei den Flammen übergeben worden seien.

Der Geistliche nickte, als habe er keine andere Antwort erwartet. »Der Bischof war sehr überrascht, wie ich Euch mitteilen darf. Die Elsgin Etzstein, die er gnädig selber anhörte, machte auf ihn keinen glaubwürdigen Eindruck. Jedoch sieht er sich verpflichtet, der Angelegenheit nachzugehen. Solltet Ihr schuldig sein, Ratsfrau Alheyd von Bremen, hättet Ihr mit schwerster Strafe zu rechnen: dem Verlust der kirchlichen Rechte und der Verbrennung auf einem Scheiterhaufen im Wert von zehn Pfund. Eurer Seele mag sich Gott annehmen.«

»Und ich?« fragte die Knochenhauerin zaghaft.

Der Priester blickte gleichgültig zu ihr hinüber. »Dich erwartet das Durchstechen der Zunge wegen Blasphemie, danach wirst du gehängt.« Er stieß einen Seufzer aus, schlug die Holzdeckel der Schreibtafeln zu und fuhr dann zu Alheyd gewandt fort: »Allerdings ist es möglich, daß es ein halbes Jahr dauert, bis ein Inquisitionstribunal zusammentreten kann. Seine Eminenz bat mich, Euch darauf aufmerksam zu machen. Ihr müßt verstehen: wir haben kriegerische Auseinandersetzungen im Land, was zur Vorsicht zwingt, und sind darüber hinaus in der Bretagne in Ketzerprozessen sehr ungeübt.«

Während er sich mit einer knappen Verbeugung verabschiedete, sank Alheyd auf den Boden. Alles Blut war aus ihrem Gesicht gewichen. Keine der beiden sprach ein Wort.

Cord und der lange John kamen gutgelaunt bei den Gauklern in Rennes an. Dort erfuhren sie zu ihrer Bestürzung, daß die beiden Frauen im Gefängnis seien und auf ihren Prozeß warteten.

»Was sollen wir tun?« fragte Cord ratlos, als sie wieder auf der Straße standen.

»Abwarten und Erkundigungen einziehen. Du kannst einem Bischof nicht ins Gesicht sagen, daß er Unschuldige einsperrt. Da mußt du List anwenden. Du weißt, was ich von einfachen Priestern halte«, sagte John und rümpfte die Nase. »Und zehn von denen gehen auf einen Bischof.«

»Und wenn sie bis dahin verbrannt sind? Als ich in Narbonne war ...«

John winkte abschätzig ab. »Ach, Narbonne! Im Süden wimmelt es ja von Teufeln und Hexen. Muß an der schwarzen Haut der Mauren liegen. Gottlob sind die Bretonen fast so vernünftig wie wir Engländer: weit und breit nur Zwerge und Feen, und die sind wahrscheinlich auch alle getauft oder wären's gern. Du wirst sehen, der Bischof besinnt sich mit der Zeit, wenn wir nachhelfen.«

»Wie denn?« erkundigte sich Cord tatendurstig.

»Wir nehmen uns die alte Vettel mit dem Feuermal vor«, sagte John listig. »Wahrscheinlich hat sie Gründe, deine Frau Mechtild loszuwerden. Entweder will sie Frau Mechtilds Liebhaber oder ihren Pestschutz. Ich wette mit dir, so etwas ist es.«

»Sie hat doch keinen Liebhaber«, sagte Cord entrüstet. »Sie erinnert mich an meine Mutter!«

»Na und?« fragte John grinsend. »Bist du dir bei deiner Mutter so sicher?«

Die Angelegenheit der beiden deutschen Frauen ruhte während der hohen Festtage der Weihnacht, und niemand belästigte sie in ihrem eisigen Keller. Aber am Tag des heiligen Marcellus waren sie im Palais des Bischofs wieder in aller Munde, zunächst nur in den geflüsterten Gesprächen unter den Katecheten, den Dekanen und Kaplänen. Aber es dauerte nicht lange, bis über die Neuigkeit offen geredet wurde. Endlich sah sich der Bischof gezwungen, die Frauen holen zu lassen.

Um die Nasen des Bischofs und seiner Jagdhunde nicht zu beleidigen, ließ man den Frauen Zeit, sich vorzubereiten, stellte ihnen sogar eine Pfütze Wasser und ein Tuch zum Säubern zur Verfügung. Danach brachte man sie ins Palais und hieß sie warten. Der Raum war ungeheizt, aber ein tönernes Stövchen auf einem Schemel gab aus glimmender Kohle ein wenig Wärme ab. Mechtild rieb die Füße aneinander und hielt die Hände über den Topf.

»Gottes Gnade ruhe über uns allen«, murmelte der Bischof und betrachtete die Gefangenen eindringlich. Er kam in Begleitung eines tonsurierten Geistlichen mit den unvermeidlichen Holztäfelchen unter dem Arm, und hinter ihnen drängten sich drei weitere mit niederen Weihen und neugierigen Gesichtern. Ein Lehnstuhl wurde hereingetragen. Bevor sich der Bischof niedersinken ließ, schlug er ein großes Kreuz in die Luft und gab die Angelegenheit auf lateinisch in Gottes Hand. »Kommt an meine Seite, Pater Stevan«, befahl er danach und wartete mit der Eröffnung der Verhandlung, bis ein sehr dicker Geistlicher neben ihm Aufstellung genommen hatte.

Mechtild rümpfte die Nase, als der penetrante Geruch des Priesters zu ihr herüberwehte. Der Bischof mit dem schmalen Schädel, der so heilig aussah wie Christus selbst, flößte ihr Vertrauen ein. Ganz im Gegensatz dazu Pater Stevan. Diese Sorte Mann kannte sie: sie fraßen sich bei ehrbaren Witwen durch, tonsuriert oder nicht.

Der Bischof legte den Kopf in den Nacken und ließ den Blick auf der Zimmerdecke ruhen, als spräche er mit Gott selbst. »Wir sind dem Herrn dankbar, daß unsere Bauern und Fischer mit ihrem Glauben fest in Ihm ruhen und weder Zauberei noch Ketzerei kennen. Auch die bretonischen Adeligen sind treue Diener Gottes.« Sein Ton wurde schärfer, und er blickte mit Widerwillen auf Alheyd hinunter. »Wir hegen jedoch keinen Zweifel daran, daß es andernorts Ketzerei gibt. Auch in unserem Lande sind weit eher Fremde in Gefahr, teuflischen Einflüsterungen zu erliegen. Unseren Ohren wurde zugetragen, daß Ihr Euch mit den teuflischen Insignien des Bösen umgebt.«

Pater Stevan bekreuzigte sich, während die niedrige Geistlichkeit erschrocken aufheulte.

Alheyd fiel auf die Knie. »Eminenz. In unserem Fall liegt ein schrecklicher Irrtum vor. Wir haben auf dem Rückweg von einer Pilgerreise nach Rom Schiffbruch erlitten und wünschen nichts sehnlicher, als mit Gottes Hilfe nach Hause zurückzukehren. Nur die Kriegswirren in der Bretagne haben uns daran gehindert.«

Der Bischof runzelte konsterniert die Stirn. »Man sagt, Ihr zöget mit Gauklern, käuflichen Frauen und Juden.«

»Verrucht und verroht sind sie«, fiel sein neuernannter Berater ein. »Mir berichtete man, daß manche dieser Frauen nicht einmal vor gelben Gewändern zurückscheuen, obwohl sie angeben, weder Jüdin noch Hure, noch Priestergeliebte zu sein. Und Gelb färbt ab wie der Staub von Safranblüten.«

»Zu unserem Schutz befinden wir uns bei diesen Leuten, nur zu unserem Schutz«, beteuerte Alheyd, während der Bischof gedankenvoll den Mund spitzte und überlegte, wer von seinen Geistlichen keine Geliebte hatte. »Ich bin Ratsfrau der großen Stadt Bremen und im Tuchgeschäft tätig. Aber auch ehrenwerten Frauen ist es in diesen Zeiten unmöglich, allein zu reisen.«

»Das ist wahr, nur zu wahr. Selbst Bischöfe benötigen unterwegs mehr Knechte als sonst.« Sein Ton klang so ermutigend, daß Alheyd wagte, vom Boden aufzustehen, während Mechtild demütig den Saum des Bischofskleides küßte.

»Seht Ihr den Beweis, Eminenz?« Pater Stevan war beharrlich wie ein Hund hinter dem Wild. »Ketzer sind häufig im Tuchgeschäft, das ist bekannt. Männer und Frauen, und bei denen ist es noch verwerflicher.«

»Geduld, Pater.« Der Bischof nickte ihm zu und legte Schärfe in seine Stimme. »Uns ist ein Beweisstück zugetragen worden, das unwiderlegbar für Zauberei spricht. Ich habe noch nie in meinem Leben etwas so Abscheuliches gesehen.« Während er einem seiner Begleiter winkte und dieser den Raum verließ, kniete Alheyd erneut mit frommem Gesichtsausdruck nieder.

»Ich habe so um den Beistand des Heiligen Yves gebetet«, rief sie in die erwartungsvolle Stille der Geistlichen hinein. »Als Schützer der Seefahrer hat er sich in besonderem Maße unser angenommen, und nur ihm haben wir es zu verdanken, daß wir bis hierher gesund an Leib und Seele gekommen sind. Auch unsere Haarseile hat er stets behütet. Wir danken dir, Saint Yves. Sei unser Fürbitter, daß uns nicht in dieser Stadt Böses widerfährt!«

In diesem Augenblick trugen zwei Knechte des Bischofs auf einem Brett das greuliche Monster des Peckmutz herein, das ein anderes auffraß. Die geistlichen Herren stießen schrille Schreie aus; einer sackte in die Knie, woraufhin der Hund des Bischofs jaulend sein Bein unter ihm hervorzog und seine Zähne in die nächste Wade schlug.

»Der Antichrist!« Das Flüstern des Protokollführers fiel in die Stille des Atemschöpfens.

Die jungen Priester drängten entsetzt zurück, bis die Zimmerwände ihre Flucht aufhielten. »Der Antichrist!« wimmerten sie.

»Der besiegte Antichrist«, rief Ratsfrau Alheyd überglücklich. »Gott sei gelobt und Saint Yves gedankt!«

»Der besiegte Antichrist«, wiederholte der Bischof leidenschaftlich. »Das Wunder des Heiligen Yves! Saint Yves hat durch die Hände frommer Frauen auf Pilgerfahrt ein Wunder vollbracht. Die Prüfung der Pestzeit ist vorbei! Gottes Gnade ruht wieder auf uns. Seine Wunder sind himmlische Schätze, die den Bretonen durch Saint Yves zuteil werden.«

Die Geistlichen klatschten begeistert in die Hände und umringten ihren Bischof. Ihre Angst verflüchtigte sich in der Nähe des geliebten Heiligen. »Ein Wunder! Das Wunder von Saint Yves!« Sie küßten die Hände des Bischofs, seinen Ring, das Gewand. Einige fielen betend auf die Knie und dankten Gott und dem Heiligen Yves.

»Die Zeugen Cord und John sind unglaubwürdig!« schrie Pater Stevan mitten im Tumult und zischelte dann in des Bischofs Ohr hinein: »Mit diesem Monster zaubern die deutschen Frauen. Bedenkt, Eminenz: der Antichrist!«

»Ja, ja«, stimmte der Bischof mit Emphase zu. »Der besiegte Antichrist! Es geschehen immer wieder Wunder; wir Menschen können sie nur häufig nicht erkennen. Lobpreiset mit mir, Pater Stevan!«

Der Geistliche mit den Holztäfelchen packte Pater Stevans Ohr und zog es gewaltsam zu sich. Eine Weile flüsterte er hinein, und fortan war der dicke Priester still.

Der Aufruhr der Begeisterung steigerte sich, Geistliche rannten aus den ferneren Räumlichkeiten herbei. Endlich drängte sogar das Gesinde in den kleinen Besucherraum, um in dieser Stunde des Wunders vom Bischof gesegnet zu werden.

Mechtild wurde beiseite gestoßen und fiel hin. Den Tumult nutzte sie aus, um dem lügnerischen Priester ins Bein zu kneifen. Als sie sich an einem schwarzen Kleid hochgezogen hatte, das auch dem Teufel hätte gehören können, fand sie sich zusammen mit der Ratsfrau neben der Tür eingekeilt. »Weg hier!« flüsterte sie und merkte dann fassungslos, daß Alheyd sich weigerte. »Glaubt nur nicht, daß Euch Ehre zuteil wird«, fauchte Mechtild und wollte allein auf und davon. Aber die Ratsfrau hielt sie fest.

Der Bischof hob segnend beide Hände, und der Lärm verebbte. »Wir werden«, sprach er ernst, »künftig am Marcellustag die Wallfahrt des heiligen Yves begehen. Von nah und fern werden die Frommen kommen, um teilzuhaben, wenn Jahr um Jahr der Antichrist in Roazhon besiegt wird.« Er drehte sich um, und es öffnete sich ihm eine Gasse, durch die er in großer Würde hinausschritt. Die Schar der Geistlichen folgte ihm wie eine Herde Lämmer, nur Pater Stevan grollte und flüsterte wieder heftig auf seinen Nachbarn ein.

Bereits im langen Flur angekommen, der das Sprechzimmer mit seinen persönlichen Räumen verband, drehte der Bischof sich noch einmal um und winkte nach hinten.

Alheyd fühlte sich angesprochen und trat hoffnungsfroh in sein Blickfeld.

»Ja«, sagte der Bischof, durch das Wunder versöhnt, »was Euch betrifft, verfügen Wir, daß Ihr einstweilen in Unserem Gewahrsam bleibt.«

»Was?« stammelte Alheyd, die sich vom Vorwurf der Ketzerei reingewaschen glaubte.

Der Bischof neigte wohlwollend sein Haupt, dann wandelte er in tiefem Schweigen davon, die Hände gefaltet. Niemand wagte, ihn bei seinem Dank an den Herrn zu stören.

»Warum habt Ihr mir nur nicht geglaubt!« fauchte Mechtild, und in diesem Augenblick haßte sie das blinde Vertrauen, das jedermann gegenüber der Obrigkeit hegte, aber auch ihre eigene Unentschlossenheit. »Die Beine hätten wir in die Hand nehmen sollen und rennen …«

»Der Bischof hat nicht verstanden, mit wem er es zu tun hat«, beharrte Alheyd eigensinnig. »Gewiß wird man es ihm nochmals erklären. Außerdem hat er meiner Geistesgegenwart ein Wunder zu verdanken.«

»Ach, Ihr denkt auch noch an Dankbarkeit«, höhnte Mechtild. »Glaubt nur nicht an so etwas. Ich vergesse nicht, was Ihr mir über die höhere Geistlichkeit erzählt habt. Wenn das alles stimmt, müßte dem Bischof daran gelegen sein, uns zum Schweigen zu bringen. Aus dem Monster des Peckmutz wird eine Reliquie werden. Ihr und ich sind die einzigen, die die Verwandlung miterlebt haben. Was weiß er, was Ihr und ich darüber erzählen werden? Lügengeschichten, wird man ihm sagen. Und da glaubt Ihr, er läßt uns laufen?« Mechtild machte eine Pause, in der sie grimmig schwieg. »Euch jedenfalls nicht, weil Ihr zu wichtig seid, und mich nicht, weil ich zu unwichtig bin.«

Die Ratsfrau sah sie entsetzt an.

»Guckt mich nicht so an«, murrte die Knochenhauerin. »Da sieht man's wieder, daß Schleier und andere vornehme Kopfbedeckungen einem Menschen nicht zu mehr Verstand verhelfen als das Horn dem Ochsen. Wahrscheinlich weiß nicht mal Rucenbergius Rat in solchen Fällen.«

»Nein, ich glaube nicht.«

»Ich jetzt auch nicht mehr«, sagte Mechtild und begann ihre Wanderung gegen die Kälte in den Knochen. »Aber ich sage Euch: in den Beinen liegt manchmal mehr Weisheit als in einem ganzen Buch.« Als sie stehenblieb, dröhnte die Stille im Gewölbe in ihren Ohren. Das Fiepen der Ratten und ihr Füßescharren hatten seit einiger Zeit aufgehört, aber die Lautlosigkeit war viel bedrohlicher als die gewöhnlichen Äußerungen von Lebewesen, selbst wenn es sich um die abscheulichsten Tiere der Hölle handelte.

»Es hat nichts genützt. Verstehst du das?« fragte Cord, viele Tage nachdem er und John die Sammlung von Monstern in das bischöfliche Palais gebracht und zu Protokoll gegeben hatten, daß sie im Besitz der Gauklerin Elsgin Etzstein gewesen seien. Im Gauklerlager verdächtige man die Frau, so hatten sie aufrichtig angegeben, der Verbindung mit den Ketzern und Juden im Süden Frankreichs. Sie habe auch mal von Narbonne gesprochen, wo es einen Prozeß gegeben habe …

Danach waren die Bogenschützen entlassen worden, und seitdem hatten sie das Palais überwacht.

»Wir gelten nichts bei der Geistlichkeit«, stellte John hellsichtig fest. »Sie benutzen uns, mehr nicht. Ich sag's ja immer.«

»Hm«, bestätigte Cord gedankenvoll. »Ich hab' gestern den Florentiner d'Albizzi in einer Taverne gesehen. Merkwürdig, daß er nicht längst fort ist.«

»Und ich hab' den fetten Priester vom Bramborough gesehen. Ich mach' mich auch fort.«

»Ja, aber das geht nicht«, widersprach Cord bestimmt. »Frau Mechtild …«

»Also gut«, sagte John nachgiebig, sprang auf und sammelte seine Sachen zusammen. »Komm! Worauf wartest du noch? Versuchen wir's bei dem.«

Cord sperrte die Augen auf. »Bei Pater Stevan?«

»Dem verschnittenen Ochsen würde ich am liebsten den Hals umdrehen. Außer William waren das alles gute Burschen.« John machte so zornige, lange Schritte, daß Cord kaum mithalten konnte. Statt unter den Arkaden der Häuser rannte er wie ein Pferd mitten auf der Gasse.

Bei der dritten Taverne wurden sie fündig, obwohl man den Florentiner auch in den anderen beiden kannte. D'Albizzi stützte sein Kinn in die Hände und starrte trübsinnig in einen leeren Pokal. Er war nicht so betrunken, daß er die Bogenschützen nicht erkannt hätte. Er freute sich aufrichtig, sie zu sehen, und bestellte sofort eine Runde Wein.

»Messere d'Albizzi«, sagte Cord mutig, »ich liebe Frau Mechtild wie meine Mutter, und ich glaube, Ihr liebt Ratsfrau Alheyd.«

»Nicht wie meine Mutter«, nuschelte d'Albizzi.

Cord wurde es unbehaglich zumute. Er war ein Lehrling bei den Bogenschützen, und hier saß er und sprach mit einem Handelskonsul einer weltumspannenden Organisation über Liebe. »Natürlich wie ein Ritter«, brachte er verlegen heraus. »Als Minnedienst.«

D'Albizzi zwinkerte erstaunt und lachte dann schallend. »Von Minne kann überhaupt nicht die Rede sein! Ich begehre sie.«

»Dann«, sagte John in respektlosem Ton, »solltet Ihr Euren unritterlichen Hintern erheben und zum Bischof tragen. Bei ihm ist sie nämlich. Genauer gesagt, in seinem ungemütlichsten Gästezimmer.«

Der Florentiner packte ihn an der wattierten Jacke wie einen Gegner. »Wie das?« fragte er. »Ich hörte, sie hätte Rennes verlassen!«

»Nur beinahe. Es gibt da einen Priester, der mit Vergnügen sähe, wie Ratsfrau Alheyds Seele die Stadt im Rauch verläßt«, bestätigte der Engländer. »Pater Stevan wird's schaffen, wenn Ihr Euch nicht beeilt. Er ist eine wahre Pest für jeden Christenmenschen.«

D'Albizzi trank entschlossen den letzten Schluck aus. »Ich bin ein frommer Mann, mit Bischöfen spreche ich gern. Und die Calimala hat immer ein offenes Ohr für die Nöte der Geistlichkeit. Und eine offene Hand.«

John zog seine Nase genüßlich über den Rand des Bechers. »Was Ihr von der Hand sagt, gefällt mir. Ein Engländer hat auch immer eine Hand frei für Geistliche.«

Cord trommelte erwartungsvoll auf die Tischplatte wie ein Trommler vor dem Angriff.

Der Florentiner bezahlte und zog sein Gewand zurecht. »Dann werden wir uns jetzt, jeder nach seinem Können, um die Geistlichkeit dieser Stadt kümmern.«

»Es gibt heutzutage soviel Gesindel auf den Straßen«, sinnierte John. »Wie leicht kann einem Geistlichen da etwas passieren!«

Cord kicherte fröhlich und ballte die Faust.

»Wir treffen uns nach Sonnenuntergang hier wieder«, sagte d'Albizzi und ging davon.

Der Bischof sandte dem Heiligen Yves ein dankbares Gebet wegen des bereits sichtbar steigenden Ansehens der Bischofsstadt Rennes. Am Spätnachmittag gewährte er dem Abgesandten und Handelskonsul der florentinischen Calimala eine private Audienz unter sechs Augen.

Nachdem d'Albizzi in artigster Weise seine tiefe Frömmigkeit und Verehrung bekundet hatte, kam er sofort zur Sache. »Es ist mir zu Ohren gekommen, daß sich eine Reliquie im Zusammenhang mit einem Wunder des Heiligen Yves in der Stadt befindet. Die Calimala würde sich in hohem Maße erkenntlich zeigen, wenn es ihr vergönnt wäre, für den Schrein der Reliquie zu sorgen.«

Dem Bischof schwindelte vor Entzücken. Er hatte gar nicht zu hoffen gewagt, daß sich dieses nicht geringe Problem so leicht lösen ließe. »Gewiß, gewiß«, stotterte er. »Ihr werdet aber verstehen, daß wir einige Bedingungen daran knüpfen müssen, was die künstlerische Ausgestaltung des Gehäuses betrifft ...«

»Natürlich, Eminenz, selbstverständlich«, antwortete d'Albizzi geschmeidig. »Alles, was notwendig ist zur Lobpreisung des himmlischen Vaters, für die Ehre des Heiligen Yves und für das Ansehen des Bischofs von Rennes.«

Der Bischof reichte dem glaubensfesten Italiener überwältigt seinen Ring zum Kuß.

»Eine ganz kleine Bitte habe ich in diesem Zusammenhang für mich selber«, äußerte d'Albizzi bescheiden.

»Schon gewährt, mein Sohn. Sprecht nur frei heraus.«

»Ich sähe es als persönliche Gunst Eurer Eminenz an, wenn ich die Ratsfrau Alheyd der Calimala zu Florenz vorstellen dürfte. Die Beschreibung aus ihrem eigenen Mund, wie es zu dem Wunder kam, würde die Herzen und die Geldbeutel für den Heiligen Yves von Rennes abermals öffnen. Ein Schimmer des Wunders fiele durch sie auch auf die Calimala.«

Ein wohlwollendes Lächeln signalisierte dem Florentiner, daß seine Bitte gewährt wurde. »Jeder Hauch eines so schrecklichen Verdachts wie Zauberei ist längst von den Frauen genommen. Wie fromme Pilgerinnen nahmen sie die heilige Kommunion aus meiner eigenen Hand entgegen. Ein Heiliger würde gewiß nicht durch die Vermittlung von Zauberinnen ein Wunder wirken. Seid ohne Sorge«, sagte der Bischof. »Möge die Calimala zu Florenz das Wunder mit staunenden Ohren hören und uns dann beim Heiligen Vater um Anerkennung des Wunders tatkräftig beistehen.«

Der dicke Priester fiel schwerfällig neben dem Bischof auf die Knie. »Allein, es wird wohl noch einige Zeit verstreichen, bis dies geschieht. Es besteht sogar die Möglichkeit, daß Frau Alheyd von Bremen Euch diesen Gefallen in ihrem irdischen Leben nicht mehr tun kann. Verzeiht, Eminenz«, bat er mit demütig gesenktem Gesicht, während der Bischof bekümmert auf seine Tonsur blickte.

»Sprecht, Pater Stevan«, forderte der Bischof ernst. »Was habt Ihr zu sagen?«

»Ratsfrau Alheyd und Frau Mechtild wird zur Last gelegt, gemeinschaftlich, in bösartiger Absicht aus Habgier den unbescholtenen Bretonen Philippe de Weston getötet und bestohlen zu haben. Dafür gibt es drei Zeugen mit gutem Leumund.«

Der Bischof faltete die Hände und betete murmelnd in lateinischer Sprache, während Cosimo d'Albizzi sich zornig seinen Weg durch die Gänge des Palais ins Freie suchte.

21. Das große Sterben

Sylvestre de Plessis war einige Tage zur Jagd gewesen; man mußte sich beeilen, der Frühling kündigte sich an. Seine Freude an den erlegten Tieren war weniger groß als sonst, und als sein Jagdaufseher kam, um ihm die Strecke zu zeigen, nickte er nur beiläufig. Der Jagdaufseher wiederholte ungläubig seine Aufzählung und zog sich danach beleidigt zurück. Die Knappen und Hundeführer tuschelten, während der Graf auf seinen Hengst gehoben wurde.

Im Eilritt nach Roazhon zurückgekehrt, schleppte der Graf sich die Treppe hinauf, gestützt von seinem Leibdiener.

»Man hat sich möglicherweise übernommen«, flüsterte einer der Jagdfreunde der Gräfin ins Ohr und streichelte ihre anmutigen weißen Brüste, deren kirschrot geschminkten Höfe gelegentlich aus dem Ausschnitt herauslugten. Aus Solidarität mit Johann dem Guten war die junge Frau ganz in Blau gekleidet. Sie lächelte verständnisvoll, während das Windspiel am Boden warnend knurrte, weil die gräfliche Hand versehentlich das Roggenküchlein einschloß.

»Das Korsett«, schnaufte der Graf.

Man beeilte sich, ihn von der einengenden Verschnürung zu befreien, aber es erwies sich, daß dem Grafen auf diese Weise nicht zu helfen war: er atmete schwerer als vorher. Die Dienerschaft schickte nach einem heilerfahrenen Mönch, während die Gräfin sich mit beiden Hunden in das Schrankbett zurückzog. Der Jagdfreund setzte sich auf die Truhe und plauderte mit ihr.

Mit dem Vesperläuten kam der in medizinischen Dingen kundige Benediktiner, der weit draußen vor der Stadt am Sterbebett eines Ritters gewesen war. Da der Herr von Plessis besorgniserregend laut keuchte und nicht sprechen wollte, legte der Mönch ihm behutsam die Hand auf die Brust. Sie bebte unter dem rasenden Schlag des gräflichen Herzens.

»Er hat sich bei der Jagd übernommen«, bestätigte der Mönch den Rittern und Junkern, die mittlerweile eingetroffen waren, um sich nach dem Befinden ihres Herrn zu erkundigen. »Zumindest müßte er in Zukunft nachts eine Weile Ruhe bekommen.«

Die Herren kicherten, und die Gräfin, die die Gespräche am Krankenbett trotz der Inanspruchnahme durch den Jagdfreund verfolgte, lächelte geschmeichelt.

»Geht mit mir jagen«, warb der Gast im Alkoven und ließ seine Zunge im Ohr der Dame kreisen.

Dann stützte der Benediktiner den Grafen auf, um ihm das Husten zu erleichtern. Wie ein müdes Bellen kam das Geräusch aus des Grafen Brust und mit ihm ein Blutfaden, der das Kinn entlanglief und neben den anderen Flecken im vergrauten Laken versickerte. Nachdem der Anfall vorüber war, schlurfte der Mönch in armseligen Sandalen zur Gräfin hinüber und flüsterte in die Dunkelheit des fast verschlossenen Schrankbettes hinein: »Es wäre gut, jetzt für das Sterbesakrament zu sorgen.«

Die kräftige Hand des Jagdfreundes schob die Tür knarrend auf, und sein Gesicht erschien im Spalt. »Die Gräfin bittet Euch, dies selbst zu veranlassen, während sie sich gebührend vorbereitet.«

Man sandte zum bischöflichen Palais.

Die Gräfin zeigte sich entzückt, als ihr ein wenig später mitgeteilt wurde, der Bischof persönlich werde sich bemühen, unterstützt von einigen geistlichen Herren in seiner Begleitung.

Wie üblich füllte sich der Raum mit immer mehr Besorgten und Neugierigen des Hauses und der Stadt. Sie umstanden das gräfliche Bett und besprachen verhalten ihre Vermutungen. Allgemein setzte sich von Ohr zu Ohr die Meinung durch, daß die Gräfin in jeder Beziehung, vor allem in der einen, zu anspruchsvoll sei.

Die Gräfin war inzwischen auf und trat tief verschleiert und bekümmert ans Lager ihres Ehegemahls.

Als der Bischof mit Pater Stevan im Gefolge eintraf, richtete sich die allgemeine Neugier auf den neuen Priester.

Noch wußte niemand, ob er einer derjenigen Geistlichen war, mit denen man im zukünftigen Rennes des Herzogs Charles de Blois würde rechnen müssen. Seine ausgeprägte Schmutz- und Speckschicht bewies immerhin große Frömmigkeit und ergiebige Pfründen in der Vergangenheit. Seine gegenwärtige Beleibtheit war mindestens fünfzig bretonische Pfund pro Jahr wert.

Der Bischof betete laut; während Pater Stevan unter seinem Arm hindurch den Kranken in Augenschein nahm. Seine fromme Miene schwand aus seinem Gesicht, und er spreizte abwehrend die Finger. Während der Graf hustete und Blutbröckchen spie, stieß er mit schriller Stimme hervor: »Die Pest! Der Graf hat die Pest!«

Der Priester drehte sich um, raffte sein langes Kleid bis zu den Knien und hastete aus dem Raum. Die beiseite gestoßenen Ritter und Junker lächelten verhalten.

»Unser geliebter künftiger Herzog wird wohl keinen Wert auf einen so ungehobelten Rüpel legen«, flüsterte jemand in das gespannte Schweigen hinein.

»Aber er sprach geläufiges Französisch«, gab ein anderer zu bedenken, womit die Angelegenheit wiederum unentschieden war.

Der Bischof fiel auf die Knie und erhob seine Stimme zu einem klagenden Gebet, während die ganze Gesellschaft nach und nach niederkniete. »Herr, verschone die gräfliche Familie vor deinem Zorn; mag sie sich auch der Zuchtlosigkeit schuldig gemacht haben, so ist doch niemand ganz frei von Schuld. Herr, wir bitten Dich, schütte Deinen Zorn nicht über die fromme Stadt Roazhon aus, der Du gerade die Gnade eines Wunders durch den Heiligen Yves gewährt hast. Pater noster qui es in coelis …«

Die Gemeinde fuhr in ihrem Gebet fort, und der Bischof erteilte dem Grafen das Sakrament der Letzten Ölung. In Andacht vor der Macht des Herrn verweilte er lange am gräflichen Bett, während Frau von Plessis ihren Ehemann dankbar und fromm auf den Mund küßte, wonach er aufhörte zu atmen und verschied.

Zwei Tage später legte sich die Frau Gräfin zu Bett und starb, während der Bischof einen weiteren Tag danach auf den Tod erkrankte. Die Einwohner von Roazhon waren bestürzt und verwirrt. Gottes Zorn mußte unendlich groß sein, wenn er insbesondere die frömmsten und mächtigsten Familien hinwegraffte. Aber auch die Armen traf Gottes Faust. In vielen Häusern fragte man sich, warum Er die Pest ausgerechnet nach dem Wunder des Heiligen Yves schickte.

Niemand wußte eine Antwort. Die Tür zum bischöflichen Palais blieb verschlossen. Aber das Sterbeglöckchen läutete ohne Unterlaß und jagte den Menschen Angst ein.

»Wenn du mich fragst«, sagte Cord, der an Johns Seite zu der Taverne hastete, in der sie den Florentiner zu treffen hofften, »ist unser Herr mächtig böse darüber, daß sich der Bischof von Frau Mechtild und der Ratsfrau eine Reliquie hat beschaffen lassen und sie dann nicht freiläßt. Das ist nicht besonders christlich, finde ich und Er bestimmt auch nicht.«

John machte ein zweifelndes Gesicht und stieß die Tür auf. »Mag ja sein, daß du recht hast. Aber ich glaube eher, daß der Allmächtige diesen Kleinkram dem Heiligen Vater und den Römern überläßt und die ganz winzigen Sachen vielleicht den Florentinern. Die Leute von Rennes haben bestimmt noch ganz anderes ausgefressen, wenn Er sie so hart straft.«

Die Taverne war voll. Die Männer redeten über die Pest, laut, lärmend und streitlustig. John entdeckte den Florentiner in einer Ecke, neben sich den Handelslehrling, den die Routiers wie ein unerfahrenes Kaninchen eingefangen hatten. D'Albizzi winkte ihnen zu.

Als Cord seinen Apfelwein vor sich stehen hatte, wiederholte er dem Florentiner hartnäckig seine Ansicht.

Cosimo d'Albizzi lächelte trübe. »Die Wege des Herrn sind wohl etwas komplizierter als die Gedankengänge eines jungen Mannes«, meinte er. »Ich fürchte sogar, man würde auch im Bischofspalais darüber lachen. Nicht daß du denkst, ich mache mich über dich lustig.« Cord verzog trotzdem beleidigt das Gesicht.

»Wahrscheinlich werden sie jetzt überhaupt keinen Beschluß mehr fassen und die Gefangenen den Mäusen und Ratten überlassen«, brummte John.

Cord schüttelte trüb den Kopf und deutete mit dem Daumen hinter sich in die Gasse. »Schon tot. Wie auf dem Schiff.«

»Meint Ihr nicht, daß wir die edlen Frauen befreien müssen?« flüsterte Costantino und beugte sich mit funkelnden Augen vor.

John stieß ihn begeistert mit dem Ellenbogen an. »Das ist es doch, was ich sage! Florentiner und Engländer müssen dem Herrn auf die Beine helfen. Er wäre ja verloren, wenn er sich auf die Bretonen allein verließe!«

D'Albizzi nickte ernst. »Costantino hat aus falschen Gründen ein wahres Wort gesprochen. Wie immer. Die Frauen sind in Gefahr. Wenn man sie dem Pater Stevan ausliefert, läßt er sie wegen heimtückischer Tötung von de Weston verurteilen. Die alte Elsgin ist zwar inzwischen gestorben, aber sie hat ihre Aussage mit einem Kreuz bestätigt. Der Protokollführer hat es mir gezeigt. Pater Stevan hat sich sehr gut vorbereitet.«

»Ach, der haut bestimmt vor lauter Angst vor der Pest ab«, warf Cord verächtlich ein. »Der ist kein Priester im Herrn, sondern ein Wurm im Dreck.«

»Würmer brauchen lange, bis sie sich durchgenagt haben. Und plötzlich sind sie draußen und entfalten sich. Wer weiß, was der Priester vorhat.«

»John, der Priesterhasser«, sagte Cord grinsend, der schnell seine gute Laune wiedergefunden hatte. »Und jetzt auch Wurmsachverständiger.«

»Du hast recht.« D'Albizzi trank John zu. »Er könnte auch einen Zusammenhang herstellen zwischen Pestschutz und Ausbruch der Pest.«

Cord fuhr in die Höhe und stieß dabei einen Pokal um, dessen Inhalt sich über den Tisch ergoß. »Ihr meint, daß man sagen könnte, die Frauen hätten die Pest nach Rennes gebracht?«

»Still«, fauchte John und zog ihn wieder auf die Bank.

»Was willst du den Männern denn noch in den Mund legen? Wer weiß, wer von denen richtiges Französisch versteht.«

»Oh, die meisten«, brummelte ein Mann in einen Becher. »Ihr Fremden unterschätzt uns immer.«

Cord wischte verlegen die Lache mit der Handkante in den Becher zurück und trank ihn in einem Zug aus.

»Wir sind«, sagte d'Albizzi leise und schaute in die Runde, »fünf Mann. Wir holen die Frauen heraus. Heute nacht.«

Die Nacht war dunkel und windig. Doch waren d'Albizzi und seine Leute nicht allein auf der Gasse, die am Bischofspalais entlangführte. Von allen Richtungen strömten die Menschen mit Fackeln herbei, Männer und Frauen, mit kleinen Kindern auf den Armen. Sie sangen oder beteten leise. Manche weinten und richteten laute Bittrufe an Maria, die Mutter und Königin, oder an Yves, den Schutzheiligen der Meere und von Roazhon.

D'Albizzi schloß sich einer kleinen Gruppe an. Er faltete die Hände und stimmte mit sonorer Stimme in das fromme Durcheinander ein. Costantino fing an, so herzzerreißend zu schluchzen, daß der Florentiner sich besorgt zu ihm hinunterbeugte. Als der Schelm aufheulend ein Auge zukniff, war d'Albizzi erleichtert, daß es sich nicht um beginnende Pest handelte, sondern nur um eine Kostprobe seines Könnens.

Vor dem Palais sammelten zwei Priester die Gläubigen. D'Albizzi wollte seinen Augen kaum trauen, als er die neue Reliquie sah, für die nächtliche Bußprozession in einem provisorischen Schrein zur Schau gestellt.

Während sie auf den Abmarsch der Büßer warteten, meinte d'Albizzi in der oberen Fensterreihe einen Lichtschein aufleuchten zu sehen. Aber es war wohl ein Irrtum.

Endlich formierte sich ein mächtiger Zug. Während die letzten Büßer um eine Ecke verschwanden, zog d'Albizzi sich mit seinen Leuten unauffällig zurück.

Jesus Christus ward gefangen
und an ein Kreuz gehangen.
Das Kreuz war vom Blute rot,
wir beklagen sein Martyrium und seinen Tod.

Als das fromme Lied verweht war, huschten sie zur Pforte, hinter der die Treppe in den Gewölbekeller führte. Sonst war sie bei Tag und Nacht durch Knechte des Bischofs bewacht. Seit dem Tod des Bischofs und weiterer dreier Geistlicher war der Wachdienst aufgehoben. Jeder, der über ausreichend Verstand verfügte, war zum Beten in die Kapelle des Palais befohlen worden.

»Die haben nicht mal Geld für ein Schloß!« flüsterte John erfreut. »Nur ein Sperrbalken.«

Der Knecht wurde mit gezogenem Kurzschwert an der Tür zurückgelassen, während die anderen vier sich ihren Weg durch den Gang ertasteten. Es war so finster wie in der Hölle, aber bedeutend kälter. »Frau Mechtild.« Cord öffnete jede Tür und war froh, wenn er sie schließen konnte, ohne daß ihm ein Messer in den Nacken fuhr. Unter den Schuhen spürte er die Körper von toten Ratten. Hoffentlich waren die Frauen nicht ebenso gestorben.

»Leer«, flüsterte der Florentiner auf der anderen Gangseite.

Cords Herz klopfte, als hinter der einzigen Tür, die er erst entriegeln mußte, ein Keuchen zu hören war. Dann fühlte er Gewandstoff an seiner Hand entlangstreifen.

»Wir sind hier«, stellte Alheyd sich den Eindringlingen. »Über Licht verfügen wir leider nicht, um Euch angemessen begrüßen zu können.«

»Gott sei gelobt«, sagte Cord dankbar. »Ratsfrau Alheyd ist in Hochform.«

Cosimo d'Albizzi, mit Costantino auf den Fersen, fand seinen Weg zu Alheyd und legte die Arme um sie. »Ich werde nie wieder den Fehler begehen, die Frau, die ich liebe, nicht zu küssen«, flüsterte er an ihrem Ohr. »Das hat mich ein bretonischer Routier gelehrt.«

Alheyd hatte anfangs geglaubt, daß die Priester sie heimlich aus der Stadt bringen wollten. Oder wollten sie sie sogar beseitigen lassen? Doch weniger dieser Gedanke ließ sie vor Angst erstarren als vielmehr die Männerarme, die sie umklammerten. Würde dieser Alptraum nie aufhören?

Aber die Wange an ihrem Gesicht war rasiert, und ihre Nase fing einen Duft ein, den sie kannte. Ihre Beine gaben vor Erleichterung unter ihr nach. Starke Arme hielten sie fest. »Cosimo!«

»Frau Mechtild? Seid Ihr auch da?« erkundigte sich Cord kichernd. »Wollen wir zwei schon vorausgehen? Ich nehme doch an, daß Ihr mit hinauswollt?«

»Ach, Cord, gib mir schon deinen Arm«, antwortete Mechtild, und unendliche Erleichterung sprach aus ihrer Stimme. Sie tätschelte seine Wange, und Cord grinste im Dunkeln von einem Ohr zum anderen.

John, der den Gang zurückgetappt war, kam eilig wieder, mit ausgestreckten Armen seinen Weg an den Wänden sichernd. »Wir müssen raus! Im Palais rührt sich jemand.«

Noch waren sie nicht entdeckt worden. John und d'Albizzi teilten sich den Platz an der Tür, um hinauszuspähen. Ein Mann in dunkler Mönchskutte bepackte ein Maultier, dessen Zügel am Aufsteigestein gesichert war. Er huschte mehrmals zwischen dem Palais und seinen beiden Pferden hin und her, und sah sich zuweilen verstohlen um. Als er mit einem großen Gegenstand in den Armen herauskam, zupfte der Florentiner Mechtild am Arm. »Hatte der Kölner nicht einen Alanbik im Wagen?« hauchte er in ihr Ohr. Mechtild nickte nachdrücklich, während er sie zum Türspalt schob.

»Er verpackt auch die Gefäße mit den Monstern«, berichtete sie aufgeregt, nachdem sie eine Weile zugesehen hatte. »Das gehörte alles dem seligen Peckmutz. Wer, glaubt Ihr, ist der Mönch?«

D'Albizzi schüttelte den Kopf. »Das ist Pater Stevan. Er bereitet seine Flucht vor. Von ihm habt Ihr in Roazhon nichts mehr zu befürchten.«

Am frühen Morgen verließen sie die Stadt durch die Nordpforte. Auch andere Flüchtlinge waren unterwegs. Manche sahen neidisch zu den Frauen auf kräftigen Pferden in Begleitung von fünf gut gerüsteten Männern hinauf.

Sie ritten zügig, ohne viel zu sprechen. Es war kalt geworden, aber der Himmel war klar. Als sie die Brücke neben dem abgebrannten Weiler überquerten, dampfte es noch aus den Trümmern. Die aufräumenden Bauern griffen sofort zu ihren einfachen Bogen, und die Frauen zogen sich in den Wald zurück. John lächelte mitleidig im Vorüberreiten, und beim Anblick der wattierten Westen geübter Bogenschützen legten die Männer ihre Bogen behutsam zu Boden.

Die Sonne stand an ihrem höchsten Punkt, als Costantino im Trab zur Spitze des Zuges aufrückte.

»Was hast du auf dem Herzen?« fragte d'Albizzi den Lehrling, der neben ihm durchparierte.

»Wir reiten in die falsche Richtung, Messere«, beklagte sich Costantino. »So kommen wir nie nach Paris.«

»Wir kommen schon nach Paris. Mit dem kleinen Umweg über Dinan. Ich denke, wir werden dort für die Frauen ein Schiff finden können.«

»Aber in Dinan stehen Truppen. Und die Calimala? Und die Kaufleute, die Ihr begleiten sollt? Überhaupt: unser Geschäft ...«

»Auch das ist das Geschäft, Costantino. Erinnerst du dich noch, was ich dir in den Räumen des ehrenwerten Michele Ricci sagte? Geschäft ist viel mehr als der Tausch von Florins gegen Tuch. Geschäft ist nicht nur das, was du heute machst – es ist auch der Traum davon, was du in zehn Jahren tun wirst.«

»Gut, Meister. Und was werde ich in zehn Jahren tun?« Costantinos Stimme war sehr höflich und ohne das geringste Verstehen.

Cosimo d'Albizzi sah sich nach Alheyd um. Mochten ihre Kleider auch zerfetzt sein, ihre Gedanken waren es keineswegs. »In zehn Jahren wirst du vielleicht derjenige sein, der Florentiner Tuchhändler zum Stapelplatz Bremen geleitet. Vielleicht werden wir vor allen anderen italienischen Kaufleuten gute Beziehungen zum Handelshaus Rucenbergius haben. Möglicherweise wird der Import von Hermelin und

Grauwerk für die Gewänder der königlichen Familien durch unsere Hände gehen … Den Grundstein für die Geschäfte deiner Söhne müssen wir heute legen, Costantino«, sagte er freundlich.

Costantino grinste. »Und ich dachte schon, Ihr wärt darauf aus, mit Ratsfrau Alheyd zusammen den Grundstein für Eure Söhne zu legen.«

D'Albizzi runzelte die Stirn und drohte ihm mit dem Finger. Dann brach er in Lachen aus. »Vielleicht kann man das eine mit dem anderen verbinden. Aber erst in einigen Jahren. Ich bin noch zu jung zum Heiraten.«

»Wenn das so ist, Messere, bin ich mit allem einverstanden.« Costantino begann unbekümmert ein Lied zu pfeifen und ließ sich zurückfallen, bis Cord zu ihm aufgeschlossen hatte. »Ist es ein einträgliches Geschäft, Bogenschütze zu sein?« fragte er neugierig.

D'Albizzi winkte inzwischen dem Knecht und befahl ihm, vorauszureiten, um die Gegend zu erkunden.

»Alles ruhig da vorne«, berichtete der Knecht zufrieden, nachdem er bei tiefstehender Sonne zurückgekehrt war. »Keine Soldaten weit und breit. Ich sah mehrere leere Häuser, die weder abgebrannt noch geplündert waren; und die Bewohner sind fort.«

D'Albizzi nickte.

Der Knecht führte sie auf einem unscheinbaren Pfad in den Wald, und weit abseits des Hauptwegs nach Norden standen sie unerwartet vor einem verlassenen Rittergut. Die Mauern waren unversehrt, über dem Tordurchgang war ein steinernes, uraltes Wappen, und an einem Gebäude hing wie ein Wespennest ein rundes Türmchen.

Im Innenhof waren die Pforten zu den Ställen und Koben weit geöffnet, weder Hund noch Huhn waren zu sehen.

D'Albizzi zuckte die Achseln und besah sich die Giebelenden. »Die sind in voller Ordnung ausgezogen. Wir werden das Haus für eine Nacht mieten. Ich gäbe etwas drum, wenn im Schlafzimmer ein Kamin wäre.«

»Ist das nicht gefährlich?« gab Alheyd zu bedenken.

»Gewiß nicht, wir werden nie zuviel auf einmal nachlegen. Wahrscheinlich ist da sowieso keiner. Ich sehe keine Schornsteine.«

»Oh, Cosimo, das meine ich doch nicht.« Alheyd lächelte, und ihre Augen brannten. Waren es Tränen der Angst oder des Glücks? Sie wußte es nicht. Aber eines wußte sie genau: Rucenberg selber hatte sie gelehrt, alle Chancen wahrzunehmen.

Der Florentiner hatte wahrscheinlich recht. Er irrte sich nur darin, daß es kein abgetrenntes Schlafzimmer gab, sondern nur einen einzigen großen Raum mit vier Schrankbetten. Die Löffel im Halter über dem Tisch waren mitgenommen worden, aber das Wasser im Steinbecken neben der Tür schmeckte frisch.

»Daß mir ja hiervon niemand nimmt«, warnte Mechtild, nachdem sie den Deckel von der Kofferbank geschoben und hineingerochen hatte. Ein Restchen schwärzlichen Roggenmehls befand sich als einziger Vorrat darin. »Hier war die Roggenmuhme drin.«

»Merkwürdig, daß sie den Stoff vom Webstuhl nicht mitgenommen haben.« Alheyd betrachtete den runden Balken mit mehreren Wicklungen von Lakenleinen kopfschüttelnd. Das Haus erweckte in ihr unbestimmte Befürchtungen, aber sie wußte nicht, warum.

Die Knochenhauerin hatte solche Bedenken nicht. Sie wirtschaftete frohgemut und dankbar über soviel häusliche Geborgenheit und ließ nicht zu, daß Alheyd Hand anlegte. »Unterhaltet Ihr Euch ruhig mit Messere d'Albizzi über neue Beziehungen«, schlug sie vor, und die Ratsfrau hörte an ihrem Tonfall, daß sie damit keine geschäftlichen meinte. Mechtild schickte auch die beiden jungen Burschen zum Holzholen, den Knecht nach frischem Wasser, und ging selbst in den Kräutergarten, um Salbei zu suchen.

Als sie zurückkam, kochte bereits das Wasser im Topf, und sie ließ großzügig eine ganze Handvoll Blätter ziehen. Wehmütig dachte sie an Peckmutz zurück. Es hatte mit ihnen beiden nicht sein sollen. Aber sein Wissen war nicht verloren. Salbei mit Honig sei gut gegen Pest und Würmer, hatte er gesagt. In den Dörfern zwischen den Hügeln hatte es kaum Salbei gegeben, aber hier, wo es lieblicher war, gedieh er gut. Mechtild sah sich um. Es war niemand da, der sich von ihr gegen die Pest schützen lassen wollte.

Alheyd saß mit Messere d'Albizzi auf der Truhenbank vor dem Alkovenbett und flüsterte mit ihm. Und ihre Hand ruhte zwischen seinen beiden.

Mechtild wandte sich wieder ab. Sie trank ihren Becher genüßlich aus, ihre Hände zehrten von der Wärme und ihre Kehle von der Süße. Sie schaute dem Rauch des Kochfeuers nach, der sich seinen Weg oben durch das Reetdach suchte, und seufzte. Beinahe wie zu Hause.

Cord polterte herein und ließ einen Armvoll Holz neben der Tür fallen. »Messere d'Albizzi, im Wald haben wir einen Toten gefunden, einen gut bewaffneten Mann«, berichtete er aufgeregt. »Kein Knecht. Vielleicht war er hier der Hausherr.«

Hinter ihm schob sich ein ritterliches Gewand ins Haus, bedeckt mit weißen Schwänen auf blauem Grund.

D'Albizzi fuhr fluchend hoch, das blanke Schwert in der Hand.

Unter dem Umbang grunzte jemand. Cord zog Costantino den Umhang vom Kopf und kicherte.

Costantino, das Tuch im Arm, strahlte. »Das war er. Kennt Ihr den Ritter, Meister?«

»Mach das nicht wieder, du Nichtsnutz«, knurrte d'Albizzi und steckte sein Schwert in die Scheide. »Hoffentlich hab' ich Euch nicht erschreckt«, sagte er zu Alheyd.

»Nein. Eher beruhigt«, erwiderte sie.

Der Florentiner schmunzelte und trat dann zu Costantino, der den Umbang vor ihm ausbreitete. »Ich habe diese Farben schon gesehen«, überlegte er laut, »der Ritter war entweder beim Turnier oder im Bischofspalais. Wurde er erschlagen?«

»Nein. Er war unverletzt. Er starb mit Schaum vor dem Mund.«

»Dann war er toll, oder er hatte die Pest«, sagte Mechtild weise. »Vor Tollheit kann ich euch nicht bewahren, ich bin sowieso der Meinung, daß die meisten Männer daran leiden; vielleicht aber vor der Pest. Kommt her und trinkt.«

Gehorsam kamen die Männer herbei und setzten sich ans Feuer, auch der Knecht, der inzwischen die Pferde versorgt hatte. Weder Heu noch Hafer fehlte im Stall.

»Ich könnte mir denken, was hier geschehen ist«, sagte d'Albizzi. »Der Ritter hat die Pest mitgebracht. Die Familie ist wohl in großer Hast geflohen.«

Die Ratsfrau legte ihre Hand sanft auf seine Schulter. »Nicht die Familie. Das Gesinde mit den Kindern. Die Hausfrau ist tot. Sie hätte sonst nie ihren guten Winterumhang und den Stoff auf der Rolle hiergelassen.«

Die Knochenhauerin bekreuzigte sich. »Gott sei ihren Seelen gnädig. Den Ritter werdet ihr morgen begraben, wie es sich schickt und mit allen Ehren. Und wir werden ein Gebet an seinem Grab sprechen. Glaubt nur nicht, daß ihr wie die Räuber einfallen und euch wieder davonmachen könnt. Die Christenheit wird ständig aufs neue bedroht durch den Antichrist, und wir werden alle unser Scherflein zu ihrer Rettung beitragen!« Sie schaute so entschlossen drein, daß alle gehorsam nickten. »Und noch eins«, fuhr Mechtild fort. »Ich fühle mich ein bißchen wie die Mutter von euch allen. Ich werde die Schlafgelegenheiten einteilen.«

Die Ratsfrau wollte protestieren. Die Knochenhauerin wurde mit jedem Tag anmaßender. Aber dann hörte sie staunend zu.

»John wird dem Feuer am nächsten schlafen. Er braucht die Wärme, damit er uns mit sicheren Händen verteidigen kann; außerdem wird er das Feuer unterhalten. Das nächste Bett nehmen Costantino und Cord. Den Alkoven daneben ich; aber glaubt nur nicht, ich nähme einen florentinischen Knecht zu mir. Er wird die Pferde im Stall bewachen. Den Alkoven, der am weitesten vom Feuer entfernt ist, bekommen Messere d'Albizzi und die Ratsfrau; sie werden sich ihre Wärme selber verschaffen.«

»Ihr seid eine kluge Frau«, sagte der Florentiner anerkennend, während Alheyd sich auf die Lippe biß. Die Knochenhauerin hatte die Entscheidung für sie getroffen.

Von den beiden am Spieß gebratenen Kaninchen aß die Ratsfrau am wenigsten. Sie sehnte sich mit jeder Faser ihres Herzens nach Cosimo.

Als Cosimo im Dunkel der Winternacht behutsam in sie eindrang, machte er wieder gut, was brutale Ritter und Knechte angerichtet hatten. Er ließ sie auch Hinrich Rucenberg für eine Weile vergessen.

22. Der Überfall

Im Morgengrauen weckte Waffenlärm im Innenhof die Schläfer, und d'Albizzi fuhr mit einem Fluch in seine Kleider. Noch vor ihm war John an der Fensteröffnung, drückte den Laden auf und schob seinen Bogen durch den Spalt. Durch das überbaute Tor drängten Reiter, die sich zur Seite legten, um nicht absteigen zu müssen, und Fußvolk schlüpfte zwischen ihnen hindurch. Der Hof wimmelte bereits von Menschen. Soldaten zweifellos.

Alheyd stand übernächtigt, nackt und tatenlos vor der Truhe, während Frau Mechtild sie längst geöffnet hatte, beiseite warf, was nicht gebraucht wurde, und dann grobe ländliche Kleider hervorzerrte. Sie dankte sich selber und ihrer Umsicht, die sie bereits gestern die Kleidung der Hausfrau hatte sichten lassen.

»Barchent!« jammerte Alheyd. »Abscheulich.« Aber Mechtild kannte kein Erbarmen.

Die ersten Pfeile waren abgeschossen, bis die Frauen angekleidet waren.

»Ergebt euch, oder wir brennen euch nieder!« brüllte draußen eine französische Stimme.

»Das tun sie sowieso«, erwiderte d'Albizzi und zielte mit dem schlecht gemachten Pfeil, den er dem Köcher an der Wand entrissen hatte. »Macht weiter!«

»Das sind Engländer!« schrie John erfreut und schob den Laden ganz auf. Noch bevor ihm jemand den Kopf abhacken konnte, winkte und brüllte er zu dem Mann im Harnisch hinüber, der als einziger nicht abgestiegen war.

Der gab erstaunt das Zeichen zur Beendigung eines Kampfes, den er unter anderen Voraussetzungen angefangen hatte. Engländer hatte er hier im Grenzgebiet zum französischen Königreich nicht erwartet. »Was willst du?«

»Mein Leben. Dafür bekommst du einen erfahrenen Bogenschützen!«

»Nicht schlecht«, sagte der Engländer und stieg ebenfalls ab. »Aber zuwenig. Du hast einen guten Mann erschossen.«

John grinste unbekümmert. »Ich bin besser als er. Er ist tot. Aber ich lege freiwillig noch einen halben Bogenschützen drauf.«

D'Albizzi hatte sich inzwischen überzeugt, daß die Übermacht des Feindes ihnen nicht die geringste Wahl ließ. Er stieß die Tür auf und trat gelassen hinaus, als keine Feindseligkeiten erfolgten. Was war er doch unvorsichtig gewesen! Vielleicht sollte die Calimala in Zukunft Michele Ricci auf solche Unternehmungen schicken. Er ärgerte sich über sich selbst.

Der Engländer war ein vierschrötiger Mann mit gerötetem Gesicht und blonden Haaren, wesentlich älter als seine tatendurstigen jungen Leute. Diese durchstöberten Scheune und Stall und tauchten mit wütenden Gesichtern wieder auf.

»Kümmerliche Beute hier«, sagte d'Albizzi beiläufig, »wir haben schon nachgesehen. In den Wäldern Pesttote und dazu ein Haus, leer wie ein Schneckengehäuse im Winter.«

In diesem Augenblick wurden die anderen von drei Mann aus dem Wohnraum in den Hof getrieben.

Der Routier deutete grinsend mit dem Kinn auf Alheyd und Mechtild. »Drall und sauber. Nennst du das leer? Wo die Hausherrin ist, sind die Männer nicht weit. Und die Vorräte.«

D'Albizzi zog Alheyd herrisch an seine Seite. »Sie ist meine Frau und die da ihre Dienerin.«

»Ratsfrau, sagt auch etwas«, drängte Mechtild.

»Du willst hier fremd sein und hast bretonische Frauen und Mägde?« spottete der Engländer, während seine Augen einem Knecht folgten, der dicke Äste durch den Torweg hereinschleppte und in der Ecke zum Feuerstoß aufschichtete. »Na ja, ihr Bretonen seid als große Lügner bekannt.«

»Die sind keine Bretoninnen, Nicholas of Ingleby«, sagte im Vorübergehen einer der Männer grollend. »Ich schwör's dir bei den Gebeinen des heiligen Cado.«

»Es stimmt, Chef«, mischte John sich ein. »Du hast es hier mit ...«

»Conrad Lymbergh aus Flandern und seiner Frau zu tun«, übernahm der Florentiner selber die Vorstellung. »Unterwegs, um Handelsverbindungen in Salz anzubahnen. Ich bin überrascht vom frühen Ende der Winterruhe. Wär' sonst nicht so früh losgezogen. Aber man muß schnell sein, heutzutage.«

»In diesem Krieg gibt es keine Winterruhe mehr«, verbesserte Ingleby verdrossen. Flandern war zu weit weg, um Lösegeld zu erpressen, und in Anbetracht der biederen Kleidung der Frauen war das wohl auch wenig lohnenswert.

Die Flammen züngelten an den Holzständern des Lehmbaus bis zum Reet hinauf. Die Soldaten zogen sich aus dem Hof zurück. Cord und der Knecht rannten ungehindert hinüber in den Stall und zerrten die Reittiere heraus.

Der Routier verließ gemächlich den Hof, hinter sich d'Albizzi, der sich fragte, was der Engländer mit ihnen vorhatte. Ganz ungeschoren würden sie nicht davonkommen.

Die Soldaten empfingen die Reisegruppe schweigend. Ihr Halbkreis vor der Mauer ließ keine Lücke offen. Angesichts ihrer Zahl hatten sie es nicht nötig, die Waffen auf d'Albizzi zu richten: ihr hämisches Grinsen war Drohung genug.

»Raus mit dem Gold«, befahl der Chef, ohne sich umzudrehen. »Ich habe fünfunddreißig Männer hier. Kannst du dir ausmalen, wie deine Frauen anschließend aussehen würden?«

D'Albizzi knirschte hörbar mit den Zähnen. Er schnallte den Gurt ab, den er um den Leib trug, und warf ihn vor dem Engländer auf den Boden. »Das ist alles«, stieß er hervor. »Du Schurke. Flandern ist mit England befreundet. Edward wird nicht erfreut sein, wenn ich ihm anläßlich der Heirat seiner Tochter berichte, was seine Untertanen treiben. Du mußt wissen, daß ich das feine Salz für seine Tafel liefern werde.« Der Florentiner plusterte sich so stolz auf, daß die englischen Soldaten in Gelächter ausbrachen.

»Mary wird nicht daran eingehen, wenn ein Löffelchen

Salz fehlt. Ich glaube auch nicht, daß man dich jemals in die Nähe von König Edward läßt«, mokierte sich Ingleby und ließ sich von einem Adjutanten die Münzen in die Hand zählen. »Der rechtmäßige König von England, Frankreich und der Bretagne hat Besseres zu tun, als sich mit Kleinhändlern wie dir zu befassen. Er kauft in Köln, in Brügge und in Florenz bei der Calimala.«

Cosimo d'Albizzi hätte ihm noch weit mehr über seinen verschwenderischen König erzählen können, aber er machte ein dümmliches Gesicht, als sei er bei einer Lüge erwischt worden.

Dann betrachtete der Engländer eine Münze zwischen zwei Fingern mit wachsendem Erstaunen.

D'Albizzis Nacken wurde steif. Er hatte das verräterische Ding ganz vergessen. Langsam senkte sich sein Blick auf die Hand, die das Goldstück festhielt.

Der Engländer entblößte lautlos seine breiten Zähne. »Händler, was? Ich will dir sagen, was du bist: ein Flame, der Verrat treibt!« Er nickte zweien seiner Leute in schwarzen Lederwämsern zu. »Godefelawe und Pasterheye, nehmt ihn fest und paßt auf ihn auf. Ihr haftet für sein Leben.«

»Aber das stimmt doch gar nicht«, rief d'Albizzi gebührend aufgebracht. »Jedermann weiß, daß flämische Handelsherren es mit den Engländern halten! Für Verrat ...«

Ingleby schnitt ihm mit einer Handbewegung weitere Worte ab und hielt für alle, die es sehen wollten, das Medaillon in die Höhe. »Männer, mit dieser Münze verständigen sich Bretonen, die den Schwindler Karl auf den bretonischen Thron heben wollen. Seht sie euch an und merkt euch den Eber mit der borstigen Mähne, die so lang ist wie bei einem rheinländischen Mannsbild!« In das Gelächter seiner Männer rief er: »Tod dem Charles! Es lebe König Edward! Es lebe John de Montfort! Es lebe Mary, Prinzessin zu England, künftige Herzogin der Bretagne!«

Cord ließ alle Pferde beim Knecht und drängte sich zu dem Chef durch, in dessen Nähe man inzwischen auch John und Costantino geschoben hatte. »Master John«, sagte er eifrig. »Wißt Ihr noch? Denkt an meine Worte, habe ich gesagt, diesen Flamen aus Calais kann man nicht trauen! Stimmt's? Erinnert Ihr Euch? Sagt, daß Ihr Euch erinnert!«

John wischte mit der Hand durch die Luft, als sei Cord ihm lästig. »Ja, Junge, ich weiß. Sei nicht so vorlaut! Hier hat der Chef das Wort.«

»Bei Gott«, stimmte der Engländer zu. »Und ihr gehört nicht zu diesem Pack, sagt ihr?«

»Nicht die Spur! Das Haus reichte für uns alle. Ich wünschte jetzt, es wäre kleiner gewesen. Dann wärt Ihr heute nicht hier mit achtunddreißig Mann erschienen.«

»Neununddreißig«, verbesserte der Sergeant.

John wischte den Einwand beiseite.

Der Chef verwahrte die Geldkatze im Wams und grinste John breit an. »Engländer sind mir immer willkommen. Du und der halbe Bogenschütze. Und wo gehört der andere Halbe hin? Der halbe Maure?«

»Der gehört zu mir, solange diese Reise währt«, erklärte d'Albizzi. »Sonst arbeitet er in der Niederlassung der italienischen Kaufleute in Brügge.«

Der Chef betrachtete den Flamen wie Ungeziefer, das man zertritt. »Höchstwahrscheinlich schwindelst du, vielleicht auch nicht. Wir werden alles überprüfen. Als Spion für Charles wirst du ohne Federlesen gehängt.«

Alheyd klammerte sich entsetzt an d'Albizzis Arm. »Conrad!« schluchzte sie.

»Du Weib auch«, versprach der Chef, »wenn du daran beteiligt bist!«

»Nein! Übrigens ist sie in anderen Umständen«, behauptete d'Albizzi fest. »Selbst englische Erzbischöfe, die keinen sonderlichen Ruf für Frömmigkeit haben, würden eine schwangere Frau nicht hängen.«

Der Engländer maß Alheyd von oben nach unten mit verächtlicher Miene. »Die Umstände können so lange noch nicht währen.«

John brach in Lachen aus und klatschte sich vor Vergnügen auf die Oberschenkel. »Mindestens seit heute nacht, das kann ich bezeugen.«

Das Gesicht des englischen Chefs hellte sich auf, und er

»Wo willst du denn deinen Pint wärmen?«

»Bei diesen Schlampen im Lager etwa? Ich wüßte andere Möglichkeiten.« Der Mann winkte ab und sah sich nach einem trockenen Platz um. Der Mauerfuß war mittlerweile von dem italienischen Bengel besetzt. Ihm hatte Landsmann John wenigstens mit einem Pfeil eine Grenze gesteckt. Der war in Ordnung.

Der englische Chef kam auf dem Weg zur Mühle vorbei. »Noch eine Nacht in dem Hof, und ihr hättet den Flamen die Schädel eingeschlagen«, meinte er zu John, ohne sich aufzuhalten.

»Weiß Gott!« stimmte John ein und rollte mit den Augen. »Ich glaube, Cordy ist die einzige Ausnahme dieses profitgierigen Volkes.«

»Edward hat das schon lange erkannt«, rief Ingleby und verschwand im Inneren der Mühle, die ihm die beste Aussicht über die Stadt bot.

»God save the King«, sagte irgend jemand.

»Sie sollen alle miteinander gesegnet sein«, murmelte Cosimo d'Albizzi, »und möglichst viele ihresgleichen sollen sie zeugen. Gott bewahre uns vor den asketischen Charles dieser Welt!«

Alheyd in seinem Arm, mit dem Rücken an der Mauer, lächelte, getröstet von seinem Tuchhändlergebet. »Du hast nicht aufgegeben«, flüsterte sie erleichtert.

D'Albizzi rieb sein Kinn zärtlich und nur wenig empört an ihren blonden Haaren. »Ein Florentiner gibt nie auf. Auch wenn er am Ertrinken ist, wird er seine Seidenhose in die Höhe halten, damit das Wasser sie nicht verdirbt. Und ich bin gerade erst dabei, sie auszuziehen.«

»O ja«, sagte Alheyd erfreut und legte ihre hohle Hand über die pralle Kapsel an der Grenze zwischen den beiden Farben.

»Dein Sinn für Metaphern ist nicht sehr ausgeprägt«, tadelte Cosimo d'Albizzi. »Ich hätte eigentlich Hunger«, überlegte er. »Und ich verzichte ungern auf mein Essen. Aber da Mechtild gewiß wieder ohne Knoblauch würzt … Außerdem hab' ich es gern, wenn Frauen Hand an mich legen.« Er rutschte an der Mauer entlang auf den Boden und zog sie über sich.

Am nächsten Morgen war es trüb, warm und stürmisch. Mechtild schüttelte sich vor Unbehagen. Von all den Menschen ringsherum hatte anscheinend nur Alheyd gute Laune; sie lief ziellos umher und war freundlich zu jedermann; und hätte Mechtild sie nicht mahnend am Arm gerüttelt, hätte sie sogar den englischen Routier angelächelt, dessen Gefangene sie war.

Vom anderen Lager kam der Konnetabel herübergeritten. Man flüsterte, er sei der Bramborough, *der* Bramborough. Aber Mechtild konnte nichts Besonderes an ihm erkennen. »Ein Mann wie jeder Mann«, sagte sie zu Alheyd, während sie ihm und dem englischen Chef nachsah.

Alheyd schüttelte versonnen den Kopf. »Cosimo d'Albizzi ist anders.«

Mechtild wollte ihr den Glauben nicht nehmen. Es war ohnehin zu spät. »Zum Glück soll Euer Cosimo nicht kämpfen«, stellte sie fest. »Die anderen bereiten sich auf ein Gefecht vor. Guckt nur, wie wichtig sie sich nehmen!«

Der Engländer hatte die Mühlenflügel abmontieren und hinunterwerfen und oben in den runden Turm eine Bresche schlagen lassen. In der gezackten Öffnung hatte er Aufstellung genommen; von dort brüllte er Befehle hinunter, winkte mit den Armen zu weit entfernten Soldaten, die anscheinend seine nicht mehr hörbaren Befehle an andere übermittelten. Mechtild sah auf dem weiten, abfallenden Plateau eine Fahne antworten; danach jagte ein Reiter davon und verschwand hinter der Kuppe. Eine kleine Gruppe von Schützen in ihrer Nähe verschoß dagegen ihre Pfeile, alle zur gleichen Zeit. Kaum flogen die Pfeile, traten die Schützen zurück und die nächste Reihe nahm ihre Stelle ein, während die ersten wieder spannten. Ein Gestöber von Pfeilen deckte ein durch gefällte Bäume markiertes Karree ein. Und dazu bellten die kolossalen Kriegshunde in ihrem Zwinger, als würden sie schon mit brennenden Pechtiegeln auf dem Rücken gegen den Feind gehetzt.

Mechtild wollte ihren Augen nicht trauen. »So etwas habe ich noch nie gesehen. Wie auf dem Spielbrett.«

»Was denn?« fragte Alheyd heiter und störte sich nicht einmal am Getöse der Hunde.

Mechtild warf ihr einen langen Blick zu und verzichtete auf eine Antwort. Interessiert lauschte sie statt dessen dem Gespräch der beiden Führer, die nach Beendigung der Übung dicht an ihr vorüberkamen. Es versprach ein Streit zu werden; schade, daß sie nicht allzuviel verstand.

»Was fällt Euch ein anzunehmen, daß meine Ritter sich die Ehre des Zweikampfes nehmen lassen?« fragte Bramborough gereizt. »Wenn Ihr Eure Schützen loslaßt, werden meine Ritter durch Euren Pfeilhagel niedergemäht. Von hinten.«

»Eure Ritter müssen sich zurückhalten, bis meine Schützen Verwirrung in die Reihen der Gegner geschlagen haben. Ganz einfach! Danach haben sie leichtes Spiel. Stellt Euch das doch vor, Konnetabel! Die Pferde tot, die gerüsteten Männer wie die Käfer am Boden, und die Knappen können ihnen im Pfeilhagel auch nicht aufhelfen.« Der Engländer lachte dröhnend und hörte erst auf, als der Bretone sich mit der Faust einen Schlag auf den Oberarm versetzte. »Was ist?«

Bramborough schnaubte vor Zorn. »Nennt Ihr das einen ehrenhaften Kampf?«

Der englische Chef zog die Augenbrauen amüsiert nach oben. »Wollt Ihr einen Thron gewinnen oder ein Turnier?«

Der Bretone rieb sich das Kinn und schwieg.

»Flämischer Landsmann, hör mir zu.« Jedermann hätte schwören können, daß d'Albizzis zärtlich geflüsterte Worte seiner Geliebten galten. Aber Cord spitzte die Ohren, und John beschäftigte sich konzentriert mit der mageren Torfzuteilung für sein Kochfeuer.

»Werdet ihr eure Positionen halten, die ihr heute eingeübt habt, will der Meister wissen«, gab Mechtild seine durch Alheyds Mund gegangene Frage laut weiter.

»Ja«, sagte John zu Cord.

»Dann seid ihr in der Mitte schlecht dran, weil ihr nicht ausweichen könnt.«

»Kämpfen Bogenschützen stets auf diese Weise?« fragte Cord.

John sah auf. Sein Blick glitt vorsichtig zu dem Italiener hinüber, den er bei Tage flüchtig unter den übenden Männern gesehen hatte, und wieder zurück zu Cord. »Nein, diese Kampfesweise ist ziemlich neu. Eine englische Entwicklung. Sie gibt uns Männern aus dem Volk einen ganz eigenen Wert. Die Ritter sind daran gewöhnt, die Bauern mit ihren Sauspießen wie eine Viehherde zu gebrauchen, die man vor die gegnerischen Kämpfer scheucht, damit sie Verwirrung anrichtet.«

»Als Händler bin ich ganz und gar gegen Verschwendung«, merkte d'Albizzi an und steckte seine Nase in Mechtilds Kochtopf.

Mechtild war empört. »Davon kann hier nun wirklich nicht die Rede sein.«

»Nein«, gab der Florentiner zu, »aber der bretonische Konnetabel hat es anscheinend vor. Man müßte sich in acht nehmen, nicht eingekeilt zu werden. Der Bretone könnte versucht sein, seine englischen Bogenschützen einfach niederzureiten, wenn er vor sich die Franzosen sieht.«

»Manchmal ist es nützlicher, den alten Torf in die Mitte zu legen und die jungen Holzstücke nach außen«, sagte John und schichtete im Feuer entsprechend um.

D'Albizzi zog seine Nase aus dem Kochtopf zurück. Heute roch er den Knoblauch deutlich, heute würde Alheyd warten müssen.

Während die Heerführer sich zur Schlacht nicht entschließen konnten, wurde weitergeübt. Am nächsten Nachmittag erhob sich in einer Ecke des Lagers Lärm, und von allen Seiten rannten Soldaten dorthin.

»Geht es jetzt doch los?« fragte Mechtild beunruhigt. »Hoffentlich paßt John auf unseren Cord auf.«

»Keine Sorge, Mechtild. Wenn ich auch nicht viel vom Krieg verstehe, so weiß ich doch, daß er so nicht anfängt.

Und zu dieser Tageszeit schon gar nicht. Es ist bald zu dunkel, um die Weinvorräte des Verlierers zu erkennen.«

»Dann will ich hinüber, Meister Florentiner, um nachzusehen, was es gibt. Ihr habt sicher nichts dagegen.«

Überall flackerten unbeaufsichtigte Kochfeuer unter Töpfen oder Pfannen, und nur vereinzelte Männer machten sich daran zu schaffen. Dort, wo der Lärm herkam, sah d'Albizzi wie eine dichte Hecke die Rücken der Männer und ihre gereckten Hälse. »Geht nur, Mechtild, wir werden unseren eigenen Spaß haben.« Er griff bereits nach Alheyds schon entblößter Schulter, als die Knochenhauerin sich umdrehte.

Im Laufen schüttelte sie fassungslos den Kopf. Es ging schon wieder los. Diese Gier, mit der die beiden übereinander herfielen! Als hätten sie sich jahrelang wie zwei Kometen aufeinander zubewegt. Zuweilen entstanden daraus Katastrophen wie die Pest, wie die Gelehrten sagten. Aber was sich ergab, wenn zwei Menschen unter den Einfluß der Kometen gerieten, wußten sie nicht, denn von Liebe verstanden sie nichts.

Zielstrebig arbeitete Mechtild sich durch die Soldaten. Sie war kleiner als alle, und sie mußte sehen, was es gab: die Stimme dort vorn hatte sie schon einmal gehört. Viel Zeit zum Überlegen benötigte sie nicht, den blanken Schädel, der die anderen überragte, kannte sie ohnehin.

»Es ist schon mehrmals geschehen«, rief Pater Stevan wie ein geübter Marktschreier, »daß Gott der Herr die ungläubigen Städte Palästinas zur Strafe mit der Pest belegt hat. Aber die Ungläubigen wollten Seine Macht und Seine Herrlichkeit nicht erkennen und verharrten in der Sünde wie die Sau in der Suhle. Besonders Antiochia war ein übles Nest, bewohnt von Widerspenstigen, die dem Teufel mit der Stirn auf dem Boden huldigten. Schließlich schickte der Herr Seine bewaffneten Heerscharen, die in Kirchturmhöhe dahinbrausten wie ein schwirrender Schwarm Hornissen. Und unter ihnen flogen auf ihren schwarzen Pferden die Templer und Hospitaliter dahin, bis sie vor der Stadt haltmachten.

In der Stadt aber erhob sich angesichts der Übermacht Gottes ein Weinen und Klagen, und als der Teufel erkannte, daß er seine Anhänger bald an Gott verlieren würde, ersann er eine List. Er ergriff die scheußlichsten Wahrzeichen seiner Herrschaft, spuckte dreimal darauf und warf sie in die Stadt. Über sie habe sein Feind keine Macht, sagte er, und wo sie sich befänden, könne die Pest nicht wirksam werden. Da faßten die Ungläubigen wieder Mut und schrien Häme von den Mauern und Wällen.

In der Stadt aber lebte ein einziger Christ. Zitternd packte er die Wahrzeichen, warf sie über die Mauer und dem Komtur der Templer vor die Füße, der den Patriarchen von Jerusalem bei sich hatte. ›Segnet sie, ihr frommen Männer!‹ rief er hinüber, ›schlagt das Kreuz und sprecht Gebete! Ihr treibt damit die Macht des Teufels aus.‹

Das taten die frommen Männer, und der Teufel fuhr mit Gestank und unter Donnergrollen in die Berge. Das Volk von Antiochia aber sank auf die Knie und dankte Gott dem Herrn für die wunderbare Errettung.

Der fromme Mann aber wurde zu Sankt Antiochius, und ihn verehrt man dort bis heute. Und die Wahrzeichen des Teufels wurden von den Templern nach Rom gebracht, damit der Heilige Vater sie segne. Mir aber trug der Heilige Vater auf, sie in die Bretagne zu bringen und seinen frommen Bretonen zu zeigen, damit sie Mut fassen und wissen, daß die Pest ihnen nichts anhaben kann. Und nun kommt her und seht, aber einer nach dem anderen, schön ordentlich in einer Reihe. Und wer gesehen hat, gebe sein Scherflein, damit mir die Weiterreise ermöglicht wird, den anderen Frommen der Bretagne zur Erbauung und Hilfe.«

Daraufhin ließ sich Pater Stevan aus dem Korb zu seinen Füßen nacheinander all die scheußlichen Monster aus des Peckmutz Besitz heraufreichen, und Mechtild zitterte vor Angst und brachte es nicht fertig, die Augen abzuwenden.

Die Soldaten, die dem Priester am nächsten standen, drängten sich vorwärts, die anderen sanken in die Knie und beteten still oder laut, je nach Temperament.

Zur Salzsäule erstarrt, blieb allein Mechtild stehen, bis sich ihre und Pater Stevans Augen begegneten.

Der Priester verzog keine Miene, aber sein Blick war voller Hohn. Als Mechtild zurückwich, deutete er auf sie. »Hört mich an, Soldaten«, rief er, und das Kommen und Gehen zu und von den Monstern stockte, während sich ein Kreis um Mechtild bildete. »Es gibt an manchen Orten Frauen, die Gottes heilige Ordnung zu stören versuchen, so, wie die Hand des unvernünftigen Kindes dem rollenden Rad in die Speichen zu greifen versucht. Solche Frauen nennen sich mitunter Pestärztinnen, aber ihr Werk ist das des Teufels in Antiochia: sie bringen die Pest über alle, die sich ihnen anvertrauen, denn Gott straft diese Gottlosen mit der Pest. Solches ist gerade in der Stadt Roazhon geschehen: der Graf de Plessis war der erste, der den Frauen anheimfiel, und Gott strafte ihn mit der Pest. Seine Ehefrau, die ihn auf dem Totenbett küßte, wie es sich für eine gehorsame Ehefrau ziemt, war die zweite, danach folgte der Bischof, der ihn segnete, denn Gott strafte auch ihn, weil er den Frauen nicht Einhalt geboten hatte. Danach kamen all jene an die Reihe, die ihnen nahestanden oder sie kannten, und wahrscheinlich hält das Sterben bis zum heutigen Tage an. So haben diese Frauen großes Unglück über Roazhon gebracht.«

Seine letzten Worte gingen im ohrenbetäubenden Geschrei der Soldaten unter, die vorwärtsdrängten und nicht abwarten konnten, bis die Reihe an sie kam, die Zeichen des besiegten Teufels von Antiochia von nahem zu sehen: die Pest war nicht weit, und der Schutz gegen sie mit den Händen zu greifen.

Als sich Mechtild endlich den brennenden Augen entziehen konnte, fühlte sie sich vorläufig entlassen, jedoch nicht auf Dauer. Alles hatte sie nicht verstanden, aber eines war ihr klar: daß seine Rede mit ihr zu tun hatte. Während sie zu ihrem Feuer zurückhastete, lief es ihr kalt über den Rücken.

23. Verrat

»Handelskonsul, Messere«, schnaufte Mechtild, atemlos und war froh, daß die Ratsfrau nicht zu sehen und d'Albizzi schicklich angezogen war. »Der Priester von Rennes ist da, mitsamt den grausigen Beweisstücken für Zauberei. Nur dienen sie jetzt dem Schutz gegen Pest, wenn ich ihn richtig verstanden habe! Ich hab' noch im Ohr, wie Ihr sagtet, in Rennes hätten wir nichts mehr von ihm zu befürchten. Und jetzt ist er hier in Dinan, und er sah mich an wie der Gottseibeiuns persönlich.«

D'Albizzi hörte regungslos zu.

»Messere, versteht Ihr mich nicht?« Mechtild beugte sich besorgt vor und musterte ihn eingehend. Was sie in seinen Augen las, enttäuschte sie sehr: nichts als Stofflappen und Liripipis. Und Alheyd. »Ich weiß«, sagte sie erbittert, »Ihr habt den Kopf mit Ratsfrauen voll, aber es gibt Wichtigeres als Liebe. Es gibt das Leben, und es gibt die ewige Seligkeit nach dem Leben.«

»Und dazwischen den Tod. Glaubt nicht, daß ich das nicht wüßte, Frau Mechtild. Es vergeht keine Stunde, in der ich nicht wüßte, wie nah wir dem Tod sind.«

»Und um nichts zu versäumen, widmet Ihr Euch also der Liebe«, sagte Mechtild verächtlich.

»Vergebt mir, und vor allem möge Alheyd mir vergeben, der Ihr es zweifellos so berichten werdet: es scheint Euch nur so, daß die Liebe mich voll beansprucht. Und das ist gut so, denn dann werden auch alle anderen davon überzeugt sein.«

Mechtild runzelte die Stirn. »Ich muß Euch falsch verstanden haben«, sagte sie zögernd.

»Ihr habt mich gar nicht verstanden«, verbesserte d'Albizzi sie freundlich. »Ich will sagen, daß niemand auf einen liebestollen Flamen achtet. Jedermann denkt, er sehe mich in den Armen von Alheyd liegen, wenn ihr blondes Haar und mein Umhang hier vor der Mauer sichtbar sind.«

»Ihr benutzt sie«, zischte Mechtild. »Spielt ihr Liebe vor, und in dieser Tarnung geht Ihr im Gelände jagen wie ein Fuchs.«

D'Albizzi schüttelte den Kopf. »Was das betrifft, so benutzt sie mich. Ich weiß nicht, warum, aber sie tut es.«

»Dann habt Ihr Euch gegenseitig nichts vorzuwerfen«, sagte Mechtild atemlos vor Staunen. »Ihr seid einander ähnlich wie die Sternbilder Castor und Pollux, und beide vermischt Ihr Leben und Liebe. Könnt Ihr sie überhaupt auseinanderhalten, wie es sich für Mann und Frau gebührt?«

»Aber beste Frau Mechtild: Liebe ist Leben. Ich fürchte nur, Euch ist diese Liebe fremd. Was Ihr mit Liebe meint, ist die christliche eheliche Gemeinschaft mit einem Mann zum Zwecke des Zeugens von Kindern, die Ihr taufen laßt, aufwachsen und bei einigem Glück auch eigene Ehen eingehen seht. Meine und Alheyds Liebe ist anders: wir stellen keine Ansprüche an die Dauer, nur die Tiefe zählt, oder, wenn Ihr wollt, die Höhe.«

»Das ist zutiefst unchristlich, Messere d'Albizzi«, tadelte Mechtild voll Abscheu.

Der Florentiner seufzte mit glänzenden Augen. »Ja. Ich glaube, diese Liebe gab es schon, bevor unser Herrgott seinen Erlöser zu uns schickte. Wir Italiener, die wir Maria verehren, wissen dies. Die Kirche auch. Deshalb schweigt sie dazu.«

Als Mechtild die Augen hob, um d'Albizzi von Rom und der ekstatischen Liebe seiner Einwohner zur Jungfrau Maria zu berichten, saß Costantino bei ihnen, als hätte er sich dort die ganze Zeit schon befunden.

Er hielt ihr mit unschuldiger Miene zwei Hühner hin. »Dem Herrn sei Dank«, sagte er fromm, »für die Liebe und das liebe Federvieh.«

»Wo kommst du denn her?« fragte die Knochenhauerin erstaunt.

»Oh, ich bin überall und nirgends«, flötete Costantino mit

gespitzten Lippen. »Vor allem überall erfahre ich manches, was es sonst nirgends zu hören gibt.«

D'Albizzi sah sich unauffällig um. »Nun laß schon hören, Costantino, in Italienisch.«

»Euer Verdacht ist wahrscheinlich richtig, Messere. Ich folgte dem Mann bis zu der Brücke, die an der oberen Pforte beim Kastell endet. Er wurde sofort eingelassen. Entweder man kannte ihn, oder er hatte ein Erkennungszeichen.«

»Ein Erkennungszeichen wahrscheinlich.« D'Albizzi war sehr nachdenklich, bis sein Blick auf die Hühner fiel, von denen eines sein Federkleid mittlerweile fast eingebüßt hatte. »Pflegt Ihr Hühner mit Knoblauch zuzubereiten, Frau Mechtild?«

Mechtild rümpfte die Nase. Dann fiel ihr das Gauklerlager ein. »Wenn ihr Florentiner euch nach meinen Kochkünsten erkundigt, denkt ihr gewöhnlich an anderes als an Essen. Heinrich jedenfalls hat mich hereingelegt ...«

D'Albizzi sah verwirrt drein. »Wen liebte er denn? Euch?«

Mechtild kicherte und war froh, daß Alheyd um die Mauerecke bog. D'Albizzi hatte seine Frage im gleichen Augenblick vergessen und nur noch Augen für sie.

Die Ratsfrau setzte sich und zupfte gedankenverloren am grauen, rauhen Wollstoff ihres Kleides. »Ich habe die Festung gesehen«, berichtete sie mit leiser Stimme, »die bunten Standarten und Fahnen. Es schallten auch Fanfaren herüber. Ob sie dort ein Fest feiern?«

Über d'Albizzis Gesicht flog ein Schmunzeln. »Gewiß nicht, mia cara. Sie bereiten sich auf die Schlacht vor.«

»Ich dachte nur. Es wäre so schön, jetzt in dieser Stadt zu sein ... Ich hörte, wie der Uhrturm die Stunde schlug. Wie lange habe ich keinen Uhrturm mehr gehört, seit Florenz. Stellt euch doch nur vor: das Gewimmel von Menschen in engen Gassen, vom Fluß tragen sie Waren herauf, die Wandkästen mit Tuch, die Ausrufer, die Taschendiebe, die Bettler ...« Alheyd schlug die Hände vor ihr Gesicht. Ihre Schultern zitterten, und daran sah Mechtild, daß die stolze, hochmütige Kauffrau weinte.

Costantino kauerte im Nu neben ihr. »Ihr werdet es schaffen, Ratsfrau Alheyd! Ihr müßt nur fest an die Calimala glauben! Es gibt nichts, das wir nicht können!«

Die Kauffrau atmete tief ein und lächelte den Faktor unter Tränen an. »Ich weiß, was die Calimala vermag. Nur zu gut. Aber es ist so schwer. Dort unten liegt Dinan mit seinem Hafen, und wir hier … Cosimo, können wir nicht einfach die Pferde hierlassen und hinspazieren?«

D'Albizzi schüttelte bedauernd den Kopf. »Sie bewachen uns, auch wenn sie uns die Ketten erspart haben. Der englische Chef muß sich einen Nutzen von uns versprechen. Oder er fürchtet, daß wir ihm schaden könnten.«

Costantino machte ein geheimnisvolles Gesicht. »Glaubt Ihr, es hat etwas mit dieser Münze zu tun?«

D'Albizzi nickte und legte den Finger auf die Lippen.

Mechtild war im Eilschritt auf dem Rückweg, nachdem sie am Rande des Lagers hinter den Büschen am Abhang ihre Notdurft verrichtet hatte. Es waren immer angstvolle Momente, denn nie wußten die Frauen, ob ein Soldat auf sie lauerte, dem Hühner oder Kameraden nicht abwechslungsreich genug erschienen.

Bisher war alles gutgegangen.

Mechtild konnte vor der Mauer bereits d'Albizzis blaugefütterten Umhang erkennen, als jemand sie am Oberarm packte und herumwirbelte. Ihr Herz schlug heftig, als sie dem verkommenen Soldaten ins Gesicht sah. Seine gelben Zähne hatten einen schmierigen Belag, und sein Atem stank. Der zweite Mann sah nicht vertrauenerweckender aus. Verzweifelt wünschte Mechtild, sie hätte auf Alheyd gewartet.

»Bist du die Pestfrau?«

Mechtild, die noch angestrengt schnaufte, wollte den Kopf schütteln, aber er verstärkte seinen brutalen Griff.

»Schwör's!« verlangte der andere.

»Ich werde meinem Herrgott nicht …«, sagte Mechtild steif und hörte mitten im Satz auf, als sie die feixenden Gesichter der beiden sah.

»Hereingefallen! Wie viele deutsche Frauen gibt es hier

wohl, hä?« fragte der Söldner gehässig. »Zwei sollen es sein. Die andere ist die blonde Schöne, die wie eine Maus im Winterfell aussieht. Und Ihr seid die, die schneidet! Uns könnt Ihr nicht zum Narren halten.«

»Was wollt ihr?« fragte Mechtild kalt.

»Die Protektion natürlich.«

»Habt ihr nicht gehört, daß hier ein Priester die Soldaten gegen die Pest schützt?«

Der Stillere der beiden verzog geringschätzig die Lippen. »Mit Totenschädeln!«

»Ich traue den Bändern mehr«, sagte der andere. »Die Schädel erinnern mich zu sehr an die Gruft, in die ich noch nicht will.«

»Tut mir leid«, sagte Mechtild. »Ich verstehe euch ja. Aber ich lege mich mit dem Priester an, wenn ich es auf meine Art mache. Ich will den Segen der Kirche nicht verlieren.«

Der Gelbzahnige beugte sich herunter, bis sein stiernackiger Kopf in Mechtilds Augenhöhe war. »Aber genau das«, flüsterte er, »wird dir passieren, wenn du ablehnst. Stimmt's, Claux?«

»Stimmt genau.«

»Deshalb«, krächzte der Soldat und entfaltete sich wieder zu seiner vollen Länge, »werden wir dich jetzt mitnehmen und dir auf die Fingerchen schauen, damit du alles zu unserer Zufriedenheit erledigst.«

Die Knochenhauerin gab den Widerstand auf. Je lauter die Diskussion, desto größer die Wahrscheinlichkeit, daß jemand davon erfuhr. Sie machte sich wortlos auf den Weg, rechts und links bewacht von den beiden Söldnern.

Als sie zu ihrem Platz an der Mauer kam, saß nur Costantino dort und stocherte gelangweilt im Feuer herum. Er machte beim Anblick der bewaffneten Strolche ein entsetztes Gesicht, aber Mechtild gebot ihm mit einer warnenden Geste zu schweigen; er verstand sie und rührte sich nicht.

Dieser Ort war so gut wie jeder andere, um die Protektion vorzunehmen. Mechtild bereitete sich wie gewohnt vor.

Ihre Angst war mit der Entscheidung verflogen. »Zuerst das Großmaul.«

»Hö, hö«, röhrte der geschmeichelt und hielt ihr seinen entblößten Oberarm hin.

»Wenn du brüllst, gibt's einen über die Rübe«, warnte Mechtild. »Einen Muckser, und es gibt für keinen von euch Schutz!«

»Schon gut, Frau, ich hab' ja verstanden.«

Beide Männer waren nun ganz handzahm geworden, aber Mechtild hütete sich, darüber eine Bemerkung zu machen. Ihre Kunstfertigkeit hatte sie nicht verloren. Es dauerte nicht lange, bis beide Söldner frisch operiert am Boden saßen. Mechtild beobachtete sie, bis das Blutrinnsal stockte, und erlaubte ihnen dann, die Arme zu bedecken. »Verschwindet!« befahl sie, »und daß ihr mir ja nicht noch andere von eurer Sorte anschleppt. Ihr wart die letzten.«

Ein hohes Kreischen ließ Mechtild herumfahren. Hinter ihr stand der Priester Stevan mit offenem Mund, den dikken Zeigefinger anklagend auf sie gerichtet. Als er sichergestellt hatte, daß der englische Chef neben ihm wußte, wen er meinte, schrie er: »Die Totschlägerin! Die Hexe von Rennes!«

D'Albizzi, der im selben Moment erschien, stieg beim Anblick der davonrennenden Söldner und des blutigen Lappens auf dem Boden die Zornesröte ins Gesicht. »Wie konntet Ihr nur so dumm sein, Frau Mechtild!«

Der Engländer sah von einem zum anderen und lächelte mit schmalen Augen. »Ich nehme an, hiermit ist eine Lügengeschichte geplatzt, Flame?«

Pater Stevan beeilte sich, dem Florentiner zuvorzukommen; er sprach mit so lauter Stimme und in so salbungsvollem Ton, daß d'Albizzi die Anklage nicht zu unterbrechen vermochte, sondern voll Wut zuhörte. »Seine Eminenz, der Bischof von Rennes, hatte die beiden Frauen der Zauberei für schuldig befunden, verstarb jedoch durch die Bösartigkeit beider an der Pest, bevor das Urteil vollstreckt werden konnte. Und jetzt tut sie es wieder; unter meinen Augen tut sie es, und kein Segen liegt auf ihrem Tun.

Herr Nicholas of Ingleby, wenn Ihr Gott und die Jungfrau Maria genauso gottesfürchtig liebt wie die übrige Christenheit, ist es Eure Pflicht, das Urteil des Bischofs von Rennes zu vollstrecken! Ihr werdet die Welt von einem gefährlichen Übel befreien.«

»Und die anderen?« fragte der Engländer knapp. »Wer sind die?«

»Ihre Helfershelfer aus Italien, von einer der Handelsorganisationen, die unserem Heiligen Vater zunehmend wegen ihrer Selbstherrlichkeit zum Dorn im Auge werden«, antwortete der Priester glatt, obwohl er die Calimala nicht kannte und sich den Rest ausdachte.

»Die Selbstherrlichkeit solcher Leute steht der Herrlichkeit der Kirche im Wege, wolltet Ihr sagen, Pater?« Der Engländer kraulte sich skeptisch den Bart, und dabei gingen seine Blicke zwischen dem verschmutzten Priester und dem vorgeblichen Flamen hin und her. »Genau, genau«, schnurrte Pater Stevan und schlug das Kreuzzeichen hinter den Söldnern, die längst untergetaucht waren. »Geht mit Gott, ihr armen verführten Menschen.« Dann wandte er sich mit glänzenden Augen an den englischen Chef. »Wir werden eine große Prozession zu Ehren des Heiligen Yves veranstalten und um Verschonung von der Pest bitten. Bis nach Dinan werden die Fackeln leuchten, die Glocken werden läuten …«

»Nichts dergleichen tun wir«, unterbrach der Engländer ihn. »Meine Soldaten werden schlafen. Morgen kämpfen wir.«

Pater Stevan drehte sich zu Mechtild um, die inzwischen weder vom Blitzstrahl getroffen noch von den ungläubigen Engländern in Gewahrsam genommen worden war. »Aber die sündigen Frauen …«

»Für die Frauen und die Herrlichkeit Eurer Kirche ist danach Zeit, Pater.« Der Engländer ging zielstrebig davon.

D'Albizzi fand ihn nicht übel und beobachtete interessiert, mit welcher Abneigung der Priester dem Engländer nachsah. Er grinste ihn an, bis Pater Stevan sich mit einem knurrenden Laut umdrehte und sich eilig entfernte. Dann gab er Costantino kurze und knappe Anweisungen, und der junge Mann huschte in die andere Richtung davon.

Einige Stunden später erteilte der Italiener weitere Befehle. »Cord, sorge dafür, daß das Feuer nur langsam ausgeht. Mein Umhang muß sichtbar bleiben. Gottlob habe ich einen erlesenen Geschmack und außerdem Waid von bester Qualität ausgesucht«, sagte d'Albizzi und nahm seinem Eigenlob die Ernsthaftigkeit, indem er Mechtild zublinzelte.

»Paß auf dich auf«, flüsterte Alheyd, vor Sorge um den geliebten Mann unempfänglich für Späße.

»Ein hörbarer Satz, an meine Person gerichtet, schadet nicht«, setzte der Florentiner seine Anweisungen fort. »Vergiß nicht, daß ich wieder d'Albizzi bin.«

»Ich denke an alles«, gab Cord leise zurück, »und was die Warnung betrifft, schließe ich mich Ratsfrau Alheyd an. Ich wünschte, Ihr würdet Costantino und mich mitnehmen.«

»Du weißt, daß es nicht geht. Sollte uns – was Gott und die heilige Maria von San Giovanni verhüten mögen – etwas zustoßen, wißt ihr, was ihr zu tun habt.«

Cord nickte mit angespanntem Gesicht und sah dem Florentiner nach, als er durch den Abend davonschlenderte. John war schon vorher verschwunden. An seiner Stelle saß Costantino in der dicken wattierten Jacke auf einem Stein am Feuer und rührte sich nicht.

Noch vor dem Läuten zur Morgenmette waren d'Albizzi und John auf dem Rückweg ins Lager, zwischen sich einen jungen Mann, der sich wie ein Wolf gewehrt hatte und jetzt starrend vor Schmutz und am rechten Arm verwundet war. Gefesselt und geknebelt stolperte er den Pfad zum Lager hinauf.

Sie gaben sich keine Mühe, leise zu sein, und da John die Losung kannte, wurden sie ohne Fragen eingelassen.

In der Fensteröffnung des Mühlenhauses war ein schwacher Lichtschein zu sehen. Der Engländer war trotz der späten Stunde noch auf.

»Wir haben für Euch die Arbeit erledigt, Engländer«, sagte d'Albizzi und steckte seinen Reiterdolch in den Gürtel, während John den Gefangenen vor sich her in den Raum stieß.

Ingleby blieb kaltblütig sitzen. »Wer ist das?«

»Ein Bote zwischen dem englischen und dem französischen Lager. Eher jedenfalls als zwischen Bretonen und Bretonen.«

Der Engländer erhob sich und betrachtete den Mann eingehend, der mit störrischem Gesichtsausdruck vor ihm stand. Auf dem Rücken trug er ein in dunklen Stoff eingehülltes verschnürtes Paket.

D'Albizzi trat auf die Kofferbank zu, deren Deckel halb aufgeschoben war, und hob einen Krug heraus, in dem er Wein vermutete. Er schenkte John und sich einen Becher ein. »Darf ich?« fragte er und trank.

Der junge Mann spuckte dem Engländer vor die Füße. »Wollt Ihr mich beleidigen? Ich schicke dem Blois und seinen Parteigängern keine Botschaften.«

»Nein, aber der Bramborough. Mehrmals.«

Der Engländer wollte nach seinem Schwertgurt greifen, aber d'Albizzi streckte beschwichtigend die Hand aus. »Heute sollte es das letzte Mal sein. Bedauerlicherweise ist der Mann drüben nicht angekommen ...« Er schnalzte mit der Zunge.

Der Chef ließ sich von der Ruhe des Florentiners anstecken. Er grinste. »Was bedeutet das?«

»Es wird keine Überläufer geben.«

Das Gesicht des Engländers lief rot an, und sein Kiefer knackte. »Und wie viele wird es nicht geben?«

»Oh, ein halbes Heer mindestens«, sagte d'Albizzi leichthin. »Bramborough selber wollte überwechseln. Ich denke, dieser Mann wird durch die Kunst erfahrener Befrager noch etwas gesprächiger werden.«

»Leicht! Godefelawe!« brüllte der Engländer.

Der junge Bretone wehrte sich nicht, aber er schwieg hartnäckig, während der im Kriegsdienst stahlhart gewordene Sergeant ihm das Bündel vom Rücken riß und ihn dann hinausbrachte.

Der englische Chef öffnete das Bündel und starrte gebannt auf die gestickten Wappentücher, die darin zum Vorschein kamen. »Bolun, Northampton, Percy ...«, sagte er tonlos.

John nickte bedrückt. Einige der hohen Häuser, deren Farben jetzt auf dem grauen Lehmboden lagen, kannte auch er.

Der Engländer ging mit gesenktem Kopf hin und her durch den Raum. »Geld, das ist es. Sie kämpfen dort, wo ihnen am meisten geboten wird«, sagte er zornig. »Daß das kleine Britannien wieder mit dem großen Britannien vereint wird, steht außer Frage. Der ganze Erbfolgekrieg ist nur ein Schlenker der Geschichte, eine Episode auf dem Wege zur britischen Herrschaft diesseits und jenseits des Kanals. Was könnte England darstellen, wenn König Edward seinen Anspruch auf Frankreich durchsetzte! Aber der Hochadel hat keinen Sinn für die höheren Werte. Da geht es um die Wichtigkeit der eigenen Person und um das Sammeln kleiner Burgen und um die verwandtschaftliche Verbindung mit anderen vermögenden und wichtigen Häusern, nur damit die Rotznasen der nächsten Generation alles im Scharmützel wieder verschleudern.«

D'Albizzi hatte verblüfft zugehört. »Ihr liebt den Adel anscheinend nicht. Ihr tragt doch selber Farben und Ritterrüstung.«

»Ich hasse diese Leute.« Der Engländer sah ihn offen an. »Ich wurde als zweiter Sohn in eine Klosterschule meiner walisischen Heimat gesteckt. Der Abt entdeckte, daß mein Kopf für höhere Studien brauchbar war, und der König fand darüber hinaus meinen Schlag kräftig. Sie einigten sich, und ich machte meinen Weg. Zufall, wie so vieles vom Zufall abhängig ist. So zufällig wie die Entdeckung eines flandrischen Kaufmanns, der Italiener ist, sich mit einem englischen Schützen zusammengetan hat und in einem bretonischen Haus untergeschlüpft ist.« Er seufzte. »Aber was ist schon Zufall? Vielleicht ist es uns so vorbestimmt. Wie kämt Ihr sonst dazu, Engländer vor dem Verrat an ihrem König zu bewahren? Woher wußtet Ihr übrigens davon?«

»Die Münze«, sagte d'Albizzi, »sie ist der Schlüssel. Ich mußte mir eine Menge Gedanken darüber machen, bis ich sicher war, daß sie der französisch-bretonischen Seite als Erkennungszeichen dient – und als Beweis für die Gesinnung, wenn man der bretonisch-englischen Seite angehört. Frau Alheyd half mir, das Rätsel zu lösen.«

Der Engländer brach in Lachen aus. »So habt Ihr unter dem blauen Umhang also Rätsel für die Engländer gelöst?«

»Nein«, widersprach der Florentiner ernsthaft, »unsere eigenen und die der Welt. Die englischen waren uns zu klein.«

John trat vor. »Die lösen wir Engländer selber, wenn's recht ist. Soviel wissen wir immerhin schon von dem Gefangenen, daß die Schlacht verschoben ist. Die Franzosen verlassen ihr sicheres Nest nicht eher, als bis sie die Fahnentücher in den Händen halten.«

Godefelawes Rücken erschien in der Tür zum Nebenzimmer. Er schleifte den Gefangenen hinter sich her, der mehr tot als lebendig schien. »Ihr könnt ihn jetzt haben, Chef«, sagte er, ein wenig außer Atem. »Er wird Euch alles sagen: vom Namen der Nachbarskinder, in die er als Elfjähriger seinen Schwanz steckte, bis zu seiner Lieblingsheiligen.«

D'Albizzi wandte sich ab. Die Methoden, mit denen man Männern den Mund öffnet, die nicht reden wollen, mochte er nicht. Aber sie waren nützlich. Auch die Schönheit lebt auf dem morastigen Grund ihres Gegenteils.

Der Gefangene war auf dem Boden zusammengesackt; mit geschlossenen Augen und tastenden Händen setzte er sich unendlich langsam auf.

»Wer, wann und warum?« fragte der Engländer hart.

Der Gefangene nickte müde, öffnete aber die Augen. Er zählte Namen auf, die d'Albizzi nichts sagten, weil sie sich ähnelten wie ein Ei dem anderen. »Sobald die Wappentücher gehißt würden, sollten die Ritter überwechseln – und ihre Männer mit ihnen. Den Franzosen sollte eingebleut werden, welche Farben nicht bekämpft werden dürften. Sie hätten sich auf Euch und wenige andere gestürzt.«

Der Engländer nickte. Ein einfacher Plan, so einfach, daß er kaum schiefgehen konnte. »Es fehlt noch der Grund. Warum wollen sie von Edward abfallen?«

Der Gefangene schüttelte den Kopf. »Sie wollen nicht von Eurem König abfallen. Nur – er und solche Leute wie Ihr zwingen sie dazu. Die Ritter brauchen die Lösegelder, um ihren Kampf und den ihrer Leute zu bezahlen. Für Ritter, die von Euren Bogenschützen getötet werden, gibt es kein Lösegeld ...«

Dem Engländer stieg das Blut ins Gesicht. Nur mit Mühe hielt er sich davon ab, den Gefangenen vor Wut zu treten. Aber schließlich war der Bretone nur ein Werkzeug der Ritter. »Sie verwechseln das Kriegshandwerk mit ihrem Vergnügen«, stieß er verächtlich hervor. »Wäre es nicht einfacher gewesen, mich und die Bogenschützen zu erledigen?«

»Nein, Chef«, sagte der Mann und stockte und hielt sich den schmerzenden Kopf. Als der Schmerz nachließ, hatten seine Gedanken sich geklärt. Bereits mit seiner Gefangennahme war sein Todesurteil gesprochen. »Doch, Chef. Sie haben es erwogen.«

»Erwogen und verworfen«, murmelte der Engländer und drehte sich zu d'Albizzi um. »Warum?«

»Bogenschützen sind nützlich«, antwortete der Florentiner, da er nun einmal gefragt worden war, obwohl der Engländer seine Frage auch selbst hätte beantworten können. »Ein lebender Bogenschütze ist mehr wert als ein toter. Ganz ähnlich wie beim Ritter aus guter Familie, nur umgekehrt. Den lebenden Bogenschützen kann man kaufen; verkaufen wird man ihn nie. Den Ritter verkauft man üblicherweise nur.«

»Ich bin nicht käuflich. Ich kämpfe für meinen König Edward und zum Ruhme meines Landes.«

D'Albizzi lachte leise. »Da seid Ihr den meisten Hochadeligen Englands wohl voraus, was ihr persönliches Vergnügen betrifft. Man hört allerdings in letzter Zeit öfter, daß sie ihre Kinder in den Schulstuben schon in englischer Sprache unterrichten lassen, nicht mehr in Französisch ...«

»Ihr seid gut orientiert über England. Ihr werdet Euch nicht doch noch als Verräter erweisen?«

»Ich habe mich ja auch nicht als Flame erwiesen«, brummelte d'Albizzi abwesend. »Ich bin Kaufmann. Ein Kaufmann hat Bescheid zu wissen, wo er kaufen und verkaufen will. Sollte der englische König eines Tages so asketisch werden wie Charles von Blois, was Gott verhüten möge, werde ich rechtzeitig zum Buchkaufmann umsatteln.«

»Von königlichem Tuch auf englische Bibelabschriften etwa?«

»Etwa so«, bestätigte d'Albizzi und genoß diesen Wortwechsel, ohne freilich sein Ziel aus den Augen zu verlieren. Er blickte mit einem Seufzer auf den jungen Gefangenen hinunter, der kraftlos auf dem Boden saß. »Ich bin natürlich ein sparsamer Mann. Einem Kaufmann werdet Ihr das abnehmen. Ich halte nichts von der Verschwendung von Menschenleben. Von der Verschwendung dieses mutigen Bretonen zum Beispiel. Ihr führtet es nicht aus, aber es drängte sich mir der Eindruck auf, daß Ihr in Eurer Jugend eine nicht erwartete Chance bekamt.«

Der Engländer nickte und rieb sich mit dem Handrücken die Nasenspitze. »Leben lassen können wir ihn nicht, das ist klar. Hier nicht. Bei seinen Leuten nicht. Bei den Franzosen nicht. Also wo?«

»Bei mir«, antwortete d'Albizzi. »Und ich habe vor, Euch zu verlassen. Ihr werdet mich gehen lassen, zum Dank für den Dienst, den ich Euch erwiesen habe. Meine Geliebte, Frau Mechtild, Costantino und mein Knecht kommen mit mir. Ich denke, John und Cord haben sich längst für Euch entschieden. Den Frauen und mir haben sie, solange wir beisammen waren, die Treue gehalten, ohne jemals dazu verpflichtet worden zu sein.«

»Ich liebe selber eine klare Sprache«, sagte der Engländer. »Dagegen verabscheue ich Pfaffen, Hofdamen und den Hosenbandorden. Meine Abneigung umfaßt jedoch nicht italienische Kaufleute, vor allem nicht flämische Florentiner.« Der Engländer trat auf d'Albizzi zu und drückte ihm mit der Kraft eines Ringers den Oberarm. »Ihr seid ein mutiger

Mann, Kaufmann, geht mit Gott. Den Gefangenen gebe ich in Eure Hände und hoffe, Ihr werdet dafür sorgen, daß er nicht plaudert.«

D'Albizzi atmete tief ein und nickte dem Mann zu, der sich steif erhob. Breitbeinig wankte er hinter dem Florentiner her, als dieser das Haus verließ.

24. Dinan

Am Morgen herrschten im Lager Aufregung und Durcheinander, wie vor jeder Schlacht. Bis sich herumgesprochen hatte, daß der Kampf verschoben sei, standen Teilkontingente bereits abmarschbereit, hatte Pater Stevan unzählige Letzte Willen vermerkt, und einige Männer, deren Mut sich auf ihre Reden beschränkte, waren in den Wäldern untergetaucht.

D'Albizzi und seine Leute erregten kaum Neugier, als sie packten, ihre Pferde beluden und der Chef mit ihnen Abschiedsworte wechselte.

Schließlich nahm Mechtild Cord in den Arm wie einen Sohn und küßte ihn auf beide Wangen. »Leb wohl und halte dich immer so, daß deine Mutter und ich stolz auf dich sein können«, sagte sie.

»Ich achte auf ihn, Frau Mechtild.« Der lange John hatte, wie alle anderen auch, den Bogen schußbereit und die Pfeile in den Gürtel gesteckt, obwohl er als einer der wenigen wußte, daß die Schlacht an diesem Tag nicht stattfinden würde. »Flame wird er zwar immer bleiben, aber in englischer Hand ist er immerhin ein bißchen mehr zum Menschen geworden. Das werdet Ihr bestimmt zugeben!«

»Gewiß, John«, sagte Mechtild und klapste ihm zum Abschied die Hand auf die Wange. Danach mußte sie sich beeilen, denn d'Albizzis Pferd scharrte mit einem Huf und kaute nervös am Mundstück. Alheyd wartete wie üblich ungeduldig. Sie hob zum Abschied nur die Hand mit dem an ihr ungewohnt kurzen Ärmel.

John und Cord sahen ihnen nach. Der Bretone hatte seinen Umhang halb über das Gesicht gezogen und wurde, so gut es ging, von dem italienischen Knecht abgeschirmt.

Als sie von weitem das Stadttor sahen, atmete d'Albizzi auf. Zwei runde Türme und dazwischen ein Bogen schützten den Zugang zur Stadt, seitlich davon erhoben sich Wälle, die augenscheinlich verstärkt oder zur Mauer umgebaut wurden.

Dann standen sie vor dem Tor, und es war verschlossen.

»Das Osttor ist offen«, gab eine mürrische Stimme von oben Auskunft. »Macht, daß ihr hier fortkommt, wenn euch euer unnützes Leben lieb ist. Hier gibt's gleich einen Kampf.«

Das stimmte zwar nicht, aber d'Albizzi wußte, wie nutzlos ein Streit mit bewaffneten Soldaten ist, und nahm die Zügel auf. Auf einem langen Umweg gelangten sie auf die Ostseite der Stadt, wo an der Flußbrücke der Zoll zu entrichten war.

Beim Anblick der Schiffe und Transportschuten, die sich im schmalen Flußhafen drängten, wurde Alheyd lebhaft. Sie schob den Schleier zurück und sah sich um, fest entschlossen, mit einem dieser Schiffe dem Krieg und Elend der Bretagne zu entfliehen. »Bald, Mechtild, haben wir es geschafft«, sagte sie in einem Ton, als wäre es ihr Verdienst.

Die Knochenhauerin nickte. Bestimmt würde es anders kommen. Unter den Marktschragen lernt man die Widrigkeiten der Welt genauer zu berechnen als in den Kemenaten von Ratsfrauen.

Vor dem runden Osttor mit dem schmalen Zugang war von der zurückliegenden Belagerung durch den Herzog von Lancaster nichts mehr zu sehen. Buden, fliegende Händler, kleine Jungen, die sich für Botendienste anboten, Bettler, Jauchefahrer und Leprakranke füllten die Gasse zwischen Brücke und Tor.

Während Alheyd anhielt, weil sie die wehmütige Erinnerung an große Städte und den Glanz von Palästen überkam, wurde sie rüde von einem Sackträger angerempelt, der ein Schiff entlud. Der Mann knurrte wütend, und die Ratsfrau lächelte verständnisvoll. Dieses war ihre Welt; der Stechginster der bretonischen Heide, Salzmäntel und Teigfladen lagen weit hinter ihr.

Cosimo d'Albizzi griff ihr in den Zügel und zog sie mit sich. Nacheinander ritten sie geduckt durch die düstere

Pforte, um gleich danach abzusteigen, denn die Straße führte steil in die Stadt hinauf.

Die Kriegsleute waren in den Straßen kaum sichtbar, und trotzdem war es für Cosimo d'Albizzi schwierig, eine Herberge zu finden, die noch Gäste aufnehmen konnte. Gegenüber dem Franziskanerkloster fand er endlich eine Bleibe.

Zufrieden kehrte er zu den Frauen zurück, die, beschützt von den drei Männern, neben der spitzbogigen Pforte des Konvents warteten. »Es ist nur ein Kämmerchen, aber es hat vier Wände, Decke und Boden«, sagte d'Albizzi. »Was wollen wir mehr? Costantino, Benedetto und Riwal können im Stall schlafen und abwechselnd die Pferde bewachen.«

Riwal, der Bretone, noch vom Schmerz geplagt, lächelte und schüttelte den Kopf.

Mechtild nickte ihm ermunternd zu. Sie hatte ihm resolut die Beinkleider heruntergezogen, als er am Fuß der Mauer zusammengesackt war, und war erschrocken über die Spuren der Folterungen, die er hatte ausstehen müssen. Vorsichtig hatte sie seine gequetschten Hoden mit Wollfettsalbe eingestrichen. Seitdem war ihr Verhältnis zu ihm ein besonderes. Und da sie die Gelegenheit ausgenutzt hatte, seine Gesichtszüge aus der Nähe zu betrachten, wußte sie, daß er kein Mann vom Markt sein konnte. Eher aus dem Rathaus oder von der Ritterburg.

»Das einzige, das mir nicht schmecken will«, sagte d'Albizzi ungewohnt bedächtig zu Alheyd, als er die Frauen zur Herberge begleitete, »ist die Begegnung mit einem Mann, der mir flüchtig bekannt ist. Er wohnt ebenfalls im Haus.« In seiner Stimme schwang deutlicher Widerwillen mit.

Nachdem die Männer die Pferde im Stall untergestellt hatten, kehrten sie ins Vorderhaus zu den Frauen zurück.

Im Eingang zur Schenkstube hatte sich der Zwerg Fri Hir aus Brest in seinem giftgrünen Umhang aufgepflanzt, die zu großen Hände in die Taille gestemmt. Er starrte die Ratsfrau böse an, die bei seinem Anblick stehengeblieben war und ungeniert lachte.

D'Albizzi verwünschte sich, weil er Alheyd nicht vorgewarnt hatte. Hastig versuchte er, die Situation zu retten: »Ich bin sicher, Maistre Fri Hir le Fol, die Dame ist über deinen Anblick so erfreut, weil sie sich plötzlich bei Hofe wähnt.«

Aus Fri Hirs bösartigen kleinen Augen stoben die Funken. »Glaubst du etwa, was du sagst, Florentiner?« Bevor d'Albizzi weitere Beschwichtigungen hervorbringen konnte, erblickte der Zwerg den Bretonen, der einen schweren Gepäcksack zu Boden gleiten ließ. Seine Fäuste ballten sich. »Ach, Riwal an Dizalc'h, du bist auch da? Das nimmt mir die ganze Freude an dieser schönen blonden Frau, der ich mich sonst gerne widmen würde.« Er drehte sich um und verschwand zwischen den Gästen in der Schankstube.

D'Albizzi schaute ihm stumm hinterher und dann auf den Bretonen. Der junge Mann atmete tief und heftig, das Kinn erbittert vorgeschoben. »Was meint er mit an Dizalc'h?« fragte der Florentiner behutsam.

»Der Unabhängige, der Freie heißt das«, murmelte Riwal, drehte sich um und verließ das Haus.

»Messere d'Albizzi«, sagte Mechtild, »Ihr hättet ihn nicht für einen beliebigen Boten halten dürfen. Das war ein Fehler. Und ihn dann im Stall unterbringen!«

»Ich hielt ihn nie für einen beliebigen Boten, Frau Mechtild. Was soll die Calimala mit beliebigen Leuten?« schnaubte d'Albizzi und stieg die Treppe hinauf. Dabei überlegte er, ob es ratsamer wäre, Alheyd auf der Stelle wieder aus der Stadt zu bringen. Die Gefahr für sie maß sich daran, ob für den Zwerg die Beleidigung des unwissenden Knechts Heinrich mehr oder weniger zählte als das spöttische Lachen einer Ratsfrau. Aber auch daran, was der Zwerg hier in der Stadt trieb. Soweit er sich erinnerte, hatte er damals Jean de Montfort angehangen, und der galt in Dinan als der falsche Thronfolger. Was also tat er jetzt hier?

Er beschloß, Alheyd nichts zu sagen. Das Kind war ohnehin in den Brunnen gefallen.

Sobald d'Albizzi zwei Nächte im voraus bezahlt und den Knecht eingewiesen hatte, machten sie sich auf den Weg. Bevor sie sich von dem Bretonen trennten, der wiederaufgetaucht war und dann mit ihnen die Taverne verließ, aber offensichtlich ein anderes Ziel hatte, nahm der Florentiner ihn beiseite.

»Wie soll ich Euch nennen?« fragte er höflich.

Der Bretone lächelte überrascht. »Am besten so, wie Ihr mich kennengelernt habt: Riwal an Dizalc'h. Mehr müßt Ihr nicht wissen, Konsul d'Albizzi. Es ist gefährlich, zuviel zu wissen.«

»Noch gefährlicher ist es, nicht genug zu wissen. Ich könnte Fehler begehen, was Euch betrifft. Habe ich mit Eurer Gefangennahme schon einen begangen?«

Riwal wiegte unschlüssig seinen Kopf. »Ich weiß es nicht. Beim Heiligen Yves, ich wünschte, ich wüßte es. Aber Ihr habt recht: wenn Ihr jetzt einen machtet, wäre es meine Schuld. Ich bin Euch außerdem Offenheit schuldig zum Dank dafür, daß Ihr mich gerettet habt.«

D'Albizzi sah ihn neugierig an. Er war noch sehr jung, knapp über zwanzig vielleicht, aber in seinem Gesicht stand eine Entschlossenheit, die man nicht im Hofdienst erwirbt.

»Ich bin ein Familienangehöriger der Couriaults in Karnag«, erklärte Riwal. »Ich lasse meinen Adelstitel ruhen, um einem unverfänglichen Gewerbe nachgehen zu können. Das gestattet mir am besten, mich dem Kampf für die Freiheit der Bretonen zu widmen!« Seine Stimme hatte an Lautstärke gewonnen, er schien ganz vergessen zu haben, daß er d'Albizzi nicht überzeugen, sondern aufklären wollte. Zwei Mönche blieben zögernd stehen, als sei das Franziskanerkloster ihr Ziel.

»Vorsicht«, flüsterte d'Albizzi, »sofern es für Euch gefährlich ist: hinter Euch lauschen zwei Dominikaner.«

»Zuwenig Klöster für all diese Dominikanerohren«, sagte Riwal gedämpft. »Ich frage mich schon lange, was sie in der Bretagne eigentlich machen. Es gibt nur wenige Schulen, die sie betreiben. Um Eure Fragen zu beantworten, werde ich Euch ein Stück zum Hafen hinunter begleiten.« Er setzte sich in Bewegung.

Die Mönche wagten nicht, ihnen zu folgen, sahen ihnen aber enttäuscht nach, wie der Florentiner aus dem Augenwinkel feststellte. Wahrscheinlich wimmelte es hier von

Lauschern und Berichterstattern über die Ansichten anderer hinsichtlich der Zukunft der Bretagne. »Welchem Herzog gebt Ihr den Vorzug, Riwal?«

»Yann natürlich, denn die französischen Verwandten der Penthièvres würden wir nie mehr loswerden«, sagte der Bretone überzeugt. »Yann aber nur dann, wenn er stark genug ist, seinen englischen Anhang aus dem Land zu halten. Besonders fatal wäre es, wenn er Herzog würde und danach ohne Nachkommen plötzlich stürbe …«

»Der nächste Verwandte wäre …?«

»Oh, ganz zufällig wäre der nächste männliche Verwandte, dem nach dem salischen Gesetz das Erbe allein zusteht, König Edward, Vater der künftigen Herzogin der Bretagne. Edward wäre dann – seiner Meinung nach – rechtmäßiger König von England, rechtmäßiger König von Frankreich, rechtmäßiger Herzog der Bretagne und als solcher wiederum dem König von Frankreich untertan oder auch nicht, aber in diesem Fall wäre das völlig gleichgültig.«

Sie ließen sich die Straße hinuntertreiben, hinter Alheyd her, die darum bemüht war, in kurzer Zeit den ganzen Handel Dinans zu erfassen. Sie betrachtete Verkäufer und Käufer, prüfte die Ware auf den heruntergeklappten Holzläden und ging zum nächsten Stand weiter. »Dann müßt Ihr darum beten, daß Mary nicht unfruchtbar ist. Und daß niemand beschließt, Yann zu beseitigen, bevor er es ausprobiert hat.«

»Ja, das ist die größte Gefahr«, gab Riwal zu. »Wir müssen Yann behüten wie ein Kleinod und ihn dazu noch zu einem Bretonen umerziehen. Ich fürchte, er ist während seiner Kindheit und Jugend zum Engländer geworden.«

»Glaubt Ihr wirklich, man kann diese Jahre wegwischen?«

Der Bretone zuckte mit den Schultern. »Wir werden sehen. Eine Möglichkeit hätten wir dann immer noch«, murmelte er. »Die beste von allen vielleicht. Ein Kind, einen Jungen.«

»Aber?«

»Er ist der Sohn eines Bastards. Wäre er es nicht, wäre sein Anspruch auf die Herzogswürde makellos: er käme vor Jeanne de Penthièvre und Yann de Montfort. Wäre unser verstorbener Herzog nicht so schwach gewesen, hätte er seinen leiblichen Sohn anerkannt und der Bretagne diese Schwierigkeiten erspart.«

»Vielleicht aber auch nicht. Meine Nase sagt mir, daß England und Frankreich einen Machtkampf austragen und die Bretagne eine wichtige Rolle darin spielt. Die ungeklärte Erbfolge war sicher ein Zufall, den beide Monarchen für sich nutzen wollten. Wenn nicht dieser, hätte sich ein anderer gefunden.«

»Eure Nase ist eine kluge Nase. Das zeigte sie natürlich schon, als sie meine Freilassung erwirkte.« Riwal nickte d'Albizzi fröhlich zu und bog dann unversehens in eine schmale Seitengasse ein. Er verschwand innerhalb einer Familie, die fast entblößt zum öffentlichen Bad rannte.

Der Florentiner starrte ihm nach, aber eine ausgelassene Schar Kinder versperrte ihm die Sicht. Der Bretone war bei Gott alles andere als ein einfacher Mann. Er fragte sich, wie viele es von diesen Männern gab, die eine unabhängige Bretagne anstrebten, und ob sie eine Möglichkeit hatten, ihren Traum zu verwirklichen. Es gab so viele Träume, die verwirklicht sein wollten. D'Albizzi mußte lachen. Wahrlich, er kannte noch mehr davon, die bevölkerten geradezu den Himmel über Dinan.

»Die Tuche sind von ordentlicher Qualität«, berichtete die Ratsfrau in geschäftsmäßigem Ton, als sie sah, daß der Bretone verschwunden war, und trat von der Fensterauslage zurück. Zwischen aufgeklapptem Ober- und Unterladen bot ein Krämer verschiedene Stoffe feil. »Allerdings erfüllen sie meine Ansprüche nicht.«

»So willst du weiter in diesem unscheinbaren Winterkleid einer Landfrau gehen?« spottete der Florentiner.

Alheyd blieb stehen und blickte an sich hinunter. »Ich hatte es ganz vergessen. Es ist warm, wenn man auf der Erde schlafen muß, und deshalb besser als mein altes Kleid. Und mir war wichtiger zu sehen, was sie hier außer Tuch kaufen und verkaufen, und wie sie es machen. Kein Steinchen ist zu klein, um es aufzulesen.«

»Ah, der Traum«, sagte d'Albizzi lächelnd. »Träume sind oft mächtiger als die Wirklichkeit. Aber ich denke, du solltest trotzdem wenigstens einen wirklichen Schleier erstehen. Schleier sind so nützlich, daß ich bedauere, daß sie nicht auch zur Männermode gehören. Vor allem, wenn man sich verstecken muß, reicht der Becchetto nicht immer aus. Vielleicht bekommst du auch Ärmel, die zu diesem Kleid passen.«

»Nein.« Alheyd schüttelte entschieden den Kopf. »Sie sind zu unhandlich auf der Reise. Und werden zu schnell blutig.«

Der Florentiner blickte sie zärtlich an. »Ich mag deine Lippen, deine Brauen, deine Nase, Ratsfrau Alheyd von Bremen. Und noch mehr mag ich das, was in deinem Kopf vorgeht. Die Veränderungen von Tag zu Tag. Das Lernen. Wie bei einem Mann und trotzdem ungewöhnlich.«

»Ja, die Welt verändert sich nach der Pest rasch und wir mit ihr. Wer weiß, wo ich ohne die Pest wäre? Und ohne dich?«

D'Albizzi runzelte die Stirn, während er einem Brunnen mitten auf der Gasse auswich, der gerade zugeschüttet wurde. Er mußte den Anwohnern unendlich lange gedient haben, denn die Seilrillen im Randwulst waren tief.

»Siehst du«, sagte Alheyd und zeigte darauf. »Sie brauchen Platz für Lasttiere oder Karren. Alles wird anders, schneller. Ich glaube auch, wir werden die Zeit in Zukunft nicht mehr nach Gebeten bestimmen, sondern nach geschlagenen Stunden. Bestimmt wird bald jede Stadt ihren Uhrturm haben.«

Mechtild, die vor ihnen herlief, wandte sich um. »Das wäre nicht recht«, sagte sie verstört. »Wir würden dann Gott und unser ewiges Leben nicht mehr bedenken.«

D'Albizzi deutete mit seinem Zeigefinger nach oben, wo unter einem Halbbogen im Stadttor die Muttergottes in einer Nische stand. »Nehmt es mit Ruhe, Frau Mechtild. So schnell baut man keine Uhrtürme; auch Dinan hat noch keinen, Alheyd hat sich geirrt. Und die Jungfrau Maria und die Heiligen werden gewiß nicht aufhören, uns zu mahnen.«

»Das glaube ich nicht«, widersprach die Knochenhauerin. »Was erdacht wurde, wird verwirklicht, schneller, als man möchte. Und dann wird jeder nur noch rennen, getrieben vom Uhrwerk, und keiner wird Zeit haben, nach oben zu schauen, weder zu Maria noch zu Gott. Das wird ein gottloses Zeitalter werden. Und so düster wie hier im Tordurchgang.«

»Aber seht Ihr, wie rasch es wieder hell wird?« D'Albizzi blinzelte Alheyd zu, während sie hinaustraten und den Hafen mit einem Gewimmel von Schiffen an einem Bogen der Rance liegen sahen.

»Im Leben ist es nicht so«, murrte die Knochenhauerin leise, »laßt es Euch von einer alten Frau sagen.« Sie ließ dem Konsul den Vortritt, damit er ihnen zwischen den Bettlern und Krüppeln den Weg bahnte.

Messere d'Albizzi traf unter den Schiffen seine Wahl. Nach einer Weile kam er mit der Nachricht zurück, daß die Schiffe jetzt wieder führen. Ein Waffenstillstand zwischen den Engländern und den Franzosen verringere die Gefahr ein wenig. »Nur unbelehrbare Kaperer sind immer noch im Kanal«, sagte er mit strahlendem Gesicht und nahm Alheyd trotz der feixenden Gassenjungen in die Arme. »Aber die werdet ihr auch noch heil überstehen. Wer einen Schiffbruch, englische und französische Soldaten, einen Totschläger aus dem Salz und einen ehrgeizigen Priester überlebt, hat sich als ausreichend lebenstüchtig erwiesen.«

»Nicht zu vergessen den Mann, der die schwerste meiner Prüfungen wurde«, sagte Alheyd in sein Ohr.

»Meine Familie gestattet keinen Raub von Ratsherrinnen«, flüsterte er an ihrer Wange, und seine Haare an ihrem Augenwinkel gaben ihr eine glaubhafte Begründung für die Tränen, die sie schnell fortwischte.

Als zwei aufmerksam gewordene Krüppel mit gierig vorgestreckter Hand heranrollten, ließ d'Albizzi Alheyd los und zog sie mit sich. Im Vorübergehen warf er den beiden zwei Münzen zu.

des Prahlen. Seine Augen folgten dem Italiener, und als er draußen war, erhob er sich still und schlängelte sich zur Tür.

Auf der Gasse suchte D'Albizzi eine Weile nach dem Bretonen.

Riwal wartete geduldig in der tiefen Schwärze innerhalb der Stützpfeiler eines Hauses. »Gottlob ist die heutige Nacht schwarz wie der Flügel des Raben«, flüsterte er und zog den Florentiner herein, als er vorbeikam. »Konsul, wir brauchen Eure Hilfe. Eure Vermittlung zumindest.«

»Wer ist wir? Und worin?«

»Das Herzogtum der Bretagne. Der Junge, der rechtmäßige Thronfolger, von dem ich Euch erzählte – er muß gegen die Pest geschützt werden.«

D'Albizzi nickte düster. Das waren genau die Erfahrungen, von denen Mechtild gesprochen hatte. »Ich verstehe Euch. Aber die Frauen wollen fort, Ihr wißt, das Schiff ...«

Der Bretone packte ihn bei den Schultern. »Der Junge könnte eines Tages die Rettung für die Bretagne bedeuten. Vielleicht verhindert allein die Tatsache, daß er existiert, daß wir zwischen den Mächtigen dieser Welt zermalmt werden. Ein Eisen in unserem Feuer könnte die Brände der anderen im Gleichgewicht halten! Deshalb werden wir ihn auf Händen tragen, ich schwöre es.«

Der Florentiner hob die Hände. »Um meinetwillen müßt Ihr nicht schwören, ich glaube es. Aber die Frauen haben Angst.«

»Die Mutter des Jungen bittet herzlich darum.«

»Die Mutter«, wiederholte d'Albizzi und hob den Blick zur Arkadendecke. »Welcher Florentiner könnte etwas gegen eine Mutter ausrichten? Ich werde es Frau Mechtild mitteilen. Wann?«

»So schnell wie möglich.«

D'Albizzi nickte. »Also noch heute abend. Wartet hier auf mich.« Als der Florentiner in der Mitte der Gasse zur Taverne zurückeilte, folgte ihm unhörbar im gleichen Takt unter den Arkaden ein leichter Schritt. Wie der eines Kindes.

Die Ratsfrau weigerte sich, allein in der Taverne zurückzubleiben, und da d'Albizzi auf den Schutz und den Witz von Costantino nicht verzichten mochte, folgten sie dem Bretonen zu viert durch die Gassen von Dinan.

Endlich klopfte Riwal in einem bestimmten Rhythmus an eine Pforte, deren Eichenholz eisenhart schien und deren Beschläge auch Axthiebe aushalten würden. Sie wurde knarrend aufgezogen und sofort hinter Cosimo zugedrückt.

Hinter einer weiteren Tür strömte ihnen die Wärme eines Kaminfeuers entgegen. Mehrere Ritter und ihre Knappen griffen spontan zu den Waffen und legten sie dann beruhigt fort. Eine Frau erhob sich und kam ihnen entgegen. Ihre Farben Violett und Weiß nahmen keine Farbkombinationen des englischen Hofes auf, vor allem nicht das Braun, in dem in diesem Winter Yann und seine Schwester, die Damsel, und zweihundert Hofleute von Edward eingekleidet worden waren. Also nicht englisch. Aber auch kein Brüsseler Grün, kein Rot-Blau französischer Handelsleute, nicht das Dunkelblau derer von Burgund, die dem Franzosen in die Gefangenschaft gefolgt waren, dachte d'Albizzi. Eigenständige Bretagne.

Der Florentiner verneigte sich. Wenn diese Frau die Mutter des Jungen war, würde ihr Sohn der Bretagne eines Tages Ehre machen. »Ich heiße Euch willkommen«, sagte sie mit klingender Stimme, und d'Albizzi benötigte einen verwirrenden Moment, um festzustellen, daß sie ein Latein sprach, das sich wie ein altertümliches Italienisch anhörte. Ohne innezuhalten, wandte sie sich in französischer Sprache an die Ratsfrau. »Man sagt mir, daß Frau Mechtild die größere Erfahrung im Pestschutz hat. Ich selbst vertraue Euch ganz gewiß genau so. Aber es geht um meinen Sohn Conan … Außerdem bitte ich Euch zu entschuldigen, daß meine Kenntnisse die deutsche Sprache leider nicht umfassen.«

Mechtild sank in die Knie. Sie hatte nichts verstanden, aber sie wußte, daß sie das erste Mal in ihrem Leben einer wirklichen Fürstin gegenüberstand.

»Ich werde Frau Mechtild zur Hand gehen«, stammelte die Ratsfrau überwältigt.

Die unbekannte Bretonin lächelte und klatschte in die Hände. Ein Knappe rannte zur Tür hinaus und trampelte mit Gedröhn eine Treppe hinauf. Wesentlich leiser brachte kurze Zeit später ein junges Mädchen einen zehn- oder elfjährigen Knaben mit aufgewecktem Gesichtsausdruck herein. Er gähnte, weil man ihn offensichtlich aus dem Schlaf geholt hatte, aber erschrocken war er nicht. Er lief zu der Dame, die seine Mutter sein mußte, und gab ihr einen Handkuß.

Sie zog ihn zu ihrem Sessel und sprach eine Weile mit ihm. Er blickte mehrmals zu Mechtild hin, schließlich nickte er.

»Er ist einverstanden.«

Der Junge begann, seine gebauschte Hose auszuziehen.

»Messere d'Albizzi«, sagte Mechtild hastig. »Ich bitte Euch, erklärt seiner Mutter, daß ich ihrem Sohn diese Methode ersparen möchte. Beeilt Euch.«

Die Bretonin hatte bereits an Mechtilds drängendem Ton erkannt, daß etwas nicht stimmte. Auf ihr Zeichen hin schlüpfte Conan wieder in die Hose.

»Ich denke, diese Art ist der kräftigste Schutz«, wandte der Florentiner ein. »Und wir wollen doch dem Jungen ...«

»Er wird den besten Schutz bekommen. Ich erkläre es Euch später. Dem Knappen Conan werde ich das Band in den linken Arm legen. Vorausgesetzt, daß der rechte sein Schwertarm ist.«

D'Albizzi runzelte die Stirn. Aber Frau Mechtilds Anweisung war so bestimmt, daß er ihr vertraute.

Conan blieb trotz des Hin und Her fröhlich.

Mechtild sah ihn voll Sehnsucht an. Solch einen Sohn hätte sie sich gewünscht. Sie strich ihm so sacht über das Haar, wie Engelflügel einen frommen Menschen im Schlaf streifen. Danach bereitete sie sich vor, umsichtig wie immer. Sie flocht ein besonders schmales Haarband, damit die Haut des Jungen so wenig wie möglich beschädigt würde.

Als Cosimo d'Albizzi sicher war, daß alles seinen geordneten Gang nahm, zog er sich in eine Zimmerecke zurück und ließ sich an der Wand nieder. Er hatte getan, was er konnte.

Doch im selben Moment fuhr er in die Höhe: er saß auf einem Stapel weicher Tücher, deren oberstes die Farben de Baliols trug. Darunter lagen die weißen Schwäne des postkranken Ritters bei Rennes. Die goldenen Lilien auf dem Blau der Percys sah er und das gelb-rot-silberne Wappen der Coucys. Die anderen kannte er nicht, aber es waren zweifellos Wappen weiterer französischer Rittergeschlechter.

25. Die Garnison

Cosimo d'Albizzi dachte nach. Es war ruhig im Saal, nichts störte seine Gedanken. Mechtild nahm die Operation vor; außer einem leisen metallischen Klappern des Messers auf dem Kupfertablett und dem Plätschern der Flüssigkeit war kein Laut zu hören.

In welchem Verhältnis mochten der Junge und seine Mutter zu Riwal dem Bretonen stehen? Und wie lautete wohl der fehlende Teil von Riwals Erzählung? Wozu brauchten sie Tücher, die bei nur oberflächlicher Betrachtung bekannten Wappen glichen, sich bei genauem Hinsehen aber als billiger Barchent erwiesen, flüchtig eingefärbt mit schnell verblassenden Farben?

Ein Nachtvogel schrie.

Riwal schlüpfte zur Tür herein und trat auf d'Albizzi zu, als er bemerkte, daß Frau Mechtild noch nicht fertig war. »Unser Conan ist tapfer«, sagte er zufrieden und kauerte sich vor dem Italiener nieder. Das schwache Licht eines Kienspans, der an der Wand brannte, fiel auf sein Gesicht. »Zuweilen möchte man meinen, daß unser Herrgott sich irrt bei der Verteilung von Königswürden. Nicht immer kommen jene in ihren Genuß, die auch die Königsgaben besitzen.«

»Befürchtet Ihr, der junge Yann könnte genauso glücklos, talentlos und erfolglos sein wie sein Vater? Gefangen im ersten Gefecht, eingekerkert für Jahre, entkommen und erschlagen?« fragte d'Albizzi. Der Bretone runzelte seine dichten schwarzen Augenbrauen. »Ihr versetzt mich immer wieder in Erstaunen! Soviel Informiertheit bei einem einfachen Kaufmann?«

D'Albizzi verzog spöttisch das Gesicht. »Italienische Kaufleute sind nie einfach. Und im übrigen möchte ich meinen, daß Ihr mir im englischen Lager nur die Hälfte der Wahrheit erzählt habt. Versucht mir nicht weiszumachen, das Wappentuch der de Baliols diene bei den freien Bretonen lediglich als Unterlage für italienische Hinterteile. Wer hat übrigens vorhin ein Signal gegeben und wem?«

Der Bretone seufzte. »Ihr gebt keine Ruhe, ich weiß. Und Ihr beobachtet scharf. Im englischen Lager habe ich Euch die englische Hälfte erzählt. Ihr sitzt auf der französischen Hälfte. Das ist alles.«

D'Albizzi schüttelte grimmig den Kopf. »Die bretonische fehlt.«

»Ihr solltet als Kaufmann doch rechnen können«, gab Riwal mit leisem Spott zurück. Es gibt nur eine englische und eine französische Hälfte, die sich zu einem Ganzen zusammenfügen lassen, und das Ganze heißt: Landgier. Für uns ist die Bretagne kein Posten, den man erwirbt oder abstößt, wenn er keinen Gewinn abwirft. Für uns ist die Bretagne unser Land mit unserer Geschichte, unseren Geschichten, unseren Heiligen und unserer Sprache, versteht Ihr das, Cosimo d'Albizzi aus Florenz? Deswegen müssen wir anders kämpfen als diejenigen, denen es um Ehre, Lösegelder oder Gefolgschaftstreue geht. Hört also her: Wir versuchen, mit den Wappen der fremden Geschlechter auf allen Seiten soviel Verwirrung wie möglich zu stiften, um unsere Landsleute aus den Gefechten herauszuholen. Mögen die Ritter aus England und Frankreich mitsamt ihren Untertanen aufeinander losgehen – aber sie sollen ihren Blutdurst nicht an bretonischen Bauern und Fischern auslassen. Die werden gebraucht, um die Schäden im Land zu beseitigen. Da Ihr durch das Land gezogen seid, müßt Ihr bemerkt haben, wie viele Hütten, Ritterhöfe, Kirchen, Klöster zerstört oder abgebrannt sind, wie viele Felder verwüstet wurden! Und wenn die Männer aus den Kämpfen nicht mehr zurückkehren – eh man sich's versieht, ist eine ganze Seigneurie in fremder Hand, und die neuen Pächter tragen französische Namen. Und die Priester englische Namen und können den Gläubigen nicht einmal auf bretonisch die Beichte abnehmen. Deshalb das alles!«

D'Albizzi holte tief Luft. Was waren die Unternehmungen der Calimala gegen diesen Kampf der bretonischen

Edelleute! Welches Heldentum und welche Aussichtslosigkeit! Aber er sagte nichts – es gab dazu nichts zu sagen. Sie würden ihr Leben dabei verlieren.

Mechtild packte ihr Werkzeug ein, d'Albizzi stand auf und streckte Alheyd lächelnd die Hand entgegen.

»Einen Augenblick!« Diesen scharfen Ton hatte noch niemand von Riwal gehört. D'Albizzi sah ihn bestürzt an, während Alheyd ihre Hand, die der Bretone rücksichtslos an sich gezogen hatte, zu befreien versuchte. »Was bedeutet dieser Ring an Eurer Hand?«

»Er gehörte dem Wahrsager Philippe de Weston«, bekannte die Ratsfrau beschämt. »Ich dachte einmal, daß er eine Rolle wie die Münze gespielt haben könnte, aber dann sah ich, daß ich mich geirrt hatte.«

»Die Ebermünze?«

Alheyd nickte. Sie hatte den Ring gesäubert und seinem fremdartigen Glanz nicht widerstehen können. Jetzt verstand sie sich selber nicht mehr.

»Diese Narren«, sagte Riwal mit Verachtung. »Ihr habt vermutlich nur die Masken erkannt. Betrachtet den Ring andersherum, und Ihr seht zwei Widder. Der Widder steht für Teutates, ebenso wie der Eber.«

»Ja, die Schnauzbärte der Maskengesichter sind gleichzeitig die Widderhörner«, erkannte d'Albizzi.

»Seid froh, daß niemand ihn an Eurem Finger gesehen hat. Es ist in der Bretagne gefährlich, offen zu zeigen, welcher Seite man angehört, wenn man sein Gegenüber nicht kennt. Der Eber soll bedeuten, daß die Franzosen sich für stärker halten, sie glauben, uns ihre Sitten aufzwingen zu müssen, Ackerbau, Weinbau und anderes, was wir nicht benötigen. Jedenfalls nicht nach französischer Art.«

D'Albizzi zog unwidersprochen den Ring von Alheyds Finger ab und händigte ihn dem Bretonen aus. »Vielleicht könnt Ihr ihn in diesem Ränkespiel noch gebrauchen.«

Riwal lachte. »In der Tat. Ich hatte darum bitten wollen. Der Vogelruf bedeutete übrigens, daß alles in Ordnung ist.«

»Ich wünsche Euch eine glückliche Hand und eine Zukunft für Eure Pläne«, sagte der Florentiner aus vollem Herzen. Er wartete, bis Riwal ihm bedeutete, daß sie gehen konnten, und schob dann die Frauen hinaus.

Schneller, als sie gekommen waren, kehrten sie in die Taverne zurück, gingen jedoch nicht in die Schankstube, um kein Aufsehen zu erregen. Im Gegensatz zu ihnen verlangte der Zwerg, der nach ihnen kam, einen großen Krug Wein. Bei ihm war man Kommen und Gehen gewöhnt.

Die Garnison war in den letzten Wochen um mehrere Trupps von Routiers verstärkt worden, die aus den Wäldern hereingekommen waren. Man nahm sie gern auf, trotz der zunehmenden Enge, denn es wurden viele Hände für die Bauarbeiten zur Verstärkung der Festungsanlagen benötigt. Zweifellos war dieser Zustrom auch dem großen Sieg des Bertrand du Guesclin über den Herzog von Lancaster zu verdanken.

Auch de Baliol, dem Führer der Gefeiten, waren unterwegs Soldaten zugeströmt. Bei seiner Ehre hatte er geschworen, die Pestfrau aufzugreifen, damit die Neuen die Protektion erhalten konnten. Mit der Zahl seiner Männer war auch sein Ansehen gestiegen. Er war deshalb, wie auch mehrere andere Chefs, in die Wohnung des Capitaine der Garnison eingeladen worden. Manches mußte besprochen werden.

Einer nach dem anderen schlüpfte zur Tür herein, rieb sich die kalten Hände und ging sofort zum Kamin, in dem ein Feuer brannte. Plaudernd warteten sie auf den Beginn der Unterredung.

Nur de Baliol sank ächzend auf einen Hocker, breitbeinig und mit rundem Rücken, und rührte sich nicht. Ihn packte erneut die Wut, aber es gelang ihm, sie zu verbergen. Die Schmerzen konnte er noch ein Weilchen aushalten, nicht aber das Grinsen der anderen. »Untauglich als Mann«, wurde hinter seinem Rücken gemunkelt. Er konnte dem nicht einmal die Spitze abbrechen, indem er sich eine Hure bestellte und sie so lange herumsitzen ließ, wie ein gesunder Mann braucht, um ein Weib zu besteigen. Soviel Geld besaß er gar nicht, daß sie schweigen würde.

Der Capitaine nickte einem Mann zu, der seine Farben

trug. Schnarrend und unpersönlich berichtete der: »In den vergangenen Tagen sah es aus, als würden die verfluchten Montfortisten uns demnächst zum Kampf herausfordern, aber danach wurden sie unsichtbar wie Miesmuscheln im Winter. Sie trommeln nicht mehr, und sie schießen nicht mehr.«

»Wahrscheinlich kneifen sie die Arschbacken zusammen und hauen ab!« mutmaßte einer. »Vielleicht hat ihnen jetzt jemand erzählt, daß wir mit Natterchen und Falken schießen werden.«

Die Chefs lachten. Keiner hatte es eilig. Sie saßen warm, die Buckel trocken und die Kehlen naß. Du Guesclin hatte seine Weinvorräte weder verbraucht noch mitgenommen.

»Die werden bestimmt kommen«, versetzte de Baliol mit rauher und heiserer Stimme. »Ich weiß aus zuverlässiger Quelle, daß der Bramborough wild auf Revanche für Lancasters Niederlage ist.«

»Du trinkst zu hastig, Freund«, sagte einer der Chefs gutmütig und wand ihm den Becher aus der Hand, der auszulaufen drohte. »Du schwankst ja schon.«

De Baliol ließ es sich mit knirschenden Zähnen gefallen. Sein Hodensack schien inzwischen bis zu den Stiefelsohlen zu reichen, aber er wagte nicht, danach zu tasten.

»Ich erwäge, ob wir einen Ausfall machen und sie ein für allemal ausradieren sollen, damit wir die Tore für die Bevölkerung wieder öffnen können.« Der Capitaine sprach befehlsgewohnt, und seine laut geäußerten Gedanken standen nicht zur Diskussion. De Baliol kannte er nicht, und seine Meinung interessierte ihn nicht.

»Wenn wir sie vor den Mauern empfangen, können wir die Kanonen einsetzen«, schlug de Baliol eher tollkühn als kenntnisreich vor. »Wenn wir die Reihe der englischen Bogenschützen mit einer Kugel bestreichen, sind wir sie los. Bestimmt.«

Der Capitaine schnaubte nur.

»Du sprichst wirklich im Suff«, beeilte sich einer der Chefs festzustellen.

»Jeder, wie er's versteht«, sagte de Baliol verzweifelt,

»jetzt muß es heraus: ich habe euch ein Brautgeschenk mitgebracht. Der Bramborough wird die Seite wechseln, wenn es losgeht. Er wartet nur auf mein Zeichen …«

Die Chefs sprangen auf und umringten ihn. Der Capitaine stärkte sich mit einem Schluck, bevor er aufstand. Die Männer wichen seiner harten Hand aus, als er sich seinen Weg vor de Baliols Hocker bahnte.

»Sag das noch einmal«, verlangte er. »Was genau hast du eingefädelt?«

De Baliol vergaß vorübergehend seine Schmerzen und straffte den Rücken im Wissen um seine gestiegene Wichtigkeit. »Auf mein Zeichen hin wird der Konnetabel Bramborough seine Männer gegen die englische Seite führen. Das ist einfach, weil er sich im Rücken der englischen Schützen befinden wird. Der Tölpel von Engländer hat es selbst so angeordnet, und Bramborough hat natürlich zugestimmt.«

Der Capitaine schwieg mürrisch. Gegen den Plan war nichts einzuwenden, außer daß er nicht von ihm selber stammte. »Und das Zeichen?« fragte er schließlich. »Wie soll das sein?«

»Wir werden seine Farben und die seiner Junker von den Zinnen wehen lassen. Für Bramborough ist es das Zeichen des Beginns; für die anderen, die nicht zu ihm gehören, das Zeichen des Endes, weil sich dank unserer Vorsorge herumsprechen wird, daß die führenden Ritter gefangen sind.«

Der Capitaine klopfte de Baliol mit innerem Groll auf die Schulter. »Du hast mir vorgegriffen, trotzdem machen wir es so. Du sorgst dafür, daß wir die richtigen Farben erhalten.«

Nachdem seine Entscheidung gefallen war, erklärte er die Besprechung für beendet. De Baliol war der erste, der die Wohnung des Capitaine verließ. Ohne sich darum zu kümmern, daß die anderen sich laut über seinen wunderlichen Zustand ausließen, schleppte er sich ein Stockwerk höher. Dort war die Mannschaft der Garnison untergebracht, und die Chefs der eintreffenden Routiers hatten ein Anrecht auf abgeteilte Verschläge.

Als er die Brettertür aufgestoßen hatte, saß auf seinem Lager ein Zwerg und baumelte mit den Beinen.

»Runter von meinem Bett, du mißgestalteter Wurm«, schnauzte de Baliol und merkte vor Schwäche gar nicht, daß daraus nur ein klägliches Bellen wurde, das dem Zwerg keinen Eindruck machte.

Fri Hir kicherte, rückte beiseite und klopfte neben sich auf das Lager. Der Staub wirbelte aus dem durchgelegenen Stroh auf.

»Du machst mir aber keinen sehr gefeiten Eindruck, Capitaine«, sagte er bedauernd. »Wie schade, dein Ruf war so unermeßlich gestiegen!«

»Eine Erkältung«, schnaubte de Baliol und ließ sich so schwer auf sein Lager fallen, daß der Zwerg in die Höhe hopste. Auf seinem Gesicht stand der Schweiß, und die Narbe leuchtete. Er schloß ermattet die Augen.

Fri Hir betrachtete ihn, zufrieden wegen seines sichtlich elenden Zustandes. »Man hört ja große Heldentaten von euch Gefeiten: kein feindliches Huhn und kein feindliches Schwein haben die Angriffe überlebt!«

»Sag, was du willst, bevor ich dich zum Fensterschlitz hinauspresse!« knurrte der Chef.

»Vielleicht sollte ich doch zum obersten Befehlshaber gehen«, überlegte der Zwerg laut und warf die Beine mit Schwung übereinander. »Es handelt sich um eine Sache von großer Tragweite. Wenn doch nur der zukünftige Herzog Charles in Dinan wäre!«

»Sprich! Ich gehöre zur Verwandtschaft von Charles. Du hast dir den richtigen Mann ausgesucht, wenn ich auch erst einmal zu Atem kommen muß.« De Baliol versuchte, sich die Anstrengung nicht anmerken zu lassen, die es ihn kostete, sich aufzusetzen.

Die Augen des Zwergs glommen bösartig auf, obwohl er de Baliol die Verwandtschaft nicht glaubte. »An die Verwandtschaft wird sich sogar Charles erinnern, wenn du ihm berichtest, was ich dir erzählen werde«, verkündete er kühn. »Aber ich muß leben, wenn es auch nur ein kleines, bescheidenes Leben ist, das ich habe.«

»Du bekommst deinen Lohn«, versprach de Baliol unbewegt. »Bei mir bekommt jeder, was er verdient.«

Der Zwerg gähnte gelangweilt und sprang vom Bett. »Das ist mir zu gefährlich. Ich geh' zum Festungskommandanten, der ist redlich. Gegen deine Erkältung empfehle ich warmen Wein mit Nelken. Kostenlos ...«

»Halt«, schrie der Ritter erbittert. Dem Capitaine traute er nicht, dem kleinen Kerl freilich ebensowenig. »Ein Florin vorher, einer nachher. Mehr ist nicht drin. Vom Festungskommandanten würdest du nichts außer redlichen Püffen bekommen.«

Fri Hir ließ sich Zeit, bis er das erste Geldstück in seinem Gewand verwahrt hatte. »Unter den edlen Singvögeln in dieser Stadt haust eine gemeine Raubmöwe. Ihre Tarnung ist perfekt, und sie flötet englisch so gut wie französisch, aber in Wahrheit haßt sie alles Englische und Französische. Sie bedient sich dabei zum Hohn der Franzosen zweier deutscher Spottdrosseln. Bist du interessiert?«

»O ja«, sagte der Chef aufmerksam. »Könnte sein, daß solche Spottdrosseln an meiner Erkältung schuld sind.«

»Dann sind sie vielleicht das rechte Gegengift. Die Herzchen roh verspeist, die Körperchen gesotten, das Fett ausgelassen als Halswickel. Soll hervorragend gegen Erkältungen helfen.«

»Eben.« De Baliol deutete mit dem Finger neben sich. »Setz dich wieder und pack aus. Die Spottdrosseln für mich, die Raubmöwe für den Capitaine. Es wird alles seine Würdigung finden.«

Auf Ritter de Baliol wirkte die Nachricht, die Frauen nun bald in der Hand zu haben, äußerst belebend. Ihm ging es besser als seit Tagen, und er plante ihre Gefangennahme mit besonderer Umsicht. Er selber fühlte sich trotz allem noch zu schwach, daran teilzunehmen; breitbeinig auf dem Lager ausgestreckt, war ihm am wohlsten.

Die Hände hinter dem Kopf verschränkt, ließ er seinen Sergeanten stehend warten, bis er die Angst der Frauen riechen und ihre zerquälten Gesichter wie am Grund einer stillen Quelle vor sich sehen konnte. Er lachte und beachtete seinen Mann nicht, der vorsorglich schief grinste. »Vielleicht könnte ich mich hinreißen lassen, dich zum Halbpächter zu machen«, verkündete er schließlich. »Du wolltest doch Dorfvorsteher werden?«

An Youdec stellte sein Grinsen vorsichtig ein. »Ja, Herr. Was liegt an?«

»Die zwei Pestfrauen, der Florentiner und ein Bretone. Ergreif sie und bring sie mir, lebend alle vier. Danach reden wir über den Dorfhahn.«

Der Sergeant zitterte innerlich. »Und wenn nicht?«

»Dann mach' ich dich zum Kapaun. Eigenhändig.«

An Youdec nickte ergeben und machte, daß er fortkam. Außerhalb des Mannschaftsquartiers wartete schon Fri Hir auf ihn.

Zwei Stunden später polterten mehrere Soldaten die gewendelte Treppe hinauf, zwischen sich die Gefangenen, und stießen sie in den großen Saal, der zur Wohnung des Capitaine gehörte und verschiedenen Zwecken diente. De Baliol ließ ihnen ein kleines Fäßchen Wein als Belohnung ausgeben, und sie verzogen sich erleichtert nach oben.

Der Sergeant durfte nicht gehen, und ihm wurde schlecht vor Angst, obwohl de Baliol kein Wort über seinen Bericht verloren hatte. Der bretonische Vogel war schon vorher aus dem Nest geflogen; dafür konnte er schließlich nichts. Aber es war dem Ritter zuzutrauen, daß er ihn deswegen mindestens zum halben Kapaun machen würde.

Der Ritter hockte sich auf den Rand einer Bank, während er die Gefangenen betrachtete. Sie waren weniger ängstlich, als er nach den Worten seines Informanten angenommen hatte, und d'Albizzi wirkte geradezu aufreizend widerspenstig. »Es wird Zeit für deine Bestrafung, Weib«, sagte er zu Alheyd. »Aber vorher wäre da noch eine Kleinigkeit zu erledigen. Ihr müßt den Pestzauber von mir nehmen. Er wird mir lästig.«

Mechtild hatte schon gewittert, worum es ging: den Geruch kannte sie aus ihrem Schlachthaus. De Baliol bedeutete seinem Sergeanten mit dem Daumen, sich mit d'Albizzi zur Wand zurückzuziehen, und streifte dann ächzend das Beinkleid ab.

Die Knochenhauerin hätte trotz Schlachthauserfahrung vor Schreck beinahe das Weite gesucht, als sie diesen wuchernden Eiterkloß sah, gelbrot schimmernd unter der gespannten Haut. Ein winziger Zipfel des Haarseils ragte noch heraus. Sie blickte dem Ritter ins Gesicht: ihm tropfte vor Schmerzen der Schweiß in den Bart hinein.

»Los jetzt. Du sollst nicht draufstarren, sondern es wegmachen.«

Mechtild stemmte die Arme in die Seiten und sah den Ritter herausfordernd an. »Gleich. Aber vorher sollst du einiges erfahren. Daß es dir so ergehen würde, konnte ich nicht wissen. Du warst der erste, an dem ich diese Art von Protektion ausgeführt habe. Ich hätt's nie gewagt, außer an dir. Willst du wissen, warum? Übersetzt Ihr bitte, Ratsfrau, und kümmert Euch nicht um die Folgen. Es muß jetzt heraus!«

Alheyd sah sich voll Furcht nach Cosimo um. Der Sergeant hatte den entwaffneten Florentiner an die Wand gedrängt und bedrohte ihn mit einem frischgeschärften Reiterdolch in jeder Hand. Er konnte ihnen nicht helfen. Trotzdem übersetzte sie wortwörtlich.

»Ich will es dir sagen: weil du die Ratsfrau erniedrigt und die anderen Frauen erniedrigt und getötet hast. Tausende von Frauen haben allnächtlich unter der fleischlichen Gier von euch Männern zu leiden, die nicht einmal die Mutter Kirche einzudämmen vermag. Und eins ist sicher: wäre der Beischlaf ohne Kinderwunsch keine Sünde, wäre es für uns Frauen noch ärger. Am schlimmsten aber ist es im Krieg! Den Krieg nutzen Männer, um sich wie die wilden Eber über jede Frau zu werfen, die sie sehen. Manchmal könnte man meinen, Männer führten gerade deswegen Krieg. Am besten wäre es, euch zu kastrieren wie die Eber!« Mechtild hatte so wütend und ohne Pause geredet, daß Alheyd Mühe hatte, ihr mit der Übersetzung zu folgen. Als sie fertig war, schloß Mechtild: »Aber meine Methode ist auch ganz gut. Ich bin sicher, daß du deinen Schwanz nicht mehr gebrauchen wirst. Und das hast du verdient!«

De Baliols Mund öffnete sich vor Entsetzen so weit, daß

Mechtild die schwarzen Zahnstummel im Kiefer sah. Und zwischen den Zahnreihen bewegte sich die Zunge wie ein selbständiges, fremdes Gebilde, aber der Ritter brachte keinen Ton heraus.

»Selbst wenn du jemals dazu fähig gewesen wärst«, fügte die Ratsfrau aus eigenem Antrieb hinzu und veranlaßte damit den Sergeanten, hemmungslos zu kichern.

De Baliol in seiner Wut versuchte aufzustehen, halbnackt, wie er war. Die Schwäche in den Beinen ließ ihn auf die Bank zurücksinken. »Zieh es raus«, keuchte er. Der Saal verschwamm vor seinen Augen, aber ihre Stimme brachte ihm in Erinnerung, daß er diese Frau töten mußte. Seine Finger betasteten mechanisch die Narbe auf der Wange. Sie hatte ihn erstechen wollen; vielleicht war es auch die andere gewesen. Sie waren alle gleich.

An Youdec schob seine Dolche in den Gürtel zurück und kam gemächlich herbei. D'Albizzi fand sich plötzlich unbewacht und folgte ihm achselzuckend.

De Baliol suchte Alheyds Gesicht, während er sich mit zitternden Händen an der Bankkante festklammerte, um nicht vom Pferd zu stürzen, auf dem er zu sitzen meinte.

Mechtild hielt mit der einen Hand das kindskopfgroße Gebilde fest und zupfte versuchsweise mit der anderen an den freien Fasern. Der Ritter zuckte vor Schmerz. Dann riß die Knochenhauerin mit kräftigem Griff an dem Haarseil, bis sich die eingewachsene Haut davon löste und es freigab. Ein Schwall gelbroter, stinkender dünner Flüssigkeit entlud sich auf den Boden.

Alheyd hielt sich die Nase zu und wandte sich ab.

Der Ritter sackte bewußtlos nach hinten, während der Eiter strömte und schließlich nur noch tröpfelte. Der faltige Sack blieb liegen wie eine nutzlos gewordene Schlangenhaut nach der Häutung.

Der Sergeant stierte erst das entleerte Gebilde, dann den Ritter ungläubig an. Die ganze Macht und Potenz seines Herrn war mit dem prallen Sack verschwunden. D'Albizzi duckte sich unbeobachtet und zog ihm mit einem Ruck beide Messer aus dem Gürtel.

Der Sergeant hob die Arme schützend vor das Gesicht. »Ich hatte nie die Absicht, Euer Gnaden etwas anzutun. Bitte laßt mich gehen.«

»Das ist eine gute Idee«, sagte der Florentiner und bohrte ihm den Dolch ins Wams, bis er die Spitze fühlen konnte. »Du wirst uns den Weg freimachen. Sag einfach, es sei ein Befehl des Chefs.«

»Und dann laßt Ihr mich nach Hause?« Der Sergeant sah von Minute zu Minute mehr wie ein Bauer aus, der sich nach seiner Familie sehnt. D'Albizzi nickte, und an Youdec glaubte ihm auf Anhieb mehr als einem ganzen Wortschwall seines Herrn.

»Wartet.« Mechtild hatte sich nicht von der Stelle gerührt. Das rötliche Rinnsal war von einem hellroten Blutstrom abgelöst worden. Sie kniete neben dem Kopf des Ritters nieder. Er war totenbleich und atmete nur noch schwach. Die Knochenhauerin richtete ihm Kopf und Oberkörper ein wenig auf, damit er leichter Luft bekam. Auf dem Boden mischte sich Blut mit Eiter. »Der Herr sei ihm gnädig, er stirbt«, stammelte sie. Zwei Ave Maria später stieß der Ritter seinen letzten Seufzer aus.

»So, jetzt.« Mit der Messerspitze brachte sich der Konsul dem Sergeanten entschlossen in Erinnerung.

Von oben war Lachen und Geschrei zu hören. Aber weder auf der Treppe noch unten begegneten ihnen Wachen, und in Begleitung und im Schutz von an Youdec, der nur noch seine eigene Flucht im Sinn hatte, überquerten sie das große Feld, auf dem die Entscheidungsschlacht gegen den Engländer stattgefunden hatte.

Beinahe hätten sie es geschafft. Bis ihnen eine große Gestalt entgegenkam, die dem Florentiner in Gang und Bewegung vertraut war. Nur das Kettenhemd und der Spieß in seiner Hand waren ungewohnt.

»Messere d'Albizzi«, stieß Heinrich hervor und sah seinen früheren Herrn trotzig an. »Euch hätte ich hier nicht erwartet. Zumindest nicht, daß Ihr frei ein und aus geht.«

»Nur aus, Heinrich«, verbesserte der Konsul milde. Und mit einem Blick auf Heinrichs rechte Hand, an der anstelle des Daumens eine geschmiedete Klaue befestigt war, fuhr er fort: »Du solltest dich an deine Übungen machen, vielleicht bricht der Kampf schneller aus, als du denkst.«

»Meine Befehle erhalte ich vom Chef de Baliol, nicht mehr von Euch«, entgegnete der ehemalige Diener der Calimala hitzig, und nur die Anwesenheit des Sergeanten hinderte ihn daran, d'Albizzi zu attackieren.

»Schmiert der Euch denn mit Schweineschmalz?« konnte Mechtild sich nicht verkneifen: sie grollte dem Mann immer noch.

Heinrich nahm sie erst jetzt richtig wahr. Er grinste breit. »Ach, Frau Mechtild. Ich hätte wirklich gerne von Eurem delikaten Kaninchen gegessen, das müßt Ihr mir glauben. Aber ich hatte damals etwas anderes vor.« Währenddessen legte er seine Stirn in Falten und blickte finster von d'Albizzi zu Alheyd, deren Vertrautheit miteinander niemand übersehen konnte. »Mir scheint, meine Gutherzigkeit Euch gegenüber hat sich nicht gelohnt, Ratsfrau aus Bremen.«

Alheyd war zutiefst überrascht. Ihres Wissens hatte sie mit dem Mann nie zu tun gehabt. Sie zog ihre Augenbrauen fragend in die Höhe.

Heinrich spuckte aus. »Ihr seid von derselben Art wie er. Ich hätt's lassen sollen, Euch den geklauten Stoff zurückzubringen.«

»Du warst das!« rief d'Albizzi.

Heinrich hob seinen Spieß stoßbereit in die Höhe, aber zu seiner Verwunderung lachte sein früherer Herr erleichtert. Übergangslos ging das Lachen in Argwohn über. »Vorsicht!« fauchte d'Albizzi. Heinrich fuhr herum.

In der Türöffnung, die zu den Räumen von Capitaine und Wachmannschaft führte, kauerte der Zwerg Fri Hir mit erhobenem Arm. Heinrichs Wurfspieß schwirrte wie aus eigenem Antrieb los, just in dem Bruchteil eines Augenblickes von der Stahlfeder der Klaue losgelassen, als Heinrichs Muskelkraft am größten war. Fri Hir blieb festgenagelt an der Türlaibung hängen. Mit einem feinen Klirren schlug ein Stilett auf dem Boden auf.

»Perfekt! Schneller als jedes Messer.« Der Konsul klopfte

Heinrich begeistert auf den Rücken. »Viel zu schade für Engländer und Franzosen. Für Florentiner und Deutsche übrigens höchste Zeit zum Rückzug!«

Als er loshetzte, wobei er Alheyd hilfreich am Arm faßte, besann Heinrich sich nur einen Augenblick, dann schloß er sich seinem ehemaligen Herrn an.

Unter Herzklopfen suchte Cosimo d'Albizzi das Haus, in dem die Frauen den kleinen Bretonen behandelt hatten. In die Taverne konnten sie nicht zurückkehren. Er wußte nicht, wen alles der Zwerg in sein Wissen eingeweiht hatte. Aber ein Haus sah wie das andere aus, wenn er diejenigen ohne Stelzen davon ausnahm.

Endlich erkannte er die schwere Pforte an den Eisenbeschlägen und klopfte erleichtert.

Der Bretone Riwal öffnete selber. »Schnell«, fauchte er, als er ihre Notlage erkannt hatte, und zog sie ungestüm herein. »Ihr riecht nach Gefahr.« Als hinter ihm die Hausfrau auftauchte, setzte er verlegen hinzu: »Ihr sollt aber nicht glauben, daß wir unsere Freunde im Stich lassen.«

»Riwal, erzähl ihnen, was sie wissen müssen«, mahnte die Hausfrau. Ihr Arm ruhte auf der Schulter ihres Sohnes. Es ging ihm gut, wie Mechtild froh feststellte.

»Der Zwerg Fri Hir ist eine zwielichtige Figur. Meistens hält er es mit demjenigen, der ihn bezahlt, obwohl man sich noch nicht einmal darauf verlassen kann«, erklärte Riwal, während er die Gäste in den großen Saal führte. »So war es in Brest. Dort haben ihn die Engländer fortgejagt, und er mußte froh um sein Leben sein. Und hier, wo keiner ihn kennt, braucht er Freunde noch viel nötiger. Und Geld. Und seine Freunde von der Garnison sind offensichtlich sehr nützlich.«

»Er wird euch nicht mehr belästigen«, sagte d'Albizzi bestimmt.

Riwal verzog den Mund und nickte. »Ich dachte mir schon, daß er irgendwann zu Schaden kommt. Aber unsere Sicherheitseinrichtungen werde ich trotzdem überprüfen müssen. Euer Schiff legt übrigens morgen früh ab. Ihr sollt rechtzeitig zur Terz an Bord sein. Euer Gepäck befindet sich schon hier.«

Mechtild und Alheyd sahen sich an und brauchten einander nichts mehr zu sagen.

Alheyd und Cosimo d'Albizzi hatten einander um so mehr zu sagen. Ihre Liebe war so offensichtlich, daß die Hausfrau ihnen ihr eigenes Schlafzimmer überließ. Als sie davonging, immer noch in enger Umarmung mit Conan, hörte der Florentiner, daß der Junge sich ernsthaft mit seiner Mutter beriet.

Ganz sicher war Cosimo d'Albizzi, daß Conan von Tristan und Isolde gesprochen hatte. Er lächelte hinter den beiden her. »Es gibt mehr Wunder auf der Welt, als die Menschen wahrhaben wollen«, flüsterte er und trug Alheyd über die Schwelle. »Diese Nacht soll unsere Brautnacht sein.«

26. Bei den Beginen

Trotz der frühen Stunde war der Platz unterhalb des Tores bereits in lärmendem Aufruhr, der ihnen schon im Torweg entgegenschallte. »Gott nimmt, aber er gibt auch, reichlich und mehr, als der unmündige Mensch zu verstehen vermag. Er straft und schützt, und mich hat er gesandt, um euch unwissende Brut gegen die Pest zu schützen ...«

»Da ist er schon wieder«, flüsterte Mechtild entsetzt und starrte den Priester an, während ein ohrenbetäubendes Geheul unter den geängstigten Menschen einsetzte, die sich um Pater Stevan drängten und ihre Arme nach seinem Kleid und seinem Maultier ausstreckten. Den besonders Glücklichen gelang es, eins der Monster zu berühren, aber der kleine Junge, den der Priester als Helfer verpflichtet hatte, wachte darüber, daß dies nicht zu oft geschah.

Während der Priester, den Finger auf die Gruppe der Reiter gerichtet, zu einem mächtigen Geschrei ansetzte, das die Gläubigen und die Torwachen hätte alarmieren sollen, trat für einen winzigen Augenblick die Stille ein, die der Florentiner benötigte.

»Einen Florin für den heiligen Yves in Gold, Pater«, rief d'Albizzi geistesgegenwärtig. »Möge er die Menschen von Dinan im bevorstehenden Kampf schützen.« Entschlossen ritt er auf den Priester zu, und die Armen der Stadt wichen zurück. »Überlegt es Euch gut«, fauchte er zwischen den Zähnen hindurch.

Pater Stevan unterdrückte seine Wut und ergriff das Geldstück mit frommem Blick. »Für Eure hochherzige Spende«, sagte er, »mögt Ihr die Reliquie küssen, und ich verspreche Euch, daß Ihr bis ans Ende Eurer Tage gegen die Pest geschützt sein werdet.«

D'Albizzi konnte es nicht wagen abzulehnen, und so erwies er dem scheußlichen Gebilde seine Reverenz, ohne ihm allzu nahe zu kommen. Dann bahnte er sich seinen Weg aus der Menge, in der er manch derben Stoß erhielt und vielen argwöhnischen Augen begegnete. Er war fast draußen, als eine einzelne Stimme sich im Hintergrund erhob.

»Der Mann schützt die Pestfrauen! Sie haben die Pest über die Bretagne gebracht. Und jetzt sind sie hier, um euch ins Verderben zu stürzen. Nehmt euch in acht, Bettler von Dinan!«

D'Albizzi fuhr herum und begegnete den verschlagenen Augen von Gérard, dem Franzosen. Dieser stand mit verschränkten Armen in der Mitte derer, die zu ihm aufsahen, bereit, auf jedes Zeichen zum Angriff zu reagieren.

Gérards Wut auf den Florentiner war inzwischen nicht geringer geworden. »Schlagt sie tot!« kreischte er.

Während d'Albizzi seinem Hengst die Sporen in die Seite hieb, bis er auskeilte, schoben sich die Krüppel und Bettler auf den Florentiner zu, wie eine unaufhaltsame Flut. Ein Bettler auf einem rollenden Brett, über den die Nachkommenden stolperten, verschaffte ihm einen Augenblick Luft. Ein Knäuel von fluchenden und betenden Menschen balgte sich auf dem Boden, und ihm gelang es, sich mit Hilfe seines Schwertes aus den zerrenden Händen zu befreien.

Heinrich schleuderte seinen Wurfspieß auf Gérard, und d'Albizzi galoppierte zusammen mit den Frauen zum Ufer.

Der Schiffer des Küstenseglers ruderte energisch mit den Armen in der Luft, um seine Fahrgäste anzutreiben, während er die Augen nicht von der aufgebrachten Volksmenge ließ. Zwei dreieckige Segel waren bereits gesetzt, deren Schoten wild umherflatterten.

Cosimo d'Albizzi sprang vom Pferd und hob Alheyd aus ihrem Sattel. Er umarmte sie zärtlich, flüsterte ihr etwas ins Ohr und half ihr über die Holzplanke an Bord. Die Ratsfrau war bleich und sprach kein Wort.

Mechtild war, als müßte sie Alheyds Elend mittragen. Endlich griff sie nach Costantino und küßte den verlegenen jungen Mann auf die Stirn.

»Messere, nehmt Euch in acht! Sie küßt einfach jeden«, rief Costantino empört.

Aber der Konsul entging der Knochenhauerin, indem er

sie hochhob und auf das Schiff schwenkte. Unverzüglich wurde die Planke eingezogen. Während die Schoten dichtgeholt wurden, richtete das Schiff schon seinen Bug auf die Flußmitte und entfernte sich vom Anlegeplatz.

Mechtild klammerte sich an die Reling und blickte zurück. Die bunte Mütze von Cosimo d'Albizzi schoß bereits über die Rancebrücke dahin, gefolgt von dem zierlichen Costantino und der vierschrötigen Gestalt Heinrichs.

Vom Platz vor dem Tor stieg ein Gebrüll auf, das sich anhörte, als seien sämtliche Teufel aus der Hölle entlassen worden. Das letzte, was die Knochenhauerin von Dinan wahrnahm, bevor eine Flußwindung ihr die Sicht nahm, waren das von Menschen schwarze Ufer und der Gesang, der sich allmählich über das wütende Geschrei erhob.

»Haben sie es geschafft?« fragte die Ratsfrau mit dünner Stimme. Als sich Mechtild nach ihr umsah, war sie in eine Rolle Ankertau gesunken, aus der kaum ihre Schultern hervorsahen. Die Knochenhauerin nickte, und Alheyd lächelte erleichtert.

Die Fahrt über See verlief ereignislos, und drei Tage später legten sie im Hafen von Honneflo an.

Alheyd war so ungewohnt still und in sich gekehrt, daß die Knochenhauerin sie direkt von der Taurolle in die Taverne am Hafen bugsierte, in der die Seeleute ein und aus gingen. Danach übernahm sie kurzerhand selber die Suche nach einem Schiff und die Verhandlungen wegen der Passage und verständigte sich in einem Gemisch aus Französisch und Plattdeutsch. Bald fand sie einen Schiffer, der bereit war, die Frauen nach Ostende mitzunehmen.

»Hört Ihr, Ratsfrau?« Mechtild war sehr zufrieden mit sich. »Von dort ist es ein Katzensprung nach Brügge, sagte er. Wir können mit seinen Waren auf einem Kanalschiff weiterfahren oder nach Brügge reiten, wie Ihr wollt.«

Die Antwort der Ratsfrau klang wieder so eigensinnig, daß es der Knochenhauerin die Sprache verschlug. »Ich beabsichtige nicht zu reiten.«

Mechtild seufzte. Sie selber würde zu Pferden raten. Aber

die Ratsfrau war auf dem besten Wege, ihre früheren Gewohnheiten anzunehmen. Es war zwecklos, mit ihr zu reden.

Als die Knochenhauerin die Verladung ihres Gepäcks in ein Flußschiff überwachte, konnte sie vor Empörung nicht mehr an sich halten. »Ratsfrau!« rief sie, »die Stoffe sind ja doch hier! Habt Ihr es wahrhaftig fertiggebracht, sie ein zweites Mal zu stehlen? Ihr solltet Euch schämen! Ich muß es Euch jetzt endlich ins Gesicht sagen, ob Ihr nun Ratsfrau seid oder nicht!«

Alheyds nachdenklicher Blick ruhte eine Weile auf dem braunen Paket, dann nickte sie. »Ich habe es mir in der letzten Nacht mit Cosimo zurückgeholt. Ich habe soviel dafür gelitten, es war mehr als gerecht.«

»Oh, was das Leiden betrifft, so war es nicht die Ursache, sondern die Folge des Stehlens. Und mich habt Ihr einbezogen, ohne zu fragen. Ihr habt so wenig Skrupel wie ein Pferdedieb, Ratsfrau.«

Alheyd lächelte und sah Mechtild mit einer Miene an, in der ein Anflug von Versöhnlichkeit lag. »Er hat sie mir am Schiff geschenkt. Er wußte Bescheid.«

Mechtild wandte sich ab. »Ihr habt solche Gutmütigkeit nicht verdient. Dankt der Muttergottes und dem edlen Cosimo«, brummte sie. »Dann muß ich mir jetzt wenigstens nicht wie eine Hehlerin vorkommen.«

Die Fahrt verbrachten die Frauen schweigsam. Mechtilds Gedanken eilten voraus, und sie sah sich wie eh und je zwischen anderen Knochenhauern Fleisch verkaufen, den schmutzigen Reinekin zur Linken, den ewig betrunkenen Wienand zur Rechten.

Der Gedanke behagte ihr nicht. Sie hatte genug Fleisch gesehen, und den Gestank des faulenden Fleisches von de Baliol meinte sie immer noch in der Nase zu haben. Sie war froh, als die Kirchtürme von Brügge vor ihr in den Himmel ragten und sie ablenkten. Es waren so viele: Brügge mußte eine fromme Stadt sein.

Einige Stunden später schienen ihr die Menschen hier alles andere als fromm. Auf den Straßen war vor lauter Karren, Ausrufern, Boten und Verkäufern kaum ein Durchkommen, vor allem nicht am Rathaus. In dessen Nähe lag der Blinde Esel, den man ihr empfohlen hatte. Alheyd hatte keine Einwände gegen die Herberge, was die Knochenhauerin verblüfft zur Kenntnis nahm. »Nur für ein paar Tage«, versprach sie vorsorglich. »Die Schiffahrt der Hansestädte ist schon wieder aufgenommen, hat man mir erzählt. Das erste Schiff wird bald in Ostende anlegen, stellt Euch vor, Ratsfrau. Und nun ratet mal, woher es kommt!«

»Ich weiß nicht.« Alheyd brachte mit Mühe den Anstand auf, neugierig auszusehen.

»Von Guérande, von den Salzfeldern!« Mechtild lachte so herzlich, daß die Ratsfrau angesteckt wurde. »Ohne diesen Hervé hätten wir besser getan zu warten.«

»Nein, da bin ich anderer Meinung«, sagte Alheyd so entschieden, daß Mechtild den frischen Wind förmlich spüren konnte, der plötzlich um ihre Nase wehte. Dazu klopfte die Ratsfrau einladend auf die Bank neben sich. »Setzt Euch ein Weilchen zu mir. Ich habe Euch etwas mitzuteilen, Frau Mechtild.«

Die Herberge war um die Mittagsstunde leer, denn die fremden Kaufleute, deren Kontore keine Wohnungen angemietet hatten und die deshalb mit Herbergen vorlieb nehmen mußten, waren in Geschäften unterwegs. Auch das westfälische und preußische Drittel, zu dem Bremen gehörte, hatte keine eigenen Unterbringungsmöglichkeiten, und ihre Faktoren waren ebenfalls ausgeflogen. Durch die geölten Leinenbahnen an den Fenstern schien bleich das Licht herein, und im Haus herrschte Grabesstille.

Die Knochenhauerin setzte sich mit bangem Herzen auf die Kante. Was plante die Ratsfrau nun wieder, das ihre Pläne durcheinanderbringen würde?

Alheyd räusperte sich. »Frau Mechtild, ich habe mich nun endgültig entschlossen hierzubleiben.«

Mechtild fiel wie aus allen Wolken. »Aber Ihr wolltet doch so schnell wie möglich nach Hause, jetzt, nach der langen Gefangenschaft, dem Umherirren …«

»Ich weiß, was ich sagte. Es ist nun eine erneute Änderung in meinen Plänen eingetreten, und sie hat nichts mit den Geschäften zu tun.« Mechtild tat einen tiefen Seufzer. »Das wird Euren Ehemann Hinrich Rucenberg aber nicht freuen«, stieß sie empört hervor.

»Im Gegenteil, Mechtild.« Alheyd grub in ihrem Beutel. »Ich möchte Euch dazu etwas vorlesen.« Sie schlug das Büchlein auf, in dem sie oft gelesen, aber der Knochenhauerin noch nie einen wirklich wichtigen Abschnitt vorgelesen hatte. »Hört zu:

In dieser Stadt lebte ein Ehepaar mit drei Kindern. Als die Frau auf dem Sterbebett lag, bat sie ihren Mann um Verzeihung, daß sie in ihrer Ehe gesündigt habe und eines ihrer Kinder von einem anderen Mann sei. Sie wollte weitersprechen, aber ihr Gatte rief: ›Halt! Halt! Sprich nicht weiter!‹ Dann küßte er sie und sagte: ›Sage nichts mehr. Erzähle weder mir noch irgendwem sonst, welches deiner Kinder es ist, denn ich will eines genauso lieben wie das andere – so gleichermaßen, daß kein Tadel auf dich fällt nach deinem Tode.‹

So siehst du, liebe Schwester, wie der weise Mann sein Herz bezwang, um die Ehre seiner Frau zu retten. Das mag dir zeigen, was kluge Männer und Frauen füreinander tun müssen, um ihrer beider Ehre zu bewahren.«

»Und was hat das alles nun mit Euch zu tun?« In Mechtilds Magengrube machte sich ein merkwürdiges Gefühl breit.

»Ich habe nun die Hoffnung, daß ich ein Kind erwarte«, antwortete Alheyd leise. »Ich hatte es so sehr gewünscht, und mein Hinrich Rucenberg wird überglücklich sein. Ich werde Euch einen Brief für ihn mitgeben, in dem ich ihn bitten werde, so schnell wie möglich nach Brügge zu reisen. Wir werden den ersten Teil des Sommers hier verleben und dann gemeinsam nach Hause zurückkehren. Und alle Welt wird sehen können, wie sehr dieser Frühling meinen Hinricus verjüngt hat.«

»Ihr seid … Ihr seid …«, stammelte Mechtild, und für diesmal fehlten ihr die Worte.

»Ja«, gab Alheyd unumwunden zu, was auch immer die

Knochenhauerin damit hatte sagen wollen. »Hinricus Rucenbergius plant, einer der drei Ratsherren von Bremen zu werden. Ich würde mich nicht wundern, wenn es ihm im Laufe seines Aufenthalts hier gelänge, die eine oder andere zusätzliche günstige Vereinbarung mit der Stadt Brügge und dem Grafen von Flandern zu treffen. Und mit einem Sohn und Erben für sein blühendes und weiter wachsendes Geschäft ist er in jeder Hinsicht würdig, an der Spitze der Handelsstadt zu stehen, für die er verhandelt.«

Allmählich erfaßte Mechtild den Umfang der Planung der Ratsfrau. Erst fühlte sie Bewunderung, aber dann ergriff sie der Neid. »Ratsangehörige fallen immer auf die Füße«, murmelte sie verstört. »Ratsangehörige, Adelige und die hohe Geistlichkeit bestimmen die Welt. Während unsereins sich noch für sein Erscheinen entschuldigt, seid Ihr schon wieder um tausend Lübsche Mark und ein Amt reicher!«

Alheyd nickte. »Gewiß. Und bei der Gelegenheit, Frau Mechtild, will ich Euch noch etwas erzählen, das Euch anspornen sollte. Hinricus hat mich – zu einer Zeit, als er gar nicht daran denken durfte, jemals Ratsherr zu werden, und selber ständig in Geschäften unterwegs war – aus einer städtischen Gosse am Hafen aufgelesen. Ich muß um die zehn Jahre alt gewesen sein, als meine Mutter an der Pest starb. Meinen Vater kannte ich nicht. Ich mußte mich mehrere Jahre ganz allein durchschlagen, und Ihr könnt Euch denken, wie. Und da kam Rucenberg, und ich griff zu, als er mir sein Angebot machte … Ich war schön, und ich war zielstrebig, und er merkte es. Kurz und gut, ich bekam von ihm als angeblich weit entfernte Verwandte eine sehr sorgfältige Erziehung, unter anderem einen ausgezeichneten Französischunterricht. Schließlich heiratete er mich. Und nun wird meine niedrige Herkunft durch den Sohn eines Florentiner Adeligen mehr als ausgeglichen werden … Ich kann Rucenberg endlich das einzige Geschenk machen, das er sich nicht kaufen kann.«

Die Knochenhauerin sah sie entgeistert an. Wie Nebelfetzen zogen einige Ereignisse an ihr vorüber, über die sie sich gewundert und die sie dann vergessen hatte. »Daß der Gedanke einer Frau zwischen zwei Männern leichtfüßiger als der Wind und heißer als Feuer ist, habt Ihr bestimmt nie bei Rucenberg gehört«, versetzte sie atemlos. »Hat Euch das Eure Mutter gelehrt?«

Alheyd zögerte einen Moment. »Sie war Frauenmeisterin bei den freien Töchtern. Ja, sie hat es mich gelehrt. Ich habe mich bemüht, es zu vergessen.«

Die Knochenhauerin wandte die Augen ab. Auch sie würde nun einiges zu vergessen haben. Wenn sie nachtragend wäre, müßte sie sich von der Tochter einer Hübschlerin betrogen fühlen. Sie schüttelte den Kopf. Der Kampf in der Gosse war hart, und jeder mußte aus seinen Möglichkeiten das Beste machen. »Und deswegen hat der Ratsherr für Euch das Büchlein geschrieben?«

Die Ratsfrau nickte und fand allmählich zu sich selbst zurück. »Ich bat ihn darum. Anfänglich machte ich vieles falsch. Aber selbst heutzutage nehme ich das Büchlein mit, wenn ich von Rucenberg getrennt bin. Er ist ein guter Ehemann und schlägt mich nie über das eheliche Maß hinaus.« Die Stimme der Ratsfrau nahm den gewohnten herablassenden Ton an. »Seht mein Bekenntnis als Ausdruck meines Vertrauens zu Euch an. Ich bin seit langem nicht mehr die, als die ich geboren wurde, und wir wollen darüber nicht mehr sprechen. Ich werde mich jetzt nach einem angemessenen Wohnort für mich umsehen müssen. Man hat mir den Beginenhof empfohlen.«

Muß es ausgerechnet der Beginenhof sein, dachte Mechtild, während sie Stunden später Alheyd immer noch wortlos durch Brügge begleitete. Der Beginenhof war doch nun wahrlich kein passender Aufenthaltsort für eine Ratsfrau. Oder paßte er für eine gewesene freie Tochter?

Kurz danach stand sie im umfriedeten Bezirk der Beginen neben dem Johannesspital. Eine sauber geweißte Mauer und ein Kanal hielten den Lärm der Stadt ab. Die Bäume waren beschnitten, das Laub gekehrt, und durch die Pforte der Kapelle sah sie das Ewige Licht auf dem Altar brennen.

Mechtild wußte sofort, daß die vielen Gerüchte über Beginen falsch sein mußten, bestimmt von Neid und Mißgunst. Wo sollten hier Zuchtlosigkeit, Ketzerei oder Faulheit Platz haben?

Eine in graues schlichtes Tuch gekleidete Begine kam auf Alheyd und Mechtild zu, begrüßte sie freundlich und zeigte ihnen den Weg zum Haus der Meisterin.

Die Verhandlung zwischen Ratsfrau und Verwalterin war zu kompliziert für Mechtilds dürftige Sprachkenntnisse. Am Ende war jedoch abgemacht, daß Alheyd bleiben durfte, so wie auch andere weltliche Frauen hier wohnten, und daß sie sich dafür erkenntlich zeigen würde. An den Messen mußte sie teilnehmen, fünfzehn Paternoster täglich beten und zweimal sieben Psalmen.

»Ach, wie gern werde ich das tun«, sagte Alheyd glücklich. »Schon, um für unsere Rettung zu danken, aber auch für den Stifter des Hofes. Und dann werde ich mich natürlich an der Tuchproduktion beteiligen.« Sie blinzelte Mechtild tatendurstig zu. »Es gibt sogar zünftige Beginen, sagt die Meisterin, und sie hatten bereits Ärger, weil sie eine tüchtige Konkurrenz für die Tuchproduzenten sind und dazu noch steuerfrei arbeiten dürfen. Mal sehen, was sich da machen läßt …«

Mechtild schüttelte den Kopf und mußte lachen. Die Ratsfrau ging zielstrebig vor wie eine Bärin vor dem Honigtopf, und nichts würde sich jemals daran ändern. Hinrich Rucenberg mußte ein kluger Mann sein.

Die Meisterin führte die Ratsfrau und die Knochenhauerin quer über das weitläufige Gelände, das von Häusern umstanden war, in einen Winkel des Hofes. Die Ratsfrau würde das Eckhäuschen mit zwei Wohnräumen und einem kleinen Schlafzimmer beziehen. Die ersten Krokusse blühten, und eine Kletterrose schob ihren hellgrünen Trieb an der Mauer empor. Die Meisterin faltete die Hände und sah mit mildem Lächeln zu, wie Mechtild neugierig wie ein Kind in den Brunnen spähte.

Die Knochenhauerin dachte bekümmert, daß sie nun die Zeit bis zum Ablegen des Schiffes allein verbringen mußte, denn die Ratsfrau beabsichtigte, sofort einzuziehen. Als sie sich umdrehte, um noch einmal den Hof zu betrachten, der soviel Ruhe und Friedlichkeit in sich barg, keimte ein Gedanke an ihr eigenes künftiges Leben auf. Sie verwarf ihn erschrocken.

Und dann fühlte die Knochenhauerin sich plötzlich umarmt, Alheyd legte schüchtern das Gesicht an ihre Wange. »Ihr wollt doch sicher Costantino nicht Lügen strafen«, sagte sie leise. »Lebt wohl, Knochenhauerin und Kauffrau Mechtild.«

»Nein, ganz gewiß nicht, Alheyd! Ich bleibe mir treu. Ihr aber auch, da bin ich mir sicher!« Die Knochenhauerin küßte die Ratsfrau herzhaft auf beide Wangen, dann trennten sie sich.

Als das Schiff mit Mechtild ablegte, wußte sie endlich, daß ihre Gedanken fortan auf das Jenseits gerichtet sein würden. Sie würde in einen der Beginenhöfe von Lübeck oder Hamburg eintreten, zum Dienst an Kranken oder Leprosen. Die Pestnadel allerdings würde sie nie wieder anfassen.

Und nie war ihr so klar gewesen wie jetzt, daß sie selber einem vergangenen Zeitalter angehörte.

Ganz im Gegensatz dazu die Ratsfrau: ihr gehörte die Zukunft, das neue Zeitalter, in dem eine Uhr das Leben der Menschen bestimmen würde. Im Beginenhof würde sie zwar um eine Erfahrung reicher werden, im übrigen aber nicht glücklich, denn für ein solches Leben war sie nicht geschaffen. Diese Zeit würde schnell vorübergehen.

Drei Wochen später legte das Schiff an der Balge von Bremen an. Mechtild brachte den Brief auftraggemäß zu Hinrich Rucenbergs Haus und wurde sofort zu ihm vorgelassen.

Als die Knochenhauerin dem Ratsherrn Hinrich Rucenberg gegenüberstand, reichte sie ihm schweigend den Brief. Mit offenem Mund betrachtete sie ihn, während er las.

»Was seht Ihr mich so an?« Er zog die Augenbrauen fragend, aber nicht ungnädig in die Höhe. Eher schien er belustigt zu sein.

»Ihr, Ihr …«, stammelte Mechtild. »Ich bitte um Verzeihung und um einen Stuhl. Ihr erinnert mich an jemanden,

den ich kenne …« Während der Diener sie höflich zum Sessel geleitete, leistete Mechtild der Ratsfrau im stillen Abbitte für viele Verdächtigungen. Es war Gottes Ratschluß gewesen, ihnen einen Edelmann zum Schutz zu schicken, der dem Ratsherrn wie aus dem Gesicht geschnitten schien. Sie hätte jederzeit schwören mögen, daß Cosimo d'Albizzi sein Enkelsohn sein müsse.

»Na, so etwas aber auch«, murmelte sie und nahm einen tüchtigen Schluck von dem süßen Wein, den ihr der gut geschulte Diener brachte.

Sie folgte den langsamen Bewegungen des Ratsherrn mit den Augen. Mit gichtknotigen Händen verwahrte er liebevoll den Brief seiner Frau in einer Schatulle. Mechtild hörte in ihrem Kopf das Ding-Ding des Uhrturms von Rom, und sie bekam Mitleid mit ihm. Die Rats- und Kauffrau Alheyd würde ihren Seidenhandel in rasender Geschwindigkeit aufbauen müssen, damit Hinrich Rucenberg noch Bürgermeister würde. Es mußte schneller gehen, als man in Bremen und Stade Uhrtürme errichten konnte.

Aber sie zweifelte nicht daran, daß dem Ehepaar alles gelingen würde. Als der Diener sie hinausbegleitete, hörte sie, wie er ihm lebhaft nachrief: »Bereite alles für meine Abreise nach Brügge vor.«

Worterklärungen

Ackertrapp, Knollfink:	verächtlich für Bauer, Tollpatsch
Alanbik:	Destillierkolben; arabischer Name für ein in der Alchemie verwendetes Glasgefäß
An Hollsent:	breton. für Allerheiligen, engl. Halloween
Anderwelt:	vom Hier und Jetzt nicht abgetrenntes Reich der Abgeschiedenen bei den Inselkelten
Armor:	Bretagne
Aumuce:	zwei- oder dreizipfelige Narrenkappe
Badia:	ital. für Bordell
Balder:	germanischer Gott
Balge:	alter Hafen von Bremen
Balor:	keltischer einäugiger Riese aus dem Geschlecht der Fomori
Barchent:	preiswerter gerauhter Baumwollstoff für den Massenbedarf
Barattiere:	unehrenhaftes, wucherisches, verbotenes Tauschgeschäft betreibender Händler
black and tan:	schwarz mit braunen Flecken
Briganten:	marodierende Soldaten nach ihrer Entlassung aus dem französischen Kriegsdienst
Cacous:	aus der Gemeinschaft ausgeschlossener Leprakranker; Seilmacherei in der Bretagne als ein für Leprakranke reservierter Berufszweig
Calimala:	Florentiner Zunft von Tuchdetaillisten und Seidenindustriellen aus Importeuren, Zwischenhändlern, Verkäufern, Handwerkern

Capitainerie:	Sitz lokaler Verwaltung und Verteidigung; geleitet von einem Capitainc
Cichol Gri Cen-Chos:	mythologischer keltischer Krieger (ohne Fuß) aus dem Geschlecht der Fomori
Cocha:	großes Rundschiff des Mittelmeers
Konnetabel:	für die Truppen verantwortlicher Untergebener des Capitaine
Couvre-chief fait à la broche:	Kopfbedeckung, deren Untergrund mit Nadelarbeit bedeckt wurde
Dicker mit dem Löwen:	bretonische Kopie einer flämischen Silbermünze
Donzellus:	Zunftbüttel der Calimala
Faktor:	Gehilfe in Handelsgesellschaften
Fensterhenne:	Prostituierte
Florin:	Goldgulden; zeitgenössische Haupthandelsmünze Europas
Fomori:	mythologische Urmacht vor Einwanderung der Kelten
Gebände:	eng anliegende Frauenhaube des Nordens
gezaddelt:	zerschnittener Saum der Männerkleidung
Grobgran:	Stoff geringer Qualität
Guarnacca:	Übertunika
Gugel:	Mütze mit bis zum Hinterteil reichendem Zipfel, eigentlich nur von Männern getragen
Handelskonsul:	Vertreter der Calimala im Ausland
Heiliges Feuer:	Mutterkornvergiftung
Holk:	geräumiges Frachtschiff
Housse:	1360 bereits altmodisches Obergewand, in Frankreich jedoch üblich
Jacquerie:	französischer Bauernaufstand 1358
Karn:	Steinhaufen
Kern:	Spitze, Scheitel des Kopfes

Kernunnos:	gehörnter keltischer Gott mit Wachstumskräften; Saint Corneille, Hüter des Hornviehs, geht auf Kernunnos zurück
Kirsei:	geköpertes Wollzeug
Knochenhauerin:	Metzgerin, Metzgersfrau
Korandon:	bretonische Zwergengestalt
Lex salica:	schloß seit 1316 in Frankreich Frauen von der Thronfolge aus
Liripipis:	ital. Becchetto, bodenlanger Schal für Männer und Frauen, auch als Kopfbedeckung
Lug:	Gott der keltischen Mythologie
»Luki«:	(korrekt Loki, gesprochen Luki) vielschichtigste Gestalt des nordischen Götterhimmels
Lunghi infino a terra:	Lange, auswechselbare Ärmelstücke
Maistre Jean le fol:	offizieller Titel des Obernarren des französischen Königs in England
Manicottoli:	Ärmelstücke
Mi-parti-Hose:	Männerhose mit verschiedenfarbigen Beinlingen
Morgane:	Dame vom See der Artusdichtung, ursprünglich keltische Muttergöttin
Mottier:	verächtlich für Leibeigener
Munt:	Gewalt des Hausherrn über die in der Hausgemeinschaft lebenden Personen; Gehorsam der Frau gegenüber dem Ehemann
Natterchen und Falken:	frühe Handfeuerwaffen
Prior consulum der Calimala:	Vorsitzender der Konsuln
Purpur-Phellerin:	feiner Seidenstoff für kirchliche und weltliche Prachtgewänder
Reiberin:	Bademagd
Routiers:	Soldaten im bretonischen Krieg

Schnuten und Poten:	Schweinerüssel und -füßchen
Schoppen:	Juppe, Joppe – vorn geknöpftes Männergewand
Seigneurie:	Gutsherrschaft
Stria:	Hexe (das Wort »*Hexe*« erst später üblich)
Surcot:	Übertunika
Tara:	Gewicht incl. Verunreinigung in der Wolle
Taranis:	keltischer Wettergott; im frühen Kult Opferung von Menschenköpfen (Kopfkult), später von Rindern
Teutates:	ein gallischer Hauptgott
Theriak:	berühmtestes »Gegengift« des Mittelalters
Trippânierse:	Prostituierte
Tro:	Umzug, Prozession
Trochisi:	Arzneimittelform
»Zenkston«:	korrekt Zenexton, magisches Mittel gegen die Pest

Nachwort

Dieses Buch ist einer ehrwürdigen Heilmethode gewidmet, dem Ziehen von Haarseilen. Das Haarseilziehen wurde vor vielen Jahrhunderten unter anderem gegen die Pest angewendet. Es blieb erhalten als Mittel gegen therapieresistente chronische Entzündungen bei Tieren; ich selber lernte es als Studentin in der Chirurgie der veterinärmedizinischen Fakultät von Gießen kennen. Seine Wirkung beruht auf der Aktivierung körpereigener Abwehrkräfte durch eine massive künstliche Entzündung mit Hilfe reizender Substanzen; deren Träger war früher geflochtenes Haar, in heutiger Zeit werden Mullbinden verwendet.

Das Haarseilziehen als Therapie gegen die Pest war eine Erfahrung aus der Volksmedizin; es mag durchaus seine Wirkung gehabt haben, sofern das Pestbakterium wenig virulent war. Jedenfalls war die Methode im Mittelalter als die (relativ) am meisten Erfolg versprechende bekannt. Über das Legen des Haarseils unter die Haut des Hodensacks berichtete erstmals 1564 ein Mönch aus Lyon; ob er die Variante erfunden oder tradiert hat, ist nicht bekannt.

Die im Roman geschilderte Pestepidemie der Jahre 1360/1361 wurde später *Pestis secunda* genannt; ihr erstes bekanntes Opfer in Frankreich war die französische Königin. Flandern, die Picardie und England wurden damals schwer getroffen; die Bretagne anscheinend nicht, obwohl gerade Truppenbewegungen und Kriegsnot das Land zum Opfer einer Armutskrankheit prädestinierten. Diese zweite Pestwelle löste wesentlich mehr Furcht unter den Menschen aus als die erste (ab 1348), weil man sich an die schrecklichen Folgen für ganz Europa noch gut erinnerte.

Historisch sind im Roman die Personen, die um die Herzogswürde in der Bretagne kämpften, sowie die erwähnten Herrscher anderer Länder. In der Bretagne siegte schließlich Jean de Montfort über den Kronfeldherrn Bertrand du

Guesclin unter Charles von Blois, der selber 1364 fiel. Jean wurde 1365 als Yann IV. der Bretagne anerkannt, mußte jedoch nach England fliehen. Alle anderen Personen sind erfunden.

Historisch ist auch der Erbfolgekrieg in der Bretagne (1341–1364), den man als einen Teil des Hundertjährigen Kriegs zwischen Frankreich und England ansehen muß. Der Erbfolgekrieg, oft von Pausen und Waffenruhen unterbrochen, wurde bestimmt von Belagerungen, Scharmützeln, Plünderungen, unklaren Fronten, Frontenwechseln und Konfrontationen zwischen einzelnen Chefs der Routiers. Die Bevölkerung hatte unter Zerstörungen und Massakern durch Söldner, Piraten und Räuber aller Nationalitäten zu leiden; dennoch waren die Verluste an Menschenleben durch Hungersnöte und Krankheiten höher als durch die Kampfhandlungen selbst.

Die Pest im 14. Jahrhundert markierte in mehrfacher Hinsicht eine Wende. Im Roman klingen technische Neuerungen an wie Uhrentürme und Schußwaffen; erstmals taucht in diesem Jahrhundert auch ein Nationalitätenverständnis auf, und erstmals wehren sich ausgebeutete Arbeiter in der frühindustriellen Tuchproduktion.

Trotzdem ist es schwierig, einem mittelalterlichen Jahrhundert gerecht zu werden. Für jeden Roman, der in dieser Zeit angesiedelt ist, gilt, was Barbara Tuchmann in ihrem Buchtitel zum Ausdruck brachte: wir sehen die Ereignisse wie in einem fernen Spiegel und können nur darauf hoffen, daß die Verzerrung nicht allzu groß ist.

Kari Köster-Lösche

Anmerkungen

Unter den zahlreichen Veröffentlichungen, die ich als Quellenmaterial benutzt habe, seien einige besonders angeführt:

Tania Bayard, Hg.: *Ein mittelalterliches Hausbuch. Praktischer Ratgeber für Familie, Haus und Garten.* (Paris 1393) Freiburg i. Br. 1992. Die Ratschläge des H. Rucenberg im Roman wurden größtenteils aus diesem authentischen Hausbüchlein zitiert.

Otto Borst: *Alltagsleben im Mittelalter.* Frankfurt/M. 1983.

Jean-Pierre Leguay, Hervé Martin: *Fastes et malheurs de la Bretagne ducale 1213–1532.* Rennes 1982.

Le chasse-marée, Revue d'Histoire et d'Éthnologie maritime. Douarnenez.

ArMen, L'Encyclopédie vivante de la Bretagne et des pays celtiques. Douarnenez. Dieser Zeitschrift wurde der bretonische Vers über den Dreifuß entnommen.

Lancelot Lengyel: *Das geheime Wissen der Kelten.* Freiburg i. Br. 1991. Diesem Werk entstammt das keltische Lied im ersten Kapitel.

Stella Mary Newton: *Fashion in the Age of the Black Prince* (1340–1365). New Jersey, USA, 1980.

Georg Sticker: *Abhandlungen aus der Seuchengeschichte und Seuchenlehre, Bd. 1: Die Pest.* Gießen 1908.

Barbara Tuchmann: *Der ferne Spiegel. Das dramatische 14. Jahrhundert.* München 1982.

Für die vollständige Übertragung der bretonischen Geschichte von Leguay und Martin ins Deutsche danke ich meinem Mann Karl-Heinz Lösche sehr herzlich. Auch alles übrige französisch- und bretonischsprachige Quellenmaterial wurde von ihm für das Buch bearbeitet.

Am bretonischen Erbfolgekrieg beteiligte Familien

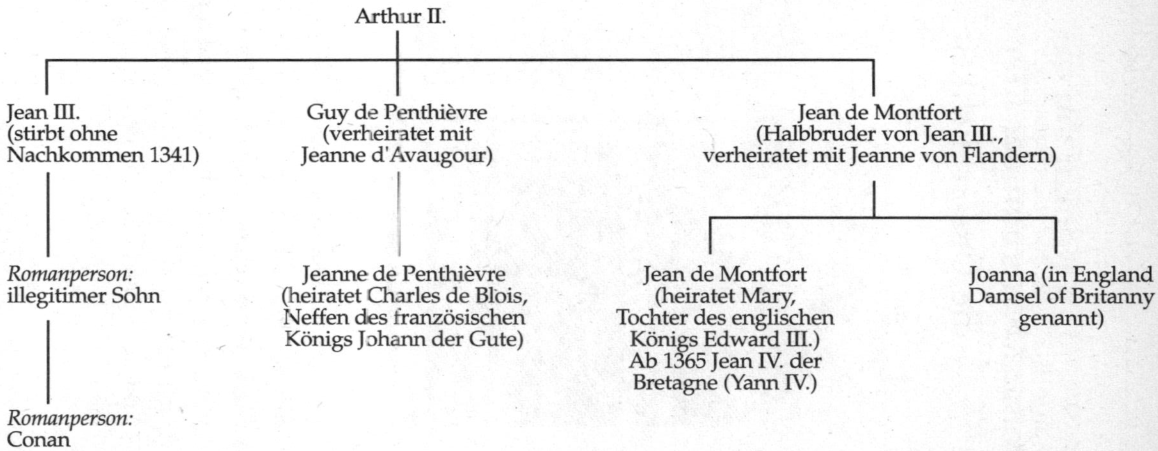